浦西和彦著述と書誌 第二巻

現代文学研究の基底

和泉書院

目次

Ⅰ

「文学新聞」（日本プロレタリア作家同盟発行）について……三
プロ演劇におけるリーフレットをめぐって ―「左翼劇場パンフレット」「タワーリシチ」「同志」「演劇新聞」― ……三一
「プロレタリア演劇」と「プロット」……五二
青山毅編『プロレタリア文化連盟』―日本プロレタリア文化連盟結成に至る経過を年譜風に―……六六
日本プロレタリア美術家同盟（略称Ｐ・Ｐ）活動日誌 ―昭和七年三月十六日～五月二十二日― ……八四
貴司山治と「文学案内」……一二四
島木健作（朝倉菊雄）訊問調書抄……一三五
日本文学報国会・大日本言論報国会 ―その結成過程をめぐって― ……一五四
山内謙吾資料（関西大学総合図書館所蔵）について ―黒島伝治未発表はがき二通の紹介― ……一七九
文学史研究から文学運動研究へ（鼎談）谷沢永一・浦西和彦・青山毅……一九五

Ⅱ

森田草平著『煤煙』論の前提……二〇七

大田洋子の初期作品について ―「流離の岸」を中心に― ……二三一
岩下俊作「熱風」……二四一
織田作之助と太宰治……二四五
大阪近代文学と田辺聖子……二五五

Ⅲ

文藝雑誌「葦分船」……二六七
文藝雑誌「反響」……二八一
《夕刊流星号》の光芒―「夕刊新大阪」について―……二八九

Ⅳ

「労農文学」のこと……三一三
多喜二・伝治・直と「文学新聞」……三一五
マルクス主義藝術研究会のこと……三一八
浅田隆著『葉山嘉樹論 ―「海に生くる人々」をめぐって―』……三二二
葉山嘉樹「淫売婦」の女……三二九
小林多喜二「党生活者」のヨシ……三三二
藤森成吉「何が彼女をそうさせたか?」のすみ子……三三五
百合子と「日米時報」のことなど……三三九

広野八郎著『葉山嘉樹・私史』―解説にかえて―……三四三
葉山嘉樹と室蘭……三四八
落穂拾い……三五一
『徳永直』〈人物書誌大系一〉を上梓して……三六〇
『徳永直』〈人物書誌大系一〉のこと……三六三
宮嶋資夫と葉山嘉樹……三六八
蔵原惟人・中野重治編『小林多喜二研究』……三七一
青山毅著『総てが蒐書に始まる』……三七九
わたしの古本屋めぐり……三八一
里村欣三のはがき……三八四
『日本プロレタリア文学書目』について……三八六
江口渙著『わが文学半生記』……三九四
書誌偶感〈私の書誌作法〉……四〇〇
宮本顕治著『百合子追想』……四〇五
高崎隆治著『従軍作家　里村欣三の謎』……四一〇
臼井吉見編『宮本百合子研究』……四一三
『藤森成吉文庫目録』によせて―思想形成をたどる資料―……四一八
もっと書誌を！……四二〇
開高健のことなど……四二二

平野栄久著『開高健 ―闇をはせる光芒―』……四二五
図書館へのいざない ―小説の中の図書館―……四二七
『開高健書誌』について……四二九
図書館情調……四三九
『織田作之助文藝事典』を作り終えて……四四一
広野八郎氏のこと……四四四
関西大学図書館大阪文藝資料……四四八
開高健作品の上演……四五一
青野季吉著『転換期の文学』……四五四
『大田洋子』〈作家の自伝〉解説……四六〇
青山毅氏と『本庄陸男全集』……四六五
葉山嘉樹断片……四六七
浅田隆著『葉山嘉樹 ―文学的抵抗の軌跡―』……四七〇
尾上蒐文洞の「古本屋日記」……四七三
葉山嘉樹・人と文学……四七九
「妻の座」「岸うつ波」のこと……四八五
松本克平のこと……四八八
北條秀司著『信濃の一茶・火の女』後記……四九二
『徳永直』〈作家の自伝〉解説……四九五

日本プロレタリア作家同盟にいま想うこと……五〇二
『伊藤永之介文学選集』解説……五〇四
天野敬太郎編『雑誌総目次索引集覧増補版』について……五一五
書誌について……五一七
『関西大学図書館影印叢書』第一期完結　―貴重書を一般公開―……五二六
『武田麟太郎』〈作家の自伝〉解説……五三一
佐藤春夫「のんしやらん記録」のこと……五三九
伊藤永之介……五四四
『大阪近代文学作品事典』のこと……五五二
徳永直全集のこと……五五四
徳永直著『太陽のない街』のこと……五五六
『大阪近代文学事典』を刊行して……五六〇
『大阪近代文学事典』に思うこと……五六二
貴司山治と『ゴー・ストップ』……五六八
河野多恵子著『臍の緒は妙薬』　―理屈と対極の独創性―……五七〇
一つの文学史的事件……五七三
いつ「続夫婦善哉」を執筆したか……五七四

索引……五七九
人名索引……五八〇
書名・作品名・記事名索引……五九四
あとがき……六一七

I

「文学新聞」（日本プロレタリア作家同盟発行）について

「文学新聞」は、日本プロレタリア作家同盟の機関紙として、昭和六年十月十日付で創刊され、昭和八年十月五日付をもって終刊となるまで、全部で三十三回（そのうち一回は包装中全部押収された）発行された。いま三十三回出された「文学新聞」の発行年月日、発行編集印刷人、紙面頁数、定価、発禁等を一覧表にまとめると、次のようである。

号	発行年月日	発行編集印刷人	頁数	定価	発禁	備考
1	6・10・10	江口　渙	4	2銭		
2	6・11・1	江口　渙	4	3銭		「読者文藝」欄
特別記念号	6・11・10	江口　渙	4	3銭		
3	6・11・20	江口　渙	4	3銭		「読者文藝」欄
4	6・12・5	江口　渙	4	3銭		
5	6・12・25	江口　渙	4	3銭		
6	7・1・5	江口　渙	4	3銭		「懸賞小説◇第一回◇新年特集」
7	7・1・20	江口　渙	4	3銭	○	改訂版発行
8	7・2・5	江口　渙	4	3銭		「読者文藝」欄
9	7・2・20	江口　渙	4	3銭	○	「婦人欄」「コドモ欄」
10	7・3・10	江口　渙	4	3銭	○	「婦人欄」「コドモ欄」

11	7・3・20	江口　渙	4	3銭		「婦人欄」
12	7・4・5	江口　渙	4	3銭	○	「婦人欄」「コドモ欄」
13	7・4・25	江口　渙	6	5銭	○	「婦人版」欄「コドモ欄」「農民版」欄「読者文藝」欄
14	7・5・15	江口　渙	4	3銭	○	
15	7・5・30	江口　渙	4	3銭	○	
16	7・6・13	江口　渙	4	3銭	○	「婦人欄」「農民欄」
17	7・6・28	江口　渙	4	3銭	○	「婦人欄」
18	7・7・15	江口　渙	4	3銭	○	「農民欄」「婦人欄」
19	7・7・29	江口　渙	4	3銭	○	「農民欄」「婦人欄」
20	7・8・25	江口　渙	4	3銭	○	全部押収される
21	7・9・25	長谷川武夫	6	3銭	○	
22	7・10・19	長谷川武夫	6	3銭	○	ロシア革命十五周年記念特集号
23	7・11・3	猪野省三	6	3銭	○	ソヴエート十五周年記念特集号
24	7・12・5	猪野省三	8	3銭	○	
25	8・1・1	猪野省三	10	5銭	○	
26	8・1・15	猪野省三	8	3銭	○	
27	8・2・1	猪野省三	8	3銭	○	
28	8・3・15	猪野省三	4	3銭	○	小林多喜二追悼号
29	8・4・15	猪野省三	4	3銭	○	
30	8・6・16	井上　新治	4	3銭	○	
31	8・8・15	井上　新治	2	3銭	○	
32	8・10・5	井上　新治	2	3銭	○	

創刊当初の定期発行日は、一日と十五日の月二回に定められていた。だが、昭和六年十一月二十日付発行の第三号からは五日と二十日とに定期発行日が変更された。「文学新聞」が月二回定期発行日に出されたのは、昭和七年二月二十日付発行の第九号までである。しかし、発行予定日を遅れながらも、どうにか月二回刊行出来たのは、昭和七年七月二十九日付発行の第十九号までで、それ以後は昭和八年一月を除くと月に一回しか発行されなくなる。しかも、その月一回の刊行も、昭和八年五月、七月、九月には、出来なくなるという有様である。

発行日付と実際の発行日との関係について記すと、第二号の昭和六年十一月一日付発行の「編集局から」に、「十月十五日に出す予定が第一号の辻売、全国への配付等でテンテコまひとなり、到底力が及ばず十一月一日付として、十月二十五日に発行した」（傍点浦西、以下同様）とあり、また、特別記念号の昭和六年十一月十日付発行の「編集局から」には、「発行日付は十一月五日をやめ十一月十日とした。しかし新聞は予定通り十一月三日には待ちかねてゐる諸君へ向つて発送するのだ。日付を十日としたのは支部やサークルの配付活動の便宜を慮《おもんぱ》かつてだ」とある。小田切秀雄・福岡井吉編『昭和書籍雑誌新聞発禁年表上』（昭和四十年六月二十五日発行、明治文献）には「文学新聞」の発禁処分月日が記されている。それには、例えば第三十号の昭和八年六月十六日付発行が六月十日に発禁処分とされたというように、「文学新聞」の発行日付以前に発禁処分を受けたのは、だいたい二日ないし六日ぐらい前である。いろいろ勘案して、「文学新聞」は発行日付よりも、一週間ほど前に実際には刊行されていたとみてよいであろう。

第一号の発行所は「東京市外吉祥寺六一一　日本プロレタリア作家同盟文学新聞発行所」となっている。また、同号の「編集局から」には、「文新の発行所は当分『東京市外吉祥寺六一一』だ。新聞の註文や投書はこゝへよこせ！」とある。しかし、「文学新聞」の発行所は、第二号から、「東京市外吉祥寺六一五　日本プロレタリア作家同盟文学新聞発行所」へと移っている。第一号の「吉祥寺六一一」は誰の住所か、または「六一一」が「六一五」の誤植、あるいは書き間違いであるのか、どうかさえ知らない。だが、第二号からの「吉祥寺六一五」の方は、『昭和七年新文藝日記』（昭和六年十一月二十日発行、新潮社）の「現代文士住所録」によると、日本プロレタリア作家同盟の委員長であった江口渙の住所である。「文学新聞」昭和七年八月二十五日付発行の第二十号は、発送の途中全部押収されてしまったので、その内容及び発行所等が不詳であるが、昭和七年七月二十九日付発行の第十九号までは、第二号と同じく「吉祥寺六一五」の「日本プロレタリア作家同盟文学新聞発行所」となっている。ところが、昭和七年九月二十五日付発行の第二十一号から昭和八年二月十五日付発行の第二十七号までは、「東京市外上落合四六〇　日本プロレタリア作家同盟出版部」へと発行所が移っている。しかし、「文学新聞」の発行所を「吉祥寺六一五」から「上落合」へ移転したのは、実際にはもっと早かったようだ。というのは、「読売新聞」昭和七年七月十五日付の「よみうり抄」に「『文学新聞』発行所を市外上落合四六〇　日本プロレタリア作家同盟宛へ移した」と、すでに報道されているからである。このあと「文学新聞」は、さらに昭和八年三月十五日付発行の第二十八号（小林多喜二追悼号）から「東京杉並高円寺九五六　日本プロレタリア作家同盟出版部」へと発行所が移転する。

同じ日本プロレタリア作家同盟の機関誌であった「プロレタリア文学」の発行所が、「プロレタリア文学発行所」という名称でなく、創刊号が「日本プロレタリア作家同盟」、そして、第一巻二号以後が「日本プロレタリア作家同盟出版部」となっているのに対して、「文学新聞」が第一号から第十九号（あるいは第二十号）まで、「日本プロレタリア作家同盟文学新聞発行所」として出されていたことは注目されてよい。日本プロレタリア作家同盟が、機関誌「プロレタリア文学」の発刊と〝機関誌部〟〝出版部〟の確立を決定したのは、昭和六年十一月十五日のことである。「文学新聞」が創刊された時には、まだ出版部が確立されていなかった。しかし、「文学新聞」が「プロレタリア文学」創刊号のように「日本プロレタリア作家同盟」として出されず、「文学新聞発行所」として刊行されたのは、戦旗社のように、大衆啓蒙新聞としての新聞の性質から、日本プロレタリア作家同盟から独立して刊行すべきだという意見もあったからではないかと思われる。というのは、昭和六年十一月十五日、コップの結成による日本プロレタリア作家同盟の拡大中央委員会が上落合事務所において開催された時、「文学新聞の問題」が議題の一つとしてとりあげられ、その時の「拡大中央委員会の成果」が「プロレタリア文学」（昭和七年三月一日発行、第一巻三号）に掲載されており、そのなかに「文学新聞発行所と中央常任委員会との間の相互の側からの連繋の不充分が指摘されなければならぬ。従来編集上の重要問題にして、中央常任委員会の討議を経なかつたものが少くない。この点では、文学新聞発行当初に於ける考へ――『文学新聞社』を作家同盟と離れて『独立』に持たうとする考へが、まだ充分に清算されてゐないことを物語つてゐる。」（二〇三頁）と、自己批判しているからである。日本プロレタリア作家同盟と離れて、「文学新聞社」を独立して持つことができなかったのは、戦旗社がナップを離れて、独自の大衆団体に発展した誤謬を再び繰り返す危険をおそれたからであろう。

「文学新聞」第一号の「編集局から」には、

◇文新発行所は編集局、経営部、発送部に分れてゐるから、新聞の註文は『経営部』と、投書や通信は封書に『編集局』と書いていたゞきたい。

とある。また、

◇『文学サークル通信』だけは今後市外上落合四六〇作家同盟組織部宛にしてもらひたい。

ともある。これによると、「文学新聞発行所」は、編集局、経営部、発送部の三つの部門にわかれていたようだ。「文学サークル通信」だけが、組織部宛にということは、この当時、まだ「文学新聞発行所」に組織部の人間が誰一人加わっていなかったからであろうか。

「文学新聞」の発行編集印刷人の名前が、江口渙から長谷川武夫、猪野省三、井上新治へと変わった、その間の事情や、あるいは長谷川武夫や井上新治がその当時日本プロレタリア作家同盟において、どういう部署についていたのか、私は不勉強で全く知らない。ご存じの方はどうかお教えいただきたい。長谷川武夫や井上新治は単に発行編集印刷人に名前を借りただけであるのかも知れない。日本プロレタリア作家同盟とは深いつながりがあるとは思われないのである。ただ、江口渙が「文学新聞」の発行編集印刷人でなくなるのは、昭和七年五月十一日、築地小劇場で開催された日本プロレタリア作家同盟第五回大会で、委員長制度が廃止されたためであろう。この大会で鹿地亘が書記長となり、江口渙は常任中央委員の救援委員長となった。そして、「読売新聞」昭和八年三月十一日付の「よみうり抄」に「江口渙氏『ソヴエートの友の会』本部書記長となるため作家同盟常任中央委員を辞任した」とあり、江口渙はナルプの活動から遠ざかるのである。なお山田清三郎が『プロレタリア文学史下巻』（昭和四十一年九月第二刷発行、理論社、初版未見）で、江口渙が昭和八年六月の第六回大会でナルプの常任中央委員（朝鮮・台湾委員会）にえらばれた（三九〇頁）と記しているが、これは藤森成吉の間違いである。また、この第六回大会は昭和八年六月十一日に開かれ、そこで猪野省三が常任中央委員の出版部長になった。そのことと関係するのか、「文学新聞」昭和八年六月十六日付発行の第三十号より、発行編集印刷人が、猪野省三から井上新治に変わっている。山田清三郎は、さきの『プロレタリア文学史下巻』で、この第六回大会で秀島武が組織部長に、長谷川進が出版部長にえらばれ、その後、秀島武、長谷川進が部署をやめて「文化集団」の企てに走ったので、組織部長に鹿地亘が補充されたと書いているが、これも山田清三郎の記憶違いであろう。「文化集団」の創刊号は、昭和八年五月二十七日に発行されており、日本プロレタリア作家同盟の第六回大会が開かれる前のことである。秀島武や長谷川進は第六回大会前にすでに部署を放棄しており、第六回大会で出版部長に選出されたのは長谷川進でなく、猪野省三であった。

「文学新聞」の紙型は、第一号から第十九号（あるいは第二十号）までが四六半截判の普通新聞紙型で、第二十一号（あるいは第二十号）から第三十二号までがタブロイド判である。

「文学新聞」の発行部数については、「プロレタリア文学」創刊号（昭和七年一月一日発行）の表紙裏の広告に、次のようにある。

創刊号…………（二万三千印刷、全部売切れ！）
第二号…………（二万七千印刷、全部売切れ！　増刷中！）
特輯号…………（三万印刷予定、十一月三日発売）
第三号…………（三万七千印刷予定、十一月十一日発売）

これは、壺井繁治が「文学新聞に対する批判」（「プロレタリア文学」昭和七年二月一日発行、第一巻二号）で、「文学新聞が、左翼の諸雑誌に廻した広告文中に示された部数と十二月二十五日発行第五号の巻頭言の中で示された部数との間には大きな開きがある。第五号の巻頭言は百万部突破などと云ふブルジョア新聞の部数の誇大な宣伝と偽瞞とを商人的カケヒキとしてコキおろしてゐるが、文学新聞自身が、この同じブルジョア新聞の商人的カケヒキに追随してゐたことは細密に批判されなければならない」と述べているように、誇大広告であるとみなしてよいであろう。この種の実際の発行部数はなかなかわからないものである。「文学新聞」自身が公表している部数は、「一九三二年の文学新聞」（昭和六年十二月二十五日発行、第五号）のなかで、次のような数字をあげている。

第一号…………一万部印刷
第二号…………一万部
特別記念号…………一万五千部
第三号…………二万部
第四号…………二万部
第五号…………二万五千部

「文学新聞」の発行部数は二万五千部が最高であって、「文学新聞の発展を守るものは誰か？」（昭和七年二月二十日付、第九号）では、「文新は作家同盟の各地支部、支部準備会を通じて全発行数の半分以上が配付されてゐるが、こ、からの紙代払込みが甚だよくない。」「本号の如き、そのために金がなくて予定部数の半分しか刷れない。かつ発行日もおくれてしまつた」と書いており、財政困難のため、急速に発行部数が低下していったようだ。そして、発行所直属の個人読者は「千二百人余り」、団体読者は「六千人以上」という数字をあげているが、「予定部数の半分しか刷れない」、その「予定部数の半分」の数字は具体的に、この第九号では明らかにされていない。しかし、次号の「守れ文新発行がおくれ半数しか刷れぬ」（昭和七年三月十日付）という記事では、「金額にして五百円の紙代未収」がたまり、「本号は予定日より五日もおくれた。しかも約半数の一万三千しか刷れないのだ」と、その部数をあげている。第五号の二万五千部から第九号あたりになると、それが一万三千部に発行部数が急速に低下してしまったのである。

第二十号（昭和七年八月二十五日付）ごろになると、その一万三千部数の発行も維持できなくなった。「文新二十一号は何故後れたか」（昭和七年九月二十五日付、第二十一号）という記事に、「文新二十号は去る八月二十日包装中を官憲にふみ込まれ、彼等は無法にも切手まで張ってあった約七千部をトラックに積んで押収し去つた」「第二十号は苦しい中からやつと工面して印刷だけは出来上つたが、已《すで》に財政的には一銭もないやうな状態になり、その為め発送に手間取つてゐる中に感づかれて、遂に包装中を襲はれる結果となつたのであつた」とあるように、約七千部の発行である。ところが、第二十三号（昭和七年十一月三日付）の「文学新聞一年間の足跡」には、

一、現在発行部数――一二、〇〇〇
　現在直接配付網――一二、〇〇〇

という数字をあげている。だが、全部押収された第二十号の約七千部から、第二十三号には一万二千部に発行部数が回復したとは思われない。「文学新聞」が第十二号以後、発禁、発禁の連続で、財政上の打撃が大きく、急に五千部も多く発行することが出来るような状況はとうてい考えられない。第二十三号の一万二千という発行部数の数字は、そのまま素直に信用できないであろう。多分その半数の六千部が刷行されていたかどうかであろうと思う。

第三十号の昭和八年六月十六日付には、日本プロレタリア作家同盟編集出版部の名前で、「文新直接読者一万突破へ！」「出版防衛三百円基金募集に応ぜよ！」のカンパの呼びかけが載せられている。その文中に「本誌七千部発行費用は八十五円」とか、「文新現在直接配布部数六千から一万へ！」というふうに書かれている。ところが、内務省警保局編の『社会運動の状況五（昭和八年）』（復刻版昭和四十七年一月三十一日発行、三一書房）は、「文学新聞」昭和八年度の発行部数について、「約三、〇〇〇」（四八三頁）という数字をあげている。これは作家同盟編集出版部が第三十号の発行部数を七千部（または六千部）と記しているのとは、大変大きな開きがある。さきの「出版防衛三百円基金募集に応ぜよ！」のカンパ呼びかけの文章は「全読者諸君！　諸君の多大の期待を裏ぎつて、遂に二ケ月間本紙を諸君の手に送り得ず、憂慮すべき休刊状態をつゞけたことは、ますます加へられる大衆的文学的啓蒙新聞としての本紙の任務の重要性にかんがみ全く遺憾の極である。この窮地に我々を追ひ込んだものは、他でもない、加重される憎むべき敵階級テロル――発禁、押収、印刷所、発送場の襲撃、出版部員の検挙、取次所読者に対する迫害等に対して、逆襲的抵抗に成功せず、動ご《ママ》きのとれぬ財政的危機を召来《ママ》せしめた。かゝるにあつた因難《ママ》の中から、ともかくも第三十号を諸君の手に送るにあつた、我々は文新定期刊行の基礎確立のために共に起つて此窮状を打開すべく六月一日から青年デー九月三日をめざして次の如き我が出版防衛カンパを闘はれんことを訴へる」という書き出しではじまっている。小林多喜二虐殺後のそういう情勢のもとに第三十号が刊行されたことを考えると、七千部も六千部も出されなかったのではないか。内務省警保局の「約三、〇〇〇」という発行部数の方が、ほぼ妥当な数字のようだ。

「文学新聞」は、最初、貴司山治、徳永直等が主に編集にあたったらしい。「読売新聞」昭和六年十月六日付の「集団とイズムの人々(3)ナップ作家は動く」は、「この十日に第一号が出る『文学新聞』は普通新聞型で、徳永直、貴司山治等が編集に当つてゐる」と報じている。また、徳永直が「文学新聞の創刊」（「福岡日日新聞」昭和六年九月九日発行）で「文学新聞」の編集方針や具体的な編集プランを紹介しているところをみると、貴司山治と同様に、徳永直も

「文学新聞」の編集に深く関与していたようだ。日本プロレタリア作家同盟は、昭和六年十一月十五日に上落合事務所において開かれた拡大中央委員会の成果を踏まえて、従来一個人が同盟内の数種の重複した仕事を分担していた方法を改め、各活動部門の編成替えをなした。その時に文学新聞部長の役職が設けられた。初代の文学新聞部長になったのが貴司山治である。貴司山治は新聞記者をしていた経歴があり、その経験を買われて文学新聞部長にえらばれたのであろう。文学新聞編集局には、この貴司山治のほかに、さきの徳永直、そして中野重治や大宅壮一らがいたようだ。発送係は、安瀬利八郎、長谷川進、大導寺浩一らである。

治安維持法違反と新聞維持法違反で九カ月ぶりで昭和六年十一月十一日に保釈を許された山田清三郎が文学新聞部長になったのは、昭和七年五月十一日の日本プロレタリア作家同盟第五回大会においてである。貴司山治がコップへの弾圧で治安維持法違反として昭和七年四月十三日に検挙され、六月中旬起訴されたために交替したのであろう。その編集については、山田清三郎の「『文学新聞』の正しい発展のために—最近の批判の声に寄せて—」（「プロレタリア文学」昭和七年九月一日発行、第一巻十一号）によると、一般に「貴司山治の場合の右翼的偏向、山田清三郎に於ける極左翼的傾向」と批判されたようだ。『文藝年鑑1933版』（昭和八年六月九日発行、改造社）には、文学新聞部員として、坂井徳三、松本実、本庄陸男、徳永直、秀島武（一一五頁）の名前をあげている。

山田清三郎は、さきの『プロレタリア文学史下巻』で、昭和八年六月十一日、第六回大会で選ばれた「ナルプの中央常任は、山田清三郎（長および『文学新聞』）」（三九〇頁）と記しているが、それは誤りである。山田清三郎が議長となった第六回大会で、文学新聞部長となったのは、本庄陸男である。無論、布野栄一が「本庄陸男における『父と子』」（「民主文学」昭和五十三年九月一日発行、百五十四号）で、「陸男は昭和三年プロレタリア作家同盟員として『文学新聞』発行責任者となつている」と書いているのも間違いである。「文学新聞」が昭和三年に発行されていないのはいうまでもない。念のため、第六回大会で選出された常任中央委員を、ナルプ中央機関紙「プロレタリア文学」（昭和八年七月十日発行、第一号）によって、記しておくと、山田清三郎（議長）、佐野嶽夫（書記長）、旗岡景吾（組織部長）、川口浩（教育部長）、淀野隆三（プロ文学編集部長）、本庄陸男（文学新聞編集部長）、猪野省三（出版部長）、平林英子（財政部長）、鈴木清（農民委員会）、藤森成吉（朝鮮台湾委員会）、窪川いね子（婦人委員会）、鹿地亘（無任所）、中條百合子（無任所）である。

「文学新聞」が全部で三十三回発行されたうち、発売禁止の処分を受けたのは、二十四回である。三分の二以上も発売禁止に遭っている。特に第十二号の昭和七年四月五日付発行以後は、廃刊に至るまで、連続してことごとく発売禁止とされている。最初に発売禁止となったのは第七号の昭和七年一月二十日付である。第七号には「改訂版発行に際して」として、「文学新聞第七号は論説『我々の文学と目前の事実』詩『品川駅で』ニュース『資本家の御用をやめろ』のために発売をとめられた。そこでこれらの記事をけづり論説の部分は組かへて（その他は元のまゝ）改訂版を発行する、読者の力で文新を守れ！」とあるように、この第七号だけ改訂版が発行された。だがそれ以後、「文学新聞」は発売禁止の処分を受けても改訂版が刊行されなかった。

三十三回発行のうち二十四回も発売禁止の処分を受けねばならなかったという、この数字は、当局がいかに「文学新聞」を弾圧し、どんなに邪魔もの扱いにしたかということをよく示している。それと同時に、「文学新聞」の編集が発売禁止を避けることをいさぎよしとしないで政治主義・極左翼的偏向に突っ走っていったかがよくわかる。壺井繁治は、日本プロレタリア作家同盟の拡大中央委員会の会議を踏まえて、「文学新聞に対する批判」（「プロレタリア文学」昭和七年二月一日発行、第一巻二号）を書いている。そこで昭和六年十一月十日付発行の特別記念号を『ロシア××記念号』として、ロシア××記念カンパと正しく結合して発行さるべきであつた」と批判して、発売禁止という問題は「あくまで文学新聞の編集上に於ける我々の理論的政治的立場に従属さるべき問題であつて、若し発禁を避けることを以つて絶対的原則と考へ、この原則の上に立つてすべての編集方針を決定しやうとするならば、遂に我々は我々の理論的政治的立場を放棄しなければならなくなるであらう。我々の理論的政治的立場、即ちマルクス・レーニン主義を放棄して、如何に合法性の利用及び合法的活動の可能を問題にしたところで、それは結局合法主義に対する屈服であると云はなければならぬ」というのである。何等かの意味で文学に関心を持つすべての労働者農民を読者対象として発行される「文学新聞」を、大衆の間に拡大するため、合法的活動の可能性を最大限度に利用していくことが、大衆追随主義・日和見主義的右翼偏向として、それ以後否定された。のち、山田清三郎は「ただ、決った方針に僕は忠実に従っただけです。」(『討論日本プロレタリア文学運動史』昭和三十年五月三十一日発行、三一書房)といい、発売禁止処分を避けるための編集上の考慮がほとんどなされなかったようだ。なお『昭和書籍雑誌新聞発禁年表上』には、「文学新聞」第二十四号の昭和七年十二月五日付発行が漏れているが、内務省警保局編の『社会運動の状況四〈昭和七年〉』(昭和四十六年十二月三十一日発行、三一書房)によると、この第二十四号も「禁止」(五三三頁)となっている。発売禁止に関する内務省警保局の記録であるだけに一応信用してよいだろう。

さて、書誌的なことはこれぐらいにして、「文学新聞」が創刊された経緯を記しておきたい。「文学新聞」が創刊された昭和六年はプロレタリア文学運動にとって決定的な転換の年であった。プロレタリア文学運動と非合法である日本共産党とのつながりが、それまでは中野重治らが昭和五年五月にシンパ事件によって検挙されたように、主に作家・評論家らが党に活動資金を寄付し、個人的に党の運動を支持援助した。しかし、昭和六年ごろからは、党のアジ・プロ部とプロレタリア文学運動の組織とが直接結びつき、日本プロレタリア作家同盟や日本プロレタリア演劇同盟などのなかに党フラクションが確立されるようになる。党がプロレタリア文化運動を直接に指導するのである。そして、日本プロレタリア作家同盟は、専門家による創作活動から企業・農村を基礎とする多数者獲得への組織活動へと向かって進んでいった。

日本共産党は、昭和六年一月、岩田義道、上田茂樹、紺野与次郎らによって再建されたが、公安スパイ松村（本名、飯塚盈延《みつのぶ》）が党中央委員として組織面を統轄していた。プロレタリア文化運動においてもこの松村が暗躍する。最近発表された「生江健次予審訊問調書―第三回―第八回―」（『運動史研究三』昭和五十四年二月十五日発行、三一書房）は大変興味深い。それによると、生江健次はスパイ松村の勧誘によって入党し、入江（宮川寅雄）を紹介される。生江健次が昭和六年二月下旬か三月上旬頃に友人の手塚英孝を宮川寅雄に紹介し、直ちに手塚英孝も入党した。そして、宮川寅雄、生江健次、手塚英孝が会合を続け、三人の「相談ノ結果ナップ加盟ノ団体ヤ日本プロレタリア作家同盟（以下作同ト略称シマス）ト戦旗社ト丈ケニ関係ヲツケル事ニ成功シマシタ」「作同ノ窪川ト連結ヲツケテ行キ玆ニ直接作同ト党トノ関係ガ出来タノデアリマス」と、生江健次は陳述している。生江健次は宮川寅雄から貰ったプロフィンテルン（赤色労働組合インタナショナル）第五回大会のアジ・プロ部協議会の決議を戦旗社でプリントして配布する。しかし、その時は「唯参考文トシテ見ル程度デ積極的ニ夫レヲ全体化スルコトハシマセヌデシタ」という。窪川鶴次郎は手塚英孝の手からこの「プロレタリア文化・教育組織の役割と任務」を訳したプリントを受け取り、そして、〝ナップ中央協議会〟の名前で発表された「一九三一年に於けるナップの方針書」（「ナップ」昭和六年四月十四日発行、第二巻四号、目次表題「一九三一年度に於けるナップの方針書」）を執筆したのである。この「一九三一年に於けるナップの方針書」は党の承認を得て発表されたらしく、のち窪川鶴次郎は「わが文学への道」（『闘いのあと』昭和二十三年十月三十日発行、民主評論社）のなかで、「この問題の方針書の原稿は、わたしの記憶では、手塚の手から手塚たちの属している上級機関の討議にかけられ、手塚のあの親切な言葉遣いで『とてもいいです。立派なものです。』とそんなふうにいつてわたしに返された。」と回想している。手塚英孝らの上にいた宮川寅雄については、平出禾『司法研究〈報告書第二十八輯九〉―プロレタリア文化運動に就ての研究―』（昭和十五年三月発行、司法省調査部、復刻版昭和四十年九月二十日発行、柏書房）の巻末にある「プロレタリア文化運動年表」の昭和六年二月のところに「党中央委員会アジ・プロ部ナップ指導係責任者となる」と記されている。

プロフインテルン第五回大会に日本代表団（紺野与次郎）の通訳として参加していた蔵原惟人は、日本共産党中央部検挙の報を受け、予定を変更して、昭和六年二月、ひそかに帰国した。そして、蔵原惟人は古川荘一郎の筆名で「プロレタリア藝術運動の組織問題―工場・農村を基礎としてその再組織の必要―」を執筆したのである。この論文は「―（一九三一、三、一二）―」という日付で終わった部分の後に、さらに「右の論文を書いてから既に二ケ月以上が経過した」の書き出しではじまり、その最後のところに「―一九三一・五―」という日付がつけられている三頁半ばかりを書き加えて「ナップ」（昭和六年六月七日発行、第二巻六号）に掲載された。窪川鶴次郎らナップ指導部が反対したため、蔵原惟人の論文は二カ月ばかり公表がおさえられたのである。

生江健次、手塚英孝は、昭和六年三月末頃から、宮川寅雄と街頭で連絡だけを取るようになり、宮川寅雄に代わって吉田（三村亮一、党名島田）と会合を持つようになる。その会合で蔵原惟人の論文がとりあげられ、「種々討議シマシタガ之レニ付テノ三人ノ間ニ意見ノ対立ガアリマシタ」と、生江健次は、さきの予審訊問調書で述べている。三人の間における「意見ノ対立」が具体的にどのようなものであったか、明らかでない。しかし、蔵原惟人の論文をナップ指導部らが発表を見合わせたということだけでなく、生江健次、手塚英孝ら党の方でも最初からストレートに受け入れなかったということは注目していいであろう。蔵原惟人は、帰国後、この時期まだ党と直接連絡をつけていなかった。蔵原惟人が、生江健次を介して、党中央部宮川寅雄らに面会し、宮川寅雄、三村亮一、児玉静子、生江健次、手塚英孝との六人で会合を持ったのは昭和六年五月である。その時の会合について、「生江健次予審訊問調書」には、次のようにある。

此ノ蔵原トノ第一回ノ会合ニハ席上蔵原カ新シイ文化団体ノ組織問題文化運動ノ中央部ノ結成ノ問題夫レニ関連シテ大衆雑誌ノ問題等ニ付テ説明カアリ我々ハ之等ノ問題ヲ中心トシテ協議シタノデアリマスガ更ニ此ノ外ニナ

ツプ各加盟団体ノ同盟内ニ党フラクシヨンヲ立テルコトガ必要デアル事モ問題ニナリ其ノ為メ前述ノ宮本ヲ直ク入党サセ村山知義等ニモ入党サスヘキテアルト云フ事モ問題ニシ至急之ヲ実現スルコトニ決定シテ其日ハ其儘散会シマシタ

この時、党のプロレタリア文化運動に対する指導が方向転換したとみなしてよい。党が蔵原惟人のプロレタリア文化運動に対する組織論を認めたのである。二カ月ばかり公表がおさえられた古川荘一郎筆名の「プロレタリア藝術運動の組織問題—工場・農村を基礎としてその再組織の必要—」が「ナップ」に発表されたのは、党の指示によってである。しかし、それを掲載したからといって、ナップ指導部らがすぐさま蔵原惟人の論文の主旨を承認したわけではなかった。古川荘一郎名義の論文が発表されている「ナップ」の「編集後記」には、次のように記されている。

> ナップ方針書において示されたやうに、我が藝術運動をプロレタリアートの文化・教育活動の一部として認識する意味において、今月より読者からの通信を組織的に掲載してゆくことにした。雑誌『ナップ』は、未だ真に工場農村に、それ自身を基礎的に持つてゐるとは言へない。従つて今月から創設された『工場・農村から』は厳密な意味では労農通信ではない。我々は全読者諸君と共に、この欄をかゝる労農通信の萌芽として発展せしめてゆかねばならぬ。そのためには全読者諸君が工場農村に読者会の組織を進められ、各自が通信員となつて活動されんことを希望する。工場農村における生活記録、小説、詩、批評等をどし〲送つてくれ。

「ナップ」に「工場・農村から」欄が創設されたのは、「一九三一年に於けるナップの方針書」に沿ってであって、方針書は「我々の藝術家活動は、××《革命》的プロレタリアートの遂行する文化・教育活動の一部であらねばならない。そのためには、我々はこの××《革命》的プロレタリアートの事業に積極的に参加し、援助」しなければならないといい、この「我が藝術家の新たな任務」を遂行するために、「労働者農民劇団、労農通信員の運動をます〲旺盛ならしめるための積極的活動をなさねばならぬ」と述べていたのである。ナップはその方向で具体的に活動を展開し始めていたのであった。

蔵原惟人は、昭和六年六月、三村亮一に代わって党中央委員会アジ・プロ部所属文化団体指導係責任者の地位についた。しかし、「生江健次予審訊問調書―第三回―第八回―」によると、次のようにある。

此処ニハコップノ結成準備ノ問題カ全体的ニ会合テ討議セラルルニ至ツタ迄ノ期間即チ大体昭和六年八月中迄ノ部分ニ付テ述ヘマス

先ツ此点テ私カ最初ニ述ヘテ置キ度イノハ当時ノ所属ノ問題テスカ蔵原ハナツプノ指導ニ関スル責任丈ケヲ持ツテ居ル丈ケテ党ニ対スル組織ノ問題ニ付テハ蔵原ノ責任テハ無ク依然入江事

宮川寅雄

ノ所属ニツイテ居ルノテス其ノ関係テ私ハ一方蔵原ト会合ヲ持ツタ外ニ組織ノ点テ

入江

及松村

ト連絡ヲ取ツテ居ルノテアリマス

蔵原惟人らの上に、党組織として、宮川寅雄、そして松村が直接いたことは、プロレタリア文化運動にとって極めて不幸なことであった。スパイ松村との連絡は日本プロレタリア文化連盟（コップ）の成立直後まで続いたようだ。「生江健次予審訊問調書―第三回―第八回―」は、「昭和六年十一月中カ十二月頃カト思ヒマスカ党上部ノ松村カ今度中央委員会ニ大衆団体ヲ指導スル係カ出来タカラ其ノ者ヲ直接蔵原ト連絡サセルト申シ爾来松村ト私トノ連絡ハ切レタノテス」と述べている。組織としての形式だけの連絡では無論ない。スパイ松村はオルガナイザーぶりを発揮する。ナップばかりでなく日本共産青年同盟における党フラク組織は、この松村の指令のもとに結成されたのであった。生江健次は、次のように述べている。

松　村

ト　私

トノ連絡中同人カラナップ及其各加盟団体内ニ党フラクシヨンハカリテ無ク日本共産青年同盟ノフラクシヨンヲ
作ツテ呉レト云フ指令カ来マシタ
其処テ其件ヲ前述ノ蔵原トノ会合ニ持出シ確カ昭和六年七月頃ノ会議テ松村ノ指令通リニ実行スル事ヲ決議シ其
ノ方ノ責任者ニ

宮　本　顕　治

ニ当ラセルコトニ決定ヲ見マシタ

その結果どういうことになるのか。日本プロレタリア文化連盟が旗をあげた四カ月後、昭和七年三月二十四日から四月にかけて、小川信一、窪川鶴次郎らをはじめ、蔵原惟人、中野重治、生江健次、中條百合子、貴司山治ら多数が検挙されたのである。いわゆる「コップへの暴圧」である。スパイ松村は、党を「壊滅」させただけでなく、プロレタリア文化活動をも壊滅へと導いた。

それはさておき、蔵原惟人のプロレタリア藝術運動における再組織の問題を、ナップ指導部らが受け入れたのはいつごろのことか。さきに記したように、蔵原惟人は、昭和六年六月、三村亮一に代わって党中央委員会アジ・プロ部所属の文化団体指導係責任者の地位についた。そこで宮本顕治、村山知義を入党させ、再組織問題を具体的に実現するために動き出す。蔵原惟人は、手塚英孝、宮本顕治の連絡でナップの中野重治と会見し、説得にあたった。「ナップ」昭和六年八月八日発行、第二巻八号に、生江健次の「演劇グループの問題を中心に」と、中野重治の「通信員、文学サークル、文学新聞―文学運動の組織問題に関する討議の成果―」、そして古川荘一郎筆名の蔵原惟人の「藝術運動の組織問題再論」が掲載されている。その「編集後記」には、「『ナップ』は今月号から、日本の藝術運動のその時々の重要問題を中心にして編集するやうにした。それで八月号は、藝術運動の組織問題を中心課題とした」とある。ナップ指導部らは、党に是認された藏原惟人の所論を無視出来なく、「ナップ」のこの号から、それを編集の上で反映させざるを得なくなったのであろう。

丁度、この時期、昭和六年七月八日、日本プロレタリア作家同盟は、東京府下落合町上落合四六〇の事務所で、臨時総会（途中から第四回大会と変更）を開催している。前回の第三回大会は、昭和六年五月二十四日に東京市京橋区築地小劇場で開かれ、越中谷利一、堀田昇一ら下部同盟員たちが新役員に内定していた窪川鶴次郎、西沢隆、片岡鉄兵らに反対を唱え、そのために混乱し、役員改選を保留したまま閉会された。今回の臨時総会（第四回大会）は、それを解決することを主目的に召集されたのである。この臨時総会（第四回大会）では、「当面の任務に関する決議」が採択された。前の大会の「日本プロレタリア作家同盟第三回全国大会報告、方針書」が「ナップ」（昭和六年七月八日発行、第二巻七号）に掲載されているのに対して、この「当面の任務に関する決議」の方は、どうしてかよくわからないが「ナップ」に掲載されなかった。日本プロレタリア作家同盟教育部編『プロレタリア文学講座㈠組織篇』（昭和七年十一月二十日発行、白揚社）の「日本プロレタリア作家同盟重要日誌」に、この「当面の任務に関する決議」が、次のように要約されている。

新方針の具体化の指示——労農通信員組織の促進、工場農村内に文学サークルを組織すること、学校及び小ブルジヨアジー下層の間に於ける同様の活動の必要性の強調、任務の正しい理解による地方活動の恢復、内部的には地方支部活動の発展、一般的には通信員文学サークルの組織の拡大強化、支部活動及び農民文学研究会を通じての労働者、農民作家の獲得、婦人作家の大衆的獲得、植民地民族からの××××の獲得。

「新方針」というのは、第三回大会の方針のことであって、臨時総会（第四回大会）は第三回大会の「実質的延長」とみてよい。日本プロレタリア作家同盟が「労農通信員運動の重要性」を問題にしたのは、昭和五年四月六日に開催された第二回大会においてである。「日本プロレタリア作家同盟第三回全国大会報告、方針書」のなかで、その時の問題のしかたについて、次のように自己批判している。

我々はこれによつて第一に作家の技術を高めやうとしたが、これは、通信員運動の促進を目的とすべきであつて、それとの相互関係に於てのみ作家の活動の成長を考へるべきであつた。この理解が不正解であつたためにこの企ては途中で立消えの形になつたが、それは企てそのものが悪かつたからではない。

その後、昭和五年十一月十四日、ハリコフ市で開かれた国際革命文学局第二回拡大総会（ハリコフ会議）において採択された「日本に於けるプロレタリア文学運動についての同志松山の報告に対する決議」のなかで、「労農通信の運動が一層広汎に拡大され、その組織網の中に日本プロレタリア文学運動の基礎がしつかりと根を張り、運動の全根底が強化されなければならぬ」という「提案」がなされたのである。日本プロレタリア作家同盟は、その「提案」を受けて、第三回大会において、次のように労農通信員運動のことを強調した。

わがプロレタリア文学をプロレタリアートの文化・教育活動の有機的部分とするため、同時にかゝるものとして無限に発展させるために、通信員運動との結合を組織化することが最大の急務である。文学における理論的・批評的活動も勿論かゝる規模の上に発展させられねばならぬ。さうしてこのことを、我々が日本における通信員運動の促進と組織化とに直接に参加することによつて実践的に解決して行かねばならぬ。かゝる実践的解決のみが、通信員運動の中から作家を育て上げさせ、これをわが同盟の組織に獲得させ、文学のプロレタリアートのヘゲモニーを打ちたてゝ行くのである。通信員運動との組織的結合、これが我々の第一に解決すべき今年度の活動の中心任務である。

さきの臨時総会（第四回大会）における「当面の任務に関する決議」は、第三回大会活動方針の具体化の指示であって、「工場農村内に文学サークルを組織すること」といっても、それは日本プロレタリア作家同盟が専門家組織としての創作活動の枠内での活動である。蔵原惟人が「企業内に於ける総ての文化組織」は、「運動全体の見地」から見るならば、「プロレタリアートの基本的組織（×《党》及び組合）の政治的および組織的影響を労働者の間に拡大し、その指導の下に労働者を動員するための補助機関でなければならない」といい、「実際的結論」として、「我が藝術運動内部に存在する日和見主義であるところの非政治主義・文化主義と徹底的に闘争」することだといった、その認識の上に立っているとはいいがたいのである。臨時総会（第四回大会）では、役員改選問題をめぐる幹部派と反幹部派との対立緩和に精力を費やし、党のナップに対する指導方針が変更し、ナップ指導部らがすでに蔵原惟人の所論を受け入れていたとしても、それは個人的にであって、「一九三一年に於けるナップの方針書」、そして第三回大会方針書と展開してきたこれまでの動きと、蔵原惟人の「プロレタリア藝術運動における組織問題」との関係が曖昧な形で処理されたようだ。

昭和七年五月十一日、築地小劇場で開かれた日本プロレタリア作家同盟第五回大会は、開会五分で解散させられたが、事前に審議は終了しており、『第五回大会議事録報告並びに議案』（全一四五頁）という冊子が刊行されている。そのなかに「文学新聞報告」が出ている。「文学新聞報告」は、「創刊の計画」「発行部数。配布区域」「読者層」「通信員運動」「文学作品の募集」「紙数増大及発行回数増加」「自己批判」の項目からなっており、「創刊の計画」には、次のように述べられている。

> 文学新聞はわが同盟が工場農村を基礎とする再組織の方針を採ると同時に計画された。工場農村内に大衆的な文学サークルを作るために、又その中にプロレタリア文学の影響をひろめ、サークルの中からプロレタリア文学運動の新しい動き手を獲得して行くことによつてわが同盟の基礎を企業内に植ゑつけるため、サークル組織者、指導者として広汎に活動することがその任務であると規定された。従つて文学新聞はプロレタリア文学の影響をサークル内にひろめるといふ仕事において、大衆をプロレタリアートの側へ結集して行くところの広汎な政治的

任務を帯びさせられた。

文学新聞をこのような任務のもとに創刊するに当り、中央常任委員会はその内部に専門部として文学新聞部を設け、その責任者の下に、文学新聞発行所を作り、その内部を編集局、経営部、発送部等に分け十数人の部員を以て各部を構成し、八月より仕事に着手した。


正確にいえば、この「文学新聞報告」には誤りがあるようだ。日本プロレタリア作家同盟が「文学新聞」の「創刊の計画」に「着手」したのは「八月」のことではなく、「七月」である。「文学新聞」昭和六年十二月二十五日付の「一九三二年の文学新聞」には、「今年の七月頃から出す用意がすゝみ」と書かれている。この方が正しいであろう。というのは、「ナップ」昭和六年八月八日発行の目次右端部分に「作家同盟は全国の工場農村の文学愛好者のためにいよいよ九月から文学新聞を出す。これはどこまでも労働者農民のものだ。通信や投書をどしどし送つて貰ひたい」という予告がすでに出ているからである。七月、あるいはそれ以前に「創刊の計画」がなされていなければ、八月八日発行の「ナップ」に予告が出ないであろう。「文学新聞」の創刊計画が「七月」、あるいはそれ以前になされたか、それとも「八月」になってからであるか、「文学新聞」の性格を考える上において極めて重要なことである。ナップは、昭和六年八月七日付の「ナップニュース」で、「プロレタリア的文化諸団体の闘争と常に連絡し、統一する為に諸団体を一個の連盟に包含し其の全国的中央協議会を結成」することを提唱し、八月二十日付で「プロレタリア文化連盟中央協議会組織について」（「ナップ」昭和六年九月五日発行、第二巻九号）を各団体に発送、「その組織準備会をつくることを発起し」、準備会への参加を勧誘した。すなわち、ナップは、この八月に蔵原惟人の再組織論を実行すべく、方向転換を決定したのである。しかし、七月には、再組織論問題がいろいろ論議されていても、まだ「一九三一年に於けるナップの方針書」の基本線を表面の上では堅持していたといえよう。

第五回大会の「文学新聞報告」は、日本プロレタリア作家同盟が「工場農村を基礎とする再組織の方針を採ると同時」に「文学新聞」の創刊が「計画」されたというが、再組織の方針が決定されたために「文学新聞」の創刊が「計画」されたのではない。このことは注意しておいてよいであろう。「サークル組織者、指導者として広汎に活動することがその任務であると規定」されたと「文学新聞報告」はいうが、その「規定」は一体どこでなされたのであろうか。「文学新聞」について、最初に言及した論文は、さきにあげた中野重治の「通信員、文学サークル、文学新聞――文学運動の組織問題に関する討議の成果――」(「ナップ」昭和六年八月八日発行、第二巻八号)である。中野重治は、「文学新聞」の創設について、次のように書いている。

通信員と文学的サークルとの活動は第三回大会以後急テンポで高まつてゐる。「ナップ」の「工場・農村から」欄にのつてゐるものは通信員およびサークルからの通信の一少部分にすぎず、八月号はその欄のページを増大したが、ページの増大は通信員およびサークル活動の増大に追ひつくことが出来ない。現在がその状態だから、今後「工場・農村から」欄のページをどれだけふやしても追ひつかないことは明かだ。しかも集まつて来る通信は量とともに質が高まつてゐる。我々はこの貴重な多量の通信を「ナップ」の誌面が許さないならば何か他の方法で発表し大衆化させねばならない。

それと同時に、増大しつゝある文学的サークルを雑誌「ナップ」および作家同盟組織部と今までの関係で結びつけて置くのに止めず、サークル同志の全国的連絡を組織し、サークル間の競争、経験の交換、それによるサークル組織の促進を更に積極化する必要が生じて来た。この問題解決のために引き出されて来たものが、サークルの集合的組織者として「文学新聞」の創設である。

ここには「サークルの集合的組織者」という言葉が出てくる。しかし、これは文学的サークル同志の全国的連絡を組織することによって、サークル組織の促進をいうのであって、「大衆をプロレタリアートの側へ結集して行くところの広汎な政治的任務」について述べていないことは明らかである。「一九三一年のナップの方針書」以後、「ナップ」

に「工場・農村から」欄を創設するなど、「労農通信員運動」の急速な現実の高まりの上に「文学新聞」が計画されたのであって、蔵原惟人の再組織論による企業・農村を基礎とする多数者獲得への手段、方法としてではなかった。それは、中野重治が「文学新聞」の目的について、次のように述べているところからも知ることが出来るであろう。

> 文学新聞は作家同盟によつて発行されるものであるから、その編集方針は一定してゐるが、新聞の紙面はあくまで大衆的で、新聞および新聞の読者が工場主等の側から追究されぬやうなものでなければならぬ。それは何らかの譲歩をすることによつて避けられるのではなく、労働者農民の文学愛好者の絶対多数に愛されるやうに編集することによつてなされる。サークルメムバー、企業内の文学愛好者たちが最も気軽に読み得、最も気軽にそれについて話し合ひ、通信や投書を思ひ立ち、それを通じてプロレタリア文学とブルヂョア文学とを見分け、サークルの組織を考へつき、他のサークルの経験を取り入れ、またプロレタリア文学の一般的問題、作家同盟の大会等に関心をもつやうになること、かういふ所に文学新聞の目的がおかれる。

ナップ指導部らが、蔵原惟人の藝術運動における再組織論を認めがたく、最初はその発表を見送った。しかし、党が蔵原惟人の論文を是認したので、ナップ指導部らもそれを受け入れざるを得なくなった。「文学新聞」の創刊が計画された昭和六年七月は、党が支持した蔵原惟人の所論をナップ指導部らが個人的に認めかけた時期である。しかし、いま引用した中野重治の文章を読めば、蔵原惟人が「企業内に於ける総ての文化組織」は「プロレタリアートの基本的組織（×《党》及び組合）の政治的および組織的影響を労働者の間に拡大し、その指導の下に労働者を動員するための補助機関でなければならない」といった、その認識のもとに「文学新聞」の目的が書かれていない。つまり、蔵原惟人の論文が「ナップ」に発表され、日本プロレタリア作家同盟においても再組織問題がいろいろ議論され、具体的日程にあがっていたが、「文学新聞」の創刊は、その再組織問題と結びついたところで計画されたのではなかったのである。むしろ、貴司山治や徳永直が主にその編集にあたったところを考えると、プロレタリア文学の大衆化の延長として計画されたという感じがするのである。事実、「文学新聞」昭和七年一月五日付は〝懸賞小説◇第一回◇新年特集〟を企画し、「労働者貧農の文学生る――この成果を見よ――」として、全頁を読者の投稿で埋めたのである。そして、徳永直は「文学新聞は作家を生んだ」（「プロレタリア文学」昭和七年三月一日発行、第一巻三号）を発表する。こうした貴司山治、徳永直の「文学新聞」路線は、右翼的大衆追随主義として厳しく批判されるのである。日本プロレタリア作家同盟第五回大会の「文学新聞報告」が、「文学新聞」の発刊計画時期を「七月」であるのを「八月」と単に間違っただけでなく、「文学新聞はわが同盟が工場農村を基礎とする再組織の方針を採ると同時に計画され」、「広汎な政治的任務を帯びさせられた」と述べているのは、方向転換した第五回大会当時の日本プロレタリア作家同盟の立場であって、「文学新聞」の「創刊の計画」がなされていた、その当時の事実経過を正しくいっているとはいいがたいのである。

ここで「文学新聞」第一号の巻頭に掲載されている「創刊の言葉」の全文を、次に紹介しておく。

日本プロレタリア作家同盟は、文学の好きな、すべての労働者や貧農や、勤労者諸君のために、文学新聞を発行することになつた。

作家同盟はこれまで、全日本無産者藝術団体協議会の機関誌である『ナップ』や『戦旗』と《ママ》通して全国の労働者、貧農、勤労者諸君と手を握り合つて来た。然し全国の工場、農村には、プロレタリア文学はまだ読んでゐないが、文学は好きだといふ、労働者、貧農、諸君が、どの位ゐるか知れない。

我々は、どんなことを、どんな風に書いたものが、ほんとうに労働者貧農諸君のための文学であるかを研究することを目的としてゐる。だから我々は、文学の好きなすべての労働者、貧農、勤労者諸君と手を握つて、足を合はせてゆかなければならない。

文学新聞はそのための新聞である。

日本プロレタリア作家同盟は、全国の工場、農村に、文学サークルと言つて、文学の好きな人たちが一つに集まる会を作ることを提案してゐる。

×　×

これまで、同じ工場や会社に勤め、同じ村に働いてゐながら、文学の好きな人たちが大抵はみんなバラ〳〵になつてゐた。然しさういう人たちが、一つに寄り合つて読んだ本のことを話し合ふ、詩や小説や芝居を読み合ふ、面白い小説を知らせ合ふ、本の貸し借りをやる、文学講演会や合評会、茶話会、ピクニック等をやる、本や雑誌を共同で買ひ入れる。さういふことが出来たら、どんなに楽しくさうして文学のことがよく分るやうになつてお互の助けになるか分らないのである。

文学新聞は、かういふ会を工場農村に作つてゆき、会の活動を手引きし、また一つの工場や一つの村の文学の会が全国の文学の会と連絡をとり、経験を交換し合ふそのための新聞である。

×　×

文学の好きな諸君の中には、物を書いてゐる人や書ける人たちが相当ゐるに違ひない。殊に詞《ママ》や歌や俳句を作つてゐる人は多いに違ひない。工場主や社長や、またさういふ人たちのために出してゐる雑誌、キングや講談や婦人雑誌や少年雑誌などに投書したり、仲間同志で謄写版刷りの同人雑誌を出してゐる人も少くないであらう。然し工場主や社長などの出してゐる雑誌には少しでも諸君の工場や会社の不平などは書けない。色々な新聞や雑誌は幾ら投書しても、諸君のほんとうの生活はどうしたら書けるか決して示してはくれない。同人雑誌を出すのにはなか〳〵金がかかる。

文学新聞は、さういふ諸君の自由な発表機関であり、鍛錬の場所である。小説、論文、感想文、小品文、日記、詩、歌、俳句、民謡、川柳、笑話、一口噺、少年の作文、童話、童謡、自由画等、紙面のゆるすかぎり載せてゆく。

書いたものゝ等級は、諸君が働いてゐる工場や農村や会社の生活が、どの位よく書けてゐるかによつて定められる。この点が他の新聞雑誌とは違ふ。

文学新聞は、あくまでも工場農村に働く諸君のものだ。

×　　　×

工場、農村の生き〳〵とした生活の響きと香《にほ》ひと味とを以つて呼吸づく文学新聞。

そこには、プロレタリア文学文化運動のその時々の重要な問題を分り易く書いたもの、プロレタリア文学（文化）運動に関する色々な事件やニユースの報導《ママ》、それからプロレタリア文学作品が、諸君の愛読と批判とを待つてゐる。

文壇の情況やニユースの報導《ママ》。

外国の文学の情況や、作家や作品の紹介。

我々は、有名なブルジヨア文学作品やプロレタリア文学作品や、映画を、それ等がどんなことを物語つてゐるかに就いて、誰にも容易く、面白く、手ツ取り早く理解できるように紹介してゆく。

我々は作品や通信の書き方に就いても語る。

諸君はまた、絵や小説や読物などの中に、日本や外国の時事問題のはつきりした姿を見るであらう。

最後に我々が最も力を入れることは、文学新聞を通じて、日本の労働者、農民諸君と、外国の労働者、農民諸君とのお互での工場農村の生活の隅々までも行きわたつた、心と心との親しみ深い握手である。

×　　　×

かくして、諸君のポケツトや懐に小さく折りたゝまれた文学新聞は、工場への往復に、昼休みの集まりに、電車の中に、村々の野良に、気軽に取り出されて、一服の煙草のやうに楽しまれるであらう。
一家団らんの灯下に、茶話会に遠足に、一座の中に開かれて、諸君の話題に花咲かすであらう。

宮本顕治は、この「文学新聞」の「創刊の言葉」についてプロレタリア文学運動の大衆的基礎をプロレタリアート、農民におくための手段として出されたことを明確にしていない、「こゝではサークルの性質、任務のうちサークルが文学ずきの労働者、農民をすべて集めなくてはならぬと云ふことを、そのサークルにプロレタリア文学の影響を実質的に保証し、それらによつてサークルを基本的組織の補助組織として運用すること、の理解が統一されてゐない」と批判したのである。宮本顕治の批判は、「文学新聞」の創刊号が発行された直後になされたのでなく、「文学新聞」が「今日まで既に第九号を出してゐる」という時点で書かれ、それは「藝術新聞の任務」と題して「プロレタリア文化」（昭和七年三月二十日発行、第二巻三号）に発表された。「藝術新聞の任務」のなかには「作家同盟の総会にみられた一部の同志の如く、サークルの集会的組織者ではなく、プロレタリア藝術の工場、農村での開拓者である等と云ふことは、新聞の持つ、任務を観念的に分離するものであり、サークル組織の実賤《ママ》的意義を理解しないものと云はねばならない」と述べている箇所がある。「一九三二年に於けるナップの方針書」の延長線上に「文学新聞」が計画され、発刊されたため、日本プロレタリア作家同盟が蔵原惟人の藝術運動における再組織論で方向転換した後にも、まだ「文学新聞」の任務を「プロレタリア藝術の工場、農村での開拓者」であると理解する者たちが存在したのである。そこで昭和六年十二月十五日に上落合事務所において開催された拡大中央委員会で「文学新聞」の自己批判がなされた。党員である壺井繁治が「文学新聞に対する批判」（「プロレタリア文学」昭和七年二月一日発行、第一巻二号）を発表し、そして、この宮本顕治の「藝術新聞の任務」によって、「プロレタリア藝術の工場、農村での開拓者」から「文学新聞」自らが政治的任務をおびた補助的役割をはたす、「文学新聞」の方向転換が完了したのである。以後「文学新聞」は、山田清三郎が「『文学新聞』の正しい発展のために――最近の批判の声に寄せて――」（「プロレタリア文学」昭和七年九月一日発行、第一巻十一号）で、東京城南の文学サークルからの抗議文を紹介しているように、「文学的臭味がなくなり」、政治新聞、救援新聞みたいになって「大衆が恐がつて近よらない」ような「極左的偏向」に陥っていくのである。

「文学新聞」の任務が基本的組織の補助的役割に変容するとともに、「文学新聞」は「紙代未収がたまり」、その発行部数も半減していく。「守れ文新―発行がおくれ半数しか刷れぬ―」（「文学新聞」昭和七年三月十日付、第十号）には、「文学新聞はついに定期日に出せなくなつた。本号は予定日より五日もおくれた。しかも約半数の一万三千しか刷れないのだ。（略）何故こんな状態となつたか？／金額にして五百円の紙代未収がわが同盟支部にたまつている。これが原因だ！」とある。これがコップへの暴圧を受ける直前の「文学新聞」の状況である。

「文学新聞」は、昭和七年一月二十日付発行で、「文新読者は通信員になれ―手続はカンタンだ―」と呼びかけ、昭和八年四月十五日付までに、文新通信員が八百七名になった。しかし、その内実はどうであったか。「通信員活動のために」（「文学新聞」昭和七年九月二十五日発行、第二十一号）によると、「二十号（八月二十日号）から二十一号までの通信数は十五通」であったという。「通信員はその義務として月に一回以上の通信文を送らねばならぬ」のに、この時にはすでに六百九十何名かの文新通信員がいたのに、たった「十五通」しか寄せられなかった。

八・一の国際反戦デーなど純然たる非合法的政治デモなどの大衆闘争の取り組みによって、「文学新聞」は合法的出版物であるにもかかわらず、発禁、発禁の連続で、合法性を維持することができなかった。「文学新聞」は、政治新聞と異なって、その性質、役割から考えて、あくまで、合法性を維持するための最大の努力をせねばならなかったのであろう。それが出来なかったところに、日本プロレタリア文学運動の脆弱さがあった。

（「ブックエンド通信」昭和五十四年四月二十八日発行、第二号）

プロ演劇におけるリーフレットをめぐって

――「左翼劇場パンフレット」「タワーリシチ」「同志」「演劇新聞」――

東京左翼劇場は、昭和三年三月二十五日に全日本無産者藝術連盟（ナップ）が結成された際、その演劇部として、佐野碩・久板栄二郎・小野宮吉ら全日本プロレタリア藝術連盟（プロ藝）に所属していたプロレタリア劇場と佐々木孝丸・村山知義・杉本良吉ら前衛藝術家同盟（前藝）に所属していた前衛劇場とが合同して生まれた劇団である。佐々木孝丸の『風雪新劇志―わが半生の記―』（昭和三十四年一月二十日発行、現代社）によると、左翼劇場と命名したのは、蔵原惟人であった。

周知のように、全日本無産者藝術連盟は、昭和三年十二月二十五日に文学・美術・演劇・映画・音楽の各専門部をそれぞれ独立の団体に再組織し、その名称も全日本無産者藝術団体協議会（ナップ）と改めた。そのため、日本プロレタリア劇場同盟（プロット）が、昭和四年二月四日に、「吾同盟は一切のブルジョア演劇を実践的に克服しつゝ、プロレタリア演劇の組織的生産統一的発展を期す」「吾同盟は斯かる一切の演劇的活動を通じて無産階級解放の為に闘ふことを期す」「吾同盟は演劇に加へられる一切の政治的抑圧撤廃の為に闘ふことを期す」の綱領を掲げて創立された。この時のプロットの役員は、「極秘」と表紙に角印のある『司法研究〈第十二輯報告書集二〉』（昭和五年三月発行、司法省調査課）によると、中央執行委員長に佐々木孝丸が、書記長に佐野碩、中央委員に小野宮吉・中村栄次《ママ》・村山知義・佐藤武雄・佐野碩・三木武雄《ママ》・松永敏・早川辰治がなっている。内務省警保局編『社会運動の状況一〈昭和二～四年〉』（復刻版昭和四十六年十一月三十日発行、三一書房）によると、役員は、中央執行委員長・佐々木孝丸、執行委員・佐野碩・峯相《ママ》太郎・鶴丸睦彦・小野宮吉・杉本良吉（以上左翼劇場）・三木武夫（大阪戦旗座）、書記長・佐野碩となっている。創立当初におけるプロット所属劇団は、東京左翼劇場・大阪左翼劇場（旧戦旗座・群衆劇場・明日への劇場が合同）・金沢前衛劇場・静岡前衛座・京都青服劇場の五劇団、それに松本地方準備会・神戸地方準備会である。『特高月報〈昭和五年九月分〉』（昭和五年十月二十日発行、内務省警保局保安課）によると、昭和四年二月九日、大阪戦旗座創立大会を阪急沿線塚口住宅三木武夫方において開催している。大阪左翼劇場というのは、この大阪戦旗座が創立されるまでの仮称であったと思われる。どちらにしてもプロットの中心をなした劇団は、いうまでもなく東京左翼劇場である。松本克平は『日本近代文学大事典第四巻』（昭和五十二年十一月十八日発行、講談社）の「左翼劇場」の項目で、「左翼劇場の主要なメンバーは同時にプロット（日本プロレタリア劇場同盟、のちに演劇同盟と改称）の指導的メンバーであり、人事的には左翼劇場＝プロットであった」と記している。しかし、厳密にいえば、左翼劇場とプロットの役員は、形式の上では別であり、『社会運動の状況二〈昭和五年〉』復刻版昭和四十六年十一月三十日発行、三一書房）は、左翼劇場の役員を、執行委員長村山知義、執行委員中村栄二・伊達信・阿部正・石井明・成田梅吉・下山索二をあげている。佐々木孝丸はプロットの中央委員長とナップ中央協議員を兼務していたので、左翼劇場の役員にはついていない。その佐々木孝丸が左翼劇場発行の「左翼劇場パンフレット」や「タワーリシチ」の発行編集人になっているのである。そうしたことを考慮してみると、「左翼劇場パンフレット」や「タワーリシチ」は、左翼劇場の発行となっているが、プロットの出版物という面をも兼ね備えていたとみてもよいであろう。すくなくとも、「左翼劇場パンフレット」から「タワーリシチ」へ、そして「同志」を経て「演劇新聞」へと展開していったのは、そのままプロットの活動方針に沿ってである。

左翼劇場は、第十二回公演（前衛座より通算）として、昭和四年六月二十七日から七月三日まで、築地小劇場で村山知義の「全線」（「戦旗」七月一日発行、第二巻七号所載の「暴力団記」を改題）を上演した。「左翼劇場パンフレット」第一号（昭和四年七月一日発行）が、この「全線」公演の際に刊行されたことは興味深い。左翼劇場は、「全線」の上演によって、プロレタリア演劇運動において確乎たる地位を築いた。これまで商業新聞の演劇評などでプロレタリア演劇が取りあげられるということはほとんどなかった。しかし、この「全線」の上演については各紙が称賛した。（辛二）は、「全線左翼劇場公演」（「東京朝日新聞」昭和四年七月一日付）で、「佐々木（周平甫）藤田（保三）鶴丸（徳宝）等三氏の大中親分ぶりはよく人物を具象化し、伊達その他総工会代表関係のヒロイックな役柄に対象して困難な役割を見事に果してゐる」と評している。

「全線」の公演が一般に評判がよかったというだけでなく、プロットの活動がこの前後から軌道に乗ったといえよう。さきの『司法研究〈第十二輯報告書集二〉』によると、プロットの「具体的活動」の一つとして、「観客の組織（ドラマリーグの確立）」を掲げている。それには次のようにある。

今後吾々はドラマリーグをその劇団の観客網として発展させねばならぬ。而してリーグの活動は⑴プロレタリア演劇の共同観賞とその財政の支持⑵批判会、茶話会、講演会の開催⑶ニュースの発行にあり、さらに演劇愛好者をブルジヨア演劇の影響下から切り離すと共に、当該地方の「戦旗読者会」「無産者新聞読者会」等々と密接な連繫を保ち、可能な限り政治的活動への参加、演劇技術者の獲得に利用し得る様注意しなければならぬ。

しかし、左翼劇場がドラマ・リーグに参加せよと呼びかけるのは、「全線」公演前後からであろう。「中央劇場パンフレット」（昭和九年三月十一日発行、改名披露記念号）に別刷附録として添附された「中央劇場上演目録史」によると、『全線』の上演は内容形式共にプロレタリア演劇史に一時期を画したものである。この公演より左翼劇場は労働者券を発行」と、その「備考」欄に記されている。左翼劇場は、「全線」公演において、「労働者券」や「左翼劇場パンフレット」の発行など、これまでやらなかった新しいことを意欲的に試みたのである。以後、左翼劇場あるいは新築地の公演における入場料は、だいたい労働者券が三十銭、一般者券が一円という具合になる。この「労働者券」の発行がドラマ・リーグの確立に拍車をかけ、多数の労働者観客を獲得する基盤となった。

「左翼劇場パンフレット」を発行するきっかけとなったのは、すでに新築地劇団が「幕間の読みもの」、あるいは「芝居の手引」としてリーフレット「新築地」（旗挙げ号、第一巻一号、編集兼発行人・久保栄）を昭和四年五月四日に出していたからであろう。「新築地」の前には、築地小劇場が発行していた「築地小劇場」がある。いま、「新築地」と「左翼劇場パンフレット」との創刊号を比べると、「新築地」が菊倍判の大型であるのに対して、「左翼劇場パンフレット」の方が菊判であるといった違いがあっても、根本的には、双方とも「芝居の手引」「幕間の読みもの」としてのその編集方針には変わりがない。参考までに、「新築地」第一巻一号の主要な内容を次に記しておく。なお、新築地劇団は、この時、第一回公演として、金子洋文の「飛ぶ唄」、片岡鉄兵作・高田保脚色「生ける人形」を、昭和四年五月三日より十二日まで、築地小劇場で上演した。

「新築地」劇団に寄す！　文壇諸家
飛ぶ唄上演について　金子洋文
金子洋文小論　前田河広一郎
「脚色」より「犬」まで　高田　保
「飛ぶ唄」筋書・配役　無署名
「生ける人形」筋書・配役　無署名
宣言書　新築地劇団
独逸劇壇近事（＊海外劇壇消息）　久保　栄
最近ロシア劇団消息（＊海外劇壇消息）　八住利雄
仏蘭西の新らしい戯曲（＊海外劇壇消息）　飯島　正

イギリス劇団近事（＊海外劇壇消息）　中川　龍

「左翼劇場パンフレット」第一号には、「左翼劇場ドラマ・リーグに参加せよ」（一三頁下段）、「ドラマ・リーグに参加して左翼劇場を守れ！」（一四頁下段）の呼びかけの文章が出ている。しかし、直接ドラマリーグ確立のために「左翼劇場パンフレット」がそれと結びついて発行されたのではない。ドラマ・リーグについては、「ドラマ・リーグ・ニユース」が「左翼劇場パンフレット」とは別個に出されたようだ。あくまでも「左翼劇場パンフレット」の出発点においては、「新築地」と同様、公演ごとに出し物を中心とした「芝居の手引」とか「幕間の読みもの」として刊行されたのである。

だが、ドラマ・リーグのためのリーフレットとして「左翼劇場パンフレット」が発展する要素もすでにそこに内包していたといえよう。また、「左翼劇場パンフレット」第二号（昭和五年二月一日発行）には、クノーリンの報告による決議を翻訳した、杉本良吉の「全連邦××党の演劇政策」が掲載されている。これなどは本来プロットの機関誌に載せるべき性質のもので、「幕間の読みもの」としては堅すぎてふさわしくないであろう。プロットが機関誌として「プロレタリア演劇」を創刊したのは、昭和五年六月十日である。それまで独自の機関誌を持たなかった。杉本良吉の「全連邦××党の演劇政策」などの掲載は、「左翼劇場パンフレット」がその機関誌的役割を果たした、あるいは「左翼劇場パンフレット」がプロットの機関誌としてのちに発展する要素ももっていたといえよう。

「左翼劇場パンフレット」は、第三号（昭和五年十月四日発行）から、その性格・役割・使命が一新する。第二号では、「太陽のない街」配役・筋書、徳永直「『太陽のない街』について」、村山知義「演出者として」、藤田満雄「『太陽のない街』の脚色について」、林房雄「『太陽のない街』の作者」、仲島淇三「僕と『太陽のない街』――トランク劇場出動の想ひ出――」といった具合に、その時の公演の出し物を中心として編集されている。だが、この第三号では、公演の出し物に関しては、その筋書や配役さえも省略し、ただ小野宮吉の「『不在地主』の脚色」一篇を載せているだけである。そして、これまでの号にはなかった「職場から」欄を設置し、労働者の投稿三篇を掲載している。「ドラマ・リーグ係」という署名で、第三号に発表されている「ドラマ・リーグの話」によると、「今まで出してゐたドラマ・リーグ・ニユースを今月限りやめにして、その代り『左翼劇場パンフレット』を毎月一回づ丶、諸君の手に送ることにした」という。「ドラマ・リーグの話」は、さらに続けて次のように述べている。

「左翼劇場パンフレット」といふ名前のものは前からあつたが、それは劇場の公演の度毎に、その公演の出し物を中心にして、色々なことを書かれたものであつた。今日からの「パンフレット」は、それとはひどくちがつたものになる。勿論、公演のあるときにはその出し物についての話も色々載るが、もつと大きな仕事は「芝居の大衆雑誌」としての役目を出来るだけ果すことだ。云ひかへれば「パンフレット」はいつも労働者諸君に読まれるために作られる。だから「パンフレット」は労働者諸君（殊にリーグ員諸君）の投稿（手紙の書き方で結構だ）と、労働者諸君に芝居を見せるために必要な記事で埋められる。これまで出してゐた「移動演藝団ニユース」もやつぱり「パンフレット」にふくまれることになつたのだ。

「公演の度毎」に出されていた「左翼劇場パンフレット」は、第三号よりドラマ・リーグ員に配布するため「毎月一回づ丶」刊行されることになった。事実、第四号（昭和五年十一月二十日発行）は、左翼劇場の公演がその月になくても出され、その大半が前月に開かれた第十七回公演の「不在地主」を観劇したリーグ員等の投稿で占められている。つまり、「左翼劇場パンフレット」が、その第六号より「タワーリシチ」（昭和六年一月三十一日発行）と改題したのは、このようにドラマ・リーグを基礎とする「芝居の大衆雑誌」に、その編集方針を指向したためであろう。

だが、「左翼劇場パンフレット」は、第三号でドラマ・リーグ員に配布する雑誌と変身しながら、その誌名を「タワーリシチ」と変更するまでにかなりの時間がかかっている。また、「左翼劇場パンフレット」第五号（昭和五年十二月六日発行）は、主に労働者の投稿で編集した第四号とは反対に、「職場から」欄もなくなり、ドラマ・リーグ員らの原稿が一篇も掲載されていない。ドラマ・リーグを基礎とした「芝居の大衆雑誌」として「左翼劇場パンフレット」が一路邁進したのでは決してなかった。そこに左翼劇場あるいはプロットのこの時期におけるドラマ・リーグ並びに農民・労働者劇団に対する指導の消極性が反映されているとみてよい。事実、さきの「ドラマ・リーグの話」では、ドラマ・リーグを指導するものは、「これはわかりきつたことだ」として、左翼劇場が組織し、指導することを放棄して、次のように述べている。

職場内にドラマ・リーグを組織したり、その活動を指導したりするものは、その職場の主体的な闘争組合（組織とか自治的従業員会とか、組合のないところでは組名準備会等）であつて、左翼劇場のドラマ・リーグ係ではない。

職場にドラマ・リーグを作れといいながら、左翼劇場が自ら直接ドラマ・リーグを組織することを否定してしまい、その指導を「職場の主体的な闘争組合」に全く依存してしまっているのである。また、この「ドラマ・リーグの話」と同じ第三号に掲載されている、岡部恭の「芝居の利用法に就て」は、ドラマ・リーグ員らが芝居に興味を持ち過ぎ、芝居をやるのはいけないことだという。そして、次のようにいう。

左翼劇場や、プロレタリア演藝団で芝居をやるのは、決して諸君を芝居好きにする為にやつてゐるのではない。何故、我々だけが芝居をやつて、諸君には、劇団を作つて芝居をやつてはいけないと我々が云ふのか。現在、諸君には、必ずしなければならない、重要な仕事が沢山ある筈だからだ。それは×争と×命の時代と、定義されてゐる現在の情勢が、諸君に唯芝居が好きだと云ふ理由だけで、芝居をやるやうな余裕を全然与へてはゐないのだ。

職場のなかで労働者が劇団を作り、芝居をやることよりも、「工場内の日常闘争」に、「全精力を費さなければならない」というのである。農民・労働者劇団を組織し育成すること、その活動を否定してしまったのである。プロット中央執行委員会が、昭和六年五月に発行した「一九三〇年度に於ける活動の一般的報告」のなかで、「我が陣営の組織的弱味につけこんで、かねて芽生えつゝあつた右翼的偏向が姿を現はし始めた」、それが「ドラマ・リーグ並に移動的活動に対する消極的態度、及び労働者・農民劇団に対する無策に等しい怠慢として現はれてゐる」と自己批判せねばならぬようなところがあった。そうした状況であったため、「左翼劇場パンフレット」が第三号で、ドラマ・リーグを主体とする雑誌に、その編集方針を変更しながら、それを一気呵成に押し進めることができなく、「タワーリシチ」「同志」そして「演劇新聞」へと紆余曲折せねばならなかったようだ。

「タワーリシチ」が「同志」と改題したのは、昭和六年五月十七日に開催されたプロット第三回全国大会において、新築地劇団がプロットに加盟したため、「タワーリシチ」と「新築地」とが合併したからである。「同志」第一巻九号（昭和六年五月二十九日発行、改題第一号）の「編集部から」は、次のように記している。

「タワーリシチ」といふ題名をこの号から「同志」と改めた。「タワーリシチ」といふのではどうも呼びにくいといふ非難を方々から聞かされたからだ。度々改題ばかりするやうだけれど、今まで出されてゐた「新築地リーフレット」とも合併することになつたので、この際体裁を変へると一緒に、題名まで変へたやうな訳である。すつかり新しく生れ変つた「同志」を充分に支持して、諸君の力で益々よくしてくれることを心から望む。

この「同志」からは、発行編集人が、佐々木孝丸にかわって小野宮吉となっている。これは、昭和六年二月、佐々木孝丸がダラ幹と批難され、新城信一郎・生江健次らの画策によってプロット中央執行委員長を罷免されたからである。非合法の共産党がプロットを指導するようになるのはその前後からであった。もし仮りにこの時、佐々木孝丸がプロット中央執行委員長を罷免されなかったならば、蔵原惟人が古川荘一郎名儀で提出した組織問題についての、プロットの対応の仕方は、どうなっていたであろうか。村山知義らとはまた違ったものになっていたであろう。

「同志」は、名実ともにドラマ・リーグの機関誌となった。「劇場談話室」や「職場からの反響」欄を設置し、ドラマ・リーグ員らの投稿欄に紙面を拡大しただけでなく、北川清「俺達の芝居―ドラマ・リーグ宣伝のための対話劇―」

や佐藤吉之助「即興劇のやり方」など、職場の労働者や農村を対象とした原稿が多く載せられている。「同志」終刊号（昭和六年九月六日発行）に、本庄陸男が壁小説「校長先生」を登載しているのは注目される。この三十五歳という若さで亡くなった本庄陸男については、もっと基本的なことが調べられてよいと思う。例えば発禁となった本庄陸男の第一著書『資本主義下の小学校』は、架蔵本によれば昭和五年十月二十日に自由社から発行されているが、在来の年譜にはこれが昭和三年となっているようなところがある。一冊の著書にまとめるぐらい教育時評や教育関係の評論を書いてきた本庄陸男が小説を書くようになる。「同志」に発表された「校長先生」は壁小説であるが、そうした本庄陸男の最も早い時期に書かれた作品の一つである。

さきに、「タワーリシチ」から「同志」への発展を、新築地劇団がプロットに加盟したことにより、「タワーリシチ」とリーフレット「新築地」とが合併したことにあると書いた。しかし、このことだけでは説明が不十分であろう。昭和六年五月十七日に開催されたプロット第三回全国大会で決定されたプロットの活動方針について触れておく必要があろう。この第三回全国大会での課題は、プロフィンテルン第五回大会のアジ・プロ部協議会の決議として出された「プロレタリア文化及び教育の諸組織の役割と任務」に関するテーゼを、どのように活動方針のなかに消化し組み入れるかにあった。プロット中央執行委員会が当日の大会に提出した「一九三一年度に於ける同盟活動の一般的方針」（「ナップ」昭和六年八月八日発行）の「三、転向期にある藝術（演劇）運動」の章には、次のように述べられている。

プロフインテルン第五回大会の『××的文化・教育活動的組織』に関するテーゼが日本の××的労働組合によつて如何に実践化されるかに就いての具体的プランは未だ明らかにされてゐない。然し、それが、工場を基礎に『各人の自由意志で加入出来ると云ふ原則に従つて』大衆的に組織され、××的労働組合に指導されつゝ之れと協力して、その目的とする『(イ)プロレタリアートの凡ての重要な政治的経済的任務を系統的に闡明する事、

（ロ）文化反動に対する闘争に大衆を動員する事、（ハ）労働者及び婦人労働者の日常の文化慾求及び生活慾求を擁護する事』等の任務を遂行し、それはまた同時に『××的労働組合及び労働組合××的反対派の成員獲得の活動場所』となるやうな外郭的、大衆的組織である——と云ふ原則的な点では変りないだらう。

この時、プロット中央執行委員会は、演劇についていえば、「現在のドラマ・リーグが此の大衆組織の有力な単位」となると判断したのである。プロット第三回全国大会は、「労働者階級のイニシアチーブのもとに、そして大衆的基礎の上に展開」されるようにしなければならない。また、「××的労働組合の指導の下に、その組織（特に、演劇に関するそれ）の生長発展のために精力的に行動」すべきであるという見地から、「我が同盟の当面の基礎的任務」として、次の七項目を決定した。

A、演劇運動の中に労働者階級のイニシアチーブを発揮せよ

B、全国の重要都市農村にプロットの組織を拡大せよ！

C、労働者農民観客の大衆的組織

D、ブルジョア的、社会民主主義演劇に対する大衆的闘争を捲起せ！

E、××主義演劇の確立！

F、組織の運用、その他

G、国際的提携を確立せよ！

このうちの「C、労働者農民観客の大衆的組織」には、次の如く記されている。

ドラマ・リーグは（イ）演劇の×動宣伝的効果を確実にするために（ロ）労働者からの批判を旺盛にし、且つ、レパートリーの製作及び上演（主として移動活動）に際して、『観客を一つの組織的全体、一つの協働体として演劇行動の中に融かし込む』と云ふやうな方法を通じて、演劇運動の中に労働階級のイニシアチーブを発揮させる

ために、（ハ）上記の協働作業を重ねる事によつて、やがて其の中から労働者劇団の芽生えを生むために（ニ）更らに、××的演劇の防衛及びブルジヨア的演劇社会フアッシズム演劇に対する大衆闘争を捲き起す為に――広汎に、全国的規模に組織されなければならぬ。（略）来るべき年度に於ては、我々はプロツトの組織を全国化する闘争と結びつけて、観客の大衆的組織網を確立するために戦はなければならぬ。且つ、此の闘争の有力な補助機関である劇団パンフレツト、リーフレツト、ニユースの発行、特にその編集を大衆的基礎の上に置き、真に組織者、宣伝者としての大衆的出版物たらしめるやう努力すべきである。

以上の如く、「タワーリシチ」が昭和六年五月二十九日発行より「同志」と改題され、その編集が「大衆的基礎の上」に置かれたのは、プロフインテルン第五回大会の「プロレタリア文化及び教育の諸組織の役割と任務」に関するテーゼの問題が活動の日程にのぼり、昭和六年五月十七日のプロツト第三回全国大会で「一九三一年度に於ける同盟活動の一般的方針」が採択されたためであった。では、その「同志」がわずか四冊を出したきりで、なぜ終刊せねばならなくなったのか。それは、古川荘一郎が「ナップ」（昭和六年六月七日発行、第二巻六号）に発表した「プロレタリア藝術運動の組織問題―工場・農村を基礎としてその再組織の必要―」からはじまり、プロットが「ドラマ・リーグ」という形態で企業内に組織を持つことが誤りであると否定してしまったからに他ならない。「同志」終刊号（昭和六年九月六日発行）は、第一頁に無署名の「終刊の辞」を載せている。それには、「労働者階級の多数者を我々の側に獲得する」ために、演劇サークルを組織すること、それを実践に移せば、「第一に、演劇運動を大衆化することであり、組合の側から見れば、『多数者の獲得』、『独自的な指導』、『下からの統一』といふやうな事の最も有力な方法」となるとして、続けて次のように述べている。

さうなれば、当然、ドラマ・リーグの機関紙として発展して来た「同志」は、当然、「演劇愛好会」のやうなグループの、全国的な連絡を組織し、グループ間の競争、経験の交換等を、中心的な問題として取上げ、演劇グループの意識水準に応じての、即ち、内容はもつと広汎な、一般的なものとなり、様々な演劇に関するニュース、プロレタリア演劇運動の当面してゐる問題の紹介と解説労農通信員運動による記事等が、主要なものとなるのである。

それは、現在の「同志」とは性質の異つたものであるし、様々なニュース等が多く取り扱はれるやうになるので、「演劇新聞」として発行されることになつた。そしてその準備もすつかり出来てゐる。

藝術運動における再組織により、ドラマ・リーグが否定され、その機関誌として発展してきた「同志」は、第一巻十二号をもって終刊となり、ここに新たに「演劇新聞」が創刊されたのである。

「演劇新聞」は、ナップ加盟の各同盟が発行した「文学新聞」「音楽新聞」「美術新聞」などの藝術新聞のうち、一番最初に創刊された。それだけプロットが文化サークルを基礎として活動する蔵原惟人の再組織論を受け入れることに早く踏みきっていたといえる。プロットが第三回全国大会で決定した「一九三一年度に於ける同盟活動の一般的方針」を自ら覆し、蔵原惟人の「プロレタリア藝術運動の組織問題」をどういう経過で受け入れたのか、若干の説明を加えておきたい。平出禾の『司法研究〈報告書第二十八輯九〉―プロレタリア文化運動に就ての研究―』という司法省調査部（昭和十五年三月発行、復刻版昭和四十年九月二十日発行、柏書房）から出された当時の「極秘」文書に、蔵原惟人の提唱をめぐって、ナップ指導部との関係が次のように書かれている。

当時のナツプ指導部に於ては、右プロフインテルンのテーゼは、労働組合が自ら行ふべき組織方針を指示したものので、文化団体に任務を課する趣旨ではないとなし、文化団体は、在来通りよりよき作品の生産発表によつて大衆をアジプロして労働組合の活動と協力し又利用させれば足りるとの見解を持して、蔵原の提唱には賛意を表せず、前記の論文（プロレタリア藝術運動の組織問題）を以て根本的誤謬に基くものとして誌上に発表しない意向であつた。

茲に於て蔵原は、先づナップ指導部を説得する必要に迫られ、右生江を通じて、同年五月下旬、プロット委員長村山知義と会見同人を入党せしめた上、同人に対し、ナップ指導の見解は組合活動と文化活動の問題の非弁証法的非政治的誤謬を含むものであると批判し、プロフインテルンのテーゼ並に自己の所説の正しい事を力説し、ナップの方向転換、文化連盟の結成の為に尽力すべきことを慫慂して同人を説得し、且当時『ナップ』四月号に発表された「一九三一年度に於けるナップの方針書」を以て、小ブルジョア的インテリゲンチヤの専門技術者のみを対象として労農大衆より遊離した従来の藝術運動の誤謬を最も明白に表現してゐるとなし、其の再討論の会合に村山を出席させて、自己の主張を含めてナップの方向転換の必要を説明させた。然るに、中野重治を中心とする作家同盟の中心幹部は村山の所論に絶対反対の意を示したが、結局、蔵原の右論文は一応『ナップ』誌上に発表して大衆討議に訴へることとなり、『ナップ』六月号に掲載した所、此の論文は全プロレタリア藝術運動者間に絶大なるセンセーションを捲き起した。

之と前後して、生江健次は作家同盟員、宮本顕治を勧誘入党させ、更に同年六月に至り蔵原は、前記三村に代つて党中央委員会アジプロ部所属文化団体指導係責任者の地位に就き、手塚、宮本の連絡によつて、中野重治と会見して同人を説得し、斯くて同年七月初頃には蔵原の所論はナップの指導分子の間に一般に是認され、此の方針の下に合法的方法により文化連盟の結成準備が進められることとなり、蔵原は更に「藝術運動の組織問題再論」（七月十五日稿）を『ナップ』八月号に発表した。

たいへん長文の引用になってしまったが、ナップの指導部らが蔵原惟人の論文を是認するに躊躇したなかで、プロットの委員長である村山知義だけが最初から蔵原惟人の再組織に賛成し、それを実現するために作家同盟の中野重治らを説得すべく働きかけたことが明らかである。中野重治の小説「一つの小さい記録」（昭和十一年一月一日発行、第五十一年一号）は、蔵原を斎藤、村山を大森として、そのことを描いている。中野重治は、「論文（プロレタリア藝術運動の組織問題）が雑誌に発表されて〈それは人見〈古川〉という変名で発表された。〉私たちが読んだころ噂はひろまつてゐた。そして私はその論文に反対だつた。大森（村山）は賛成してゐた。きようはその決着をつけるための集まりへこれから行くところだつた」と書いている。中野重治の小説では、蔵原惟人の論文が発表されてから後に、村山知義らとの会合を開いたことになっている。それがさきに引用した名古屋区裁判所検事であった平出禾の極秘文書では、蔵原惟人の論文が「ナップ」六月号に掲載される以前のこととしている。ナップの中心幹部の反対により、蔵原惟人の組織論が二カ月以上も発表が保留された。それが二カ月以上も握りつぶされていたといえ、「ナップ」に一応掲載されたのは、ナップの編集部や指導部が考え方を変更し、蔵原惟人の論文を是認したからではない。榛原憲自編「蔵原惟人著作編年目録」（『蔵原惟人評論集第十巻』昭和五十四年十二月十五日発行、新日本出版社）によると、蔵原惟人は昭和六年二月十五日ごろ、ソビエトからハルピンを経て秘密裡に帰国し、「五月中旬、日本共産党中央部との連絡を回復、宣伝煽動部員となり、後、組織部員をかねる。六月宣伝煽動部の文化団体指導係責任者」となったという。つまり、党の意向、あるいは指令というようなものを感じて、ナップ編集部は蔵原惟人の再組織論を「ナップ」誌上に発表して大衆討議に訴えることとしたのであろう。まだ発表もされていない蔵原惟人の再組織論をめぐって、村山知義が精力的に動き、中野重治ら反対者を説得するために会合を持ったということではなかった。蔵原惟人の再組織論が発表されても、なおかつナップの主たる指導部らがそれを是認しようとしていなかったからこそ、蔵原惟人は村山知義を「其の再討論の会合」に出席させ、「ナップの方向転換の必要を説明」させねばならなかったのであろう。時間的経過については、平出禾の当時の極秘文書よりも、中野重治の「一つの小さい記録」の方が事実に近いと思われる。

興味深いことは、生江健次が「演劇運動に於ける組織問題—古川荘一郎の論文を中心として—」を「ナップ」（昭和六年七月八日発行、第二巻七号）に発表していることである。蔵原惟人は党員であった生江健次の手引きによって党中央部との連絡が回復した。その生江健次が、プロット第三回全国大会の「一九三一年度に於ける同盟活動の一般的方針」を堅持する立場にたって、古川荘一郎名儀の「論文には多少の不備を発見」すると批判している。村山知義に入党をすすめたのも生江健次である。たとえ、古川荘一郎名儀の蔵原惟人の再組織論が「ナップ」誌上に発表される以前に、プロット中央執行委員長であった村山知義がそれを是認していたとしても、それは村山知義の個人的見解であって、まだその時にはプロットフラクション全体が容認するところまでにはなっていなかった。このことは中野重治の「一つの小さい記録」に描かれていることと符合する。「まもなく私は、彼が私たちの秘密グループの書記局メンバーで、私たちのグループと上部機関との連絡係なこと、この島田の合法的所属は大森たちの演劇団体なことを知つた」と、中野重治の小説に書かれている「島田」は、生江健次のことで、その時の会合では、この「島田」も「私たちと同じ意見（蔵原惟人の再組織論に反対）だつた」とある。

党員としてプロットを実質的に指導していた生江健次が、蔵原惟人の再組織論を当初すなおに受け入れなかった。だが、生江健次は「演劇グループの問題を中心に―再び組織問題に就いて―」を「ナップ」（昭和六年八月八日発行、第二巻八号）に発表し、「現在ドラマ・リーグといふ形態で、我々が企業内に組織を持つ事は誤りである」と、ドラマ・リーグの拡大強化を基本的任務の一つであると決めた「一九三一年度に於ける同盟活動の一般的方針」を一転して否定して、蔵原惟人の再組織論を受け入れる。また、その中で、ドラマ・リーグの機関誌である「同志」は、「当然演劇グループを中心とした演劇新聞のやうになつて行かなければならない」と述べている。多分、直接「演劇新聞」という言葉が最初に出てくるのは、生江健次のこの「演劇グループの問題を中心に―再び組織問題に就いて―」という論文であろう。生江健次の論文の執筆された日がいつであるかわからない。生江健次がそれを書いたころには、プロットフラクションが蔵原惟人の再組織論を是認する方向で動き出していたと判断してよいであろう。「演劇グループの問題を中心に」が掲載された「ナップ」には、古川荘一郎の「藝術運動の組織問題再論」も載っている。古川荘一郎の執筆は七月十五日である。また、内務省警保局編『社会運動の状況三〈昭和六年〉』（復刻版昭和四十六年十二月三十一日発行、三一書房）によると、昭和六年七月十二日にナップ中央協議会が開催され、そこで「文化連盟の結成提唱」が議題にされている。すくなくともその時分までには、生江健次をはじめ、プロット内の党組織も蔵原惟人の再組織論を受け入れ、その方向で活動を開始していいと推定していいであろう。しかし、まだプロット全体が組織として蔵原惟人の再組織論の方向で転換することを正式決定したのではない。

生江健次は、「生江健次予審訊問調書―第三回―第八回―」（『運動史研究三』昭和五十四年二月十五日発行、三一書房）の「第四回訊問調書」で、次のように陳述している。

当時ノ我国ノ情況ニ応シテ全体化スルコトハ企業内ニ基礎ヲ置ク文化運動ノ全体ノ大キナ方向転換ヲ意味スルモノテアリ非常ナ大キナ問題テフラクシヨンニ於テモ之ヲ直チニ理解スルコトハ非常ナ困難ヲ感シマシタソシテ具体化ノ方法ニ付テ色々ナ疑問ヲ前述ノ会合ニ持出サレルノテ我々ノ会合テハ種々討議ノ末次々ニ之等ヲ解決シテ行キマシタカ然シ其問題テ村山カナツプニ新組織方針ノ論文ヲ発表スルニ至ル迄相当期間ガカカリマシタ従ツテ此ノ問題ハ其ノ後ノ蔵原トノ会合ニ於テモ亦後ニ述ヘマス、プロツト内フラク会議ニ於テモ常ニ問題トセラレ討議セラレテ居ルノテアリマス。

「村山カナツプニ新組織方針ノ論文ヲ発表」したというのは、「プロットの新しい任務と新しい組織方針」（「ナップ」昭和六年九月五日発行、第二巻九号）のことである。この論文は、村山知義個人の名前で発表されている。だがその冒頭部分に、「――プロット常任中央委員会で審議承認された草案的論文――」「――ナップの組織問題に関してこれ迄の諸論文で繰り返し触れられた点は出来るだけ簡略した――」と記され、また論文の末尾には、脱稿年月を示すのであろう、「――三八・八――」と書かれてあるが、それは「――三一・八――」の誤植である。「プロットの新しい任務と新しい組織方針」は、三カ月前の第三回全国大会から新しく方向転換をするのであるから、本来手続きとしては全国大会に次ぐ最高機関〝拡大常任中央執行委員会〟で審議決定されねばならない。事実、「プロットの新しい任務と新しい組織方針草案」が「日本プロレタリア劇場同盟拡大常任中央執行委員会」の名前で謄写版のプリントが出されている。当日の委員会で審議するために刷ったのであろう。だがこのプロット拡大常任中央執行委員会が八月のいつ開催されたのかよくわからない。開催されたというより、拡大常任中央執行委員会は正式に開催されなかったのではないか。「プロットの新しい任務と新しい組織方針」が拡大常任中央執行委員会で審議決定されたのであれば、「ナップ」に発表された時、それが村山知義個人の論文としてあつかわれなかったであろう。また、「ドラマ・リーグ事務局」は、「『プロットの新しい任務と新しい組織方針』について」という、これも謄写刷りのプリントを「一九三一年九月七日」付で、「全ドラマリーグ員諸君」に向けて出している。その中に、「プロットは、今新たな任務を担つて非常に大きな方向転換を目ざして進んでゐる。その新しい任務と新しい組織方針の草案を諸君の手元に送る」と書かれている。九月七日付の文書に「草案」としてあつかっていることに注意してよい。八月中に拡大常任中央執行委員会あるいは常任中央委員会で「プロットの新しい任務と新しい組織方針」が正式に審議され承認されたのであれば、この時点で「草案」という書き方はしなかったであろう。「プロットの新しい任務と新しい組織方針」は、プロット内のフラクションで秘密裡に決定されただけではないかと思われる。しかし、これによってプロットの方針は工場・農村を基礎として再組織することに決定したのであった。そして、「同志」から「演劇新聞」へと一瀉千里に進行していったのである。

このあと「プロットの新しい任務と新しい組織方針」に反対した勝本清一郎の演劇運動における組織論に言及する予定であったが、紙幅が尽き、書き続ける時間の余裕もなくなったので省略せねばならなくなった。「左翼劇場パンフレット」から「演劇新聞」に至る道筋は、結局、蔵原惟人の日本プロレタリア文化連盟結成（略称コップ）の提唱をどう判断するかに深くかかわっている。各同盟のあるいはナップ中心メンバーのその間の活動をもっと明らかにせねばならないであろう。いまは「演劇新聞」の書誌的なことの一、二をただ端折って記しておく。

「演劇新聞」は第二十五号で廃刊となったが、そのうちの第二十一号については、内務省警保局編『社会運動の状況四〈昭和七年〉』（復刻版昭和四十六年十二月三十一日発行、三一書房）の「機関誌発刊ノ概況」にも記録がない。また印刷中に「文学新聞」第二十号の如く、全部押収されたという形跡もない。この時期、日本プロレタリア演劇同盟は、「演劇新聞」と同じ体裁で、すなわち普通新聞紙判二面で機関誌「プロット」臨時号「国際演劇オリンピアード へ代表派遣のための特輯号」を昭和七年九月二十日に発行している。雑誌版でなく新聞版の「プロット」はこの号だけである。発行編集兼印刷人は小野宮吉になっている。上の欄外には「九月臨時号」とあるだけで、巻号の記載はどこにもない。その「プロット」臨時号に「演劇新聞が出せなかったのでこの『プロット』臨時号を送る。演新は十月一日に出るぞ！」という予告がある。しかし、財政的に困難で、十月一日に「演劇新聞」第二十一号を予告通り発行できなかったのであろう。新聞版「プロット」臨時号を「演劇新聞」の第二十一号と看做し、昭和七年十一月十日発行の「演劇新聞」を第二十二号としたと推定される。しかし、十月一日発行の「演劇新聞」第二十一号が存在する可能性もあり、この号についてご存じの方は教えていただきたい。

平出禾は、さきの『司法研究〈報告書第二十八輯九〉—プロレタリア文化運動に就ての研究—』で、「演劇新聞」の発行に関して、「昭和七年十一月迄に二十二号及号外二号を発行し更に昭和八年一月二十八日より同年六月十八日までの間に五号（号外を含む）発行した」と記している。また、内務省警保局編『社会運動の状況五〈昭和八年〉』（復刻版昭和四十七年一月三十一日発行、三一書房）も、同じように、「演劇新聞」の「本年最初ノ発行番号及日附」は「第二十三号（昭和八年一月二十八日）」、「本年最終ノ発行番号及日附」は「第二十五号及号外（六月十八日）」、「発行回数」は「五（号外ヲ含ム）」と記録している。昭和八年度の発行は一月二十八日発行の二十三号、二月十五日発行の二十四号、三月十一日発行の二十五号の三号だけである。平出禾や内務省警保局で「号外」というのは、昭和八年一月一日と六月十八日の二回発行された「芝居の友」のことを指す。「芝居の友」昭和八年一月一日発行には、「この『芝居の友』はわれらの『演劇新聞』が出ると同時にそれと一緒になるものだ。決して今後長く続くものではない。いはゞ演新の号外のやうなものだと思つてくれ」とことわっている。

「芝居の友」の発行編集兼印刷人は八木隆一郎、発行所は東京市京橋区築地小劇場内日本プロレタリア演劇同盟出版部、定価二銭、タブロイド版、一月一日発行が四頁、六月十八日発行が二頁である。なぜ、この時、「演劇新聞」を発行しないで「芝居の友」を出したのか。『特高月報〈昭和七年十二月分〉』によると、「演劇新聞」について、「十一月十七日廃刊届出。但近刊予告中」（『社会運動の状況四〈昭和七年〉』には「十二月」「廃刊届出」となっている）とあり、また、『特高月報〈昭和八年五月分〉』にも、「（昭八、三、一二廃刊）」と記されている。廃刊を届出していたため、「演劇新聞」とは別の名前で「芝居の友」を出さねばならなかったのであろう。

「演劇新聞」の発行部数について、蔵原惟人が川口浩の名前を借りて発表した「藝術運動に於ける組織問題のより高い発展のために―同志勝本清一郎の所論を駁しつゝ―」（「プロレタリア文化」昭和七年一月一日発行、第二巻一号）のなかで、「雑誌『ナップ』は八千『文学新聞』は一万五千『演劇新聞』は一万『映画クラブ』は六千」と書いている。「一万」というのはいくらかサバを読んだ数字である。「プロット」（昭和七年二月三日発行、二月特別増刊号）に掲載されている日本プロレタリア演劇同盟常任中央執行委員会書記局の「外国の同志へ―プロットの現勢図―」によると、「演劇新聞」の発行部数は八千部、その内訳は、次のようになっている。

各地方組織を通じての配布数――二八五二
書店販売数――一七六九
宣伝紙、残品――三三七九

ところが、「プロット」（昭和七年七月十一日発行、第一巻七号、六月号）の「日本に於けるプロレタリア演劇の大勢並にその展望―プロット拡大中央委員会（三月十六・七日）に於ける常・中・委一般報告其の他―」には、「その発行部数も創刊当時から毫も増加してゐない（発行部数六、〇〇〇、内各地方支部を通じて約三、〇〇〇、残りは書店販売、宣伝紙として配布される）」とあり、前者と二千部の開きがある。もう一つ当時の「演劇新聞」の発行部数を示す文献として、国際労働者演劇同盟（テアインテルン）日本支部日本プロレタリア演劇同盟常任中央執行委員会の昭和七年九月十八日付「第二回拡大中央委員会報告」がある。それには次のような数字をあげている。

一四号（4月19日発行）　六、〇〇〇
一五号（5月1日発行）　六、〇〇〇
一六号（5月15日発行）　六、〇〇〇
一七号（6月3日発行）　八、〇〇〇
一八号（6月15日発行）　八、〇〇〇
号　外（6月21日発行）　一二、〇〇〇
一九号（7月20日発行）　六、〇〇〇
号　外（8月1日発行）　一〇、〇〇〇
二〇号（8月25日発行）　六、〇〇〇

官憲側の数字としては、『社会運動の状況五〈昭和八年〉』（復刻版昭和四十七年一月三十一日発行、三一書房）が、「演劇新聞」の発行部数を「約三〇〇〇」としている。昭和八年になると、昭和六・七年の約半数ぐらいに発行部数が減少したようだ。なお官憲側の記録は昭和六・七年についてはない。

「演劇新聞」第四号（昭和六年十一月十五日発行）に、大阪地方版が発行されたことが出ている。この「演劇新聞」大阪地方版については未確認である。ただ、「プロット大阪支部ニュース」第七号（昭和七年八月十九日発行）に、「俺達と芝居」第五号を演新大阪版に改め、部数も三百を五百にして出したという報告が出ている。「俺達と芝居」第五号は、支部総会準備号で、大阪市北区中野町三ノ九三プロット大阪支部から昭和七年六月十日に発行された。いずれも無署名で、「プロット大阪支部総会と労働者並に勤労者」「国際労働者演劇同盟と革命競走の話」「プロットの現勢と大阪支部」「戦旗座と構成劇場で七月上演する志村夏江！」が掲載されている。謄写刷四頁である。

「演劇新聞」は当初学術雑誌に適用するのと同じような出版法で発行された。そのため時事問題や政治的な記事は一切取り上げることが出来なかったが、第五号（昭和六年十二月一日発行）からは供託金千円を収め、新聞紙法によって発行されるようになった。

編集については、永島一、八木隆一郎らが従事した。千田是也は『もうひとつの新劇史―千田是也自伝―』（昭和五十年十月二十日発行、筑摩書房）で、「『演劇新聞』は部長に予定されていた島公靖が検束されたため、染谷格が代理をつとめていたが、第五回大会以後はただの一号も発行できぬ有様であった」と記している。これ以外、文献に出てこないので、「演劇新聞」をはじめ「左翼劇場パンフレット」などの実際に編集実務に従事した人をご存じの方はお教え願いたい。

（「ブックエンド通信」昭和五十五年四月二十五日発行、第五号）

「プロレタリア演劇」と「プロット」

「プロレタリア演劇」と「プロット」は、それぞれともに第一次と第二次発行がある。

第一次「プロレタリア演劇」は、日本プロレタリア演劇同盟（プロット）の機関誌として、昭和五年六月十日に発刊された。

昭和四年二月四日、ナップ本部で創立大会を開催した日本プロレタリア劇場同盟は、『司法研究〈第十二輯報告書集二〉』（昭和五年三月発行、司法省調査課）によると、「演劇運動の全国的統一」のための「具体的活動」の一つとして、「全国的機関紙その端緒としてのニュースの発行」をあげていて、創立当初から機関誌の発行が当面の課題となっていた。まず、孔版印刷の「プロットニュース」No.1（全四頁・縦30糎横23糎）が昭和四年十一月六日に出された。しかし、すぐに機関誌が創刊されるまでには運動が成熟していなかったようだ。昭和五年四月四日に東京市京橋区築地小劇場で開かれた日本プロレタリア劇場同盟第二回全国大会における中央執行委員会報告「創立大会から現在まで吾々は如何に闘つて来たか?」（『プロレタリア藝術教程第三輯』昭和五年四月二十七日発行、世界社）は、この機関誌発行問題について、次のように述べている。

創立大会の方針を具体化するために、第一回常・中・委に於いて次のプランが立てられた。

(1)は各地演劇運動促進のためのオルガナイザー派遣であり、

(2)は全活動のオルガナイザーとしての同盟機関誌の発行である。

後者は種々の事情―映画同盟との共同発行の計画に変更されたるためなど―のため、その発行は遅れてしまったが、前者の活動は極めて活発になされ、これに刺激されて各加盟劇団はそれぞれ具体的な活動に入った。「種々の事情」というのは、主に財政的な問題であろう。日本プロレタリア映画同盟との「共同発行の計画」が持ちあがったのは、昭和五年三月ごろではないかと思われる。というのは、東京左翼劇場が、昭和五年三月十七日に東京府下上落合一八六番地の同劇場事務所において臨時総会を開催している。『特高月報〈昭和五年三月分〉』によると、この臨時総会では、機関誌の発行に関して協議し、一切の計画は準備委員佐々木孝丸に一任されたという。その「協議」の内容が具体的に何ら明らかにされていないが、日本プロレタリア劇場同盟の東京での唯一の加盟劇場が左翼劇場であるという関係からみれば、この時の機関誌の「協議」は、左翼劇場独自の機関誌というのでなく、プロットの機関誌問題について「協議」がなされたとみてよい。これまでの既成の方針を変更するような事態が生じ、プロットの指導部だけの一存で短兵急に決定してしまうわけにいかなく、左翼劇場の臨時総会を開き、一般同盟員たちの意見を聞く必要があったのであろう。それは多分「映画同盟との共同発行の計画」といったような問題ではなかったかと思われる。この時、佐々木孝丸に機関誌発行について一任されたが、結局、実を結ばなかった。

続いて、プロット機関誌部の「機関誌に関して」（「プロレタリア演劇」昭和五年七月十日発行、第一巻二号）によれば、プロット第二回全国大会で機関誌の発行が満場一致を以て決議され、その「実行を執行委員会に一任」されたという。

かくの如く紆余曲折を経て創刊された第一次「プロレタリア演劇」は、昭和五年六月十日から同年十月一日まで、次のように全五冊が発行された。

創刊号　　昭和五年六月十日発行
第一巻二号　　昭和五年七月十日発行

第一巻三号　　　　昭和五年八月十日発行
第一巻四号　　　　昭和五年九月十日発行
第一巻五号　　　　昭和五年十月一日発行

表紙は、創刊号が村山知義、第一巻二号、四号、五号の三冊が柳瀬正夢、第一巻三号が島公靖が担当している。

扉には、創刊号、第一巻二号、第一巻五号に、日本プロレタリア劇場同盟第二回全国大会で選択されたスローガンの「1演劇を工場・農村へ！」「2労働者・農民を先頭とする観客の組織へ！」「3職場を中心とする労働者・農民劇団の結成へ！」が揚げられている。第一巻三号の扉には「『八月一日』／国際プロレタリアートの闘争の日だ！／演劇運動のボルシエ《ママ》ヴイキ化は／口喧ましく百万遍を唱へる事ではない／此の日を各劇団の試錬日とせよ／プロットの旗を闘争の真只中へ！」とあり、第一巻四号には「全国の××的劇場人諸君！／優れた戯曲を豊富に持たないことは我々の大きな弱味だ／打ち続く迫害のために、恒常的な組織を全国各地に持たないことも我々の弱点だ／だが、プロレタリアートの闘争は我々の出動を要求してゐる／『怨みの日・九月一日』に対する××的集会／『国際無産青年デー』の大衆的ピクニック／諸君！　二人でも三人でもの活動隊を固めて直ちに掛《ママ》かけろ／戯曲の不備を口たてとアヂ演説とで補へ／我々の力の足りなさは仕事を通じてのみ克服される。／プロットの旗を闘争の真只中へ!!」とある。

編集兼発行印刷人は、創刊号、第一巻二号が佐々木孝丸である。第一巻三号からは編集人、発行人、印刷人がそれぞれ別になり、編集人は佐々木孝丸、発行人は中西政市、印刷人は第一巻三・四号が山口金蔵、第一巻五号が山崎竹次郎となっている。

編集所は、創刊号がプロレタリア演劇社（東京市京橋区築地二ノ二五）、第一巻二号がプロレタリア演劇編集部（東京市京橋区木挽橋際豊玉ビル新鋭社内）である。第一巻三号以後は、奥付に編集所の記載がない。

印刷所は、創刊号から第一巻四号までが山口印刷所（東京市牛込区山吹町一九八）、第一巻五号が山崎活版所（東京市小石川区東古川町十九）である。

発行所は、創刊号だけが中西書房（東京市小石川区大塚上町十五）で、第一巻二号より新鋭社（東京市京橋区木挽橋際豊玉ビル）である。

定価は、三十五銭で、頁数は一二六〜一六四頁である。

第一次「プロレタリア演劇」には戯曲十篇が掲載された。第一巻五号の「編集ノート」は、その十篇の戯曲を「移動劇場用小戯曲―五篇」、「公演用脚色もの―三篇」、「同じく創作もの―二篇」と分類している。「移動劇場用小戯曲」にあたる作品は、次の五篇である。

(1)島公靖「プロ床（一幕）―移動演藝団用喜劇―」（第一巻二号）

(2)三好十郎「この旗の下（シユプレヒコール）」（第一巻三号）

(3)ATBD上演台本・久保栄訳「軍備縮少」（第一巻三号）

(4)ドイツ××青年同盟上演台本・久保栄訳「青年訓練所」（第一巻四号）

(5)ドイツ××青年同盟上演台本・久保栄訳「支部から手をひけ!!」（第一巻五号）

プロレタリア演劇運動の活動形態は公演的活動と移動劇場的活動とがある。移動劇場的活動が「単なる小公演と混同して考へらる可きでなく飽くまでも労働者農民の職場に直接結び付き、しかも其のあらゆる職場の具体的な諸条件に従つて屈伸自在に活動するアヂ・プロの機関となる可きものである事が認められた」[1]のは、プロレタリア演藝団が組織されてからのことであろう。プロレタリア演藝団は、『特高月報〈昭和五年四月分〉』によると、プロット東京支部である左翼劇場が、松竹によって劇場経営が統一され、大劇場への進出が不能となったため、昭和五年四月三十日、中村栄二、前山清治、佐藤吉之助らを責任者として、これまでの移動劇場部をプロレタリア演藝団と改称した。「東京左翼劇場活動報告」（「プロレタリア演劇」昭和五年八月十日発行、第一巻三号）によると、プロレタリア演藝団は新しく左翼劇場から分離した独立の組織である。プロット常任中央執行委員会は、昭和五年五月十六日の拡大常任中央執行委員会において、このプロレタリア演藝団の加盟を承認した。これで東京にはプロット加盟劇団が二つ存在することになったのである。移動劇場用小戯曲は、大がかりな舞台装置を必要とせず、しかも少人数でどんな場所でも上演できる。一定の工場や農村の闘争そのものの中で活動する。プロレタリア演藝団の出動回数は組織確立後二カ月余りで「六三回」記録している。この時期、「演劇を工場・農村へ！」等をスローガンとしていたプロットは、移動劇場の活動に力を入れていたのである。中村栄二の『プロ床』上演の手引」と一緒に掲載された島公靖の「プロ床」は、床屋がスキャップを煽動し、教育する移動劇場用小戯曲の代表的作品の一つである。三好十郎「この旗の下」や久保栄訳「軍備縮少」は「××（反戦）デーのために!!」として、久保栄訳「青年訓練所」は「国際無産青年デーのために!!」として、それぞれ政治的カンパニアと結びつけて発表されたところに移動劇場用小戯曲の特色があるようだ。

「公演用脚色もの」にあたる作品は、次の三篇である。

⑴ブルノオ・ヤジエンスキイ作・佐々木孝丸脚色「巴里を焼く」（第一巻一号）
⑵貴司山治作・藤田満雄脚色「ゴー・ストップ」（第一巻四号）
⑶小林多喜二作・島公靖・小野宮吉脚色「不在地主」（第一巻五号）

「巴里を焼く」は、左翼劇場第十六回公演に予定されていたが、昭和五年六月三十日に演出責任者及び装置者ほか数名が不意に引っぱられたため、「巴里を焼く」の上演プランの上に手違いが生じたことと、脚色の不備、検閲その他考慮され、結局、中止となった。

「ゴー・ストップ」は、新築地劇団第十五回公演として、昭和五年八月二十九日から九月七日まで、市村座で上演された。演出は土方与志である。新築地劇団はまだプロットに未加入であって、「ゴー・ストップ」が脚色者をはじめ多数の左翼劇場の人々の応援で上演された。

「不在地主」は、左翼劇場の第十七回公演として、昭和五年十月四日から十六日まで市村座で上演された。演出者は佐々木孝丸である。公演用「創作もの」戯曲二篇は、次の作品である。

⑴富田常雄「農旗」（第一巻二号）

⑵新城信一郎「爆発」（第一巻五号）

富田常雄の「農旗」は投稿作品であろうか。明治初期の農民闘争を描いている。新城信一郎の「爆発」は現代に材を採った作品で、その末尾に「作者附記―この脚本の第四景及び第五景は、戦旗八月号所載、橋本英吉氏の小説『ガス！』を殆んどそのまゝと云つてゐゝ位使つた。付して御礼を申述べておきたいと思ふ」とある。

第一巻三号の「編集ノート」は、「○戯曲が続々と投稿されて来るが、まだ快心の作に接しない。戯曲こそは演劇活動のベルトだ。新人の現はれることを我々は熱望してゐるのだ」と述べている。佐々木孝丸、江馬修、三好十郎、高田保、秋田雨雀、久板栄二郎らが、プロレタリア戯曲の生産並びにその研究を目的として、日本プロレタリア戯曲研究会をプロットのなかで創立したのは昭和六年一月十日である。第一次「プロレタリア演劇」期においては、新人戯曲家の出現を単に「熱望」するだけであって、プロットは組織的に戯曲家の育成という問題に取り組んでいなかった。

第一次「プロレタリア演劇」の理論面では、久板栄二郎が「演劇運動のボリシエヰキ化」（第一巻二・三号）を、杉本良吉が「ソヴエート同盟××党の演劇政策」（第一巻二・三号）の訳並びに「ロシア演劇史研究序論」（第一巻四号）を載せている。また日本プロレタリア劇場同盟常任中央執行委員会は「演劇運動のボリシエヴイキ化へ！―当面の諸問題に関する基本テーゼ―」（第一巻四号）を発表している。「演劇運動のボリシエヰキ化」は、作家同盟の「藝術大衆化に関する決議」（「戦旗」昭和五年七月一日発行、第三巻十一号）や、佐藤耕一の『「ナップ」藝術家の新しい任務―××主義藝術の確立へ―』（「戦旗」昭和五年四月一日発行、第三巻六号）の延長線上に構築された。プロレタリア・レアリズムこそがプロレタリア劇場人の藝術態度の基調であるとされ、文戦劇場その他一切の社会民主々義的劇場人との決定的な対立が打ち出された。作家同盟と違って、演劇運動におけるボリシェヴィキ化問題の特徴は、演劇の「持ち込みの方法」が問題視された点にある。演劇運動のボリシェヴィキ化は戯曲とその上演の方法が共産主義的であることがその一つの条件であるが、小野宮吉の「公演的活動と移動劇場的活動の新しき発展」（第一巻三号）や中村栄二の「労働者農民劇団の問題」（第一巻四号）など、プロットは、もっぱら上演の方法に力点を置いて運動を進めていったようだ。

さて、第一巻二号の「編集ノート」は、創刊号について、次のように自己批判している。

○創刊号が発禁を喰つた。だが、実を云ふとその出来栄えは余りよくなかつた。様々の不備と欠陥とを有してゐた。勿論、従来の演劇雑誌に較べれば、プロットの機関誌としての独特な内容を有してゐたにはちがひないが、本誌にまさに要求されてゐる任務を十分に果し得なかつたであらうことは実事《ママ》だ。

○何故に創刊号はそんなに不備と欠陥とを有するこに《ママ》となつたか。それは何よりも本誌の編集方針が明瞭に徹底してゐなかつたからだ。で、本号には編集方針に関するテーゼを発表した。本誌を充実させ、強力にする責任と熱意とを有する全諸君はテーゼを参照の上、どんどん山のやうに原稿を送れ。

この「編集ノート」は、創刊号の「不備と欠陥」が一体どこにあるのか、何ら具体的に明らかにしていない。創刊号はその編集に十分の時間をかける余裕がなかったようで、創刊号の「編集ノート」には「創刊号は僅々数日間で編集されたものだけに遺憾な点が少なからずある」と述べている。プロット機関誌部が「プロレタリア演劇」第一巻二号に発表した機関誌の編集方針に関するテーゼ「機関誌に関して」では、機関誌の対象とする読者を「労働者農民の大衆を直接の対象とするものではない。労農大衆を目の前に置いて演劇的仕事に携はる劇場人を対象とする。従つて、それは、――プロット加盟劇団員、演藝的活動を自分達の手でやらうとする労働者農民、及び、急進劇団の劇場員、学生劇研究会員、その他、プロレタリア演劇に積極的な関心を持つ一般読者層である」と規定し、機関誌の内容を「1、演劇運動に関する理論」「2、脚本その他、演藝物の素材」「3、プロット加盟各劇団の活動報告」「4、国際並びに国内の演劇界の消息」「5、研究」と定めている。創刊号は短期日で編集せねばならなかったので、国際演劇ニュースなどの記事を掲載することができなかったとしても仕方がない。しかし、創刊号の「不備と欠陥」というのは、そんなことを指しているのではなく、このテーゼに照らし合わせてみると、「我等の俳優㈠」として「佐々木孝丸」を取りあげ、片岡鉄兵の「普通の話だが―佐々木孝丸の印象―」や、仲島淇三の「佐々木孝丸のプロフィル」などを掲載したことであろう。また、秋田雨雀らによる「『プロレタリア演劇の思ひ出』座談会」なども批判の対象になったのではないかと思われる。第一巻二号の「編集ノート」では「『プロレタリア演劇の思ひ出』座談会は『都合が悪い』ので、延期された。」といい、以後、続篇は掲載されなかった。

第一次「プロレタリア演劇」が発売禁止に処せられたのは創刊号と第一巻三号の二冊である。小田切秀雄・福岡井吉編『昭和書籍雑誌新聞発禁年表上』（昭和四十年六月二十五日発行、明治文献）の「処分理由又ハ摘要」欄に、前者は「共産党事項、尊厳冒瀆記事」、後者は「『この旗の下』と題する合唱劇、山宣追悼記事其他内乱煽動と国家の重要機関の信用危害の記事」と出ている。「この旗の下」は三好十郎の作品、山宣追悼記事というのは、京都青服劇場が昭和四年三月十四日に上演した即興劇「山×追悼」並びに北川鉄夫の「『山×追悼』の上演」である。この発禁になった第一巻三号の奥付頁の「経営部から」には、「〇機関誌がプロレタリアートの刻々のスローガンに結び付いて編集される限り発売禁止は避け難い。この発禁の重荷に耐えうる力は云ふ迄もなく強力な配布網の確立だ！」とあり、「国際××デーを迎へて全国の同志諸君に檄す！」の日本プロレタリア劇場同盟常任中央執行委員会の声明を巻頭に載せ、さらに続いて「××デーのために」特集として、三好十郎の「この旗の下」（シュプレヒコール）と久保栄訳「軍備縮少―帝国主義××反対の小戯曲―」を掲載している。第一巻三号は政治的スローガンと結び付けて編集され、発行する前から発禁になることを覚悟していたと思われる。

第一次「プロレタリア演劇」は五冊発行して休刊となった。財政窮乏とナップ機関誌「ナップ」にすべてを集注する為である。プロット中央執行委員会の『一九三〇年度に於ける活動の一般的報告』（昭和六年五月以印刷代謄写）は、「4、全般的批判」の項で、この「プロレタリア演劇」について、次のように総括した。

久しく要望されてゐた同盟機関誌は、雑誌「プロレタリア演劇」として六月号から発刊された。これは理論的活動の発展、戯曲の提供、演劇技術に関する基礎知識の普及等に於て若干の役割を果したが、その後、同盟の現在の力の考量と、その頃から発刊の運びとなつた雑誌「ナップ」への協力が強調されたこととのために、「プロレタリア演劇」は十月号を以つて一時休刊する事となつた。爾来、理論的活動、戯曲の提供等は雑誌「ナップ」を通じてなされた。

内務省警保局編『社会運動の状況二〈昭和五年〉』（復刻版昭和四十六年十一月三十日発行、三一書房）によると、ナップの第一回中央協議会が昭和五年四月十七日に東京府下上落合一八六の東京左翼劇場事務所において開催され、そこで「戦旗ハ通俗的大衆雑誌トナリタルヲ以テ別ニ本年九月頃ヨリ理論的雑誌ヲ発行スルコト」と機関誌発行の件を議題に取りあげている。続いて、昭和五年五月七日に東京府下長崎町大和田造型美術研究所において開かれた第二回のナップ中央協議会で「機関紙発行ノ件、機関紙トシテ理論雑誌ヲ本年九月一日ヨリ発行スルコト」と協定している。「プロレタリア演劇」が創刊される前からナップの機関誌「ナップ」の発行が日程にあがっていたのである。

第一次「プロレタリア演劇」の最終号である第一巻五号（昭和五年十月一日発行）が出された時点では、「プロレタリア演劇」の休刊がまだ決定されていなかった。その号の「編集ノート」には「〇次号は××記念のための特集記事を満載する。」という予告が出ている。「プロレタリア演劇」を休刊し、「ナップ」へ解消することがどういう手続きを踏んでなされたのであろうか。その辺のところがもう一つよくわからない。

第一次「プロレタリア演劇」休刊後、久板栄二郎が「演劇運動と組織問題—問題の提出として—」を「ナップ」（昭和五年十一月七日発行、第一巻三号）に発表するまで、プロット員は「ナップ」創刊号並びに第一巻二号に誰も寄稿していない。プロットは機関誌「プロレタリア演劇」を発行しつつ、それと平行してナップの機関誌「ナップ」へ執筆することを禁じていたようだ。プロットの「ナップ」への協力の声があがるのも当然のことであろう。しかし、「プロレタリア演劇」を休刊し、「ナップ」へ解消した結果、「ナップ」昭和六年十一月十三日発行の終刊号までのうち、そこへ発表された戯曲は、新城信一郎の「カイゼルの兵士」（第二巻五号）と村山知義の「東洋車輌工場」（第二巻六号）のたった二篇だけである。単に戯曲の発表数だけをとってみても、「ナップ」への解消はプロレタリア演劇同盟にとって大きな後退であったといわなければならない。財政的な問題が「プロレタリア演劇」の休刊の最大の原因であったことはたしかであろう。しかし、季刊雑誌にしても「プロレタリア演劇」の発行を維持すべきであった。「ナップ」への協力ということで、財政的問題の克服を安易に放棄すべきではなかった。また、ナップは、加入同盟の機関誌を休刊させてまで、ナップの機関誌「ナップ」への集注をはかるべきではなかった。そこにこの時期のプロレタリア文化運動団体の弱さや組織の問題があったと思う。

ここまで書いて、青山毅氏の電話により、第一次・第二次「プロレタリア演劇」及び「プロット」の復刻版が戦旗復刻版刊行会から発行されることを知った。復刻版が発売されるのであれば、我々がここで取りあげる必要もないであろう。しかし、二、三年前から「プロレタリア演劇」「プロット」の細目の作成を企画し、その準備を進めて来たのであるから、復刻版発売は復刻版発売として、既に原稿のできあがっている部分だけをここに発表することにした。「プロット」及び第二次「プロレタリア演劇」に関しては、復刻版発売後、それを見て書く必要があれば、書くことにして、今はこの未完のままを発表することにする。

ただ、第二次「プロット」が、どういうわけか戦旗復刻版刊行会の復刻版に入っていないようであるので、それについて、すこし述べておきたい。

第二次「プロット」については、三年ほど前から探しているが、まだ管見に入らない。しかし、『社会運動の状況五〈昭和八年〉』（復刻版昭和四十七年一月三十一日発行、三一書房）の「プロレタリア文化運動」の「（3）機関紙（誌）ノ発行状況」の項目のところに、昭和八年七月二十五日から十二月一日までに五回発行されたことが記録されている。そのうちの二回が号外であったようだ。発行部数は約二千五百部で、活版又は謄写印刷である。さきの小田切秀雄・福岡井吉編『昭和書籍雑誌新聞発禁年表上』によると、昭和八年七月二十五日発行の「プロット」創刊号は、八月三十日に「革命煽動」を理由に発禁に処せられ、「プロット」号外が十一月十三日に「ソヴエート・ロシア讃美反戦宣伝」で同じように処分されている。

国際革命演劇同盟（モルト）日本支部・日本プロレタリア演劇同盟（プロット）常中委は、書記局ニュースとして、「赤いメガホン」を昭和八年七月一日に発行した。その「赤いメガホン」第二号（昭和八年七月二十日発行）は、「中央機関紙『プロット』発刊カンパニアに際して檄す」として、第二次「プロット」発刊について書いているので、長文になるが、第二次「プロット」発刊のいきさつが判明するので、次にその全文を紹介しておく。

全国同盟員諸君！

労働者、農民、兵士、学生、勤労者大衆諸君！

(1)何の必要が中央機関紙『プロット』を発刊させるか。

我々はこれまで機関紙「プロレタリア演劇」を毎月一回発行して之に全同盟活動の集中的な宣伝・煽動・組織者としての任務を課し来り、同時に毎月二回発行の「演劇新聞」をもつてサークルの集合的な組織者と規定し来たつた。然るに増大する××制テロルの狂暴化と我々の実践上の日和見主義＝客観的要求への立遅れによつて、「プロレタリア演劇」及び「演劇新聞」の定期刊行はしばしば破綻せざるをえなかつた。しかも今や東京をはじめとして一府六県に亘る防空演習の大規模な強行、治安維持法の一層の改悪化（この法を合法的な死刑法たらしめ、コップをも含めた凡ゆる革命的諸組織を完全に地下に追ひこまうとする所謂治維法改正草案）共産党員をはじめ、凡ての革命的前衛の白昼公然たる大衆的逮ホ、投獄、虐殺、等々の諸事実は東支鉄道問題を直接のキッカケにする日本帝国主義者のソヴエート同盟攻撃のための強盗戦争の公然たる開始の危機を物語つてゐる。今文字通り我々は、直接的な革命的危機の直前に立つて居り、情勢は最も切迫した際に来てゐるのだ。

かゝる決定的に重要な際に於て、全同盟員活動の中枢である機関誌を従来の如く極めて不定期にしか発行しえないことは我々の凡ての活動を必然的に、この切迫した情勢に於ける多数者カクトクの課題からそらしめ、我々の立遅れをよぎなくさせるであらう。その上にこれまでの様に「プロレタリア演劇」を中央機関誌として任ムづけ、月一回の発行に止まるならば、刻々に生起する諸要求を最も敏速に、具体的に組織し、之を統制指導する中央機関紙の任ムの充足は全く不充分であると言はねばならぬ。

かうした意味から我々は今、中央機関紙の任ムを再認識し、全出版活動の意義を再検討するの必要に迫られてゐる。

(2)中央機関紙『プロット』の発刊と「プロレタリア演劇」及び啓蒙出版物の新しい任務

我々はこゝで新聞型中央機関紙「プロット」の発刊を最も当面の必要と考へる。

「プロット」は全同盟活動の集中的な宣伝・煽動・組織者である。従来啓蒙新聞（演劇新聞）をサークルの集合的な組織者であるとして来た規定は、サークル活動と同メイ活動の連関の上に於て機械的な分離を含んでゐた。サークルの集合的な組織者としての任ムも亦、中央機関紙「プロット」に課せられるべきものに外ならぬのである。かくして「プロット」は全同盟活動の「テコ」であり、「神経」であり、「動脈」であることを銘記しなければならぬ。

機関誌『プロレタリア演劇』は中央機関誌「プロット」の発刊と共に当然理論創造機関誌とならねばならぬ。

その任ムは特に我々の弱き一環であるところの理論、評論活動の活発な舞台となり、同時にすぐれた戯曲の敏速な全国化の場所となるであらう。

「演劇新聞」は、当初の規定に於てあくまで啓蒙新聞として編集すべく努力されて来た。にもかゝはらず、その成果に於てはしば〳〵中央機関紙の任ムを代行するかの如き結果を招来した。之は啓蒙新聞としての「演劇新聞」編集の不充分さは勿論あつたにしろ、新聞型中央機関紙の発行されてゐない為にも由つたのであつた。かうした意味からも中央機関紙の発刊は一日も遅らせることの出来ぬ緊急さを有してゐる。

啓蒙出版物が常に新聞型でなければならぬと規定することは我同盟に於ては必ずしも当つてゐない。我々は出版物の外に最も大きな啓蒙舞台としての「演新《シバヰ》」をもつてゐるのである。故に我々の場合は啓蒙出版物はあながち、新聞型とのみ限られるのでなく、パンフレット、クラフ、叢書、文庫、等々の必要に応じた様々の形態をもつて発行され、演出手引をつけた戯曲、芝居のやり方、ブルヂヨア演劇のわかりやすいバクロ、等々の啓蒙的な編集がなされるであらう。

(3)「プロット」発刊カンパニアの具体的目標

「プロット」を真に我々の中央機関紙とする為に以上の出版物の新しい任務について、各地方支部、地区、劇団、班、は大衆的な討論をまきおこし、充分に中央機関紙発刊の意義を確認し、その上に立つて次の如き発刊カンパニアを即刻開始することが必要である。

カンパニアの期間は

八月一日より十一月七日までときめる。

「プロット」の大衆的編集のために

○通信員を、現在の五〇名から二百人に増すこと。

○プロットを充分同盟活動の組織者たらしめるために劇団、班、サークルに於て「読者会」の形によつて大衆的に研究・討論すること。
○発刊基金三百円のうち十一月七日（渡政デー）までに既に二百円を突破すること。
○現在の「プロレタリア演劇」の読者八百人、現在の「演劇新聞」の読者千五百人は当然「プロット」の読者になしうべきものである。之だけに止まらず、プロットの意義と任ムを執擁にアヂ・プロすることによつて、更に新しい読者をカクトクし、基金を説得によつて大衆的に集める様にすること。
　その為には全国同盟員が身を以て
○紙代三銭の前納、完納を実践してみせること。
かくして一日も早く「プロット」の活版刷月三回定期発行を実現させねばならない。
中央機関紙『プロット』発刊カンパニアの成功的遂行万才！
　一九三三年七月二十日
国際革命演劇同盟（モルト）日本支部
コップ・日本プロレタリア演劇同盟
常任中央委員会

この第二次『プロット』の所蔵先をご存じの方はお教えいただけると大変ありがたい。

注

（1）小野宮吉「公演的活動と移動劇場的活動の新しき発展」（「プロレタリア演劇」昭和五年八月十日発行、第一巻三号）（「ブックエンド通信」昭和五十八年一月十七日発行、第八号）

青山毅編『プロレタリア文化連盟』

―日本プロレタリア文化連盟結成に至る経過を年譜風に―

日本のプロレタリア文化運動の全体を統一的に、歴史的にとらえようと試みると、まず、運動の直接的な生の史料・文献資料のたぐいを集めることが非常にむつかしいことに直面する。当時の運動が半ば非合法の運動であったから、各同盟が配布したビラやニュース、また、常任委員会等の活動報告書や議事録などが押収されていたり、発売禁止処分になっていたり、その他の事情によって、それらの文献資料がほとんど散逸してしまっていて、その具体的活動の実態を正確に把握することが極めて困難となっている。

ここに復刻紹介する内務省の『プロレタリア文化連盟』は、そうした文献資料の空白部分を補塡してくれるものであり、今後の日本プロレタリア文化運動の研究に貴重な文献の一つとなるものと確信される。

内務省警保局は『社会運動の状況』を発刊している。『社会運動の状況』は、昭和二年より昭和十七年までの十六年間にわたって出された。『社会運動の状況』は、無論「プロレタリア文化運動」だけに限定しているのではない。「日本共産党並日本共産青年同盟」「日本労働組合全国協議会」等々、文字通り社会運動全般を取りあつかっている。『社会運動の状況』は、三一書房より復刻されていて、現在では容易に見ることが出来る。

昭和期文学・思想文献資料集成第八輯の『プロレタリア文化連盟』は、この『社会運動の状況』のように発刊されたものではない。内務省のプロレタリア文化連盟に対する見解や活動状況を総括したものではない。内務省がプロレタリア文化連盟結成に至るまでのナップの方向転換、各同盟の新組織方針書などの文献資料を収集したものである。

内務省の警保局が収集したのか、あるいは他の局なのか、判明しない。『社会運動の状況』の原稿執筆を目的として収集されたものであるのか、それもわからない。いずれにしても『社会運動の状況』のように、この『プロレタリア文化連盟』は、内務省が最初から発刊することを目的としたものではなかった。あくまでも内務省の内部資料として収集され、保存されていたのであろう。それだけに、『プロレタリア文化連盟』には、日本プロレタリア美術家同盟中央常任委員会「常・中・委一般活動報告及び美術運動の新しい方向とP・P当面の組織的任務（草案）」、日本プロレタリア劇場同盟拡大常任中央執行委員会「プロットの新しい任務と新ら《ママ》しい組織方針草案」、ドラマ・リーグ事務局「『プロットの新しい任務と新しい組織方針』について」、日本プロレタリア作家同盟の臨時大会「当面の任務に関する決議案（草案）―大衆的自己批判を通して―」、プロキノ常任中央執行委員会「プロキノの新方針」、日本プロレタリアエスペランテイスト同盟常任委員会「活動方針書（草案）」など、これまで容易に実物を見ることの出来なかった当時の謄写版刷りの大変珍しい資料が多く含まれている。

さて、内務省警保局編『社会運動の状況四〈昭和七年〉』は、日本プロレタリア文化連盟の創立経過について、次のように記している。

入露中ナリシ作家同盟員蔵原惟人（党員）ハ、昭和六年三月中旬密ニ帰朝シ、日本共産党上部者ト連絡シテ日本ニ於ケル文化運動ノ指導統制ヲ為スコト、ナリ、先ヅプロフインテルン第五回大会宣言煽動部協議会採択ノ「プロレタリア文化＝教育組織の役割と任務」ナルテーゼノ趣旨ヲ我国ニ具体化セムトシ、古川荘一郎ノ名ヲ以テ昭和六年六月当時ノ全日本無産者藝術団体協議会機関紙ナップ（六月号）ニ「プロレタリア藝術運動の組織問題」ト題スル論文ヲ発表シ、分散セル文化団体ノ結合統一ヲ図リタルガ、先是前記プロフインテルン、テーゼハ既ニ同年三、四月頃戦旗社ニ於テ翻訳、旧ナツプ指導分子ニ配布セリ。然ルニ指導部ニ於テハ右テーゼハ「労働組合が自分自身の行ふべき組織方針を指示せるものにして労働組合の外に組合指導の文化団体設置」ヲ力説セル趣旨ノモノナリト為シ、在来ノ文化団体ハ、ヨリ良キ作品ノ生産発表ニヨリ大衆ヲアジプロシ、労働組合ノ活動ニ協力シ又ハ之ニ利用セシムレバ足ルトノ見解ヲ持シ、敢テ此ノ点ヲ問題トセザリシカバ、蔵原惟人ハ、先ヅナツプ指導部ヲ説得スルノ必要ヲ認メ、党員プロット所属、生江健次ヲ通ジ、プロット委員長村山知義ヲ入党セシメ、同人ニ対シプロフインテルンノテーゼ並ニ自己ノ論文ノ正シキ事ヲ説明シ、文化連盟結成ノ為メニ努力スベキ様慫慂シタリ。而シテ村山ハ茲ニ初メテ右テーゼノ趣旨ヲ理解シ、プロット指導部及作家同盟指導部ヲ順次説服シテ、文化連盟結成ノ準備ニ着手セリ。斯ノ如キ経緯ノ下ニ旧ナツプ指導部中心トナリ、昭和六年八月十九日懇談会（後発起人ニ変更）ヲ、次デ同月二十八日第一回準備会ヲ開キ、文化連盟ノ目的、任務、名称、事業、活動方針ノ大綱等ヲ決定、更ニ同年十月七日、十四日、二十四日ノ三回ニ亘リ準備会ヲ開催シテ綱領規約ヲ審議シ、創立大会開催ノ運ビトナリタリ。然ルニ本連盟ノ趣旨、経過等右ノ通リナリシヲ以テ、警察当局ニ在リテハ厳重ナル取締ヲ加ヘタル結果、遂ニ創立大会ヲ開催セズ、第四回準備会ヲ最後トシテ所謂非合法形態ノ下ニ同年十一月末本連盟ヲ結成セリ。

この『社会運動の状況四〈昭和七年〉』の記述には、詳細に見ると、例えば、蔵原惟人の帰国時期やプロフィンテルンのテーゼ「プロレタリア文化＝教育組織の役割と任務」のナップ指導者への配布時期などに誤謬があるようだ。

蔵原惟人は、昭和五年四月、治安維持法による逮捕状が出され、下宿先の松本正雄宅から熊沢復六宅、外村史郎宅など転々とし、そのまま非合法活動に入った。そして、六月末、共産党中央の決定でコミンテルンで仕事をするため長期滞在を予定して、極秘裡にソビエトに向け出発したのである。蔵原惟人は、モスクワ滞在中、八月十五日から三十一日まで、紺野与次郎らの日本代表団の通訳としてプロフィンテルン第五回大会に出席した。年末に日本共産党中央部検挙の報を受け、長期滞在の予定を変更し、榛原憲自編「蔵原惟人著作編年目録」（『蔵原惟人評論集第十巻』昭和五十四年十二月十五日発行、新日本出版社）によると、昭和六年二月十五日ころ、ソビエトからハルピンを経て秘密裡に帰国したのであった。ここでは、解説に代えて、蔵原惟人の帰国から日本プロレタリア文化連盟結成までの主な出来事をもう少しくわしく年譜風に箇条書きしておきたい。

昭和六年二月十五日ころ

蔵原惟人がソビエトから秘密裡に帰国。

手塚英孝と生江健次とが党中央委員会アジ・プロ部ナップ指導係責任者の宮川寅雄と東京府下池上町長原の手塚宅で会合。プロレタリア文化運動と党との関係が、単に文化人を活動資金のための対象にするというのではなく、党の闘争の一部として文化運動を正式に指導するという、組織的な連関のもとにおかれるようになった。

昭和六年二月二十三日

ナップ第四回中央協議会が本部事務所で開催され、ナップ方針書草案作成促進の件等が協議された。このころ、プロフィンテルン第五回大会のテーゼ「プロレタリア文化・教育組織の役割と任務」を訳したプリントが党のアジ・プロ部から出され、手塚英孝、生江健次の手を通じて窪川鶴次郎らナップ指導者に配布された。

昭和六年三月十一日

蔵原惟人が「プロレタリア藝術運動の組織問題―工場・農村を基礎としてその再組織の必要―」を執筆。

昭和六年三月二十八日午後七時より

反宗教同盟準備会をプロレタリア科学研究所（神田区今川小路一丁目一番地江戸ビル）で開催。秋田雨雀、川内唯彦、真渓蒼空明、松岡均平らが出席。高津正道は途中で退席。

昭和六年四月三日午後二時より五時まで

日本プロレタリア作家同盟は第三回大会議案作成協議のため中央委員会を開催。一般活動方針の審議決定ほか七件を協議したが、日本プロレタリア作家同盟方針書は起草者の窪川鶴次郎が欠席したため審議不能となった。

昭和六年四月四日午後一時より四時まで

ナップ中央協議会が開催され、委員長橋浦泰雄ほか十名出席。窪川鶴次郎起草の「一九三一年度に於けるナップの方針書」を審議。方針書は、手塚英孝の手から党の承認を得ていた。このころ、蔵原惟人執筆の「プロレタリア藝術運動の組織問題」の原稿が、手塚英孝以外の人から「ナップ」編集責任者である窪川鶴次郎の手に届けられた。手塚英孝らは、「ナップ」に掲載することに反対し、その原稿を返却した。

昭和六年四月七日夜

反宗教同盟準備会がプロレタリア科学研究所事務所で開かれ、佐野袈裟美起草の宣言書を討議。

昭和六年四月十四日発行

ナップ中央協議会「一九三一年度に於けるナツプの方針書」が「ナップ」第二巻四号に発表される。

昭和六年四月十四日午後七時三十分より十時三十分まで

日本プロレタリア作家同盟は臨時総会を同盟事務所で開催。江口渙ほか二十七名出席。窪川鶴次郎起草の同盟方針書をめぐって審議が紛糾する。同盟方針書はナップ方針書を規準として起草されたが、ナップ方針書に誤謬があると認めるので、ナップ方針書を大衆討議に移すことが先決条件であるという意見が提出された。ナップ方針書は大会を通じて審議することとし、同盟方針書は十七日に小委員会（委員は、窪川鶴次郎、中野重治、鹿地亘、壺井繁治）を開催して審議することに決定したが、十七日には小委員会は開かれなかった。

昭和六年四月十九日午前十一時より

日本プロレタリア美術家同盟第三回大会を帝国大学基督教青年会館で開催。

昭和六年四月二十日

日本プロレタリア美術家同盟中央執行委員会を開催。

昭和六年四月二十一日午後七時より

日本プロレタリア作家同盟総会が同盟事務所で開催。江口渙ほか二十七名が出席。「一九三一年度に於けるナップの方針書」の誤謬を清算せずして同盟の方針書を作成するのは矛盾なりと主張する者多く、同盟の方針書を決定出来ず、作家同盟大会開催を五月上旬まで延期することに決定。

昭和六年四月二十二日午前十時より

日本プロレタリア映画同盟第三回大会を新宿紀伊国屋書店階上で開催。

昭和六年五月〈日未詳〉

宮本顕治が手塚英孝・生江健次の紹介で日本共産党に入党。村山知義も蔵原惟人の紹介で入党。

昭和六年五月九日・十日

ナップ中央協議会は、日本プロレタリア美術家同盟第三回大会についての欠点を指摘、「一九三一年度に於けるナップの方針書」及び美術家同盟の三一年度方針を大衆的討議にかけることなく、機械的に決定したこと、美術運動の国際的連絡の問題についての責任を果たしていないことなどが批判された。

この日より以前であろうか、蔵原惟人が「プロレタリア藝術運動の組織問題」の附記を書き加え、今度は手塚英孝の手から「ナップ」編集責任者である窪川鶴次郎に渡された。

昭和六年五月十七日午前十一時四十分より

日本プロレタリア劇場同盟第三回全国大会を築地小劇場で開催。運動方針としてドラマ・リーグの拡大強化、国際的提携連絡等が採択された。

昭和六年五月中旬

蔵原惟人が日本共産党中央部風間丈吉との連絡を回復。宣伝煽動部員となる。後、組織部員を兼ねる。

昭和六年五月二十日

反宗教闘争準備会を開き、綱領四十カ条を決定。

昭和六年五月二十二日

日本プロレタリア美術家同盟は常任中央委員会を開催し、ナップ中央協議会の批判に基づき、第三回大会の再批判をする。

昭和六年五月二十四日午前十時四十分より午後七時三十分

日本プロレタリア作家同盟第三回全国大会を築地小劇場で開催。役員改選をめぐって幹部派と反幹部派が対立。

昭和六年六月

蔵原惟人が宣伝煽動部の文化団体ナップ指導係責任者となる。

村山知義、吉田好正、生江健次らが日本プロレタリア劇場同盟内党フラクを結成。

昭和六年六月六日発行

古川荘一郎「プロレタリア藝術運動の組織問題―工場・農村を基礎としてその再組織の必要―」が「ナップ」第二巻六号に掲載される。

昭和六年六月十五日午後二時より六時まで

ナップ中央協議会を東京府下落合四六〇の同会事務所で開催。橋浦泰雄、村山知義ら十一名出席。本年度ナップ方針を誌上討論に付すること等を協議。

昭和六年七月八日午後二時より

日本プロレタリア作家同盟は臨時総会（中途より第四回大会に変更）を同盟事務所で開催。当面の任務に関する決議案を審議。

昭和六年七月十二日

日本プロレタリア作家同盟は中央委員会を本部事務所で開催。ナップ協議員に、中野重治、立野信之、徳永直、壺井繁治を、中央常任委員に、江口渙、中野重治、立野信之、川口浩、壺井繁治、橋本英吉、中條百合子、鹿地亘、小林多喜二、貴司山治を決定。そのほか、農村藝術研究会の件、文化連盟の結成提唱の件が協議された。

昭和六年七月十三日午後一時より四時まで

ナップ中央協議会を上落合四六〇同会事務所で開催。立野信之ほか中央委員九名出席。議長・橋浦泰雄、書記・杉本良吉、機関紙編集部長・中野重治、出版経営部長・壺井繁治を決定する。

昭和六年七月十五日午前十時より午後三時三十分まで

日本プロレタリア美術家同盟東京支部総会を東京府下長崎町大和田一九八三の同研究所で開催。大月源二ほか四十名出席。

蔵原惟人が「藝術運動の組織問題再論」を執筆する。

昭和六年七月二十三日午後五時より十時まで

日本プロレタリア音楽家同盟第一回大会を四谷区旭町四番地の双葉保育園で開催。本年度同盟一般活動方針（工場・農村・学校に運動の基礎をおくプロレタリア音楽サークルの拡大強化）等を審議。

昭和六年八月一日

日本プロレタリア美術家同盟常任中央執行委員会を開催。「常・中・委一般活動報告及び美術運動の新しい方向とP・P当面の組織的任務（草案）」を協議。「プロレタリア印刷美術研究所の確立について声明」を出す。

昭和六年八月七日発行

ナップ書記局発行の「ナップニュース」（全日本無産者藝術団体協議会ニュース）一九三一年第一号に「文化連盟の提唱について」を掲載。

日本プロレタリア美術家同盟東京支部はナップ方針書、古川荘一郎論文をめぐって研究会を開く。

昭和六年八月八日発行

古川荘一郎「藝術運動の組織問題再論」が「ナップ」第二巻八号に掲載される。

昭和六年八月十二日午後二時より

ナップ中央協議会を本部事務所で開催。大月源二ほか七名出席。文化連盟結成のための具体的協議会を開くこと等を協議。

昭和六年八月十九日

ナップ常任委員会を開催。ナップの大衆的再組織、日本プロレタリア文化連盟の結成を決議する。

文化連盟中央協議会組織発起人会がナップを中心に、プロレタリアエスペランチスト同盟、反宗教闘争同盟、プロレタリア科学研究所等の代表が出席し、秘密裡に神田一ツ橋の如水館で夜に開かれた。「日本プロレタリア作家同盟ニュースNo.2」（日本プロレタリア作家同盟中央常任委員会書記局発行、刊記なし）は、「我が同盟の仕事の具体化について」のなかで、〝文化連盟結成の問題の具体化〟を、次のように報告している。

八月十九日、日本プロレタリア文化連盟結成のための「発起人会」が持たれた。「ナップ」の外に「プロ科」「プロエス」が参加した。その会合に於て、発起人会としての、文化連盟に対する具体的な意見が交はされた。我々は、我々の仕事の全方向を文化連盟結成のために差し向けて来た。然し、文化連盟結成の具体的な問題に対してはその后の課題として我々に残されてきたのであつた。当面我々は日本に存在してゐる各プロレタリア文化団体の全国的中央部を結成すべきであり、日本プロレタリア文化団体中央協議会とでもいふべき形で持たれるであらうといふこと、この協議会は独立に、その出版所を持ち、理論的な指導的な機関誌、及び一般的な大衆的啓蒙雑誌、及びその婦人の雑誌及びその子供の雑誌及びクラフがそこで出版される。階級的な文化的な出版所として斗争して来た戦旗社は、この出版所に発展解消すべきではないか、その参加団体は大体ナップ五同盟プロ・エス、プロ科、新興教育、弁護士（解放運動犠牲者救援弁護士団）、新興医師、反宗教、ソヴエート友の会、戦旗社は文化団体ではないが、今迄、プロレタリア大衆の文化教育のために斗つて来た階級的出版所として、当然、連盟結成のために、発起人会、準備委員会に参加すべきであらう、といふことが云はれた。

わが作家同盟中央部は、その発起人会の報告を承認し連盟結成の準備委員会に我が同盟の代表者を送ることに決定した。

文化連盟結成の問題は、最初、古川によつて「ナップ」誌上に紹介されたところから、その関心が、ナップ程他の文化団体には徹底してゐない。従つて、発起人会準備委員会を通じて、我が同盟は先頭に立ち、他の文化団体に対して、積極的に働きかける必要があることが認められた。

昭和六年八月二十日

文化連盟結成発起人会が如水館で開催され、名称の問題、財政、中央協議員選出方法等が協議された。反宗教闘争同盟とナップとの間に指導権の対立を惹きおこしたが、組織準備会をつくることを決定した。

昭和六年八月二十三日

日本プロレタリア作家同盟第三回中央常任委員会が事務所で開催され、江口渙、小林多喜二、中野重治、徳永直、壺井繁治、中條百合子、立野信之、貴司山治、鹿地亘が出席。文化連盟の発起会についての報告がなされた。

昭和六年八月二十四日

ナップ中央協議会において日本プロレタリア写真同盟準備会の結成が承認された。委員長・貴司山治、委員・和田一平、松下順三。日本プロレタリア作家同盟東京支部総会が上落合四六〇同盟事務所で開催され、壺井繁治らほか二十七名が出席。文化連盟結成の件、文学新聞発刊の件を協議。

昭和六年八月二十八日

日本プロレタリア文化連盟創立のための第一回懇談会が開催され、連盟の目的、任務、名称、活動と事業方針の大綱を決定。

昭和六年八月〈日未詳〉

日本プロレタリア劇場同盟拡大常任中央執行委員会は「プロットの新しい任務と新ら《ママ》しい組織方針草案」謄写版刷りを発行。

昭和六年八月二十九日・三十日

日本プロレタリア美術家同盟中央委員会が開かれ、同盟の新しい組織方針を中心に後半期の新しい組織的斗争方針が審議され決定した。

昭和六年八月下旬

宮本顕治、壺井繁治、中野重治らが日本プロレタリア作家同盟内党フラクションを結成。

昭和六年九月七日

ドラマ・リーグ事務局は全ドラマ・リーグ員に「『プロットの新しい任務と新しい組織方針』について」を発行。

昭和六年九月十三日午後一時より

日本プロレタリア映画同盟は中央委員会を上落合八一三のプロキノ事務所において開催。映画サークルを組織すること、新方針を決定。

昭和六年九月二十日午前十一時より

反宗教闘争同盟創立大会を築地小劇場において開催。開会と同時に集会の解散が命じられた。本部員佐野袈裟美ほか五名、代議員ら五十九名が検束された。

昭和六年九月二十日夜

日本プロレタリア文化連盟創立のための第二回懇談会が如水館において秘密裡に開催。この時の懇談会のまとめが「プロレタリア文化連盟創立懇談会経過」とプリントしたものがあるので、長文になるが、次に紹介しておく。

プロレタリア文化連盟創立懇談会経過

二日の懇談会の様子を報告します。

出席者は、作家同盟、劇場同盟、美術家同盟、プロレタリア科学研究所、新興教育研究所、弁ゴ士団、ポエウ、反宗教斗争同盟。

欠席者は、医師連盟、戦旗社、音楽家同盟。

一、名称の問題

プロレタリア文化団体協議会とするか、プロレタリア文化連盟（その中央部は中央協議会）とするかが結成されるべき団体の性格について討議された。反宗と教育とは団体協議会を主張し、他は文化連盟を支持した。団体協議会主張の理由は大体左の通りである。

1、各団体の性質が異つてゐる。プロ科と反帝が異り、宗教と文学とも異る。かゝる異つた団体を集つて統一的な中央部を作ることは間違ひである。

2、自主的中央部を作れば基本的組織の力が強ければ文化団体の連盟は必要ないのだから出来る丈け中央部権限を制限すべきである。

3、中央部そのものゝ構成に反対ではない。しかし文化団体の統一的指導部であつてはならぬから各団体の

（文化斗争のそれ〴〵の領域）共通の問題についてのみ協議すべきである。

4、ＩＦＡは強固な指導機関とは考へられぬ、これに対する意見は左の通りである。

1、ドイツＩＦＡ、アメリカの労働者文化連盟の例に鑑みても統一的中央部は必要である。綱領（極めて広義な）規約を定め、それを承認するのである。文化団体が続々連盟に加入するやうにならねばならぬ。連絡協議と指導と統制とは別個のものではない。

2、中央部をつくることは各文化団体の自主的活動を妨げるばかりか一段とそれを高めることである。各団体（文化斗争のそれ〴〵の領域）が性質を異にしてゐるからと云ふので共通の問題のみを抽出してくるのではなく反対にそれら特殊各領域に具体化する斗争を全線に亘つて取り扱ふ力が連盟の目的である一方に個々独立の文化斗争があり他方に抽き出された共通の斗争があるとするのは間違ひである。

3、文化連盟が自己の中央部を作るのは基本的組織と矛盾するとの考へは間違ひである。矛盾するとの主張者は基本的組織が或弱い時には文化連盟等の結成が許され強い時には基本的組織が指導するとの前提から出してゐるがドイツの現実は強い基本的組織があるのにＩＦＡがある。プロフインテルンの第五回大会の決議にも文化団体が自ら中央部を持つ必要を主張されてゐる。

4、各文化団体の間に重要性の相異、発展の程度の相異があるから連盟にすべきでないと云ふが文化斗争のそれぞれの領域が異ることは重要性の差異ではないし発展の不均衡は中央部が作られて克服されるのである。組織、性質が変つて居ればこそ統一が必要なのだ。アメリカの文化連盟はまだ準備会なるにも拘らず反宗の斗争が微弱だからとてさつそくその強化に努力してゐる。

5、討論の結果名称は日本プロレタリア文化連盟とし機関として中央協議会を持たうと云ふことになつた。

二、中央協議員の選出方法・連盟の大会

連盟の独立的な性質組織を異にする団体であるから中央部は中央委員会でなくて中央協議会であるべきだ。連盟の性質上各団体から一定の数で選ばるべきであると云ふことに決定する。次に大会は決議執行機関であるか否かについて議論が斗はされ、大会は決議執行の機関でなくカンパの意味で年一回持たれるやうなものでなければならぬ。

三、中央協議員の選出

反宗同盟は斗争と・・に比例して協議上の数を定めよと主張する。大衆の多く包含してゐるものが多く出しその団体によつて指導すると云ふことにならねばならぬ。ドイツのＩＦＡは、フライデンカーによつて指導されてゐる。又団体の重要性に応じて比例を定めようと云ふ議論も出る。併し結極《ママ》次の如き決定を見た。団体員の数は団体の性質によつて非常にへだゝりがある。しかし数が少いから重要性が少いとは云へない。又重要性に応じて定めると云つても元来各分野の重要性には差がない。一団体何名と数をきめ実際に応じて増減すべきである。討論の結果・一団体二名を標準として左の如く決定す。

作家同盟四、劇場同盟三、Ｐ・Ｐ二、プロキノ二、Ｐ・Ｍ二、プロ科三、反宗三、ポエウ二、新興教育二、弁護士団二、医師連盟二。

四、中央協議会の日数

月一回にし、事務機関として書記局をおく。

五、機関の構成

1、中央協議会

2、Ａ、機関紙編集局　Ｂ、啓蒙雑誌編集局　Ｃ、クラブ編集局

3、Ａ、少年委員会　Ｂ、婦人委員会　Ｃ、青年委員会　Ｄ、農民委員会

青委と農委とは少年・婦人はそれぞれの雑誌を出して活動するに反して差し当つて活動すべき仕事がないので当分委員会を置かなくてもよいだらうと云ふことになる。

4、書記局

六、役員、候補者として次のやうな人々があがつた。

1、中央協議会議長　河上肇　秋田雨雀　平野義太郎

2、書記長　川門《ママ》唯彦　寺島一夫　村山知義、小川信一　中野重治　布施辰治

3、出版所長　壺井繁治

4、機関紙編集長　小川信一

5、啓蒙雑誌編集長　中野重治

6、クラブ編集長　柳瀬正夢　大月源二　（P・P及プロキノに考へて貰ふ）

7、少年雑誌編集長　山下徳治　猪野省三等があがつたがまとまらず。

8、婦人雑誌編集長　中條百合子　神近市子等があがつたがまとまらず。

七、機関誌

1、定価は二十銭まで一〇〇頁位のもの

2、名称は「プロレタリア文化」

3、十一月号を十月半ば迄に出す

八、財政

1、各団体で負担する事

2、各団体共同してこの問題を解決する事

九、綱領規約檄文等を作成せねばならぬ。
十、暴圧デマ反対
　ナップ、反宗等に対する暴圧・デマに抗議すること。
十一、各国へメッセージを送ること。
十二、反宗大会へ祝辞をおくること。
十三、第一回準備会
　今回の討議の結果を発表して一般の討議にうつし、それを基礎として第一回準備会を大きく開くこと。

一九三一、九、二〇

　昭和六年九月二十四日
日本プロレタリア写真同盟第一回準備会総会を開催。
　昭和六年九月二十五日夜
プロレタリア文化連盟第一回準備会をプロレタリア科学研究所内で開催。代表者九団体十七名出席。組織構成、役員の詮衡等を審議。
　昭和六年十月七日
プロレタリア文化連盟第二回準備会を開催。協議員（役員）、行動綱領、機関誌発行の件を決定。
　昭和六年十月十日
プロレタリア作家同盟常任中央委員会で、文化連盟中央協議員を小林多喜二にかわって川口浩となる。小林多喜二は、「プロレタリア文学」の編集委員に選出される。
　昭和六年十月十一日午前九時より

日本プロレタリア演劇同盟創立大会（日本プロレタリア劇場同盟第四回大会）が築地小劇場で開催。文化連盟加盟の件が可決。文化連盟中央協議会への代表に村山知義、小野宮吉、土方与志を選出。

昭和六年十月十三日・十九日・十一月六日

プロレタリア演劇同盟東京支部準備委員会を開催。支部確立の為の綱領、規約、組織、機関等を討議。執行委員長・小野宮吉、書記長・島田敬一、教育部長・生江健次、組織調査部長・若山和夫、企画宣伝部長・三島雅夫を選出。

昭和六年十月十四日午後七時五十分より十時十分まで

日本プロレタリア文化連盟第三回準備会をプロレタリア科学研究所において開催。十二団体二十名が出席。加盟団体決定の件、文化連盟略称の件、機関誌発行の件等を協議。

昭和六年十月二十四日

日本プロレタリア文化連盟第四回準備会を開催。最終的に、名称、加盟団体、中央・名誉各協議員、機関誌、綱領規約などを決める。

昭和六年十一月十二日

ナップ拡大中央協議会が本部事務所で開催され、日本プロレタリア文化連盟の事実上の結成により、ナップの解体を決定。藝術協議会を設けた。

昭和六年十一月十五日

日本プロレタリア作家同盟は緊急拡大中央委員会を開催。小林多喜二と立野信之を藝術協議員に選出。

昭和六年十月末

平田良衛、大河内信威、小椋広勝、波多野一郎、河野重弘らがプロレタリア科学研究所内に党フラクションを結成。

昭和六年十一月二十七日

日本プロレタリア文化連盟（コップ）創立。結成大会を開催することを得ず、機関誌「プロレタリア文化」十二月五日付発行なるも、印刷完了したる十一月二十七日をもって創立。

日本のプロレタリア文化運動は、蔵原惟人の組織論に指導され、日本プロレタリア文化連盟の活動に到達したが、昭和七年三月からのコップ弾圧によって主要なメンバーの多くが相次いで捕らえられ、結局、組織的な文化運動は壊滅してしまった。日本プロレタリア文化連盟の創立経過から崩壊にいたるまで詳細にその事実調査が進められ、もっと多く論じられてもよいのではないか。

（青山毅編『昭和期文学・思想文献資料集成第八輯　プロレタリア文化連盟』平成二年十一月二十八日発行、五月書房）

日本プロレタリア美術家同盟（略称Ｐ・Ｐ）活動日誌

――昭和七年三月十六日〜五月二十二日――

ここに紹介する日本プロレタリア美術家同盟の活動日誌は、当時、日本プロレタリア美術家同盟の書記長であった松山文雄がノートに書き記していたものである。昭和五十六年秋に、青山毅と一緒に松山文雄を訪ね、同盟関係の資料を見せていただき、その時にコピーをさせてもらったものの一つである。

松山文雄は、明治三十五年五月十八日に長野県小県郡大門村（現長和町）に生まれた。高等小学校を卒業後、農業に従事するかたわら絵を勉強し、大正十三年に上京した。翌年第二回三科展に「赤・白・黒」が入選する。大正十五年に創立された日本漫画家連盟に加入し、そこで知り合った柳瀬正夢の紹介で、日本プロレタリア藝術連盟美術部員となり、日本プロレタリア美術運動に参加する。内務省警保局編『社会運動の状況四〈昭和七年〉』（復刻版昭和四十六年十二月三十一日発行、三一書房）によると、松山文雄は、昭和六年十一月、コップ党フラクション手塚英孝の勧誘により、日本共産党に入党した。その翌月、松山文雄は日本プロレタリア美術家同盟員の大月源二、長谷川昂（三角泰）を入党させ、美術家同盟内における党フラクションを結成し、さらに、昭和七年三月、高森捷三を加入させた。そして、松山文雄をキャップとなし、プロットフラク村山知義、コップフラク手塚英孝等の指導により、毎月三回、定期的にフラクション会議を催した。

松山文雄は、昭和七年六月十四日、コップの一斉検挙で治安維持法違反に問われ、豊多摩刑務所に服役し、昭和十年に出所した。本ノートは、松山文雄が検挙される前に、婚約者のもとに預けておいたために、押収されることをまぬがれたのであった。

本ノートの記録が昭和七年五月二十二日で終わっているのは、さきの『社会運動の状況四〈昭和七年〉』に「三田某（書記長）」（五三九頁）とあるように、この時期に日本プロレタリア美術家同盟の書記長を松山文雄から三田某に代わった為であろう。三田某というのは、三田重信で、本名は松浦茂である。松山文雄が美術家同盟の書記長を退いたのは、日本プロレタリア文化連盟の中央協議員に選出されたためであった。なお、松山文雄は、昭和五十七年三月三日、入院先の東京千駄ヶ谷の代々木病院で肺炎のため七十九歳で死去した。

ここで、この日誌の昭和七年頃の日本プロレタリア文化運動について略記しておく。

蔵原惟人の「プロレタリア藝術運動の組織問題」の提唱により、ナップが方向転換した。それまで分散的に展開されていたプロレタリア文化諸運動の組織的統一をはかるために、昭和六年十一月に日本プロレタリア文化連盟（略称コップ）が結成されたのである。このコップには、日本プロレタリア作家同盟や日本プロレタリア美術家同盟等の藝術諸団体と、プロレタリア科学研究所、新興教育研究所、戦闘的無神論者同盟など十一の団体が結集し、中央協議会と各機関をつくった。だが、コップは昭和七年三月から大弾圧を受ける。すなわち、同月二十四日、日本プロレタリア文化連盟中央協議会書記局の小川信一、窪川鶴次郎、小野宮吉、牧島五郎、連盟出版所長の壺井繁治らが検束された。四月四日には、党中央委員として組織部に属していた蔵原惟人が小石川原町の隠れ家（富田潔宅）で逮捕され、中野重治、生江健次、村山知義らも検束される。この時、検挙をまぬがれた小林多喜二、杉本良吉、宮本顕治、手塚英孝らは地下生活にうつったのである。

日本プロレタリア美術家同盟でも、四月五日に上落合の事務所で開催した東京支部例会は、三十分で解散を命じられ、三十五名が総検束され、同月十五日には、美術家同盟出版部長の岩松淳が逮捕されたのである。

本活動日誌に出ている昭和七年四月二十一日の臨時書記局会議の「（大月の書記長問題）」は、コップ指導部が検束され、壊滅状態にあるために、それを再建するために、美術家同盟から大月源二をコップ書記長に転出せねばならなくなったことを指している。この時、大月源二、村田巪、池田寿夫、鹿地亘、植村喬三、淀野隆三、川口浩らはコップ拡大中央協議会を開き、四・一六記念より八・一国際反戦デーにいたる期間を〝革命競争〟の期間と定めた。本ノートは、そういう状況下における日本プロレタリア美術家同盟の活動日誌なのである。

1932（昭7）

3月16日　書記局会議
出席＝岡本、大月、大平、長谷川
1、一般報告（略）
副報告　Ⓐ東京支部情勢（岡本）
(イ)革命競争について—調査中。
(ロ)美新支持について—回収100％決定。地方版発行ノタメコー常的ナ編輯委員会ヲオク。
(ハ)文化祭対策—制産《ママ》活動と組織活動トノギヤツプをうめる事。
日常的テーマ。地区アトリエの設置。
(ニ)大会対策。—（略）
(ホ)汎太平洋展について—（略）
副報告　Ⓑ札幌支部情勢（大月）
(イ)ハチスカ争議応援中。—救援金募集ノタメノ色紙（須山・松山）ヲ至急送レト要求アリ。其他支部の応援ヲ組織スルコト。

2、議事。

A、大会対策ノ件―4月17日延期。準備委員会ヲ3月18日ニモツコト。

B、コップ対策―文化祭並ニ××競争ノタメノ特別委員会ニ左ノ3名ヲ送ルコト。岩松・長谷川・寄本。

C、美新・プロ美再認識ノ件。（略）

D、財政部員追加決定ノ件。園田・尾崎（決定）

E、ニュース編輯ノ件。原稿担当者決定。××競争について（長谷川）、汎太展批判（岡本）、五月へのアッピール（松山）

（以下略）

3月19日　全農大会にメッセーヂ送る。全文略（松山）

3月21日　関消12回大会にメッセーヂ送る。

全文（松山）

親愛なる関消の組合員諸君！

諸君は今や輝やかしき斗争の全経歴の上に立つて、新たなる1932年度の運動方針を斗ひとる為の大会を決行してゐる。

工業・農業・金融恐慌の度しがたき深化―この全負担を勤労階級に転化せんが為の、日本ブルヂヨアジーの強行政策は、急激に増大しつゝある。かゝる時期にあたつて諸君がもつ大会の意義は蓋し大なるものであらう。

親愛なる関消の組合員諸君！

諸君と我々は別個の斗争分野にあるとはいへ、同じ一つの目的の為にその階級的連帯性の上に立つて、今までも常に密接な協働と同志的援助を交換して来た。この事は、今後更に一層の緊密さを持て遂行されるであらうし、我々は、諸君の斗争が必要とするその美術的活動の若般《ママ》を、組織的に負担する事を、キン快とするものであり、かつ、貴連盟の組合員となつて、日常的活動に参加する事を□□するものである。

親愛なる関消の組合員諸君！

今我々が、こゝに説明するまでもなく、諸君の斗争は資本の裏からの攻撃に対するそれである。そしてこの消ヒ面に対する彼らの攻撃にそつて、勤労階級の眼をまどはかし、ごまかし、おどかしてゐる美術のあるに対して、我々の斗争は又、我々の美術をもつてこれに応へなければならぬ。彼らのギ瞞的レッテルやポスターや美術広告に対してプロレタリア美術をもつて対応せねばならぬ。家庭内にしのび込んで来る、又は公然と流れこんで来る一切のたい廃美術、悪煽動美術を駆ちくし、健康なるプロレタリア美術が壁の穴や、やぶれたふすまをふさがなければならぬ。プロレタリア美術は労働者・農民・一般勤労階級の生活・斗争の中にあり、かつそこから生れる。

親愛なる関消の組合員諸君！

諸君の美術的関心をさらに高め、諸君の果敢なる斗争の中に、美術を生かし、それを広汎化し、かつ其処から自主的に美術を生まさねばならぬ。そしてその自からの美術文化を守り、生長させねばならぬ。

我々はこの意義ある大会を親愛なる全連盟員に訴へる。

諸君の働き場所、諸君の住む所に美術サークルをつくれ。諸君の斗争の中から美術の働き手をつくれ。

諸君との階級的提携万才！

関東消ヒ組合第12回大会万才！

日本プロレタリア美術家同盟㊞

3月23日　日消創立大会へ祝辞（橋浦）

3月24日　**第三回書記局会議**

1、一般報告（松山）略。

副報告Ⓐ東京支部・横浜支部情勢。（岡本）

(イ)東京―太平洋展進行中、成績不良。

(ロ)展覧会斗争に対する再認識の問題。

(ハ)教育活動に於て、工藝・手藝両研究会を合ぺいし、第1部・第2部に分つ。1部（立体―主として彫金）、2部（平面―主として手藝）

(ニ)××競争方針書作制中。

(ホ)横浜支準カイメツ情態ナリ。

Ⓑ北海道・東北地方（大月）

(イ)ハチスカ争議団への檄文未だ発送せず。

(ロ)支部、支準報告ナシ。

Ⓒ九州・四国・中国地方。（長谷川）

(イ)高知の美術研究会、支準として認められたき由。（高知コップ地方協ギ会スヰセン）

Ⓓ長野地方。（臨時出席者、渡辺）

(イ)作同支部10月設立。プロら3月設立。

(ロ)文学サークルより美術愛好家8人獲得。

(ハ)本部展覧会部より作品借用、展覧会の計画アリ。

(ニ)地方小巡回展遂行。

(ホ)タンバ橋工事ストライキに展覧会応援。

Ⓔコップ（大月）

コップは如何なる自己批判の下におかれたか？

(イ)指導の不充分。

(ロ)各団体間の結合の不足。

(ハ)汎太平洋カンパに於て、労働者の自主的活動を引出さなかつた。

(ニ)アメリカ文化の夕の失敗。

(ホ)東京地協の不確立。

(ヘ)財政問題に関する認識不足。

コップは如何なる斗争を準備してゐるか？

(イ)4月5日カンパに対して、サークルの懇談会・座談会を開き、メーデーに関するアヂプロを遂行すること。

(ロ)各新聞・機関誌の共同斗争。

(ハ)各編輯局合同会議をもつこと。

(ニ)組織会ギをもつこと。

(ホ)カンパ対策委員会をもつ事。対策協ギ会。

(ヘ)中央評議会（4月3日）築地小劇場にて開催。大衆的に守る事。

(ト)汎大カンパへの弾圧に対する抗ギ運動について、―共同の檄、抗ギ書を下から大衆的に作る事。抗ギ人を署名させること。

Ⓔ学校方面（三田）（略）

2、議事

A、大会延期の件、——5月8日。9日。10日、3日間。

B、メーデーカンパ対策の件—斗争を美新に集中する事。サークルの自主的活動の高揚。至急方針書をつくる事。（責任者・松山）

C、××競争の件。（略）

D、コップとの連絡強化の件——各協ギ会員の報告を書記局に集中する事。毎週月曜日の書記局会議に村田を必ず出席せしめる事。

E、支部・支準に関する件。

支部候補（熊本）（高知）支準候補（青森・久留米・長野）

F、強圧に対する件。（略）

G、支部対策。（略）

H、人事の件。——書記局技術部員とし猪野・鈴木推選《ママ》。

3月26日＝
〃27日＝　常中委

第一日、出席者＝橋浦・岡本・大月・長谷川・寄本・岩松・小山・大平・矢部・松山・三田。（欠席村田）

1、一般報告（松山）

三月の情勢と我々の活動。

A、この一ケ月にどんなことが行はれ、今行はれてゐるか？

㈠犬養景気はちつとも大衆の上に現はれないのみか、一層の窮乏を将来《ママ》してゐる。ストライキの続発。（横浜市電・玉川電車・地下鉄）注目すべきことはこれらの争議がはつきり戦争に結びつけられてゐた事である。
(ロ)戦争は停止したかの如きかけひきの中で発展してゐる。帝国主義戦争・反ソ戦争の具体的進行。（台湾への軍隊輸送・樺太への××増加。満州国の設立。並にこの新国家をかくらんと、匪族討伐を名目にソ同盟国境への兵力集中等）
(ハ)第61議会招集（何一つ反対もなく、満場一致××の為の特別臨時経ヒの承認、可決）
(ニ)ファシズムへの移行、ファシストの活動。（暗殺団に対する取締りを名とする強圧組織の拡大強化）警察ヒの増加、警察官の増加、司法官の増加、並に海外派遣。2・18検挙、横浜市電ストの際の神奈川県下の検挙。各カンパへの強圧。
(ホ)社会民主々義者は如何にこたへたか？（交通ゼネストを目ざしての篠田一派の裏切り行動。社民党・労大党の社会ファッシヨ党への再構成への動揺。国家社会主義党の明確なる擡頭。全農大会に於ける本部派の態度、等）
(ヘ)プロレタリアアートは如何に斗つたか？（3月カンパの集中的動員としての18日デモ。地下鉄争ギに於ける勝利。）

B、文化領野の展望。
(イ)戦争の宣伝、煽動のための総動員。（ブルヂヨア文化）、特に美術活動として（3月10日記念日のポスター其他ビラ、広告に至るまでの活動。テヌグヒの図案、文ちん、おもちやに至るまで）
(ロ)展覧会に於ける動揺の反映とファッシヨ化。（□□□□、独立美術展等）
(ハ)美術批評理論活動に於て、社会民主々ギ的表現とファッシヨ的活動。（横川キ一郎の独立展批判。川端龍子のアトリへの論文）

Ｃ、我々は如何に3月を迎へたか？

(イ)汎太平洋プロレタリア文化記念週間をもつて。主として展覧会活動に於て遂行した。

東京支部─地区巡回展（プロキノ、プロット協同）題名撤回の暴圧をうけた。

名古屋支部─展覧会、170点のうち74点撤回。

広島支部─コップ広島地方協ギ会強圧の為に展覧会不可能。

長野支準─展覧会不許可。農村小巡回展を遂行した。

大阪支部─コップ大阪地方協ギ会の文化の夕べ参加。

札幌支部─座談会（街頭的な）をもつた。

以上の批判。

成果の第1、国際的連帯と結合の意義。

第2、プロ文化運動の統一的活動、コップの意義の高揚。

欠陥の第1、カンパ主義─日常活動の不足の暴露。

第2、組織活動と創作活動の分離。

第3、労働者農民大衆の創意性の無視。

第4、組織活動に結びつけられた教育活動の不足。プロレタリア美術のヘゲモニー確立の観点の解消。

第5、活動の分散性。

(ロ)第三回大会準備斗争をもつて。（これは明確に(イ)のカンパを遂行する中に斗はるべきにかゝはらず、それと切り離してゐた事を徹底的な誤謬であつた。しかもこの技術的な仕事は進捗しなかつた。各支部の報告の不履行。又は遅延。情勢の発展の急速なるテンポ。人員不足。負担の加重。より高い段階と指導の不足等が原因してゐる。）

結果は、大会延期、又延期。大会の時期を取逃がした。

D、各地方支部活動。（略）

E、活専《ママ》門活動

F、書記局活動、事務報告。

2、副報告

A、横浜、東京（岡本）。（略）

B、組織部報告（長谷川）。（略）

C、教育活動について。（大月）

この期間に於ける部会なし。東京前進不渉、京都毎週1回研究会。他支部報告なし。サークルに対する教育方針を樹立せねばならぬ。

D、展覧会活動について。（寄本）

汎太展の印刷物出ス。他（略）。意見、主要都市・農村への集中的方向をもたねばならぬ。作品の制作と強化を日常活動に結びつけ、具体的情勢の上になされなければならぬ。地方支部の独自的活動の強調。

E、財政部活動（小山）

本部財政出入表（3月24日現在）

入		出	
3、00	同盟ヒ（仙台 札幌）	1、90	財政部ヒ
2、50	維持会ヒ	2、50	出版部ヒ
1、00	展覧会基金	2、30	展覧会部ヒ

5、00	借入	4、60	書記局
20、00	前月くり越し	4、00	寄附金（全国会ギ）
		19、00	常貸金（出版部）
計31、50		計29、30	

差引残金　2、20¥

F、出版部報告（岩松）。

部会2回、特別委員会1回。

（当面の問題）—美新配布網の強化。経営事業の全国的発展と強化。

G、特別財政委員会報告（大月）。

出版部内に強力な経営委員会を設置する事によって解体。

H、資料調査部報告（大平）ナシ。

I、機関誌編委報告（大平）

出版に関する経営的事務は出版部に委任。

J、美新編委報告（矢部）ナシ。

K、農民美術委員会報告（橋浦）ナシ。

第2日。

出席者＝橋浦・岡本・大月・大平・寄本・小山・松山・三田。

（欠席、長谷川・矢部・村田・岩松）

3、議案

A、汎太平洋プロ文化斗争批判。(岡本)

成果、1、コップの実践的指導、文化斗争の統一的活動。
2、各団体との協同斗争。
3、国際的テーケー。

欠点。1、政治的意義のプロバガンダ不足。(各方針書の欠陥と具体的行動に於て)
2、街頭的、カンパ主義。
3、組織活動と創作活動の分離。(創作活動の後退)
4、客観的主観的情勢への不適応的形態。
5、共同斗争の機械的理解。
6、動員の不活発。非組織性。サークルの動員の不足。
7、大衆の日常要求を見る事の不足。(創作上に於て)
8、独自性と協同斗争の不一致。

教訓。1、日常的文化要求を見る事。
2、イニシヤチブの発揚。
3、組織活動と創作活動と弁証法的結合。
4、突撃隊の編成。
5、共同斗争を主要方向へ結びつける事。
6、弾圧に対する斗争(逆襲)
7、カンパの政治的意ギの徹底的アヂプロ。

8、文化反動との明確なる斗争。（追随主ギの清算）

追加意見。1、斗争の批判の欠除。（ケーケンの摂取がない）

2、斗争方針の確立。

3、展覧会部の強化。（各活動との統一）

4、対策委員会設置すべき事。

B、五月カンパ対策の件（松山）

中心斗争題目の設定。（出版活動、特に美新を中心にして）

方針書作製（責任者・松山）

C、〃美新〃〃プロ美〃に対する再認識と新たなる問題（松山）全同盟員の大衆的討議に附すべき提案としての暫定的決定。

D、大会期間決定の件。5月8日以后3日間。

E、友宜団体に対する件、自他の大会に於ける辞礼的交換でなしに実質的、同志的交歓を確保する事。

F、藝術オリンピックに対する件。（大月）

赤色スポーツの観点より取上げた作品をもつてこの反動オリンピックに持込む事。かくして彼らの反動的役割を暴露せねばならぬ。内外にむけたこれに対する檄を出すこと。（責任者大月）

《以下議案未了の分は書記局会議に委任する》

3月28日　書記局会議（第4回）

常中委の議案続行。

G、××競争について（長谷川）略。

H、支部対策（松山）

1、支部として承認すべきもの――高知・熊本。

2、支準として承認すべきもの――青森・山田。

（2の支準は大会までの活動情勢によつて大会に於て支部に推選《ママ》する）

3、福岡・名古やに対しては支部とすべき働らきかけをする事。

4、横浜は支準として確立する為に特に東京支部の責任ある援助を指令する事。

5、各支部・支準は定期にニュースを発行する事。

6、各支部・支準は定期に報告書を提出する事。（1日、15日附）

7、各支部・支準は一切の出版物を18部づつ本部宛発送する事。（書記局5、各機関1部づつ10部、資料部3）

8、各支部・支準は各専門部又は専門係を設置する事。（この専門部又は専門係は上部機関との密接なレンラクを確保する事。）

I、ニュース編輯の件。（27号）

巻頭文（メーデー方針書）松山。

三月カンパ批判。（岡本）

常中委報告。（松山）

各地方支部情勢（各担当者）

J、指令・方針書・檄

××競争方針書（長谷川）藝オリンピック檄（大月）暴反檄（三田）暴反抗ギ指令（三田）

4月4日。書記局会議（第五回）（欠席　大平・長谷川・村田。）
1、コップ対策。
(イ)ポコウ主催の抗ギ運動に参加する事。（責任者・大月）
（意見）コップに対する強圧を一ポエウの主催する抗ギ運動にすることなくコップ全体の抗ギ運動に発展せしめる事。単なる当局への抗ギに終らせる事なく、下からの抗ギ運動を組織し、コップ確立に邁進せしめなければならぬ事。
(ロ)コップとのレンラク、調査。（責任者・大月）
2、大会対策。
札幌支部よりの代議員上京につき、札幌地方特別委員会をもち、当ガイ地方活動方針書を作製する事。

（委員）大月・長谷川・岩松・小山・寄本・吉原・岡本・橋浦・松山・佐藤。責任者・大会準備委員長岡本。
3、出版部対策。
メーデー斗争の主要斗争題目となるべき出版活動について特別拡大出版部会をもつ事。

（メンバー）出版部員全部、財政部長小山、組織部長長谷川、特財委員会大月、各編輯局員全部、本部書記局松山、東京支部組織、出版、財政各部長。

（当日議案）
(1)、出版活動の任ム。
(2)、いかなる出版物を出すか。（編輯方針）
(3)、美新、プロ美の問題再討議。
(4)、基金についての対策。

(5)、経営問題についての対策。

4、事ム所出勤日決定。

日	堀	園田、石川	沼	附記
月	広旗	新居	書記局会ギ（本）	午前9～1、
火	堀	野口、三田	書記局会ギ（支）	午后1～5、
水	広旗	新井	高見	夜間5～9、
木	堀	石川	野口（大月）	
金	広旗	新居	園田（松山）	
土	堀	野口	山上（小山）	

（以上）

4月5日、東京支部例会、解散総検。

4月9日、札幌地方委員会。

（欠席―長谷川、寄本、吉原、橋浦）

当地方活動方針テーゼ作製委員（佐藤・大月・松山・責任者大月）

4月10日、××競争に関する檄出る。

4月10日、大会延期に関する檄出る。

4月11日、書記局会議（第6回）

（欠席、長谷川）

1、コップの暴圧についての対策。

コップの機関確立の為にP・Pは率先して活動せねばならぬ。

4月11日、暴圧反対の檄出る。

4月11日、藝術オリンピックに対するアッピール出る。

4月18日、書記局会議（第7回）流会。

（欠席、長谷川・大月・岡本・大平・三田・村田）成立せず。

4月21日。本部ニュース27号出る。

〃　暴圧抗ギの指令出る。

4月21日。書記局会議（臨時）（欠席・村田）

1、一般報告。臨時書記局会ギ招集について。（松山）

メーデーカンパに対する緊急なる対策と、コップ確立のための緊急なる問題の発生（大月の書記長問題）が理由である事。

2、副報告。

A、コップ書記局会議について。（大月）

臨時書記長として大月への要望さけがたし。（意見）同盟に於ける責任部署を果し得る条件附にて大月書記長推選に決定。

B、大会準備委員会報告。（岡本）

（意見）四月一杯に報告書、議案等全部まとめる事。各責任担当を遂行する事。（大月の受持の創作活動報告は大平にゆづる事）

C、拡大出版部会報告。（岡本）

出版部長検束の為に事ム停滞。拙劣なる方針書を出した事。

D、財政について。（小山）

(イ)、××競争の為に、以下のプラン作製（維持員）

50銭口	40名獲得
1円口	44名（新らしく24名獲得）

維持会員に与ふる得点。

（50銭口）　1、新聞・カレンダー無料配布。

2、3ケ月に一回絵を寄贈。

3、本部ニュース配布。

4、〝プロ美〟半額。

5、其他の出版物二割引。

6、集会、懇談会、ピクニック等に動員する。

7、展覧会無料しよう待。

（1円口）　1、プロ美、新聞無料配布。

（其他50銭口の2の項をのぞく他は同じ。）

(ロ)、地区活動に於ける財政活動担当者への一割あてがふ事。

（意見）これは不当である。特別の場合にかぎり電車賃を与ふる事。

(ハ)、同盟ヒは今月80銭入つたのみ。

（意見）同盟徴集については明確なる方針書を出さねばならぬ。本部活動の必要ヒを明記して方針をしめすと同時にアッピールする事。

(ニ)、大会基金募集は来月10日〆切。活動中。

(ホ)、事ム所ヒとして月３円出す事。

Ｅ、組織活動について（長谷川）

福岡と大阪より報告あるのみ。

（福岡の除名問題は調査し適ギな指示を与へる事）

組織部を確立せねばならぬ事。

Ｆ、石垣Ｐ・Ｐ加盟申込み。（承認）

Ｇ、東京支部報告（岡本）

組織問題について地区に於ける地区会ギ（各活動部の統一的レンラク会ギ）の再編成と、教育活動に於ける基本単位を地区に向ける事、か丶る教育部の構成の中に各ヂャンルのキヤップ会ギをもたせる事。（承認）

議事。

１、略称Ｐ・Ｐをjapbヤップに変更する件。（岡本）

言葉の上に間ちがひなき様大平君に調査を依頼し、常中委に提出する事。

２、メーデーカンパ対策の件。（松山）

再び我々はこのカンパに対する斗争に於て立遅れをしめした。然し、当面開始されつ丶ある斗争を指導し、この斗争をメーデー後に成果づける方針を対策する為の委員会をつくらねばならぬ。（意ギなし）

メーデカンパ対策委員会、松山・大月・大平・須山・三角・喜入（出版部長代理）、以上６名。

３、暴圧反対犠牲者救援に関する件。（大月）

当面、メーデーカンパに結合してこの問題を取上げる事。この為にはコップの救援活動に直接結びつく為の責任者として長谷川を上げ、この活動は恒常的に今後持続するものとして書記局内に救援係を置く事。右の係として矢部推選《ママ》。

4、出版部対策。（松山）

部長岩松検束中につき、代理者として喜入隆を推す。

（意見＝従来出版部にあつたセクト主義を廃せねばならぬ事。常に新幹部養成の見地から部長の代理となり得るメンバーをつくる事。親方主義を廃除すべき事。）

5、津田の論文をめぐる問題として。（岡本）

彼（等）の立場、又は態度を見極める事。

彼（ら）に対する働らきかけと、彼らに対する克服の斗争とを明確にし徹底化する事。

（意見＝教育部は率先してかゝる問題をとらへ、かゝる問題を通じて、自からの理論活動を強化し、高め、教育活動上の具体的問題とせねばならぬ。この問題を機関誌で取上げる事。この問題を出来得るかぎり他の機関（ブルヂヨア的）を利用して発展させる為の強力な方策が取られねばならぬ。同時にかゝる問題を通じて、彼らに対する働らきかけを組織的に強化せねばならぬ。）

6、人事の件。

(イ)、労働準備委員会派遣変更、大川。

(ロ)、本部書記常任　阿部舜。

(ハ)、教育部書記、平石。

4月26日。書記局会議（第8回）

（欠席　長谷川、小山（代理阿部出席）村田）

1、一般報告。（松山）

仕事が凡て立遅れてゐること。美新6号発刊。キカン誌5月へ延期。メーデー対策委員会は来月10月迄を期間として斗争する。第1号ニュース近日中に出す。ニュース、其他中央出版物に対する常中委の関心が欠除してゐる。

2、副報告

(イ)大会準備委員会（岡本）議案草稿は来月10日頃でなければ出来ない。凡ての担当者の責任か。極めて不完全にしか進捗してゐない。橋浦の分出来た。準備委員会内に事ム局を作らなかつたのは誤まり。大会に対する技術的な点を準備せねばならぬ。

(ロ)財政について（阿部）今月中の同盟ヒ納入ヒ皆無。大会ヒ、其他の斗争費用のネン出困難。意見＝方針書を至急出す事。新たなる同盟ヒ（滞納）を強制的に各支部に割りあて、徴集する事。

3、議事。

A、大会対策の件。（岡本）

(イ)準備委員会内に事ム局設置＝メンバー、三田・鈴木・津田。

(ロ)大会招集状起草（岡本一任）

(ハ)中央委員会招集状並に外部団体に対する招待状（松山起草）

(ニ)役員選コー。長＝橋浦。組＝長谷川。教＝大月。出＝岩松。展＝寄本。調＝大平。財＝小山。農＝吉原。植＝松山。婦青少＝市村。美新＝矢部。機関誌＝岡本。

B、調査部再組織の件。（岡本）

調査活動の重要性の再認識から次の如き活動をせねばならぬ。ブルヂヨア美術の傾向、組織、影響力の時々の刻々の調査。国際的美術情勢の調査とプロ美運動の国際的レンラク。内部調査。次の如き係りを置く事。国際係、同盟内係、資料係、プロ美術係。

C、ニュース・他出版物に対する問題。

(イ)美新・機関誌等は常中委に於て編委の詳細なる報告がなされねばならぬ。かつ常中委に於てはこれらの報告を基礎に新たなる方針が問題とされねばならぬ。

(ロ)ニュースに対する関心が不足してゐる。現在のニュースは理論的文ケンを多くふくむ理由から、教育部等は率先してこれの同盟員への滲透を問題としなければならぬ。

(ハ)書記局は以上の問題を最もよく反映し、日常的指導部としての任ムを果さねばならぬ。特に現在までかけてゐた理論的活動に対する仕事を会ギは実行すべきである。

(ニ)美新・キカン誌に対する再討議。＝ブル美を中央機関誌として大衆化すること。美新はアヂプロケーモーの為の定期出版物。

D、常中委対策。

(イ)日時　4月29日午前10時ヨリ。

(ロ)書記局提出議案＝〝大会対策の件〟岡本。〝文化祭斗争方針〟松山。〝美新・プロ美術再討ギの件〟大月。〝誌決定のあつかひ方に関する件〟岡本。

4月29日　常・中・委

出席＝橋浦・岡本・大月・長谷川・寄本・小山・大平・吉原・喜入（出版部長代理）・松山・大倉（神戸支部代表）・三田・阿部・野口（傍聴）

欠席＝矢部。

1、事務報告（略）三田。

2、一般報告（松山）

四月情勢と我々の活動を見るにあたつて、その視点をコツプに対する弾圧においてみやう。三月カンパに対する暴圧にひきつゞく4月上旬の検挙はプロレタリア文化運動にとつての未曾有の弾圧である。か丶る支配階級の強圧政策は何を意味するか。第一に、深刻化する経済恐慌下に擡頭しつ丶ある大衆の不平不満反抗の増大とその革命的高揚を意味し、か丶る中に前進しつ丶ある所の××的プロレタリアートに対する二月、三月検挙の一カンである事を知らねばならぬ。第二には、したがつて、これはプロレタリア文化運動が××的プロレタリアートの斗争の線にそつて、その陣営を拡大し、と丶のへつ丶ある事を意味するものである事。第三に、か丶る彼らの恐慌政治を一層狂暴化せしめる原因としての戦争の発展を証明してゐるものである。事実、雪どけを待つて、ソ同盟攻撃を具体化すといふ噂通り、着々と戦備が拡大しつ丶ある。即ち間島攻撃・国境への増兵・列車バク破事件を通じて明らかな挑戦態度。そして文化機関をあげてソ同盟に対するデマと中傷と、戦争の煽動・宣伝等々。以上を通じて知るものは資本主義体制の震慌と、社会主義体制の優位性の発揮、その経済的、文化的発展との対立の激化である。

又我々は見る。一方に於ては帝国主義国家間の対立矛盾の激化を。上海会議（停戦会ギ）の停とん情体《ママ》、並びに国際連盟に於て開催中の軍縮会議の行きづまりは、これを明瞭に体現してゐる。

この国際的対立と共に国内階級対立は尖鋭化されてゐる。この対立に於ける資本家階級の攻撃はファシズム、社会ファシズムへの移行を急遽化してゐる。国本社、国民主義運動の続出と擡頭、ケーサツ政治の完備、強力化等。又は、社民党の分裂、社民党・労大党の合同運動等はファシスト、社会ファシストの各々の役割任ムを明確にし、プロレタリアートに対する攻撃の陣容を再編成してゐる。

か丶る情勢は必然に文化領域にも反映し、意識的無意識的にファッショ化・社会ファッショ化の道が邁進されてゐる。

有名、無名画家の××画の揮毫。＝山本鼎の三勇士。□□□の上海展。又は、ファシスト的表明に於て川端龍子の論文（アトリエ4月号）又は社会ファシズム的態度を鮮明にせる津田青楓の論文〝私の客観的立場〟（朝日）等を見のがしてはならぬ。


か丶るブルジョアジーの攻撃の増大に対して××的プロレタリアートの逆襲は執拗果敢にくりかへされてゐる。日々ブル新聞が報道する検挙を見ても、赤色メーデーに向かつて如何に広汎に、如何に大衆的に如何に集中的に活躍してゐるかを見る事が出来る。


かくて、我々は自らの活動をはつきり見極めねばならぬ。

我々に於ては立遅れがくりかへされてゐる。弾圧、救妨害、犠牲者等、困難性を見落すものではないが、而も我々はヒドク立遅れてゐる。

第1に、コツプの確立をめざして、下から大衆的抗ギ運動を巻き起し、組織する為に、コツプ各団体の先頭に立つたが、独自的活動に於いて暴反の檄が11日、抗ギ運動を組織する為の指令を21日にやうやく発してゐるといふ有様である。

しかも重要なことはこの抗ギ運動をメーデーカンパに結合する事を拙劣にした。（指令にこの事がオミツトされてゐる）

第2に、メーデーカンパへの方針をしめしたのは21日であり、メーデー対策委員会を一応つくつたのが矢張り21日である。そしてこの委員会の具体的斗争の開始されたのは26日以降である。

第3にメーデーへの斗争の中心題目となるべき出版活動の為の拡大出版部会が開かれたにもか丶はらず、拙劣な方針書を出し、かつ責任者検束によつて実質的に活動を停滞混乱せしめた。

第4に、××競争が、××競争の為の××競争にだした傾向を持つた事。これはメーデーカンパへ向けた活動の中に設定してゆかねばならなかつたのである。この為の檄は11日に出されている。

第5に、理論的活動が実践に跛行してゐる事である。日常的に生起する具体的な問題を通じ、又は取上げて批判し、究明し、検討し、それを大衆的に浸透させてゆく活動が欠如している。たとへば現在多分に理論的文ケンをふくむニユースをたゞ送りつけるのみで、その徹定《ママ》化の為の教育活動は皆無である。又展覧会評・川端・津田等の論文に対する批判の為の活動を過小評価してゐる。この事は論文をもつて応へる事と一方に於ては、か丶るものに対する大衆の関心をとらへ、それを教育していく事がおえた《ママ》られてゐる。この事はサークルに対する教育の無方針をしめす以外の何ものでもない。

第6に、活動の統一的見地を全く見落してゐる。下からの報告が殆んど来てゐない。不均衡と、無統制と、非組織性の助長。

第7に、財政活動の不振である。これは全活動に大きな打撃を与へてゐる。今日同盟ヒ80銭納入といふ事は完全なる敗北である。同盟ヒ完納の新方針を早く出さなかつた事。カンパに対する斗争ヒ用を算定しそれを一定期間に徴集する方策をすてさつた事。維持会員の支部へのわりあて、引きつぎ、遅延。××競争の数字をいち早く設定し通達しなかつた事等々。これは当面情勢が要求する最も急速に恢復すべき活動でなければならぬ。

第9に美新のメーデーカンパに対してたつた一回の発行。

第10に機カン誌の発行遅延。

以上を要約すれば明らかに我々の全面的立遅れである事が明らかである。あらゆる困難を通じても、か丶る立遅れをうめあはす為の最善の努力が結集されねばならぬ。

3、副報告

A、組織（長谷川）ナシ。《意見》地方支部といふは誤りにつき取り消さしめる事。
B、教育（大月）部会1回（28回）＝機関誌諸論文批判。サークルに対する方針まだ出来ぬ。教育出版の計画進捗せず。
C、出版（喜入）15日部長ケンソク。書類押収。
・美新6号発送。3848（地方支部）200（寄贈）154（地方書店）348（残）
・会計、美新出版費￥88.00、収入￥22.00（回収）、￥19.60（基金）、￥48.40（借金）、￥125（印刷や借金）
・拡大会議報告＝当面の任ム、⑴美新の月二回発行。⑵機関誌の定期発行。⑶各支部の自主的出版活動の強化。⑷誌代回収100％。⑸ＰＰ会出版物の統計調査表の作製。⑹広告による経営の補助。⑺基金運動の拡大。
・プロ美新集刊行計画。7月発行予定。一五〇Ｐ、一〇〇部。
《意見》七〇〇円基金募集の為に特別ニユースを出して常にその成績を発表してゆく事。（採用）
配布網の確立は急務である。読者会といふ様な組織におとす事なく、サークル内に於けるＰＰの直接的接点として認識する事、さらに未組織へ這入りこんで、サークル組織に先行するものとしなければならぬ。（採用）
D、展覧（寄本）
・北海道地方展覧会準備中。《意見》大月・橋浦派遣承認。現展の任務を負ふ事。
・海外作品発送準備、第1回プロ展より第4回までの代表作を選別する事、審査員、寺島・岡本・大月・矢部・松山・寄本。《意見》大平・橋浦を加へる事承認。

・オリンピック藝術展へは日数なく不参加。今後アメリカの赤色オリンピック藝術展に参加する方向をとる事。

・高知地方展準備中。

・横浜・名古や調査の上展覧会を開催する事。

《意見》名古や支準は厳密に調査の上支準としての資格を取消さねばならぬ。討論。

E、財政（小山）

(イ)大会準備金予算。￥20.00、（印刷ヒ）、￥35.00（規約、決議案プリントヒ）、￥10.70（発送ヒ）、￥15.00（会場ヒ）、￥3.50（装ヒ）、計￥84.20

(ロ)コップ財政委員会報告（阿部）

コップ費をPPは至急納入の事。コップ維持ヒ（￥1.00）を納入の事。コップ基金￥1800.00 募集開始の事（5月1日～8月1日）寄金袋作製。レンラクを定期的に確保する事。コップ出版滞納額￥28.60（本部）、￥7.80（支）、￥2.00（　）合計￥38.40 至急納入の事。新聞、キカン誌保証金至急納入の事。

(ハ)人事其他についての要求。1、部長変更（現部長病気活動不可能）。2、当面せる財政の破綻を克服する為に拡大会議開催の事。

F、調査（大平）（略）

G、農民委員会（橋浦）ナシ。

東京支部農民委員会報告（大平）、農村に働らかうとするメンバーによつて構成。農村オルグ、組織的面の仕事を重視する事。

H、美新編委。(欠席報告ナシ)

I、プロ美編委 (大平) 3・4合併号4月6日発行。5月号未定。局会議2回、ボリセヴイキ的方向欠除、非大衆化。

J、コップ (大月)

5月20日中央協ギ会開催。

K、メーデー対策委員会 (松山)

1、4月21日編成。大月・大平・須山・長谷川・喜入・阿部・松山。

1、メーデーカンパを出版活動 (美新) に重心を置くといふ方針に従つて、この活動に全同盟員のエネルギーを結集する事。

1、期間をメーデー後10日迄とし、この期間に於て必要とする斗争題目の数字を上げて、これを革命競争をもつて決行せしめる事。

1、ニュース発行。(第1号27日)

1、各地方情報ナシ (東京に於ては〝赤いコブシ〟〝婦人マンガ〟〝農民マンガ〟〝プロレンダー〟等の独自的出版をやり、一方サークルの代表者会議、通信員懇談会等を計画し実践しつゝある。

L、東京支部情勢 (岡本) 略。

M、神戸支部情報 (大倉)

現在同盟員7名。ニュース1回、研究所拡大の見通し。1月展覧会を開いたのみ。淡路の移動展。美新月報発行。オール関西美新に対する斗争。メーデーカンパに対する斗争ナシ。

4、議事

1、支部・支準決定（組織部）
支部として認むべきもの　高知(6)・熊本(5)
支準として認むべきもの　宇治山田(4)・広前(7)
2、札幌支部春期大展覧会対策の件（展覧会部）
大月・橋浦派遣。ヒ用は支部負担の事（かかるヒ用も斗争の題目として算定すべき事）
3、大会対策の件（岡本）（略）
4、文化祭斗争方針に関する件（松山）
・基本的目標、反戦→8・1デーへ！。コップの拡大強化。
国際的連帯→汎太平洋書記局確立へ！　美術家同盟国際局確立へ！
・メーデーカンパの全成果の上に立ち、第3回大会が設定する新たなる方針を最初に具体化すべき事。
・中心題目、工場・農村に労農画家を養成し、獲得せよ！
・方針書作製書記局一任。大会までに出す事。
5、財政活動対策の件（財政部）
・部長代理北島（尾崎）、拡大会ギ員阿部・堀・尾崎（以上財政部）山上・園田（支部財政部）三田・（書記局）川村。当面大会ヒ用ネン出に精力を傾注すべき事。なほ30日頃会議をもつ事。
6、人事諸決定。（書記局）
・農民美術委員会構成、長＝吉原、部員、橋浦・矢部・白石・福田・飯野を書記に決定。
・コップ書記長　大月推薦決定。
・労救準備委員会――大川。

・本部書記局救援係―矢部。
・教育部書記―平石。
・本部常任書記―阿部。
・出版部長代理―喜入隆。
7、次期常中委開催日時
・5月9日、時・場所は書記局一任。
次期常中委まで保留議案。
1、美新、プロ美術再認識の件。
1、諸決定の扱方に関する件。
1、機関誌・美新、支部扱値段について。(書記局一任)
追加8、新同盟員決定(書記局)
・河村昌一(東京支部)28才。
絵画ポスター、紹介所＝矢部・山上。(4月10日附)
・　アメリカ在住。

5月2日、書記局会議(第9回)
岡本・大月・阿部・寄本・三田・北島・松山(欠・長谷川・大平)報告
1、拡大財政部会。(北島)4月30日
・大会ヒ用準備日程並に責任額
2日＝¥16.00(内訳　人件4円、アツカミ2円、インク1円20銭、紙8円、招集状45銭、雑35銭)

3日＝￥4.00（印刷ヒ）
5日＝￥25.00（人件10￥、紙8￥、会場ヒ5￥、友誼団体招待状2￥）
10日 ￥24.70（通信発送ヒ￥8.70、印刷ヒ16￥）
13日 ￥16.00（会場ヒ10￥、装飾5￥、雑1￥）
15日 ￥5.00（雑）
計￥90.70

・拡大部会の期限大会当マデ
・部構成。長＝北島。基金係（地方）＝阿部。新維持員係、兼東京支部扱＝園田。基金係（東京地方）山上。河村。維持員係＝堀。連進《ママ》係＝三田。
・基金アッピール（三〇〇）出す。基金袋作製。

2、北海道展について（寄本）
・札幌支部主催の展覧会は20日より開催。作品一般募集。19日カン査。
・当日（19日）迄に本部員の派遣希望。

議事

1、藝オリンピック対策並に文化祭に於けるアメリカへの挨拶。
・藝オリンピックに対しては特別に方針書出す事。（責任教育部）
・挨拶展は文化祭方針にふくめて発表。（大会までに発表、責任者・松山）
・両者いづれも6月15日〆切。

2、大会対策。

・大会に対する檄文出す事（岡本）
・一般報告書印刷ヒ50￥か丶る見込みなれば、機関誌部より5月号発行ヒを回し、機関誌の大会特別号として10日までに発行する事（一〇〇〇部）
・会場、仏教青年会館二階。ヒ用￥7.00。
・期日、5月15日午後10時ヨリ。
3、美術年鑑1932年版作品公募の檄、機関誌部一任。
4、コップ中央協ギ会開催。5月20日。下からの大衆的に持つ事。
5、常中委提出議案。
・前常中委残部議案2。
・文化祭方針書。
・大会対策。
・コップ中協開催について

5月9日 常中委

出席＝橋浦・岡本・大月・長谷川・喜入（代）・阿部（代）・松山・三田・大平。欠＝寄本・吉原・矢部。
1、一般報告（略）松山。
2、副報告
A、組織（長谷川）
小田原のサークルがセクト的傾向あり注意。
B、教育（大月）ナシ。

C、財政（阿部）

・拡大財政部会のプラン成績不明。

・コップ財政部会ギ。—各同盟の財政部確立。—協ギ員ヒを納入する事、不納入分、今年度、全部。—2500円基金募集取消し、前5000円基金の未集分4200円を継続。—コップ維持会ヒ一円。出版物２割引の特典を与ふ。

（意見）＝一度たてた企画を遂行する事。並に新たなる企画を立て、ゆく事。

D、出版（喜入）

4月会計

入

¥17.50	新誌代（東）
¥ 9.74	出版物（東）
¥25.10	基金
¥ 5.00	ゑはがき
¥ 4.00	借金

計集　61.34

出

¥92.00	美新６号
¥ 8.80	同発送ヒ
¥ 4.15	文房具其他
¥ 2.60	書記雑
¥ 0.95	人件

計　¥108.50

残81銭

5月7日迄の会計

入

¥ 7.20	誌　代(東)
¥ 3.20	〃(新潟)
¥ 3.60	基　金(〃)
¥ 1.00	広　告
¥ 5.20	基　金(東)
¥ 0.70	誌　代
¥ 3.87	〃(本)
¥ 5.00	借　金
¥ 5.00	基　金
¥ 1.00	〃(東)

計　¥35.77

出

¥ 8.12	プロ美4号
¥ 1.06	発送ヒ
¥ 0.20	人件
¥ 0.52	新美雑ヒ
¥10.00	プロ美
¥10.00	保証金
¥ 3.00	広告

計集　32.90

残¥5.81

・プロ美術集未調査

・基金募集の為にニュースを一週間すぎに出す事（承認）

E、展覧（松山代理）

北海道展進捗《意見》＝大月派遣不可能につき寄本を19までに派遣の事。

F、機関誌（大平）略。

《意見》報告書を特別号とするは不可。これは純然たる報告書とし特別号としては大会後、報告、決議、決定案を一括して出す事。（承認）

G、美術編委　ナシ。

H、メーデー対策委員会（松山）ナシ。

I、コップ（大月）

拡大中央協ギ会開催、5月27日。筑地小劇場にて。

・各同盟は、主要斗争を通じての数字的・批判的報告をプリントにして15日迄に提出する事。（報告部数三〇

○）
・中央協ギ会の拡大。各同盟より10名内外の協ギ員を選出し、各重要地方の成員から選ぶ事。
・各同盟は大衆的に拡中の意ギを宣伝し、これに動員する事、並にサークル決ギ、メッセージ等を送らせる様働きかける事。
・各同盟はケービ隊を派遣する事。
J、農委、ナシ。
K、東京支部報告（岡本）
・組織活動不明。
・サークルの集合10位もつ。
・サークルの代表者会ギ8名集まる。不成功。（準備活動不完全。意義の浸透の不確実。機関の腐敗。下部機関の未確立。）
・通信員懇談会は美新の編輯局が取上ぐべきを教育・組織委部が取上げしかもそれを遂行しなかつた。はつきり美新編輯局に委任すべき事。経理・教育部はこれを徹定《ママ》化し、組織化する為に活動せねばならぬ。
・大会対策。として準備デーをもうけ、大会の大衆的宣伝活動と、大会を斗ひ取る為の一切の諸方策を行ふ。ニユースを出す。かゝる準備斗争を通じて地区（班）組織を備へてゆく事。
・右に関し地区・班の確立を期して総会（臨時）をもつ予定。
《班問題についての討論》＝街頭班と工場班の性質について、岡本・大月・松山。

議　案
1、大会対策（岡本）

報告書14日　出来。
日程　第1日＝開会の　。《ママ》各種役員選出。祝辞メッセージ。
　一般報告。副報告。
　　第2日＝報告に関する討論・結語。決ギ起草委員選出。
支部報告。特委選出。中央委員選出。
　　第3日　議案上提。諸決定等。
期日　5月20日　21日　22日
会場　第1、仏教青年会館。午前10時より。
　　第2、第3会場、プロ美術学校。
報告書部数、五〇〇。
大会スローガン（略）
拡中東京支部追加推薦者、園田、朴、大場。
2、略称の件
J・U・P・F（コップ）
3、コップ中央協ギ員選コー。
大月・岡本・橋浦・松山・羽根田（大阪）・佐藤（札幌）・奥村（京都）・矢部・長谷川・大原（仙台）以上10名。
4、作同大会対策
メッセージを送る。代表者・橋浦派遣。
5、残部議案処理に関して。

A、美新・機関誌再認識問題（大会一般報告にもとづいて討論にうつす事。）
B、諸決定に関する件（一応取下げ。）
C、文化祭方針審ギ（書記局一任）
D、

以上。

1932、5、20 大会
5月20日 第1回中央委員会
議 案
一、常任委員選抜
長・橋浦、書記長・松山、組・長谷川、教・岡本、出・矢部、展・寄本、財・山上、調・大月、新・岩松、機・大平、青・市村、農・吉原、植・松山。
第1回常中委
議 案
1、書記局構成
松山（東京、横浜、長野、新潟）、長谷川（九州、中国、四国）、市村（京都、大阪、神戸、山田、名古や）、岩松（北海道、青森、仙台）、三田、阿部。
2、北海道地方本部員派遣
寄本、18日出発。橋浦未定、長谷川未定。
5月22日 第2回常中委
出席 橋浦、長谷川、岡本、矢部、山上、大月、大平、市村、吉原、松山（三田、阿部）

欠　岩松（派）、寄本（出張中）

A、一般報告（松山）

大会経過―其他の情勢。

B、議　事

1、大会批判（松山）

成果、大衆動員、デモ。

欠陥　非計画性、大会届けを出さなかつた事。大会に対する政治的意義の過小評価。日和見主ギ―岡本の欠席。―司会者の挨拶の言葉。等。

《意見》日和見主義に対する徹底的斗争。暴圧反対、犠牲者救援活動の強力な取上げ。デモの非科学性。不熟練

・大会批判書を出す事（五〇〇部）書記局一任

・解散反対の声明を出す事（五〇〇部）書記局一任

2、各活動部、機関の確立の件。

組織部（長谷川）高森・市村・上野・松山。

教育部（岡本）　配布＝西島・芳賀・早川・尹。

企画＝須山・大平・小松・岩松

財政＝矢部・山上・中村・岡本・橋浦・尾崎・岩松。

外交＝阿部・伊藤・佐藤。

書記＝喜入・西島。

展覧会部（寄本）寺島・吉原・大隅（書記）
財政部（山上）園田・松本・早川
調査部（大月）橋本（書）・岡本・大平・三ツ木・長田。
機関誌編輯局（大平）大月・岡本・長谷川・吉原・松山（伊藤）

〈追記〉
以上で、松山文雄がノートに書き記した日本プロレタリア美術家同盟の活動日誌は終わっている。プロレタリア文化運動の資料としては、内務省警保局編『社会運動の状況』や司法省調査部編『司法研究〈報告書第二十八輯九〉―プロレタリア文化運動に就ての研究―』などがあるが、これらはすべて官憲側からの記録である。当時のプロレタリア文化運動は半ば非合法の運動であったから、各組織運動の内部の書類や資料は特高警察に押収されたり、また直接運動にたずさわった人たち自身が戦時下に危険を感じて、自らの手で焼いたり、処分していて保存されることがなく、そのほとんどの資料が消失しているのである。それだけに、たった二カ月余りの短期間の記録であっても、直接、日本プロレタリア美術家同盟内部の資料が出現したことは、プロレタリア美術運動だけではなく、今後のプロレタリア文化運動の研究にとっても極めて有意義なものになるであろう。

（関西大学「国文学」平成三年十二月二十日発行・平成七年十二月二十日発行、第六十八号・七十三号）

貴司山治と「文学案内」

一

最初に「文学案内」が創刊されるまでの日本プロレタリア文学運動の流れを簡単に記しておく。

よく知られているように、三・一五事件の弾圧を契機として、その十日後、すなわち昭和三年三月二十五日に、中野重治、鹿地亘らの日本プロレタリア藝術連盟（プロ藝）と藤森成吉、蔵原惟人、林房雄らの前衛藝術家同盟（前藝）とが合体して、全日本無産者藝術連盟（ナップ）が結成された。その一カ月後に創立大会を帝大基督教青年会館で開催し、五月に機関誌「戦旗」を創刊した。そして、十二月に臨時大会を開いて組織を協議会に改め、日本プロレタリア作家同盟、日本プロレタリア劇場同盟（プロット）、日本プロレタリア音楽家同盟（P・M）、日本プロレタリア映画同盟（プロキノ）、日本プロレタリア美術家同盟（ヤップ）の五団体が加入した全日本無産者藝術団体協議会（ナップ）を発足させた。このナップは、当時非合法であった日本共産党を支持した。政治的には社会民主主義的な労農派を支持する青野季吉、前田河広一郎、葉山嘉樹らの労農藝術連盟（文戦派）と激しく対立した。

小林多喜二が「一九二八年三月十五日」（「戦旗」昭和三年十一～十二月一日発行、第一巻七・八号）、「蟹工船」（「戦旗」昭和四年五～六月一日発行、第二巻五・六号）を徳永直が「太陽のない街」（「戦旗」昭和四年六～九、十一月一日発行、第二巻六～九、十一号）を発表した。この昭和四年頃には、プロレタリア文学が既成文壇を圧倒する勢いで、全盛期を迎えた。

だが、非合法日本共産党の歴史は、全国的一斉検挙により、党組織が崩壊され、それを少数の人達によって再び党を再建するといったことの繰り返しであった。四・一六事件以後も、田中清玄、佐野博らが連絡をとり、中央委員会を組織したが、昭和五年二月二十四日に日本共産党への大検挙がなされた。同年七月十四日には中央委員会の田中清玄が検挙される。そして、昭和六年一月に、破壊された党組織を風間丈吉、岩田義道、紺野与次郎らが再建する。

昭和五年八月十五日から三十日まで、プロフィンテルン第五回大会がソビエトで開催され、日本代表団（紺野与次郎）の通訳として参加していた蔵原惟人が、日本共産党中央部検挙の報を受け、予定を変更して、昭和六年二月、ひそかに帰国した。そして、蔵原惟人は古川荘一郎の筆名で「プロレタリア藝術運動の組織問題—工場・農村を基礎としてその再組織の必要—」（「ナップ」昭和六年六月七日発行、第二巻六号）、「藝術運動の組織問題再論」（「ナップ」昭和六年八月八日発行、第二巻八号）を執筆したのである。蔵原惟人は党中央部の宮川寅雄らと連絡をとり、コップの結成に指導的役割を果たす。ナップは昭和六年十一月に日本プロレタリア文化連盟（コップ）に改組された。コップは再三再四破壊され、脆弱になっている非合法的政治組織再建の役割を負うものとしてつくられたのである。この昭和六年頃から党のアジ・プロ部とプロレタリア文学運動の組織とが直接に結びつき、日本プロレタリア作家同盟や日本プロレタリア演劇同盟などのなかに党フラクションが確立されるようになる。そのため、コップはたちまち狙い撃ちに弾圧されていく。特に昭和六年九月の「満州事変」勃発以後、文化運動に対する弾圧が一段と強まった。昭和七年三月二十四日、小椋広勝、平田良衛、寺島一夫、小川信一、窪川鶴次郎、壺井繁治、小野宮吉、牧島五郎らが検挙され、コップへの大弾圧が始まった。四月には蔵原惟人、中野重治、生江健次、村山知義、宮本百合子らが、五月には橋本英吉らが、六月には秋田雨雀、貴司山治、細田源吉、細田民樹、藤森成吉、伊藤信吉、金竜済、松山文雄、須山計一らが検挙されたのである。六月末までに四百人もが検挙され、長い拘留ののち昭和九年までにコップ関係者だけでも七十余名が起訴されるにいたった。だが、大弾圧をのがれて地下に潜った小林多喜二、杉本良吉、宮本顕治、手塚英孝らと、起訴にならずに済んだ人たちとでコップの運動は昭和九年春まで続けられる。活動の中心人物たちが多数逮捕され、事務所もたびたび捜索され、刊行物は殆ど発売禁止となるという状態で、活動は極めて困難になっていった。地下に潜った小林多喜二は昭和八年二月二十日、連絡中を赤坂で今村恒夫とともに逮捕され、築地署で警視庁特高中川、山口、須田らの拷問で虐殺されたのである。コップの同盟員たちのなかで動揺が強まった。日本プロレタリア作家同盟の出版部長の長谷川進、組織部の秀島武は、役職を退き、黒島伝治、伊藤貞助らと昭和八年六月に雑誌「文化集団」を創刊する。分派行動をはじめたのである。昭和八年秋頃には、コップの政治的偏向についていけなくなった徳永直や渡辺順三らの同盟員たちが脱退届けを出すのである。その後、宮本顕治も検挙され、日本プロレタリア作家同盟（昭和七年二月から国際革命作家同盟＝モルプの日本支部ナルプとなる）は、昭和九年二月二十二日に解体を声明した。ナルプ解体前後から転向と転向文学の時期がはじまる。

この転向と転向文学の時期に、コップの政治主義の呪縛から解放され、転向をしても、そこから文学的に何とか立ち直ろうと、ナルプ系の文学者たちが新しい雑誌を創刊した。

「文学建設者」昭和九年二月創刊、山田清三郎、鹿地亘ら。
「詩精神」昭和九年二月創刊、遠地輝武、小熊秀雄ら。
「文学評論」昭和九年三月創刊、徳永直、森山啓ら。
「現実」第一次、昭和九年四月創刊、亀井勝一郎ら。
「日本浪曼派」昭和十年三月創刊、保田与重郎、亀井勝一郎ら。
「詩行動」昭和十年三月創刊、小野十三郎、岡本潤ら。
「人民文庫」昭和十一年三月創刊、武田麟太郎、高見順ら。
「批評」昭和十一年七月創刊、山室静、平野謙ら。

不二出版から復刻される「文学案内」も、コップの中心人物の一人として活躍した貴司山治が、ナルプの解体後、日々にファシズム的圧迫が烈しくなっていく暗い時代への文学的抵抗を試みた雑誌の一つである。

しかし、昭和十二年七月七日に、日中戦争発端となる盧溝橋での軍事衝突が起こり、日中戦争が全面化し、昭和十三年二月には大内兵衛らが人民戦線第二次検挙され、十月に武漢三鎮を占領するに至ると、そうした雑誌の刊行そのものが許されなくなっていくのである。戦時下においては文学的活動そのものが国家の統制下におかれるのである。

二

「文学案内」を創刊した貴司山治は、明治三十二年十二月二十二日に徳島県板野郡鳴門村（現在、鳴門市鳴門町）高島に、伊藤兼太郎・トクの長男として生まれた。本名は伊藤好市《よしいち》である。大正三年三月、板野郡鳴門尋常高等小学校高等科を卒業後、村役場の書記や消費組合の使用人などを経て、大正九年、「大阪時事新報」の懸賞小説に応募した「紫の袍」が選外佳作（三等）に入選したのをきっかけに、九月に大阪に出て、大阪時事新報社の記者となった。そして、「新恋愛行」（「時事新報」大正十五年一月一日〜七月五日付）が、懸賞に入選したので、大正十五年四月、奇二恵津と結婚し、作家になることを志して上京したのである。「霊の審判」（「東京朝日新聞」昭和二年十二月十三日〜昭和三年三月二十三日付）が懸賞長篇映画小説に入選する。貴司山治は、この頃「富士」「講談倶楽部」「新青年」などに大衆小説を書く。貴司山治がプロレタリア作家として認められたのは、昭和三年八月から翌年四月まで、「東京毎夕新聞」に連載した「止まれ、進め―ゴー・ストップ」（のち「ゴー・ストップ」と改題）である。貴司山治は、のちに「私の文学史（承前）」（「暖流」昭和五十二年十二月発行、十七号）のなかで、「野田律太との談話と、私の故郷の高島塩田労働組合争議の指導者であった友人福永豊功の五百枚以上の争議経過の手記とをモトに、場面を毎夕の読者の多い江東地区の本所にとり、スリの子分であった山田吉松というチンピラがガラス工場に入ってしだいに階級意識に目ざめ、やがてそこに評議会指導のストライキが起る……という話を組み立てた」と述べている。この小説は、文壇で話題になる前に、新聞連載中から江東地区の労働者たちにむさぼり読まれたようだ。

続いて、貴司山治は「舞踏会事件」（「無産者新聞」昭和三年十一月十五日〜十二月二十日付）を発表する。そして、昭和四年二月十日に結成された日本プロレタリア作家同盟に参加したのである。その翌年、昭和五年には、『敵の娘』（三月一日発行、日本評論社）『ゴー・ストップ』（四月一日発行、中央公論社）、『同志愛』（六月十八日発行、先進社）、『霊の審判』（七月十五日発行、朝日新聞社）、『暴露読本』〈新鋭文学叢書〉（十一月十日発行、改造社）の五冊もの小説集を出している。貴司山治は、ナップのなかでプロレタリア大衆小説を書く特異な存在となった。そして、昭和四年七月に半非公然に発刊された「第二無産者新聞」の編集に参画したり、翌年四月六日の日本プロレタリア作家同盟第二回大会で、中央委員に選出され、プロレタリア文学運動で活躍する。昭和六年十月二十六日に結成された日本プロレタリア写真家同盟（プロフォト）では、委員長となった。また、同年十月二十七日に、正式の結成大会を開催することなく、極秘裡に結成された日本プロレタリア文化連盟（コップ）では、その中央協議会協議員になる。だが、昭和七年四月十三日、治安維持法違反として検挙された。「貴司山治『日記』一九三四年（昭和九年）（二）」（関西大学「国文学」平成十三年三月十七日発行）に、「一九三二年の暮、自分が出獄してから、又三三年二月に小林が虐殺されてからの、プロレタリア文学運動の内部には巨大な萎微沈滞の時期がやつてきた。いやすでにさうした傾向は自分たちが検挙投獄された直後から起つてゐて、小林などは非合法生活に入つて、極力さうした傾向と斗つてゐたのである。しかし、その傾向は一般的に増大するばかりで、小林の死後、三三年度はまことに美事な沈滞が支配した」と、貴司山治は出獄後の運動内容を支配した当時の「巨大な萎微沈滞」した空気を日記に記している。

昭和八年になると、政府は思想対策委員会を設け、治安維持法の根本的な改正をもくろんだ。その治安維持法の改正案が、「私有財産否認と／国体変革を区別／外廓団体の撲滅に力瘤／治維法の根本改正案」の大見出しで「朝日新聞」昭和九年一月三十日付に掲載された。日本プロレタリア作家同盟などの外郭団体の撲滅を主眼においた改正案である。第二章「罪」の「第三条」には、「国体を変革することを目的として結社を組織したるもの、または結社の役員その他指導者たる任務に従事したるものは死刑または無期もしくは七年以上の懲役に処し、情を知りて結社に加入したるもの、または結社の目的遂行のためにする行為をなしたるものは三年以上の有期懲役に処す」とあり、更にその「第四条」には、「前条の結社を支援することを目的とし結社を組織したるもの、または結社の役員その他指導者たる任務に従事したるものは無期または五年以上の懲役に処し、情を知りて結社に加入したるもの、または目的遂行のためにする行為をなしたるものは二年以上の有期懲役に処す」とある。日本プロレタリア作家同盟員であることで、「無期または五年以上の懲役」に処すというのである。この改正案は右翼団体との関係で成立しなかった。しかし、新聞に改正案の全文が掲載されたことで、「外廓団体の撲滅」という主目的は十分に果たしたようだ。この治安維持法改正案には、貴司山治をはじめ、すべてのプロレタリア文学者たちを震撼させたであろう。特にその「第五条」には、「第三条の目的を以てその目的たる事項の宣伝をなしたるものは六月以上五年以下の懲役に処す」とあるのである。プロレタリア小説を書くことが、その「宣伝」をなしたとして、処せられるのである。こういう政府からの改正案が具体的に発表されると、日本プロレタリア作家同盟員たちのなかから脱退者が続出したのもうなずける。いくら小林多喜二らが地下から政治的号令を発しても、一般の同盟員たちと乖離してしまって、「美事な沈滞が支配」するようになったのである。

貴司山治は、さきの日記のなかで、「去年（昭和八年）一年中の私の決心を動揺させたものは、検挙される当日の朝日新聞に発表された治安維持法改正案の条文だつた。／今度の改正案は文化運動に対する弾圧に、この法律の機能を拡張したもので、コップ諸団体の合法性の剝奪がその主眼となつてゐるだらうことは前から判つてゐて、去年（昭和八年）の十二月に旅行からかへつて以来、私はそれへの対策としてコップの自発的解体（この主張の理論的根拠はあとへ書いておく）を内部で主張してゐた。実に、十二月から一月の間において、コップ内部で最も正しくコップ全体の解体を主張したのも私一人きりだつた」と記している。

結局、貴司山治は、昭和九年一月三十日に杉並警察署に検挙され、五十六日間拘留されて、三月二十六日に釈放された。貴司山治は「治維法の発展と作家の立場」（「東京朝日新聞」昭和九年五月十～十三日付）で、「即ち僕は従来の党支持的左翼的政治的立場をやめ、今後は単に勤労階級の利害に即して、我国内における進歩的な国際主義の支持者たる立場に立つて文学上の仕事をやつて行く積りであることをこゝに明瞭にしておきたい」と、政治的転向を声明したのである。転向を新聞に発表することが釈放の条件の一つであったようだ。貴司山治は昭和九年三月二十六日の「日記」に、「重苦しい社会情勢に対応して、とにかく何程かの作家として自分を生かして行くために、合法的な範囲にまではつきりと自分の文学上の仕事を退却させることに考へをきめた」と、今後の文学的活動の決意を述べている。

貴司山治は、岩村武勇編「貴司山治略年譜」（「暖流」昭和四十九年六月発行、第十六号）によると、昭和十年五月に丸山義二、小野春夫、遠地輝武、江口渙らと文学案内社を創設したのである。文学案内社の出版活動は、ナルプ解体後、社会の重苦しい情勢のなかで、「勤労階級の利害に即して」、貴司山治の転向後の「合法的な範囲」内での文学的再建を目指したのである。

三

「文学案内」は、文学案内社から昭和十年七月一日発行、第一巻一号が刊行され、昭和十二年四月一日発行、第三巻四号で廃刊されるまで、全二十二号と、第二巻一号新年号第一附録、貴司山治編「小さな花束」（世界最小短篇傑作集）一冊が出された。

「文学案内」の各巻奥付記載の「発行兼印刷兼編輯人」は、第一巻一号（昭和十年七月一日発行）から第三巻二号

（昭和十二年二月一日発行）まで丸山義二、第三巻三号（昭和十二年三月一日発行）が伊藤好市、第三巻四号（昭和十二年四月一日発行）が木村重夫である。また、「編輯後記」「編輯室レポ」欄のところに「編輯責任者」として、第一巻二、三号に貴司山治・丸山義二の二人の名前が、第一巻四号から第三巻一号までには貴司山治・丸山義二・小野春夫の三名の名前が連記されている。

「文学案内」は、第一巻三号までが、「誌友」を獲得することを目的として三千部が無料で配布されたのである。そのうち五百人の「誌友」を得て、本格的な雑誌版第一巻四号以降が刊行された。

「文学案内」を刊行する目的については、第一巻一号の巻頭に掲げられた「編輯責任者・貴司山治」の「創刊の挨拶」がくわしく述べている。それによると、「文学案内」は、「働く者の立場に立つ文学」をスローガンに創刊されたのである。それは文字通りプロレタリア文学の樹立を目ざしていたといってよい。「直接、働く者自身の生活の内部を描き、かれらにその明日を感ぜしめるやうな、深い感銘を与へるもの」が「大衆の要求にこたへる作品」だという。日本プロレタリア作家同盟時代の文学の「ボルセビイキ化」「党派性」を打ち捨てたのである。編集顧問には、藤森成吉・徳永直・徳田秋声・木村毅・細田民樹・大宅壮一・青野季吉・広津和郎・村山知義・加賀耿二・張赫宙らがなっている。旧ナルプ系の文学者だけでなく、徳田秋声や木村毅や広津和郎らといった人々の協力を得ているのである。

「文学案内」の特徴は、「働く大衆の中の、文学好きの人々に小説や詩や戯曲の作り方、書き方をくはしく、深切《ママ》におしへ、手引きする記事をのせ」、「働く階級自身の中からかゝる作家を養ひ育てる」ことを推進しようとしたことである。そのため、貴司山治「小説の作り方」、遠地輝武「詩のつくり方」、渡辺順三「短歌のつくり方」、小熊秀雄「叙事詩のつくり方」、三好十郎「戯曲のつくり方」、江口渙「よい文章の書き方」などの「つくり方講座」がほとんど毎号に連載されるのである。「文学案内」は創刊記念として、懸賞小説「生産・勤労の場面を描いた小説」を募集する。審査員は、藤森成吉・中野重治・窪川稲子・徳永直・貴司山治である。佐藤弥七「一世代の敗惨者」、小川子平「葉煙草」、沢房吉「歳晩」、上田勇「見習工日記」、亘田巌太郎「公吏」が入選し、「文学案内」第二巻十号（昭和十一年十月一日発行）に掲載された。そのほか、第一巻六号（昭和十年十二月一日発行）では、〝勤労者創作奨励号〟を特集し、新人三篇、小倉譲「サラリーマン」、谷英三「製本工場」、高草也「少年車掌の日記―市電一九三二年の報告―」を掲載するとともに、貴司山治「生産場面を描け」、外村史郎「生産場面を描いたソヴエートの新文学」の評論をも載せている。結果として、「文学案内」からは一人も職業作家が誕生しなかったが、昭和十年代の旧ナップ系の人々が関係した雑誌のなかで、この「文学案内」が最も労働者的・大衆的な雑誌であった。「働く者の立場に立つ文学」を目ざし、労働者のなかから新しい作家を育てようとしただけに、より啓発的要素の濃厚な雑誌にもなったといえるのである。

「文学案内」は、第一巻四号（昭和十年十月一日発行）に、張赫宙「朝鮮文壇の現状報告―『新建設』事件と『カップ』の潰滅ほか―」、楊逵「台湾の文学運動―台湾文藝作家協会の創立と雑誌『台湾文学』ほか―」、雷石楡「中国文壇現状論―沈衰せる中国文壇ほか―」の報告文を掲載した。「文学案内」の特徴は、積極的に朝鮮・台湾・中国の文学者たちとの交流、連繋を深めようとしたところにある。台湾人の楊逵の小説「藩仔鶏」（昭和十一年六月一日発行、第二巻六号）を掲載しただけでなく、「文学案内」第二巻一号（昭和十一年一月一日発行）では、〝朝・台・中国新鋭作家集〟を特集し、呉組緗（深川賢二訳）「天下太平」張赫宙「アン・ヘェラ」（二回連載、第二巻二号）、頼和（Y訳）「豊作」の三篇の小説を掲載した。また、第三巻二号（昭和十二年二月一日発行）では、張赫宙や京城在住の玄民の協力を得て、〝朝鮮現代作家特輯〟を企画し、李北鳴「裸の部落」、玄民「金講師とT教授」、韓雪野「白い開墾地」、姜敬愛「長山串」、李孝石「蕎麦の花の頃」の五篇の小説と、張赫宙の評論「現代朝鮮作家の素描―朝鮮作家の日本紹介ほか―」を載せている。

「文学案内」は、朝鮮、台湾、中国の文学だけを取りあげ紹介したのではない。高垣松雄「アメリカ・プロレタリア文学の現状―プロ文学の擡頭ほか―」（第一巻五、六号）、柾不二夫「アメリカ劇壇の近状」（第二巻六号）、外村史郎

「世界文学の現状報告」（第二巻九号）などをはじめ、世界各国の文学の紹介にも努めた。第二巻十一号（昭和十一年十一月一日発行）では、〃世界文学の現状報告〃を特集し、次の評論を発表した。

現代西班牙文壇の全展望―「共和主義」はスペイン精神、国民文学賞の作家センデル、代表的な進歩的作家、作家としての大統領アサニア、新首相カバリエロは評論家、前途あるプロレタリア作家群―（花野富蔵）
ドイツ文学の新しき動き―最近の諸事実―（竹内次郎）
ハイチ島のプロレタリア作家ジャック・ルメンを救へ（フレンシン・プレドリイ　飯島清吉訳）
メキシコ進歩的文学の動き（田島新一）
文化擁護の一年（ミハイル・コリツオフ　竹内次郎訳）
「国防文学」について（郭沫若　飯島清吉訳）
中国文壇の統一戦線―その国防文学について―（金光洲）
ジイドのソヴエート旅行―オストローフスキーとの会見―（稲田定雄）

「文学案内」は、インターナショナル的な関心や視野を持って編集されていたのである。昭和十年代の植民地文学の検討など、この「文学案内」は貴重な資料を豊富に載せており、これらの作品や作家の研究からはじめられねばならないであろう。

「文学案内」の呼び物の一つであった「文壇の巨匠に訊く」や、第二巻二号に掲載された〃小林多喜二作品研究〃などについて言及したかったのであるが、もはやその紙幅の余裕がなくなったようだ。

最後に「文学案内」廃刊について触れておく。「文学案内」最終号となった第三巻四号の「社告」に、遠地輝武は、「最近、本誌の主宰者であり中心的な編輯経営者である貴司山治君の身辺に若干の変動が起り、甚だ面倒な状態におかれました。すなはち、ある外的事情のために文学案内社は解散の危機に当面したのであります」「しかし、日本にわが『文学案内』のやうな雑誌を一つ位はおいておかねばならないと考へる人々が必ずあるだらうし、又それらの人々が、必ずよく支持者となつてくれるであらうことを漠然とながら確信し、この無理を押しとほしてみたいと考へます」と、貴司山治が検挙されたことを「身辺に若干の変動が起り」という表現で読者に告げた。

貴司山治は、昭和十二年一月二十五日に治安維持法違反で検挙され、一年間近く淀橋署に拘留されたのである。十二月末に仮釈放され、そして翌年三月二日から五月四日頃まで、検事局に断続的に出頭し、本格的な取り調べが続く。貴司山治は昭和十三年五月四日の「日記」(関西大学「国文学」平成五年二月十七日発行)に、次のように記している。

けふも同(検事局の取調続行のこと)。夕方まで。ゝつて終る。文学案内社の仕事が全部共産主義の啓蒙運動だといふことになつた。共産党再建の地ならしをしたのだと検事は調書に書いてゐたけれど、自分は黙つてゐた。そして、このごろ検挙されてゐる大内とか美濃部、有沢といつた教授連や、青野季吉氏のことなどを考へてゐた。あの人達は共産党を起さうとするやうな意図を持つてゐた人達ではない。それでも国体変革の企図者として追及されてゐるらしい。自分も文学案内社の仕事で実刑に問はれたとしても、今の日本では仕方のないことだらう。

「文学案内」が発禁となったのは第三巻三号(昭和十二年三月一日発行)の一冊である。『出版警察報第百二号』(昭和五十七年二月二十八日発行、不二出版)によると、青木青太郎「マキシム・ゴリキー号に捧ぐ」が二月十六日に「ソヴエート連邦ニ於ケル社会主義建設ヲ賞揚謳歌スル如キ記述アルニ因リ第一四九頁及一五〇頁削除」されたのである。

貴司山治は、転向を声明し、政治運動から離れて、合法的な範囲内で、「文学案内」の刊行を試み、文学的再起をかけたのであるが、この時代においては、検事が「文学案内社の仕事が全部共産主義の啓蒙運動だ」と認定したのである。昭和十二年には「文学案内」のような文学雑誌の刊行を国は許さなかったのである。

(『文学案内解題・総目次・索引』平成十七年六月十日発行、不二出版)

島木健作（朝倉菊雄）訊問調書抄

解説

ここに紹介するのは、「春日庄次郎外九十八名治安維持法違反被告事件」のうち、島木健作（朝倉菊雄）に関する予審訊問調書の第一回全文と第二回の前半である。

島木健作は、予審調書で明らかのように、大正十五年八月十五日に門屋博の紹介で日本農民組合香川県連合会の書記となり、そして、昭和三年二月二十四日に高松市内町の連合会本部にいるところを選挙違反の嫌疑で検束された。島木健作が香川県に在住し、農民組合運動に活躍した期間は約一年六カ月である。島木健作は、この期間について「私の生涯にとつて」「大きな時代」であったと「文学的自叙伝」（「新潮」昭和十二年八月一日発行、第三十四年八号）に記している。本調書は、その「大きな時代」の島木健作の活動をかなり明らかにしていて興味深い。

島木健作の予審訊問は昭和三年五月九日から八月十八日までの間に五回開かれた。そのうち第一回から四回までの訊問は高松地方裁判所で、第五回の訊問は大阪刑務所北区支部内予審判事取調室で開廷されている。「本件ヲ大阪地方裁判所ノ公判ニ付ス」（主文）の予審終結決定が宣告されたのは昭和三年九月八日であった。その時の「春日庄次郎外九十八名治安維持法違反被告事件予審終結決定書」は、その全文が『現代史資料十六―社会主義運動三―』（昭和四十年十月三十日発行、みすず書房）に収録されている。

この時、香川県で島木健作と一緒に裁判に付されたのは宮井進一である。ここで宮井進一の予審訊問調書について簡単に触れておけば、宮井進一は、島木健作と違って、日本共産党が「立憲君主制ヲ変革スルト云フ事ヲ知ラナカッタ」ということを繰り返し供述している。また、選挙運動については、県会議員選挙の時、土器事件に関して収監されていたので「何モシテ居リマセヌ」と述べ、衆議院議員選挙の時は、県連合会本部で「事務ヲ執リマシタ」ので「選挙運動ハ出来ナカッタ」「応援演説ハ一度モシテ居リマセヌ」と答えている。宮井進一は「共産主義ノ宣伝シタ事」はなく、「只朝倉ヲ党員ニ推薦シタ事ヲ運動ト云ヘハ運動ニ当ルカモ知レマセヌ」が、それ以外の党活動はしたことがないと予審訊問調書で供述している。

春日庄次郎は、予審訊問調書で、宮井進一が香川農村細胞準備委員長であり、島木健作がその下の同委員であったと述べている。島木健作は宮井進一の推薦によって入党し、党組織における上下関係は宮井進一の方が島木健作よりも上であった。しかし、検事が公判で島木健作を宮井進一と同じ懲役六年に求刑したのは、島木健作が「報告の要点」などを直接党から受け取っており、香川県において、宮井進一よりも実質的に政治運動をしていたからにほかならない。

宮井進一は、「島木健作と私—党および農民運動を背景として—」（「現代文学序説」昭和四十一年五月二十日発行、第四号）で、宮井進一が「実質的」に「細胞の責任者」で、島木健作と「同格」に「取り扱うのは、党の組織原則から言って誤りである」と、裁判長判事に島木健作を弁護したから、島木健作の刑が控訴審で五年から三年に軽減された、「これは彼の転向と関係がない」と述べている。だが、宮井進一は、予審訊問調書で、小林明伝予審判事の「被告ハ香川県農村細胞準備委員会ノ委員長ヲシテ居タノテハナイカ」という問に、「上部テハ左様ナ事ニナツテ居ルカ知リマセヌカ／私ハ香川農村細胞準備委員会ノ委員長ニ編入スルト云フ様ナ指令ヲ受取ツタ事モナク又聞イタコトモナイノテアリマス」と答えている。その宮井進一がこれまでの予審や公判の供述を覆し、自分が不利になるにもかかわらず、「実質的」に「細胞の責任者」であることを認め、島木健作を「弁護」するということはありえない。たとえそのように宮井進一が「弁護」したところで、その効果は極めて「稀薄」であったであろう。宮井進一の「島木健作と私」は、彼自身の予審訊問調書や公判訊問調書と比べると記憶違いも多く、また、その上、春日庄次郎の記述に典型的に表れているように、故意に事実を捏造しているると思われるところもあり、あまり信用出来ない。

公判訊問調書は、裁判長判事との一問一答であっても、予審訊問調書とは違って、最後にたとえ形式的にせよ、「右読聞ケタルニ相違ナキ旨申シ立テ署名捺印セリ」というのがない。公判廷における被告の陳述内容要旨を同席の裁判所書記が勝手に記録し、しかも陳述者たる被告には一切その内容を見せず、あとでこれを読んで聞かせることもなかった調書である。これは島木健作だけが例外にということでなく、「春日庄次郎外九十八名治安維持法違反被告事件」のすべての公判訊問調書がそのようになっている。予審と違って公判では調書を被告に見せる法的義務がなかった。したがって、裁判所にとって都合の悪いこと、または不必要と認めたところは省かれているということを考慮する必要があろう。

公判の判決は昭和四年二月二日で、検事が島木健作、宮井進一に懲役六年を求刑したのに対し、両名とも懲役五年未決通算日数百日が宣告された。

大阪控訴院における訊問調書は残念なことに残っていない。書記が記録をしなかったようだ。だが、活版で印刷された全六十一頁からなる判決文がある。控訴判決は昭和四年十二月十二日で、この時の島木健作の住居は「大阪市此花区四貫島葭町弐番地　笹山徳蔵方」となっている。島木健作は、この控訴判決で「懲役三年」に、「原審ニ於ケル未決勾留日数中各百日宛ヲ」を「算入」され、「証人大森仙太郎、小松常吉、戸井小市、柴田新太郎、川口友市、山下駒一、山崎金七、森藤源吉、小松勉、山地勇、美濃精一、三木磯次、及秋山茂市ニ支給シタル訴訟費用ハ之ヲ二分シ其ノ一ヲ被告人宮井進一其ノ他ヲ被告人朝倉菊雄ノ負担トス」と処せられた。島木健作は「控訴当審ニ於ケル未決勾留日数」が一日も認められていないことに注目してよい。島木健作は一審後保釈され、控訴審では拘留されなかったようだ。

島木健作の控訴判決理由は、次のようになっている。

被告人朝倉菊雄ハ小時ヨリ刻苦勉学シ遂ニ東北帝国大学法学部ニ入学シタルモ中途退学シ後チ旧労働農民党員及日本農民組合香川県連合会書記ト為リタルカ既ニ同大学入学前ヨリマルクス主義レーニン主義ノ研究ヲ為シ大正十五年八月以来ハ殆ント香川県下ノミニ在リテ専心農民運動ニ従事シ居タルモノナルトコロ昭和二年五月末頃高松市内町日本農民組合香川県連合会本部ニ於テ被告人宮井進一ヨリ前記社即チ日本共産党ニ入党ノ勧誘ヲ受クルヤ前同様情ヲ知リ乍ラ之ヲ承諾シ其ノ後同党ヨリ党員トシテ承認セラレ同年六月上旬其ノ旨ノ通告ヲ受ケ因テ同党ニ加入シ其ノ後被告人宮井進一ニ代リテ被告人春日庄次郎ト連絡ヲ執リ居リシモノ

また、「犯罪構成事実ニ関シ」ては、次のようにある。

一、被告人朝倉菊雄ノ当院法廷ニ於ケル知情ノ点ヲ除キ判示同趣旨ノ供述

一、同被告人ニ対スル予審第一回訊問調書中知情ノ点ニ付判示同趣旨ノ供述記載アルト

ここで「知情ノ点」というのは、「我国ノ国体変革私有財産制度否認ヲ目的トスル秘密結社ナルコトノ情ヲ知リ乍ラ之ヲ承諾シ以テ同党ニ加入」したことをいう。裁判長判事が島木健作の控訴を「其ノ理由アル」ものと認めたのは、この「知情ノ点」に関してであった。島木健作が「再び政治運動に携はる意志はないと転向の言葉を法廷に述べ」(「文学的自叙伝」)たことにより、裁判長判事は島木健作の控訴審における供述を採用し、懲役五年から三年に減刑したのである。

本訊問調書の仮名遣いや送り仮名等は原文のままとした。

本調書を心よくお貸しいただいた高田鉱造氏に、また、高田鉱造氏を紹介してくださった佐瀬良幸氏にお礼を申し上げる。

第一回訊問調書

被告人　朝倉菊雄

前略

昭和三年五月九日高松地方裁判所ニ於テ

中略

訊問スルコト左ノ如シ

一問　氏名年令云々

答　氏名ハ　朝倉菊雄

年令ハ　当二十六年

職業ハ　日本農民組合香川県連合会平井出張所書

記

住居ハ　香川県木田郡平井町大字平木

本籍ハ　北海道札幌市北三条西二丁目ノ一

出生地ハ　同所

二問　前科ハ

答　大正十五年四月下旬頃

仙台区裁判所デ略式命令ニ依リ治安警察法違反ノ

廉テ罰金十五円ニ処セラレマシタ

三問　其罰金ハ納メタカ

答　処刑当時納メマシタ

四問　其ノ犯罪事実ノ内容ハ

答　大正十五年二月中テス

当時開会中ノ帝国議会ハ

労働法案其他二三ノ法案カ提案サレル事ニナリマ

シタ当時私ハ

東北大学法文学部学生デ

アリマシテ私等同志ノ学生カ

社会科学研究会

ヲ組織シテ居リマシタ

尚ホ又仙台市内ニ於テ

仙台印刷労働組合

カアリマシタ

而シ右研究会、学生及労働組合カ主催シ右法案ノ批

判演説会ヲ催シマシタ

其前夜私達数名ノ学生ハメカホンヲ手ニシテ仙台

目貫市中ヲ演説会開会ノ旨ヲ宣伝シテ歩キマシタ

私等ハ右宣伝ノ行動ニ付キ警察署ニ届出ヲシナカツタノテス処カ、私等カ為シタ右宣伝ノ行動カ治安警察法第四条ニ所謂屋外ノ多衆ト認メラレ同法違反テ処罰セラレタノテアリマス

五問　学歴ハ

答　東北帝国大学法文学部

二　学　年

ニ於テ退学シマシタ

尤モ成規ノ届出ハシテ居リマセヌカ事実上自然退学ニナリマシタ

六問　経歴ハ

答　父ハ

朝　倉　　浩

ト云ヒ北海道庁ニ奉職セシ官吏テアリマシタカ私カ二才ノ時死亡シマシタ

母

朝　倉　マ　ツ

ハ

札幌市山花町

伊　藤　　幹

ノ実姉テ伊藤家ヨリ後妻トシテ父ニ嫁シタモノテアリマス

私ハ母ニ養ハレ札幌小学校ヲ了ヘ同市北海中学ニ入リ大正十二年同校ヲ卒業シ

北海道帝国大学ノ農学部

農経済学教室

ニ勤務シ其傍勉学シ大正十四年春仙台市ニ於テ東北帝国大学法文学部入学ノ検定試験ニ合格シ同学部ニ入学シ大正十五年春二学年ニ進級シマシタ

処カ当時先キ申シタ

治安警察法違反ニテ

処罰ヲ受ケ学部長ヨリ暗ニ退学ヲ慫慂スル口吻ヲ人ヲ通シテ聞キ私ノ思想モ多少変化ヲ来タシテ居リマシタシ又学資ノ都合モアリマシテ私モ通学ヲ希望セス同年六月下旬東京ニ参リマシタ東京テハ別ニ何モセス暮シテ居リマシタ

同年八月十五日

東京無産者新聞ノ知人

ノ紹介テ
　日本農民組合香川県連合会書記　　門　屋　　　博
トナリ当県平井出張所ニ参リ其ノ後今日ニ及ンタノ
テアリマス
七問　兵役ノ干係ハ
答　丙種国民兵テス
八問　位勲章ハ
答　アリマセヌ
九問　被告ニ対スル公訴事実ハ斯様タカ之ニ付何カ陳述
　スヘキコトカアルカ
此時被告人ニ対スル本件公訴事実ヲ読聞ケタリ
答　別ニ申ス事ハアリマセヌ
一〇問　被告カ秘密結社日本共産党ニ加入シタル日時ハ
答　昭和二年五月下旬ト記憶シテ居リマス
一一問　此ノ当時被告ハ何処ニ居タカ
答　現住所
　　平井町大字平木
ニ居マシタ

一二問　入党ノ手続ハ
答　宮井進一ノ紹介テアリマス
一三問　宮井カラハ何時何処テ入党紹介ノ話ヲ聞イタカ
答　昨年五月上旬
　　高松市内町
　日本農民組合香川県連合会事務所
テ私等二人以外ニハ誰モ居ナイ時テス宮井カ私ニ
日本ニモ既ニカーペー組織カアルノダカ君ハ這入
ラナイカト云ハレタノテ
カーペーノ性質ヲ知ツテ居リマシタカラソレ等
ノ事ハ何モ聞カス直ク其ノ場テ承諾ノ旨ヲ答ヘ
マシタ
尤モ右私カ答ヘタ時直ク党ニ加入シタ訳テモナク
私カ承諾シタノテ宮井ハ私ノ経歴ヤ、思想ノ事等
ヲ党ノ上部機関ニ申遣ツタ事ト思ヒマスカ五月下
旬頃テアリマシタ
矢張リ右ト同シ場所テ
　　宮　井
ニ会ツタ時宮井カ私ニ

君ヲ我々ノ組織ニ入レタ
ト云フ事ヲ書イテアル手紙ヲ見セマシタ
其ノ手紙ハ薄手ノローサ半紙ニ万年筆テ書イタ通
信文テ其ノ通信ハ私ニ宛テタモノテアツタト記憶
シマス其ノ書面ハ党ノ上部機関カラ宮井ニ宛テタ
書面ニ同封シテ寄越シタモノト思ヒマス

一四問　カーペーノ性質ハ
答　共産党ハ
マルクス主義ヲ指導精神トシテ資本主義経済組織
ヲ変革スル事ヲ目的トスルノテス
資本主義経済組織ノ本質ハ資本家階級ニ依ル労働
者ノ剰余価値ノ搾取ニ存スル訳テアリマスカラ此
ノ制度ヲ変革シ終局ニ於テ階級ナキ社会ヲ建設ス
ルコトカ共産党ノ目的ニナル訳テス
従ツテ私有財産制度ハ否認スルコトニナリ又マル
クス主義ハ其政治理論ニ於テ無産階級ノ独裁ヲ主
張スルノテアリマスカラ現在ノ日本ノ如キ国家組
織ヲ変革スルコトヲモ共産党ハ其ノ目的トシテ居
ル訳テアリマス

一五問　宮井カラ示サレタ手紙ハ党ノ誰カラ寄越シタモノ
カ
答　誰カラ寄越シタモノカ判リマセヌ
尤モ党ノ上級機関カラ来タモノナルコトハ判ツテ
居リマス

一六問　宮井カラ聞イテ居ラヌカ
答　宮井モ云ハス私モ聞カナカツタノテス

一七問　其ノ手紙ノ処置ハ
答　見テ直ク其ノ場テ火鉢テ私カ焼キマシタ

一八問　宮井モ居タカ
答　居タカ何ウカ記憶カアリマセヌ

一九問　党費ハ
答　納メテ居リマス

二〇問　何時カラ
答　何月分カラトモ判然覚エマセヌ
党費ノ事ハ宮井カラ勧誘ヲ受ケ承諾シタ后宮井カ
ラ月二十銭タト云フ事ヲ聞イテ居リマシタ処カ入
党後党ノ方カラ党員トシテ守ルヘキ事項ヲ書イテ
アルモノヲ送ツテ来マシタカ、ソレニモ党員ハ党

費ヲ前払ニスヘキ旨カ書イテアリマシタ昨年九月頃ト記憶シマスカ私ハ三ケ月分都合六十銭ヲ
平木郵便局テ小為替
トナシ手紙ニ封入シ普通郵便テ送リマシタ其後党費カ一円ニナリマシタ
其后一円宛二回右同様小為替テ送リマシタ

二一問　其ノ送先キハ
答　大阪市天王寺区筆ヶ崎町三五西尾正幹方
小　川　良　三
宛テス

二二問　小川良三ハ党ノ何カ
答　知リマセヌ

二三問　小川良三ハ偽名テ本名ハ千石竜一ト申スノテハナイカ
答　偽名タロウトハ想像シテ居リマシタカ本名ハ何ト申シマスカ知リマセヌ
尤モ検事ノ調べ中
千　石
ト云フ事ヲ聞キマシタ

二四問　日本共産党ハ何時頃組織セラレタモノカ
答　知リマセヌ

二五問　組織者ハ
答　組織者モ知リマセヌ

二六問　党本部ノ所在ハ
答　知リマセヌ
元来秘密結社テアリマスカラ組織者ヤ党本部ノ所在ハ誰モ云ハネハ私モ聞カウトシナカツタノテアリマス

二七問　日本共産党ハ福本和夫等カ組織シタモノテナイカ
答　福本ハ日本ニ於ケル左翼運動ノ理論的指導者テアリマス
日本共産党カ
福本ノ理論ヲ執ツテ居ル
ト云フ事ハ知ツテ居リマシタカ
福本カ組織者テアルカ否ハソレハ知リマセヌ

二八問　共産党ノ性質カ被告供述ノ如キモノナリトセハ日本共産党ト其ノ党是ト相容レサル現代ノ日本ノ国体及制度即チ我日本帝国ノ国体タル立憲君主制ヲ廃シ

又日本帝国ノ認容セル私有財産制度ヲ否認排斥スルコトヲ其ノ目的トスルモノト思ハル、カ如何

答　ソレニ違ヒアリマセヌ

即チ日本共産党ハ現代ノ日本ノ国体即チ立憲君主制ヲ変革シ又私有財産制度ヲ否認スルヲ目的トスルモノテアリマス

二九問　被告ハ入党スル時共産党ノ目的カ左様ノモノナル事ヲ知ツテ居タカ

答　勿論知ツテ居リマシタ

其ノ目的ヲ知ツテ居タカラ入党シタ訳テス

三〇問　党組織ノ内容及党員ハ

答　入党当時ハ党ノ組織ハ知ラナカツタノテスカ入党後党カラ送ツテ来ル文書ニ依リ

党ノ最高機関トシテ

中央執行委員会ナルモノカ存シ

関西ニハ

関西地方委員会ナルモノカ

大阪市内ニ存スルコト

又、組織単位トシテ工場細胞

農村細胞

ナルモノカ存スル事ハ判リマシタ

然シ其他ニ如何ナル組織カアルカソレヲ知リマセヌ

又、党幹部カ誰カ

党員カ何程位アルカ

ト云フ事モ知リマセヌ

三一問　入党後党ヨリ指令其他ノ文書ヲ送ツテ来タカ

答　昨年九月頃以降、本年二月二十三日頃迄ニ約廿回位書類ヲ送ツテ来マシタ

三二問　被告カラ何カ報告テモシタカ

答　昨年九月頃ヨリ十二月頃ニ亘リ三四回位

県下ニ於ケル

小作争議ヤ

労働農民党及農民組合活動ノ一般状勢

ヲ報告致シマシタ

処カ昨年十二月中、党ノ方カラ

右様ノ報告ハ党トシテ余リ価値ナキ報告テアルカラ党員トシテノ活動状態ヲ報告シテ来イ

ト申シテ来マシタ
然シ県下ノ党員ハ
私 ト
宮 川
ノ二人テ人員カ少ナク又県下ノ状勢ハ私等カ活動仕難イ状況テアリマシタカラ報告スベキ事柄カナク昨年十二月以降ハ報告モ途絶ヘテ居リマシタ
三問 然シ入党後共産党ノ主義ヲ宣伝シテ居タノテハナイカ
答 私ハ共産党ニ加入以前ヨリヨク
共産党ノ主義トスル、マルクス主義ハ理論正シキモノトシテ信奉シテ居リマシタ
入党後モ左様折ニ触レテ同主義ヲ話シテ居リマス
特ニ共産党ニ加入シタカラト申シテ
特別ノ運動ハシテ居リマセヌ
尤モ昨年十一月中、党カラ送ツテ来タ
党ニ付テ
ト題スル翻訳文書其他二通ノ文書ヲ
高松市内町
連合会事務所テ
羽 原 正 一
ニ手交シ又県下
陶村農民組合出張所
谷 健 造
ニ郵送シタ事カアリマス
三四問 其他ニ平井町テ附近ノ青年団ヲ集メマルクス主義ヲ宣伝シタ事カアルノテハナイカ
答 ソレハ入党前テス
大正十五年秋頃カラ末頃ニ亘リ
平井町池戸事務所
平井町井上平井支部
テ農民組合ノ青年等ニ
山川均ノ書イタ
資本主義ノカラクリ
ト題シ資本主義ヲ批難セル書籍ニ基キ講義シタ事カアリマス
三五問 当時此講義ヲ聴講シタモノハ
答 農民組合ノ青年部ノ人達ト氏名ハ一々覚ヘテ居リ

マセンカ

山地　勇
石浜九助
中西八太郎

等カ来タコトハ覚ヘテ居リマス
右読聞ケ云々
被告人　朝倉菊雄
前同日於同座
裁判所書記　那須清七
予審判事　谷口一長

第二回訊問調書

被告人　朝倉菊雄

前　略
昭和三年五月十日高松地方裁判所ニ於テ
中　略
訊問スルコト左ノ如シ

一問　日本共産党ノ主義綱領トモ云フヘキモノハ
答　日本共産党ノ目的ハ昨日申上ケタル如ク
日本君主制ヲ変革シ又私有財産ヲ否認シ共産主義
社会ヲ実現セントスルモノテアル
ト云フ事ハ知ツテ居リマスカ
特ニ主義綱領トシテ如何様ナ事ヲ定メテ居ルカ否
カ其ノ点ハ判リマセヌ
尤モ私カ入党後、党カラ送ツテ来タ機関紙其他ノ書
類ニ徴セハ
一、君主制ノ撤廃
一、大地主、宮廷、寺院等ノ所有地ヲ無償没収
一、労農露西亜ノ擁護
一、対支非干渉
一、労働者、農民ノ政府樹立
等ヲ政策トセルモノナル事ハ知リマシタ
従ツテ是等政策ノ実現ニハ必然的ニ国体ノ変革モ私
有財産制ノ否認モナサネハナラナイ訳テス
二問　党カラハ何時ドノ様ナ指令ヤ研究資料ヲ送ツテ来
タカ

答　一々記憶シテ居リマセヌカ只今記憶ニ存スルモノハ

指令トシテ

一、昨年十月中、党員トシテ遵守スヘキ事ヲ列記スルモノ

二、同年十二月中

㈠学生運動又ハ婦人運動ニ従事セル者ニ対スルモノ

㈡農村ニ於ケル各階級層ノ分析ヲ明カニスルモノ

三、本年一月頃ノ農民組合合同問題ニ関スルモノヲ受取リマシタ

部数ハ一部又ハ二部テアリマシタカ各個ノ部数ハ覚ヘテ居リマセヌ

研究資料ニ属スルモノトシテハ

一、昨年十一月上旬

㈠党ニ付テ（スタースリンク翻訳ノ一部）

㈡軍国主義及戦争ノ危機トノ闘争ニ対スル無産インターナショナルノ根本的見地ニ付テ

㈢露西亜革命ノ十周年ニ際シ我国革命的戦闘的労働者諸君ニ檄ス

二、同年十二月上旬

大衆等ニ付テト題スルモノ

三、本年一月中

㈠報告ノ要点

㈡工場細胞組織ノ方針

㈢政治組織テーゼ

㈣機関紙、赤旗第一号

四、二月中

㈠日本共産党ノ総選挙ニ対スル声明書

㈡総選挙ニ際シテ労働者、農民諸君ニ檄ス

ト夫レ〳〵題スル謄写版摺リノモノヲ送ツテ来マシタ

其ノ部数ハ総選挙ニ関スル声明書及檄文ニ付テハ二三十通アリマシタ其ノ他ノモノハ一部乃至五部位テアリマシタ

三問　其他ニ

赤旗二号、三号各五部位

階級戦一号、二号各五部位

党ノパンフレット第一輯
日本共産党ノ組織ト政策及革命ノ展望一部又ハ二部
各工場ヲ共産主義ノ要塞トスル為ニ戦闘的革命的労働者ハ如何ニ戦フヘキカト題スルパンフレット五部位
外ニビラヤ伝単ヲ百枚位
送附受ケタノテハナイカ
答　本年二月中
「労働者、農民ノ政府ヲ樹立セヨ」ト書ケルモノ又
「資本家ト地主ノ政府ヲ倒セ」
ト書ケルビラヤ伝単ヲ送ツテ来タ事ハ知ツテ居リマス
然シ其他ニ御訊ネノモノハ私ハ受取ツテ居リマセヌ
私ハ本年二月二十日頃宅ヲ出テ二三日間
高松市内町
連合会本部
ニ居リマシタ処同月二十四日検束ヲ受ケ爾来今日迄拘束セラレテ居リマス
夫レ故若シ党ノ方テ私ニ宛テ御訊ネノ如キ各書類ヲ送ツタト致シマスレハ私カ拘束ヲ受ケテ後チノ事ナラント思ヒマス
兎ニ角私ハ御訊ネノ如キモノハ受取ツテ居リマセヌ
四問　以上党ヨリ受ケタ指令、其他ノ書類ハ
答　政治テーゼ、報告ノ要点等ハ後日ノ参考ニスル為メ一部宛保存シテ居リマシタカ其他ノモノハ見テ終ヘハ大抵焼キ捨テマシタ
尤モ指令ノ内テハ一部
宮　井
ニ渡シタモノカアリマス
然シソレハドノ種類テアツタカ記憶ニアリマセヌ
五問　党ニ対スル通信ハ何処ノ誰宛ニシテ居タカ
答　昨日申上ケタ
小　川　良　三
宛テス
六問　小川ト面識カアルカ
答　全然アリマセヌ
七問　党員カ
答　党員ダロウト思ヒマス

八問　党員トシテノ小川ノ地位ハ
答　判リマセヌ
九問　小川以外ノ者ト通信シタ事カアルカ
答　他ニアリマセヌ
一〇問　党カラ来ル通信文書ニ差出人トシテ小川良三ノ名ヲ書イテアツタカ
答　書イテアツタコトハ一回モアリマセヌ
小川以外ノ氏名ヲ書イテアリマシタカ常ニ変ツテ居リマシタ
記憶ニアリマセヌカソレハ出鱈目ノ記載ト想像シテ居リマス
尤モ中ノ書面ニハ
　　柴　川
又ハ
　　竹　原
ト書イテアツタ事カアリマス
一一問　被告ニ対スル宛名ハ
答　平井町平木
　　三　木　磯　次
ト封筒ニ表書シ中ニハ
　　藤　沢
ト表書シテアリマシタ藤沢ハ
　　宮　井
ノ変名テス
先方カラ来ル通信ハ大抵一重ノ封筒ヲ二枚使用シ通信文ハ一ツノ封筒ニ入レテ厳封シ藤沢ト表書シ、ソレヲ他ノ封筒ニ入レ
　　三　木　磯　次
ト表書シテ来テ居リマシタ
一二問　三木磯次宛ニシタ訳ハ
答　党カラ私ニ非合法的書面ヲ受取ルヘキ場所ヲ指定シテ申シテ来イト云フテ来タノテ私カ同家ヲ指定シタ訳テス
同家ヲ指定シタ理由ハ右磯次ハ親切テ且ツ私ノ居タ事務所ト近所テアルシ
又病中同家テ世話ニナツタコトモアリ同人ナラハ非合法的書面ノ受領ヲ依頼シテモ危ブナクナイト思ツタノテ同家ヲ名宛先ニ決メタノテアリマス

一三問　被告カラ小川宛ノ通信文書ニハ被告ノ名前ヲ書イテアツタカ

答　秘密文書テスカラ私ノ氏名ハ書イタ事ハアリマセヌ
常ニ出鱈目ノ名ヲ書イテ出シマシタ

一四問　宮井トハ何時カラ知合トナツタカ

答　私カ香川県ヘ来テ初メテ知合トナリマシタ

一五問　共ニ主義ニ関スル研究デモシタカ

答　別ニアリマセヌ

一六問　柴川事、春日庄次郎トハ

答　同人トハ二度面談シタコトカアリマス

一七問　党員トシテ春日ノ地位ハ

答　委シイ事ハ知リマセヌカ
何レ関西ニ於ケル幹部ノ者タトハ思ヒマシタ
尤モ私カ同人ニ会ツタ当時ハ
春　日
ト云フコトハ知ラナカツタノテアリマス

一八問　右春日ト面談シタ事実ハ

答　私カ入党後昨年九月中旬ト記憶シマス毎時モノ通信文テ一度モ会ツタ事ナイカラ上阪セヨト云フテ来タノテ私ハ小川宛ニ
日時ヲ指定シテ遣リマシタ
其ノ日時ハ九月中旬頃テアリマシタ処カ先方カラ会見ノ場所トシテ
大阪市役所ノ筋向ノ
美津濃運動具店ノ
地　下　食　堂
テ会フカラ此処ヘ来イト申シテ来タノテ私カ指定シタ日時ニ其ノ食堂ニ参リマシタ処カ間モナク
春　日
カ来タノテ其処テ会ヒマシタ
其ノ時ニハ私ハ香川県ニ於ケル小作状況ヲ話シマシタ
当時同人ハ農村ノ実状ニ干シテハ克クハ知ラナカツタ様テアリマスカ村民大会、農民大会等ノ重要ナル事ヲ話シマシタ
又其ノ談話中軽微ナル事柄ト雖モソレヲ取上ケテ問題トナシ

党ノ主義ヲ宣伝セヨト
云フ様ナ事ヲ話シマシタ
其ノ際ハ互ニ党員トシテ顔ツナギト云フ程度ノ面会
テ別ニ深イ意味カアツタ訳テハナク右申上ケタ以外
ニ之レト云フ話モナク別レタ次第テアリマス
次ニ昨年十二月十一、十二、十三日ニ亘リ東京テ
労働農民党ノ大会カアリマシタ
其ノ大会ニハ私カ
代議員
トシテ出席シマシタ
同会ニハ宮井モマイリマシタ
私ト宮井ハ各別ニ出発シマシタカ出発前共ニ大阪ノ
農民組合総本部
ニ立寄リ其処カラ共ニ上京スル約束ヲシテ居リマシ
タ
同月八日右本部テ　宮井
ニ会ヒマシタ処宮井カ一緒ニ　柴川
ニ会フト云ヒマシタカラ私ハ宮井ト共ニ名ハ知リマ
セヌカ大阪ノ、大軌電鉄ノ停留所ヘ参リ其処テ待ツ
テ居リマシタ処間モナク柴川カ来マシタ
当時夜中テ且ツ雨天テアリマシタノテ其処カラ三人
一緒ニタクシーテ或ルカフエーヘ参リマシタ
私ハ大阪ノ地理不案内テアリマスカラ其ノカフエー
ノ名ヤ場所ハ知リマセヌ
其処テ柴川ハ私等ニ
福本ノ理論ニ就テ論議サレテ
居ルカソレニ関スル批判ハ未タ自分ノ手元ヘモ来テ
居マセヌカラ詳シイ事ハ話ス事ハ出来ナイ
然シ近イ内ニ印刷物ヲ送ルカラ、ソレヲ研究シテ意
見カアラハ申シテ呉レト云ヒマシタ
其処テハソレ丈ケノ話テ互ニコーヒー一杯各々私ト
宮井ト柴川ニ別レタノテス　宮井ト
尚此ノ時ノ会見ハ私ノ予想シテ居ナカツタ事テアリ
マスカ　柴川ト

ノ間ニハ会見ノ打合セカ出来テ居タモノト思ヒマス

一九問　初メテ柴川ト会ツタ際柴川カラ香川県ニ於ケル党トシテ活動方針ニ付キ話カアツタノテハナイカ

答　別ニ取分ケテハアリマセヌ

二〇問　然シ春日ハ検事ニ対シ当時宮井ハ入監中テアツタカラ被告ニ宮井不在中ノ香川県ニ於ケル活動方針ヲ授ケタト云フカ如何

答　村民大会トカ農民大会ヲ利用シ又問題ヲ捉ヘテ党ノ主義ヲ宣伝スル様話カアリマシタ事ハ前ニ申上ケタ通リテス

春日ハ夫等ノ事ヲ新ラシキ戦術ノ一ツト云フテ居リマシタカラ其ノ話シノ事ヲ云フ事ト思ヒマス

二一問　被告ノ入党ヲ認メテ来タ手紙ハ右柴川事春日カラ寄越シタモノテナイカ

答　右ノ手紙ニハ柴川トハ書イテアリマセヌテシタ何レ

党ノ上部機関カラ

来タモノニ相違アリマセヌカ

発信者ハ何人カ私ニハ判リマセヌ

二二問　春日ハ柴川又ハ竹原ト偽名シテ居タノテナイカ

答　私ハ柴川トシテ交際シテ居マシタカ今日ニ於テハソレハ

本名　春日

ト云フ事カ判リマシタ

竹原ト書イタ書類ヲ受取ツタ事モアリマシテ筆蹟ニ焜シ竹原ト柴川カ同一人ラシク想像シテ居マシタカ春日ガ竹原ト偽名シテ居タ事ハ知ラナカツタノテス

二三問　花村久三郎カ農民大会ヲ催シタ事カアルカ

答　一度モアリマセヌ

二四問　農民組合書記トシテ如何ナル事務ヲ執ツテ居タカ

答一、出張所ト農民組合本部又ハ総本部トノ連絡

一、小作情勢報告

一、農民及地主間ノ係争ニ関スル農民ノ相談ニ応シ又小作訴訟ニ関スル相談、小作争議ニ関スル差押、又ハ競売ニ付テノ立会

等カ主タル事柄テアリマス

二五問　昨年行ハレタ県会議員ノ選挙及本年行ハレタ衆議院議員選挙ニ際シテ選挙運動シタカ

答　応援演説ヲ致シマシタ

県会ノ時ハ労農党員トシテ立候補シタ

講　淵　松太郎

ノ為メ木田郡内各所ニ於テ約前後十回位応援演説ヲ

為シ衆議院議員ノ時ハ同様

上　村　候　補

ノ為メ

大　川

木　田

香　川

小　豆

郡内ノ各所ニ於テ前後三十回位又

大　山　候　補

綾　歌

仲多度

三　豊

丸亀市

ノ各所ニ於テ前後十回位応援演説シマシタ

然シ私ハ選挙権カナイノテ演説外ニハ選挙運動ハシテ居リマセヌ

二六問　右ノ演説ニ際シ他人ニ共産党主義ヲ宣伝シタ事ハナイカ

答　別ニ宣伝ハシテ居リマセヌ

殊ニ衆議院議員ノ演説ノ際ハ私ハ論旨ニ入ラス大抵中止ヲ命セラレテ居マシタノテ主義ニ関スルコトハ申ス機会モナカツタノテス県会議員選挙ノ応援演説ノ時ハ凡テ申ス事ハ極メテ平凡又其演題ハ多ク耕作権ノ確立トカ減税トカヲ捉ヘタノテ別ニ主義的ナ事ハ云フテ居リマセヌ

（以下略）

（「季刊文学的立場」昭和五十五年十月二十五日発行、第二号）

日本文学報国会・大日本言論報国会
―その結成過程をめぐって―

一

戦時中のことは、よくわからないことが多い。ある程度の時間が経過すれば、その当時の歴史的事実が解明されていくということがあるであろう。しかし、時間が過ぎれば過ぎるほど逆に一層わからなくなっていくということも多くある。

東条英機内閣総理大臣・大政翼賛会総裁・谷正之情報局総裁・橋田邦彦文部大臣等が、代理でなく直接出席して「祝辞」を述べ、太平洋戦争勃発後半年にして華々しく発足した「社団法人日本文学報国会」、あるいはその半年後に成立した「社団法人大日本言論報国会」についても、当時直接それらの組織に関与した人々が、戦後ほとんど多くを語ろうとはしなかった。そのため多くのことがわからないままになっている。しかし、日本文学報国会については、高橋新太郎「解説」の『日本文学報国会会員名簿』（平成四年五月二十日発行、新評論）や桜本富雄著『日本文学報国会―大東亜戦争下の文学者たち―』（平成七年六月一日発行、青木書店）が出版され、大日本言論報国会よりは、幾分か解明されてきたところがある。だが、大日本言論報国会にいたってはほとんど何一つ明らかにされないできた。

資料というものは、何が忽然と出現するか、わからない。戦後五十年以上もたって、日本文学報国会・大日本言論報国会に関する第一級の資料、役所の書類が残っていて、あらわれたのである。

出現した日本文学報国会、大日本言論報国会設立関係書類には、厚紙の表紙に墨でタイトルが書かれて和綴じされている。その書類のなかには、東条英機の花押が「内閣」の用箋にあり、それらの組織に参加した小説家や評論家、事務局の久米正雄をはじめ、佐藤春夫、山本有三、吉川英治、折口信夫、中村武羅夫、辰野隆らの自筆の履歴書までが含まれている。極めて貴重で興味深い書類である。このような書類が消失してしまわないで現存していて、しかもそれが巷に出現したことに喫驚仰天した。日本文学報国会、大日本言論報国会に関するこれ以上の生《なま》の資料はないであろう。

ポツダム宣言の受諾を決定し、昭和二十年八月十五日の太平洋戦争終結後、連合国軍最高司令官マッカーサーが八月三十日に厚木に到着した。戦争責任の証拠湮滅をはかるために、政府は多くの公文書を焼却処分してしまったようだ。この日本文学報国会、大日本言論報国会設立関係書類も焼却処分されることになっていた。ところがその命令に反して、情報局の幹部職員が焼却処分前にひそかに持ち出し、東京近郊の自宅で保管していたのである。大日本言論報国会の理事として加わっていた参議院議員の市川房枝が昭和五十六年二月十一日に死去し、敗戦後五十余年も経過して、直接関係した人々に迷惑をかけることもないであろう、また、書類の散逸を防ぐために古書業者によって関西大学図書館に持ちこまれたのである。

二

「日本文学報国会法人設立許可一件書類」並びに「大日本言論報国会法人設立許可一件書類」は、内閣情報局第五部第三課で作成され、保管されていた書類である。情報局については、「朝日新聞」昭和十五年十二月七日付夕刊は、「情報局けふ店開き」の見出しで、次のように報じている。

いよ〳〵大「情報局」が開設された。けふ六日内閣情報部は情報局に昇格して陸、海、外、内、逓の各省からお歴々が乗り込み、新体制下戦時情報局は逞しい陣容をととのへた、「内閣情報部」の看板は「情報局」に取り代へられ、旧帝劇内は潑剌たる活気にをどつてゐる。伊藤内閣情報部長も情報局総裁となり、午前九時五十分宮中での親任式を終へると、すぐ閣議に初出席し、各省から情報局に乗りこむお歴々はまづ椅子、卓子を送り込み、陸海軍から来た部員たちは、吉積陸軍、伊藤海軍両少将以下皆軍服を脱いで背広姿颯爽と午後続々繰りこんでくる。

まだ何といつてもガランとした新庁舎だが往き来する足音でぐん〳〵はげしく高くなり、今までの内閣情報部時代には見られなかつたあわたゞしさが漲つてゆく。午後三時半から総裁室において伊藤総裁に対する辞令伝達式が行はれ、午後五時から全員大ホールに勢揃ひして伊藤総裁から昇格披露の挨拶があり、さあいよ〳〵あす七日から本格的な情報局事務が開始される。

第二次近衛内閣は、内閣情報部機構改正協議会決定の「情報局設置要綱」(昭和十五年九月)にもとづいて内閣情報委員会官制(昭和十一年六月三十日勅令第一三八号)を廃止し、情報局官制(昭和十五年十二月勅令第八四六号)を施行したのである。内閣情報委員会の任務は、「内閣総理大臣ノ管理ニ属シ各情報ニ関スル重要事務ノ連絡調整ヲ掌ル」(第一条)ことにあり、具体的には、閣議決定された「情報委員会事務規程」によると、「一　国策遂行ノ基礎タル情報ニ関スル連絡調整／一　内外報道ニ関スル連絡調整／一　啓発宣伝ニ関スル連絡調整」にあった。委員会の構成は、第二条に委員長及び委員を以て「委員長ハ内閣書記官長ヲ以テ之ニ充ツ／委員ハ内閣総理大臣ノ奏請ニ依リ関係各庁勅任官ノ中ヨリ内閣ニ於テ之ヲ命ス」とある。各省の次官、およびこれに法制局参事官、資源局長官、対満事務局次長、外務省情報部長、内務省警保局長、陸軍省事務局長、海軍省軍事普及部委員長、逓信省電務局長が加わったのである。しかし、内閣情報委員会は、各省がもっている組織・権限をおかすものではない。各省の「連絡調整ヲ掌ル」のが内閣情報委員会の主なる職務であった。

これに対し、昭和十五年十二月に公布された情報局官制は、第一条に「情報局ハ内閣総理大臣ノ管理ニ属シ左ノ事項ニ関スル事務ヲ掌ル」として、次の四つをあげている。

一　国策遂行ノ基礎タル事項ニ関スル情報蒐集、報道及啓発宣伝
二　新聞紙其ノ他ノ出版物ニ関スル国家総動員法第二十条ニ規定スル処分
三　電話ニ依ル放送事項ニ関スル指導取締
四　映画、蓄音機レコード、演劇及演藝ノ国策遂行ノ基礎タル事項ニ関スル啓発宣伝上必要ナル指導取締

前項ノ事務ヲ行フニ付必要アルトキハ情報局ハ関係各庁ニ対シ情報蒐集、報道及啓発宣伝ニ関シ共助ヲ求ムルコトヲ得

一元的な情報宣伝ならびにマス・メディアの取り締まりを統合する中央情報機関となるのである。機構も拡充され、総裁、次長の下に、一官房、五部十課が設置される。第一部は企画、第二部は報道（新聞・出版・放送の指導取り締まり）、第三部は対外宣伝、第四部は検閲、第五部は文化である。専任職員も内閣情報部の四十六名から、百四十四名（属官以上、雇、嘱託は別）に大幅増員された。『現代史資料四十一―マス・メディア統制二―』（昭和五十年十月三十日発行、みすず書房）に、「情報局機構案（昭和十五年十二月）」と「情報局職員配置表（昭和十五年十二月）」が収録されているので、それを次頁に掲げておく。

「文化」を統轄した第五部は、四課に分かれ、「情報局分課規程」によると、第五部第一課は「一　博覧会、展覧会、ポスター等ニ依ル啓発宣伝並ニ之ガ指導ニ関スル事項／二　部中他課ノ所管ニ属セザル事項」（第二十条）、第五部第二課は「一　映画、演劇及演藝ニ依ル啓発宣伝並ニ之ガ指導ニ関スル事項」（第二十一条）、第五部第三課は「一　文学、美術、音楽其ノ他文藝一般ニ依ル啓発宣伝並ニ之ガ指導ニ関スル事項」（第二十二条）、第五部第四課は「一　国民運動、講演会、講習会其ノ他ニ依ル啓発宣伝並ニ之ガ指導ニ関スル事項」（第二十三条）ノ「事務ヲ掌ル」と

情報局機構案（昭和十五年十二月）

- 総裁
  - 次長
    - 官房
      - 人事・会計・文書其ノ他庶務一般及機密ニ関スル事項
      - 各種外廓機関ニ対スル助成
      - 各庁トノ連絡ニ対スル事務
    - 第一部（企画）
      - 第一課（企画）
        - 内外輿論ノ指導方針並ニ内外啓発宣伝ノ基本的計画
        - 思想戦対策ノ立案及実施
      - 第二課（情報）
        - 各種情報ノ蒐集整理
        - 内外輿論動向ノ調査、各種思想動向ノ研究
      - 第三課（調査）
        - 啓発宣伝ニ関スル各種調査
        - 各種情報啓発宣伝資料ノ作成
    - 第二部（報道）
      - 第一課（新聞）
        - 新聞通信ニ対スル政府発表（記者トノ定期会見）
        - 新聞通信ノ指導
      - 第二課（出版）
        - 雑誌其ノ他ノ出版物ノ指導
        - 新聞雑誌用紙ノ統制
      - 第三課（放送）
        - 放送ノ指導及放送内容ノ検閲其ノ他ノ取締
        - 社団法人日本放送協会ノ監督
    - 第三部（対外）
      - 第一課（報道）
        - 外字新聞通信ニ対スル政府発表（記者トノ定期会見）
        - 外字新聞通信ノ指導
        - 外国通信員ノ指導
        - 対外新聞電報検閲ノ指導
      - 第二課（宣伝）
        - 各種対外情報啓発宣伝資料ノ作成
        - 外字出版物其ノ他ノ指導
        - 各種対外情報宣伝機関ノ指導
      - 第三課（文化）
        - 外国向映画及写真ノ製作及指導
        - 対外文化工作ノ実施及指導
        - 国際文化団体ノ指導
    - 第四部（検閲）
      - 第一課（検閲）
        - 新聞雑誌其ノ他ノ出版物ノ検閲其ノ他ノ取締
        - 蓄音器レコード、映画、演劇及演藝ノ検閲其ノ他ノ取締
      - 第二課（編輯）
        - 週報、写真週報其ノ他ノ編輯出版
        - 各種冊子、雑誌等原稿ノ提供
    - 第五部（文化）
      - 第一課（施設）
        - 啓発宣伝ノ実際的技術ニ関スル調査研究
        - 博覧会、展覧会其ノ他ノ開催及指導
        - 写真ニ依ル宣伝ノ実施及指導
        - 写真関係団体ノ指導監督
        - ビラ・ポスター類ノ作成及指導
      - 第二課（映画演劇）
        - 映画及演劇、演藝ニ依ル宣伝ノ実施及指導
        - 映画及演劇、演藝関係団体ノ指導監督
      - 第三課（文藝）
        - 文学・美術・音楽其ノ他文藝一般ノ指導
        - 文学・美術・音楽・文藝、文化団体ノ指導
      - 第四課（事業）
        - 各種運動及関係団体ト連絡（講演会、講習会等ノ開催及指導）
  - 秘書官

情報局職員配置表（昭和十五年十二月）

- 総裁（新）
  - 秘書官（新）
  - 次長（閣）
    - （閣）―情報官二（新）―属五
    - （新）―情報官一（閣）―属三
    - （閣）―情報官一（新）―属四―技手
    - （閣）―情報官二（閣・新）―属四
    - （閣）―情報官二（閣・新）―属三
    - （兼内）―情報官二（内）―属一
    - （外）―情報官二（外）―属四
    - （外）―情報官三（外）―属四
    - （外）―情報官三（外）―属四
    - （逓）―情報官二（閣・逓）―属六
    - （海）―情報官三（閣・陸・海）―属五
    - （陸）―情報官二（閣・新）―属五
    - （閣）―情報官一（陸）―属五
    - （陸）―情報官二（海・新）―属四
    - （海）―情報官二（閣・陸）―属四
    - 総裁官房
      - （閣）……………………属八
      - 第一課長（庶務）（閣）……………………属一〇

備考　（逓）逓信省　（閣）内閣情報部　（兼）兼任　（外）外務省　（新）新規　（内）内務省　（陸）陸軍省　（海）海軍省

いう。

昭和十六年八月十五日現在の第五部の情報局メンバーを『職員録』（昭和十六年十月三十一日発行、内閣印刷局編纂印刷発行）から引き写しておく。それには次のようにある。

○第五部
部長心得　情報官　川面隆三
情報官
三等　第二課長　従五勲六　不破祐俊
渋谷、代々木、上原、一一二九（渋谷二〇二一）
四等　第三課長心得　海軍機関中佐　正六勲四　上田俊次
目黒、碑文谷、二ノ一〇四五（荏原六六六四）
四等　第四課長　正六　小松東三郎
淀橋、柏木、四ノ九三五（淀橋一七三〇）
四等　第一課長　正六　土屋隼
小石川、小日向台、三ノ六二（牛込三六〇五）
五等　従六　井上司朗
五等　従六　伊奈信男
六等　従六　弥富元三郎
六等　正七　林謙一
兼　下野信恭

六等　正七勲六　宇多武次
七等（兼）文部省社会教育官　松浦　晋
兼　姉川従義
七等　従七　藍沢重遠

なお、この時、第五部の部長心得川面隆三は、総裁官房第二課の課長でもあった。

続いて『職員録』（昭和十七年九月二十五日印刷発行、内閣印刷局編纂印刷発行）によると、昭和十七年七月一日現在では、次のように異動している。

○第五部
情報官　二等　部長　正五勲四　川面隆三
目黒、中目黒、四ノ一四五四（大崎五〇七〇）

○第一課
情報官
四等　課長　正六　河野達一
杉並、方南、四二一七（中野七七九五）
五等　従六　林　謙一
兼　姉川従義

○第二課
情報官
三等　課長　従五勲六　不破祐俊

渋谷、代々木、上原、一一二九（渋谷二〇二二）
五等　従六　伊奈信男
六等（兼）文部省社会教育官　松浦　晋
○第三課
情報官
四等　課長　正六　井上司朗
大森、馬込、東二ノ九〇一
七等　従七　藍沢重遠
○第四課
情報官
四等　課長　正六　小松東三郎
淀橋、柏木、四ノ九三五（淀橋一七三〇）
兼　下野信恭
五等　従六　弥富元三郎
七等　従七　宮沢縦一

平野謙の「日本文学報国会の成立」（「文学」昭和三十六年五月十日発行、第二十九巻五号）によると、「文学報国会が発足するまでの第三課長は上田俊次という海軍機関中佐で、その下に情報官が二人、属官が二人、嘱託が四人いた。その情報官のひとりが井上司朗であって、上田課長がガダルカナル戦に転出するとともに、第三課長に昇任した。もう一人の情報官は相沢《ママ》（?）とかいう小柄のおとなしい人で、たしか石上玄一郎と高等学校が同級とかいうことだった。属官は斎藤、小泉という人たちで、文部省その他から転任してきた生えぬきの事務官吏だった。嘱託は秦、宮沢、黒住（?）、平野の四人で、秦が児童文化関係と美術関係、宮沢が音楽関係、平野が文学関係をそれぞれ受けもっていた」という。平野謙は昭和十六年二月二十一日付で情報局嘱託になっていたのである。

三

大政翼賛会文化部の部長岸田国士、副部長上泉秀信等が文学界の各団体に呼びかけ、文化職域人愛国大会の一環として、「文学者愛国大会」が昭和十六年十二月二十四日午後一時から翼賛会講堂で開催された。この〝大詔奉戴職域人愛国大会〟の魁としてなされた「文学者愛国大会」の模様について、「朝日新聞」は「迸る愛国の熱情／決戦下の文学者大会」（昭和十六年十二月二十五日付）の見出しで、次のように報じた。長文になるが全文を引用しておく。

大政翼賛会の肝煎りで逐次開催中の文化職域人愛国大会の一環をなす文学者愛国大会は二十四日午後一時半から翼賛会三階会議室で開かれた、決戦下に愛国の熱情たぎる全国文壇、詩壇、歌壇、俳壇人約三百五十名が参加してまさに文学者総動員の画期的大会となつた、またこの大会を契機として統一的文学団体を結成すべく菊池寛氏以下三十九名の処理委員会が結成された

大会は国民儀礼にはじまり敬礼、宮城遥拝、国歌斉唱、戦歿将兵への感謝、皇軍武運長久祈願の黙禱、高浜虚子氏宣戦の大詔を奉読、安藤翼賛会副総裁、谷情報局総裁の挨拶があり、次いで菊池寛氏を座長に推して参加者の発言に移つたが

筆は達者でも弁舌にはあまり自信のない人々ながら、その熱情は質朴な雄弁となつてしば〳〵場内を発作的な激情につきあげ尾崎喜八氏の如きは自作の詩を朗読しつつ感情発して流涕するなど素肌の感激に会は終始した、発言者は文壇の長老徳田秋声氏を筆頭に続く歌壇の先輩佐佐木信綱博士は

「海ゆかば」をはじめ短歌は古代より愛国と戦ひの歌にはじまる、われらは古典にいふ、あかく、きよき、また猛くほがらかな心で愛国の歌を詠じもつて数千年ののちまで国民の胸に宿る歌を残したい

また土岐善麿氏の短歌朗読、尾崎喜八氏、前田鉄之助氏、佐藤春夫氏の詩朗読、富安風生氏の俳句朗読等があり高村光太郎氏の詩朗読を最後に決議、宣言の朗読に入り、宣言を菊池座長、皇軍へ感謝するの文を吉川英治氏、決議文を中村武羅夫氏が朗読、感謝文は中野実、日比野士朗、戸川貞雄、吉屋信子四氏が閉会後陸海軍省を訪れて披瀝することとし統一的団体設立に関する処理委員を挙げて三時四十五分閉会、一同三文隊に分れて翼賛会前から宮城前まで四列縦隊の行進を起し万歳を三唱して感激裡に散会したのであつた

「文学者愛国大会」がこの時行った「宣言」と「決議」が「日本学藝新聞」昭和十七年一月一日発行に掲載されている。「決議」だけをあげると次のようにある。

一、我等は茲に全日本文学者の総力を結集し、大東亜戦争完遂のため国家総動員態勢に応じて、日本文学者会を設立する

一、我等は文学諸部門を統合し、強力なる活動に適する新組織を結成する

一、我等は高邁なる日本文学を樹立し、戦時国民精神の昂揚に資せんとす

一、我等は本会を通じて、内外の文化活動と提携し、大東亜新文化の創造に邁進する

この「決議」を実行に移すために「処理委員会」が選出されたのである。さきの「朝日新聞」の報道では、「統一的文学団体を結成すべく菊池寛氏以下三十九名の処理委員会が結成された」という。その「三十九名の処理委員会」のメンバーが、誰であったか、判明しないが、「日本学藝新聞」昭和十七年一月一日発行には、「処理委員の顔触れは、菊池寛、高村光太郎、白井喬二、上司小剣、横光利一、吉川英治、久米正雄、谷川徹三、中村武羅夫、長谷川伸、浜本浩、吉屋信子、里見弴、広津和郎、大仏次郎、土屋文明、和木清三郎、中野実、舟橋聖一、富安風生、水原

秋桜子、木村毅、戸川貞雄、加藤武雄、河上徹太郎、茅野蕭々、島木健作、川路柳虹の諸氏である」と、二十八名だけを列記している。

さて、注目すべきは、この処理委員会が結成される前に、すなわち、「文学者愛国大会」が「我等は文学諸部門を統合し、強力なる活動に適する新組織を結成する」と「決議」する以前に、「大政翼賛会文化部によつて作成され、情報局と協議の上大体の骨子を定めたもの」という「統一的文学団体設立要綱（試案）」が、既に用意されていたことである。「統一的文学団体設立要綱（試案）」を叩き台として「社団法人日本文学報国会定款」が作成される。叩き台となった「統一的文学団体設立要綱（試案）」は、目的、名称、事業、組織、役員等の十一項目からなっていた。「日本学藝新聞」昭和十七年一月一日発行の「翼賛会文化部の斡旋で／文学新団体の発足へ／名称——『日本文学者会』」の記事のなかに、「統一的文学団体設立要綱（試案）」の全文が紹介されている。この「統一的文学団体設立要綱（試案）」にどのように検討や修正を加えて「社団法人日本文学報国会定款」が出来たのか。両者の最も大きな相違は、組織の「目的」「名称」「事業」である。「統一的文学団体設立要綱（試案）」には、次のようにあった。

一、目的

文学者の総力を結集して国家目的完遂への協力態勢を整へ、各部門の有機的連絡交流を円滑ならしめ、その事業を通じて国民に健全なる教養を与へると共に伝統的な生活感情に根ざす真に日本的なる文学の樹立を期す

二、名称

日本文学者会（社団法人）

三、事業

1文藝政策の樹立、遂行への協力

2国民の文学的教養の向上に関する事業

3文学による国民精神の昂揚並に情操
4文学を通じてなす国策宣伝事業
5我国の優れたる古典の普及に必要なる事業
6国語の純化に関する事業
7優秀作品（文藝評論をも含む）の選賞
8悪質、低俗なる作品の抑制
9必要なる研究の助成
10優秀なる翻訳の推薦、必要なる翻訳の助成
11各地域、職域に於ける文学の育成
12著作権の確立
13諸官庁、諸団体との連絡
14その他必要なる事業

それが「社団法人日本文学報国会定款」では、次のように修正される。

第一章　総則

第一条　本会ハ社団法人日本文学報国会ト称ス

第二条　本会ハ事務所ヲ東京市ニ置ク

第二章　目的及事業

第三条　本会ハ全日本文学者ノ総力ヲ結集シテ、皇国ノ伝統ト理想トヲ顕現スル日本文学ヲ確立シ、皇道文化ノ宣揚ニ翼賛スルヲ以テ目的トス

第四条　本会ハ前条ノ目的ヲ達成スル為左ノ事業ヲ行フ
一　皇国文学者トシテノ世界観ノ確立
二　文藝政策ノ樹立並ニ遂行ニ対スル協力
三　文学ニ依ル国民精神ノ昂揚
四　文学ニ依ル国民的教養ノ向上
五　我国古典ノ尊重普及ト古典作家ノ顕彰
六　文学ヲ通シテ為ス国策宣伝
七　対外文化事業ニ対スル協力
八　国語ノ純化並ニ其ノ対外普及ニ関スル事業
九　優秀ナル作品ノ推奨
十　必要ナル調査研究及翻訳ノ斡旋助成
十一　文学作品ノ製作及発表ノ適正化
十二　新進文学者ノ育成
十三　各地域職域ニ於ケル文学ノ育成
十四　文学各部門間ノ交流
十五　文化各部門間トノ連繋
十六　諸官庁諸団体トノ連絡
十七　其ノ他必要ナル事業

情報局第五部第三課が昭和十七年五月十九日付で作成した「社団法人日本文学報国会設立経過報告」（「日本文学報

国会法人設立許可一件書類」中）によると、「当課（情報局第五部第三課）ニ於テハ予テ文化政策実施ノ見地ヨリ全日本文学者ヲ打テ一丸トスル強力ナル統一的組織確立ノ必要ヲ痛感シ、昨秋以来大政翼賛会文化部ト協力シ其ノ具体的方策ノ内面指導ニ尽力スルトコロアリシガ本大会（文学者愛国大会）ヲ機会ニ一元的組織確立ノ議決セラレタルハ、主トシテ大東亜戦争完遂ノ熱意ニ燃エル文学者ノ総意ニ依ルコト勿論ナリト雖モ、又以テ情報局ノ意図ヲ体セル大政翼賛会ノ斡旋ニ負フ所少シトセス。依ツテ当課（情報局第五部第三課）ハ処理委員ノ要請ヲ容レテ、新団体設立要綱案ノ検討ヲ行フコトトセリ」（傍点、浦西）という。情報局は、昭和十六年十月十八日に東条英機内閣が成立した頃から「文学者全体ノ強力ナル一元的組織ノ設立」を画策していたのである。情報局は、文学者愛国大会で処理委員が結成されるまで、岸田国士等の大政翼賛会文化部を表面にたてて、「其ノ具体的方策ノ内面指導ニ尽力」していたのである。それが、新団体の要綱を検討する段階になると、大政翼賛会文化部が手を引き、情報局第五部第三課が直接表面に出てきたのである。「日本文学報国会」という名称は誰がつけたのか、わからない。「日本文学者会」の名称から「日本文学報国会」に変更されるのは、文学者側からの処理委員たちの意向からではない。情報局の強力な指導によって決定されたのであろう。

情報局第五部第三課の主導のもとに、昭和十七年一月十五日に設立要綱の第一回審議会が開催され、定款起草委員十八名が選出された。そして、同年一月三十一日より三月七日にかけて、情報局は「日本文学中央会」「大陸開拓文藝懇談会」「経国文藝ノ会」「文藝家協会」「日本俳句作家協会」「日本文学者会」「大日本歌人会」「大日本詩人協会」「全日本女流詩人協力会」などの有力者を、各一、二回参集させて、「既成文学団体ノ発展的解消」を迫ったのである。

それに対して、文学者側の動きはどうであったか。昭和十七年二月三日に、久米正雄を座長として、「評論、小説、戯曲、シナリオ、随筆、各分野から五十余名の文学者が出席」し、藝術家部会を開き、日本文学者会設立要綱案を討議している。「これは大体の草案に過ぎず、いづれ定款其他に就て処理委員会に於て慎重協議の上、近く発表を見る予定である」と断りながら、「日本学藝新聞」昭和十七年二月十五日発行は「文壇新体制の胎動／日本文学者会設立要綱案成る」の見出しで、その草案の全文を掲げている。つまり、この二月三日現在の段階においては、「皇国文学者トシテノ世界観ノ確立」というような異例の「事業」項目を「本会ハ前条ノ目的ヲ達成スル為左ノ事業ヲ行フ」の第一項目に掲げ、名称を日本文学報国会にするといったようなことは、まだ一切出てきていないのである。すなわち、「日本文学者会設立要綱」での「目的」は「⑴全日本文学者の総力を結集して、国家目的完遂に協力し、文学各部門間の連絡交流を計り、以て文化総動員の一翼たることを期す／⑵皇国の伝統に根ざし、明日の世界を創造する新日本文学の樹立を期す」であった。「皇国文学者トシテノ世界観ノ確立」といったようなことは、岸田国士等の大政翼賛会文化部が作成した「統一的文学団体設立要綱（試案）」にも、また文学者側が作った草案「日本文学者会設立要綱」にも、全くなかったのである。情報局は、昭和十七年二月十二日に第一回定款起草委員会を開催し、それ以後、毎週一、二回、起草委員会及び設立準備委員会を開く。その過程で「日本文学報国会」という名称になり、また、文学者の一元的組織の目的が「皇国文学者トシテノ世界観ノ確立」にあると規定されていったのである。

昭和十七年五月二十六日に日本文学報国会の創立総会が丸の内の産業組合中央会館で午後二時に開催された時、奥村喜和男情報局次長は政府側を代表して挨拶して、「総力戦に於て要請されてゐるものは、過去の政治・経済・文化乃至は世界観に対する全面的清算と、新しき時代の支持となる歴史的原理の創造であります」といい、また「文藝はあらゆる藝術のうちで、最も思想性に富むものでありますが、その思想性の根幹は世界観であります。世界観なくしていかなる思想も成り立ち得ないのであります。即ち、文化、文藝ほど世界観の問題に切実なる関連を有するものなく、従つて、文化と政治とは世界観をめぐり全く不可分の関連に立つものであります」と述べている。さらに「殊に今の日本の政治が、大東亜共栄圏の確立、世界維新の樹立といふ大いなる使命を荷なつて居り、そして、この大東亜共栄圏の確立に於て、文化工作の使命が政治工作の大動脈をなしてゐることを思ひ合せる時、文化人・文藝人の一元的団結たる『日本文学報国会』が日本の政治に及す影響は寔に画期的なものがある」と演説したのである。その奥村喜和男情報局次長の号令下に「皇国文学者トシテノ世界観ノ確立」ということが事業目的に持ち込まれたのであろうか。あるいは情報官のひとりであった井上司朗の発案であったのか。また、昭和十六年一月から十八年五月まで、情報局の嘱託となり、主に文学部門を担当していた平野謙などがどのように「社団法人日本文学報国会定款」作成に関与していたのであろうか。どちらにしても、文学者の処理委員会はかたちだけのものになり、情報局の強力な指示で定款が決定されたことは動かないであろう。

かくして、社団法人日本文学報国会設立代表者の久米正雄は昭和十七年六月五日付で、「社団法人『日本文学報国会』設立之趣意書」を内閣総理大臣東条英機に提出したのである。そして、久米正雄はその設立趣意書で「思想戦に勝ち抜くとは、単に米英の思想的謀略を撃砕するのみに止まらず、進んで米英的自由主義世界観を徹底的に掃滅し、皇道に基く日本的世界観を宣揚することである」「世界観の確立とその展開とは、常に文藝の本質的な任務といふべきである」と断言するのである。

この「日本文学報国会法人設立許可一件書類」の出現で、これまでわからなかったことが具体的に判明した。これまで日本文学報国会の事業費など、どのぐらいの金額であったのか、皆目わからなかった。例えば、平野謙が「日本文学報国会の成立」(前出)で、

会の会計は「会費、助成金、事業ヨリ生スル収入、寄附財産及其ノ他ノ収入ヨリ成ル」と定款にあるが、会員の会費は年額六円であって、全会員数を約二千五百名とすれば、会費収入は年額一万五千円、月に一千円有余となって、たとえ会費完納としても、事務局長、部長ひとりずつの月給とその機密費をまかなうにたる額ほどしかない勘定である。たしか発足当時の事務局長の月給は五百円だったとおぼえている。こんなことを書くのも、文学

報国会の事業費や人件費の大部分は「助成金」に拠っていた、と推定されるからである。その総額がどれほどの額だったか、いまつまびらかにしないが、それは情報局第五部第三課から支給されていた。ここに情報局第五部第三課が文学報国会の主務官庁たる所以がある。

と述べていた。その「つまびらかに」しなかった日本文学報国会の予算がはじめて明らかになったのである。

四

昭和十七年十二月二十三日午前十時より東京市麴町区丸ノ内の大東亜会館において設立総会を開催した「社団法人大日本言論報国会」について、「読売報知」新聞昭和十七年十二月二十四日付夕刊は、「思想戦に鉄桶の布陣／言論報国会けふ創立総会」の四段大見出しで、次のように報道した。長文になるが、当時の時代的雰囲気を窺うことが出来るので、その全文をあげておく。

大東亜戦下皇国思想文化戦の尖兵として大東亜新秩序建設の原理と構想を闡明、進んで内外の思想戦に挺身、征戦完遂の推進隊たらんとする社団法人「大日本言論報国会」は、徳富蘇峰翁を会長に千余名の評論、思想家を打つて一丸とし廿三日、皇太子殿下御誕辰の佳き日を卜して午前十時半から大東亜会館で創立総会を開催、輝かしい発足をとげた、同会の発足は、さきに成立した日本新聞会、文学報国会及び明春設立せられる日本出版会と相並んで、こゝに属すさぶ《ママ》世界思想戦の真つ只中に、米英破摧をめざすわが文化戦決戦体制の鉄桶の布陣は成つたのである、政府側、奥村情報局次長、陸軍報道部佐々木中佐、海軍報道部田代中佐、企画院上山第三部第一課長、翼賛会八並宣伝部長、新聞代表緒方竹虎氏並に会員約三百名列席のうちに、定刻実行委員林重臣《ママ》（野村重臣の誤り）氏開会を宣言、国民儀礼、宮城遥拝ののち、議長に杉森孝次郎博士を推挙、杉森議長の挨拶、津久井龍雄氏から設立経過報告、中野登美雄氏から定款の説明があり、奥村情報局次長、議長指名により専務理事鹿子木

員信氏以下理事、監事の指名を行ひ
役員代表として鹿子木氏の挨拶、政府側を代表して奥村情報局次長より別項の如き挨拶があり、ついで会員代表大川周明（長谷川万次郎の誤り）博士の挨拶、最後に三宅雪嶺博士の発声で聖寿万歳を奉唱、正午意義深き総会を終り、一同別室で午餐をともにし散会した
更に「世界転換の大使命／言論人の責重大／奥村情報局次長挨拶（要旨）」の三段見出しで、次のように続くのである。

◇…大東亜戦争もいまや第二年目を迎へて、戦ひはいよいよ長期戦の相貌を呈するとともに、一方に於て益々思想戦としての本質を明らかにしてきた、今次の思想戦たるや、単なる謀略宣伝的な技術上の思想戦を超えた信念に対する闘争であり、世界観の世界観に対する闘争であつて、その意味するところは極めて深刻である、即ちわれわれは、新聞、雑誌、ラヂオ、映画等の一切の手段による思想宣伝を遂行することによつて、敵の戦意の喪失をはかるとともにさらに一歩進んで、敵の誤れる世界観を正し、それが結局は世界動乱の禍根なるのみならず、敵米英自身にとつても窮極に於てその身を完うする所以でないことを深く洞察し、闡明して、遂には敵自身をして矛を投せしむるに足る深遠にして雄大なる道義的世界観の確立に渾身の努力を傾けねばならぬのである
◇…由来我が大御戦が、単なる武力のための武力ではなく、その背後に天を仰ぎ地に伏して恥ぢざる公明正大なる道義の理念を徹してゐることは、神武の昔より変らざるところである、この道義の理念を益々明徴にすることこそ、国民士気昂揚の根本をなすものであり、さらに延いては戦力増強の心的方面よりする基幹たるべきものである、而してかゝる道義的理念の明徴といひ、世界観の確立を申しても、それは一に輿論指導の第一線に立たれてゐる皆様方の双肩にありと申して過言ではない、今日一部に於きまして言論が甚しく圧迫されてゐるやの声をきくが、私の所見を以てすれば、寧ろ今日位言論の自由なる時代は無いと思ふ、もとより、国家の一切を挙げて

戦争遂行に邁進してゐる今日の戦時下において、戦争の遂行を阻害する如き言論が許されざることは当然である、今日に於て、戦争は絶対である、すべては戦争といふ絶対の現実を志向し、それに帰一しなければならない、畏くも米英を撃てとの大詔を拝したこの大東亜戦争に対し、何人もこれに背を向けることは許されない、われわれ臣子たるものは、たゞひたすらに大詔のまにまにすべてを献けて戦ひ抜く一つの途があるのみである、大詔に拝する大御心を心として戦争に向ふ時、そこに如何なる言論の不自由も存在せぬ筈である、われわれの勝利が如何に勝ち抜いても勝ち過ぎたといふことがないと同じく、勝利のために挺身する言論の前途はまことに洋々たるものである、私が敢て今日程言論の自由なる時代はないと申したのも、一にこの意味である

◇…一度ひ《ママ》吐露された言論は、すでに弓を離れた矢である、自己の至上なる魂より迸り出た言論に対しては、一語一句と雖も自己の全生命をかけ、従つてまたそれに対しては自ら全ての責めに任する処の気魄と真剣さが望ましいのである、生命なき、魂なき、従つてまた戦争態勢にあらざる徒らなる言論を以て埋めるには、戦時下における今日の用紙は余りにも貴重である、今日においては一枚の用紙と雖も貴重なる軍需品調達の犠牲の結果たらざるはないのであつて、今や一枚の用紙は文字通り一個の弾丸である、思ふに言論はもはや単なる職業ではない、すでに醇乎たる一個の使命である、今や有史以来未曾有の世界変革期に際して、言論は須らく卑猥なる職業意識を蟬脱し、その本然の使命感に立ち還るべきである

しかしながら、如何なる言論も国家と離れて存在するものではない、その謂ふところの使命とは、あくまで国家の使命であり、民族理想の使命であつて、国家民族の基底から遊離して、その外に何らの使命も存在せぬ、曾て日本が儒教思想に禍ひされ、それがために国家の解釈に曇りが生じた際、国学の先覚者は漢心《からごころ》を棄てよと叫んだが、皇国最近の実情に鑑みるならば、我々は先づ何よりもアメリカ心、イギリス心を棄てなければならぬ、さうした洋夷思想の一切を清算して「やまとごころ」に立ち帰ることが何よりも急務である、北畠親房や本居宣長

の筆硯報国によつて日本の思想的危機は突破されて来たが、世界史転換のこの激動期に生を享けて言論文章の業に携はるもの、また同じくこれら先覚の意志を継いで一意専念奉公の誠を尽すべきものと考へる

大日本言論報国会は、日本文学報国会と同じように政府の外郭団体であり、ともに情報局第五部第三課の指導監督下にある社団法人として創設された。社団法人は、昭和十年六月三日の閣令第二号「内閣ノ主管ニ属スル法人ノ設立及監督ニ関スル件」により、「理事会決議要項」、「重要ナル事業計画並ニ其ノ変更」、「役員ノ任免」、「定款施行ニ関スル細則ノ作製又ハ其ノ変更」、「事務所ノ移転」などを主務大臣に報告をせねばならない義務を負わされていた。日本文学報国会も大日本言論報国会も一応は外郭団体であるが、しかし、実質的には情報局の機関とみなしてよいようだ。津久井龍雄は大熊信行との対談「戦争体験と戦争責任—戦争協力の体制と国家と個人の関係—」(「日本及日本人」昭和三十四年九月一日発行)で、「僕が総務部長ということになつた。そうしたら情報局に行つたら、総務部長の下に課長というのがあるのですね、それもきめておる。そして全然僕の知らない人をいきなり僕に紹介するのだ。僕はそれで驚いてしまつた。自分の下に使う人ぐらいはこつちが選ぶものだ、少くともきまる前に相談をしてくれるものだぐらいに思つていた。ところが向うがきめて現物をこつちに紹介しておる。井上第四《ママ》課長がね。これではとても駄目だと思つた。それから僕はとにかく格好だけつけてあとは同調はできないとそのとき思つたですね、そのとき一番初めに。それからあとはもう情報局の外郭というよりも一部の機関だね」と語っている。人事も事業活動も予算も、すべてあらゆる面において、情報局が完全に掌握していて、情報局の実質的な機関の一つとして機能したというのが実態であろう。

関西大学図書館が所蔵している大日本言論報国会関係の書類は、和綴じされた、次の九分冊である。

① 「大日本言論報国会法人設立許可一件書類/第五部第三課」八十枚。

② 「昭和十七年八月以降　社団法人大日本言論報国会関係綴/第二部文藝課」二百五十七枚。

③「昭和十八年度　社団法人大日本言論報国会関係綴／第二部文藝課」二百八十三枚。
④「昭和十八年二月―十九年三月　社団法人大日本言論報国会関係綴／第二部文藝課」二百十三枚。
⑤「昭和十九年度　社団法人大日本言論報国会関係綴／第二部第三課」百五十二枚。
⑥「大日本言論報国会関係綴／情報局第四部文藝課（写）」十枚。
⑦「無題」六十枚。
⑧「昭和二十年度　歳入歳出予算書／社団法人大日本言論報国会」七十五枚。
⑨「自昭和十八年四月―至十九年三月事業経過／社団法人大日本言論報国会」ガリ版刷　八十八頁。

日本文学報国会の方は「日本文学報国会法人設立許可一件書類」一冊だけしか、関西大学図書館は所蔵していない。当然、大日本言論報国会と同様に、日本文学報国会にも理事会記録などの「関係綴」が存在した筈であるが、それらは残念なことに散逸してしまっている。残されたすべての歴史的資料を完全に復刻するのが理想であろうが、『日本文学報国会・大日本言論報国会設立関係書類上・下巻〈関西大学図書館影印叢書第十巻〉』（平成十二年三月三十一日発行、関西大学出版部）では、紙幅の都合で、大日本言論報国会に関しては、②以下の「関係綴」について、内容の重複する部分をはじめ、手書きのメモ部分その他を大幅に割愛した。

さて、大日本言論報国会を結成しようという動きが評論家・思想家たちの間で出てきたのはいつごろからであったか。日本評論家協会は昭和十七年一月十日に大政翼賛会第一会議室で評論家愛国大会を開催した。津久井龍雄の司会の下に、下村宏、室伏高信、中野登美雄、三木清ら評論家約百名が参集したのである。この時の評論家愛国大会では「我等は聖戦を体し大東亜共栄圏の理想的完成に努力す」「我等は英米文明の宿弊を一洗し皇風に基く新文化の創造に献身す」「我等は国論を昂揚し民心を振起し国民総動員の正しき実現に尽瘁す」の三項目を「決議」したのである。半月程前に開催された文学者愛国大会のように、統一的文学団体を結成すべきであるというようなことが、この評論家愛国大会では議題にならなかった。この時、まだ大日本言論報国会のような一元的組織を結成しようという動きはなかったのである。日本評論家協会の人たちが、昭和十七年六月十八日に華々しく発会式をあげて活動をしはじめた日本文学報国会に刺激され、そしてその網から外れた人々が、日本評論家協会の発展的解消による思想家・評論家の統一的組織の結成に動き出したのは、昭和十八年七月ごろからであったようだ。情報局側からの働きかけによるものか、日本評論家協会側からの自発的なものであったか、それはわからない。津久井龍雄は「情報局の発案であったか、われわれの方からの発案であったか形式は別として、情報局の意向を反映して、私と杉森会長とが情報局に評論家協会の改組を申し入れたのは、文学報国会が発足していくらも経たない頃であったろう」（『私の昭和史』昭和三十三年四月二十日発行、創元社）と述べている。それは「昭和十七年八月以降　社団法人大日本言論報国会関係綴」における記録によると「七月中旬、杉森孝次郎博士、津久井龍雄、室伏高信氏を始め十余名の評論家が三回にわたり情報局を訪れ、川面第五部長、井上五部三課長に面会、評論家側の熱心なる希望をつぶさに開陳、種々懇談する処があつた」（上巻三五一頁）という。そして、情報局側から一元団体の性格は、「あく迄も『日本世界観に徹したもの』であるべしといふ指示」を得たので、九月二十八日に芝三縁亭において「発企人総会」を開催し、設立準備委員として杉森孝次郎ほか四十名、そのなかから十二名の実行委員（中野登美雄、大熊信行、大串兎代夫、斎藤忠、斎藤晌、井沢弘、山崎靖純、穂積七郎、野村重臣、津久井龍雄、大島豊、市川房枝）を選出したのである。この大日本言論報国会設立までの経過を記した文章において、不思議なことに右翼団体である日本世紀社同人たちの動きが一切表面に出ていないのである。

奥村喜和男情報局次長は、昭和十七年十二月二十三日の大日本言論報国会設立総会で、二十八名の理事を、次のように指名した。

秋山謙蔵、稲原勝治、市川房枝、井沢弘、小野清一郎、大串兎代夫、大熊信行、大島豊、鹿子木員信、加田忠臣、小牧実繁、高坂正顕、高山岩男、斎藤瀏、斎藤忠、斎藤晌、佐藤通次、新明正道、匝瑳胤次、津久井龍雄、富塚清、中野登美雄、野村重臣、橋爪明男、藤田徳太郎、古川武、穂積七郎、山崎靖純

この二十八名の理事のうち、鹿子木員信が専務理事に就任し、常務理事になったのは、津久井龍雄、井沢弘、野村重臣の三名である。大熊信行は「大日本言論報国会の異常性格―思想史の方法に関するノート―」(「文学」昭和三十六年八月十日発行、第二十九巻八号)で、「その執行部ともいうべき理事会の構成は、一方には戦争期にのぞんで急に天皇主義者に成りあがったと思われる若干名のグループと、評論家または社会運動家としてその当時たまたま第一線にいたと思われる社会科学者の若干名であった。後者はむしろ看板として利用されたとみるべきである。実に不思議なことであるが、前者は最初から一つの同志的なグループまたは党派として存在していた。そのなかには評論家としてひろく名を知られたことのないような一人物もおり、しかも当時失業状態にあったため、事務局開設と同時に常務理事の地位にありつく、というようなこともあった。理事の津久井龍雄は、当時右翼評論家として有名であったが、かえってこのグループには属しておらず、常務理事に就任してみて、これもはじめて自分が浮きあがっていることに気がついた。専務理事の鹿子木員信も、おそらく似たりよったりの情況にあったのではないか」と述べる。ではなぜ、大日本言論報国会において、「最初から一つの同志的なグループまたは党派として存在」することになり、彼等が大日本言論報国会の実質的な主導権を握ることになったのか。そのグループは井沢弘、野村重臣、斎藤忠らの日本世紀社の人々であろう。

「昭和十七年八月以降　社団法人大日本言論報国会関係綴」のなかに、注目すべき書類がある。それは「大東亜思想協会設立準備要項」(上巻三一二頁)である。その発起人に、井沢弘、斎藤忠、斎藤晌、中野登美雄、野村重臣、瀬川次郎、古川武の七名の名前があがっている。それには日本評論家協会の杉森孝次郎も、津久井龍雄も、室伏高信らも加わっていない。しかも、「大東亜思想協会設立準備要項」の日付は「(昭和十七、八、二四)」となっている。すな

わち、大日本言論報国会の「発企人総会」が九月二十八日に開かれるのであるから、それよりも一カ月余も前に「大東亜思想協会設立準備要項」が作成されていたのである。また、大東亜思想「協会設立ノ基本方針ニ関スル件」（上巻三二六頁）には、「日本評論家協会トノ関係ヲ調整指導ス」とある。それらを勘案すれば、七月中旬に、日本評論家協会の杉森孝次郎らが情報局を訪れる以前から、井沢弘、斎藤忠、斎藤晌らが「大東亜新秩序建設ノ為ノ思想ニ関スル研究並ニ調査」などを「事業」とするという「大東亜思想協会」の創設を情報局へ積極的に働きかけていたのであろう。情報局は井沢弘らの「大東亜思想協会」の構想よりも、規模を一層大きく拡大するために、日本評論家協会の杉森孝次郎らを呼び出し、思想家・評論家らの一元的組織の結成を迫ったのである。大日本言論報国会の結成は、井沢弘らの「一つの同志的なグループ」が構想した「大東亜思想協会」からスタートしたのである。そして、大日本言論報国会は、井沢弘らの日本世紀社という団体に所属した人々が実質的に掌握する。日本世紀社は、銀座の七宝ビルに事務所があり、東条内閣から活動資金がでていたといわれるが、くわしいことは一切わからない。戦時下において、「会員相互ノ錬成ヲ図リ日本世界観ヲ確立シテ大東亜新秩序建設ノ原理ト構想トヲ闡明大成シ進ンデ皇国内外ノ思想戦ニ挺身スルコトヲ以テ目的トス」として、さまざまな事業を展開していった大日本言論報国会の検証はこれからであろう。中河与一らが全国に世紀之会を組織し、「文藝世紀」を発行した。この「文藝世紀」には、日本世紀社の人々が寄稿しており、そのつながりなど解明されるべきであろう。

『日本文学報国会・大日本言論報国会設立関係書類上・下巻』の刊行を機会に、戦時下における日本文学報国会、大日本言論報国会の研究が一層深まることを期待したい。

（『日本文学報国会・大日本言論報国会設立関係書類下巻〈関西大学図書館影印叢書第十巻〉』平成十二年三月三十一日発行、関西大学出版部）

山内謙吾資料（関西大学総合図書館所蔵）について

―黒島伝治未発表はがき二通の紹介―

蔵原惟人は、「最近のプロレタリア文学と新作家」（「改造」昭和四年一月一日発行、第十一巻一号）で、昭和三年における日本文壇の状況を、次のように概括した。

一九二八年の日本文壇はプロレタリア文学によつてリードされてゐたかのごとき観を呈したのである。以前から名の知られてゐた作家の中では特に、藤森成吉、前田河広一郎、林房雄、黒島伝治等が活動した。しかし、この年の最も著しい現象は、この年に幾多の優れた新作家が現はれてきたことである。それらは――「文藝戦線」の平林たい子、山本勝治、山内謙吾、「戦旗」の立野信之、橋本英吉、小林多喜二等である。

昭和三年三月十五日の全国的な大弾圧、いわゆる「三・一五」事件を契機として、蔵原惟人、藤森成吉、山田清三郎、村山知義らの前衛藝術家同盟と、中野重治、鹿地亘、谷一、森山啓らの日本プロレタリア藝術連盟との合同が急速に具体化した。三月二十五日には合同声明が出され、四月二十八日に創立大会を開催して、全日本無産者藝術連盟（ナップ）が成立したのである。この全日本無産者藝術連盟は、地下の日本共産党を支持する。一方、青野季吉らの労農藝術家連盟は、政治的立場を社会民主主義においた。この二つの組織が拮抗しながら、プロレタリア藝術運動は展開されていく。それぞれの組織から有力な新人作家が出現したことによって、「一九二八年の日本文壇はプロレタリア文学によつてリードされてゐたかのごとき観を呈した」のであり、プロレタリア藝術運動の高揚した時代を迎えるのである。

戦後になって、蔵原惟人が「『文藝戦線』の作家たち―『プロレタリア文学発展史講座より』―」（「多喜二と百合子」昭和三十年二月一日発行、第八号）で、「『文藝戦線』

にこの時期になってから、新しい二人の作家が現われてきた。この二人の作家は今ではほとんど忘れられてしまっておりますけれども、優れた短編を『文藝戦線』に載せ始めた。その一人が山内謙吾、もう一人が山本勝治です」と、山内謙吾の「線路工夫」と山本勝治の「十姉妹」を「非常に優れたもの」として論じたことがあった。また、山本勝治の「十姉妹」と「員章を打つ」の二篇は『日本プロレタリア文学集十一〈「文藝戦線」作家集二〉』（昭和六十年十二月二十五日発行、新日本出版社）に、山内謙吾の「線路工夫」「三つの棺」「掃除夫」「暴徒」の四篇が『日本プロレタリア文学集十二〈「文藝戦線」作家集三〉』（昭和六十一年一月二十五日発行、新日本出版社）に収録されているが、しかし、今日、平林たい子や小林多喜二らと同時期に文壇に登場した「文藝戦線」の有力な新人作家であった山内謙吾や山本勝治については、その名前さえも忘れられた存在となっている。だが、例えば、山本勝治の「十姉妹」は、久保田正文が「人物の形象的とらえかたのたしかさ、構成のダイナミズムにおいて、うたがいもなく秀作である」（『日本現代文学全集第六十九巻〈プロレタリア文学集〉』昭和四十四年一月十九日発行、講談社）と評したように、今日読んでも優れた農民小説の一つである。私は、かつてこの山本勝治について、関西大学「国文学」（昭和五十二年九月二十五日発行、第五十四号）に、「山本勝治と『十姉妹』」を書いたことがある。その時、山本勝治も山内謙吾も「経歴さだかならず」となっていた。いつどこで生まれたのか一切未詳のままになっているのである。山内謙吾については、前出『日本現代文学全集第六十九巻〈プロレタリア文学集〉』巻末の「山内謙吾年譜」には、次のように記されていた。

経歴さだかならず。葉山嘉樹のすすめで「労藝」に参加。昭和三年、四月、小説「線路工夫」を「文藝戦線」に発表。六月、「三つの棺」、十月、「毛皮の女」を「文藝戦線」に発表。昭和四年、一月、「掃除夫」、八月、「暴徒」をいずれも「文藝戦線」に発表。山本勝治とともに、「文戦派」の新人として活躍した。昭和七年、検束、その後文学を離れた。

山本勝治のことを調べた時、山本勝治と同じく「経歴さだかならず」のままになっている山内謙吾のことを明らかにしたいと思った。そこで「山本勝治と『十姉妹』」において、その時に知りえた山内謙吾の情報として、「創作月刊」（昭和四年一月一日発行、第二巻一号）の「昭和四年度文士録」に寄せた山内謙吾の回答を紹介しておいた。いまもう一度それを引用しておく。一、略歴。二、好きな自作。三、面会日。四、現住所。の四項目について、山内謙吾は、次のように述べている。

一、十六歳の春、駅夫を振り出しに警視庁給仕、印刷局職工、郵便配達、雑誌記者、校正係、鉄筋工、機関庫掃除夫等を経て今日に至る。
二、「線路工夫」
三、毎日いつでも。
四、東京市外杉並町高円寺六一一

山内謙吾は、その作品からも推測できるように、大学を卒業したインテリ作家ではなかった。駅夫を振り出しに、警視庁給仕、印刷局職工、郵便配達、雑誌記者、校正係、鉄筋工、機関庫掃除夫等の労働体験を経て、労農藝術家連盟に加わったのである。その後、『壺井繁治全集第五巻』（平成元年三月一日発行、青磁社）に収録されている壺井繁治の「年譜」の「大正七年」の項に、「十一月、東京中央郵便局書留課に臨時通信事務員として勤務。日給五十銭、特別手当五十銭。職場で後の作家山内謙吾を知る」とあるのを知って、山内謙吾が「郵便配達」をしていたのは、東京中央郵便局であることが判明した。また『壺井繁治全集別巻』（平成元年八月一日発行、青磁社）の、口絵に「1919年　左・郵便局時代の友人山内謙吾彼は『線路工夫』を書いた」と説明のある、東京中央郵便局に勤務していた壺井繁治と山内謙吾との二人が一緒に写った写真一葉が掲載されている。これによって山内謙吾が東京中央郵便局で配達をやっていたのは大正七、八年であったことが明らかになった。山内謙吾は作家になる前から、壺井繁治とは友人関係にあった。山内謙吾は壺井繁治との交流を通して、黒島伝治を知ったのではないかと思われる。黒島伝治は壺井繁治のすすめで川合仁を中心として出された同人雑誌「潮流」大正十四年七月号に「電報」を発表した。山内謙吾も壺井繁治の紹介で「放浪断片」を「潮流」大正十五年二月号に載せている。

　山内謙吾は黒島伝治と行動を共にし、昭和五年十一月に労農藝術家連盟を脱退した。そして文戦打倒同盟を結成し、十二月に機関誌「プロレタリア」を刊行した後、ナルプに参加した。山内謙吾が、昭和六年二月十日に創設された「大衆の友」の「編輯兼印刷発行人」となったり、プロレタリア文化連盟（コップ）時代には、コップの機関誌「プロレタリア文化」第二巻一号（昭和七年一月一日発行）から第三巻九号（昭和九年一月八日発行）まで「発行編輯兼印刷人」となるのは、壺井繁治との古くからの友人関係であったことと結びついていたのであろうか。どちらにしても、山内謙吾と壺井繁治との関係を昭和五十年代に知っておれば、生前の壺井繁治に聞くことができたのにと悔やまれるのである。「経歴さだかならず」であった山内謙吾の調査はここで行き詰まるのである。

　しかし、資料というものは何が散逸しないで残っているか、不思議なものである。全く予期もしないところから突如として新資料が出てくるということがある。黒島伝治の著書を関西大学総合図書館で所蔵検索していると「〔山内謙吾資料〕／〔山内謙吾〕著：〔15〕。―〔自筆〕。１９３６〔15〕総合文庫特別ＬＯ２＊Ｙ＊80＊14 ２０５９５２３７７２」というのが目に飛び込んで来たのである。閲覧してみると、黒島伝治宛はがきの山内謙吾の下書き原稿であった。関西大学総合図書館に山内謙吾の自筆原稿などが所蔵されていたのである。これには驚いた。関西大学総合図書館が「山内謙吾資料」をいつどういういきさつで所蔵することになったのか知らないが、浪速書林あたりから大阪文学関係の資料として購入したのであろうか。関西大学総合図書館が所蔵する「山内謙吾資料」は全部で三十四点である。その多くは小説などの山内謙吾の自筆草稿原稿である。貴重書扱いとなっている為、借り出すことが出来ないので、くわしく検討したわけではないが、その概容をここに簡単に紹介しておきたい。

１〔山内謙吾資料〕／〔山内謙吾〕著　ＬＯ２＊Ｙ＊

80＊31

「不幸なる幸福」と題した「ラジオ脚本」原稿。署名は阿蘇次郎。四百字詰原稿用紙十八枚。作品の末尾に「―一九二五・六・一五―」とある。若き男爵山名宗貞と歌劇女優愛子と許嫁奈美子との三人の関係を描く。

2 〔山内謙吾資料〕／〔山内謙吾〕著　LO2＊Y＊

80＊30

「夢日記　一九二七年自一月至六月」と題する草稿、四百字詰原稿用紙百三十枚。

「夢日記　一九二七年自一月至十二月」と題する草稿、四百字詰原稿用紙二十四枚。

日記とあるが私小説風の創作である。署名は山内謙吾。

3 〔山内謙吾資料〕／〔山内謙吾〕著　LO2＊Y＊

80＊29

「夢」と題した小品。四百字詰原稿用紙四枚。無署名。昭和初年頃の執筆か。

4 〔山内謙吾資料〕／〔山内謙吾〕著　LO2＊Y＊

80＊28

「反動『文戦』の檄に酬ひる」と題する評論。四百字詰原稿用紙十七枚。署名は山内謙吾。原稿用紙の右欄外に「お返しするのが大変遅くなつてすみません。これは当時掲載に不適当と思はれたので止めましたが、御諒知くださいますやう。（編輯局）」の書き込みがある。昭和五年末か昭和六年の執筆。

5 〔山内謙吾資料〕／〔山内謙吾〕著　LO2＊Y＊

80＊27

「文学大衆化の実践について」と題した評論の草稿。用紙十枚。

6 〔山内謙吾資料〕／〔山内謙吾〕著　LO2＊Y＊

80＊26

「光なき村」と題した小説草稿。四百字詰原稿用紙四十七枚。署名は山内謙吾。末尾に「（つづく）」とある。

7 〔山内謙吾資料〕／〔山内謙吾〕著　LO2＊Y＊

80＊25

「故郷」と題した小説草稿。四百字詰原稿用紙三十八枚。署名は山内謙吾。昭和初期頃の執筆か。

8〔山内謙吾資料〕／〔山内謙吾〕著　LO2＊Y＊80＊24

「春はカムチャッカにも」と題した小説草稿。四百字詰原稿用紙二十九枚。署名は川口虎雄。原稿用紙の右欄外に「(事実小説応募原稿)」という書き込みがある。

9〔山内謙吾資料〕／〔山内謙吾〕著　LO2＊Y＊80＊23

題名が記されていない小説草稿。用紙九枚。無署名。昭和初年頃の執筆か。

10〔山内謙吾資料〕／〔山内謙吾〕著　LO2＊Y＊80＊22

題名が記されていない小説草稿。四百字詰原稿用紙五枚。無署名。昭和初年頃の執筆か。

11〔山内謙吾資料〕／〔山内謙吾〕著　LO2＊Y＊80＊21

題名が記されていない小説草稿。用紙三十枚。無署名。「大東亜戦争第三年目の三月で、戦争はいよいよ決戦段階に入り、兵器の製造に直接のつながりをもつこの工場生産は」という書き出しではじまり、昭和十九年の執筆か。

12〔山内謙吾資料〕／〔山内謙吾〕著　LO2＊Y＊80＊20

題名が記されていない小説の草稿。四百字詰原稿用紙二十八枚。無署名。「一、悲しき発端」「二、愛に飢えたる女達」の章で構成されている。原稿末尾に「未完」とある。昭和初年頃の執筆か。

13〔山内謙吾資料〕／〔山内謙吾〕著　LO2＊Y＊80＊17

「原稿控簿」と表紙にペン書きされた大学ノート一冊。「(昭和四年頃～昭和八年頃筆記)」とある。創作予定の材料かと思われるものと、「鉄骨」など建築関係の仕事の記述がある。

14〔山内謙吾資料〕／〔山内謙吾〕著　LO2＊Y＊80＊15

黒島伝治宛はがきの下書き。「通勤証明書」(尼崎浜字海地十七の三番地日本研磨機工作所)の裏面に書かれている。山内謙吾は昭和十年代に尼崎市の日本研磨機工作所勤務していたのであろうか。

15〔山内謙吾資料〕／〔山内謙吾〕著　ＬＯ２＊Ｙ＊
80＊14
「呪はれた血」と題する小説の草稿。用紙十枚。無署名。「私の郷里九州のK市にお絹という十七になる娘がゐた」という書き出しではじまる。末尾に「一九三六・八・二七」とある。

16〔山内謙吾資料〕／〔山内謙吾〕著　ＬＯ２＊Ｙ＊
80＊13
「憎悪」と題された小説の草稿。用紙十四枚。署名は山内謙吾。「昭和十六年六月五日作」とある。

17〔山内謙吾資料〕／〔山内謙吾〕著　ＬＯ２＊Ｙ＊
80＊12
「海浜の女達」と題された小説の草稿。用紙八枚。無署名。「昭和十六年五月二十二日作」とある。欄外に「モダン日本五月二十四日投　筆名堀英之助／原稿末尾、江成四一八〇本名で署名ス」という書き込みがある。

18〔山内謙吾資料〕／〔山内謙吾〕著　ＬＯ２＊Ｙ＊
80＊11
「従妹」と題する小説の草稿。用紙十四枚。署名は山内謙吾。「一九四一・五・一〇」と末尾にある。欄外に「昭和十六年五月十二日『文庫』投稿／原稿末尾ニハ江成町山内建築事務所内山内謙吾、筆名堀英之助を用ふ」という書き込みがある。

19〔山内謙吾資料〕／〔山内謙吾〕著　ＬＯ２＊Ｙ＊
80＊10
題名が記されていない小説の草稿。四百字詰原稿用紙三十枚。署名は山内謙吾。昭和初年頃の執筆か。建築現場が舞台となっている。

20〔山内謙吾資料〕／〔山内謙吾〕著　ＬＯ２＊Ｙ＊
80＊9
「図面受渡帖№1／工程課　17年5月30日」、「日記と詩（昭和19年）」と表紙に書かれた大学ノート一冊。住宅の見取図等がペンや鉛筆書きされた後、詩や短歌が書かれている。

21〔山内謙吾資料〕／〔山内謙吾〕著　ＬＯ２＊Ｙ＊
80＊8

詩「反撥する意志」（昭和十九年一月二十四日）、「元旦」（昭和十九年一月二日作）、「霧の中の幻想」（昭和十九年一月二十四日）、「大望」（昭和十九年二月十六日）の四篇が用紙四枚に記されている。このうち「元旦」と「反撥する意志」を、次にあげておく。

元　旦

ほの暗き御社《みやしろ》の
奥のともし灯を見つめて
私はじつと頭を垂れる
一瞬、氷の刃が
通り間のやうに背筋を走つた
いまこそ私は全裸となり
一切の私も去り
呼吸の根をとめて
わが無力と惰情に自責し慟哭する
遠《とう》つ大祖神は
わが数々の罪科を責めも得ませず
慈愛の手もて胸深く抱きよせ給ふ
私はしばしみこころのままに
御尊き御ふところの鼓動をわが鼓動に感じ
燦燦たる春光に身を洗ひ
邪念の涙をほふり落として
尊き御方《おんかた》の御子《みこ》たることを誓ふ
御手洗《みたらし》の水の如き清冽さをもて……
昭和十九年一月二日作

反撥する意志

雲は裂け
一陣の風おこりて
霹天の一角より
老いたるしわぶきの声聞ゆ

そは　深々と
遠く千里の彼方よりきたりて
わが鼓膜をかきならす
いとけなき笛の音にも似たるかな

かかるとき
ひとむらの雹
萬雷のごと襲ひきたりて
地殻をくろがねと化せしめたり

ものみなはてたる荒野に
反撥する巨木の息《い》吹《ぶ》き
つぶらなる霜とかがやきて
つぶらなる霜とかがやきて
ぬばたまのごと散りてむなし

（昭和十九年一月二十四日）

22〔山内謙吾資料〕／〔山内謙吾〕著　LO2＊Y＊80＊5

「一流綜合雑誌の整理統合」と題した草稿。用紙四枚。無署名。末尾に「(昭和十九年一月二十一日)」とある。

　昨夜九時のラジオ報道で、印刷用紙の節約という時局の要請にこたえて六大総合雑誌が統合整備することが決定したというのを聞いて、「ちよつと身を突かれた思ひがした」という。「支那事変の進展はわが国の言論統一にも大きな圧力が外部から加はり、次第にそれは強化されて言論の自由といふことは有名無実と化してしまつた」といい、発表機関の整理縮小は文学作品の需要の減退となって現われるとすれば、誰も安心して文学することに没頭してはいられないと述べる。

23〔山内謙吾資料〕／〔山内謙吾〕著　LO2＊Y＊80＊3

青野季吉の「散文精神の問題」からの抜き書き。用紙五枚。無署名。

24〔山内謙吾資料〕／〔山内謙吾〕著　LO2＊Y＊80＊1

題名が記されていない小説の草稿。四百字詰原稿用紙三十六枚。無署名。昭和二十五年頃の執筆。

25〔山内謙吾資料〕／壺井繁治著　LO2＊Y＊80＊34

「時機を逸す」と題した草稿。用紙三枚。署名。末尾に「一九五三・六・六」とある。「壺井繁治著」とあるのは誤り。

26〔山内謙吾資料〕／堅山南風著　LO2＊Y＊80＊

33

題名が記されていない草稿。用紙二十枚。「一月十日起／一月十五日休止」とある。昭和二十八年の執筆か。「堅山南風著」とあるのは誤り。

27〔山内謙吾資料〕／黒島専治《ママ》著　LO2＊Y＊80＊

32

詩「ソロバン」（昭和二十九年六月十四日）、「顔」「鏡」（昭和二十九年六月十四日）、「慟哭」（昭和二十九年六月二十日）、「真実を愛する心」（昭和二十九年六月二十日）、「森」「神」（昭和二十九年六月二十三日）、「競輪」（昭和二十九年六月二十二日）、「後悔」（昭和二十九年六月二十六日）、「盛夏」（昭和二十九年八月十八日）、「思い出」（昭和二十九年九月四日）十一篇の草稿。用紙九枚。「黒島専治《ママ》著」とあるは誤り。

28〔山内謙吾資料〕／山内謙吾著　LO2＊Y＊80＊

19

題名が記されていない戯曲の草稿。四百字詰原稿用紙三十三枚。末尾に「昭和三十一年八月作」とある。

29〔山内謙吾資料〕／山内謙吾著　LO2＊Y＊80＊

18

詩「夜店」（二月十六日）、「発見」（二月十六日）、「足」（二月二十一日）、「石ころ」（二月二十一日）、「沈黙」（二月八日）、「真実」（二月八日）、「追究する意志」（二月八日）、「お母さん」（二月二十七日）、「無題」（二月二十九日）、「行動」（五月十二日）、「五月」（五月十二日）、「人みしりせず」（五月十二日）の草稿。用紙五枚。昭和三十一年の執筆。

30〔山内謙吾資料〕／山内謙吾著　LO2＊Y＊80＊

16

「思い出すまゝ」と表紙に記された大学ノート一冊。ノートに記されているのは全部で十六頁分である。「昭和39年9月24日～昭和44年9月24日筆記」とある。この「思い出すまゝ」は、山内謙吾の幼少時代を知ることの出来る資料である。「思い出すまゝ」の最初の部分を次に引用しておく。

私の幼少年時代は貧乏の中に過ごした一時期であ

ったが、私自身は、それを別に貧乏と意識せず、大体、小学校の四年生ごろまでは平坦なカーブを描いたよき時代であったと思っている。私が貧乏に反撥し、親に反抗するようになったのは、小学校五年生以後である。自分の家が貧乏であり、そのため、親の片腕となって働かねばならぬ位置にたたされたとき、私はそれが親孝行の道とはさとりながら、自分の将来の進路についていろいろ悩んだものである。殊に小学六年生の六月で小学校をやめ、家の手伝いに専念しなければならぬという羽目に追込まれるに至って、私の前途はまっくらになってしまった。当時父は42歳、私は12歳であった。ローソク製造業という仕事の性質上、その頃としては年をとりすぎている父には、私という相手が入用だし、商売上いろいろなことで、自分のアゴ一つで働く若い労働力が必要だったのであろう。

その間のつらい経験も、今となってはなつかしい思い出となったが、数多い中から、これだけは書きとめておきたいと思うことどもを綴ることにした。どれもこれも、私だけがあの世へ持っていくには惜しい思い出のみである。

昭和39年9月24日

徳永直と同じような境遇で小学校の教育も満足に受けることが出来なかったようだ。山内謙吾は、小学六年生の時から、学校をやめて、「家の手伝いに専念しなければ」ならなかったのである。この「思い出すまゝ」には、母のねんねこにくるまって、質屋の「格子造りの間口の広い戸をくぐった」ときの広町（南新坪井町）の夜景が「最初の記憶」であり、ロシヤ人の捕虜たちの思い出など断片的に綴られている。西南戦争で山内家が戦災にあって没落していくことなどが、次のように記されている。

ここで私が成長した六間町のことについて、ちょっとふれておきたいと思う。私の生まれは明治32年6月15日で、明円寺町の借家で生れ、二つのときにこの六間町に移転し、私の上には12歳の長兄茂を筆頭に、長女もえ、二男清の三人の兄姉があった。父はろうそくの製造販売を業とし、業界では日本蠟燭つくりの名人といはれ尊敬されていたらしい。蠟燭の製造では茶屋の屋号で約50年ほどつづいた三代目の時、明治10年の西南戦争で戦災にあい、三つの倉につめこまれていた780俵（1俵は60kg）の木蠟やはぜの実が、家屋敷もろとも二日二晩もえつづいて空をこがしたという。三代目の祖父善三郎は家運の復興も意のごとくならず、明治19年1月1日53歳で没した。

「熊本中が火の海で、夜も山の中まで昼のように明るくて、時々ヒュン、ヒュンとんでくる鉄砲のたまが竹やぶの竹にバリッ、ポンと音たてて恐ろしかった。ふとんにくるまって一晩中ふるえておったがな」と当時14歳だった父は戦火をのがれて一家中で立田山に避難したときのこわかった時を思いだして話してくれたことがある。父の上の善寿16歳を頭に、乳呑み児まで六人も子供があったというから、生来病弱で、先代のおかげでどうやら持ちこたえてきた老舗も、再起できなかったのだろうと思う。祖父の死までの9年間に、成長した子が上から順々に家をきらってとび出し、復興などは思ひもよらず、一家離散の運命におちいったのである。長男の善寿はそれでも父善三郎の死後、家督相続人たる責任と自覚をもって一家を養っていかねばならぬ立場にたたされ、その当座は、世間の同情と周囲の親類縁者の援助もあって、何とかその日その日の暮らしもたっていったが、米相場に手を出したのがはじまりで、店の売上金もそのままその穴埋めに持っていかれることが多くなり、目ぼしい家財や道具類まで売りとばすようなことになってゆく。それが弟たちには面白くなくというので、まづ上から順に私の父の嘉太郎が見きりをつけて東京へとびだしていった。次の善五郎も出てしまう。残ったものは子供ばかりだが、これも14歳位になると、勝手に家出してしまうという始末で、善寿は最後にのこった母親のサクさへも養うことができぬようになり、大阪へとびだしていく変転の末石版印刷屋として成功した四男の嘉次郎を呼びよせて、どうやら食うことだけは出来るようになったといって、引取られていくという始末、それが私の二歳のときである。
43年8月10日

この記述によって、はじめて山内謙吾の生年月日がわかったのである。山内謙吾は、明治三十二年六月十五日、熊本市明円寺町で生まれたのである。徳永直は明治三十二年一月二十日に熊本県飽託郡花園村で生まれた。山内謙吾と徳永直は同年代の生まれであったのである。

31〔山内謙吾資料〕／山内謙吾著　LO2＊Y＊80＊7

「執筆計画」と表紙に記された大学ノート一冊。昭和四十四年三月九日から昭和四十五年一月十二日までの執筆である。山内謙吾は戦後になってからも小説家として再起したいという意欲を持っていたのであろう。「執筆計画」の最初の部分を次にあげておく。

1、わが阿呆の一生

イ、物ごころついてより、東京出ぽんまで　1冊

ロ、青春、恋愛、貧乏、結婚（われら夫婦の記録）　1冊

ハ、四人の子の記録、昭和10年より20年終戦まで　1冊

ニ、同上　昭和40年までの記録　1冊
昭和40年3月9日

2、茶屋三代記

茶屋の勃興より、三代に亘る伝記

熊本、東京、細川家の各種関係記録、資料調査収集、早い時期に以上実行、大筋をまとめること。

柳川の立花家にも注目すること。
昭和40年3月9日

3、春はカムチャッカにも

大正14年頃の一漁業労働者が、カムチャッカ奥地に於ける数奇な生活を描くもので、これはすでに、昭和4年頃より想を練り、最初の48枚をかいたが、そのままとなっている。600枚位にまとめること。

32〔山内謙吾資料〕／山内謙吾著　LO2＊Y＊80＊6

黒島伝治の自筆はがき二通である。「山内謙吾著」と

あるのは誤り。この山内謙吾宛の黒島伝治はがきは『定本黒島伝治全集第五巻〈メモ・書簡・日記他〉』（平成十三年七月二十五日発行、勉誠出版）に未収録であるので、次にその二通の全文を紹介しておく。

消印　香川・安田／14・1・11／后4‐8　はがき
香川県小豆郡苗羽村　黒島伝治より
大阪市此花区江成町八〇　山内謙吾宛

新年のおはがきありがたう。

お変はりなく勤めてゐる御様子、結構です。

僕は、だいぶからだがよくなつて、これから書かうと思つてゐるところです。長らく書かないし、時勢も変わつてしまつて、改めて、始めからやり直して、行かなければならないので、十二三年前はじめて文壇に出たとき以上の不安と緊張と、やらうとする力を体内に感じてゐるところです。

今年、一年は、なほ、当地にとどまつて、十分仕事をしたゝめておいて、来春になつたら出て行くつもりです。この二日に金刀比羅宮に参つて、船で鉄工所あたりへつとめてゐる人の話をきくと、月百五十円くらゐとつてゐる者はざらにあり、千五百円もとつてゐる者もあるときいたがさうですか。

消印　香川・安田／14・3・2／后4‐8　はがき
香川県小豆郡苗羽村　黒島伝治より
大阪市此花区江成町八〇　山内謙吾宛

おはがき拝見しました。壺井夫人は、昨年九月号の「文藝」に「大根の葉」といふ小説をかいて、好評を博し、それで、この三月号に又かいたさうだ。「大根の葉」といふのはよんだが、今度のは僕はまだ見てゐない。いつも古雑誌を見てゐるので、よむのは、三四ヶ月の後になるわけだ。

坪田、伊藤（永）両君が新潮社賞を受けたのは知つてゐるか。伊藤永之介君は、なか〳〵小説がよくなつてゐるよ。深味ができ、且つ肉がついてきた。

「大地」も「母」も、僕はよんでゐない。持つてゐるならかしてくれないか。なにしろ田舎にゐて不便だし、金はないし、ほしい本が手に入らないのが一番よはる。

僕は久しぶりで小説をかいてゐる。小説をかき得るうれしさは、長くかゝなかつた後では特別だな。そしてやつぱり小説をかくことによつて生きがひを感じ得る。

ここで先の「14〔山内謙吾資料〕／〔山内謙吾著〕」の黒島伝治宛書簡の下書きを紹介しておく。昭和十三年か十四年に書かれたものか。

三月二十三日　黒島伝治宛　はがき
おはがきありがたう。毎日の忙しい仕事の中にも、夜だけは自分のからだになりきつて、この頃またぼつぼつ本を読んでゐます。暫らく読者に没入することの生活から遠ざかつてゐた自分が悔ひられてならぬほど、この読書は僕をいま非常に元気づけ鞭打つてくれる。この年になつて、何もかもやり直しのつもりで、文学のイロハからまた勉強してゐるが、それが奇態に妙な魅力となつて僕のしぼんだ情熱をかきたてゝくれるやうだ。負けおしみではない。年はとつたが今からでも決しておそくはない。僕の今の職業上の位置や環境が、自分に文学を捨てさせるどころか、逆に一層これへの接近と包合を促す。近い内に、勤労者としての自分への考へをまとめて一つ宛読物にかきあげて行きたいと思つてゐる。今日の時局下国民の勤労に対する関心やその緊迫が戦争遂行に関連してあらゆる角度から検討され、問題とされてゐながら、単なる職場からのレポルタージュ以外に見るべき作品がかゝれてゐないといふことは一体どうした訳だらう。農村の現実面を活写した小説戯曲は最近非常な数に上つてゐる。そして一つ一つそれらは新しい視点に立つてその作品を意義づけてゐる。しかし戦争行動の最尖端に立つて全面的に厳しい歴史的役割を果たしつゝある今日の日本の重工業の生産面を描いたものが一つも見当らぬといふことは非常に淋しい気がする。島木健作の「生活の探求」をいま読んでゐるが、なるほどインテリの絶賛をうけてゐる理由が分かると思つた。作者は農村の生活に相当詳しく若い指導者の現世的な悩みを哲学的に批判解決してゆかうとする熱意が全編に躍動してゐて面白い。貴兄も是非かいてほしい。結局、いつまでも内にしまっておいて、外に出して見せなければ勝負はつかぬし、宝の持腐れになつてしまふだらう。御自愛を祈る。

　壺井繁治らの奔走によって黒島伝治文学碑（「一粒の砂の千分の一の／大きさは／世界の大きさである。」）が香川県小豆郡内海町（現、小豆島町）に建立された。その除幕式が昭和四十年十一月十七日に、小豆郡内海町芦の浦丘で催された。その除幕の式典に山内謙吾は出席し、祝辞を述べている。また、山内謙吾は、この時のことを詩に書いたのであろう。壺井繁治の山内謙吾宛書簡に「それに黒島伝治文学碑除幕式列席の感動をモティーフとした貴兄の詩（僕としては君の詩を見たのはこれがはじめてのような気がするのだが）、献詩としてはなかなか簡潔で、じゅうに詩として結晶していると思います」（昭和四十年十二月二十四日消印）とある。

33〔山内謙吾資料〕／山内謙吾著　LO2＊Y＊80＊

4

堅山南風の山内謙吾宛書簡（封書二通、絵はがき一通）である。「山内謙吾著」というのは誤り。

34〔山内謙吾資料〕／山内謙吾著　LO2＊Y＊80＊

2

壺井繁治の山内謙吾宛書簡（封書五通、はがき二通）、壺井節子が出した壺井繁治葬儀案内である。壺井繁治の書簡は昭和二十八年から昭和五十年までの間に出された戦後のものである。「山内謙吾著」というのは誤り。

　以上が、関西大学総合図書館が所蔵している「山内謙吾資料」のあらましである。これによって「経歴さだかならず」であった山内謙吾のことが、かなり明らかになるようだ。

（関西大学「国文学」平成十九年三月一日発行、第九十一号）

文学史研究から文学運動研究へ（鼎談）

谷沢永一
浦西和彦
青山毅

谷沢　昭和三十年代に明治文献が中心になって、反体制思想の雑誌・新聞等の復刻が多く出たのですが、その頃はなんでも一流主義なんです。「平民新聞」が第一だという、そういう形で、これは復刻の初期だったからです。それが今度の『資料集成』[1]というような、本当に研究上の値打ちがあるものの復刻という、だんだんシビアになってきた、その波の一つに、今回の仕事があると、私は見ているんです。だから「文学新聞」は、ナップの主流の運動からすれば傍流ですね。そこに焦点をあてても あまり意味がないのではないかというような点もあったのですが、実はそういうものこそが、実際現場では生きていたわけです。それから今回の「文学新聞」の解説で浦西さんが書いていますように、あとの回想録は間違いが多いでしょう。それを探していけるという、そういう詮索する気が、この「集成」にとっては、こたえられん楽しみがあるといえるんです。

浦西　私が「文学新聞」を最初に見たのは、もう十五年位前になります。徳永直の著作を調べるために見たのですが、この「文学新聞」を所蔵している図書館がないのですね。大原社会問題研究所が三分の二位持っていました。その後、青山さんの「ブックエンド通信」で解説を書く時に、全号を通してみたんですが、一人の作家の著作がどうのこうのっていうんじゃなくて、この「文学新聞」の出た昭和六年は、プロレタリア文学運動が大きく変貌していたんですね。

谷沢　そうですね。

浦西　コップという組織が出来て、大きく変わっていくときに、「文学新聞」が出された。それを強く反映しています。プロレタリア文学というのは、作家や作品について論じることと、運動とか組織についてどう考え、論じるかということが必要ですね。今までのプロレタリア文学研究は、そういった組織、あるいは運動体についてはどうなんですか。
谷沢　ええ、あの運動体を論じるための方法を誰も考えていない。
青山　やっぱり資料がないから。

第一級の資料集成

谷沢　資料というのは、まず問題意識があるから出てくる。ひょっと道にころがっていたから、それを見たわけじゃないんです。徹底的に探してやろうと思うから、出てくるわけです。
浦西　コップという組織がいいか、悪いか、結果論から言ったら、これは潰滅状態に追いやられてしまうわけですが、しかし、当時の状況を考えてみると、党の組織が弾圧で潰滅状態にあって、プロフィンテルン第五回大会に日本代表団の通訳として秘密にソビエトに渡っていた蔵原惟人が予定を変更して急遽帰ってきて、党を再建しなくてはいけない。しかし、蔵原には労働組合とか、その方面でのつながりがない。そこで文学運動のなかで党組織を作っていく。党の組織が貧弱ななかでコップという組織を作るというやむをえないといった状況もあった。

それにしても、この「文学新聞」には、宮本百合子、中野重治、小林多喜二をはじめ、沢山の作家たちが書いていますね。個々の作家研究にとっても役立つだけでなく、コップへと移っていく、プロレタリア文学運動のあり方を考える場合にも、この「文学新聞」は第一級の資料ではないかと思う。
谷沢　だから文学史の研究から文学運動の研究という、そこへ大きく本流を変えていかなければならない。いままでは文学運動を文学史の観点から乱暴に割り切ってしまうということがあって、それで武井昭夫の「一将功成ツテ万骨枯ル」の史観が出来たんです。だからそれをもう一遍ひきもどすためには、これは格好の練習所です。蔵原惟人は文学運動の指導者という面をつけながら、政治委員として乗り込んできたわけですね。それで皆は右往左往したわけですから、肝心な文学を忘れていく傾向と、それを引き戻す傾向と、その引き戻そうとする連中は、必ず理論的には弱いんです。それで悲劇の一つのストーリーが展開された場でした。

青山　ですから、何ていうんですか、蔵原惟人、古川荘一郎ですね、あの「ナップ」に発表された意見によって、藝術各団体、みんな同じようになってしまったわけですね。

谷沢　そうです。だから蔵原理論は藝術運動を論じて、藝術運動をなくしてしまう理論なんです。

浦西　この『資料集成』では、「文学新聞」だけでなく、「美術新聞」の復刻が予定されていることが嬉しいです。「美術新聞」などいろいろな新聞が出ていて、文学だけでなく、文化運動として進んでいった。

「文学新聞」は、最初、貴司山治や徳永直が編集に参与していて、この人たちは、政治主義でなく、出来るだけ多くの労働者・農民に読んでもらう新聞を意図して出している。

理論のしがらみ

青山　「文学新聞」に貴司山治が「大塩平八郎」を連載していて、路線の違いということで、途中でやめてしまう。「美術新聞」をみても、結局のところ美術は美術だけでなくて、作家同盟の協力を求めてやっている。そこに山田清三郎や徳永直が小説を書いているわけです。藝術五団体、これが協調路線をとるのは当然ですけれど、それ等を見ていくと一つの路線というもの、それは大衆化路線なんです。「美術新聞」をよくみると、やはり文学との関連性というか、そういったものが見られると思う。

谷沢　どの場合にも共通していることは、この陣営には、常に鑑賞批評家が育たなかった。

浦西　そうですね。

谷沢　この人たちは、全部出身が東大閥ではないんです。当時、名門の学校出た人が、インテリ中のインテリというふれ込みで入ってくるんです。中野重治もそうです。伊藤整が皮肉りましたよ。「日本の文学者で東京帝国大学をちゃんと卒業したのは中野重治が最初だ」ってね。最初でないけれど、痛烈な皮肉です。そういう手合いは、理論的にたくましいわけです。大正教養主義以来の理論構成がうまい。だから、多少ともおもしろいものを書ける人、それからおもしろい編集の出来そうな人が、みんな理論のしがらみに両手両足をくくられていって、それが「文学新聞」に歴々と見られます。

浦西　これまでの新聞の復刻は、判読出来ないものがずいぶんあるんですが、今回の「文学新聞」は比較的鮮明に出ていて、大変読みやすいです。

青山　かつての「国民之友」の復刻版、あれなんかどう仕様もないですからね。

谷沢　新聞の場合、その記事がその面で、どういう風にあつかわれているか、これは論文の引用だけでは分からない。

浦西　見出しの大きさとか、何段に組まれているとか、やっぱり実物を見ないと。

谷沢　そういうことをふまえて議論しないとね。

司会　月報はどうでしょうか。

浦西　月報を集めるのに大変苦労されたのではないですか。

谷沢　改造社の月報は、幸いにして、どうしたことか、よくあったのです。

青山　改造社月報は、よく製本されて古本屋に出ましたね。

谷沢　出ましたね。個人全集で月報がついたのは『漱石全集』の二次からです。共通しているのは、当時は、最終回配本の一冊分の金を前納させたんです。これは大正期独特の習慣で、したがって読者に対する通信を入れる必要があったんです。金をとってあることが大前提なんです。だから青山さんも書いていますが、次は第何巻配本出しますよと、毎回次の配本を予告する紙切れがいるんです。その予告どおり何月の何日に出しますよ、と、金をとってあるという大前提なんです。そこから、日本の月報はやむをえず発生したんです。だから、月報っていうのは、次回配本のためにあるんです。読者サービスでね。改造社の文学月報の場合は、あれは評判よかった。

泣かされた月報

青山　あれがついたのは、第二回配本からですか。月報といえば、「春陽堂月報」の場合、問題ないんですが、改造社の場合、月報の付録として、さらに月報がついている。他の全集の広告とか、そういうものを。特に改造社のものが複雑になっているんです。文学月報そのものは一つだけれど、他に八頁のものがついていたりする。

谷沢　今の筑摩書房の全集が、月報の中へ、さらに筑摩書房の、新刊案内が入っている。

改造社のは簡単でしたが、春陽堂のには泣かされました。もう四十年泣きました。どうしてもないんです。その揃いなんかみられなかったです。

浦西　古本屋さんが、月報に値段をつけるようになったのは最近でしょう。

青山　昔、大きい古本屋さんなんか、全集をちょっと見せてくれっていって、ああこの月報もらうわ、といっても文句をいわなかった。

谷沢　私なんかも仰山もらいました。神戸の黒木さんから「先生これもっていきなはれ」といってね。

青山　大衆文学的な全集、あれは次回配本の様子が強くなりますね。

谷沢　春陽堂は一貫して、あとの十回はちょっと薄いけれど同じ厚さなんです。改造社はどんどん部厚くしていった。

青山　三十二頁の時もありましたね。それから、春陽堂と改造社、これを比較していくと、当時の著者と出版社のつながりが、よく分かるような気がしますね。

谷沢　やっぱり春陽堂は、資力がないんですけれど、かなり高額の印税を払ったようですね。だから春陽堂は、紅葉に対してあの時点ではまだ発言権があったんです。「金色夜叉」を絶対にやらない、というふうに。

青山　同じ月報でいえば、平凡社の『大衆文学全集』、この月報も揃わない。

谷沢　はい、これは。

青山　私もあと十部位で揃うんですが、それを揃えるのに困っているんです。

谷沢　月報には泣かされました。ところで月報は、それ以後だんだんと定着するんですけれども、さすがに戦争中は駄目になりますね。改造社の『新日本文学全集』は付けるには付けたものの……。

青山　四ページ。

谷沢　何ともおそまつな。それから春陽堂の最後のへんは、もうほんとにお義理でね。ところがそのへんにずっと井伏鱒二が作家批評を書いていまして、あれは今でもあれでしか読めない。だから、あれでね、みんな作家の回想録のおもしろみを知ったんですよ。昭和一ケタの後半になって、明治作家の回想録が急に出版され始めるんです。

青山　それからもう一つは、当時のビラ、チラシ類ですね。あれを例えば回想録など＊＊の中に引用していますが、必ずといっていいぐらい誤植などが出てくる。そこで、新聞とかそういったものと同じ様に、ビラ、チラシを集める必要もあると思うのですけれど。

谷沢　でも、書いている人が、本当にそこにビラを置いているかどうか疑問なんです。それは、案外嘘がつけるんですな。

浦西　左翼運動の場合、ビラとかそういうことでいうと、地方組織の出版物ですね。地方のサークル組織の実態の解明を誰も……。

青山　やっていないですね。

浦西　大阪なら、「大阪の旗」を国際革命作家同盟日本支部日本プロレタリア作家同盟大阪支部機関誌として出していますね。大阪以外にも各地方で機関紙がいろいろ出ているのですが、それがなかなか集めにくい。

谷沢　でも、何とか出てくるものですよ。明治以降、俳諧でも、信州とか仙台とか有名なところは出てきましたけれど、それ以外の岡山とか地方俳諧集は昭和三十年代にやっと着手ですから、やっぱり一番あとになるんですが、どっかにあるんじゃないですか。いま古本屋さんも材料がなくて弱っているんですから、探してきて……。

浦西　すっかり、雑誌なども出なくなりましたね。出ても高いし。

谷沢　それで、今度私も内容見本に書きましたように、今迄は英雄崇拝文学主義なんです。要するに、中野重治が偉いとか、小林多喜二が偉いとか、それは文学史ですね。文学運動史は、敗れた人に目をつけるべきである。だから、そういう二流三流の作家をどう扱うかが問題でしょうね。

浦西　そういうことでいえば、「文学新聞」なんかでは、本庄陸男のような存在も面白いですね。東京支部で下積みの活躍を一番したのが本庄陸男じゃないかと思うのです。早く亡くなってしまったが、「石狩川」とか晩年にいい長篇を書いている。

谷沢　やっぱりね。本庄陸男は後に立派な作品を書いたからいいんだけれど、そうでもない人……。

浦西　「文学新聞」に出てくる作家には、そういう人が沢山いますね。

谷沢　ブルジョワ文壇というのは、その切磋琢磨して、人を蹴落としていくことが、唯一の運動形態ですから、それに敗れた人に対して、そう涙する必要はないと思うんです。そういう社会なんですから。しかし、ここはどれだけちょっと小さな石を積んだ人でも、やっぱり運動として、それに参加して意味があったということを考えない限り、運動の歴史は出来ないわけです。しかし、やっぱり、言葉の感覚がどうしても新聞だから、ゆっくり書いておれなかったんでしょうけれども荒っぽいね。だから運動に参加することによって、自分の文学的才能を削っていった人があると思います。要するに、末期は、小林多喜二だけでしょう。

よきにつけ、悪しきにつけ、一番大事なことは、あらゆる場合に運動が尖鋭化すると理論化して、理論化すると政治化するまでになるという、これは一貫した方針なんです。

文学史は終わった

青山　今度の『資料集成』を見た場合に、出す側と取り締まる側の資料との両方を出して、初めて相対比して研究出来るという利点はありますね。

谷沢　取り締まった方の報告書は、一般に政府あるいは検察、司法の権威を高めるために出したものではないわけです。これが大事なんです。あくまでも内部資料です。だから誇大表現したり、嘘をついたりする必要はなかったわけです。これが検察や司法が、これだけの仕事しましたといって、予算を獲得するために作ったんであれば、これはもう全く信用出来ない。ところが、これはむこうの組織の中でも、そんなの特に必要かといわれるようなときに、コツコツ作ったものですから、一番信用が出来るんじゃないか。とにかく、司法側の資料が全部揃わない限りは、うかつにものはいえない。

青山　「美術新聞」が出れば、コップの五新聞は全部復刻されたことになるわけですね。

浦西　それと「ナップニュース」などの資料も欲しいですね。それともう一つは、文戦系の資料です。文戦系も、同じようなものを出していたんじゃないかと思うんです。

谷沢　今となっては、文学運動なんかでやっていたことは、政治運動であって、文学・藝術とは何の関係もない。これは歴然としてきましたから。しかし、かつてこういうことがあったということを、どれだけ明細に整理しておくかということは、将来の展望になると思う。

青山　そのためにも、もっともっと資料を探さなくちゃいけない。

谷沢　そうですよ、だから、もっと……。『司法研究』で見てても、対比するだけでも面白いですからね。こんどは、ご両人にプロレタリア文学運動史というのを書いてもらいたいです。山田清三郎とは別に。もう文学史の時代ではないですから。

青山　文学史はもう終わった。

谷沢　そうそう、終わった。

青山　平野謙の文学史、あれが最後でいいと思います。

谷沢　平野謙のいかんのは、中野重治が認めたものを全部過大評価している。

青山　『特高月報』の人名索引なんていうのを作る必要もありますね。

谷沢　ありますね。

浦西　匿名と本名と両方ひけるように。難しいかな。

青山　『特高月報』に登場する人物は、延べで十二万名いるんです。

谷沢　アトランダムでいいんですよ。それは、書誌索引は網羅でないといかんというのは間違いですよ。とりあえず役に立ったらよいのです。また、五年後に別の人がいけない。

作ったらよいのです。五年間に分かったことだけをね。

青山　この『資料集成』の内容見本には、昭和期の新聞やチラシも、見本ということでまとまることになっています。

谷沢　次は「美術新聞」ですか。

青山　そうです。

谷沢　量は、「文学新聞」より少ないんですか。

青山　「美術新聞」の中に、機関誌の「プロレタリア美術」と「美術新聞」の後継紙である「美術運動」もいれますから、量としては同じ位です。

谷沢　まだ文藝は筆で書く仕事ですから、小説も評論も同じペンで書くんですけれど、美術になると絵ですから、これの運動というのは、もう極端にむずかしいわけですね。

青山　特にプロレタリア美術の場合、漫画が中心になりますから。「美術新聞」についていえば、「美術新聞」そのものはいいんですけれど、「美術運動」は、いくらやっても読めない部分が出てきてしまうと思います。

浦西　実物そのものが、ガリ版で不鮮明で読めない。

青山　読めないです。また修正の仕様のないところもある。それだけにむずかしい。

（「図書新聞」平成元年九月二十三日発行）

注

（1）『昭和期文学・思想文献資料集成』全十二輯（五月書房）

Ⅱ

森田草平著『煤煙』論の前提

一　その発表年月日

「東京朝日新聞」は、明治四十一年十二月一日付に、「新年小説予告」として、次の無署名の一文を掲載した。

一度明治の時代史を繙くものは忽ちに其の間を通じて滔々たる一大潮流の漲るを見ん是果して喜ぶべき傾向を有するものなりや又は憂ふべき現象なりや将又其帰着する点は奈辺に存するか是刻下の一大問題なりとす本篇は是を解決せんとして現はれしもの。著者は深くダンヌンチオの作風に心酔し「死の勝利」に憧憬して遂には其夢幻的結末を実行せんとして果さゞりし程現今の青年中最も此時代思潮に触れし一人なり此多情多恨の青年が得意の麗筆を揮つて自己半生の境涯を一片の偽なく告白したるものなり、此潮流を是とするものと非とする者とを問はず苟も此大問題を研究せんとする人の一読せざる可からざるものたるを信ず

森田草平（本名・森田米松、明治十四年三月十九日生まれ、在来の年譜に「戸籍上二十四日」生まれとあるが、戸籍上は「二十一日」生まれが正しい）の代表作「煤煙」の予告文である。この「新年小説予告」については、夏目漱石が明治四十一年の「十一月三十日夜」付で出した、「森田米松」宛の書簡に、（1）次のように記されている。

「煤烟」朝日の採用する処と相成明日八千号を期し其予告をする由にて相談に参候につき坂本〔元〕（白仁）氏同道にてまかり出たる訳也。御不在小生好加減に取極め文句は坂本氏に依頼致候

この書簡から推察すると、さきの無署名の「新年小説予告」は、東京朝日新聞社の坂本が漱石の意見を参考に纏め

て書いたもののようである。その後「煤煙」の予告文は、十二月三日まで、さきのと同じ主旨の内容で、しかも異文の無署名のものが「東京朝日新聞」に掲載された。十二月四日からは、草平の自筆になる「小説予告」が載せられた。その全文を、次に紹介しておく。

●小説予告

煤烟

文学士　森田草平

小説『煤烟』を書かむと思ひ立ちてより既に半歳、其間余の苦悶は如何にして好く書かむかと云ふに非ずして、如何にして書き得るか、終に書き得ずしてをはるに非ずやと云ふにありき。今の文藝に携はる人、やゝもすれば自己を客観すといふ、事も無げに云ふ。自己を客観すとは即《やが》て自己を失ふことなり。堪ふべけむや。余は其堪ふべからざる事に堪へたり。『煤烟』を公にするに就て、余が倫理上の苦痛は実に云ふに忍びざるものあり。而も余は此一篇を単に藝術上の作品として世に問ふの外、又他意あるに非ず。若し曩《さき》に余が受けたる誤解を訂正せむとするが如き、実際上の目的を有したらむか、余りに時機を逸したるの憾み無き能はざるべし。

戊申極月　森田草平白

かくて「煤煙」は、明治四十二年一月から五月へかけて「東京朝日新聞」に掲載された。正確にいうと、明治四十二年一月一日から四十二年五月十六日までに百二十七回であり、その間、一月二十三日、同月二十四日、二月十二日、三月十二日、同月十三日、同月三十日、四月四日、同月七日、五月四日の九日間が休載された。挿絵は名取春僊である。（なお、初出「東京朝日新聞」では、題名の「煤煙」の〝煙〟の文字は、〝烟〟が使用されていた。）

さらにもっと詳細に「煤煙」の各章ごとの「東京朝日新聞」登載月日を記載すると、左の表の如くである。「煤煙」は、現在流布している定本と、初出「東京朝日新聞」とでは、章の異同があるので、念のためその両方を示す。

初出新聞の章	新聞掲載月日	分冊版の巻	定本の章
一の一〜四	1月1〜4日	第一巻	1
二の一〜四	5〜8日		2
三の一〜五	9〜13日		3
四の一〜四	14〜17日		4・5
五の一〜五	18〜22日（23・24日休載）		6
六の一〜四	25〜28日	第二巻	7・8・9
七の一〜五	29〜2月2日		10
八の一〜五	2月3〜7日		11・12・13
九の一〜四	8〜11日（12日休載）		14・15
十の一〜六	13〜18日		16
十一の一〜三	19〜21日	第三巻	17
十二の一〜三	22〜24日		17
十三の一〜六	25〜3月2日		18
十四の一〜九	3月3〜11日（12・13日休載）		19
十五の一〜四	14〜17日		19・20
十六の一〜三	18〜20日		21
十七の一〜二	21〜22日		22
十八の一〜四	23〜26日		23
十九の一〜五	27〜4月1日（30日休載）		24

二十の一〜四	4月2〜6日（4・7日休載）	第四巻	25
二十一の一〜三	8〜10日		26
二十二の一〜六	11〜16日		27
二十三の一〜二	17〜18日		28
二十四の一〜二	19〜20日		29
二十五の一〜三	21〜23日		30
二十六の一〜五	24〜28日		31
二十七の一〜二	29〜30日		31
二十八の一〜七	5月1〜8日（4日休載）		32
二十九の一〜四	9〜12日		33
三十の一〜四	13〜16日		33・34

『煤煙』は、「東京朝日新聞」の連載が完結した後、単行本として出版されたが、その刊行は非常に遅れた。それも警保局長が『煤煙』の出版に「反対の意を仄めかした(2)」ため、発売禁止になることを恐れて、次の四巻に分冊して発行された。

『煤煙』第一巻　明治四十三年二月十五日訂正再版発行　金葉堂・如山堂

『煤煙』第一巻は三冊ほど管見に入ったが、いずれも「訂正再版発行」であり、初版未見のため、この「訂正再版発行」が初版本を訂正した再版を意味するのか、あるいは初出「東京朝日新聞」に掲載されたものの訂正を意味し、初版本と訂正再版本とが同一なのか、未確認である。だが、『煤煙』は発売禁止になることを恐れて、最初から「訂正再版発行」として出版され、第一巻初版そのものが存在しない可能性が大きい。

『煤煙』第二巻　明治四十三年八月二十日発行　金葉堂・如山堂

『煤煙』第三巻　大正二年八月三日発行　如山堂書店
『煤煙』第四巻　大正二年十一月二十四日発行　新潮社
第一巻には、夏目漱石の「序」(3)と森林太郎の「影と形―(煤烟の序に代ふる対話)―」(4)とが、その巻頭に載せられた。そして、草平の次の歌が、序詞として付記されている。

水中に溺るゝ如き手つきして／頭のあらぬ偶像をだく

第二巻には、小宮豊隆の「序」(5)が収録された。なお、現在流布している定本の『煤煙』には削除されているが、この分冊本第二巻には、内題の裏に、次の緒言があった。

「煤烟」第二巻の発行が此様に後れたのは、主として著者の責任である。著者が第二巻の大部分を新に書直して、それが為に発兌の時期の逸するをも顧みなかつたからである。何故「煤烟」の様なものに、それ程心血を注ぐかと問はれたら、著者は答ふる所を知らない。

第三巻にも、やはり内題の裏に、次の緒言があった。

此書が読者の手へ渡る迄は、それが如何いふ動機に因らうとも是非がない。が、一旦手にせられた以上は、飽迄純藝術として鑑賞して貰ひたい。而して一篇を貫く作物の倫理的意義に重きを置くことも、自分が生来の主張で有る。

草　平　識。

順序が逆になったが、明治四十二年二月九日付の「東京朝日新聞」に掲載された初出「煤烟」の「九の二」の文末に、次のような断り書きがあった。

金曜会に於てハイペシヤの話をせし人は要吉にあらず、別にあり。尚ほ神戸は作者が空想の人物にして実在せるにあらず。特別の事情の下に書かるゝ小説なれば、累を友人に及ばさむことを恐れて此に一言す。

ほかには、誤植や誤りの訂正であるが、ついでに参考までにあげておくと、二月十九日付の「東京朝日新聞」に掲

載された「十一の一」の終わりには、

前回真鍋は神戸、妙子は実枝子、輪島は小島の誤

という付記があり、三月六日の「十四の四」には、

前々回要吉の言葉の中「変だと云はせて下さい」は恋の誤植

とある。さらに、五月八日の「二十八の七」には、

前回、他人は話をする代りに書くは、他人との誤

という訂正があり、五月十六日の最終回「三十の四」には、

前回「何が遺りませうか」の次に「左様」の一行を脱す

とある。無論、それらは単行本の時に改められた。

二　その本文異同

現在流布している「煤煙」は、明治四十三年二月から大正二年十一月にかけて単行本として刊行された分冊版を底本としている。だが、草平は分冊版を発行する際、ほとんど改作といっていいほどの訂正を行っている。それは量的にいってもかなり大はばな改刪であり、「東京朝日新聞」に掲載された最初のものとは、ずいぶん違うものになっている。

「煤煙」の改稿で、まず目につくのが、章の区分である。前述の「煤煙」各章ごとの「東京朝日新聞」登載月日の表で示したように、「煤煙」は最初全「三十」章から成っていた。それが分冊版では、第一巻が「六」章、第二巻が「十」章、第三巻が「八」章、第四巻が「十」章で構成されており、全「三十」章が全「三十四」章に改められている。ただ章だけを機械的に「三十」章から「三十四」章に組み替えたということではない。調べてみると、それは

「煤煙」の構成や内容における訂正をも意味しているのである。

明治四十二年一月一日付の「東京朝日新聞」に掲載された「煤煙」の冒頭の書き出しは、次の如くであった。

> 東海道線の下り列車は途中で故障を生じて、一時間余りも延着することに成つた。岐阜駅へ着いたのは、日が落ちて空模様の怪しく成つた頃である。車掌が「ぎふ、ぎふ」と呼びながら一々車輛の戸を開けて行く後から、乗客は零れる様にプラットフチー《ママ》ムへ降りて、先を争つて線路の上に架けた橋を渡らうとした。

それが、明治四十三年二月十五日訂正再版発行の『煤煙』第一巻では、次の如くに改訂されている。

> 日が落ちて、空模様の怪しく成つた頃である。東海道線の下り列車は、途中で故障を生じたので、一時間余りも後れて岐阜駅へ着いた。車掌が「ぎふ、ぎふ」と呼びながら、一つ宛車輛の戸を開けて行く。其後から、乗客は零れる様にプラットフォームへ降りて、先を争つて線路の上に架けた橋を渡らうとした。

普通、小説の書き出しは、その作品の主題やプロットや文体やの特質に深いかかわりをもつ場合が多い。それだけに作者は冒頭の書き出しに何をどう表現しようかと細心の注意を払うのが常のようだ。この冒頭の改稿は当然そういうことをも考慮した上でのものであろう。記述順序の変更、読点の異同、そして、「一々車輛」を「一つ宛車輛」にのような語句の改変などの修辞上の訂正もある。だが、冒頭の「日が落ちて、空模様の怪しく成つた頃」ではじまる書き出しは、「煤煙」の内容とも深く結びついている。それは主人公要吉の鬱屈した境遇にふさわしい叙景であり、「煤煙」独自のトーンを形成するのである。そして、縄付きの男女が巡査に連れられて行くのを目撃しても、「今更女と罪悪とが未来永劫離れ難いもののやうに思はれて、摩り落ちさうな空模様と一緒に、要吉の胸を圧し付けた」と、そのことが逆に重苦しくかぶさってくるのである。

続けてもうすこしこの冒頭のすぐ後の部分を比較すると、「東京朝日新聞」には、次の如くある。

> 小島要吉は三年振りで故郷の停車場に立つた。今頃こんな詑しい心持で、故郷の土を踏まうとは夢にも思つて

居なかつた。一昨年後一箇年分の学資を拵へる為に帰つた切りで、去年大学を卒業した時も、帰省して見やうなぞと云ふこゝろは起らなかつた。東京の荒んだ生活を続けて居ると、段々そんな心持は無く成つて、此分で行つたら一生帰る時機はあるまい。自分だけは生れた国と絶縁した位に思つて居た。

これが、分冊版『煤煙』第一巻では、次の如くに書き改められている。

小島要吉は三年振りでこの停車場に立つた。今頃故国の土を踏まうとは昨日迄も思つてゐなかつた。去年の夏大学を卒業した時でさへ、帰省して見やうなぞと云ふ心は起らなかつた。小さい時から都へ出たが、いろ〳〵わけがあつて、故郷へは帰らない。一生帰りたくない。天が下に自分の生国といふものがなければ可いと思ふことさへあつた。

訂正された後者の方が優れており、格調の高い文体であることはいうまでもない。初出の「こんな詑しい心持」とは、どんな詑しい心持ちなのか、またどうしてそうなのか、叙述されていない。要吉の内面説明というよりも、作者自身の平塚明子との心中未遂事件後の心境を直接に吐露しているといった感じである。そのために削除されたのであろう。「一昨年後一箇年分の学資を拵へる為に帰つた切りで」の記述なども整理され、すっきりしたものになっている。『煤煙』は、こういった調子で、その書き出しから終わりまで、ほぼ全面的に書き直されたのである。

草平は、「自叙小伝」(『明治大正文学全集第二十九巻』昭和二年十一月十五日発行、春陽堂)で、「煤煙」の執筆進行具合について、新聞発表のその日〳〵の掲載に追われ、「仕舞ひには新聞社へ出掛けて、輪転機の側で、かちや〳〵鳴る車輛の音を聞きながら、その日の分をやつと書き終へた」こともあった、と回想している。草平は、平塚明子との心中未遂事件の当事者である特殊な事情の下に「煤煙」を執筆した。苦渋に満ちたものがそこにあった。それだけに「煤煙」の執筆時において、草平が自ら「小説予告」で記しているように、「如何にして好く書かむか」ということよりも、まさに文字通り「如何にして書き得るか」ということが最大の問題であった。文章を練り、推敲するだけのゆとりや気力さえなかったのである。そのためところどころ瑕瑾《かきん》のある文章になってしまった。だから『煤煙』を上梓するにあたり、おもいきった訂正がなされたのであろう。

だが、「煤煙」の改稿は、表現の技巧上の問題だけにとどまらず、その内容にまでおよんでいるところがある。草平自身も既に紹介した緒言で、それがもっとも著しいのは、『煤煙』第二巻（現行の七章から十六章）の部分である。そ「第二巻の大部分を新に書直し」たと断っている。この第二巻の部分は、要吉が郷里の岐阜から上京し、東京を舞台にして物語が発展して行くところである。初出の「東京朝日新聞」でいうと、要吉が三昧で自殺を遂げた七五郎に「自分の心の影」や「自覚しない半面」を見て愕然とし「私は明日の朝東京へ帰らうと思ひます」と母親に突然言い出したあとの箇所、すなわち、明治四十二年一月二十五日に掲載された「六の一」からである。その「東京朝日新聞」の「六の一」の書き出しは、次の如くであった。

次の日の夜深に要吉は東京へ戻つた。本郷丸山の奥へ着いた頃には、界隈は皆寝鎮まつて居た。表の戸を叩くと、ひとり留守をして居た姨さんが寝巻の儘出て来て、錠を外して呉た。

だが、改稿された分冊版では、要吉が東京の「本郷丸山の奥」に帰り着く前に、お倉の弟与三松に見送られて未明に出郷する場面やプラットフォームで「何うしたら一思ひにあの女が捨てられよう、あの女から遁れて自分の行く処へ行かれよう」と、要吉が物思いに沈むところなどが新たに挿入されている。初出の「東京朝日新聞」に描かれていなかったエピソードが加筆されているのである。「あの女が捨てられよう」と独白する「あの女」は、お種のことであって、要吉のこれまでの東京におけるふしだらな女性関係を暗示している。そして、上京するまでの車中で、お種との経過が回想のかたちで説明されている。しかし、初出の新聞版では、要吉が姨様からお種に再縁するように説得してくれと頼まれてから、はじめてお種との関係が何の伏線もなく叙述されていたのである。こういった調子で、「煤煙」の訂正はその内容や構成にまでおよんでいる。

このように「煤煙」が「新に書直」されたのは、漱石の「煤煙」評とすこし関係があるようだ。漱石は『煤煙』第一巻に寄せた「序」で、次の如くに「煤煙」を評した。

「煤烟」の後編はどうもケレンが多くつて不可ない。非常に痛切なことを道楽半分人に見せる為に書いてゐる様な気がする。所が前半には其弊が大分少い。一種の空気がずつと貫いて陰鬱な色が万遍なく自然に出てゐる。

この漱石の「序」は、「煤煙」評の定説ともいうべきもので、現在までの多くの「煤煙」論がこの漱石の包括的評価の上に成立している。だが、注意すべきことは、漱石が「煤煙」を全部読み直す暇がないので、「判然した判断を下すに躊躇するが、当時の新聞は連続して欠かさず眼を通したものだから、未だに残つてゐる其時の印象は、恐らく余に取つて慥かなものだらうと考へる」と断りながら、「前半」を肯定し、「後編」を否定していることである。漱石が「序」で「前半」というのは、「要吉が郷里に帰つて東京に出て来る迄の間」のことで、即ち『煤煙』第一巻の部分であり、要吉の帰省した岐阜を中心に描かれたところである。それは「煤煙」全体からいうと五分の一程度の分量しかなく、あくまでも序章的な性格を持つ部分である。漱石をして、あえてその序章的な「前半」と「煤煙」の骨子ともいうべき「後編」とを対応させて評価しようと試みさせたところに、この「煤煙」の特異性がありはしないか。しかも、漱石は「後編」を「ケレンが多くつて不可ない」と断定したのである。だが、その欠点を具体的に指摘し説明していない。漱石は「序」において、あくまでも「東京朝日新聞」に連載されていた当時に読んだ「後編」の印象を叙述しているにすぎないのである。

漱石は「煤煙」が「東京朝日新聞」に掲載されていた最中に、「煤煙」についての苦言の書簡[6]を草平に出している。その漱石の書簡は、明治四十二年の二月七日付で、「煤煙」の「八の五」（現行の十三）が発表された日に書かれたものである。そこでは非常に具体的に、その欠点を、次の如くに指摘している。

然る所一から六迄はうまい。（其中要吉が寺へ行つて小供に対する所は少し変也）七になつて神部《ママ》なるものが出て来て会話をする所如何にもハイカラがつて上調子なり。罵倒して云へば歯が浮きさうなり。どうか御気を御付け下さい。病院の会話も然りあれでは病気見舞に行つたよりもあ、云ふ会話をやりに行つたやうなり否あゝいふ会話が出来る事を読者に示す為に書いたやうなり。頗るよろしからず。君もし警句を生かさんが為に小説をかゝば顔の美を保存せんとて手術は御免蒙り夫が為に命をとられる虚栄心強き婦人と同じ。警句が生きると同時に小説滅びる事あるべし。切に注意ありたし。夫から田舎から東京へ帰りて急に御種の手を握るのは不都合也。あれぢや、あとの明子との関係が引き立つまい。要吉は色魔の様でいかん。

このあと続けて「忠告すれば元気沮喪しさうだし。忠告せざればます〳〵あんな風に会話をかくだらう」とも記している。漱石は思案に思案を重ねたすえ、この書簡を草平に宛てて投函したのであろう。さきの『煤煙』第一巻の「序」における「後編」の「ケレンが多くつて不可ない」という評価は、多分この「煤煙」の発表当時に出した手紙の延長線上につながっているものと思われる。いわでものことであるが、中野好夫はさきの書簡中の「七になつて」を「十になつて」の漱石の「思いちがい」と、「作家と作品―鈴木三重吉・森田草平―」(『日本文学全集第十八巻 鈴木三重吉・森田草平集』昭和四十四年九月十二日発行、集英社)の中で、ご丁寧に付記している。これは中野好夫の早合点であって、漱石は現在流布している「煤煙」についてあの書簡を出したのではない。あくまでも「東京朝日新聞」に掲載されたのについて言及したのである。「東京朝日新聞」では、神部が登場するのは「七」章からである。重箱の隅を楊枝でほじるような些細なことを持ち出したのは、漱石が「十」章を「七」章に「思いちがい」をするという様な曖昧な態度で、草平にあの忠告の手紙を書いたのではなかったということを強調しておきたかったからに他ならない。草平はそれだけに、またほかの誰でもない師漱石の批判であるだけに、「煤煙」を完結したあと、単行本として上梓するにあたり、改稿するに際して、それにこだわらないわけにはいかなかったであろう。「発兌の時期の逸するをも顧みな」いで、『煤煙』第二巻を「新に書直し」たということにもなったのである。事実、草平は漱石が書簡で一つ一つ具体的に指摘した箇所を訂正している。たとえば「歯が浮きさう」なと酷評された要吉と神部との会話など整理されている。具体的に例をあげると、次のようなセリフなどが改稿の時に削除されているのである。

「だからフアウストはメヒストフイレスに随いて家を出たさ。フアウストの如き勇者にして始めて為し得ることだ。墓の手前まで辿り着いてから、一生を振回つて見て、何等の悔をも残さなかつたと思ふ位寂寞なことは有るまい。殆ど堪へられないだらう」

「おい君、日本の夕暮位遽たゞしいものはないね。全然ツリイライトと云ふものが無いぢやないか。欧羅巴の様な高緯度の国では、薄明りの時間が非常に長いさうだ。ツリイライトが無けりや、公園は半ば要らないやうなものだ」

また、「七の五」（現行の十）にあった「御種の手を握る」箇所も、ここで言及するまでもなく、草平自身が『続夏目漱石』（昭和十八年十一月十日発行、甲鳥書林、のち昭和十九年十月十日再版発行、養徳社）の第七章「『煤煙』事件の前後」で、次の如く「弁解」している。

序ながら、「要吉が色魔のやうでいかん」にも閉口垂れた。強ひて弁解すれば、あれは永い期間の出来事を小説の構成上短い期間に約《つゞ》めて書く必要に迫られたのと、もう一つは例の「繋がり」の所で匆卒に書き放したから、さう云ふ非難も受けるやうになつたので、あの場面は後に単行本にする際書直して置いたから、現在行はれてゐる『煤烟』の中へは出て来ません。

草平が煤煙事件の「顚末を告白」した時、漱石は「いや、僕には解らないね」「二人の遣つてゐたことは、どうも恋愛ではない。結局、遊びだ、遊びとしか思はれないよ」と匙を投げたように語ったという。(7) 草平がたとえ「煤煙」をいかに「新に書直し」たとしても、漱石の「煤煙」評は本質的に変動なかったかも知れない。しかし、どちらにしても漱石が「煤煙」について語ったものは、「日記」をも含めて、すべて改稿される以前の「東京朝日新聞」に掲載されたものについてである。そして、草平は漱石の意見をできるだけ考慮した上で「煤煙」の改稿を試みているのである。そういう事実の認識に立脚して、定説ともなっている漱石の「煤煙」評を、いま一度きめ細かく検討してみる必要があるのではないかと思うのである。

三　その構想の屈折

草平は「煤煙」の執筆について、興味深い回想を「自叙小伝」（前出）の中で、次の如くに記している。

多大の日子を与へられたにも拘らず、その年の十二月になつてまだ十五六回しか書き上げられない。しかもそれは書き易い中途から筆を起したので、全体の構造から云つては、なほその前に二十回程書き添へなければならない。それで約束の掲載の日は目前に迫つてゐる。気はあせる、筆は渋る。私は全く途方に暮れた。それでも大晦日までかゝつて、初めの部分を更に七八回書き上げた。

この「自叙小伝」の文によれば、「煤煙」はその冒頭の「今頃故国の土を踏まうとは昨日迄も思つて」いなかった要吉が「三年振り」に帰省する場面から書き起こされたのでなく、「書き易い中途」から起筆したというのである。この事実は「煤煙」を理解する上に無視できないきわめて重要なことのように思われる。草平は、なぜ「煤煙」を「書き易い中途から筆を起した」のか。それはどういうことを意味するのか。一体その「書き易い中途から筆を起した」部分はどの箇所であったのか。草平が「書き易い中途から」起稿したのは、「煤煙」の構想や主題にかかわりを持っていた筈である。

「自叙小伝」では「煤煙」の「書き易い中途から筆を起した」部分がどこであるか、「その前に二十回程書き添へなければならない」というだけで、それが具体的に示されていない。だが、「自叙小伝」よりもほぼ十年程あとに書きおろされた草平のライフワークともいうべき好著『続夏目漱石』（前出）の第七章「『煤煙』事件の前後」には、その

「書き易い中途」から起筆された箇所について、次の如くに記されている。

実を云ふと、私はそれ迄書き易い所から書き出さうと思つて、第十六回目の要吉と朋子とが水道橋の停車場で落合ふ場面から書き出してゐた。あれから後の場面が記憶にもまざ〳〵と残つてゐて、何等の修飾を加へることなくして、そのまゝ小説になると信じてゐたからである。そして、新聞で云ふなら八回分許りは書き溜めてゐた。が、その前に、要吉の身柄を説明するために、彼が故郷へ帰つた場面を少し許り書き足す積りでゐた。で、新聞へ出ると極つた以上、これぢや仕様がないと思つたので、それ迄に書いた部分はそのまゝ打遣《うつちや》らかして置いて、その日から改めて第一回から書き出すことにした。が、この部面にはこの部面で、私には又書きにくい事情があつて、なか〳〵思ふやうに筆は捗取らなかつた。たゞこの方は、何う云ふやうに事実を変更しようとも、何処にも差障りはないといふ安心はあつた。それだけを力に筆を執りつゞけて、兎も角も十二月一杯には新聞で二十回分許り書くことが出来た。

長文の引用になったが、ここにでてくる「要吉と朋子とが水道橋の停車場で落合ふ場面」の「第十六回目」とは、現在流布している「煤煙」での章のことであって、初出の「東京朝日新聞」でいうと、それは明治四十二年二月十三日に発表された「十の二」にあたる。そして、この「十の二」は「外套の衣嚢に両手を深く突込だまゝ、要吉は人待顔に水道橋停留場のプラットホームを何遍となく往反した」という書き出しではじまっている。前記の「煤煙」各章ごとの「東京朝日新聞」発表月日の表で明らかなように、「煤煙」が「十の一」(現行の十六)の「中途」から起筆されたとすれば、その「十の一」の前に四十回分があとで書き添えられた勘定になる。これは「自叙小伝」の「書き易い中途から筆を起したので、全体の構造から云つては、なほその前に二十回程書き添へなければならない」という記述と食い違うのである。

『煤煙』第一巻の部分、すなわち漱石が「一種の空気がずつと貫いて陰鬱な色が万遍なく自然に出てゐる」と評したあの「前半」部分が、新聞掲載回数でいうと丁度二十二回分である。「自叙小伝」の「全体の構造から云つては、なほその前に二十回程書き添へなければ」というのにそれはほぼ一致する。つまり、「自叙小伝」によれば、「煤煙」が「書き易い中途」から起筆されたのは第二巻のはじめ、すなわち「六の一」（現行の七）ということになる。だがしかし、既に触れたように、この「六の一」の部分からは「新に書直し」たといってよいほどの内容や構成におよぶ改稿がなされたところである。その上、この「六の一」が「東京朝日新聞」に掲載される直前、すなわち、明治四十二年の一月二十三日、二十四日と二日間も続けて「煤煙」の発表を休んでいる。漱石が「煤煙」の休載を非常に心配して、次の問い合わせのはがき(8)を東京朝日新聞社の中村古峡に出したのは、この時のことである。

拝啓煤煙が二三日出ない様に候がどんな事情に候や。是迄朝日の小説は一回も休載なきを以て特色と致し候に森田草平に至つて此事あるは不審也。本人の不心得の為とも存じ候へどもわけを一寸御報知願度君が一番森田に就て近い関係があるから御尋ずる。もし本人の不都合から出たなら僕は責任がある実に困る

「一回も休載なきを以て特色」とした「東京朝日新聞」連載小説の不文律を破って、それも二日間も続けて休載した事実などから判断して、「六の一」のお種とのことを主にした部分から「煤煙」が起稿されたとはいいがたいのである。やはり『続夏目漱石』にあるように、「第十六回目の要吉と朋子とが水道橋の停車場で落合ふ場面」から起筆されたと見るのが妥当のようである。だが、問題はなぜ草平が「自叙小伝」で誤って「全体の構造から云つては、なほその前に二十回程書き添へなければならない」と記したのか、ということにある。この時、草平には無意識にも「煤煙」の「全体の構造」の中に、要吉が帰省した岐阜を中心に叙述した、いわゆる序章的部分の「前半」が欠落していたのではないか。『煤煙』第二巻の「六の一」から「十の二」まではほぼ二十回分あり、「自叙小伝」で「全体の構造」というとき、朋子との恋愛事件を中心に描いた「後編」の部分だけが草平の頭にあったのではないか、と思うのである。

「煤煙」が「東京朝日新聞」に掲載されることが正式に決定したのは、前記の「煤煙」予告文の時に紹介した漱石の書簡によって明らかな如く、それは明治四十一年十一月三十日である。その日までに「煤煙」は「書き易い中途」の「十の一」の部分から「八回分許り」書き溜められていた。しかし、実のところそれがよくわからないのである。さきに引用した「『煤煙』事件の前後」の同じ文章の一頁あとには、「新聞は一日も休刊してくれない。二十回分許り送つてある外に、その先が十回分許り書き溜めてはあつたがその間の繋がりがどうも艱かしい」云々とあり、「八回分許り」が「十回分許り」に訂正されている。しかも、それが「自叙小伝」では「十五六回」とあって、まちまちなのである。

「煤煙」は、要吉が朋子を「欺いて」水道橋停車場へ連れ出し、新井の薬師堂へ行く「十の一」から起筆された。この時仮りに「十回許り」が書かれていたとすれば、二月二十二日の「東京朝日新聞」に掲載された「十二の一」（現行の十七）のあたりに相当する。二人は薬師堂からの帰り、九段の富士見軒で夕飯を済ませたあと、朋子が「私、この儘ぢや、いや、この儘ぢや帰らない」というので、上野の杜に出かける。「煤煙」のあの有名な問題の場面である。おそらく草平の記憶に、この時の平塚明子の言動が「まざ〱」と鮮明に残っていたのであろう。すくなくとも、草平が要吉と朋子とが水道橋で「落合ふ」場面から「煤煙」を書きはじめたのは、上野の杜における平塚明子の理解しがたい不可思議な興奮が「何等の修飾を加へることなくして、そのまゝ小説になると信じてゐた」からに違いない。また、「自叙小伝」でいうように「十五六回」分が書かれていたとすれば、二月二十八日に掲載された「十三の四」（現行の十八）が、丁度水道橋の「十の一」から数えて十六回目になる。朋子の「薄い書簡用紙五六枚にペン先の細字で認めた長い」手紙の終わりまでである。「私は中庸といふことは出来ないのですから、火かさらずば氷、而して火は駄目だと確かめたのです。氷です、雪です、雪国へ突進します」云々と、自己の世界をけんめいに構築しようとする朋子の熾烈なる自己意識の萌芽ともいうべきある何ものかを秘めた、「煤煙」におけるあの高名な手紙の部分である。さきの上野公園における叙述以後の「十三の四」（現行の十八）までは、その大半が朋子のこの「長い手紙」で占められている。しかもその書簡は草平が勝手に創作したというものでなく、平塚明子からの手紙をそのまま直接使用したというので、(9)おそらく草平が『煤煙』の「書き易い」ところから起稿して「書き溜め」ておいた部分は、「自叙小伝」にあるように、「十五六回」分ではないか、すなわち、明子からの書簡の終わり頃まで書かれていたものと推測されるのである。

要吉は「当時身動きも出来ないやうな窮境に陥つてゐた結果、朋子に依つて救はれよう、朋子の手に縋つてこの窮境から脱却しようと試みた」のであり、その「脱却」は、朋子に「恋愛以上のもの」を、すなわち「霊と霊との結合——人格と人格との接触に拠る霊の結合を求め」ていたのである。そこに草平は「煤煙事件の真相」があったというのである。(10)勿論この草平の言葉には、平塚明子と性的関係がなかったということを根拠にして、そのスキャンダルを正当化しようとする草平の自己弁護の気持ちが意識的にあるいは無意識的に働いているのであって、「煤煙事件の真相」を事実赤裸々に語ったものであるとはいいがたい。しかし草平が「煤煙事件の真相」について述べるのは、小説「煤煙」との相対的関係においてであって、とりもなおさずこの「煤煙事件の真相」は、小説「煤煙」の主題や構想を意味しているのである。いうまでもなく要吉の「身動きも出来ないやうな窮境」とは、「前半」の序章的部分で描かれた要吉の家系にまつわる陰鬱なともいうべき境涯である。その境涯からの「脱却」は朋子との不可解とも形容すべき奇妙な恋愛事件を描いた「後編」の部分を意味している。朋子との恋愛には直接関係がないように思われる『煤煙』第一巻の要吉が帰省した部分が叙述されたのは、要吉の「窮境」からの「脱却」という構図からであった。

さて、草平が「煤煙」を「書き易い所から書き出」した時には、要吉の「身動きも出来ないやうな窮境」からの「脱却」という主題が既に確定していたのであろうか。「煤煙」は「書き易い中途から」起稿されたが、その「書き易」さは、要吉の「窮境」からの「脱却」という「煤煙」の主題に結びついたものであったのか、ということが問題である。

草平が「煤煙」を書くにあたってもっとも苦労したのは、朋子の形象化であった。『続夏目漱石』の第七章「『煤煙』事件の前後」の第五「空白の九箇月間」に、次の如くある。

私は今迄読んだ西洋の作をいろ〳〵繰返して読んで見た。その中にはダンヌンチヨの『死の勝利』もあり、ドストエーフスキーの『罪と罰』もあつた。その頃先生が読んで面白いと云つてゐられたズーデルマンの『猫橋』も借りて来て読んだ。あの中の銅像のやうな体格をしてゐると云はれる女主人公のレギーナ、あの主人公に対して忠実な様子が、いさゝかお倉（「煤煙」の中の一女性）に似てゐるなとは思つた。『罪と罰』の主人公ソーニヤの殊勝らしさも、隅江の原型とするに足りるやうな気がした。が、肝腎の朋子については、何うしてもさういふお手本が見付からなかつた。イブセンにあるだらうと思つて繰り返して読んで見たが、いづれも型が違つてゐた。型が違ふといふことは、彼女が独特の性格であるといふことである。自分に依つて、初めて世に紹介される女だといふことにもなる。（傍点浦西、以下同様）

草平は「お手本」として参照すべき原型を見出すことが出来なく、全く手探りのなかで、朋子の「独特の性格」を創造せねばならなかった。それだけに苦艱に満ちたものがそこにあったに相違ない。しかし、それと同時に自分の手によって「初めて世に紹介される女だといふ」作家的野望があった筈である。事実、「煤煙」の「十二の二」（現行の十七）に、次の叙述がある。

只少し気に入らぬのは、今日の一日を振回つて見ると、何処か不合理な所がある。自然の成行でない。朋子の仕草にも、何だか強ひて矯飾した跡が見えないでもなかつた。少くとも彼女の遣つてることは皆自分で意識して遣つてる様に見える。それでも構はない。無意識でして居られるよりも、意識した上で遣つて呉れる方が可い。それにしても彼女の烈火の様な情熱は何処から来るのだらう。彼《あ》の性急な燃え立つやうな情火を煽つたものは――始めてそれに触れた者は矢張自分を置いて外にあるまい。然う思ふと、稍自ら媚びられぬでもない。要吉は幾度か途の上に停つたり、又急に歩き出したりなどした。

「今日の一日を振回つて」というのは、要吉が水道橋で朋子と落ち合い、上野の杜での出来事のあったことである。これは「書き易い中途」から起筆された部分で、上野の杜でのあの朋子と別れて「丸山の家へ戻」る要吉の感慨である。つまり、「煤煙」が「中途」から書き起こされた最大のモチーフは、「始めてそれに触れた者は矢張自分を置いて外にあるまい」「自分に依つて、初めて世に紹介される女だ」という意識である。そして、「煤煙」が「書き易い中途」から起稿されたその「書き易」さは、まだ十分に理解できていなかった朋子の「烈火の様な情熱」「性急な燃え立つやうな情火」を持った「独特の性格」をつかみ表現する上においてであった。

このことは「煤煙」の題名とも関連している。「煤煙」という題名は、小説が完成する以前から決定されていた。それも「煤煙」を起稿する当初から決めていたようだ。草平は「この作のこと」（『煤煙』〈岩波文庫〉昭和十五年九月十日第十二刷改版発行）で、「煤煙」の題名について、次の如く記している。

なか〱思ふやうに筆は進まなかつた。題名の方が先づ泛んで来た。『煤煙』といふのは、ツルゲーネフの作の連想もあつたが、それよりは、わたくしの作の中へも取入れて置いたやうに、九段の坂の上に立つて、その頃水道橋にあつた砲兵工廠の煙突から、夕暮れの空に幾筋となく黒煙が棚曳いてゐるのを見て、感傷的な気持ちに打たれて想ひ着いたものである。

「煤煙」で「砲兵工廠の煙突」が描かれているのは「十四の八」（現行の十九）である。要吉と朋子が「九段の坂の上に立つて」煙突を眺める場面であって、次の如くである。

日は沈んで、脚下の町の屋根から向ふの高台へかけて、一面に薄白い霧がかゝつて居る。其中からニコライの円蓋《まるやね》が黒く浮出して見える。大都会は今が埋葬の間際かと思はれた。此寂《しづ》かな夕暮の空に、彼方此方《あちらこちら》工場の煙突から幾条となく煤煙が立つ。遠いものは段々灰色にかすれて、霧と見分け難いのもあれば、近いものは盛に黒煙を上げる。中にも砲兵工廠の高い煙突から吐出すのは、三四町許り瑠璃色の空を横さまに靡いて、凄じい勢ひで廻転して行く。

この「寂かな夕暮」の空の下に「凄じい勢ひで廻転」して行く煤煙の描写は、ただの風景を述べたものではない。いうまでもなく朋子の心象風景をも表している。朋子の「烈火の様な情熱」「性急な燃え立つやうな情火」のイメージでもある。だからこそ、要吉は朋子に向かって、「貴方のざわつく心の中を象徴的に表はしてる様だ」と、直ぐこの描写のあとでいい、「彼《あ》の煤煙は音の無い波浪だ。眼に見える形は如何にも猛烈で、強い力が籠つてるやうだが、それと共に飽迄静謐だ。何の騒がしい音も立てない。そこが貴方の気に入つたのぢやないか」と述べる。題名の「煤煙」が暗示するところのものは、朋子の「猛烈」と「静謐」との両極のものが「ざわつ」いて並立している「心の中」の動揺の構図である。

「煤煙」が「書き易い中途」から起筆された「十の二」から「十三の四」（現行の十六から十八）までの間で、現在流布しているものに、次のような叙述が一箇所ある。

丸山の家の内と外とに残した二人の女が眼に泛んだ。二人を牲《にえ》としながら、自分もそれに搦《から》まれて身動きも出来ぬ、あの惨目な境遇から遁れやうと思へば、新しい誘惑の力にたよる外はない。今の自分には誘惑に従ふ外に何の力もない。唯わるいことを重ねて行く。切めて一つのわるいことを忘れるために他のわるいことに移つて行く――其外に如何する力もない。

「それを隠して、貴方から何を求めやう。私の目下の心持は丸で難破船だ。此後自分の身が如何成つて行くか、私にも解らぬ。唯、貴方に依て力が与へられたい、新しく生きる道が求めたい。」

これは現行の「十六」章の部分である。「欺い」て新井の薬師に連れ出したわけを朋子に打ちあけた直後の要吉の心境である。要吉の「身動きも出来ないやうな窮境」からの「脱却」という観念に被われている。この部分は初出の

「東京朝日新聞」でいうと「十の四」にあたるところである。だが注目すべきことには、「丸山の家の内と外とに残した二人の女が眼に泛んだ」ではじまるさきの引用した文章は初出の「十の四」には見当たらないのである。つまり、この部分は、初出の「東京朝日新聞」版を改稿したとき、要吉の「窮境」からの「脱却」という文学的観念で脚色されて新たに加筆されたものである。このことは逆に「煤煙」が「書き易い中途から」起稿された当初、まだ要吉の「身動きも出来ないやうな窮境」からの「脱却」という「煤煙」の構想や主題が、草平のうちにおいてなお十分意識化されていなかったことを示すものであろう。

「煤煙」はその起稿当初から要吉の「窮境」からの「脱却」という構図が確定していたとはいいがたい。要吉を主軸にして、要吉が朋子との心中未遂にまで陥った必然性を解明し、それを文学的に結晶させることよりも、むしろまだ朋子の「世に紹介」されていない、題名の「煤煙」に象徴される「独特の性格」を創造することに、「書き易い中途」から「煤煙」を起筆した当初の主眼があったようである。草平が「要吉の身柄を説明するために、彼が故郷へ帰つた場面を」「書き足す」ことを意図したときに、「煤煙」は朋子の「独特の性格」を「何等の修飾を加へることなく」描くことから、要吉の「身動きも出来ないやうな窮境」からの「脱却」に主題や構想が転換し屈折してしまった。そこに「煤煙」の特殊性が潜んでいるのである。

草平は「煤煙」の連載を完結したあと、すこし時間をおいて、分冊本として刊行するにあたり、改めてそれを読み返した時の反省を「如何にして生きんか」(「東京朝日新聞」明治四十三年二月九日付)の中で、次のように語っている。

「煤煙」の校正をしながら読みかへし行くに、到る処セルフ、アキユセーシヨンとセルフ、ジヤスチフイケーシヨンとの混合である。完膚も剰さず自己を弾劾すると見せながら、実際は自己弁護して居る。当時これを無意識でやつて居たにもせよ、或は半意識して居たにせよ、此事実を認めぬ訳には行かぬ。

草平の自筆になる「煤煙」の「小説予告」が明治四十一年十二月四日より「東京朝日新聞」に掲載され、それはさきに紹介した。その「小説予告」は、次の如く結ばれていた。

『煤煙』を公にするに就て、余が倫理上の苦痛は実に云ふに忍びざるものあり。而も余は此一篇を単に藝術上の作品として世に問ふの外、又他意あるに非ず。若し曩《さき》に余が受けたる誤解を訂正せむとするが如き、実際上の目的を有したらむか、余りに時機を逸したるの憾み無き能はざるべし。

平塚明子との事件がセンセーションをまきおこしただけに、草平はなによりも小説「煤煙」の発表を世間一般の読者から「自己弁護」として受け取られ、「藝術上の作品」として正当に評価されないことを危惧していたようだ。しかし、世間がそのように受けとるか受けとらぬかはここでは一応別問題として、事件そのものから「受けたる誤解を訂正せむとする」「実際上の目的」を最も意識し、それにこだわっていたのは、実は草平自身であった。要吉の家系意識にまつわる鬱屈した境涯を描いた「煤煙」の「前半」が書き出されたのは、漱石の推挙によって、「煤煙」が「東京朝日新聞」に採用されることが正式に決定してからである。それは明治四十一年十二月になってからであって、丁度、さきの「小説予告」が書かれた時期でもある。つまり、「煤煙」の「前半」部分は、草平が「曩に余が受けたる誤解を訂正せむ」にあらずと自戒しながら書かれた。だが、草平が、道三松を伐り倒したために、それに呪われて死んだ祖父の話や、また、「人の忌む脱疽といふ病」で「見るもみじめな最後を遂げた」父のことなどの逸話を構想した時、「余が受けたる誤解を訂正せむとする」「実際上の目的」とは全く無縁の地点で発想されたといえるであろうか。なぜ「煤煙」の「前半」に、要吉が帰省する場面を設定する必要があったのか。要吉の「身動きも出来ないやうな窮境」は、妻の隅江やふしだらな関係を続けている出戻り娘のお種との間に、その根源があるのではない。たとえば隅江やお種から要吉が逃れるために、朋子によって「新しく生きる道」を求め、「窮境」から「脱却」したとすれば、それは倫理的に許されないことであろう。煤煙事件で現実に世間から倫理的に弾劾されている草平にとってそれを意識しないわけにはいかなかった。だから要吉の「惨目な境遇」は、要吉の性格や思想や行動にもとづくものでないところに設定せねばならなかったのである。要吉の主体的な言動に起因した出来事でないように装う必要があった。運命ともいうべき先天的なものに由来する「身動きも出来ないやうな窮境」でなければならなかったのである。それは脱疽で死んだ父の遺伝への畏怖であり、あるいは母の不義の子ではないかという疑惑なのである。だから要吉は「毎も境遇に支配されて、自分で境遇を作ることの出来ない」存在なのである。そのためこのままで行けば自分だけでなく、お種にも「憂き目を見せる」ことが判然としていても、自分の力では「矢張断然たる処置を執ることが出来ないで、何日迄もだらしの無い関係を続けて居」るのである。「煤煙」は境遇が人間の性格や行動を規定するという新しい人間像の追求の可能性を潜ませた文学的実験でもあった。しかし、要吉の「身動きも出来ないやうな窮境」が意識的にせよ無意識的にせよ、草平の「自己弁護」に触発されて設定したものであるだけに、草平自身が自覚したように、要吉は「極端なエゴイスト」[11]に転落してしまったのである。

中野好夫が「まるで木に竹でもついたようにバラバラにぶちこまれている」[12]と比喩したように、「煤煙」の「前半」と「後編」とは全く有機的に噛み合っていない。これは草平の作家的力量の稚拙さとか、あるいは未熟さとかいったようなものが、そこに作用していることは無論のことである。しかし、技巧だけの問題として済ませてしまうことは出来ない。根本的には草平の創作態度の転換があり、「煤煙」の主題や構想そのものが屈折してしまったことに起因している。朋子の「独特の性格」を「何等の修飾を加へることなくして、そのまゝ小説になると信じて」起稿された「煤煙」が、その当初の文学的発想や意識を放棄し、要吉の「窮境」からの「脱却」という偏狭な想念による小説的仮構を賦与しようと試みたところにある。平塚明子との塩原尾花峠での心中未遂によって社会的に抹殺されようとしていた草平自身の現実の「窮境」がそこにあり、そのため「藝術上の作品として世に問ふの外、又他意あるに非ず」と「誤解を訂正せむとする」「実際上の目的」を意識的に否定すればするほど、逆にそれに蝕まれてしまったのである。要吉の宿命的な家系の呪詛に「煤煙」一篇を粉飾してしまったところに、草平によって「初めて世に紹介される」朋子の文学的形象化の挫折があり、反対にそのことによって「煤煙」の「前半」の文学的成功を獲得することになった。ここに文学作品の微妙さがある。

注

(1)『漱石全集第十四巻』(昭和四十一年十二月二十四日発行、岩波書店) 書簡番号一〇〇六
(2) 夏目漱石「序」(『煤煙第一巻』明治四十三年二月十五日訂正再版発行、金葉堂・如山堂)
森田草平の「この作のこと」(『煤煙』〈岩波文庫〉昭和十五年九月十日改版発行)に、「官憲の忌緯に触れる恐れがあるといふので、春陽堂が出版を躊躇し出した。余りに生々しい事件を取扱つたものだから、書物としてはいけなからうと云ふのである。」とある。
(3) 初出「『煤烟』の序」(「東京朝日新聞」明治四十二年十二月二十五日付)
(4) 初出「スバル」(明治四十二年十二月一日発行、第一年第十二号)
(5) 初出「失はれたる生活―(「煤煙」第二巻の序)」(もと耽奇郎が所蔵していた新聞切り抜きによる。それには掲載紙、発表年月が記されていないため未詳。)
(6)『漱石全集第十四巻』(前出) 書簡番号一〇二八
(7)『続夏目漱石』(昭和十八年十一月十日発行、甲鳥書林、のち昭和十九年十月十日再版発行、養徳社) 五七七頁
(8)『漱石全集第十四巻』(前出) 書簡番号一〇二四
(9)『続夏目漱石』(前出) 五八二頁
(10)『続夏目漱石』(前出) 五五五頁
(11)『続夏目漱石』(前出) 六四二頁
(12)「作家と作品―鈴木三重吉・森田草平―」(『日本文学全集十八 鈴木三重吉・森田草平集』昭和四十四年九月十二日発行、集英社)

(関西大学「国文学」昭和四十七年三月一日発行、第四十六号)

大田洋子の初期作品について
―「流離の岸」を中心に―

中野重治の後年の長篇小説『甲乙丙丁』に、次のような一節がある。

八重樫綱子は年いくつだったろうか。津田や田村よりも十も下だろうか。それでも、津田でもこの女作家のことは知っていた。彼女は、広島のあのとき広島にいた。彼女は、ぼろのようになって死んで行く人間を向きになって描いていた。（略）

この女流作家にはあれこれつまらぬ噂もあったらしい。だがそれは、津田には何の痛痒もあたえない。津田はただ読者として対している。彼女にどんな面倒なマイナスがあるにしろ、原爆憎悪にかけた彼女の努力、ほとんど絶望的といえるようなそれを津田はすらりと受け取ることができる。こまかいことは五年か八年で消える。しかし彼女の原爆にたいして取った態度は、その書いたもので、客観的に人間に向きあうにちがいない。

ここに描かれている八重樫綱子という女流作家は、いうまでもなく、大田洋子をモデルにしている。大田洋子は、「じっさいのところ私は『原爆』という字を書くのもいやなのである。八月六日という活字を見ることも、書くことも、それをしないですめば避けたい。しかしだからと云って、そっぽを向いていることは、自分にたいしてゆるせない」といい、広島での原爆被爆という比類を絶した凄絶きわまる体験を、自己の人間としての責任と作家としての自覚において「屍の街」、「半人間」、「夕凪の街と人と」などの原爆ものを、それこそ「向きになって」書き続けた。

大田洋子というと、原民喜と並んで原爆体験者の原爆作家と称されている。原民喜の場合には、その歿後、作品集や全集がすぐに編まれるといったことがあったが、大田洋子の場合には、彼女の死後十九年になる今日まで、その仕事がまとめられるということがなかった。中野重治が「この女流作家にはあれこれつまらぬ噂」があったと書いているような、文壇や友人間において顰蹙を買うようなところが大田洋子にはあったようだ。江刺昭子は『草饐—評伝大田洋子』（昭和四十六年八月三十日発行、濤書房）で、そうした大田洋子の「傲慢で、不遜で、けちで、偏狭で、我が儘で、陰惨で、残忍で、あまりに自己中心的で他の思いやりのない態度」を描き出している。大田洋子の持つ人間的性格が災いの一つともなっていたのであろう。だが、その人間的性格がどうであれ、大田洋子は、これまでの人間の予想をはるかに越えた核爆弾の言葉を絶するおそろしさと後遺症のすさまじさとを、文学者として言語をもって、その文学的表現に立ち向かった数少い作家の一人である。「屍の街」をはじめとする大田洋子の原爆ものは、この地上に核爆弾の恐怖が絶滅せぬ限り、永久に読みつがなければならぬ性質のものであろう。

しかし、大田洋子の文学的活動は、広島に疎開していて、昭和二十年八月六日に原子爆弾の被害に遭遇した直後からはじまったのではない。その活動は意外に早く、長谷川時雨の主宰していた雑誌『女人藝術』に短篇小説を昭和四年六月に寄稿している。昭和二十年の敗戦までには、長篇小説『流離の岸』（昭和十四年十二月二十日発行、小山書店）、『桜の国』（昭和十五年十月二十日発行、朝日新聞社）の二冊、短篇小説集『海女』（昭和十五年五月一日発行、中央公論社）、『淡粧』（昭和十六年八月一日発行、小山書店）、『友情』（昭和十六年九月十五日発行、報国社）、『星はみどりに』（昭和十七年五月二十日発行、有光社）、『野の子・花の子』（昭和十七年十一月十五日発行、有光社）、『たたかひの娘』（昭和十八年三月二十日発行、報国社）の六冊、エッセイ集『暁は美しく』（昭和十八年三月十八日発行、赤塚書房）一冊、計九冊もの著書をすでに出版している。広島や長崎の被爆者は多数いたが、大田洋子が「屍の街」や「半人間」などを書くことができたのは、そうした早くからの文学的修練を積んだ作家だったからこそ可能であったともいえる。

大田洋子の被爆体験は、ドストエフスキイの死刑宣言にも匹敵するべき体験であったに違いなく、それまでの文学的作風や主題の追求、あるいは作家的生き方を大きく変貌させることをよぎなくされた。その意味で大田洋子の文学的生涯は、被爆体験以前とそれ以後に、すなわち戦前と戦後に大きく二期に分けることが妥当であろう。

本巻（『大田洋子集第四巻』昭和五十七年十月三十一日発行、三一書房）には戦前の主な作品、長篇「流離の岸」、短篇「聖母のゐる黄昏」、「海女」、エッセイ「囚人のごとく」が収録されている。

「流離の岸」は、戦前の大田洋子の代表作であり、日中戦争が開始された昭和十二年に執筆された。その巻末の「おぼえがき」に、「支那事変が起きた一昨年の七月終りのある日、私はこの小説を書きはじめた」とあるが、「『流離の岸』について—自作を語る—」（「月刊文章」昭和十五年六月一日発行、第六巻六号）では、「十月」に入ってから起稿したと述べている。この時期の大田洋子は、作家生活において停滞期であり、実生活においても不遇であった。昭和十二年七月七日に蘆溝橋で日中両軍が衝突した。その前日、大田洋子は元改造社に務めていた、当時、興中公司の社員だった黒瀬忠夫との二度目の結婚生活に破れ、婆やと二人で渋谷区幡ケ谷笹塚町に家を持った。前述の「『流離の岸』について—自作を語る—」で、次のように言っている。

私は戦争にびつくりした。三四年の間一つの家の幸福を計らうとして抑えに抑えた作家としての生活が、「一つの家」の独りの生活の中で堰を切つたが最後、血みどろに小説の勉強をやり直すものと考へてゐた私は、家の中に机の位置を決める間もなく、気分的に右往左往しなければならなかつた。男であつて戦争に行ける方が救はれるのではないかと思ふほど、私は落ちつきを失ひ、計算してゐた拠りどころが、根こそぎゆらめく思ひに駆り立てられて苦しかつた。私の場合は作家としての形の上での生きやうが幾年間か中断してゐたため、時を得て流れ出さうとした熱と力が、その時のゆゑにはゞまれた打撃はかない《ママ》強いものであつた。

大田洋子にとっては何度目かの人生の転機であった。主婦業と作家業の両立は至難であり、黒瀬忠夫との離婚は、

「血みどろ」になっても文学をやり直す、大田洋子の不退転の覚悟がそこに潜んでいたはずである。それだけに「戦争にびつくり」し、戸惑いを感じたのであろう。

大田洋子は、さらに続けて「『流離の岸』はその時突然に思ひついて書き出したものではないのである。約十年の間、私の胸の中に、あるいは頭の中に巣喰ひてゐた素材であつた。いつかは『流離の岸』を書かないではおかぬものとしても、私にはふしぎにこの小説を書き出す時がなかつたし、眼をじつとそれに注いでゐながら、眼をそらすと云つた矛盾の中にその素材を捨て去つてもゐた」と語っている。これまでほとんど自然主義文学風の自己の体験を露呈するといったような小説を書くことをかたくなに拒絶していた大田洋子が、ここではじめて自己の文学と生活との再起をかけて、約十年の間「巣喰ひて」いた藤田一士との恋愛事件を取りあげたのである。戦争が拡大し進行していく状況において、今を逸すると、おそらく時局に反し、恋愛小説など自分の書きたい素材が書けなくなる時期がくるのではないかという一抹の危惧の念が「流離の岸」の執筆に踏み切らせたのでもあろう。

「流離の岸」は昭和十二年十月から翌年の初めにかけて完成されたが、しかし直ぐには発表されなかった。発表は昭和十四年になってからであり、それも三回にわけられ、二つの雑誌に載せられた。すなわち、最初の三分の一（百五十枚）が、「文学者」（昭和十四年六月一日発行）に「流離の岸」として掲載され、中の百三十枚が「新潮」（昭和十四年十月一日発行、第三十六年十号）に「火の虫」という題で載り、最後の百三十枚が再び「文学者」（昭和十四年九月一日発行、第一巻九号）に「生ける屍―流離の岸続篇―」として発表された。そして、『流離の岸』の単行本は昭和十四年十二月二十日に小山書店から、硲伊之助の装幀で上梓された。大田洋子の処女出版である。

豊島与志雄の『流離の岸』の推薦文が『日本小説代表作全集四〈昭和十四年・後半期〉』（昭和十五年六月二十日発行、小山書店）巻末の広告欄のところに出ているので、次にその全文を紹介しておく。

大田洋子さんの「流離の岸」には、ひたむきな精神の激しさがある。それは、作中の女主人公に、また作者自身に、肌身についてゐるものだ。この激しさの故に、深い愛慾の縺れを描いても、それが高い恋愛生活の探求となつてゐる。「流離の岸」とは謙遜した題目であらう。若しくは、流離の哀愁を超えて、彼岸への渡航の意であらう。低徊のうちに或る種の香気や色彩を味ふだけでは不満な人にはこの書に心打たれることが多いだらう。単なる文学鑑賞の問題でなくて、生き方の問題であり、それがまた時代への課題でもある。

「流離の岸」の雑誌発表当時の世評はおおむね好評であった。

神田鵜平は、「流離の岸」の最初の部分が発表されたとき、「創作時評」(「新潮」昭和十四年七月一日発行、第三十六年七号)で、「大田洋子の『流離の岸』は、一人の少女の、かなり複雑な境遇のなかで、生ひ育つて行く生活経路を、多彩に描いた力作である。同時に佳作である」と評した。この神田鵜平は、「日本学藝新聞」(昭和十五年一月十日付)の「匿名調査」によると、岡田三郎の匿名であるようだ。後出の、「文藝」の浦島太郎は古谷綱武であるという。

「流離の岸」の中枢部分ともいうべき千穂と深瀬との恋愛事件を描いた「火の虫」については、豊島与志雄が「文藝時評(4)」(「東京朝日新聞」昭和十四年九月三十日付)で、「対象との距離―高見順と大田洋子の力作―」という見出しで、次のように述べている。

　大田洋子氏の「火の虫」(新潮)は、非常な力作であり、筆力も逞ましいが、惜しいことに、作者が対象と適宜な距離を保ち得なかつたためか、十分の浮彫が出来ず、謂はゞ独白に終つてるところが多い。

　このために、第一に明瞭を欠いてるのは、深瀬といふ人物である。妻子がありながら、たゞ一図に千穂に恋してゆき、不法欺瞞な方法を講じてまで千穂と同棲生活をし、この恋は自分の生涯一度の恋だとしてるさうした男の恋であることが、たとひ彼の性格が多少異状であらうとも、作品の中では最後まで分らないのである。事件の成行ではそれが分るけれど、千穂の憎悪や未練や懊悩が余りに色濃く塗り立てられてるために、深瀬の真意については遂に不明に終つてゐる。この深瀬のことがくつきり浮び出れば出るほど、千穂の心理もくつきりと浮び出すことになるのではあるまいか。「あまりに楽器を愛しすぎた為に、自らその楽器をぶちこはして台なしにして仕舞ふ人がもしあるなら……」と作中に書かれてゐるが、あまりに或る感情だけを吐き出すことによつて、却つてその感情も、作品の中では壊れてしまふことが往々にしてある。この作品のこの逞ましい筆致をそのまゝにして、対象からも少し距離を取つてほしかつた。

また、この「火の虫」については、佐々三雄が「文藝時評」（「早稲田文学」昭和十四年十一月一日発行、第六巻十一号）で、「恐ろしい力作で、男と女の執念が、人物はどれも書けてるやうには思へなかつたが、たゞ男女の間の、その業のやうなものだけは、まづ書けてゐるやうに思つた。きつとそれで沢山なのだらう。今月数少い力作の一つ」といい、浦島太郎が「創作月評」（「文藝」昭和十四年十一月一日発行、第七巻十一号）で「妻子に愛情を失つた男と、男を知らない少女と、の激しい恋愛といふよりも情慾を描いた小説である。（略）この力作のなかで、いちばん素晴らしいのは、ここに描かれた事実だ。作者は、平面的な意味では、それをよく書きこなしてゐるが、その眼は、きはめて常識的だ」と評した。

最後の部分「生ける屍―流離の岸続篇―」については、神田鵜平が「創作時評」（「新潮」昭和十四年十月一日発行、第三十六年十号）で、「今度の『生ける屍』は、その形式は日記体と普通の小説体とを接ぎあはせたものだが、そこに多少ちぐはぐな不調和は感ぜられるが、日記体のなかに随所に見られる、人間相剋の真率な記録には、人をうつものがある。文学に専念しようと努力して、やつとその努力が報ゐられかけて、女人藝術社から上京をうながされる段になると、急にまた空漠たる寂寥感にとらはれ、上京する気もなくなり、田舎に帰つて青草の上にでも寝転んで空を見たいといふやうな、とりとめもない心理に落ちて行く最後のところは、つまりあれほどの強烈な恋愛に打破れた後の悲しみが籠められてあるのであらう。『生ける屍』とはそのための消息を伝へるものと考へられる。佳作だと思ふ」と書いている。

主人公千穂の生い立ちや深瀬との激しい情熱が描かれているが、だがしかし、深瀬という人物が明瞭に浮かびあがってこないという、雑誌発表当時の「流離の岸」の時評は、この作品の核心をついていて、今日においても妥当であって、何ら修正をする必要がないであろう。しかし、問題は「流離の岸」の二人の男女がどんな人物であるか、それを文学的形象をもって十分に描き出すことができなかったのはなぜかということである。

「流離の岸」は、大田洋子の人生に甚大な影響を与えた若き日の藤田一士との恋愛事件を描いた自叙伝小説である。大田洋子は大正十年三月に進徳実科高等女学校研究科を卒業し、翌年十一月九日に広島県安藝郡江田島村切串補習学校（現在、切串小学校）の裁縫教師となった。この時の月俸は三十円である。しかし、大正十二年九月三十日には同校を退職し、大正十三年に和文タイプライターの技術を修得して、広島県庁に就職した。大田洋子が藤田一士と知りあったのは、広島県庁でタイピストとして勤めていた大正十四年であり、彼女の二十二歳のときである。それが小説「流離の岸」では、千穂を十九歳とし、この春、専門部へ入った女学生として描いている。事実に反して千穂をなぜ女学生と設定する必要があったのか。相手に妻子がいるということを知らないで、恋愛し、結婚した。「流離の岸」の千穂は、相手の深瀬に対してただ欺かれたということだけにこだわり、拘泥する。千穂は、深瀬の告白を聞いて、「あたし、あなたを許さない。あなたが私をだましたと云ふことと、だまさなければならなかつたと云ふあなたの事情とは違ふ。どうしても違ふ。私は生涯忘れない。今夜の私の心を——あ、たつた今あなたの魅力が私から消えた！」と叫ぶ。大田洋子は、「流離の岸」において、千穂と深瀬との関係を、ただ千穂の欺かれたという事実を特に目立つような書き方に終始している。千穂はまだ無垢な女学生であって、人生経験も豊富でなく、異性についても初心な少女であった。そんな千穂が深瀬にだまされたとしても、それは何ら彼女の罪ではない。つまり、千穂を女学生という境遇にすることによって、大田洋子は妻子ある男性ということを知らないで、恋愛し、結婚してしまった、そんな自分の相手を見抜くことのできなかった不明さを覆い隠してしまったのである。

「流離の岸」は藤田一士との出来事から既に「約十年」をも経過してから書かれた。その時の大田洋子自身も、また相手の藤田一士のことも、もはや過去のこととして、振り返って見ることができるだけの年月が過ぎている。しかし、大田洋子は、千穂を事実に背いて、女学生とした時、若き日の自分自身のおろかさや誤りを厳しく批判的に追求することを放棄してしまったのである。例えば、千穂は産後五十日目で、子供を捨てて家出してしまう。事実においては、その子供は他家の養子になったのであるが、「流離の岸」では急性肺炎で亡くなったと安易に処置してしまう。深瀬が既に妻と正式に離婚しており、千穂がどうして生後五十日の我が子を捨てて深瀬のもとを飛び出さねばならなかったのか、千穂のわが赤ん坊に対する母親としての責任を、大田洋子はほとんど描いていない。

深瀬の人物像は千穂とのかかわりにおいて浮き彫りにされるべき性質のものである。千穂を曖昧なものにすれば、当然、相手の深瀬も曖昧模糊とした存在になる。大田洋子は自己の過去をきれいごとで済まさないで、それが悲痛な苦悶の伴うことであっても、赤裸々にその醜さをさらけ出し、批判的につき離して描かねばならなかった。千穂を女学生と設定した時、大田洋子は自己を客観視する姿勢を避けてしまった。その結果、「流離の岸」の人物像は「十分の浮彫が出来ず」に終わってしまったのである。

戦前の大田洋子のそうした作家的姿勢は、結局、「桜の国」のような時局に無批判に便乗した通俗恋愛小説へと傾斜してしまったともいえる。

「聖母のゐる黄昏」は「女人藝術」（昭和四年六月一日発行、第二巻六号）に発表された。大田洋子の文壇的処女作。「略歴」（「女人藝術」昭和四年八月一日発行、第二巻八号）で、「江田島の小学校へ勤めました。／六月号へ載せて頂いた『聖母のゐる黄昏』は、此の島の風景の思ひ出へ、幻想を掛たものなのでございます」と述べている。

「海女」は、〝知識階級総動員懸賞〟の創作第一席（賞金五百円）として、「中央公論」（昭和十四年二月一日発行、第五十四年二号）に発表された。大田洋子の文壇的出世作。十年近くの作家的経歴を持つ大田洋子が、素人の応募するような懸賞小説に投稿せねば、自分の作品の発表場所を見いだすことができなかったところに、この時期の大田洋子の作家的位置がおのずと推定されよう。

戦前の大田洋子の文学的活動を大きく二つに区分するとすれば、この昭和十四年の「海女」以前とそれ以後に分けられるであろう。「海女」によって大田洋子の職業的作家としての文壇的地位が確立し、「聖母のゐる黄昏」からはじまるそれ以前の作品は、すべて習作の域を出ていない。

「海女」は「中央公論」の懸賞第一席に入選したが、しかし、世評は芳しくなく、古谷綱武は「文藝時評㈢」(「国民新聞」昭和十四年二月一日付)で、「この作品はいかにもつまらない。一応書けてゐるといふだけのものにすぎない。かういふ作品を読んでゐると長年文学のマンネリズムで、ものを見てゐるだけであつて、真に人生の現実を『自分の眼』でしつかり捕へず、却て文学的であることが害になつてゐるやうである」と厳しく批判している。

大田洋子は「海女」の創作意図について、「『海女』のこと」(初出未詳、『暁は美しく』昭和十八年三月十八日発行、赤塚書房)で、「未来の永い一人の若い女が、闇のやうな外的な蹉跌に突き当つた時、ずるずると抽象的なあがきの中へ落ち込ませずに、思索の少い生きた生活の動きの中へ、送り届けたいのが私の念願であつた。私はこの小説の中で、いたづらに腕を組んで苦悩する知識階級へ、何かを云ひたかつた」と述べている。「海女」は、「流離の岸」と違って、素材が図式的にこじんまりとまとまっていて、大田洋子の観念を作品がはみ出ていないところに一種の飽き足りなさを覚える。

「囚人のごとく―『桜の国』入選の折り求められて―」は、「婦人公論」(昭和十五年四月一日発行、第二十五年四号)に発表された。大田洋子の文学的回想ともいうべきエッセイ。大田洋子の戦前のエッセイとしては、他に「男性について」を本巻『大田洋子集第四巻』)に収めたかったのであるが、紙幅の都合で、結局、「囚人のごとく―『桜の国』入選の折り求められて―」一篇しか収録することが出来なかった。しかし、このエッセイ一篇によって、戦前の大田洋子の文学的歩みがどういうものであったか、ほぼ見当がつくのではないかと思う。

（『大田洋子集第四巻』昭和五十七年十月三十一日発行、三一書房）

岩下俊作「熱風」

「熱風」の著者の岩下俊作は、〝無法松の一生〟で知られる。

岩下俊作は、明治三十九年十一月十六日、福岡県企救郡足立村（現、北九州市小倉北区）大字三萩野八百八十九番地に、父八田初次郎・母コウの二男として生まれた。本名は八田秀吉である。父は人力車の立て場を経営していた。岩下俊作は、昭和二年三月に福岡県立小倉工業学校機械科を卒業したが、不景気のどん底で就職できず、九月から父の知り合いの花田鉄工所で働いた。だが、給料の不払いで、翌年二月に退社し、同窓生からすすめられ、八幡製鉄所銑鉄部索道係の検量職として働いた。その後、運転部信号係に転勤し、製修品の製図を担当した。昭和十七年十一月には、頭山克彦技師と協力し、電動転轍機を考案して、八幡製鉄所所長賞を受けた。岩下俊作は、この八幡製鉄所に勤務しながら、草木原触目、劉寒吉、芥屋碌比古、中村暢らと「感触」「とらんしつと」ら詩誌を刊行し、主に詩や詩論を発表したのである。火野葦平が「糞尿譚」で芥川賞を受賞したのに刺激され、小説「富島松五郎伝」（のち「無法松の一生」と改題）を書き、「改造」第十回懸賞創作に応募して選外佳作となった。この「富島松五郎伝」を「九州文学」（昭和十四年十月五日発行）に発表。第十回直木賞最終候補となる。そして、昭和十六年八月に、「富島松五郎伝」は「無法松の一生」と改題されて映画化された。伊丹万作脚色、稲垣浩監督、阪東妻三郎、園井恵子主演で、大映より上映され、この映画「無法松の一生」は大評判となった。

岩下俊作は、昭和三十六年十二月三十一日に八幡製鉄所を定年退職し、翌一月に明治通信社八幡出張所長に就任した。岩下俊作は、終始一貫して、会社に勤務しながら作家活動を続けたのである。そして、昭和五十五年一月三十日に高血圧性心臓病で北九州市立小倉病院に入院中、肺炎を併発させて死去した。享年七十三歳であった。

「熱風」は、岩下俊作が八幡製鉄所の労働者として働き、その現場をよく知悉していた、製鉄の重要部門である熔鉱炉を舞台として描かれる。昔からあった「お小夜、佐吾七の怨霊」の〟夫婦塚〟と呼ばれていた祠を撤去して、その場所に熔鉱炉が建造された。この熔鉱炉では事故が頻発する。「魔の第四高炉」と怖れられているのである。軍当局の要請に基づき、鉄鋼の増産のために、柴田健介、菊地龍雄、熔鉱炉の神様とまでいわれている吉野老人らの職工たちが、この「魔の第四高炉」に果敢に立ち向かい、時局にむけて決死の覚悟で働く姿が描かれている。

柏木恵美子編「岩下俊作年譜」(『岩下俊作選集第五巻』平成十年四月五日発行、北九州都市協会)の「一九四三年(昭和十八年)三十七歳」の項に、次のようにある。

三月、六男俊之助誕生。東宝から依頼を受け「熱風」を執筆、映画化(主演、藤田進、原節子)される。七月、東洋書籍より『熔鉱炉と共に四十年』を刊行。九月より監理部安全課勤務となる。工人社より『熱風』を刊行。

『熱風』は昭和十八年九月三十日に工人社から出版された。初版は一万部である。その扉の写真下に「昭和十八年五月二十一日下関要塞司令部検閲済」とある。これは、単行本『熱風』が出版される時に検閲を受けたというのではなく、映画製作の時に受けたのであろうと思われる。というのは、映画「熱風」の広告「アサヒグラフ」(昭和十八年八月二十五日発行)のなかに、既に「昭和十八・五・二一／下関要塞司令部検閲済」とあるからである。

昭和十七年頃から、わが国の映画界では、生産増強を主題とする国策映画製作が課題となり、松竹映画、吉村公三郎監督「決戦」などが撮影された。岩下俊作が小説「熱風」を発表し、それが文壇や世間で評判となり、映画化されたのではなく、東宝から生産増強の国策を主題とした映画の依頼があって、映画化のために岩下俊作は「熱風」を書いたのである。「熱風」はあくまでも映画化されるために執筆され、それがのちに小説として出版されたのである。

柏木恵美子は東宝から依頼を受け「熱風」を執筆したのを昭和十八年三月としているが、依頼を受けたのは、もうすこし早い時期ではなかったかと思う。というのは、座談会「生産増強と映画」（「映画旬報」昭和十八年八月二十一日発行）のなかで、東宝撮影所企画室の松崎啓次が、次のように語っているからである。

「熱風」の最初のお話があつた当時十二月で、ガダルカナルのまだ転進前だつたわけですが、その時に戦備課の人達に話を伺つて立てたプランが、工場で働く人達の持たなければならない英雄的精神ですね。個々の人が立派な英雄であること、職場々々で一生懸命突撃隊員になつて働く。さういふ点をとらへるといふことを、戦局が、どう変つても、戦争の初めからお終ひまで持つてゐなければならない。そこに力点をおいたので、戦況が仮令有利であらうがなからうが、時勢が若干変はつても勝ち抜いて行くまで持つて行く気持の扱ひ方をすればいいとい ふ考でをりました。

東宝撮影所企画室で昭和十七年十二月には、「最初のお話」があがっているので、東宝から岩下俊作への依頼は、その頃、あるいはそれよりも前と見做してもよいのではないか。

「熱風」は、映画化することが第一の目的として執筆された作品であるから、当時の映画「熱風」について記録しておきたい。

脚本は八住利雄、小森静男の二人である。水町青磁は「劇映画批評」（「映画旬報」昭和十八年十一月一日発行）で、「尚且つ是れが映画であるといふ卑近感から、男ばかりではといふので、二三の女性を盛りこむ用意を忘れなかつた。そして其の卑近さで脚色者は失敗してゐた。」「結婚前の相手探しの様な令嬢がハイヒールで登場し、対照的に日本の工場町の片隅に住んでる様なもう一人の女性を持つて来て、愛情の陰影を考へついたのであるが、それは決していゝ作為ではない。男たちの必死な戦ひは巨大な熔鉱炉に対してであり、その戦ひこそが男の世界の愛情であつた。柴田がダイナマイトを抱いた棚かけ破壊作業も、吉野が老軀をおして炉頂点検に行くのも、また菊地が頑として柴田の行動を阻むのも、唯それだけで美しいのであつて、世間一般、休養時の考への中にある『お色気』が何故この際必要だつたのであらうか」と述べている。「朝日新聞」昭和十八年十月十六日付の「新映画評」欄においても、署名〝(Q)〟が、「主要登場人物の倫理意識は何とぶざまなものであるか。アメリカ映画から抜け出てきたやうな女事務員（原節子）は工場内を無暗と彷徨し、勇敢な工員柴田（藤田進）へ口論を吹掛けたり、鼻持ちならない」と酷評された。

監督は山本薩夫である。撮影は木塚誠一、特殊技術は円谷英二で、さきの「朝日新聞」は、「生産戦の様相を製鉄業を通じて描かんとするもので、某大工場に実地に出張しての撮影が豊富だけに、その偉容は新鮮であり、いはば近代重工業の美とも称すべき感覚美を発見する。／この映画の中で最も優れたものは撮影効果（木塚誠一担当）といひ得るかも知れぬ」と高く評価した。

音楽は江文也、美術は戸塚正夫が担当した。配役は、柴田健介を藤田進が、菊地龍雄を沼崎勲が、吉野老人を菅井一郎が、岡見係長を清川荘司が、佐々木課長を清水将夫が、久美子を原節子が、康子を花井蘭子が、直枝を高野由美が、光枝を谷間小百合が、良一を沢井一郎が、それぞれ演じた。

映画「熱風」は、昭和十八年十月七日に封切られ、順調な興行成績をあげたようだ。「興行展望」（「映画旬報」昭和十八年十一月十一日発行）に、「『熱風』は四十七万四千七百八十八円四銭をあげて所謂興収の標準に達することが出来た。」とある。

水町青磁は、さきの「劇映画批評」で、「現下の作品としても先づ水準以上であり、国民映画参加作品としても異議なく、殊に演出山本薩夫の応召を記念すべき、佳作として記憶するに足る力作であつた」と述べており、「熱風」の映画化はそれなりの成果をあげたようだ。「熱風」は、小説と映画では、女優の描き方に若干の違いがあったように思われる。

（『「帝国」戦争と文学二十七』平成十七年六月三十日発行、ゆまに書房）

織田作之助と太宰治

織田作之助と太宰治といえば、二人が志賀直哉から批難を受け、そして、その死の直前に織田作之助が「可能性の文学」（「改造」昭和二十一年十二月一日発行、第二十七巻十二号）を、太宰治が「如是我聞」（「新潮」昭和二十三年三月一日〜七月一日発行、第四十五巻三、五〜七号）を発表し、ともに強烈に志賀直哉に反発したことが第一に問題になるであろうか。

織田作之助と太宰治の二人がはじめて直接逢ったのは戦後、昭和二十一年になってからである。

織田作之助が昭和二十二年一月十日午後七時十分に肺結核の大量出血により、窒息死した時、太宰治は「織田君の死」という追悼文を「東京新聞」昭和二十二年一月十三日付に載せた。太宰治の「織田君の死」は、「織田君を殺したのは、お前ぢやないか。／彼のこのたびの急逝は、彼の哀しい最後の抗議の詩であつた。／織田君！　君は、よくやつた。」という、尋常でない言葉で結ばれている。「お前ぢやないか」という「お前」は、志賀直哉を指していることはいうまでもない。太宰治の志賀直哉に対する憎悪の感情の激しさが出ている。その感情は、織田作之助と共有するものであるという思いが太宰治にあったからこそ、「織田君を殺したのは、お前ぢやないか」と過激な言葉を書いたのであろう。

太宰治の「織田君の死」には、織田作之助とはじめて逢った時、「なんてまあ哀しい男だらう」という印象を持ったことが、次のように書かれている。

織田君は死ぬ気でゐたのである。私は織田君の短篇小説を二つ通読した事があるきりで、また、逢つたのも、二度、それもつい一箇月ほど前に、はじめて逢つたばかりで、かくべつ深い附合ひがあつたわけではない。しかし、織田君の哀しさを、私はたいていの人よりも、はるかに深く感知してゐたつもりであつた。

はじめて彼と銀座で逢ひ、「なんてまあ哀しい男だらう」と思ひ、私も、つらくてかなはなかつた。彼の行く手には、死の壁以外に何も無いのが、ありありと見える心地がしたからだ。

こいつは、死ぬ気だ。しかし、おれには、どう仕様もない。先輩らしい忠告なんて、いやらしい偽善だ。ただ、見てゐるより他は無い。

死ぬ気でものを書きとばしてゐる男。それは、いまのこの時代に、もつともつとたくさんあつて当然のやうに私には感ぜられるのだが、しかし、案外、見当らない。いよいよ、くだらない世の中である。

この「織田君の哀しさ」は、太宰治の「哀しさ」でもあった。雨の中を銀座の酒場ルパンへ急ぐ途中、「織田君、おめえ寂しいだろう、批評家にあんなにやっつけられ通しじゃかなわないだろうと、太宰治が言った」と、織田作之助は「可能性の文学」で書いている。同病あいあわれむといった心情でもあり、行く手には「死の壁以外に何も無い」「死ぬ気でものを書きとばしてゐる」おもいが太宰治にも強くあったのであろう。

織田作之助は昭和二十一年八月三十日から「読売新聞」に「土曜婦人」の連載を開始した。「読売新聞」が東京の新聞であるから、小説の舞台を京都から東京へ移してほしいという新聞社の申し出により、織田作之助は昭和二十一年十一月十日に上京した。織田作之助と太宰治がはじめて逢ったのは、それ以後ということになる。山内祥史の詳細な太宰治「年譜」(『太宰治全集別巻』平成四年四月二十四日発行、筑摩書房)に、二人が二回逢ったうちの最初のが記録されている。それは「昭和二十一年丙戌年　一九四六年」の項目のところに、次のようにある。

十一月二十五日夜、坂口安吾、織田作之助と、実業之日本社主催の座談会に出席した。司会は、平野謙。この時、織田作之助が一時間ほど遅刻し、太宰治と坂口安吾とは、座談会開始以前にすでに酩酊していたという。この座談会の記録は、翌年四月二十日付発行の「文学季刊」第三輯に「現代小説を語る」と題して掲載された。同じ二十五日夜のそのあと、坂口安吾、織田作之助と、改造社主催の座談会に出席した。この記録は、「改造」には未掲載のまま、昭和二十四年一月一日付発行の「読物春秋」新年増大号に「歓楽極まりて哀情多し」と題して掲載された。帰途、坂口安吾、織田作之助、改造社の西田義郎などと銀座裏の「葵」で喫茶し、徳田一穂らと出逢った。さらに、同人、坂口安吾、織田作之助などと、銀座の並木通りを入った酒場「ルパン」に行った。太宰治はビールを、坂口安吾はウヰスキーを、織田作之助は珈琲を飲んで、歓談。

十一月二十五日の夜、太宰治、坂口安吾、織田作之助の三人は、二つの座談会を済ませたあと、銀座の「ルパン」に行った。おもしろいのは、この時、太宰治と坂口安吾の二人がお酒を飲んでいるなかで、織田作之助だけが珈琲を注文して「歓談」していることである。織田作之助はお酒を全く飲めない体質でもないであろう。また、肺結核に犯された自分のからだに気遣って、ビールやウイスキーを飲まなかったのではないようだ。この日、このあと徹夜で「改造」十二月号に間に合わせるために原稿をどうしても書きあげる決意をしていたからである。織田作之助は、その時のことを「可能性の文学」のなかで、次のように書いている。

私は目下上京中で、銀座裏の宿舎でこの原稿（「可能性の文学」）を書きはじめる数時間前、銀座のルパンという酒場で太宰治、坂口安吾の二人と酒を飲んでいた――というより、太宰治はビールを飲み、坂口安吾はウイスキーを飲み、私は今夜この原稿のために徹夜のカンヅメになるので、珈琲を飲んでいた。

織田作之助は十一月十日に上京したが、翌月五日未明には大喀血する。医者に絶望と診断される。たぶん、織田作之助は上京するとき、自分の肺結核がこんなに悪化しているものとは自覚していなかったであろう。十二月十日すぎには、さらに病状が悪くなり、東京病院に入る。年が改まった一月十日に数え三十五歳で死去するまで、織田作之助の東京での生活はわずか二カ月に過ぎない。上京中の織田作之助の仕事としては、評論「可能性の文学」一篇が残されたのである。そして、この「可能性の文学」は、太宰治、坂口安吾らと「歓談」した直後に執筆されたのである。太宰治らとの「歓談」が、織田作之助に、「可能性の文学」で主張する「オルソドックスに挑戦する覚悟」を一層力強いものに勢《はず》みをつけることになったであろう。

織田作之助の「可能性の文学」は、志賀直哉が谷崎潤一郎との対談「文藝放談」(「朝日評論」昭和二十一年九月一日発行、第一巻七号)のなかで、次のように織田作之助を批判したことが、執筆の動機となった。

記者 では、若い作家に対して、訓戒とか忠告といふことがありましたら、かういふことはいかんとか、かういふことをやつてほしいとか。

谷崎 若い、次のゼネレーションに望む、といふことですか。

記者 さう、最近盛んに書いてゐる織田氏なんかどうですか。

志賀 織田作之助か、嫌だな僕は。きたならしい。

これが、志賀直哉の織田作之助批判の全文である。志賀直哉は、記者の「若い作家に対して、訓戒とか忠告」をという意図に反して、全面的に「織田作之助か、嫌だな僕は。きたならしい。」と切り捨てたのである。その存在そのものをなにか有害な黴菌みたいに「きたならしい」と、高圧的に織田作之助を誹謗したのである。「きたならしい」ことに対する一切の理由や説明もなく、自己の嫌悪感を示したのである。のちに、志賀直哉は「太宰治の死」(「文藝」昭和二十三年十月一日発行、第五巻十号)で、永井荷風の「踊子」が発表された時、「屹度この亜流が続々と出るだろうと思った」からであるという。

永井荷風の「踊子」は昭和二十一年二月一日発行の「展望」に掲載されたが、執筆されたのは昭和十九年の正月である。小田切秀雄が「荷風の新作—終戦後の作品—」(「新小説」昭和二十一年二月一日発行、第一巻二号)で、「こゝには、戦時中の泡立つやうな空気や、殺気立つやうな空気や、殺気立つた重圧に抵抗して自らの世界を固持するきびしさといふものがない。むしろ悠々と楽しんで描いてゐるのだ。これが千代美を小説的に小柄にし、薄手に――相対的に言つてだが――したのであつた」と評したように、「踊子」は荷風文学の昭和期の代表作ともいうべき「濹東綺譚」（「東京朝日新聞」昭和十二年四月十六日～六月十五日付）のきびしい文学精神から後退した作品である。織田作之助は、かつて日本が経験したことのない敗戦という、未曾有の混乱した世の中のありさまに立ち向かって「世相」を書いた。織田作之助の「世相」は、戦後の文学を代表する傑作の一つであって、断じて、永井荷風の「踊子」の「亜流」であるといった作品ではない。

さきの「太宰治の死」によると、志賀直哉は「世相」一篇しか読んでいない。ほとんど織田作之助の作品など読んだことがなかったのである。人に悪意を持たれるのが人一倍嫌いな志賀直哉が、戦時下から活躍している若いゼネレーションに対して露骨に反感を示したのである。敗戦直後の混沌とした猥雑な社会において、人々は精神の余裕を喪失していたのであろうか。

今日から見れば、志賀直哉の批評にもなっていない放言などは無視すればいいようなものに思える。しかし、昭和二十年代の日本文壇において、志賀直哉という存在は絶対的権威あるものとして君臨していたのであろう。

中野好夫は「志賀直哉と太宰治〈文藝時評〉」（「文藝」昭和二十三年八月一日発行、第五巻八号）で、「織田の如きは、志賀に「きたならしい」と一言云われたばかりに完全に逆上してしまった」と書いている。当時、太宰治と同様に織田作之助も「逆上して」しまったと見なしている。しかし、織田作之助は「完全に逆上してしまっ」て、売り言葉に買い言葉でもって、感情的に志賀直哉を罵倒したのであろうか。

織田作之助は「悪評というものがどれだけ相手を傷つけるものであろうかということを知っている」「私は私を悪評した人の文章を、腹いせ的に悪評して、その人の心を不愉快にするよりは、その人の文章を口を極めてほめるという偽善的態度をとりたいくらいである。まして、枕を高くして寝ている師走の老大家の眠りをさまたげるような高声を、その門前で発するようなことはしたくない」と書いている。事実、織田作之助は、「可能性の文学」において、志賀直哉を「腹いせ的に悪評」する、志賀直哉の文学を全面的に否定することを主眼に書いていない。

織田作之助は「志賀直哉の新しさも、それの稟質も、小説の気品を美術品の如く観賞し得る高さにまで引きあげた努力も、口語文で成し得る簡潔な文章の一つの見本として、素人にも文章勉強の便宜を与えた文才も、大いに認める」と、志賀直哉の「功を認める」のである。「可能性の文学」で、志賀直哉の作品に言及しているのは、「灰色の月」一篇だけである。それも否定するために持ち出したのではない。「「灰色の月」はさすがに老大家の眼と腕が、日本の伝統的小説の限界の中では光っており、作者の体験談が「灰色の月」になるまでには、相当話術的工夫が試みられて、仕上げの努力があったものと想像される」と、褒めそやすのである。

織田作之助が批判するのは、日本の文壇が志賀直哉の小説を最高のものとして、必要以上に神聖視していることである。敗戦によって世の中の各分野の権威が大きく変動しているのに、文壇だけが旧態依然として「一刀三拝式私小説の藝術観」がはびこっている。志賀直哉の「亜流的新人を送迎することに忙殺され」、「日記や随筆と変らぬ新人の作品」が「その素直さを買われて小説」として文壇に「通用」していることである。

織田作之助は、そういう文壇に、大阪から東京に乗り込み、坂田三吉が「生涯を賭けた一生一代の対局」に「端の歩突きという棋界未曾有の新手」で「将棋の定跡というオルソドックス」に対したように、自分も坂田三吉になぞらえたのである。「可能性の文学」は、織田作之助が東京へ進出した、大阪人としての作家的自覚と決意と挑戦なのであった。「一行の虚構も毛嫌いする日本の伝統的小説」に対して、織田作之助は「嘘は小説の本能」なのだと、「虚構」を武器に日本の文壇に立ち向かう決意を表白したが、その直後に倒れてしまったのである。

太宰治は『斜陽』を新潮社から昭和二十二年十二月十五日に発行した。『斜陽』は初版が一万部、再版が五千部、三版が五千部、四版が一万部と版を重ね、たちまちベスト・セラーとなった。太宰治は、作家的生涯における絶頂期に、また、山崎富栄と玉川上水に入水し心中自殺する直前に、「如是我聞」を四回口述筆記して、志賀直哉に反発し、罵倒したのである。

その経緯を見ておくと、志賀直哉が「文学行動」（昭和二十三年一月一日発行、第二号）の座談会「志賀直哉 広津和郎両氏と現代文学を語る」で、

吉岡 太宰治はどうです。

志賀氏 年の若い人には好いだろうが僕は嫌いだ。とぼけて居るね、あのポーズが好きになれない。

と、発言したのである。

これを読んだ太宰治は「如是我聞」の「一」の部分を昭和二十三年二月二十七日に口述筆記し、「新潮」昭和二十三年三月一日発行に掲載した。太宰治は、「老大家」といい、志賀直哉の名前を出さなかった。太宰治は「この十年間、腹が立つても、抑へに抑へてゐたことを、これから毎月、この雑誌（「新潮」）に、どんなに人からそのために、不愉快」がられても「自分の抗議」を書いてみるつもりだという。「私のこれから撃つべき相当の者たちの大半」は、「文化人」の花形に「便乗」している者たちと「古いものを古いまま」に肯定してゐる者たちで、志賀直哉だけに的を絞って、批判するつもりで「如是我聞」を書きはじめたのではなかった。事実、「如是我聞」二（「新潮」昭和二十三年五月一日発行、第四十五巻五号）では、「L君」とか「外国文学者」たちを、「君たちは、語学の教師に過ぎないのだ」「分を知ることだよ」と批判している。「老大家」と同様に、直接名前をあげないで、渡辺一夫や中野好夫らを批判したのである。

続いて、志賀直哉・広津和郎・川端康成の「文藝鼎談」が「社会」（昭和二十三年四月一日発行、第三巻四号）に出た。この鼎談の初出を『志賀直哉全集第十四巻』（昭和四十九年八月二十八日発行、岩波書店）の「座談会一覧」（二六九頁）

には、「昭和二三年二月『文藝春秋』」と誤記されている。しかし、志賀直哉は、この「文藝鼎談」では太宰治について一言も発言しなかった。川端康成が、次のように言及したのである。

広津　「斜陽」というのはいいの？

川端　まあいいと言われているのですね。ところ〴〵いいと思いますけれど、全体として必然性が感じにくいと思いますね。

志賀　この間ちょっと、慶応出た人だというけれど、新しい人を読んだ。自分が居候になっているところの細君をね、娘があるけれど、未亡人の方を殺す話だな。猫の眼を刳貫いて……。

生井知子は「志賀直哉と太宰治—「如是我聞」の解釈の為に—」（『太宰治研究5』平成十年六月十九日発行、和泉書院）で、この「文藝鼎談」について、次のように書いている。

昭和二三年二月頃、「斜陽」の初めの部分と「犯人」を読んだばかりの志賀は、座談会「文藝鼎談」で、「犯人」は「実につまらない」「しまいを読まなくたって落ちはわかっている」、「斜陽」には「大衆小説の蕪雑さが非常にある」と発言。四月号の「社会」に掲載された。この座談会には、かつて芥川賞問題で対立した川端康成も参加しており、その事が、太宰の被害妄想を強く刺激したと思われる。

生井知子が書いているようなことを、志賀直哉は「社会」掲載の「文藝鼎談」で一切発言していない。この時、まだ志賀直哉は『斜陽』を読んでいなかったのではないかと思われる。読んでおれば、川端康成の発言のあとに、なにか一言あったのではないか。

志賀直哉が「太宰君の「斜陽」なんていうのも読んだけど、閉口したな」「貴族の娘が山出しの女中のような言葉を使うんだ」、「犯人」は「ひどいな」「あれは初めから落ちが判っているんだ」等の太宰治批判をしたのは、昭和二十三年三月十五日、熱海大洞台の自宅で開かれた、佐々木基一・中村真一郎との鼎談「作家の態度—志賀直哉氏をかこんで―」である。この「作家の態度」は、六月一日発行の「文藝」に掲載された。志賀直哉は「太宰治の死」で、この時「私は太宰君が私に反感を持つてゐる事を知つてゐたから、自然、多少は悪意を持った言葉になつた」と述べている。

「作家の態度」を読んだ太宰治は、「如是我聞」三と四で、激しく怒りをぶちまけ、志賀直哉を罵倒したのである。「如是我聞」三は、五月十二日から十四日までの間に脱稿された。「新潮」昭和二十三年六月一日発行、第四十五巻六号に発表される。しかし、「新潮」の表紙には既に「如是我聞（遺稿）」と印刷され、石坂洋次郎「太宰治の死」等の追悼文も一緒に載せられた。入水した太宰治の死体が発見されたのは六月十九日早朝であるから、六月一日発行となっている「新潮」は、実際には十九日以後に発売されたということになる。そして、六月一日発行に掲載された「如是我聞」三の最終部分に、「これを書き終へたとき、私は偶然に、ある雑誌の座談会の速記録を読んだ」と、六月一日発行の「文藝」に載った志賀直哉の「作家の態度」における「犯人」についての発言を問題にしているのである。太宰治は「落ち」を避けて、「その暗示と興奮で書いて来たのはおまへぢやないか」と言い返しているのである。「文藝」と「新潮」の二つの雑誌が同じ昭和二十三年六月一日発行になっていても、その発売日には差異があったのであろうか。それとも「文藝」が発行される前に、校正刷りなどを事前に入手して読んだのであろうか。「如是我聞」四は、六月五日に口述筆記を完成している。「新潮」昭和二十三年七月一日発行に発表された。「作家の態度」を読んだ太宰治が「附記みたいにして」先月号に「大いに口汚なく言ひ返してやつたが」、「あれだけではまだ自分も言ひ足りない」と、志賀直哉への反撃をする。「太宰などお殺せなさいますの？　売り言葉に買ひ言葉、いくらでも書くつもり。」と結んだ太宰治が、その一週間ほどあとに自殺してしまう。

太宰治の志賀直哉批判の経緯をまとめたところで、もはや所定の紙幅が尽きてしまった。太宰治は志賀直哉の発言に、神経過敏になって反応し、自分の感情を押さえることなく、激しくエスカレートさせていった。

織田作之助と太宰治は戦後すぐに志賀直哉に反発した。「あの人たちは、大戦中でも、私たちの、何の頼りにもならなかつた。私は、あの時、あの人たちの正体を見た、と思つた」と、太宰治は書いている。織田作之助も太宰治も、志賀直哉が戦時下では全く文学的活動をしなかったのに、敗戦になり、世の中が一変すると、文壇にのさばり出てきて権威面することに我慢ができなかったのであろう。

織田作之助と太宰治の二人の志賀直哉への批判の仕方に、それぞれの作家的個性や稟質が鮮やかに表出しているように思われる。

（「太宰治研究」平成十五年六月十九日発行、第十一号）

大阪近代文学と田辺聖子

一

日本の近代文学は、明治二十年代より東京に一極集中して、文壇が形成され、発展してきた。近世大坂では、井原西鶴、近松門左衛門等の上方文化の隆盛を見たが、明治以後は、東京に対抗して、大阪文壇というようなものは形成されなかった。文学者たちが大阪を拠点に集結して活動し、それが日本近代文学の発展に寄与し、近代文学を揺り動かしたというような現象はなかった。そのため「大阪近代文学」という概念は、文学史上の思潮、流派といったようなものを指すのではない。大阪で生まれ、大阪で育った人々の文学的活動、あるいは大阪出身者以外の、例えば水上瀧太郎、谷崎潤一郎等の文学者たちが大阪を舞台にして描いている作品などを指すと考えてよい。大阪からは個性豊かな多くの文学者たちが生まれ、大勢の作家たちが大阪を題材にして描いているので、それらすべてをここで言及することは出来ないであろう。どういう文学者たちが大阪から輩出したかについて知るのには日本近代文学会関西支部編『大阪近代文学事典』（平成十七年五月二十日発行、和泉書院）や浦西和彦編『大阪近代文学作品事典』（平成十八年八月三十一日発行、和泉書院）が参考になるであろう。

たしかに、近代社会においては、大阪には大阪の歴史的伝統や固有の文化が根づいていて、東京とはなにかちがう郷土的特質があったであろう。船場を中心に商業都市として発展してきた大阪は、日本の経済的高度成長とともに、これまでの古きしきたりや制度を維持することが出来なくなる。暖簾分けの徒弟制度から近代化された株式会社に組織が変貌していく。そして、現代のように、あらゆる部門において国際化され、情報通信や交通手段が一段と進歩した社会においては、東京も大阪も他の地方都市もさほど大きなちがいはないであろう。河野多恵子のように、アメリカ合衆国の永住権を取得して、生活の基盤を日本でなく、ニューヨークに移すような作家も出てきて、当然その文学のありようも変わってくるであろう。河野多恵子は『嵐ヶ丘ふたり旅』（昭和六十一年六月三十日発行、文藝春秋）で、「骨の肉」（「群像」昭和四十四年三月一日発行、第二十四巻三号）を外国人が読んで、なにを問題にしたか、という面白いエピソードを紹介している。昭和六十年六月、西ベルリン藝術祭「ホリゾンテ'85」に、富岡多恵子と参加し、「東アジア特集」のフェスティバルで、自作「骨の肉」を朗読して、ディスカッションをした時、この作品には日本人だと判る点が全くない、日本が顕われていないというのが主要な疑問であったという。「骨の肉」は女主人公のマゾヒズムを描いた作品である。作品世界では、登場人物の名前も出てこなく、単に「女」「男」として描かれている。「骨の肉」では、「女」「男」が日本人である属性を示す必要性さえないのである。作者名を伏せれば、ドイツ語訳された「骨の肉」は、日本人が書いたのか、あるいはドイツ人が書いたのか、わからないであろう。

「骨の肉」で興味深いのは、「女」のマゾヒズムを「男」と一緒に殻つきの牡蠣を食べたときの追憶で生々しく描きだしていることである。外国人には、この作品から「日本」を読み取ることができなかったが、「殻つきの牡蠣」を食べることで「女」のマゾヒズムを描く河野多恵子は紛れもなく大阪の作家である。大阪の食いだおれの食文化の町で育った人間でなければ、こういう発想は生まれなかったのではないかと思うからである。

二

多士済々な大阪の近代文学者のなかで、大阪の町と大阪人を描いた、最も大阪的な作家をあげるとすれば、やはり「オダサク」の愛称で呼ばれるところの織田作之助をあげるのが一番妥当であろうか。

織田作之助の作家的寿命は極めて短かった。織田作之助は大正二年十月二十六日に大阪市天王寺区上汐町に生まれ、昭和二十二年一月十日に、三十四歳という若さで亡くなっているのである。代表作の「夫婦善哉」（「海風」昭和十五年四月二十九日発行、第六年一号）が改造社の第一回文藝推薦を受賞し、織田作之助は文壇にデビューした。二十七歳の時である。織田作之助が作家生活を過ごしたのは二十七歳から三十四歳までで、わずか六年余りである。あまりにも短すぎる生涯であった。しかも、昭和十六年十二月八日には、太平洋戦争が開始されたのである。言論の自由が厳しく抑圧される。国が文学を統制するのである。戦時下という不幸な時代に作家活動をせねばならなかった。その短い作家生活のなかで、織田作之助は大阪の町を描くことに心血を注ぐ。

「夫婦善哉」には、道頓堀相合橋東詰「出雲屋」、日本橋「たこ梅」、戎橋筋そごう横「しる市」、法善寺境内「正弁丹吾亭」「めおとぜんざい」、千日前常盤座横「寿司捨」、楽天地横「自由軒」など、実在した食べ物屋の店の名前がずらずらと出てくる。維康柳吉が藝者の蝶子を、「本真《ほんま》にうまいもん食いたかったら」俺の後へついてこいと、「一流の店は駄目や」と、「いずれも銭のかからぬいわば下手《げて》もの料理ばかり」に連れて行くのである。「夫婦善哉」には、食い道楽の町である大阪ミナミのにおいや香りが立ちこめている。遊蕩の果てに家を追い出される柳吉は、怠けものの、気が弱く、人のよい、しかし、小狡いところもある大阪のぼんちの典型である。ヤトナ（臨時傭の有藝仲居）をしたり、カフェー〝蝶柳〟を経営したりして、なんとか一人前の男に出世させたいと、柳吉に貢ぐ蝶子は、バイタリティーのある大阪女である。大阪近代文学で柳吉のような良《え》え衆《し》の坊ンを描いた作品系列をさかのぼっていくと、岩野泡鳴の「ぼんち」（「中央公論」大正二年三月一日発行、第二十八年三号）がある。また、上司小剣の「鱧の皮」（「ホトトギス」大正三年一月一日発行、第十七巻四号）の、道頓堀で鰻屋を女手一つで切り盛りしているお文は、蝶子と同系列の浪花女性であろう。岩野泡鳴の「ぼんち」には、悪友と宝塚温泉へ散財に出かけるが、頭を怪我しても、怪我をそっちのけにして、藝者遊びをするぼんちたちが書かれる。ここには蝶子のような大阪女は描かれない。上司小剣の「鱧の皮」では、夫は家出をしていて作品には直接登場しない。織田作之助の「夫婦善哉」によって、ある種の典型的な大阪の男と女の一対が描かれたのである。「夫婦善哉」がいかにも大阪的な作品世界であるのは、柳吉が、思い切り上等の昆布と濃口醤油をふんだんに使って、山椒昆布を二昼夜、松炭のとろ火でとろとろと、一歩も外出せずに、火種を切らさぬように、煮るような場面であろう。おいしいものには手間ひまをかける。食いいじがはっている大阪人が見事に描かれているのである。

織田作之助は、エッセイ「大阪の顔」（「改造」昭和十五年八月一日発行、第二十二巻十四号）で、法善寺が「大阪の顔」であるという。「夫婦善哉」をはじめ、多くの作品で大阪がミナミを中心に描かれる。織田作之助の大阪の町への思いが最も強く表れている作品は、「アド・バルーン」（「新文学」昭和二十一年三月一日発行、第三巻二・三号）であろう。「アド・バルーン」が発表されたのは戦後であるが、その執筆は戦前であった。大阪の町は、昭和二十年三月十四日、その前日の深夜からアメリカ軍のＢ29、九十機による大爆撃を受け、焼失してしまった。「アド・バルーン」は、アメリカによる空爆によって大阪の町が壊滅されたのを目撃した後に執筆されたのである。滅んでしまった大阪の町を「惜愛」する気持ちが、「アド・バルーン」一篇のモチーフとなっている。主人公の「私」は、生まれてはじめて道頓堀の夜店を見たときのことを、「今となってみれば一層なつかしい、惜愛の気持といってもよいくらいだからです」という。空爆でいまとなっては焼け野原になってしまった大阪の町々を、「惜愛」する織田作之助の強い思いがそこに重なっているのである。

三

織田作之助と同じように、どっしりと大阪に根をおろし、大阪人の人生、男と女の情愛と暮らし、大阪の町と風俗を書き続けてきたのが田辺聖子である。

戦争末期から敗戦後のトキコの青春を描いた自伝長篇小説『私の大阪八景』（昭和四十年十一月一日発行、文藝春秋新社）、三十歳の独身女性を描いた『猫も杓子も』（昭和四十四年九月二十五日発行、文藝春秋）、千里ニュータウンの団地に住む中年夫婦を描く家庭小説『すべってころんで』（昭和四十八年一月二十五日発行、朝日新聞社）、乃里子の結婚と別れとその後日談を描く三部作『言い寄る』（昭和四十九年十一月三十日発行、文藝春秋）、『私的生活』（昭和五十二年一月十日発行、中央公論社）、『苺をつぶしながら―新・私的生活―』（昭和五十七年四月二十六日発行、講談社）、現代川柳界の巨匠岸本水府を描く評伝『道頓堀の雨に別れて以来なり―川柳作家岸本水府とその時代上・下―』（平成十年三月七日発行、中央公論社）等々、田辺聖子は多くの大阪ものを書いている。芥川賞を受賞した「感傷旅行《センチメンタル・ジャーニィ》」（「航路」昭和三十八年八月一日発行、第七号）も大阪の放送作家である有以子が主人公である。

枚挙に遑がないぐらい、田辺聖子は大阪を舞台とする作品を書き続けてきた。かずかず多くある大阪もののなかで、私が注目したいのは長篇小説『花狩』（昭和三十三年十一月三十日発行、東都書房）である。『花狩』は、田辺聖子の最初の長篇小説であり、最初の単行本でもある。「感傷旅行《センチメンタル・ジャーニィ》」で芥川賞を受賞する五年も前に刊行されているのである。四十八年以上も前に発行された『花狩』は、現在読んでも少しも色あせることなく、作品としても優れており、田辺聖子文学の原点を示すものとなっているだけでなく、大阪近代文学史においても重要な意味を持つ作品の一つではないかと思う。

この『花狩』の執筆時期について、足立巻一が「解説」（『花狩』〈中公文庫〉昭和五十年四月十日発行、中央公論社）で、次のように述べている。

この作品は最初百枚の中編として書かれた。昭和三十二年、田辺さんは二十七歳であった。そのころ、『まひる』というガリ版の同人雑誌があり、初稿を合評してその記録を二号にわたって掲載している。『まひる』は小野十三郎氏を校長とする大阪文学学校の同期卒業生が中心となってつくったサークルの機関誌で、田辺さんも昭和三十年に入学して研究科まで出ていたのだった。わたしはたまたまその初稿を読ませてもらう機会があり、合評を傍聴し、田辺さんの筆力に驚嘆した記憶がいまも強く残っている。

田辺聖子の自伝的長篇小説『しんこ細工の猿や雉』（昭和五十九年四月三十日発行、文藝春秋）によると、「花狩」は昭和三十一年五月四日に大阪文学学校を卒業するので、その卒業の制作として執筆したという。「花狩」の合評を掲載したガリ版の同人雑誌「まひる」を見ていないので、わからないが、「まひる」の発行が昭和三十二年となっているのかも知れない。そこから足立巻一は、田辺聖子の「花狩」初稿の執筆時期を昭和三十二年と記したのであろうか。しかし、それは誤りである。『しんこ細工の猿や雉』にあるように、田辺聖子が「花狩」初稿を書いたのは昭和三十一年である。というのは、この「花狩」初稿は、「婦人生活」の「賞金二十万円大懸賞小説」に応募し、その当選者名が、「婦人生活」昭和三十二年二月一日発行に掲載されているからである。昭和三十一年に「花狩」初稿が書かれていなければ、応募することが出来なかったであろう。この時の「賞金二十万円大懸賞小説」の応募総数は一〇九五篇で、入選篇（賞金各二十万円）は、柳沢絹美「緋の花」等三篇、佳作（賞金各壱万円）は、田辺聖子「花狩」等六篇が当選した。「花狩」は、「婦人生活」編集部に注目され、その初稿を新しく書き直して、「婦人生活」昭和三十三年三月一日発行・第十二巻三号から昭和三十三年十二月一日発行・第十二巻十二号まで、十回にわたって連載されたのである。挿絵は岩田専太郎であった。

「花狩」の主舞台は、田辺聖子が生まれ育った町である福島である。田辺聖子は、エッセイ「わが街の歳月」（「サンケイ新聞」昭和五十六年三月二十三日〜五月九日付夕刊、「Ｏｈ！関西『阪神間』」欄）で、福島の町と「花狩」について、次のように書いている。

　福島は総体にメリヤス関係の店が多く、私の小学校友達の家も、メリヤス卸問屋だとか、内職のボタンつけをしているとか、工場とかいうのが多かった。

「莫大小・製造卸」

という看板は子供心にも深く印象せられ、「莫大小」をメリヤスとよむのだと、小さいときから知っていた。日本のメリヤス業というのは日清日露の戦争からこっち、兵隊のシャツや靴下の需要が急に増し、それに中国やインドへの輸出も伸びたりして、活気づいたらしい。福島には大きい紡績工場があったので、下請けのメリヤス工場がひしめいていたのだ。

「花狩」という小説は、福島の町と、このメリヤス屋を結びつけて書いた。

私小説ではなくて、調べた小説である。明治のメリヤス工場と、そこで働いていた女から書き出したのだが、おのずと、明治・大正・昭和の大阪市史を書くことになってしまった。

中之島図書館へ通って、メリヤス業界の資料と、大阪市史と、その時代の新聞を一日中読んでいた。

「花狩」は、主要な人物である、おタツ、寺岡半次郎、市助の三人が、メリヤス埃りがもうもうと舞いあがっている福島のメリヤス工場で、働いている場面からはじまる。時代は明治四十年のころである。大きな工場は動力ミシンなどを使っていたけれど、電気カッターというものはどこでもまだない。十七歳のおタツの受け持ちの仕事は、俗に「肩こうやく」といって、メリヤスシャツの肩にメリヤス裁屑《たちくず》の力ぎれを縫いつける仕事である。半次郎は腕のよい職人で、メリヤス生地を裁断している。「半月刀のように刃に丸みのある巾広の庖丁で、厚く重ねたメリヤス生地を一定の寸法にスポッスポッと裁っていく」のである。そのそばに裁ち見習いの市助が「円筒状になって巻かれているメリヤス生地をボンボンとひろげては、ぶ厚く重ねて」いるのである。半次郎は二十二歳で、メリヤス職人には「惜しい色白の、いい男前」で、「仕事中は裁物台から目をあげたこともない、くそまじめな働き者」である。

「花狩」は、「私小説ではなくて、調べた小説である」という。田辺聖子は、「花狩」を執筆するために、大阪の中之島図書館へ通って、『大阪の莫大小工業』〈大阪市産業叢書第八輯〉（昭和六年五月十五日発行、大阪市役所産業部調査課）、

『大阪莫大小タオル名鑑』（昭和六年七月発行、大阪メリヤスタオル商工新聞社）等々の大阪メリヤス業界の資料を調べたのであろう。しかし、「花狩」には、それらの資料が直接生のかたちで出てくることはない。そういう一通りの「調べた」資料などによって「花狩」の執筆が可能になるものではない。さきに、「花狩」が大阪近代文学史において重要な作品の一つであると記したのは、この「花狩」によって、はじめて近代の大阪に住む平凡な庶民の働く人々の姿が生き〳〵と描かれたからである。これまでは、織田作之助らに代表されるような船場の老舗のぼんちや丁稚たち、あるいは長谷川幸延らの浪速の藝人たちしか、大阪近代文学では書かれなかった。大阪の下町に生きる名もない庶民の、それも手に職をもつ働く人々が描かれたのである。「くそまじめな働き者」が、肺を冒されたり、戦争やさまざまな災害におしつぶされたりしながら、しかし必死になって働き、時代を生きていくのである。

田辺聖子自身が実際に生まれ育ったメリヤス工場が多くある福島で、物ごころがついた頃より、そこで働く人々の生活を自然に心にきざみこみ、その印象と経験と観察とを存分に「花狩」のなかに描きこんだのである。そのため、主人公のおタツだけでなく、おタツの周囲にいる人々も、ひとりひとりがみごとに、その人間像が描き出されているのである。

「花狩」は、おタツの、明治四十年からはじまり昭和二十年の敗戦直後にまでおよぶ、六十年に近い一生が語られる。半次郎と心中騒ぎまでおこして夫婦となり、必死に働きぬき、せっかく持てた小工場もキタの大火事で焼失してしまう。打ちのめされたが、やがて立ち直り、第一次世界大戦開戦による好景気の波に乗って、職人も四十人もおくようになった。だが、その栄華も長くは続かなかった。美しく怜悧に育った長女の田鶴がいつからか肺を冒されて死んだ。その通夜の日、夫の半次郎が血を吐いて倒れる。第一次大戦後の深刻な不景気の到来のうちに半次郎は死に、工場はつぶれる。おタツはメリヤスの行商をはじめて、長男の正太と妹のカメ子を育てる。満州事変が起こった年の秋、四天王寺の五重塔が倒れたほどの大きな台風が大阪を襲い、おタツの老父母も津波で死んでしまった。出征した正太は、戦死し、カメ子はあまりたよりがいのない男と結婚し、家を出ていった。敗戦になると満州から引きあげてきたカメ子夫婦に厄介がられ、岡山県の玉島に追っ払われる。おタツは、花吹雪のなかで、「大阪へはやく帰ろう。大阪のゴミの中から生れ、大阪のゴミを吸って生涯をすごした人間は、大阪で働いて死に、大阪のゴミになりたいのだ。大阪の臭いどぶの淀んだにおいがなつかしかった」と思う。

『しんこ細工の猿や雉』によると、おタツは、田辺聖子の家に同居したこともあり、昔、メリヤス屋で豪勢な暮らしをしていたが、敗戦後、引き揚げてきて「見違えるばかり痩せて幽鬼」のようになっていて、まもなく亡くなったという遠縁の老女おカツがモデルであり、おタツの息子の正太は、母の兄の長男ユウイチであり、ユウイチは戦死したという。「花狩」には、田辺聖子の身辺にいた人々が題材にとりいれられているのである。田辺聖子は、単行本『花狩』の「あとがき」で、次のように述べている。

このつたない作品の、真の主人公はほかならぬ歳月であります。歳月と、それが大阪のちまたに住む一群の人々にもたらした転変を、いわば大阪弁という韻をふんだ言葉で綴ろうとしたわけですが、それがどこまで成功したか、わたくしにはわかりません。

また、再版『花狩』（昭和四十六年三月三十一日発行、三笠書房）の「あとがき」で、「明治、大正、昭和と生きぬいてきた一人の庶民の女を書いているうちに、その背後に、戦争のぶきみな姿がすこし出てきた。戦争と庶民の関係を自分なりに解明したかったのだと思う。動乱の波をまともにかぶって、堪え忍ばねばならないのは、いつの世でもわれわれ庶民である。私はその後の小説もいつも庶民から見あげた立場で書く。『花狩』は私の文学的出発点である」と語っている。「花狩」は、おタツという庶民の女の人生と運命が大阪近代史の「歳月」の流れのなかで描かれた。足立巻一は、さきの「解説」のなかで、「花狩」は「これまで書かれなかった大阪の庶民近代史ともなり得ている」と評した。その意味で田辺聖子の「花狩」は、大阪近代文学を考える上で無視出来ない作品であろう。

林真理子は「田辺聖子を読む」（「ＬＥＥ」昭和五十九年十一月号）で、田辺聖子文学の「怖さ」について、「この小説〈花狩〉には田辺さんのいろいろなものが詰まっている。大阪弁のおかしさ、庶民のバイタリティ。そして主人公おタツの、なんといきいきと愛らしいこと。それなのにこういう女性に田辺さんは悲しい運命を課している。夫と子どもを失なわせ、戦争に会わせ、そして貧しくしていく。それよりも何よりも、本の第一ページで恋人を盗み見ては拗《す》ねる少女が、本の終わりでは老いているという事実。老いるということは、人生を知ってしまった哀しみといい替えてもいい。バラ色の頰をもった少女も決して逃れることのできない運命――。私のいう田辺さんの『怖さ』というのはこういうことなのだ」と述べている。田辺聖子の「文学的出発点」となった「花狩」には、林真理子が指摘するように、田辺聖子の「いろいろなものが詰まって」いる。そのなかでなによりも大事なのは大阪人のもつ庶民性である。田辺聖子文学は、常に庶民に寄り添ったところにある。庶民を見下し、事大主義や権威主義を振りかざすような指導者的根性が微塵もないのである。

（「国文学〈解釈と鑑賞〉」別冊〈田辺聖子〉平成十八年七月十五日発行）

Ⅲ

文藝雑誌「葦分船」

河井酔茗は、「明治年間の大阪文学」(『南窓』昭和十年十二月三日発行、人文書院)において、明治年間における大阪文学を次のように概観している。

明治十五六年以前の大阪には、独立した文学はなかつた。大阪を中心として独立した文学の起つたのは、明治年間に二度しかない。第一期は明治廿四五六年頃、第二期は三十一二三年頃である。第一期に出た人達は殆ど大阪で終始し、第二期に出た人達は大半東京に移つて、現文壇の人となつてゐる。即ち第一期には中村吉蔵、高須芳次郎、西村真次、高安月郊、薄田泣菫、与謝野晶子等の諸氏がその主なるものだ、が、私もまた仲間の一人であつた。

それまで新聞につづき物ばかり書いていた大阪の文士たちが、明治二十四年ごろから、独立した文藝雑誌を持ち、各自に創作を発表するようになる。「なにはがた」は、明治二十四年四月に創刊され、明治二十六年一月までに二十冊刊行された。この「なにはがた」は、大阪図書出版会社から発行され、大阪朝日新聞社系の文士達の集まりである浪華文学会の機関誌であった。編集者は本吉乙槌(欠伸)である。浪華文学会の会員には、西村時彦(天囚)、岡野武平(半牧)、渡辺勝(霞亭)、武田頴(仰天子)、木崎愛吉(好尚)、磯野於菟介(秋渚)、長野一枝(圭円)等のほか、のちに堺利彦(枯川、橙園)、村上信(浪六)、丸岡久之助(九華)等も加わり、大阪文学の一大中心勢力となった。

この「なにはがた」に強く対抗意識を持って、大阪毎日新聞社系の文士達が大阪文藝会を組織し、機関誌「大阪文藝」を明治二十四年十月に創刊した。編集人は金子福次郎であり、創刊当時の会員は三十七人、おもな人物に香川蓬洲、宇田川文海、久津見蕨村、木内愛渓等がおり、第四号より菊池幽芳が参加した。

「なにはがた」や「大阪文藝」が創刊された明治二十四年ごろから、大阪の文藝は、朝日新聞社系と毎日新聞社系との文士たちが中心となって、その盛んな活動を開始し、明治年間における最初のピークを形成したのである。

「葦分船」は、こうした大阪における文学運動がこれまでになくすこぶる盛んになり、東京に拮抗する勢いがあった機運に乗じて創刊されたのである。

「葦分船」は、明治二十四年七月十五日に第一号が発刊され、明治二十五年四月十五日発行の第十号を以て一応廃刊されたが、更に翌月、すなわち明治二十五年五月十五日に再刊された。そして、明治二十六年七月十五日までに十五冊を出した。結局、「葦分船」は、明治二十四年七月十五日から明治二十六年七月十五日まで、全二十五冊刊行されたのである。

「葦分船」は体裁の上から、「なにはがた」や「大阪文藝」などの雑誌とは異なった特色を示した。「なにはがた」や「大阪文藝」は四六判の雑誌であったが、「葦分船」は菊判、タブロイド判、四六倍判を採用し、どちらかというと雑誌スタイルというよりも、新聞スタイルを指向したようだ。「葦分船」の紙型を記すと、次のように三分類される。

① 菊判

明治二十四年七月十五日発行の第一号から明治二十四年十二月十五日発行の第六号までの六冊。実寸を記すと、縦二十三糎・横十六糎。菊判よりはやや大きめである。

② タブロイド判

明治二十五年一月十五日発行の第七号から明治二十五年四月十五日発行の第十号までの四冊。実寸は縦三十五糎五粍・横二十七糎五粍。このタブロイド判から以後、「葦分船」は、表題の上に「文学雑誌」の四文字を冠した。

再刊された明治二十五年五月十五日発行の第一号から明治二十六年七月十五日発行の第十五号までの十五冊。実寸は縦二十七糎・横十九糎五粍。

③　四六倍判

「葦分船」を見て、先ず注目されるのは、「編輯　山田芝廼園」に並んで「補助　尾崎紅葉」と記されていることであろう。編輯補助としての尾崎紅葉の名前は、「葦分船」第一号（明治二十四年七月十五日発行）から第十号（明治二十五年四月十五日発行）まで、すなわち、第一次の「葦分船」の毎号に掲げられている。そして、尾崎紅葉は「葦分船」第一号に「寄芝廼園」を、第二号に「“Quatation”に就て」を寄稿した。また、硯友社創設の一人であった丸岡九華が小説「獅子王」を第四号から第八号まで連載して協力しているところを見ても明らかなように、「葦分船」は尾崎紅葉とつながりのある硯友社系統の雑誌であった。

「葦分船」の発行所は大阪市西区京町堀二丁目百三十九番邸の蕙心社、発行兼編輯者は大阪市東区（現、中央区）伏見町四丁目十七番邸の山田三之助、印刷者は大阪市東区（現、中央区）瓦町二丁目九拾八番邸の小津市太郎である。発行所の蕙心社の住所は、「葦分船」第一号巻末に『大阪府下新町村名改正地図』新版の広告を載せている大華堂と同じところである。蕙心社は書店の大華堂に置かれ、大華堂が「葦分船」の発行実務を引き受けてやっていたとみてよいであろう。発行兼編輯者の山田三之助は、芝廼園の本名で、明治二十四年十二月には大阪市東区伏見町から神戸へ移り住んだようである。「葦分船」第六号（明治二十四年十二月十五日発行）には、山田三之助の住所が神戸市北長狭通二丁目六十八番屋敷となっている。この第六号にある住所「二丁目六十八番屋敷」というのは誤植か、書き誤りか、第七号からは「四丁目六十八番邸」とある。

「葦分船」における芝廼園の占める存在は大きい。「葦分船」は芝廼園が主宰した雑誌と見做してよいであろう。しかし、「葦分船」創刊当初は、芝廼園と秀月山人（島津秀月）の二人が中心となっていたようだ。というのは、第一号の「社規」に「社員の投稿は編輯上の都合有之候間毎月一日迄に左記の宿所へ御送附を乞ふ」と、神戸市坂本村七百三拾五番地の島津秀月の名前が出ているからである。この秀月山人は「葦分船」に小説「惜春姿」「恋の夜嵐」「藤紫」「雁枕」を発表している。だが、どういう理由によるのであろうか、仕事の都合であろうか、秀月山人は神戸を離れることになる。秀月山人は「葦分船」第四号（明治二十四年十月十五日発行）の巻末に「恋修業のため出立仕候間皆様へこゝにて御暇乞申上候」と十月十一日の日付のある「御暇乞」を載せ、同号の「社告」に、山田芝廼園は「今般秀月山人東遊を思ひ立候間以後金玉の御草稿は都て拙者宛に御投寄有之度候也」と記している。なお、「葦分船」第一号に附録として挿入された「蕙心社々員金蘭簿　第壱」には、「葦分船」の「発企」者として、渓香散史、島津秋月《ママ》、草廼家のどか、不粋堂、木蔭情史、なみの花子、露の宿松衣、山田芝廼園の八名の名前が列記されている。

「葦分船」に「発行兼編輯者」として「山田三之助」の名前が明記されるのは、明治二十五年四月十五日発行の第十号までである。この第十号をもって「本船儀今般都合に依り当号限り廃刊仕候」と宣言したにもかかわらず、そのすぐ翌月に「新艘の御披露」として「葦分船」を再刊させている。その間の事情がよくわからない。

再刊された第二次「葦分船」の発行所は、これまでと同じく蕙心社で変わりはない。だが「発行兼編輯者」（再刊第一号のみ「発行兼印刷人」とあり、再刊第二号より第十五号まで「発行兼編輯者」とある）の名義は山田三之助でなく、大阪市東区瓦町二丁目九十八番邸の小津市太郎に変更されている。そして、印刷者は大阪市西区江戸堀上通二丁目七十七番邸の青山卯一郎に代わっている。どうして第二次「葦分船」では「発行兼編輯者」の名前に「山田三之助」を省き、これまで印刷人であった「小津市太郎」に変更する必要があったのか。山田芝廼園が再刊された第二次の「葦分船」の編集から一切手をひいたというわけでもなさそうである。というのは、再刊第一号の「定」に「投稿所は神戸市北長狭通四丁目六十八番邸山田芝廼園方とす」と明記されており、「葦分船」再刊第二次も山田芝廼園の編集で刊行されたことは間違いないようだ。山田芝廼園の実業の仕事が多忙となり、「葦分船」の廃刊を決定したが、書店の大華堂が「葦分船」の続刊を強く懇願し、結局、山田芝廼園の負担を軽くすることで「葦分船」第二次が刊行されたものと思われる。

　山田芝廼園については、明石利代が「『葦分船』とその文壇関係」（「親和国文」昭和五十年二月十日発行、第九号）で、神戸市生田区役所で照会したことを報告している。それによると、山田芝廼園は大阪の人ではなかった。万延元年（一八六〇年）七月十六日に東京府本郷区本郷弓町一丁目の奥平鎌助の三男として生まれた。尾崎紅葉の出生は慶応三年（一八六八年）十月三十日であるから、山田芝廼園は尾崎紅葉よりも八歳も年上ということになる。山田芝廼園の本名は三之助である。明治十四年六月十八日に奥平三之助は、東京府麻布区飯倉片町の山田鑇《ママ》馬の二女かねの入夫となり、山田姓を名のるようになった。山田芝廼園は、「葦分船」を創刊した時、明治二十四年七月には大阪市東区伏見町に住んでいたのであるが、いつ東京から大阪へ移ってきたのか判明しない。明石利代は「彼の来阪の時期は『花かたみ』廃刊以後であるのも間違いなかろうし、『なにはがた』が創刊された時は、既に彼は大阪にいて文人らと結べる程度の文学的交遊を持ち、実業についていたに違いない。そうなると、彼の来阪の時期を二十三年ぐらいとするのが妥当なのではなかろうか」と推定しているが、なぜそれが「妥当なの」か、その根拠は全く示されていない。山田三之助が、明治何年に東京から大阪市東区へ転籍したのか。明石利代が神戸市生田区役所に照会したのであれば、なぜその時、遡って大阪市東区役所にも照会しなかったのか。昭和五十年であれば、それを調べることが出来たものをと残念に思う。山田芝廼園が東京に居たときに、尾崎紅葉となんらかの縁故が出来たものと推察出来る。

　「葦分船」が文学辞典の独立した辞典項目として採用されるのは比較的に早い。『日本文学大辞典』（昭和七年六月二十日発行、新潮社）において既に採りあげられている。明治期に大阪から刊行された代表的な文藝雑誌といえば、高須梅渓らが編集した「よしあし草」であろう。明治三十年七月に創刊された「よしあし草」は、のち日本近代文学館から復刻版が出版された。しかし、『日本文学大辞典』には、この「よしあし草」も「なにはがた」や「大阪文藝」も無視され、どういうわけか項目としては採用されていない。二十五頁に満たない片々たる大阪の同人雑誌であった「葦分船」が辞典項目として『日本文学大辞典』に採用されているのである。これは異例の扱いといってよい。それだけ早くから「葦分船」は人々の注意を惹いていたのであろう。

斎藤昌三が『日本文学大辞典』の「葦分船」の項目を執筆している。そこで斎藤昌三は「葦分船」を「前期は一冊二十頁内外、後期は八頁内外の小冊子であつたので、批評的短文を以て満たされてゐた。その中で、『文学雀』と題したゴシップ的消息は、当時の文学界の裏面を知る好資料である。」と評した。

芝廼園は「葦分船」に小説「源氏かるた」や「小福島」などを執筆している。それら「葦分船」に発表された小説が「よしあし草」や「なにはがた」「大阪文藝」に掲載されたものより、文学的に優れているから、『日本文学大辞典』では項目として「葦分船」を採用したのではないであろう。明治文学史において、「葦分船」が注目を惹いたのは、芝廼園等の小説ではなかった。

芝廼園が、「主義の主眼のと鹿爪らしき義は毛頭御座なく候」と宣言し、埋草的な雑報記事を載せる「文学雀」欄で、軽口をたたき、囃し立てた。斎藤昌三が「『文学雀』と題したゴシップ的消息は、当時の文学界の裏面を知る好資料である」といったように、「葦分船」の面白さは、小説ではなく、芝廼園が軽口を書いた「文学雀」欄の雑文にある。

芝廼園の軽佻浮薄なたわいもない雑文に、過敏に反応し、癇癪を起こしたのが森鷗外であった。この森鷗外と芝廼園との「文壇の花合戦」論争がなければ、「葦分船」は明治の文壇の人々に広く知られることがなく、消え失せていたであろう。「文壇の花合戦」論争は、芝廼園が「葦分船」第一号に、芝阿弥の名前で、忍月と鷗外が言い争っている「花合戦は池洒蛙々《いけしやあゝく》の面《つら》に水合戦」と、誰やらも申したではないか、「野暮の筆合戦は最早ここらで菖蒲〳〵」とからかったことからはじまる。芝廼園は、このあと、捨鉢外道の名で「蛙の面に水引かけて再び進上申す」（「葦分船」明治二十四年十月十五日発行、第四号）を書き、そして、無頼魔の名で「山房荒神の酔狂を嗤ふ」（「葦分船」明治二十四年十一月十五日発行、第五号）を発表した。これに対して、森鷗外は、次の三編を書き、応酬したのである。

「蛙の面に水」（「しがらみ草紙」明治二十四年九月二十五日発行、第二十四号）

「魔王の決闘状」（「しがらみ草紙」明治二十四年十月二十五日発行、第二十五号）

「与芝廼園書」（「しがらみ草紙」明治二十四年十一月二十五日発行、第二十六号）

「野暮」と、その「酔狂」を嗤った芝廼園のわずか一、二頁にもならない短文に対して、森鷗外はむきになって、十七頁にも及ぶ長文の「与芝廼園書」を執筆するはめになったのである。論争そのものは、子供の喧嘩のようなところがあって、論争内容の深味はない。芝廼園を相手に執拗なまでにむきになっている森鷗外の異様さだけがきわだった論争であった。そこに森鷗外の戦闘的な気質が顕著に表れている。この「文壇の花合戦」論争に言及した評論に、谷沢永一の「鷗外にだけは気をつけよ」（「新潮」昭和五十六年四月一日発行、第七十八巻四号）がある。芝廼園と森鷗外の論争を詳細に論じ、好戦癖鷗外の真骨頂を見事に解明した評論であった。

この「文壇の花合戦」論争のほか、「葦分船」が明治文学史において興味をひくことは、徳田秋声が小説を発表していることである。徳田秋声は、明治二十四年十月十九日に父雲平が中風を患って死去した後、金沢の第四高等中学校を中途退学し、桐生悠々と上京した。が、徳田秋声は明治二十五年五月に大阪へ赴き、兄の許に寄食し、大阪を放浪した。伊狩章「硯友社時代の徳田秋声」（「国語と国文学」昭和三十一年五月一日発行、第三百八十五号）や野口冨士男『徳田秋声伝』（昭和四十年一月二十日発行、筑摩書房）など、徳田秋声研究者によって、徳田秋声が、啣月楼主人の名前で、小説「ふゞき」を「葦分船」第九号（明治二十六年一月十五日発行）、第十一号（同年三月十五日発行）に発表していることが明らかにされた。

「葦分船」には、この徳田秋声のほかにも、河井酔茗なども投稿していたようである。河井酔茗は「明治三十年代の大阪—この頃の世相と文藝雑誌—」（坪内士行他編『京阪百話』昭和八年七月十七日発行、日東書院）で、次のように記している。

山田芝廼園といふ人の主宰で『葦分船』が刊行された。体裁にも編輯にも一種の独創があつて、謂はゞ一寸気の利いた文藝雑誌であつた。二十五年五月から一年以上は続いたであらう。私は此の『葦分船』に当時流行してゐた西鶴張の短い文章を寄せてゐたので、前期時代には私など未だほんの子供上りだつたから、投書が載せられて喜んでゐる位のものであつた。

河井酔茗が書いた「西鶴張の短い文章」とはどれであろうか。その時、河井酔茗がどういう筆名を使用していたのであろうか。「葦分船」を見ると、明治二十四年九月十五日発行の第三号に、酔茗軒の「雨後」が出ている。「西鶴張の短い文章」というのは、この「雨後」のことであろう。明治二十五年四月十五日発行の第二次の第十号にも、酔茗軒の「吹くからに散るを惜まぬ花紅葉残すかをりはしる人ぞ知る」の歌が掲載されている。この「酔茗軒」の名前の上に地名「堺」が付されており、「酔茗軒」は河井酔茗であることは間違いないであろう。

勝本清一郎は、四半世紀をかけて探索した北村透谷の「風流」について、その執筆年月を明治二十五年十月と推定した。明治期に刊行された雑誌で、現在では散逸してしまったものもある。「あづまにしき」という雑誌もその一つである。堀部功夫は「透谷『風流』—執筆年月」（「池坊短期大学紀要」昭和五十五年三月十日発行、第十号）で、第二次「葦分船」第一号（明治二十五年五月十五日発行）に出ている「あづまにしき」第一号の広告中に「風流……北村透谷」とあることから、北村透谷の「風流」は「明治25年4・5月頃の執筆である可能性」を指摘している。堀部功夫の論文は単に「葦分船」の本文だけでなく、広告などにも目配りすることが大事であることを示唆している。

「葦分船」についての同時代の批評、紹介文の、管見に入ったものだけを、次に紹介しておきたい。

「大阪朝日新聞」明治二十四年七月二十六日付に「葦分船第一号　大阪蕙心社発兌」として、次のようにある。

芝の園、露の宿なんどしほらしき名の人々浪華の諸才子を狩催ほして果もなき文学の海に乗出せし葦分船は花くらべ、文学雀、日ぐらし硯、かほり草、筆のあや、うかれ鴉の数欄を櫂とし楫とし碇として烈しき風波を乗切らんとす勇し〳〵其積載せたる貨物は孰れも色あり情あり大和錦の光まばゆきばかりなり

「大阪毎日新聞」明治二十四年七月二十六日付に「葦分船第一号　蕙心社発兌」として、次のようにある。

なには潟に次で関西の文学雑誌を名乗る葦分船は芝廼園主人が櫓取つゝ既に漕出したり、了得《さすが》紅葉山人の補助だけ体裁万端江戸紫スツカリその儘、先づ巻頭に紅葉子名乗出て二号活字七行半の祝章めきたるものを半枚一ぱいに並べられたは字数少くして空地多く時分がら涼し相に見えたり次に芝の園の発行主意書、鹿爪らしき儀は毛頭御座なく、候へども〇ゝなどを附て文章を利されしはチト不感心なり其余の事はよしもあしも言はず大目の沙汰に及び置きぬ秀月山人の「惜春姿」其一のみにては全体を知るに由なけれど保険附の美形が盆踊りを見に行きて悪漢に出会ふといふ古い趣向、夏向にはチト衛生に害が……露の宿主人の「恋は誠一命君様へさゝげもの」は西鶴九拝の書ぶり艶沢山の所、元禄熱に浮された人達大受なるべし或人この題号読む間に知らず〳〵天神橋を五度往復《ゆきかへり》しと云へり芝阿弥の「井原西鶴翁」松寿軒の大提灯西鶴が存在《いき》てゐたなら汽車の粕漬ぐらゐは持て礼に来るべし秋渚の「そゞろあるき」肝腎の紀行が横道へ外れて美女の評判、長い日とは申せ御《ご》ゆるりとした事、好尚堂の「かのも此面」硯友社一流の短文章雑報を思へば何でもなし草のやのどかの「毛布の辞」は天晴お手際、渓香散史の「身投大明神様」趣向は巻中の大明神様、元禄文学家は柏《かしは》手《て》打《うつ》て敬信すべし其他詩歌俳句などくさ〳〵あれど評するほどの事なし何は兎まれ此の葦分船は浪花に第二の硯友社を創出したるものにて出るものも出るものも西鶴崇信今に百の西鶴出来《しつらい》し七人将門《まさかど》をして呆然ならしむに至らむ

「大阪毎日新聞」明治二十四年八月十八日付に、「葦分船　第二号（蕙心社発行）」として、次のようにある。

葦分船の二号出たり、今度も紅葉上人巻首に名乗出て邦人の用ふる「くをてえしよん」に四種の別あるを説き御自身が京人形に、《 》を用ひたるお講釈、凡俗の小説家をしてトンと有難がらされたり、次は露の宿主人の「恋は誠」文章さら〳〵として宜けれど趣向は何《どう》やら西鶴の若風俗をチヨイ偸《ぬすみ》かと存ず、イヤ若風俗と言へば主人が文中に記されたる「浮世の闇を霽させ申べし」といふ句を初め「世上の取沙汰七十五日にもやまず」などは若風俗にて確に見たる名文にてスツクラ其のまゝとはチト……次に秀月山人の「惜春姿」意味深長と申さうか但しまた訝《おつ》ウク子られたりと申さうか、我ゝ俗物の目には解し難き名句沢山あり其の一二を記せば「秋ゆき寒けき冬の朝《あした》も夢となり、麗《うらゝ》かなる春の弥生も暮果ては花散りて来るを知りけり時鳥の声に胸さへ曇る五月雨の、空もはれては六月《みなつき》の末となりぬれどはれやらぬはこの身の胸」など分る人には嘸ぞ名文章なりと感ぜしめるならむが分らぬ評者などには一日考へたれど分らぬぞ是非なし、芝阿弥の「明治作家走馬灯」まだ第一といふ火の入ツた計りなれば廻り加減（筆の）を知るに由なし秀月山人の「紅葉大人に逢ふの記」ハめつぽう紅葉上人を有難がられた書振り元禄御信仰のほど察し奉る、渓香散史の「薔薇の下に伏す青蛇」短篇にて文章も面白し此佗不粋の「うらまれ鴉」草廼家の「水の説」など種種ありて紙数も以前から見ると倍になり一層見答が出来たり

「早稲田文学」第五号、明治二十四年十二月十五日発行の「時文評論」欄の「浪花の軽文学」に「『葦分船』は『江戸紫』の再来ともいふべし」という評がある。

「早稲田文学」第八号、明治二十五年一月三十日発行の「時文評論」欄の「近刊諸雑誌」に、次のようにある。

●葦分船と大坂《ママ》文藝　此浪花津の二雑誌につきては外面の評だけは嘗ていへり年と共にあらたまりしは『葦分船』の構造なり通《つう》を売る『葦分船』の記者が世の中に近眼多きを知らぬか六号活字おツ通しの印刷とは驚くべし今に見よ洒落好と近眼とは同訓の語とならん『大坂文藝』もさしてかはりなけれど久津見蕨村氏が独舞台の大太刀いと面白し『葦分船』の柯亭邦彦氏が駁論もをかし目下のところ此二氏をもて浪花の美文批評家の立者と見る

べし

「早稲田文学」第十号、明治二十五年二月二十九日発行の「時文評論」欄の「近刊諸雑誌」に、次のようにある。

●葦分船（第八号） 文学雀いよ〳〵いで、いよ〳〵かしまし芝廼園またもや山房殿下に上申し掃花仙大に当世の作者を嘲る、其第六に曰く『昨日は斯道の開山、今日は斯道の後見役、大布呂敷を広げてチヨンと雲隠れの早幕、下界の小供達は何をするぞと、ぐツと高くくられて沙翁の相談相手とはいよ〳〵見上たり、露で茶漬かツこむ仙人連中、今さら打て出るはなか〳〵以て不気味千万、土仏は水を渡らず木仏は火に近づかずとやら、一寸つまづいてはせツかくの金箔も危し〳〵、たゞ〳〵高く囀る麦畠の雲雀を下から眺るあほう共、あゝ首の骨が痛さうだ〳〵』と意味の深長なるが為か半分は解しがたし

木崎好尚は「大阪文藝」（「なにはがた」明治二十五年三月一日発行、第十一冊）で、久津見蕨村と柯亭邦彦との論争について、次のように言及している。

次に言ふべきものは久津見蕨村氏と「葦分船」なる柯亭邦彦氏との論鋒なりとす。今その衝突を挙ぐれば左の如し。

「文　藝」	「葦分船」
○思想学問の稚弱（第五号）世の批評に答ふ	大阪文藝第一号評言（第五号）
○文壇の偽壮士（同上）	大阪文学者に望むの文を評し幷せて久津見蕨村氏に告ぐ（第六号）
○病犬論者（第八号）	久津見蕨村の駁論に答ふ（第七号）

この由々しき文学上の論難は兎にも角にもわが浪花文学界希有の現象なりと謂ふを得べし。さればこそあれ「早稲田文学」はその第八号に於てこの論難を評論していづれも面白しといひ「目下のところこの二氏を以て浪花に

於ける美文学論の立者と見るべし」といふに至れり。所に珍らしげなる論戦を開きたりとて直にこれを以て立者といふを得べくば立者の相場もいと低まりたりと謂ふべきか。今予は煩しきを避けてこの両立者の論点を列挙してその身振、声色の優劣を甲乙せんとするものにあらず。たゞその言ふところ喜んで放言罵辱を受けつ返しつ偽壮士といひ病犬論者といひ（文藝）甚し矣哉久津見蕨村の狂妄なるやといふ（葦分）。論難の弊一にこゝに至れるか。夫れ両氏は目下のところ浪花に於ける美文学論上の立者と見られるゝものにあらずや立者その人にして毫も自重するの念慮あるなく彼れ罵詈を以て挑めば我れ讒謗を以てこれを迎ふこれ小児の為のみ。予を以てこれを見るに久氏は久氏の抱負あるべく柯氏は柯氏の天分あるべし。見ずや鷗外漁史が毎々その「しがらみ草紙」に於て文学を痛論するを。漁史の筆たる論、窔奥に入り弁、牛毛を拆つといへども然れども未だ曾て片言隻句他の罵辱を試みしことあらず而してその言ふところ説くところ自から敵をして活路を求むるを得ざらしむこれ良将兵を進むるの術なり文学上の偉観この上やあるべき。予は両氏がかゝる手腕を備へながらその手段のあまりに浅ましきを惜み今後益その学識と健筆とを以て斯文の為に反復論難し立者たるに負かざらんことを望む。

再刊された第二次の「葦分船」については、「読売新聞」明治二十六年二月二十五日付の「最近出版書」欄に、次の紹介記事がある。

◎葦分船（大坂西区京町堀通二丁目蕙心社）

相変らず花紅葉の眺め面白い事なり殊に最も感心なるは此社の人々は活字を組むことになる一事上手なり之は恐らく雑誌界の大王なるべし、提灯に釣鐘の趣向は好けれど詞海との悪口競べはまう大概にしたらどうです。

菴主枯川記す「水無菴漫筆」（「浪花文学」明治二十六年三月二十日発行、第二号）の文中に「葦分船」について、次のようにある。

我れは葦分船の事を記すを好まず、好まざれども一度は記さん、葦分船は洒落、粋、通など云ふ事を主意とせるが如し、卑しからずや、批評などに巧に穿てる事もありて、いと面白き節もあれど、全体の真面目ならぬに、唾かけんとこそ思はるれ、只広告の意匠と活字の鮮明とは誇るに足らん、山田芝廼園氏主筆なるべし、氏抑いかなる心ぞや、請ふ見よ小文壇を、

「大阪毎日新聞」明治二十六年三月二十五日付は、徳田秋声が啣月楼主人の名前で小説を載せた「葦分船」第十一号を、次のように評した。

●葦分船第十一号　本号載する所の逝水庵主人の東雲重三（完）は文政天保の間に跋扈せし長脇差の性行写し得て妙されど惜むらくは螺祭文を聞くの思ひあり此種のものは浪六の三日月以来上乗のものを看ず荷葉の藤衣（上）は無心の少女が慈母の死に遇ふ断腸の情最も能く写したり南天庵の半纒の詞はなくもがな芝阿弥の悼黙阿弥翁は短文にして好し雀舌子の正太夫殿へ竹のや殿《ママ》へは葦分船が常に誇言を文壇に吐くその責任の一部を全うしたるもの蛸入道得意の図春季大競馬は一寸面白し渓香の旅中の家兄巴峡仙の東海の煙波啣月楼主人のふゞき等は文細かにして叙事斬新批評欄の精密は文学に熱心なる処顕れたり諸子は宜しく盲俗以外（文壇の）に知己を求めよ然らずんば千秋の下明治の文学歴史に葦分船の名を遺せよ

訥斎主人は「時文漫言―京阪の花時―」（「浪華文学」明治二十六年五月二十五日発行、第四号）で、次のようにいう。

「葦分船」滑稽諧謔の筆を弄すと雖も割合に憎気少し、「一点紅」の文字は人身攻撃にわたること多し、よし攻撃ならずとも、人身の批評にわたること多し、文人の人身に対して攻撃を与へ批評を加ふること、豈に文学雑誌といふものゝ任ならんや、世之を醜とす、

「浪華文学」第四号・明治二十六年五月二十五日発行の「新刊物批評」には、「葦分船」第十二号についての、次の短評がある。

例により広告の体裁に趣向を凝らしたり。美文、雑文の綱引は珍し。「文学雀」の一部分、「うかれ鴉」など、あ

ながちにかいやりすつべきにもあらず、芝廼園氏の筆力はこれら二三篇の中に髣髴たるを覚ゆ。

これらの時評により、「葦分船」が刊行当時、どのように読まれ、問題にされていたかが推測できるであろう。

（『葦分船〈関西大学図書館影印叢書第八巻〉』平成十年十二月二十五日発行、関西大学出版部）

文藝雑誌「反響」

雑誌「反響」は、大正三年四月十六日に発刊された。創刊号奥付には、発行人が森田米松（草平）、編輯人が長田《ママ》弘治（生田長江）、発行所が反響社、発売所が植竹書院と記されている。題字は夏目漱石、表紙画は津田青楓が描いた。

森田草平と生田長江は、「反響」発刊に先立って、その披露会を大正三年三月十四日に神田橋外の三河屋で開いている。森田草平は、創刊号巻末の「消息」欄で、「初号に書いて貰へさうな方々へ、生田君と小生との名で招待状を発した。「お約束下すつた方々は、漱石先生を除いて、一人も残らず御集り下すつた」として、その時の出席者の名前を、次のように列記している。

津田青楓、徳田秋江（近松秋江）、中村古峡、植竹喜四郎、小宮豊隆、岩野泡鳴、安倍能成、鈴木三重吉、岡田耕三、堺枯川、万造寺斉、伊藤証信、沼波瓊音、和辻哲郎、阿部次郎。

森田草平と生田長江は、夏目漱石に師事する以前から、一高の同窓として、文学的交友を結んで来た。その二人が「反響」を出すにあたって、漱石門下生関係者だけでなく、岩野泡鳴や近松秋江のような人から、社会主義者の堺利彦や求道的宗教人の伊藤証信といったような人々をも参集しているところに、この雑誌の傾向や特色があるといってよい。

「反響」第一巻第一号には、創刊の辞の類は掲載されていない。だが、生田長江が「消息」欄で、「反響」発刊の抱負や意図、心構えといったようなものを、「私共が雑誌を出したのは、人真似をしよう為めでない。なるべく他の雑誌とちがつたところのあるものを拵へるつもりだ」「私共は批評に重きを置くと云ふ事からして、つむじを曲げ始めるつもりである」「どんな場合にも喧嘩両成敗にすることが『公平』と思はれてゐる今日では、『公平』な仲裁をするよりも『正直』な喧嘩をしたいと思ふ」「私共は私共と近い人々にいよいよ近づいて行く。思想を、趣味を、もしくは肌合を同じうする限りに於て、何等かの党派らしいものが出来上り、またそれに活気のある限り、だん〱と色彩を濃厚にしてて《ママ》行くのは自然の勢である。」と述べている。また、「言論の自由を出来る丈け拡大する為めには、政治論なぞもやれるやうにしなければならぬ。それも近い内に実行する。」とも記している。生田長江の仕事は、谷沢永一が『大正期の文藝評論』（昭和三十七年一月三十日発行、塙書房）で指摘するように、この時期から文藝批評から社会批評に集中していく。文藝評論雑誌である「反響」でも政治論が掲載出来るように、生田長江は第一巻第二号の「編輯ののち」欄に、「『反響』も次ぎの七月号から保証金を積むことにいたしました。『早稲田文学』の広告にならつて言へば、一千円と云ふ大金を納めるわけなのです。これからは私共の言論が、政治上の時事問題に亘つても、単にその廉を以て御咎めを受けるやうなことはないさうです」と書いている。そして、生田長江は「馬場孤蝶氏の立候補に就いて」を第二巻第三号（大正四年三月一日発行）の巻頭に載せ、馬場孤蝶を衆議院議員候補者に推し、その選挙運動に乗り出していくのである。

「反響」は、森田草平と生田長江との共同主宰で発刊されたが、森田草平が主に経営・会計役を、生田長江が編集の方を分担したようだ。

生田長江は、「反響」第一巻第七号（大正三年十一月二十八日発行）の「編輯ののち」で、「反響社は今度から、私一人で万事をやつて行く事になりました」と記している。植竹喜四郎と安藤現慶と共同で経営しかけた日月社の事業が、植竹書院から独立して、安藤現慶が単独でやることとなったので、「反響」の発売所も日月社に変わると共に、森田草平が「反響」第一巻第六号で手を引くこととなった。森田草平は、その経過を次の第一巻第八号（大正四年一月一日発行）の「編輯ののち」欄の「消息」で、

自分が『反響』の経営を辞したので、何か生田君と小生との間に主義や意見の相違があつて止めたやうに噂される向きも有るやうだが、それは間違ひだ。縦しや主義や意見の相違が有るとしても、同じ雑誌に顔を並べる位小生は平気だ。又そんな物が有るか何うか検べて見たこともない。事実は斯うです。最初安藤枯山君が金子を出して、雑誌を遣つて見たいといふ話が有つた時、自分は別段雑誌をやるだけの意志もない所から、早速生田君の所へ持ち込んだ。所が、安藤君と小生とは元から懇意で有つた行きがゝりから、両者の繋がりとして当分小生が経営――会計役を負担することに成つた。が、だん〳〵生田君と安藤君の間に意志の疎通も出来た所から、自分は極めて柄にない会計役、殊に随分骨の折れる雑誌の経営を辞退して気楽に成つた迄のことで有る。元来自分はそんなに雑誌を出すといふことに興味がない。生田君は割合興味が有る。そこで都合好く話が纏つて云はゞ予定の進行を取つた次第で有る。尤も只の原稿を書くことだけは御覧の如く本号にも書いて居る。

と述べている。「反響」が生まれるのに際して重要な役割を果たした一人である安藤枯山（現慶）は、根岸正純の『森田草平の文学』（昭和五十一年九月十五日発行、桜楓社）によると、僧侶で、住寺は安城市赤松の本楽寺である。「反響」には、「教界新著月旦」（一号）、「新著二種」（二号）、「六月の宗教雑誌から」（三号）、「七月の雑誌から」（四号）、「新刊紹介」（五号）と、宗教関係の書評や月評を載せている。森田草平と「安藤氏との交友は、草平の旧知であり明治三十八年無我愛運動を主唱した伊藤証信を介して始まった」という。森田草平の『漱石先生と私　下巻』（昭和二十三年一月三十日発行、東西出版社）に、親鸞上人をめぐる、夏目漱石と森田草平と安藤現慶との間の逸話が記されていて、森田草平の紹介で、安藤現慶は漱石の門にも出入していた。森田草平が「反響」を辞して後は、生田長江と安藤現慶とが編集に当たった。「反響」第二巻第三号の表紙には「政治宗教文藝の高等批評」といった宣伝文句が刷られ

ているが、安藤現慶は、『現代百科文庫宗教叢書』の出版など日月社の事業で多忙になったのであろうか、「反響」の編集に関係してからは、巻末の「編輯の後」以外に書かなくなる。

「反響」は、第一巻第九号（大正四年二月一日発行）の次に、巻号に序次を改めて第二巻第三号（大正四年三月一日発行）から第二巻第五号（大正四年五月一日発行）まで発行され、そして、三カ月を隔てて復刊第一巻第一号（大正四年九月九日発行）が出された。復刊第一巻第一号の発売所は東京堂である。生田長江は「編輯ののち」で、「従来発売の面倒は日月社で見て頂いてゐましたが、今度は東京堂の方へ頼むこととはり《ママ》ました。安藤枯山君との個人的交際を外にして、今後反響社と日月社との間には何の関係もございません。／既に昨年十一月以来経済上の責任等一切小生の負担になつてゐたのですけれど、発売所がやつぱり日月社なものですから、折々その辺の事情を誤解されてゐたやうです。」と書いている。

赤間杜峯の『禁止本書目』（昭和二年六月十五日発行、文福書店）には、「反響」は大正三年六月号と大正三年九月号の二冊が発禁となったと記録されているが、後者の大正三年九月号は、大正四年九月号の誤りではないか。「反響」大正四年九月九日発行の復刊第一巻第一号は、「文章世界」（大正四年十月一日発行、第十巻十一号）の「文界消息」欄に、「風俗壊乱の廉により発売を禁止せられた。」と出ている。

生田長江のほか、生田春月、荒川義英が「反響」復刊第一巻第一号の編集に関与したようであるが、それが発禁になってしまったため、経済的に行きづまって、そのまま終刊になる。結局、「反響」は大正三年四月十六日発行の第一巻第一号から大正四年九月九日発行の復刊第一巻第一号まで、計十三冊が出された。なお、「読売新聞」大正四年二月十七日付の「よみうり抄」に、「反響臨時号は馬場孤蝶氏の政見発表を満載して近々其社より発行する由」と出ており、また「反響」第二巻第三号（大正四年三月一日発行）に、生田長江が「先生」（馬場孤蝶）の政見は夏目漱石先生はじめ二十人ばかりの方の御名前を列ねた推薦状と共に、「反響」号外として印刷し、有権者全部並びに知名の人々へ配布することになつてゐる」と記していて、馬場孤蝶立候補推薦状が「反響」の臨時号として発刊された模様であるが、確認出来なかった。

すでに、紅野敏郎が「『反響』の位置づけをめぐって」（「日本近代文学」昭和四十七年十月二十日発行、第十七集）で、また、さきの根岸正純が『森田草平の文学』の〝大正前期の草平〟の章で、この「反響」についてかなり詳細に論じているので、ここでは、「反響」発行当時の月評を紹介しておきたい。

森田草平は、「四月の小説㊦」（「読売新聞」大正三年四月二十二日付）で、宣伝をかねて、「反響」創刊号を、次のように取りあげた。

> 新雑誌反響に出た沼波瓊音氏の『夏の陽炎』は小説と云ふものではない。氏が始めて参禅した経験を書かれたもので有る。あれを読んで別段新知識は得なかつたが、氏はあれを書く間に徹頭徹尾一言の矯飾をも交へられなかつたのを大変床しく思つた。一寸誰にも出来ない事で有る。村岡たま子《ママ》の『飯事のやうに』は、自分からは何とも言ふまい。只変つたもので有る。此雑誌は自分なぞが経営する事に成つて居るので、成べくなら一冊づゝ買つて読んで頂きたい。評は各自にお任せする。

「反響」創刊号に関していえば、世評はあんまり芳しくなかった。匿名くろたばあは「四月の雑誌を読みて」（「時事新報」大正三年四月四、七、九、十一、十三、十七～二十、二十二、二十三日付）で、「其の個々の言説がいかにも一寸の思ひ付きを並べたと云つたやうな、権威を帯びて居るものの少ないことを遺憾に思ふ、少なくとも森田、生田両氏のを除いたものに、殊に其の真剣味の足らぬ、軽浮な響きを帯びたものがある」と批判し、村岡たまの「飯事のやうに」についても「狙はうとした処は面白いが遂に堕胎して了つて、幼なくたと〳〵したところ許りが残つた」という。生田長江自身も「初号の体裁は全然失敗でした。一々申訳をするのも面倒ですが、私共自身もあんなひどいものを拵へる積りではなかつた」と、第一巻第二号の「編輯ののち」で、自己批判している。

「反響」に掲載された小説のうちで、問題作は第一巻第二号に掲載された森田草平の「下画」であろう。無署名「六月の雑誌を読みて」(「時事新報」大正三年六月十四日付)は、「森田草平氏の『下画』は、近頃になく生気の溌剌たるものであつた。三吉の行為に取懸る前の躊躇が、極めて力強く描出されて居る」「同じ肉体描写でも、かの『青草』の如く隙の多いものではなく、又かの『毒薬を飲む女』の如く単純な自己肯定から生れたものでもなく、何処までも深く突詰めた態度が快い」と賞賛した。石坂養平も「六月の文藝」(「文章世界」大正三年七月一日発行、第九巻第七号)で、「男と女とが関係する時の動作と心持とを詳しく写してゐる。一寸したことだが、女が『足には足袋を穿いて居る』のあたりは描写上の技巧として巧みだと思つた。ああ云ふ風に人間の全的生活から斯種の事実を切り離して部分的に取扱ふことにどれだけの意義があるか、私はその点を疑はずにゐられない。しかし日本人の書いた新しい作品には此作ほどに詳細に男女の肉体を描いたものはないから、その点から見ても注目すべき作品である」と評した。この森田草平の「下画」の掲載で、「反響」第一巻第二号は発禁に処せられた。そのため「下画」は、森田草平の著書に収録されることがなく、容易に読むことが出来なかった。

　素木しづの「おきみ」(第一巻第二号)については、加能作次郎が「六月の小説の中より三」(「時事新報」大正三年六月十五日付)で、「従妹の結婚に対する、出戻りの女の心持が、かなり複雑さうに思はせるやうな書き振りがいやであつた」と否定的に述べている。だが、素木しづは、このあと「雛鳥の夢」、「空へ」、「黎明の死」と続けて発表し、その才分を育んでいった。第一巻第四号の「空へ」については、六白星が「八月の雑誌」(「新潮」大正三年九月一日発行、第二十一巻第三号)で、「最近女小説書きの中では一番好い才分を持つて居る。今のところ田村俊子氏に次いでの才媛だ。但し此号の『空へ』は余りに奇を弄したやうなところがある」と評している。

　真山青果の「昼寝」(第一巻第四号)については、同じく六白星が「技巧が老巧なのは好いが、其の描写の様式に於て、如何にも島崎藤村氏の『家』から『食後』時代の技巧に支配されて居ることの眼に付くのが厭だ」という。

第一巻第七号の久米正雄氏の「軍国の亀鑑」と上野葉の「骸骨を抱いて」に関しては、無署名「十二月の雑誌から」(「時事新報」大正三年十二月十六日付)が、次のように批評した。

久米正雄氏の「軍国の亀鑑」は、すら〳〵と難が無く描かれた面白い諷刺劇である。しかしそれは習俗を外面から諷刺したところに、解り易く、前受けがすると云ふだけの諷刺で、更に深い思想と云ふ処までに触れて居ない、小さく浅い反抗だけに止まつて居るのを瑕とする。上野葉氏の小説「骸骨を抱いて」は、これほどの価値ある材料で、しかもどこから何所までも偽りの無い、真剣な経験と見えるものであるのにかう浅薄に取扱はれたのはいかにも惜しい気がする。

菊池寛が草田杜太郎の筆名で書いた戯曲「狂ふ人々」(第一巻第九号)には、無署名「二月の雑誌から」(「時事新報」大正四年二月十九日付)に、「所謂レーゼドラマであるが、遺伝に対する恐怖が可なり鮮明に出て居る」という寸評が出ている。

江連沙村の「おはま」(第二巻第三号)は、前田晁が「三月の文壇㈥」(「時事新報」大正四年三月十五日付)で、「一種のきはひがあつた。やがてそれは作者の意気であらう。けれどもコンポジシヨンの上には其処にも此処にも穴が明いてゐた。おはまの性格の研究にもまだ沢山の余地があると思はれた。あまりに表面の波を見過ぎて流れの姿を見ようともしなかつたやうに思はれた。而かもなほ極めて粗雑なものではあつたが、作者の頭の持つてゐる力は看過することが出来なかつた」と評している。

「反響」は、このほか、佐藤春夫や、彼と同棲していた川路歌子、あるいは第三次「新思潮」のメンバーであった豊島与志雄、そして、荒川義英、木村幹・田中貢太郎など、主として若い人々の作品を、それも党派性にとらわれないで載せている。それ以後の大正・昭和の文壇の担い手となった作家たちが、まだ文運が開けない時期に書いており、その意味で「反響」は極めて貴重な雑誌といえよう。

「反響」は評論に力点を置いた雑誌だけに、堺利彦と生田長江との実社会論争をはじめ、生田花世の「再び童貞の価値について」や生方敏郎の「相馬御風君に与ふる書」などの評論に関する月評も紹介したかったのであるが、もはやその紙幅もなくなってしまった。

（『「反響」解題・総目次・索引』昭和六十年一月三十一日発行、不二出版）

《夕刊流星号》の光芒

―「夕刊新大阪」について―

昭和二十年八月十五日の日本の敗戦とともに、戦後七年間、日本の新聞は連合軍総司令部（ＧＨＱ）の統制下におかれることになる。ＧＨＱは昭和二十年九月十日附で「言論および新聞の自由に関する覚書」を日本政府に送ってきた。原則として言論の自由を認めつつ、同時に占領政策に反する言論を取り締まる方針を明示した。次いで、九月十九日附で「プレス・コードに関する覚書（日本に与える新聞遵則）」を、九月二十七日附で「新聞言論の自由に関する追加措置」を、九月二十九日附で「新聞映画通信に対する一切の制限法令を撤廃の件」などの覚え書きを発した。ＧＨＱは、太平洋戦争に日本にかりたてた一つの要因に言論の中央集権があったと断定した。そして、ＧＨＱは用紙配給の実権を握るのである。用紙の統制は内閣情報局の所轄であった。ＧＨＱは十月二十六日附で「用紙配給に関する新聞連盟および出版協会の統制の排除に関する覚書」を出した。それまでの統制方式が廃止され、「新聞雑誌用紙割当委員会」にかわって、新しく「新聞ならびに出版用紙割当委員会」が設置された。ＧＨＱがこの制度を背後で管理することによって、実質的に用紙配給権をにぎるのである。ＧＨＱでは、民間情報教育局（ＣＩＥ）が用紙の割当統制を担当し、全国紙に対して、地方新聞、新興新聞の育成をはかったのである。大新聞の中央集権化を排除するために地方分散化をねらい、地方新聞の育成と、小新聞の新生に力を注いだのであった。その結果、全国の大中都市に百八十余社の新興新聞が簇出したのである。敗戦直後、全国紙はＧＨＱの用紙割当統制のためわずか朝刊二ページの新聞しか出すことができなく、夕刊の発行は不可能になっていた。戦前、すなわち昭和十九年三月六日から全国一斉に夕刊の発行が休止されていた。全国紙の夕刊発行は、戦後になっても、すぐには発行されることがなく、新聞用に改良された非統制のセンカ紙が登場する昭和二十四年十一月以後ということになる。

敗戦直後の全国紙は用紙の配給は足りないが、輪転機その他の印刷設備に余裕がある。人員も海外からの帰還や復員で余力がある。そこで、夕刊専門の新興新聞発行に助力するのである。新興新聞社は、いずれも自前の印刷設備をもたず、大新聞社の輪転機や活字などを借りて発行するという奇妙な新聞社であった。昭和二十一年二月四日に発行された「夕刊新大阪」も、その一つである。

「夕刊新大阪」の誕生

「夕刊新大阪」の発行所は、大阪市西区阿波堀通一丁目五番地の新大阪新聞社である。この「夕刊新大阪」の一番の特徴は判型が横型であるところにあった。縦約二十七センチ、横約四十四センチのタブロイド判二ページである。「夕刊新大阪」の題字も横である。編集兼印刷発行人は黒崎貞次郎である。その黒崎貞次郎は、この「夕刊新大阪」の判型が「横形」になった経緯を、のちに「なつメロ社会部長の唄」（『中央公論』昭和三十六年五月一日発行、第七十六年五号）のなかで、「われわれの仲間にも相当の知恵者がいて、新しく発刊するからには、まず形の上でも、世界新聞史上類例のないものを打ち出すべきであると提案、ここに珍妙な横形新聞が誕生したのである。この発案者は、〝なぜ横形などという、鬼面人を驚かす新聞にしたのか〟と、人に問われれば、言下に〝できれば球形の新聞にしたかった〟と、うそぶいていた」と語っている。この「横形の新聞」の発案者は、足立巻一著『夕刊流星号――ある新聞の生涯――』（昭和五十六年十一月十日発行、新潮社）によると、当時整理部長をしていた小谷正一であったようだ。

編集局長の黒崎貞次郎をはじめ、この整理部長の小谷正一ら「夕刊新大阪」の幹部社員たちは、すべて毎日新聞社からの出向社員であった。黒崎貞次郎は、さきの「なつメロ社会部長の唄」で、「幹部級だけは毎日の出向社員だったが、手足となって働く記者と来た日には、箸にも棒にもかからないズブの素人ばかり、いまでいうインスタント記者である。新聞記事などというものはどのように書くものか、そんなことはおかまいなし。なにかしら縁故採用ばかり、情実フンプンの人事であったが、とにもかくにも採用試験などという気の利いたことのできる社でもなければ、余裕もない。ただ、火事場のようにワイワイ騒ぐばかりであった」と回想している。「夕刊新大阪」は、毎日新聞社の意向によって、毎日新聞社の傍系別会社として、資本金一九万五〇〇〇円で設立されたのである。なお、関西地方では、「夕刊新大阪」と同じように、この時期、「大阪日日新聞」が朝日新聞社の、「大阪新聞」が産業経済新聞社（現、産経新聞社）の別動隊である夕刊新聞として創刊されたのである。

「夕刊新大阪」の主筆は井上吉次郎である。その井上吉次郎が「夕刊新大阪」創刊の趣旨を、「『夕刊新大阪』創刊」と題して、「人民評論」欄に、次のように書いている。長文になるがその全文をあげておく。

新しい世界の通行に新しい新聞が要る。新酒は古い革ぶくろに入れるものはない。ここに敗残から立直る新日本の一旗手として「夕刊新大阪」を発足させる。

新日本といつても、それは輝かしいどころのものでない。我々は十年の戦争に打ちのめされて了つた。惨怛たる敗北に変り果てた姿になつた。恐らくは有史以来最大の変革に際したといへよう。しかし、我々は事のここに至つた次第を段々に知つて来た。如何に戦争が起されたか。以下に戦はれたか。しかして敗れたか。真相が漸次摑まれてきた。真相を摑めば過ちを悟る。過ちを悟れば立直る真道を知る。

斯の道は簡単だ、かつ明瞭だ。民主主義を徹底させるだけのことだ。専制主義が国家をこのドタン場へ持つて来たんだからこの是正は百八十度の転法論で民主主義にきまつてゐる。問題はないんだ。問題は如何に民主主義を徹底させるかにある。戦争を契機として革命の成就される歴史の法則に、ここにも例外はなかつた。独裁か民主か、歴史の大場において結論に達した。

われわれの直面する困難は数限りない。飢餓の瀬戸際に立つて、敗戦者の巨大なる責務を負はなくちやならない。この棘の道は、ちつとやそつとの勇気で踏み渡れない。民生の問題は一層切実だ。崩壊した国民生活を再建する忍苦は辛い。

国民をこの不幸のドン底に陥れた因子は解剖され、急速に除去されゆく。軍閥は払拭される。財閥は解体される。官僚は制圧される。

しかし、植ゑ込まれた悪の根は形あるものの破壊だけで、忽ち消されてしまふやうなものでない。変革の完遂には反対勢力を確立する一途だ。民主主義に心の底から入換へてしまふほかない。しかして、一朝一夕でやれることでない。

けれどもかう見極めがつけば一道の光明が射す。敗残の国家の背後をなす日本社会は、脈々たる生命を保存する。社会大衆は、その生命力の故に、国家再建の希望を湧かす。元の強大なる軍国を再興しようといふのでないから、我々の希望は空想でない。世界の余他の国々が待望する線に沿つて、我々の国家生活を立直さう、といふ希望は達成される。

これは社会大衆の間に、むくむくと湧き上がつて来た要望だ。この澎湃たる社会要望に応へて我々の新聞が進発した。

われわれは基地をこの社会大衆の要望に置きたい。立場を社会大衆に求める。故に如何なる党派の機関でもない。保守勢力は当然にわれわれの排撃するものである。新日本の希望達成を邪魔する何物も、残りなく破壊しよう。希望達成の線に乗る一切のものと手を携へよう。特に或る一派と抱合するやうなことはしない。

われわれの報道は鮮新だ。われわれの態度は清明を期する。われわれの感覚は敏活でありたい。由来民権は西日本から伸展される。われわれは、西日本社会大衆の間に沸き起つた新日本再建の活発な要望に呼応して立つた。特に在来多く封建的勢力の影響下に置かれた婦人の自覚と地位の向上のために、われわれの努力を払ひたい。また勤労階級、中小商工業者の代弁者たらんことに関心を持つ。これは派別ではない。社会大衆のなかんづく顕要なる種類だ。「夕刊新大阪」は、国民大衆の生活確保の機関として、平和新日本成就のために、新しく生れ出たのである。

「民主主義を徹底させる」というのは、現在では月並みな、新鮮味のない、あたりまえの主張のようにみえる。しかし、軍国主義を経て、敗戦に至った当時の社会においては痛切なる問題であったであろう。この井上吉次郎の「『夕刊新大阪』創刊」を掲載した「人民評論」欄は、現在の新聞の「社説」に相当する欄であろう。「社説」でなく、「人民評論」と命名したところに、当時の時代的・社会的雰囲気がかもし出されている。しかし、「夕刊新大阪」においては、「社説」欄の原稿を執筆するだけの力のある記者が絶対的に不足していたのであろう。黒崎貞次郎が「新聞記事などというものはどのように書くものか、そんなことはおかまいなし」の「ズブの素人ばかり」が集まっていたというような新聞社内の実情においては、社内の記者たちだけで「社説」欄の原稿を継続して埋めていくことが困難であったのであろうか。そのため「社説」欄を設けないで、「人民評論」欄として、社外の各界の著名な人々に寄稿を求めたのであろう。この「人民評論」欄には、佐野学「反動を追っ払え」、美濃部亮吉「インフレは防止し得るか」、賀川豊彦「インフレ防止の基本条件」、蜷川虎三「世界は見ている」、片山哲「社会主義政策の滲透を期す」、阿部真之助「漢字制限」、宮本顕治「民主戦線確立の困難」等々が掲載されている。「夕刊新大阪」には、この「人民評論」欄だけでなく、「婦人」欄、文化欄に、多くの署名原稿が掲載されている。そこに「夕刊新大阪」が多くの読者を魅きつけた、おもしろさがあったのであろう。

支えた人々

ここで「夕刊新大阪」の構成メンバーを見ておく。どういう人々が「夕刊新大阪」の発刊を支えたのか。『日本新聞年鑑昭和22年』（昭和二十二年十月十日発行、日本新聞社）に、「夕刊新大阪」について、次のように記録されている。

現況一般

代表者　瀬戸　保太郎

編集兼印刷発行人　黒崎　貞次郎

日刊（夕刊）普通二頁（但し横型）

〔人事〕「首脳部一覧」

社長　瀬戸　保太郎

主筆　井上　吉次郎

編集局長　黒崎　貞次郎

編集総務兼報道部長　後藤　基治

営業局長兼経理部長　八幡　良夫

兼販売部長

「幹部一覧」

編集局整理部長　小谷　正一

兼企画部長

文化部長　山口　久吉

東京支局長　　　　　久住　良三
営業局広告部長　　若林　昌男
庶務部長兼厚生部長　牧　雄吉
人　事　部　長　矢上　武
広告部支部長　豊田　兼助（在京）

「従業員一覧」
編集局　七四名　業務局　七〇名　支社支局通信部　二一名
本社計　一四四名　社外配置計　二一名
総計　一六五名
〔附帯事業〕ローマ字普及の為「週刊英字少国民」を廿一《ママ》年一月十四日創刊
〔終戦後に於ける社内の民主化概説〕終戦後の創立にかかり諸事民主的である。
一、新大阪従業員組合の結成
一、経理公開を伴う経営懇談会の月例実践
一、紙面に人民評論欄を常置し各階級各属の自由なる言論に提供す。

「夕刊新大阪」の幹部のうち、社長の瀬戸保太郎だけが毎日新聞社からの出向ではなかった。この瀬戸保太郎については、その経歴や歿年月日なども含めて、くわしいことはよくわからない。足立巻一著『夕刊流星号―ある新聞の生涯―』では、瀬戸保太郎は『瀬戸源吉』という名前で登場する。それによると、瀬戸保太郎は明治二十三年に徳島県撫養《むや》で生まれた。高等小学校卒業後、満州の奉天に渡り、漢字新聞の盛京時報社に給仕として入社した。瀬戸保太郎は下働きから出発し、営業局で広告取りをするようになる。二十一歳の時、徴兵検査で日本に帰国し、盛京時報社の大阪支社長として大阪に住みつくようになったようだ。広告取りに腕をふるい、大阪のスポンサーを開拓し、個人で広告代理業を経営するようになる。そのおもなスポンサーは樟脳の藤沢薬品、洋酒の寿屋、栄養剤のわかもとなどであった。広告代理業で毎日新聞社とのつながりが出来たのであろう。毎日新聞社の意向によって、「夕刊新大阪」の社長にかつぎ出されたのである。

黒崎貞次郎編集局長は明治三十六年一月五日に大阪市で生まれ、昭和五十年十月三十一日に肺炎で死去した。大正七年に四條畷中学校中退後、大正十三年に大阪毎日新聞社に入社した。黒崎貞次郎が評判をとったのは将棋名人戦である。当時、名人位は「一人一世名人制」であった。十三世名人関根金次郎が後進に道を拓くために名人位辞退を声明した。そこで争奪戦に切り換えることを画策し、その棋譜《きふ》の独占掲載権を握ったのである。黒崎貞次郎は、戦時中、梅木三郎の筆名で「長崎物語」「空の神兵」「戦陣訓の歌」などの歌謡曲の作詞家としても活躍する。黒崎貞次郎が「夕刊新大阪」の編集局長を務めたのは昭和二十一年二月から昭和二十三年の春までで、わずか二年余りである。その後、黒崎貞次郎は、「毎日新聞」東京本社の社会部長として、帝銀事件や下山事件に取り組むが、昭和二十四年冬に事業本部長に就任し、毎日オリオンズの結成に尽力するのである。そして、昭和二十六年に毎日球団の専務取締役になり、昭和二十七年から昭和三十二年まで、パリーグ理事長として、プロ野球の発展に貢献したのである。

主筆の井上吉次郎は、明治二十二月四月十三日に和歌山県日高町大字志賀で生まれた。長崎鎮西学院中等部、青山学院高等学部を経て、大正五年八月に東京帝国大学文科哲学科を卒業。翌月、東京日日新聞社に入社したのである。そして、大正六年から大正七年までと、大正十三年から大正十四年までの二度ロンドン特派員としてイギリスに留学したが、欧州大戦に遭遇し、ツェッペリン飛行船による空襲に厭気がさして帰国したのである。当時、毎日新聞大阪本社の主幹であった高石真五郎に引っぱられて、大阪毎日新聞社に勤務するようになる。昭和五年六月に調査部長、昭和十一年七月に学藝部長、昭和十五年九月に出版編集部長、昭和十六年八月に東京日日新聞社出版局次長、昭和十八年四月に大阪毎日新聞社副主筆に就任し、翌年四月に退職した。そして、大阪毎日新聞編集顧問嘱託となる。戦後、井上吉次郎は「夕刊新大阪」の主筆にむかえられたのである。「井上吉次郎先生略歴」(『井上教授古稀記念新聞学論集』昭和三十五年一月二十日発行、関西大学新聞学会)によると、井上吉次郎は、昭和二十三年九月、日本放送協会評議員に就任し、翌年四月には関西大学教授となったが、同年九月に再び「夕刊新大阪」に復帰し、取締役・主筆・編集局長に就任する。だが、『日本新聞年鑑昭和26年』(昭和二十五年十二年二十五月発行、日本電報通信社)に、「二五年四月三〇日取締役主筆兼編集局長井上吉次郎、編集局長兼任を解く」とある。井上吉次郎は、昭和二十六年四月に関西大学教授に再任され、昭和三十五年三月に退職した。著書に『ルンペン社会学』(昭和七年四月五日発行、浅野書房)、『手と足』(昭和十一年五月二十日発行、人文書院)、『マス・コミュニケーションの諸問題』(昭和三十二年五月五日発行、三和書房)等がある。井上吉次郎は昭和五十一年三月四日に死去した。

後藤基治(編集総務兼報道部長)は、明治三十四年八月十四日に大阪市で生まれた。早稲田大学文学部独文科を昭和三年三月に卒業。大阪毎日新聞社に入社したのは昭和五年である。十年余り社会部で働き、その後「東京日日新聞」の政治部に移って政界を担当する。昭和十六年六月二十二日に海軍省の記者クラブ黒潮会に入会し、東条内閣の成立後の太平洋戦争開戦の動きをスクープしたのである。のち後藤基治は、その時のことを「運命の開戦スクープ」(「文藝春秋」昭和三十年十月五日発行、臨時増刊号)で回想している。後藤基治は毎日新聞社から「夕刊新大阪」に出向してきた。「毎日新聞」が昭和二十四年に独自の夕刊紙を発刊すると、後藤基治は「毎日新聞」東京本社に復帰し、社会部長となった。だが、昭和二十六年に新日本放送(現、毎日放送)へ出向し、東京支社長、常務、専務を経て、昭和三十六年に副社長に就任するが、翌年に新日本放送を辞任する。その後、瀬戸内海水産開発会社を創設して社長となる。後藤基治は昭和四十二年にフロンティア協会理事長を兼務したが、昭和四十八年七月十七日に急性肺炎のため死去した。

小谷正一（編集局整理部長兼企画部長）は、明治四十五年七月三十一日に兵庫県で生まれた。早稲田大学文学部を昭和十年に卒業し、その翌年に大阪毎日新聞社に入社した。配属されたのは事業部と社会部である。同じ年の八月に井上靖が大阪毎日新聞社に入社した。井上靖は編集局見習として、学藝部サンデー毎日課に配属されたのである。戦後、「夕刊新大阪」へ出向したきた小谷正一は、整理部長から、昭和二十三年には編集局次長、翌年には編集局次長兼学藝部長になるが、やがて「毎日新聞」大阪本社に復帰した。毎日新聞社では事業部長に就任し、ソ連のバイオリン奏者のオイストラッフ、フランスのパントマイムのマルセル・マルソー、ピアノのホロビッツらの日本公演を実現し、国際興行師としての手腕を発揮するのである。また小谷正一にはエッセイ「国際興行師の泣き笑い―海外藝能人招聘の黒幕と呼ばれて」（「文藝春秋」昭和三十三年四月一日発行、第三十六巻四号）がある。井上靖の小説「闘牛」「貧血と花と爆弾」「黒い蝶」のモデルになったのも、この小谷正一である。小谷正一はプロ野球パシフィック・リーグの創設や日本で最初の民放ラジオ局の開局にも、後藤基治らと一緒にかかわり、昭和二十六年には新日本放送の放送部長に就任した。その後、昭和三十五年に電通に移り、東京オリンピックの広報プロデューサを務めた。また、昭和四十五年の大阪万博では、住友童話館をプロデュースし、昭和六十年の筑波科学博では、広報委員長として活躍するのである。平成四年八月八日、心不全で死去した。

黒崎貞次郎は、「私は『本紙の発行部数は、十二万だ。ロンドン・タイムスは二十五万だ。ボクはこの新聞を日本のロンドン・タイムスにしてみせる』と、いま思うと顔が赤らむようなことを口走ったものである」と、さきの「なつメロ社会部長の唄」で「夕刊新大阪」時代のことを回想している。空爆で廃墟の街となってしまった大阪の地で、敗戦直後の暗い貧しい社会状態に打ちのめされることなく、「日本のロンドン・タイムスにしてみせる」ということを目指したのである。「夕刊新大阪」の初期は、すぐれた才能を持つ、黒崎貞次郎、後藤基治、小谷正一らの三人が中心となって、大新聞の持つ組織やしきたりやしがらみにとらわれないで、新興新聞として、自由奔放、大胆に、失敗を恐れないで、激しい情熱を持って、思う存分に、その能力を発揮していったところに、他の夕刊新聞には見られない斬新さがあるのである。新聞の判型を「横形」にするというような、これまでの新聞の既成概念にとらわれない「夕刊新大阪」の発刊は、当時の人々にとっては新鮮な驚きであったであろう。新鮮、潑剌とした「夕刊新大阪」の発刊は、沈滞しきっていた当時の大阪の市民の心をひきたて、なによりも市民に元気と勇気を与えたのである。

本紙の特長

さて、「夕刊新大阪」の紙面で注目すべきことの一つは、「婦人」欄を設けていることであろう。主筆の井上吉次郎は、さきの「『夕刊新大阪』創刊」のなかで、「特に在来多く封建的勢力の影響下に置かれた婦人の自覚と地位の向上のために、われわれの努力を払ひたい」と述べていた。「夕刊新大阪」の紙面に、それが具体的に反映するのが「婦人」欄であろう。紙面がわずか二ページに制限されている敗戦直後の新聞で、「婦人」欄を設定した新聞は、この「夕刊新大阪」以外にはなかったであろう。「夕刊新大阪」創刊号の「婦人」欄には、藤沢桓夫の「新しい大阪の女性に――批判的な精神を持つこと」が掲載されている。藤沢桓夫は、「今やわが国は自由な明日の社会への革命的な大変期」にあるといい、大阪の女性は長所である適応性を生かすとともに、「批判的な精神の堅持」を忘れないように、と主張したのである。

この「婦人」欄に、藤沢桓夫以外に、どういう人々が執筆しているか、創刊された昭和二十一年の二月分だけを、次にあげておく。

古谷綱武「無責任な啓蒙家排せ――家族主義の清算について」（二月五日）
大蔵宏之「子供に本を与えよ」（二月八日）
生田花朝「女性画家として」（二月九日）

入江来布「女性と俳句（上）（下）」（二月十二・十三日）
宮田和一郎「古典文学に現れた女性」（二月十五日）
平林たい子「ある娘のことから」（二月十六日）
阿部静枝「女のこころ」（二月十八日）
羽仁新五「女性の教養と日本文化の後進性（上）（中）（下）」（二月二十一日〜二十三日）
太田典礼「産児制限是か非か」（二月二十五日）
古野しく「台所に科学性を」（二月二十六日）
藤川栄子「生活と服装」（二月二十七日）
坂西志保「『結婚』のために働く─アメリカ女性の場合」（二月二十八日）

「夕刊新大阪」は、「婦人」欄を設けただけでなく、神近市子、平林たい子、実生すぎの三名を顧問に迎える。そのことに関して、「夕刊新大阪」は「女性解放のために」（昭和二十一年二月七日付）で、次のように報じた。

一切の封建的存在に果敢に挑戦、これを粉砕しつつあるわが国の民主主義化は永き因習に鎖された婦人大衆をその桎梏より解放し政治面に輝かしい関与をする機会を与へました、しかしながらわが国婦人に深く根ざす封建性が一朝にして払拭されるとは思はれず問題はむしろ将来にかかり強力なメスを加ふべきものがあると信じます、しかもこれらの問題を一つ一つ解決せずしては婦人の解放も婦選実施も単なる観念的言葉の羅列に止まり、民主主義の徹底は到底期すべくもありません、ここにおいて婦人問題の動向に特に関心をもつ本社は婦人の社会的地位向上と、婦人自らの覚醒を急速に促すため、わが婦人界の進歩的思想家たる神近市子、平林たい子、実生すぎ三女史を顧問として迎へ婦人問題全般にわたる尖鋭なる論陣の展開を乞ひ、併せて婦人大衆のよき相談相手として新婦人の向ふ所を謬りなく示唆して頂くこととなりました。

「夕刊新大阪」の顧問になった神近市子は「婦人参政権はこう使おう」(昭和二十一年二月十日付)を書いている。神近市子は、敗戦によって婦人の参政権は与えられたものであるが、三月に行われる総選挙には「進んで投票に参加せねばならぬ」と訴えたのである。日本政府はGHQ草案趣旨に基づいて憲法改正草案を作成し、GHQに提出した。そして、昭和二十一年三月六日に日本政府は憲法改正草案要綱を発表する。四月十日には、新選挙法による第二十二回衆議院議員総選挙が実施されようとしていた。当時、日本が直面していた最大の政治的課題は、憲法改正と女性の参政権であった。「夕刊新大阪」は創刊当初から女性問題に積極的に取り組んだ。女性の社会的地位の向上と女性自らの政治的覚醒を呼びかけ、「選挙と婦人のあり方」(昭和二十一年三月一日付)、「選挙延期と婦人」(同月四日付)、「婦人代議士と家庭制度」(同月八日付)、片山哲「婦人の解放を齎すもの」(同月九日付)、神近市子「憲法改正と婦人の幸福」(同日付)等を掲載し、婦人問題全般にわたるキャンペーンを展開していったのである。

「夕刊新大阪」は、こうした婦人問題に関する記事を掲載しただけでなく、直接社会に働き掛けるために、講演会「女性解放の集い」を昭和二十一年三月十四日午後一時より大阪大手前の毎日会館(旧国民会館)で開催するのである。神近市子が「あなたの一票をどう使うか」という演題で講演している。翌日の「夕刊新大阪」は、「女性はかく目覚める」の大見出しで、第二面の三分の二以上の紙面をあてて、神近市子の講演会要旨と共に、「私たちの声—働く女性座談会」や「女学生が擬国会」の記事を掲載している。総選挙後も、平林たい子と神近市子との対談「女性は起ち上る」を昭和二十一年四月十三日、十四日の二回にわけて載せ、四月十七日午後二時より「京阪神代表女性代議士激励の集い」を大阪商工経済館一階で開催するのである。敗戦直後の新聞で、これほど熱心に女性問題を取りあげ追求していった新聞はないであろう。昭和二十年代の女性問題を考察する上において、「夕刊新大阪」は極めて貴重な資料の一つであるといえるであろう。

「夕刊新大阪」の紙面で女性問題と共に充実しているのは学藝欄やスポーツ欄である。「夕刊新大阪」の学藝欄がいかに異彩を放っていたか、『「夕刊新大阪」解説・主要記事索引』（不二出版）を見れば、一目瞭然とするであろう。敗戦直後の新聞は紙面が二ページに制約されていたため、大手の新聞をはじめ、ほとんどの新聞が社内の記者たちが執筆した記事だけを載せていた。紙面の制約もあり、日本全体が貧しいこともあって、原稿料を支払う署名原稿の掲載を各新聞社は避けたのである。そんな状況のなかで、「夕刊新大阪」は依頼原稿を多数掲載し、「文化新聞」としての独自の存在として輝きをみせている。その執筆者たちも、ローカルな、地元の大阪や関西で活躍する人たちだけに限定しているのではない。石川達三、北川冬彦、菊田一夫、村山知義、斎藤茂吉、吉屋信子、小田切秀雄、徳永直、江戸川乱歩、上司小剣らといった錚々たる人々が寄稿しているのである。

現在とちがって、娯楽の乏しい当時においては、新聞連載小説を毎日読むのが読者の楽しみの一つでもあった。魅力あり、人気ある作家の連載小説を載せることが、新聞の発行部数を伸ばしていく。当然「夕刊新大阪」も連載小説の掲載に力を入れる。地方新聞や小新聞などがよくやるような数社連合の掲載をやめ、独自の書きおろし小説を連載するのである。それも大阪と関係の深い作家である武田麟太郎の復員軍人を扱った「ひとで」を小磯良平の挿絵で創刊号から連載した。しかし、「ひとで」は不幸なことに、作者である武田麟太郎が急死したために、昭和二十一年三月三十日で未完となってしまった。その後「夕刊新大阪」は、菊池寛や当時「肉体の門」を発表して話題となっていた田村泰次郎らの作品を連載する。武田麟太郎の「ひとで」以後、「夕刊新大阪」に掲載された初期の連載小説を次にあげておく。

高田保「猫」（昭和二十一年四月八日〜六月十四日）
摂津茂和「梔子姫」（昭和二十一年六月十七日〜八月三十日）
藤沢桓夫「秋草問答」（昭和二十一年九月二日〜十一月三十日）
木々高太郎「子供の家」（昭和二十一年十二月二日〜昭和二十二年二月二十二日）

石川達三「春が咲かせた花」（昭和二十二年二月二十四日～六月十一日）
菊池寛「好色物語」（昭和二十二年六月十二日～九月十三日）
大仏次郎「幻灯」（昭和二十二年九月十五日～昭和二十三年一月九日）
田村泰次郎「今日われ欲情す」（昭和二十三年一月十二日～六月三十日）

また、文藝関係の記事を見ていくと、新日本文学会大阪支部主催、新大阪新聞社後援「新日本文藝講演会」が昭和二十一年四月十七日に毎日会館で開催され、それを報じた記事「『民主文学のあり方』――きのう・文藝講演会盛会」が、十八日に掲載されている。そういうものを見ると、昭和二十一年の大阪の文学的状況や動きが浮かびあがってくる。敗戦直後の動きを知る一つの資料になるであろう。「『民主文学のあり方』――きのう・文藝講演会盛会」を、長文になるが、次にあげておく。

荒野に香り高き文学の花を咲かせようと新日本文学会主催、本社後援の文学講演会は十七日午後一時から毎日会館で開会、新らしき民主主義文化のあり方について聴衆一同に深い感銘を与へた。

藤沢桓夫氏（勉強について）武田麟太郎氏は若いころスターリンの文章を愛し〝私は文学を勉強するためにスターリンを研究する〟と語つてゐたが複雑な社会現象を単純な文章にまで結晶させることを可能ならしめたマルキシズムの高い世界観が武麟文学のリアリズムをあらためたのだ。

織田作之助氏（大阪の憂鬱）最近小説が書けなくなつた。過去において世相を描きながら人間を描くことを忘れがちになつてゐたことは誤りであつた。今後は人間を追究し表現してゆくことによつて新らしい自己の文学の途を切りひらいてゆきたい。

小野十三郎氏（現代詩と文化）これからの詩は単に抒情の偶然性に依存することなく科学的な批判精神を抒情しなければならない。

岩上順一氏（民主主義と文学）万葉以来西鶴に到るまでの日本文学における民主主義的系譜を追究、近代文学におけるロマンチシズム時代、自然主義時代、プロレタリア文学時代における民主主義傾向を批判し、チエホフの「ある地方人の話」をとりあげ分析しつつ知識人と勤労大衆との結合による民主主義文学の創造の途を具体的に展開した。

なほ講演会の終了後各文学団体の文学者の懇談会が開かれ、大阪における民主主義文学運動の展開方法を検討したが、藤沢桓夫、織田作之助、田木繁、小野十三郎、羽仁新五の各作家、詩人、評論家がこぞつて新日本文学会に入会、積極的に創作（小説・詩・劇作・児童文学・理論（文学評論・古典研究））研究会を指導し新世代の育生《ママ》にあたるとともに関西文学団体協議会（仮称）を大阪、京都、神戸、奈良、三重の各新日本文学会支部、人民文学、関西文化クラブ文藝部、児童文学集団等の文学団体が発起人となつて関西の各文学団体に呼びかけて結成することとなり大阪を中心に繚乱たる文学の花を咲かせようと申し合はせがなされた。

なほ主宰者側の都合により予定されていた壺井繁治、壺井栄両氏が欠席したことを後援者側としてここに当日の聴衆各位に深くお詫びいたします。（引用に際し、句点を追加する、読点を句点に改める等、若干表記に変更を加えた――引用者）

これからの文壇史や戦後文学史などの記述には、こうした新聞文藝記事を丹念に調べていく作業が必要になってくるのではないかと思われる。

「夕刊新大阪」の紙面で、婦人欄、学藝記事と並んで、注目されるのは先に記したように、スポーツ記事である。戦災孤児、復員兵士、等々の浮浪者が街にあふれ、人々の生活は食うことに精一杯であった。スポーツなどを楽しむ生活の余裕などなかったであろう。そういう敗戦直後の世の中においては、プロのスポーツもまだ開始されていない。そんななかで「夕刊新大阪」は、紙面がタブロイド判で二ページしかないのにもかかわらず、創刊号からスポーツ記事に力を入れたのである。創刊号では、全早稲田大学対全同志社大学のラクビーの試合を「同大FW後半の猛攻―17・14早大バックの健闘空し」の三段見出しの写真入りで報じている。また「きのうの記録」として、ラグビー、蹴球、籠球、野球の試合成績を載せている。ほかの新聞ではほとんどスポーツ記事などが見られない時に、「夕刊新大阪」は、いちはやくスポーツの報道に力を入れたのである。プロ野球の公式リーグ戦がはじまると、その試合結果を報道するだけではなく、日本野球連盟とのつながりを密接にしていく。「夕刊新大阪」は、昭和二十一年十月十二日の第一面に、新大阪新聞社主催・日本野球連盟後援の「日本野球東西選抜対抗」の社告を大きく掲載する。「最強チィームの編成は？／皆さまの投票で選抜決定」と、選抜すべき監督、選手をハガキで読者から募ったのである。大阪復興祭を祝して、この日本野球の東西選抜対抗戦は、西宮野球場で開幕し、「夕刊新大阪」は昭和二十一年十一月九日「花形オール登場西宮に決戦の幕開く」の七段大見出しで第一面に報道する。黒崎本社編集局長が「われわれはこの試合によって野球技の神髄に触れることができると信じます」と大会挨拶を述べたのである。「夕刊新大阪」はスポーツの結果を報道するだけでなく、スポーツ事業活動に積極的に乗り出していくのであった。なお、「朝日新聞」が朝刊第四面にスポーツ、学藝欄を設けるのは、新聞用紙割当制度が終わった後であり、それも昭和二十六年十月一日に朝刊、夕刊のセット販売制を確立してからである。「夕刊新大阪」が、敗戦直後の新聞のなかで、いかに異彩を放っていたか、いうまでもないであろう。

「夕刊新大阪」の特記すべきことは、そうした紙面づくりと共に、積極的に事業活動を展開したことである。さきに記した「日本野球東西選抜対抗」戦以外に、「新大阪市民賞」の設定（昭和二十一年七月三十日）、「木村・升田五番戦」（昭和二十一年九月十七日）、「大阪復興ソング」の選定（服部良一作曲、昭和二十一年十月九日、中之島中央公会堂）、「週刊英字少国民」（昭和二十一年十一月四日創刊）、「関西拳闘新人王決定戦」（昭和二十一年十一月三十日、中之島中央公会堂）、「オペラ・ダイジェスト」（昭和二十二年一月十七日、中之島中央公会堂）、「南予闘牛大会」（昭和二十二年一月二十五日、二

十六日、阪急西宮球場）、講演会「『欧米文学』はいかに動きつつあるか」（伊吹武彦・大山定一・志賀勝講演、昭和二十二年二月十五日、大阪商工会議所講堂）、「欧州名作絵画展」（昭和二十二年五月五日〜二十日、阪急百貨店七階展覧会場）、「歌唱指導の会」（昭和二十二年五月二十九日、梅田阪急百貨店屋上）、「少年少女におくる新大阪コドモの船」（昭和二十二年八月二十日、関西汽船「天女丸」）、「愉しい交響楽の夜」（昭和二十二年八月三十日、阪急西宮球場）、梅原龍三郎・安井曾太郎・坂本繁二郎「三巨自撰名作展」（昭和二十二年九月二十三日〜十月八日、阪急百貨店七階展覧会場）、お台所相談役「放出食糧科学展」（昭和二十二年九月二十七日〜十月五日、日本橋松坂屋）、「『人間復興』講座」（安倍能成・谷川徹三・小林秀雄・高見順等、昭和二十二年十月二十五日、十一月一日、七日、十四日、十五日、十一月二十二日、二十九日、毎日新聞社講堂、大阪商工会議所講堂）、「二百名の合唱大演奏会」（昭和二十二年十二月十三日、中之島中央公会堂）、「クリスマス大音楽会」（辻久子演奏、昭和二十二年十二月二十五日・大阪松竹座、十二月二十六日・京都松竹座）、「升田・大山の対局」（棋譜独占、昭和二十三年一月五日）、田村泰次郎文藝講演会「肉体文学論」（昭和二十三年二月二十四日、大阪商工会議所講堂）等々である。

大新聞がほとんど事業活動に手を出さず、窒息したような無気力な状態にあった時、その隙間をぬって「夕刊新大阪」は果敢に挑戦していったのである。これらの事業活動のうち特に注目されるのは「木村・升田五番戦」「南予闘牛大会」「欧州名作絵画展」であろう。

「木村・升田五番戦」は、将棋ファンを熱狂させた。将棋界に不敗の名人位として十年間君臨してきた木村義雄名人が新人升田幸三七段に三連敗したのである。「夕刊新大阪」は、「成るか名人打倒／木村名人に挑む鬼才升田七段／観戦記近く紙上へ」（昭和二十一年八月二十二日付）、「木村升田五番戦きょう第一局『香落』の火蓋」（九月十七日付）、「名人挑戦第二局／劈頭より風雲急／注目の棋譜近く本紙上へ連載」（十月八日付）、「木村、升田運命の第三局愈よ来月上旬に決行／名人、二連敗に愕然／沸る必勝の闘魂／〝網中の大魚〟に升田勇躍」（十一月二十日付）、「木村升田歴史の第三局始る！」（十二月六日付）、「升田七段三連勝／名人遂に倒る／鬼気せまる昭和の名譜」（十二月八日付）と報じ、橋本宇太郎や樋口金信の「木村名人升田七段挑戦五番勝負」の観戦記を昭和二十一年九月十八日から十二月三十一日にかけて四十八回掲載したのである。

ある日、「夕刊新大阪」編集局に案内も乞わず、役員姿の男が入って来た。黒崎貞次郎は闇屋かなと思い、どこかで見た顔であるが、その名が浮かんで来ないのである。数分後、升田幸三七段であると気づき、軍隊でも将棋を指していたのかとたずねると、「そりゃ夢寐《むび》にも忘れません。毎日、木村名人の顔を思い浮べながらコン畜生、コン畜生と、駒を盤に叩きつけていました」と、語気鋭く答えたという。その時、黒崎貞次郎は木村名人と升田七段の対局を企画するのである。黒崎貞次郎は「この時ほど発行部数の少ないことを嘆いたことはなかった。永年不敗を誇った木村名人が升田七段に三番連敗するこの棋戦の模様を、全国の将棋ファンに見せることのできなかったのはかえすがえすも遺憾であった」と「なつメロ社会部長の唄」で語っている。

「南予闘牛大会」は、「何かデカイことをやって、沈滞しきっている市民の心をひきたてようではないか」と企画されたものであったが、天候異変の結果、資本金一九万五〇〇〇円の「夕刊新大阪」が十万円近い欠損を出すことになる。井上靖の「闘牛」（「文学界」昭和二十四年十二月一日発行、第三巻十二号）に、その経過が描かれている。

「欧州名作絵画展」は、大原美術館所蔵のルノアール、ゴーギャン、マチス等々のフランスを中心に欧州近代絵画百四点を、美術館でなく、阪急百貨店で公開したのである。戦時中から文化に飢えていた大阪市民の喝采を受け、連日の大入り満員が続いた。純益二十万円程あり、「闘牛」で出た赤字を埋めることが出来たという。

「夕刊新大阪」は「毎日新聞」が夕刊紙を発刊するようになると、出向して来ていた社員たちが「毎日新聞」に引き揚げていき、次第に精彩を失うようになる。しかし、黒崎貞次郎、小谷正一、後藤基治らが、ぞんぶんにその力を発揮した時期までの「夕刊新大阪」は、数多くあった夕刊新聞のなかでもひときわすぐれており、光芒を放っていた。

最後に、足立巻一が「夕刊流星号」と題して、「夕刊新大阪」をうたった詩の前半部分だけを次に紹介しておく。

その三流新聞を《夕刊流星号》とよぶのは、マークが流星に似ていたからだ。資産台帳冒頭記載の、ドアのよくしまらない一台きりの自動車が、雑貨と繊維の街を突っ走るとき、車体の前方の旗の中央で、朱色の星はしきりに尾を引き、燃えつくせないもどかしさに身をもんだ。そのくせ、傲慢なのだ、黒い耳帯をかけた、総入れ歯の男のようだ。

が——星は、もともと彗星のつもりで、事実、コメットとしての威勢のいいデビューの経歴を持っていた。一九四六年二月夕刻、第一号は輪転機を走り出ると、粉雪まじりの突風にあおられて、密集したバラックの窓々のなかへ一気に吸いこまれた。そのころ、街は、中世の巨大な城と静脈の運河のほかは焼け野原で、毎夕定刻、活字の星は灯のない夕空を音たてて旋回し、アルミニューム色の軌道を刻んでいた。そして、いつしか、新聞界の新星！　新興新聞界のスター！

編集局長はドブネズミに似た小男で、ズックの手さげカバンをぶらさげ、くつをバタバタ引きずって、ドモリのくせに雄弁で、たった十三人の編集局に入ると、紙くず箱に片足かけて大演説。打楽器を連打しろ。活字は横に組め。目標は自由主義の左！　……それから、眼を豆ランプのように点滅させ、ダミ声をおさえて語るのだ。ウソっぱちばかりの新聞を出したいな。天気予報は雷雨と豪雪、ところによってオーロラが見えるでしょう。一面トップはニューヨークにナンキンムシの大群！　広告には、ノーベル賞受けた毛はえ薬只今発売中！

編集局次長は、少女のように色白だったが、これがまたたいへんな仕事師で、受話器片手にはでな仕掛け花火の連発だ。土俗臭い離島の牛ずもうを、スペインふうの闘牛に仕立てるかと思えば、古都の大仏の手のひらで、オペラ《古代》を歌わせましょう。焼け残りの絵やら彫刻をかきあつめ、《焼けあと世界名作大美術展》と打ちましょう。そして、千秋楽《らく》といっしょに、そいつを一切合財炎上という趣向はいかが?

(『夕刊流星号』昭和三十三年十月十日発行、六月社)

(「『夕刊新大阪』解説・主要記事索引」平成十九年五月二十五日発行、不二出版)

Ⅳ

「労農文学」のこと

葉山嘉樹が「発行編輯兼印刷人」で出したプロレタリア作家クラブの機関誌「労農文学」の全冊をこの程ようやく手にすることが出来た。この雑誌については、小田切進が『現代日本文藝総覧　上巻』（昭和四十四年十一月三十日発行、明治文献）で、創刊号から八号まで（五号欠）の細目と詳細な「解題」で紹介している。これまで九号以降が発行されたかどうか未確認のままであったが、第二巻一号の終刊まで見ることが出来たので簡単に紹介しておきたい。

第一巻五号は昭和八年五月一日発行、創刊号と同じ菊半截判、六十四頁。前田河広一郎「覚悟―『レフト』同人に与へる―」、葉山嘉樹「創作の対照―藝術そのものにか、生活にか―」「読者諸兄へのお願ひ」に、中沢幸成「用心棒」、吉村六郎「異線進入」、田川清「失業登録者の群」、中井正晃「髭と遺言」、里村欣三「襟番百十号」の小説等を載せている。

第一巻九号は昭和八年十一月一日発行、リーフレット判二頁。第三種郵便物の期限が切れるためにあわてて出したらしく、貧弱でさしたるものが掲載されていない。

第一巻十号は昭和八年十二月一日発行、タブロイド判四頁。前田河広一郎「清算主義を清算する（同志達よ手をつながう!）」、中井正晃「沼」、マイクル・ゴールド「大人」等を載せている。

第二巻一号は昭和九年一月一日発行、タブロイド判四頁。前田河広一郎「建設への合同と没落の合理化」、里村欣三「新な部署に着かう!―前田河の提議に答へて―」、葉山嘉樹「自戒」等を掲載している。昭和九年二月に「新文戦」

と合同したためにこの号で終刊。

青野季吉と里村欣三、前田河広一郎との対立、また「労農文学」が主に前田河広一郎の経済的負担において発行されたことが、葉山嘉樹と前田河広一郎との人間的不信を生む要因の一つにもなった、その間の具体的な事情についていずれ明らかにされねばならぬであろうと思う。

（「日本近代文学館」昭和五十年五月十五日発行、第二十五号）

多喜二・伝治・直と「文学新聞」

ナップ中央協議会が「一九三一年に於けるナップの方針書」（「ナップ」昭和六年四月十四日発行）を、蔵原惟人が古川荘一郎の署名で「プロレタリア藝術運動の組織問題―工場・農村を基礎としてその再組織の必要―」（「ナップ」同年六月七日発行）を発表し、昭和六年七月十二日に中央集権化したプロレタリア文化運動全体の総司令部ともいうべき日本プロレタリア藝術連盟（コップ）が結成されていく流れの中で、日本プロレタリア作家同盟は、昭和六年十月十日に、その機関紙の一つとして「文学新聞」第一号を発刊した。同新聞は昭和八年十月五日発行の第三十二号で終刊となったが、労農通信員組織の促進、企業内に文学サークルを組織することが作家同盟の主要な任務であっただけに、その担った役割は大きい。しかし、いまだに「文学新聞」の全貌が明らかにされていない。例えば、本庄陸男の研究家である布野栄一や山田昭夫といった人が「陸男は昭和三年プロレタリア作家同盟員として「文学新聞」発行責任者となっている」と書いている有様である。昭和三年に「文学新聞」が存在しなかったのはいうまでもない。本庄陸男が発行責任者となったのは、昭和八年六月十一日の作家同盟の拡大中央委員会においてであり、「文学新聞」の終刊問際である。

さて、小林多喜二はこの「文学新聞」に「共産党公判傍聴記」（昭和六年十月十日発行）と「小説の批評」（同年十一月一日発行）を載せている。問題は後者で、「（貴司山治・小林多喜二）」の連名になっている。『定本小林多喜二全集』にも未収録で、手塚英孝の詳細な年譜にも出てこない。多喜二の佚文といえば、『プロレタリア藝術教程第二輯』（昭和四年十一月二十日発行、世界社）の「執筆者自伝」などもその一つであろう。つけ加えておけば、「文学新聞」（昭和八年三月十五日発行）が〝小林多喜二追悼号〟を宮本百合子の編集で出したことは知られているが、「演劇新聞」（同月十一日発行）が〝小林多喜二追悼号〟を刊行していることは、手塚英孝の伝記にも記されていなく、全く知られていない。実質的に誰がそれを編集したのか知りたいと思う。小林多喜二についてまだまだいろいろ明らかにせねばならぬことがあるようだ。

徳永直の「文学新聞の創刊」（「福岡日日新聞」昭和六年九月九日付）に、「文学新聞」の「具体的な編輯プラン」が並べられている。それには「二面」「農民短篇小説（黒島伝治）」とある。黒島伝治は「防備隊」（同年十一月十日発行）、「チチハルまで」（昭和七年二月五日発行）の二短篇と「農民小説を」（昭和六年十二月二十五日発行）という昭和七年への抱負を「文学新聞」に掲載している。「編輯プラン」では農民小説であったのに、この二短篇は軍隊ものであり、ナップ加盟後、黒島伝治はいっそう尖鋭な姿勢で反戦ものを取り上げていったのである。また、「文学新聞」昭和七年三月十日発行には、黒島伝治の新聞紙法違反の公判廷の記事が出ており、戎居士郎の年譜にも見られない事実である。

三人のうち、徳永直が最も深く「文学新聞」に関与していたようだ。「世話役」などの短篇のほか、投稿小説の選評や裁判傍聴記など多くの文章を載せている。ただ注目したいことは、徳永直が「外へ出ろ！」（「帝国大学新聞」昭和六年九月二十八日発行）で、「自分はどうして今まで、あんな面白くない小説を（同盟内では、比較的大衆的で面白いといはれてるが）書いて来たらうか」「後生大事に、一人の前衛を、神様のやうに持つてゐた。そして何万、何百万といふ未組織大衆を無視して、もしくは忘れてゐた」ということが、「こんど文学新聞を編輯しながら」「それをつくづく感じた」と書いていることである。「戦列への道」は「まさに落語家になつてゐる」とも自己批判しており、コップが結成される直前から、徳永直はこれまでの自己の作品に対して否定的になっていたようだ。「太陽のない街」には

「より多くの失業者が出ることは、革命がそれだけ早く近づくというものだ!」と嘯く職業革命家に対する批判がそのモチーフの一端にあった筈である。しかしそれを発展させることなく、文壇に登場した当初から小林多喜二にライバル意識を燃やさねばならなかった徳永直は「一人の前衛を、神様」のように持って一路邁進したのである。その徳永直が「文学新聞」の編集に関係して自己の創作に疑問を抱いた。だが、徳永直が生得の資質を直截に結晶させた作品を書くのは昭和十年代になってからである。

戦後の徳永直の勤労者文学の提唱も「文学新聞」での体験に根差しているとみてよいであろう。貴司山治、徳永直らの文学の大衆化が「文学新聞」において、当時の政治的要請に抗して、進めることが出来たか、出来なかったか、それらを含めて「文学新聞」の検討は今後の課題であろう。

(「筑摩現代文学大系第三十八巻　月報八十七」昭和五十三年十二月二十日、筑摩書房)

マルクス主義藝術研究会のこと

旧版『中野重治全集第十九巻』（昭和三十八年九月三十日発行、筑摩書房）所収の松下裕編「年譜」の「一九二六年（大正十五年、昭和元年）」の項目に、次のようにある。

二月、林房雄、久板栄二郎、鹿地亘《わたる》、川口浩、佐野碩《せき》、亀井勝一郎、中野重治ら社会文藝研究会員が中心となり、千田是也、小野宮吉、関鑑子《あきこ》、柳瀬正夢《やなせまさむ》、佐々木孝丸、山田清三郎、葉山嘉樹らとマルクス主義藝術研究会（マル藝）をつくる。

この記述は厳密にいえば正確でないであろう。葉山嘉樹は大正十四年十一月に「淫売婦」を、翌年一月に「セメント樽の中の手紙」を「文藝戦線」に発表し、一躍プロレタリア文学の新進作家として注目された。しかし、大正十五年二月には、まだ岐阜県恵那郡中津町（現在、中津川市）に住んでいて、中野重治らの東京帝国大学の学生たちとは接触がなかった筈である。葉山嘉樹は、大正十五年三月の同人会議で文藝戦線同人に推挙され、四月に上京した。大正十五年二月という時点で、葉山嘉樹が林房雄や中野重治らと一緒になってマルクス主義藝術研究会をつくったということはありえない。

マルクス主義藝術研究会の成立は「大正十五年の春」だという説もある。それは笹本寅の『文壇郷土誌プロ文学篇』（昭和八年五月二十八日発行、公人書房）である。笹本寅は「大正十五年の春、『マル藝』の主催で、帝大の文学部の教室で、『社会文藝講演会』が催されたことがある。『文戦』から、山田清三郎、葉山嘉樹、里村欣三の三人が、講師として派遣された」とも書いている。だが、林房雄は『文学的回想』（昭和三十年二月二十八日発行、新潮社）で、「大正十五年の『文藝戦線』二月号に『林檎』がのつた。（略）それと前後して、『社会文藝研究会』は『マルクス主義藝術研究会』と改称された」と述べており、マルクス主義藝術研究会の成立は、「大正十五年の春」ではなく、やはり、松下裕が記しているように、大正十五年二月とみてよいであろう。

中野重治の自伝的小説「むらぎも」には、このマルクス主義藝術研究会のことが「マルクス主義藝術会」として、次のように描かれている。

マルクス主義藝術会をどうするかということで沢田は彼の意見を話した。研究研究とだけでは仕方があるまいではないかと彼はいった。創作と運動とに結びつくのでなければ、理論的研究は解釈論ですんでしまうだろう。大学の社会文学研究会とも、大学外のプロレタリア文学団体とも、築地小劇場そのほかの急進小劇団とも、美術のほうの新しいグループともつながりをつくって行かねばならぬだろう。おいおいには『無産者新聞』にも文学よみものを提供するようにしたい。佐伯がいなくなって手がないのだから、これからは安吉にももうすこし身を入れてやってもらいたいものだがどうだ。

「むろん、それはやるよ。」と安吉は請けあった。

「社会文学研究会」とは、林房雄の主唱でつくられた社会文藝研究会のことであろう。社会文藝研究会は文学部の学生を新人会にひき入れることを主目的とした組織であって、林房雄が『文学的回想』で、社会文藝研究会がマルクス主義藝術研究会と「改称」されたと書いているのは記憶違いであろう。浅野晃や大宅壮一は社会文藝研究会に参加したが、マルクス主義藝術研究会には入らなかったというように、社会文藝研究会が発展的解消してマルクス主義藝術研究会が生まれたというのではなく、二つは別の組織である。「むらぎも」では、そのへんのことが正確に描かれている。そして、学外のプロレタリア文学団体などのつながりは今後の課題であって、まだ学内団体のワクを超えた活動をしていないものとして書かれている。「佐伯がいなくなって」というのは、治安維持法で京都の刑務所に入獄していることを指しており、主人公の安吉は「その佐伯哲夫に、月に二度ほどずつ本の差入れ」をするのが仕事にもなっている。「沢田」は大河内信威《のぶたけ》（小川信一）であろうというようなモデルの詮索は置くとして、この佐伯哲夫は、大正十五年三月末日に検挙され、京大学連事件で治安維持法の最初の被告として京都の未決監に五カ月入れられた林房雄がモデルであることはいうまでもないことであろう。中野重治は「むらぎも」で、「佐伯が帰ってから、マルクス主義藝術研究会のほうも何かと忙しくなってきた」と書いている。マルクス主義藝術研究会は大正十五年二月につくられた当初は、東京帝国大学の学生たちだけの学内団体であったようだ。学内団体のワクを超えて、「文藝戦線」の労働者出身のプロレタリア作家らと結びつき、活動するようになるのは林房雄が出獄した直後からであろう。林房雄は出獄後、東京帝国大学を退学し、作家生活に入った。中野重治らのマルクス主義藝術研究会員と学外のプロレタリア作家たちを結びつける仲介者になったのが林房雄であったと思われる。

笹本寅が叙述している山田清三郎らの東京帝国大学における「社会文藝講演会」はいつか、「大正十五年の春」でないことはたしかであるが、その正確な日付が判明しない。大正十五年十一月一日付の「帝国大学新聞」に、「社会科学研究会が／独立を期して／二日（火）秋季講演会を開催」の見出しで、中野重治が工学部大講堂で「SSを独立せしめよ」を講演するという記事が出ている。社会科学研究会における中野重治の役割、あるいは社会科学研究会とマルクス主義藝術研究会との関係なども明らかにせねばならぬが、いまは触れぬ。「社会文藝講演会」に関する記事は出てこないが、大正十五年十一月二十四日付「帝国大学新聞」に、山田清三郎の「プロレタリヤ藝術の歴史的展開」が掲載されている。その末尾には「（講演要旨文責在《ママ》記者）」と注記があり、これは「社会文藝講演会」の「講演要旨」とみてよいであろう。山田清三郎、葉山嘉樹、里村欣三が講演したマルクス主義藝術研究会主催の「社会文藝講演会」は大正十五年十一月に開催されたようだ。

マルクス主義藝術研究会全員が日本プロレタリア藝術連盟に参加し、日本のプロレタリア文学運動が知識人文学者の主導するところとなった、その過程についてはもっと検討されねばならぬであろう。

（「中野重治全集第十一巻　月報二十三」昭和五十四年二月二十五日発行、筑摩書房）

浅田隆著『葉山嘉樹論──「海に生くる人々」をめぐって──』

浅田隆の『葉山嘉樹論』（昭和五十三年六月十日発行、桜楓社）が上梓されたことを喜びたい。本書は、葉山嘉樹を対象とした最初の本格的な研究論文集である。日本プロレタリア文学史における葉山嘉樹の仕事は極めて大きい。その大きな仕事の割には、これまで葉山嘉樹を直接対象とした研究論文集が刊行されなかった。それは、葉山嘉樹が前田河広一郎らとともに文戦派作家の一員であったために研究が遅れたのであろう。葉山嘉樹歿後三十年にしてようやく全六巻の個人全集が筑摩書房から出された。そして、ここに浅田隆によって最初の研究論文集が出版されたことは、葉山嘉樹文学に関心をもつものの一人として非常に嬉しく思う。

本書は、葉山嘉樹の郷里である豊津、それは徳川幕府の親藩であった小笠原藩が慶応二年（一八六六年）の第二次征長の役で敗れ、小倉から移住し、小笠原藩終熄の地となったところであり、そうした豊津のもつ歴史的風土と葉山嘉樹とのかかわりに焦点をおいた論考「葉山嘉樹論の前提」と、主に名古屋の労働組合運動をしていた時期を考察した「思想形成過程」と、そして「『海に生くる人々』論」の三部から成っている。本書の副題には「──『海に生くる人々』をめぐって──」とあるが、「葉山嘉樹論の前提」「思想形成過程」が全体の割合でいえば三分の二頁を占めている。そこに本書の特徴の一つがあるといっていい。葉山嘉樹の作品はどちらかというと大変わかりやすい。ただ黙って読めば、それでそのおもしろさが十分に理解できる。しかし、葉山嘉樹の経歴は、波瀾万丈であって、葉山嘉樹自身が自作「年譜」で「それからの生活は、余りに眼まぐるしくて、年代も生活も、順序立つて覚えてゐない」と書いているように、なかなか一筋縄では理解ができないという面がある。葉山嘉樹の「海に生くる人々」を論じる前に、「葉山嘉樹論の前提」や「思想形成過程」が書かれなければならなかったのもそのためであろう。

第一部「葉山嘉樹論の前提」は、次の四章に分かれている。

第一章　豊津受容の様相
第二章　小笠原藩の流転と新時代への対応
第三章　嘉樹の内なる豊津像とその実像
第四章　父荒太郎の精神構造

このうち第一章の部分だけが「奈良大学紀要」（昭和五十年十二月発行、第四号）に発表されたが、そのほかの第二章から第四章までは書き下ろしである。

第一章「豊津受容の様相」では、葉山嘉樹の豊津中学の先輩である堺利彦の豊津に対する思慕の情が「母なる故郷の感」があるのに比較して、葉山嘉樹の「豊津受容にはかなりの異常性」が感じられ、「一貫して豊津を厭悪する傾向」、「自己の豊津時代に対する執擁《ママ》な拒否の姿勢」が見受けられるという。プロレタリア文学運動が解体した後、葉山嘉樹は生活の困窮のため長野や岐阜を転々としたが、故郷の豊津へ身を寄せるというようなことはしなかった。そのことを考えると、葉山嘉樹が「豊津を厭悪」していたという指摘は大変おもしろく興味深い。たしかに堺利彦と比べるとそれはそうであったであろう。しかし、葉山嘉樹と同時代のほかのプロレタリア作家たちとの比較においても、故郷に対する「受容の様相」が、葉山嘉樹の場合には特別「異常性」が感じられるのであったか。葉山嘉樹という一個の資質の問題か、あるいはその当時のプロレタリア作家一般の故郷に対する一種のポーズであったのか。小林多喜二も前田河広一郎も里村欣三も、「甘美な精神の帰属地としての故郷」を描かなかった。堺利彦の「望郷台」（「読売新聞」明治二十九年三月三十日〜四月四日付）等にみられるような郷里に対する「思慕の情が沸々とたぎつて」いる文章を書かなかった。葉山嘉樹は堺利彦のように豊津を「甘美な郷愁の対象」として描かなかったというよりも、全くといっていいぐらい豊津について書いていない。たしかに、そのこと自体が「嘉樹論の一つの問題点となる」であろう。葉山嘉樹は若くして外国航路の海上労働者としての生活体験をした。それだけに、狭い郷土意識にとらわれることなく、堺利彦よりもインターナショナルな面をもっていたといえよう。葉山嘉樹が豊津のことを書かなかったからといって、「豊津を厭悪」していたことには無論ならない。本書の「豊津受容の様相」で具体的に問題にされている葉山嘉樹の文章は、短篇「死屍を喰ふ男」とエッセイ「『龍ケ鼻』と『原』—我が郷土を語る—」の二つである。

「死屍を喰ふ男」は、「新青年」昭和二年四月号に登載された作品で、寄宿舎の同室生が隣接の墓地の新仏の棺をあばき、その死肉を食べる姿を目撃するという、葉山嘉樹にはめずらしい怪談小説である。ここに出てくる中学校は、たしかに葉山嘉樹が自分の郷里の豊津中学校を想定して書いているであろう。しかし、この「死屍を喰ふ男」は、葉山嘉樹の中学生時代を忠実に描くことを意図した作品でもない。寄宿舎の同室生が墓地の死肉を食うという怪談ものとしての効果や雰囲気を小説世界でつくり出すことを目的としているのであって、中学校の描きかたもその面から書かれている。「死屍を喰ふ男」は、堺利彦の「望郷台」や「堺利彦伝」(「改造」大正十三年十二月号〜十四年九月号)とは、根本的に異質の作品であって、それらと比較することも、また、この作品から直截に、葉山嘉樹には豊津に対して「一種の突き放した雰囲気が感じられる」と読み取ることには無理があるのではないかと思われる。

「『龍ケ鼻』と『原』—我が郷土を語る—」は、親しかった豊津の自然について語っている。浅田隆は、この葉山嘉樹の文章を分析して、「自己を培った時間やその中に展開されたであろう具体的な人間関係については全く触れることをせず、自己内部の豊津時代の記憶の世界にわけ入ることを出来るだけ拒否しているのである」というのである。葉山嘉樹のこの文章は、「いづれにせよ、私はそこで、一番私に親しかつたものは、それ等の自然であつた。人間の噂は、あまり私に興味を起させなかつた」と結ばれており、「人間関係については全く触れ」ていないのは事実である。

しかし、この「『龍ケ鼻』と『原』―我が郷土を語る―」が発表されたのは『新文藝日記―昭和六年版―』(昭和五年十一月十七日発行、新潮社)であって、それも原稿用紙二枚以内で書かねばならぬ制約のもとにあっては、「具体的な人間関係」に言及しなかったとしても仕方のないことであろう。郷土における「具体的な人間関係」ということであれば、むしろ「九州の友へ(一)(二)」(「福岡日日新聞」昭和二年一月十七日、二月二十一日付)を問題にすべきであったと思う。「『龍ケ鼻』と『原』―我が郷土を語る―」に、「具体的な人間関係」が書かれていないからといって、葉山嘉樹が郷土を「厭悪」し、「拒否」していることにはならないであろう。

第二章「小笠原藩の流転と新時代への対応」では、『小倉市誌』などを駆使し、複雑な小笠原藩における幕末維新期の歴史とそこに醸成された精神風土を、「旧藩の体質から発する強い国家志向型の価値観―同族意識集団的結束による国家権力への追随―」と捉えられ、第三章「嘉樹の内なる豊津像とその実像」では、葉山嘉樹が豊津に対して「厭悪の念」を持っていた源を、そうした「豊津の精神風土に対する強い拒否の姿勢によるもの」であったという。

第四章「父荒太郎の精神構造」では、自伝性の強い作品「誰が殺したか?」などから、父荒太郎像を「感情を抑制することを善とする禁欲的な倫理観によって家族の前に立つ、家父長的父親像」と指摘している。父荒太郎は十四年間も郡長を務めていたのにもかかわらず、その経歴には空白部分がかなりある。郡長時代の業績さえ皆目判明しない。父荒太郎の精神構造を解明するには、現在ほとんど直接的な資料が皆無に近い状態である。そうした条件を克服しながらでの浅田隆の論考は意義深い。父荒太郎が明治二十八年七月十四日に日清戦争凱旋の郷土出身の軍人達を迎えた祝辞は、郡長としての公の席でのもので、型通り紋切形であるだけに、荒太郎に旧秩序全体の崩壊による価値観の挫折がおとずれなかったのかどうかの結論は、おいそれと出すことができない。ただ、葉山嘉樹が嘉和、民雄の二児にむかって「『牢に入つてもやる決心ならいいが、牢に入つたら何にも出来ないだらう』これは、一度終身懲役の刑を宣告され五年間の禁錮生活を体験して来た祖父(荒太郎)の悲痛な言葉だ」と「獄中記」で書き記していることである。荒太郎の入獄が旧秩序の崩壊とどう関係していたのか、今後の郷土史家による一等資料の発掘を待ちたい。

第二部の「思想形成過程」の章立ては、次の通りである。

第一章　下降志向の萌芽
第二章　『極楽世界』とその発行母体
第三章　「極楽会」結成の動機
第四章　「極楽会」と背景の時代思潮
第五章　精神主義の止揚
　まとめ

第二部は、全体に第一部に比べて論理の展開にも無理がなく、本書のなかでも優れたものとなっている。特に赤尾織之助・敏らの「極楽世界」と葉山嘉樹とのかかわりは、浅田隆によってはじめて明らかにされたものであり、その多面的で綿密な調査には脱帽した。第二部の中心となっている「極楽世界」や極楽会について、浅田隆の調査研究に、いま加えるべき資料はなに一つない。ただ、赤尾敏らと葉山嘉樹との関係を考える時、亀田了介の存在に注目してもよいのではないかと思う。亀田了介は葉山嘉樹とともに名古屋新聞の記者をやっていた。当時、名古屋労働者協会のなかでは、葉山嘉樹よりも、亀田了介の方が理論家であったといわれている。亀田了介は愛知時計電機争議で葉山嘉樹と一緒に名古屋新聞社を退社し、争議に参加、検挙された。出獄後、労働組合運動の上では葉山嘉樹らと分かれ、赤尾織之助の下で働くようになる。そして、自殺してしまった。「極楽世界」の同人として赤尾織之助らと接触のあった葉山嘉樹が、名古屋労働者協会に加入して以後、赤尾織之助らの運動とは離れていったのに対して、亀田了介は逆であった。葉山嘉樹の小説のなかで、赤尾のことを赤田、亀田のことを亀山として出てくるのが「歪みくねった道」（「改造」昭和七年二月一日発行、第十四巻二号）である。その中に、「それで、彼（赤尾敏）とは運動の方法も思想も違つてゐたけれども、知つたことは知つてゐるし、その親爺とも親しいし、古い知り合ひの赤田の家を訪ねた」という部分がある。本書ではそのへんのところを押さえておいてもよかったのではないかという気がする。

第五章の「精神主義の止揚」は、それまでの種々の研究成果の上に立って、「嘉樹にとって神戸の争議の直接的・間接的体験が思想形成上の重要な転回点であり、愛知時計争議の指導はその思想の実践的確認であった」ことを実証的に提示した好論文である。

第三部の「『海に生くる人々』論」には、次の四つの論文が収録されている。

第一章　嘉樹の内面的論理と作品像
第二章　成立事情から見た作品像
第三章　離村出稼ぎ農民としての小倉像
第四章　小倉の側面から見た作品像とその問題

この四篇の「海に生くる人々」論のうち、最も感心したのは、第二章の「成立事情から見た作品像」である。これまでの「海に生くる人々」論は、どちらかというと葉山嘉樹の分身として描かれている藤原や波田に焦点をおいて展開されてきたが、浅田隆の「海に生くる人々」論の特色は、葉山嘉樹の万字丸船員時代の友人小椋甚一をモデルにして造型されている小倉に力点をおいて論述されていることである。小倉の形象は、「ネガティブな嘉樹の側面とのかかわりの中に造型のモチーフを持っている」と指摘し、「海に生くる人々」執筆当時の獄中における葉山嘉樹の内面世界を考察しながら、「この小倉の内面に映ずる故郷の村の姿には、嘉樹が『婆婆』に残して来た家族の姿が重ねられていたに違いない。したがって、嘉樹が藤原の理論によって小倉を否定したことは、小倉の形象を通じて客体化した自己内部の迷いを否定することであり、それは社会運動のために家族的幸福を捨てるという自己に向けての決意表明でもあったと言えるだろう」と述べているのは鋭い論及である。しかし、小倉の「離村出稼ぎ農民として」の側面の追求に、作品世界を離れて、神島二郎、松永伍一、潮見俊隆らに無批判的に寄りかかっているところが若干見られるのにやや不満を覚える。

不満といえば、「海に生くる人々」以外の作品をとりあげた論文、例えば「葉山嘉樹『窮鳥』について—『箱舟』のパロディー—」（「解釈」昭和五十年四月一日発行、第二十一巻四号）などをはじめ優れたものを書きながら、それらが本書に収録されなかったことである。「あとがき」で、本書は「私の嘉樹論の中間的な総括ではあるが、嘉樹の文学的世界ということで言えば、やっとその緒についたばかりにすぎない」と述べている。「海に生くる人々」以外の葉山嘉樹の数多い作品を論じた『葉山嘉樹論』の続篇を、いずれ近い将来に上梓されることを大きく期待したい。

（立命館大学「論究日本文学」昭和五十四年五月三十日発行、第四十二号）

葉山嘉樹「淫売婦」の女

葉山嘉樹の出世作となった短篇小説「淫売婦」は、「文藝戦線」大正十四年十一月号に発表された。その前書きに、「此作は、名古屋刑務所長、佐藤乙二氏の、好意によつて産れ得たことを附記す。――一九二三、七、六――」と、起稿年月日が記され、末尾には、「――一九二三、七、一〇、千種監獄にて――」と、その脱稿年月日が書かれている。葉山嘉樹は、大正十二年六月二十七日に名古屋共産党事件で門前署に検挙された。そして名古屋千種刑務所未決監で、七月六日に「筆墨紙許可」され、「淫売婦」を書き出したのである。「淫売婦」を起稿する前日、高畠素之訳『資本論』(大鐙閣)の差入れを受けている。また、七月十日に「淫売婦」を完成したその翌日には、「獄中記」(『葉山嘉樹日記』昭和四十六年二月九日発行、筑摩書房)によると、『資本論』第一巻第二冊を読了しており、代表作となった長篇小説「海に生くる人々」を「難破」という題で「起草」している。

「淫売婦」は、「未だ極道な青年」だったという下積みの船員であった「私」が、あやしげな見知らぬ三人づれの男たちに誘いこまれ、横浜南京街裏の寂れた倉庫のような建物のなかに「若え者がするだけの楽しみ」を五十銭で買いにいくところから物語がはじまる。「鰮の缶詰の内部のやうな感じ」のする「湿つぽくて、黴臭い」部屋に、「肺結核の子宮癌」をわずらった「二十二三位の若い婦人が、全身を全裸のまゝ仰向き」に横たわっていた。

彼女は腐つた一枚の畳の上にゐた。そして吐息は彼女の肩から各々が最後の一滴であるやうに、搾り出されるのであつた。

彼女の肩の辺から、枕の方へかけて、未だ彼女がいくらか物を食べられる時に嘔吐したらしい汚物が、黒い血痕と共のグチヤ〳〵に散ばつてゐた。髪毛がそれで固められてゐた。それに彼女の××××××××××がねばりついてゐた。そして、頭部の方から酸敗した悪臭を放つてゐたし、肢部からは、瘍腫の持つ特有の悪臭が放散されてゐた。こんな異様な臭気の中で人間の肺が耐へ得るかどうか、と危ぶまれるほどであつた。

と、「淫売婦」の女が描かれている。「私」はこの「哀れな女」を食いものにしている男たちに「義憤」を感じる。そこで見張りの男が「もう時間だぜ」といって戻ってきたのをいきなり殴り倒してしまった。だが、意外にも女は、「小僧さん、お前は馬鹿だね。その人を殺したんぢやあるまいね。その人は外の二三人の人と一緒に私を今まで養つて呉れたんだよ、困つたわね」と、眼に涙さえ泛かべているのであった。この「蛞蝓のやうな顔」をした男たちは、ヨロケ（珪肺病）であるため、どうしてやることも出来なくて、しかたなく女の薬や卵のお金を得るためにそうしているのだとわかる。そして「淫売婦」一篇は、次のように結ばれている。

今は彼女の体の上には浴衣がかけてあつた。彼女は眠つてるのだらう。眼を閉ぢてゐた。

私は淫売婦の代りに殉教者を見た。

彼女は、被搾取階級の一切の運命を象徴してゐるやうに見えた。

私は眼に涙が一杯溜つた。私は音のしないやうにソーッと歩いて、扉の所に立つてゐた蛞蝓へ、一円渡した。

渡す時に私は蛞蝓の萎びた手を力一杯握りしめた。

そして表へ出た。階段の第一段を下るとき、溜つてゐた涙が私の眼から、ポトリとこぼれた。

ここにはなによりも虐げられた者同士の連帯感や愛情が存在する。人間生活のどん底に虐げられた淫売婦という「全く惨酷な画が描かれて」いるのであるが、不思議に気の滅入ってしまうほどの暗さや惨めさを感じさせない。しかもそこにある感情は弱い者や哀れな者に対する憐れみや同情心といったなまやさしいものではない。「私」が「蛞蝓の萎びた手を力一杯握り」しめ、涙をこぼしたのは、「私」自身をふくめた被搾取階級の「一切の運命」の「象徴」を「哀れな女」である淫売婦たちの上に見たからである。

葉山嘉樹は「『淫売婦』を書いた時の思ひ出」（「文章倶楽部」昭和三年七月一日発行、第十三巻七号）で、次のように述べている。

「あれは事実か、それとも創作か？」

と、よく人に訊ねられるが、あれは獄中に於て私が経験した体験だと答へざるを得ない。

その時分、私は文壇へ出ようの何のつて、望みもなければ考へもしなかつた。然し、何しろ、何か書いてでもゐないと、考へが滅茶苦茶にどこへでも走りまはるので、そいつを一つ処へ繋ぎ止めるためには、どうしても思索の跡を辿る事の出来るやうに、書く以外に法がなかつた。

「淫売婦」は、葉山嘉樹が獄中において「経験」した「体験」を女やヨロケたちに仮構化して表現した。永井荷風や徳田秋声などのように特定の女の生態や風俗を描いているのではない。「淫売婦」に出てくる女やヨロケたちはある個性を持った存在ではない。たとえ「小さな、蛞蝓のやうな顔」をした男と表現されていても、その特異な容貌の描写として「蛞蝓」と形容されているのではないようだ。ヨロケが「病気なのはあの女ばかりぢやないんだ。皆が病気なんだ。そして皆が搾られた滓なんだ。俺達あみんな働きすぎたんだ。俺達あ食ふために働いたんだが、その働きは大急ぎで自分の命を磨り減しちやつたんだ」、それは「海に生くる人々」で「労働者は、塩にあつた蛞蝓だ。それは訳もなく溶けてしまふんだ」というのと同質のものであろう。「蛞蝓」は被搾取階級の文学的イメージなのである。「淫売婦」は、特定個人の人間性よりも、被搾取階級そのものの姿や運命を文学的虚構性を持って描かれた、プロレタリア文学の最初の記念碑的作品である。

（「国文学〈解釈と教材の研究〉」昭和五十五年三月二十五日発行、第二十五巻四号）

小林多喜二「党生活者」のヨシ

小林多喜二の「党生活者」は、「中央公論」昭和八年四月号に、その四章までが、五月号に、五章以下が、「転換時代」という仮題で発表された。四月号の「編輯後記」には、次のように記されている。

創作欄に、我国プロ文壇の驍将小林多喜二氏快心の遺稿たる大雄篇を発表す！　苦闘幾年、其の哀しき死を憶ふとき、この絶作こそ一大金字塔なのだ。作者の原題は時節柄許されざるもの、題名変更に就いて作者の許諾を得ながら決定せざる中に遂に彼の死となつた。「転換時代」は仮題なることを読者は諒せられたい。

百八十枚の全篇にわたって、削除と伏字は七百五十八カ所である。「党生活者」が完全な姿で読めるようになったのは、戦後のことに属する。末尾に「（前篇おわり）」と記されているが、小林多喜二が昭和八年二月二十日に検挙され、その日の内に虐殺されたために、「党生活者」の後篇は書かれなかった。

「党生活者」は、「私」という佐々木の一人称で書かれている。倉田工業は二百人ばかりの金属工場だったが、戦争が始まってから六百人もの臨時工を募集した。「私」と須山と伊藤ヨシの党細胞員らは、その時他人の履歴書を持って入り込んでいたが、最近その仕事も一段落すると臨時工四百人馘首のうわさが流れる。「私」たちは反対するためにビラをまいた。会社側は出入りを厳重にし、太田という同志が工場からやられていった。そこで「私」は身の危険を感じ、同情者である商会のタイピスト笠原という女性のところにころげ込んだ。しかし、「全然個人的生活の出来ない」私と、「大部分の個人的生活の範囲を背後に持っている」笠原とが一緒に生活することの矛盾に苦しみ、笠原を「同じ仕事に引き」入れようとしたが、無駄であった。馘首の情報をつかんだ「私」たちは、「大量馘首絶対反対だ！」のビラをまくが、次の朝、会社は先手をうち、臨時工四百人に二日分の日給を渡して門のところで解雇してしまった。しかし、「組織の胎子《たね》」は吹き拡げられ、「今、私と須山と伊藤はモト以上の元気で、新しい仕事をやっている……」。

一口にプロレタリア文学といっても、小林多喜二のそれと、葉山嘉樹のそれとでは大変な違いがある。例えば「蟻」から想起する文学的イメージは、葉山嘉樹の場合には、それは虐げられた無産階級の「仕事蟻」（「神戸労働争議のエピソード」）である。小林多喜二においては、「一九二八年三月十五日」の中で、次のように述べている。

自分達は次に来る者達の「踏台」になって、さらし首にならなければならないかも知れない。蟻の大軍が移住をする時、前方に渡らなければならない河があると、先頭の方の蟻がドシ〳〵川に入って、重なり合って溺死し、後から来る者をその自分達の屍を橋に渡してやる、ということを聞いた事があった。その先頭の蟻こそ自分達でなければならない。

労働者大衆の文学的イメージではなく、小林多喜二にとって「蟻」の想起する文学的イメージは、「重なり合って溺死」しても突進していくところの前衛であり、革命家なのである。「党生活者」は、終始「私」の視点で書かれ、「私」以外の登場人物は、伊藤ヨシにしろ、その他の活動家にしろ皆「私」から見た外面からしか描かれていない。しかし、「党生活者」に描かれている伊藤ヨシは、「溺死」しても進んでいくところの「先頭の蟻」としてのタイプとして、笠原と対照的にかかれている。

彼女は高等程度の学校を出ていたが、長い間の（転々としてはいたが）工場生活を繰りかえしてきたために、そういう昔の匂いを何処にも持っていなかった。この女は非合法にされてからは、何時でも工場に潜ぐりこんでばかりいたので、何べんか捕かまった。それが彼女を鍛えた。潜ぐるとかえって街頭的になり、現実の労働者の生活の雰囲気から離れて行く型と、この伊藤は正反対を行ったのである。

根からの労働者でないことに注目されるであろう。高等程度の学校を出ているインテリ出身でありながら、労働者生活の雰囲気から離れて行かない婦人活動家として伊藤ヨシは設定されている。伊藤ヨシは警察に何度も捕まる。その度に母親が呼び出され引き渡されたが、半日もしないうちに、母親の反対を押しきり、家を飛び出し潜って仕事を始める。それで母親は、娘が捕まったから出頭しろという警察の通知が来ると喜んだ。母親は、お湯屋ではじめて「度重なる拷問で青黒いアザだらけ」になっている娘の身体をみて、同情し、ヨシの活動を理解するようになった。「党生活者」には、この伊藤ヨシと母親との関係、また「自分は今六十だが八十まで、これから二十年生きる心積《つも》りだ、が今六十だから明日にも死ぬことがあるかも知れない、が死んだということが分れば矢張りひょっとお前が自家《うち》へ来ないとも限らない、そうすれば危いから死んだということは知らせないことにしたよ」と語る母親と「今迄に残されていた最後の個人的生活の退路――肉親との関係を断ち切って」しまった「私」との最後の対面の部分など、母親と活動家とのつながりが感動的に描かれている。しかし、「私」をはじめ、伊藤ヨシと労働とのつながりが殆ど書かれていない。あくまでも「労働者の生活の雰囲気」にいる存在であろう。

伊藤ヨシがすぐれた活動家たるゆえんはどこにあるのか。「度重なる拷問」にも屈しない、ことが第一にあるのであろう。その「拷問」の内容について、「彼女は二度ほど警察で、ズロースまで脱ぎとられて真ッ裸にされ、竹刀の先きでコズキ廻わされた」と述べられている。伊藤ヨシにとってその「拷問」は、女性としての辱めでもあり、二重にも三重にも負いかぶさっている。伊藤ヨシはそこを突き抜けて活動しているのである。「屍」となることも恐れない「先頭の蟻」として、小林多喜二の求めている理想的な革命家の典型でもある。

（「国文学〈解釈と教材の研究〉」昭和五十五年三月二十五日発行、第二十五巻四号）

藤森成吉「何が彼女をそうさせたか？」のすみ子

藤森成吉の戯曲「何が彼女をそうさせたか？」は、昭和二年一月一日発行の「改造」に発表された。今井信雄が『日本近代文学大事典第三巻』（昭和五十二年十一月十八日発行、講談社）における藤森成吉の項目で、「何が彼女をそうさせたか？」の発表を「『改造』（昭二・一〜四）」と記しているのは間違いである。[1] 二月、三月、四月には掲載されていない。これは、多分、佐藤勝が『現代日本文学大事典』（昭和四十年十一月三十日発行、明治書院）で誤って書いているのを、そのまま確かめないで孫引きしたのであろう。

「何が彼女をそうさせたか？」は、六幕九場から成る。しかし、「改造」に発表された場面は、そのうちの五幕八場であった。それは現行の「第二幕」から「第六幕」までの場面である。その後、現行の「第一幕」の部分が新たに書き加えられ、「何が彼女をそうさせたか？」とは違う別の題名で、すなわち、「楽屋（一幕）」という表題で、昭和二年三月一日発行の「文藝春秋」に発表された。「楽屋（一幕）」の末尾には、「作者附記」として、次のように記されている。

　此の一篇は、一月の拙作「何が彼女をそうさせたか？」の最初の場面たる意図を以て、新たに稿を起したるもの。が、これはこれとして又独立し得るを信ず。

『何が彼女をそうさせたか？』は、藤森成吉の『磔茂左衛門』（大正十五年七月二十五日発行、新潮社）に次ぐ第二戯曲集であって、昭和二年四月二十三日に改造社から刊行された。書名となった「何が彼女をそうさせたか？」のほかに、「夫婦」「仇討物語」の短篇戯曲が収録され、その序で「プロレタリア文学の立場に立つた、私の戯曲方面の仕事の一半だ」と述べられている。普及版『何が彼女をそうさせたか?』（昭和五年四月三日発行、改造社）には、序文並びに「夫婦」「仇討物語」が除外された。

「何が彼女をそうさせたか?」の時代設定は、第一幕が大正五年二月で、第六幕が大正八年五月である。主人公中村すみ子の十三歳から十六歳までが描かれる。すみ子は、埼玉の田舎出身である。「おツかアはまおとこと逐電。親父ア病気の揚句のたれ死」してしまった。そして、たった一人の叔父は酒飲みで、すみ子を「食ひ物にする事ツきり何も考えちやアゐねえ」。それが、すみ子のおかれている境遇である。第一幕は、子供役者の楽屋裏における、「門閥の光もなけりやア金の箔も」ないすみ子に対する嫉みと、金をせびりに来た叔父が、すみ子を「すぐ又どこかへ売りつけ」るために「無理矢理連れて行かうとする」場面である。第二幕は、詐欺師である阪本佐平の手先として働かされているすみ子が、山下巡査部長によって救われる。第三幕は、養育院内隔離室の出来事で、すみ子はここで東京市参事会員である秋山義雄宅の小間使いの仕事を世話してもらう。第四幕は、秋山夫人から養育院では「海苔や御魚なんぞ」「食べやうツたつて食べられないだらう?」と冷笑され、すみ子は「奥さま、御魚位始終食べてゐます。こんな残り物なんぞ、みんな犬にやつてますわ」と言うなり、皿を土間へ投げてしまう。第五幕は、それから三年経過している。琵琶の師匠の家で下働きをしていたすみ子が、子供役者を一緒にやっていた市川新太郎と偶然に再会する。その一週間後、「切角うれしい関係になりながら、金につまつて」二人は相模の海岸で身投げをした。第六幕はキリスト教婦人収容所天使園が舞台である。漁師に助けられたすみ子は、天使園に収容され、「何もかも忘れて新しい生活」に入る決心をしたが、新太郎へ出した手紙が露見し、天使園主任うめ子から大勢の人の前で懺悔を強要され、「愛だなんて――神さまが愛だなんてみんなうそです」と叫ぶ。そして、その日の夜、すみ子は天使園に火を付ける。「燃えさかる炎の空へ、電気で大字が浮びあがる。『何が彼女をそうさせたか?』」で幕となる。以上がこの作品の梗概である。

「何が彼女をそうさせたか？」の題名は、そのままいろんな場面に使われ、当時、流行語となったようだ。しかし、それは、この戯曲が文学的出来栄えとして優れていて、問題とされたから、流行語となったということではない。実際、「何が彼女をそうさせたか？」の発表当時の世評は全く悪く、広津和郎は「有り触れたこと、といふ以上で、最後まで読むと、とてもばか〳〵しい。僕は寧ろ、あれだけ書き続けられたことが不思議だと思ふ位だ」といい、宇野浩二が「如何にもこしらへものといふことが見え過ぎますね」、久保田万太郎が「私には悪く通俗的な感じがさきに立つて一向身にしみなかつた」、徳田秋声が「通俗で平凡……」と、それぞれ「新潮合評会第四十三回」（「新潮」昭和二年二月一日発行、第二十四年二号）で発言している。

すみ子は「愛くるしく美しく魅力ある顔」の女性というだけで、「何が彼女をそうさせたか？」には、すみ子の生き生きした個性的な人間像が描かれていない。すみ子だけではない。広津和郎がいうように「人間が皆外面的」である。

すみ子は、心中未遂とかキリスト教会に放火するとか、大胆な行動をする女性であるが、「何が」ゆえに彼女をして、「そうさせたか？」、概念的にしか、処理出来ず、それが十分に追求されていないために、全篇のクライマックスが形成されず、また新しい魅力ある女性とならなかったのである。例えば、三年ぶりに偶然に会ったすみ子と新太郎が、その一週間後には、ただ「金につまつて」という説明だけで、心中を企てるというような、そこには何等の文学的真実性がなく、通俗的で粗雑な構成になっている。

「何が彼女をそうさせたか？」は、人道主義的立場からプロレタリア文学へ転向した藤森成吉の甘さと文学的軽薄さを如実に示した作品といえよう。

なお、「何が彼女をそうさせたか？」は、昭和二年四月十五日から十日間、築地小劇場第六十回公演で上演された。

監督は隆松秋彦、装置吉田謙吉、すみ子に山本安英、お仙に高橋豊子、新太郎に伊藤晃一らである。その時、検閲で、題名は単に「彼女」とされた。

注

（1） その後、刊行された机上版『日本近代文学大事典』（昭和五十九年十月二十四日発行、講談社）で訂正された。

（「国文学〈解釈と教材の研究〉」昭和五十五年三月二十五日発行、第二十五巻四号）

百合子と「日米時報」のことなど

新日本出版社が『宮本百合子全集』全二十五巻および補巻二巻の刊行を昭和五十四年一月十五日から開始したことは慶賀にたえない。河出書房が昭和二十六年五月三十日に『宮本百合子全集』第一回配本を発行して、全十五巻の出版を無事に完結したのが、昭和二十八年一月のことである。宮本百合子が電撃性髄膜炎菌敗血症により五十一歳で死去したのが昭和二十六年一月二十一日であり、河出書房版全集はその年五月から刊行された。それは、党の分裂とむすびついて、「人民文学」などが、「彼女は階級の敵であり、帝国主義者の血まみれの手に恐れげもなくつながったのである」云々といった事実無根の悪態で百合子を誹謗していた最中であった。百合子の全業績をひとまとめにして出版し、そうした罵詈雑言がいかに常識はずれで誤りであるかをはっきりさせねばならなかった。河出書房版全集は、こうした根も葉もない誹謗のなかで緊急に刊行せねばならなかった上に、また、百合子が亡くなった直後のことでもあり、百合子文学の書誌的研究がまだ十分に進んでいない時に出されたので、いくつか採録の洩れた作品のあるのも、止むを得ぬことであった。しかし、随筆ないし小品、アンケートのたぐいの短い逸文であっても、それがどんな些細な一篇にでも、百合子その人の特色は濃い。いうまでもなく、百合子の単に女流作家という範疇だけでなく、近代文学史に占める地位は極めて大きい。河出書房版全集も絶版となり、入手出来なくなってから長い年月がたつ。それだけに断簡零墨に至るすべての百合子の著作を収録した完璧な全集の刊行が待望されたのである。新日本出版社版の本全集は、単に逸文だけでなく、夫の宮本顕治にあてた書簡五千枚の全容がはじめて明らかにされたり、大正二年、大正八年、大正十三年の百合子の日記が新たに発見されて収録されるなど、極めて意義深く、今後の百合子研究を大幅に前進させてくれるであろう。

第一巻に、百合子がアメリカで執筆し発表した「津軽の虫の巣」という作品が収録されている。いままで逸文となっていた作品の一つである。「津軽の虫の巣」は、アメリカのニューヨークで発行されていた邦字活版刷新聞「日米時報」大正八年六月二十一日および二十八日発行の二回にわたって掲載された。「日米時報」は、日刊新聞でなく、週一回、ニューヨークに住む日本人を読者対象として出されていた新聞である。そうした新聞が出されていたこと自体、当時いかに多くの日本人がアメリカに移民していったかということを物語っている。「日米時報」などの邦字新聞は、渡米していった日本人の動向を知る上において興味深い資料の一つであろう。

不幸にして、百合子がアメリカに滞在していた大正七年九月から大正八年十二月までの日記は現存しない。百合子のアメリカにおける資料がほとんどないだけに、この「日米時報」に百合子に関する消息が何か出ていないであろうか、一度確認して置きたく、国立国会図書館所蔵『新聞目録』（昭和四十五年三月二十日発行）を調べると、マイクロで〝1918・12・28〜1941・11・29〟まで、同館で所蔵されていることになっていることが判明した。早速上京し、それを借り出しマイクロリーダで見ると、驚いたことに余りにも欠号部分が多く、百合子が渡米していた時期はほとんどなかった。例えば目録の上ではあることになっているが、大正八年（一九一九年）分は実際には新年号の一日分しかマイクロがないといった始末である。「日米時報」のような特別な新聞は、国立国会図書館になければ、日本のどの図書館にも所蔵されていない。もしあるとすればアメリカの図書館を探すより方法がない。大正期に発行された日本人向けの新聞であり、発行部数もそれほど多くは出しているとも思われないので、アメリカの図書館にも所蔵されている可能性は先ずないであろうと、半分諦めながら、念のためアメリカ議会図書館に「日米時報」の所蔵先の調査依頼を出した。ところが幸いなことに所蔵先が判明し、結局申し込んでから半年以上も時間がかかったが、ようやく「日米時報」を見ることが出来たのである。

「日米時報」は、最初「日米週報」という紙名であったが、前田河広一郎が編集長となった大正八年新年号（大正七年十二月二十八日発行）から「日米時報」と紙名を変更した。前田河広一郎は、大正九年二月に帰国するまで「日米時報」に関係し、「沢の談」（大正八年一月一日発行）、「烈火―『須磨子の死』―」（同月十八日発行）、「イワンは如何する」（二月一日発行）などのエッセイをはじめ、小説「指輪の為めに」を三月一日から十一月二十九日発行まで、三十九回連載している。この前田河広一郎が百合子に「津軽の虫の巣」を依頼したのであろう。ついでに書いておくと、前田河広一郎に、百合子の「南路」を批評し、またアメリカ滞在中の百合子のことを書いた「現代閨秀作家達―混闘、藝術、女性、其他―」（「女性日本人」大正十一年九月一日発行）という一文がある。それはさておき、百合子のような「中流家庭の娘」というような身分でなく、単身で渡米し、財産もなく、親類縁者や保護者もなく、その上、言葉の障害もある白人の社会で黄色人種である日本人が一人で生きていくということはどういうことであったか。前田河広一郎の『赤い馬車』（大正十二年四月十八日発行、自然社）や『大暴風雨時代』（大正十三年十月十五日発行、新詩壇社）はそうした青年をつぶさに描き出している。百合子とともに前田河広一郎らの研究が進めば、百合子の「伸子」に描かれている佃など、また違った面が見えてくるのではないかと思う。

百合子の「津軽の虫の巣」が「日米時報」に発表されたということだけでなく、興味深いことは、前に拙文「宮本百合子全集（河出書房版）逸文について」（関西大学「国文学」昭和五十一年十二月十五日発行、第五十三号）でも触れたが、百合子の父中條精一郎が本田正己の尋ね人広告を「日米週報」大正七年十二月二十一日発行に出していることである。小説「伸子」では、この本田のことが南波武二として書かれている。大正七年十一月七日の休戦報告が伝えられたニューヨークの「歴史的光景」よりも前に、南波の尋ね人広告は実際よりも二カ月も前に繰り上げて設定されている。自伝的小説「伸子」の小説的虚構性とその事実との関係が多方面から解明されねばならないであろう。

百合子の評伝として、大森寿恵子の『早春の巣立ち―若き日の宮本百合子―』（昭和五十二年一月三十日発行、新日本出版社）がある。詳細な研究であるが、惜しむべきは、百合子が荒木茂と離婚する「伸子」時代までで終わっていることである。戦前の嵐の時代に共産主義作家として不抜の闘いをした百合子の全生涯を精密に客観的な事実の積み重ねの上に我々は明らかにせねばならないであろう。「読売新聞」昭和五年一月七日付の〝よみうり抄〟に、「勝本清一郎氏」として、「先月廿七日パリから中條百合子氏が来て再びモスクワへ立つて行きました。パリでは脳味噌のしわの間に塵がたまる由。モスクワには湯浅芳子女史がゐます。当地では絹笠《ママ》貞之助君が映画製作を始めました（ベルリンにて）」という消息が出ている。百合子は、その年の十一月に湯浅芳子とともにソヴェトから帰国し、十二月には、窪川鶴次郎、西沢隆二の勧誘により、日本プロレタリア作家同盟に加入した。ベルリンで日本プロレタリア作家同盟の在独代表として国際連絡に当たっていた勝本清一郎、あるいはモスクワでの片山潜などとの交遊が、その後の百合子の活動や思想にどのように影響したのか。百合子についていろいろな問題をいろんな角度から明らかにせねばならないであろう。そこから多くの学ぶべきものを発見するに違いない。

（「宮本百合子全集第十二巻　月報十四」昭和五十五年四月二十日発行、新日本出版社）

広野八郎著『葉山嘉樹・私史』

――解説にかえて――

広野八郎の『葉山嘉樹・私史』がたいまつ社から出版されることになったことを私はよろこびたい。本書は、「愛と苦悩と窮乏と―葉山嘉樹回想―」と題して、雑誌「九州人」に昭和五十二年二月から五十三年七月まで、一年半（十八回）にわたり連載された。

広野八郎は、昭和五十一年七月に心筋梗塞で倒れ、その後、通院をつづけながら、文字通り病軀を押して、本書を完成されたのである。そのことに私は敬意を表したい。

広野八郎は、明治四十年長崎県に生まれ、電車車掌、地方新聞記者、寺男などの職業を経て、昭和三年十月、日本郵船のインド航路秋田丸に火夫見習い（通称ボーイ長）として乗船した。以後、香取丸に転船し、昭和六年五月、病気を理由に下船するまで、約三年間の海上生活を経験する。広野八郎のその時の日記『華氏140度の船底から―外国航路の下級船員日記―』上巻（昭和五十三年十二月二十七日）・下巻（昭和五十四年三月二十日）が太平出版社から刊行された。そこには昭和初年当時の熱帯航路の石炭船における下級船員がどのような労働を強いられていたか、その実態がつぶさに記録されている。

広野八郎と葉山嘉樹との出会いは、本書に書かれているように、広野八郎が航海中に「海に生くる人々」や「淫売婦」などの作品を読み、「深い感動と湧きあがる情熱」を覚え、手紙を出し、昭和四年十二月九日、葉山嘉樹の家を訪問したことからはじまった。そして、広野八郎は、香取丸下船後、昭和六年十月末上京し、葉山嘉樹宅に寄食するようになる。この時、広野八郎は数え二十五歳の青年であり、葉山嘉樹は数え三十八歳であった。

広野八郎は、昭和五年末から昭和十一年にかけて、田中逸雄のペンネームや本名で詩や小説などを発表した。葉山嘉樹が「稀に見る善良な、素朴ないい詩であると、私の朗読の結果衆評が一致しました」といった「カラチの鷗」「鳩の炭山」「寒夜」(「文藝戦線」昭和五年十一月一日発行、第七巻十一号)をはじめ、「馘首になつた同志へ」(「文戦」昭和六年七月一日発行、第八巻七号)、「土工の唄」(「先駆」昭和十年六月一日発行、第一巻一号)などの詩のほか、「遭難船の同志」(「文戦」昭和六年十一月十六日発行、第八巻十一号)、「水葬」(「労働文学」昭和八年四月一日発行、第一巻四号)、「火夫見習の密航者」(「労農文学」昭和八年七月一日発行、第一巻六号)、「食糧運搬車」(「労農雑誌」昭和十一年九月一日発行、第二巻九号)などの小説を執筆した。このうち時評に取りあげられたのは、小品「水葬」で、高峰二郎が「アンダーライン(5)四月の雑誌評」(「東京朝日新聞」昭和八年四月二日付)のなかで、「広野八郎の『水葬』はあかぬけがしてゐるがも少し長く書いてもらひたかつた」と述べている。高峰二郎というのは杉山平助の匿名であろうか。広野八郎の作品のうち、「土工の唄」のなかの一篇「恐怖」を、次に紹介しておきたい。

川向ふの露天の火葬場で
人を焼く白い煙が
川上の方へ流れて行く——
昨日索道から落ちて死んだ男を焼いてゐるのだ。
巌盤につるをうちこんでゐる私の真上で大きな巌が今にもずり落ちそうにして首をのぞけ、
白い歯をむいて笑つてゐる。

広野八郎は昭和六年十月末上京するとともに、葉山嘉樹の推薦で労農藝術家連盟に加入した。しかし、すでにその前月から満州事変がはじまっており、プロレタリア文学への重圧が日を追って強められていった時期である。広野八郎が参加した時分は、労農藝術家連盟の昂揚期が過ぎ、後退期であった。昭和六年五月十一日には、細田民樹・細田源吉・間宮茂輔・小島勗ら十一名が脱退し、組織的に弱体化していた。数回にわたる労農藝術家連盟の分裂は、その内部の人間関係にも複雑微妙なものを醸し出したのであろう。本書では、前田河広一郎が里村欣三をスパイと罵った出来事などをはじめ、葉山嘉樹をめぐる文戦派の人間模様が描き出されていて興味深い。特に第二章の「最後の分裂」に書かれている左翼藝術家連盟と労農文学同盟との分裂などは、これまでの山田清三郎の『プロレタリア文学史上下巻』(昭和二十九年九月発行、理論社)をはじめ、ほとんどその間の事情が語られていない出来事である。

葉山嘉樹は、広野八郎について、「人間の正直律儀と云ふことと、文学の正直と云ふことと違ふもんだから困つた」と、推挙した広野八郎の春陽堂の生活文学選集がダメになった直後、詩人の高橋辰二にあてた書簡のなかで述べている。葉山嘉樹は、広野八郎の人間的真面目さ、その実直さを愛していたのであろう。広野八郎が本書を執筆した直接の動機は、その第一章「はじめに」に書かれているように、共に葉山嘉樹に師事し、同志として起居を一緒にしたこともある中井正晃の「葉山嘉樹・回想ノート」(「社会主義文学」昭和二十八年九月一日～三十三年十一月一日発行)を読んで、そのでたらめさに対する怒りからである。広野八郎の「正直律儀」な性格からしては、中井正晃の回想ノートが、葉山嘉樹の飲んべえで奔放な性格をことさら強調するあまり、そこに嘘や創作が付け加えられていることに我慢ができなかったのであろう。本書は、そうした意味で、中井正晃の派手なおもしろさを意図した回想ノートとは対照的に書かれている。

葉山嘉樹に関する文学的回想としては、さきの中井正晃のほかに、平林たい子「葉山嘉樹の想ひ出―自伝的交友録―」(「別冊文藝春秋」昭和三十一年三月二十八日発行、第五十号)、財部百枝「父・葉山嘉樹のこと」(『プロレタリア文学研究』昭和四十一年十月二十日発行、芳賀書店)、松井恭平「葉山嘉樹の晩年」(「友樹」昭和四十一年十月十八日、四十四年九月二十五日、四十五年二月二十八日発行、第三十八、四十四、四十五号)、波田国雄「葉山嘉樹の戸畑時代」(「九州人」昭和四十四年十一月一日発行、第二十二号)などがある。しかし、葉山嘉樹の三信鉄道(現在、JR飯田線)工事時代のことが書かれた回想はこれまでなかった。本書によってその空白が埋められたのである。

葉山嘉樹は、昭和九年一月、それまでの東京における作家生活に見切りをつけ、林部俊治・広野八郎らと共に長野県下伊那郡泰阜《やすおか》村明島の天龍川沿いの三信鉄道工事に赴き、飛島錦龍配下中川班の帳付けとして働いた。葉山嘉樹は自分の体験にもとづき、それを素材としてしか創作することができなかった作家だといわれている。事実、この時の三信鉄道工事の体験から、長篇「流旅の人々」や短篇「水路」あるいは「濁流」などをはじめ、それを素材として多くの傑作を書いている。それだけに、葉山嘉樹と行動をともにした広野八郎がその時のことを本書で記録してくれたことは、今後の葉山嘉樹の作品を理解する上においても極めて貴重であろう。

葉山嘉樹は、昭和九年七月初旬、中川百助と衝突し、三信鉄道工事から手を引き、そして、同年九月、「群衆」同人の原義根・片桐千尋らの世話で、長野県伊那郡赤穂村に移住した。昭和十三年一月に岐阜県恵那郡中津町の妻菊枝の実家を頼って引っ越しするまで、三年余り、赤穂で暮らす。この赤穂時代における葉山嘉樹の活躍、奮闘ぶりはもっと論じられてよいのではないか。この時期に発表した「山谿に生くる人々—生きる為に—」「断崖の下の宿屋—山谿に生くる人々—」「水路」「人間の値段」「濁流」「裸の命」「氷雨」など、プロレタリア文学運動の解体後における時代の重圧のなかで、葉山嘉樹独特の魅力をぞんぶんに発揮した作品で、葉山嘉樹文学の完成といってもよい。その反面、葉山嘉樹にとっては、作家生活のうちでもっとも苦しいひとつの危機であったのであろう。本書には、葉山嘉樹が三信鉄道の工事場に来てからの第一作「山谿に生くる人々—生きる為に—」をなかなか書くきっかけが摑めなく、「ああ孤独だ。広野君、作家はどこまでも孤独だなあ!」と、うめくような嘆声をもらし、眼から涙がこぼれ、苦悩しつづけた姿が描かれていて、印象深い。

葉山嘉樹は、昭和十二年十二月二十九日、佐賀市に帰郷した広野八郎に、次のような手紙を出している。

僕は人間に絶望しかけてゐます。人間を愛してゐます。この愛しても愛し切れぬ程の人間と云ふものは、何と云ふ矛盾に充ちた生物でせう。目的の為に手段を選ばないと云ふことに、僕は反対です。だから、地上のあらゆる国々に行はれてゐる事に懐疑的です。スターリンも嫌ひです。彼は人を殺すからです。イギリスも、フランスも、ドイツも、イタリーも、僕は嫌ひです。そこでは目的のために手段を選ばないからです。

文学には、手段はない、と近頃、私は思つてゐます。

若い時は、文学も一つの手段と思つてゐたが、今は違ひます。文学自体が目的です。文学が真理を追究するものである限りは、それ自体が目的です。

これは戦後のスターリン批判ではない。昭和十二年に書いていることに注目していい。葉山嘉樹の赤穂時代の作品は、劣悪の状況のなかで働く労働者とその生活を、文学は「手段」でなく、それ自体が「目的」であるという自覚のもとに、愛情を持って描き出されている。それはまさにプロレタリアの文学としかいいようのない作品である。

本書は、葉山嘉樹についての回想であるとともに、広野八郎自身が三信鉄道工事場で土木労働者として実際に働いていたということもあって、当時の飯場労働者の歴史的な記録ともなっている。私たちは、歴史を知るためには、そうした労働者や農民の日々の労働やその生活についてもっと知る必要があろう。

（広野八郎著『葉山嘉樹・私史』昭和五十五年六月十日発行、たいまつ社）

葉山嘉樹と室蘭

日本の近代文学者達のうちで、葉山嘉樹ほど大正から昭和初年代における海上労働者の生活を描いた作家はいないであろう。葉山嘉樹自身がカルカッタ航路の貨物船讃岐丸や室蘭・横浜航路の石炭船万字丸に乗船したこともあって、代表作の「海に生くる人々」をはじめ、「労働者の居ない船」「浚渫船」「印度の靴」「鴨猟」「海底に眠るマドロスの群」「けだものの尻尾」「優秀船『狸』丸」や、あるいは後期の長篇「海と山と」など、多くの海の小説を遺している。

葉山嘉樹が室蘭・横浜間の不定期航路万字丸に乗ったのはいつであろうか。葉山嘉樹自身は、自作「年譜」で「余りに眼まぐるしくて、年代も生活も、順序立つて覚えてゐない」と書いている。しかし、その時の「海員手帳」（日本海員掖済会）が『葉山嘉樹全集第六巻』（昭和五十一年六月三十日発行、筑摩書房）の口絵に出ており、それには「大正五年六月五日仮交付」という日付があるので、その直後くらいに万字丸に乗船したとみてよいであろう。

「海に生くる人々」の主要人物の一人である舵手の小倉のモデルとなった小椋甚一の証言によると、葉山嘉樹が万字丸に乗っていた期間は短く、風浪ローリングの日にデッキで作業中に足を負傷したため、一往復くらいで合意下船したという。室蘭・横浜航路に乗船しながら、葉山嘉樹の作品のなかで、直接室蘭が出てくるのは、「海に生くる人々」と「鴨猟」の二作だけである。室蘭を舞台にした作品が比較的すくないのは、万字丸の乗船が短期間であったということと関係しているのであろう。注意すべきは、「海に生くる人々」は正月前、すなわち十二月下旬に設定されているが、葉山嘉樹が万字丸に乗船したのは六月か、遅くとも七月であって、冬の室蘭・横浜航路を体験しないで、「海に生くる人々」を書いているということである。

「海に生くる人々」に登場する波田は、いうまでもなく、葉山嘉樹自身の分身であろう。また、倉庫番でオルグの能力をもつ藤原は、万字丸に実際に藤原という癇癪持ちのストキがいたが、これは単に名前を借りただけで、葉山嘉樹の名古屋における労働運動時代の姿が投影されているとみることができる。葉山嘉樹は、小椋甚一に出した大正十五年十月十九日付の書簡の中で、「一両日中に、『海に生くる人々』と云ふ長篇を出す。舞台は万字丸、登場人物は、其時の乗組員全部」と記しており、舵手の小倉をはじめ、きわだった個性を持つ三上という水夫や、あるいは吉竹船長や黒川チーフメートなど、具体的なモデルがあったようだ。

小椋甚一が横浜港碇泊汽船多摩丸から東京市外井荻町上荻窪七二二の葉山嘉樹に出した大正十五年十二月七日付の書簡によると、その時、華陽丸の船長となっていた吉武(小説では吉竹)と歌神丸船長に昇格していた黒河(小説では黒川)が、重役会議に臨んだところ、炭鉱会社の社員連中がクスクス笑い出し、そこで吉武・黒河両氏が何がおかしいのだと訊ねたところ、「海に生くる人々」をつきつけられたという。また、室蘭の東陽軒の娘が東京に出てきていて、自分の家の事が「海に生くる人々」に書いてあると聞いて、読みたくてたまらず、四軒の書店を探したが売り切れだったと、その娘さんの義妹より聞いたという、「海に生くる人々」の後日譚を伝えている。

東陽軒というのは、「海に生くる人々」では東洋軒として出てくる「室蘭一の菓子屋」で、「初めビックリしたほど、立派な『文化的』な構へと『文化的』な菓子とを売つてゐる店」であったという。葉山嘉樹は、ここのきんつばが大好物であったようだ。「海に生くる人々」の葉山嘉樹の分身である波田は、「全く此の家の菓子はうまいよ。横浜にだつて、たんとありやしない」と絶賛するだけでなく、「一切の欲望の最高なものを菓子が占め」「菓子で身を持ち崩す」ほどの甘党の青年として描かれている。葉山嘉樹といえば、酒豪として伝説化されているだけに、それは意外でもあろう。葉山嘉樹は、根からの酒好きではなかったようだ。

万字丸時代の室蘭における葉山嘉樹は、「酒よりも甘いもの」に「病的」なまでに欲望を持った青年であったことは「海に生くる人々」を読めば明らかであろう。その葉山嘉樹が労働組合運動に関係し、入獄中に最愛の妻子が行方不明となり、二児が餓死してしまったため、「ひどくニヒリスチックになつて」、きんつば好きの甘党から「飲酒の癖を覚え」ていった過程は悲惨でもあった。

（「北海道文学全集第六巻　月報六」昭和五十五年六月十日発行、立風書房）

落穂拾い

『伊藤整全集第十四巻』（昭和四十九年一月十五日発行、新潮社）一六二～一六三頁に「文藝時評」が収録されている。この「文藝時評」は「日本学藝新聞」（昭和十二年六月十日発行、第三十二号）に発表された。初出「日本学藝新聞」では、「文藝時評」という表題のほか、「徳永、岡本氏の作品」という見出しがついている。ところが『伊藤整全集第十四巻』には、伊藤整が徳永直の「八年制」を批評した部分だけが収録され、岡本かの子の「花は到し」を評した部分が欠落している。多分、「日本学藝新聞」を切り抜いた時に、岡本かの子について書いてあるところだけが右端の下の段に移っていたのをうっかりと切り落としてしまったのであろう。『伊藤整全集第十四巻』に欠落している部分を、次に紹介しておく。

　岡本かの子氏の『花は到し』を読んだ。筋は単純であるが、そのまはりに配された作者の生活や藝術についての思考が豊で華やかで、中に一脈の誠実さがとほつてをり、それに感心した。感心しながら、このな《ママ》情感をこの特異な形で人の世に通すことが出来るのだとすれば、この作者は余程強い性格かまたは美しい性格なのだらうと思つた。

　この作品の内容をなしてゐる情感には生活の汚れがつき得ないもののやうに華やかで、思考は思考だけの純粋さを保つてゐられる。そのあまりの純粋さ歪みのなさには、読んであて《ママ》腹が立つほどである。作品としていいものとは思ふが、もつとこの作家が汚れたり歪んだりして見せてくれなければ我々には縁がないとも思つた。

古書目録や古本即売会に出品されていると必ず買い求めることにしている雑誌の一つに「若草」がある。「若草」は「令女界」の姉妹誌として、若い女性を対象として出された雑誌であるが、文壇の新人に多くの執筆の機会を与えた。蔵原惟人の「一九二七年度のプロレタリヤ文学」(「若草」昭和二年十二月一日発行、第三巻十二号)などは、榛原憲自編「蔵原惟人著作編年目録」(『蔵原惟人評論集第十巻』昭和五十四年十二月十五日発行、新日本出版社)にも抜けている。「若草」昭和十一年八月一日発行、第十二巻八号には、「わが愛する海・山」について「文壇四十八家」の回答を載せている。その中で、志賀直哉は、「上州赤城山。/景色がよく、水があり、美しい花多く、平地の部分多く、下駄ばきで散歩の出来ることなど。」と答え、萩原朔太郎は「小生は自然に対して興味を持ちませんので、別に愛する海も山もありませんが、たゞ故郷の赤城山と浅間山が好きです。/理由は、郷愁を感ずるからです。」と述べている。ともに『志賀直哉全集』(岩波書店)や『萩原朔太郎全集』(筑摩書房)に未収録である。誰か「若草」のような雑誌の細目を編んでくれぬかと思う。志賀直哉をはじめ、坂口安吾などにいたるまで逸文が多く掲載されている雑誌の一つである。

同じく古書目録に出ると注文してみるのに戦前の各大学の新聞がある。現在ほど思想家や文学者の発表場所が多くなかったのであろう、戦前の大学新聞には思想家や文学者の注目すべき発言が少なくない。

早稲田大学創立百周年記念出版として『早稲田大学新聞』戦前版全七巻が龍渓書舎から刊行されたことは喜ばしい。戦前のこの種の新聞は各大学の図書館をはじめ国会図書館など保存状況が悪い。今度復刻された『早稲田大学新聞』戦前版にも欠号がかなりある。復刻版で欠号になっているうちの一つ、大正十三年十月十五日発行(第四十六号)の表題をあげておく。

学生精神と軍人精神—所謂軍事教育問題の一面— 大山郁夫 第一面

マルクス国家論に関連して—水島治夫氏に呈す— 石川準十郎 第二面

学生軍事教育は絶対に反対なり――青年教育運動に邁進学生連合総会の決議―― 無署名 第二面
学生運動の先駆者たらんと両学院弁論部が各地を遊説の計画 無署名 第二面
象牙の塔から民衆の中へ――第一学院遂に起つ―― 無署名 第二面
碩学を網羅し政経講座公開 無署名 第二面
『満州の利権を擁護して起て』於対支問題講演会――佐藤少将の獅子吼―― 無署名 第二面
会館便り 無署名 第二面
時局研究会復活して活躍 無署名 第二面
自由の鐘 無署名 第二面
学徒の視野 無署名 第二面
新刊紹介（『マルクス歴史社会国家学説』ハインリッツピクノー著・河野密訳） 無署名 第二面
図書館新著書一斑 無署名 第二面
大激戦を予想される三田稲門野球戦前記 柳沢敏文 第二面
大橋投手元気 無署名 第二面
暴露された露文科の内紛――廃科か？　存続？　捲き起された大渦―― 無署名 第三面
馬場原両氏の背信的態度を憤る学校側 無署名 第三面
早稲田を騒がした嬰児殺に懲役四年 無署名 第三面
早大音楽部高崎へ遠征 無署名 第三面
鉄筋二階建で新設される野球部合宿――グラウンドの方は当分現在のまゝ―― 無署名 第三面
プールの建設に十一月中着手――負けぬ気で三田でも奔走中―― 無署名 第三面

朝鮮留学生の秋季大運動会　無署名　第三面
声援の起つた科学部映画会　無署名　第三面
若人が歓喜の森―学生街は鶴巻町の大通り―　無署名　第三面
専門学校の陸上競技延期―役員変更の疑点から他校との折合ひつかず―　無署名　第三面
記録本位の競技大会を十七、八日の両日早高トラックで　無署名　第三面
早大今秋の庭球戦に優勝す―インターカレッヂに於ける安部の奮戦―　無署名　第三面
横須賀海軍のカツター大競漕―第一艦隊のコーチは喜多教授―　無署名　第三面
新加入のスケートホツケー部―十四日に対戸山の今秋劈頭戦―　無署名　第三面
早高山岳会　無署名　第三面
東洋会のバンカラ旅行　無署名　第三面
歌舞伎劇の世話もの　池田大伍　第四面
歌舞伎劇の味　小原俊一　第四面
追想の自然　平為義雄　第四面
童謡界僻見　秋山　浩　第四面
学藝消息　無署名　第四面
早工と早実が隅田川で対抗競漕　無署名　欄　外
高師部野球破る―対日歯野球戦に―　無署名　欄　外
ラジオ放送―新光社主催於第一早高―　無署名　欄　外
映画会の映写旅行―千葉県下へ―　無署名　欄　外

復刻版『早稲田大学新聞』戦前版全七巻を手にしての不満を一つ述べれば、この復刻版は第一面と第四面の間の、あるいは第二面と第三面の間の欄外記事を一切削除してしまったということである。欄外における文藝に関する記事をいま二、三あげると、大正十三年四月二十八日発行（第三十号）に、「仲木貞一氏の／演劇講演会」の見出しで「演劇研究会は第一回講演を、来る二十九日午後三時より文科教室にて『小劇場運動』に就てといふ題にて仲木貞一氏の講演を催す」とある。大正十三年六月十八日発行（第三十七号）には、「文藝講演／来る廿一日／文学部主催で」の見出しで「来る二十一日（金）午後一時より第一教室に於て文藝部主催の下に文藝講演会を開く由、当日は谷崎精二氏の開会の辞、佐藤春夫、芥川龍之介、広津和郎諸氏の出席あり」と欄外にある。大正十三年十月二十九日発行（第四十七号）の欄外には、「フエビアン／第三回講演／大警戒裡に挙行」の見出しで、「その発会以来着々と堅実なる歩を進めつゝある日本フエビアン協会は去る二十五日午後六時から芝協調会館に於て第三回講演会を備《ママ》した。講演は山崎弁護士の『日本の平美女とステキズム』木村毅氏の『文藝に現はれたる娼婦と淑女』新居格氏の『社会運動の基本概念』及石川三四郎氏、布施辰治氏等聴衆は学生及労働者合して五百人位であつたが例によつて物々しい警戒振りであつた。」とある。こうした欄外記事を除外し、『早稲田大学新聞第一巻』に付されている「凡例」でも、欄外記事の取りあつかいについては、全く頬かぶりし、そのことには触れていない。大正十三年十月二十九日発行の第一面（復刻版第一巻百七十五頁）の畑中碧子の「近代女性の悩み」は「（以下欄外）」とあるように、本文が欄外に続いているのである。こういう欄外部分を無断で削除してしまう復刻版発行には感心しない。なにもかもすべてを原型のまま縮刷して復刻せよとはいわぬ。技術的に無理であれば、欄外記事だけをまとめて巻末に活字を組むだけの配慮があってもよいのではないか。

　この種の新聞復刻版は二度と刊行される機会がないであろう。それだけに欠号の部分は、たとえ無駄であっても事前に広く一般読者に訴え、その探査に最大の労を取ってほしかった。さきの欠号になっている第四十六号などは、同じものを二部も架蔵しているので、いつでも喜んで提供できたのにと思う。

北村喜八の劇団藝術小劇場が、「分裂した人間の心理過程」を描いた横光利一の「紋章」を上演したことがあった。そのことは、井上謙の「横光利一年譜」(『近代文学資料七　横光利一』昭和四十九年十月十日発行、桜楓社)にも記録されていないので、ここに記しておく。それは藝術小劇場の第四回公演として、昭和十三年十一月二日から六日までの五日間で、築地小劇場においてである。「劇団藝術小劇場パンフレット」第四号(昭和十三年十一月二十五日発行、編輯兼発行・中村駿二)によると、「紋章」の演出は北村喜八、助手は山上潔彦・井沢淳で、配役は山下久内(藤輪欣司)、山下敦子(村瀬幸子)、雁金八郎(鶴賀喬)、多々羅謙吉・村田博士(田辺若男)、綾部初子(渡辺信子)、杉生善作(水上勉)等である。この杉生善作を演じた水上勉は、劇団員名簿によると、〝研究生〟となっている。小説家水上勉の上京はいまのところ昭和十五年ということになっているので、別人であろう。井上謙の「横光利一研究文献目録」(『横光利一』前出)にも、この「劇団藝術小劇場パンフレット」第四号は抜けている。全二十頁の小冊子であるが、横光利一の「原作者の言葉」を巻頭に、阿部知二の「『紋章』上演について」、北村喜八の「『紋章』の公演について」、松田伊之介の「『紋章』の脚色者として」、北村喜八の「演技に関するノート」、吉田謙吉の「『紋章』のセット」、演出部の「『紋章』登場人物の性格について」等が掲載されていて、一寸した「紋章」特集ともなっている。

昭和期における新劇の活動について、田中栄三編著『明治大正新劇史資料』(昭和三十九年十二月一日発行、演劇出版社)のような、基礎的な調査を押し進めていかねばならないであろう。なお、横光利一の「紋章」は、藝術小劇場大阪第一回公演として、昭和十三年十一月二十八・二十九日に朝日会館で上演された。

いま手もとに「新興文藝」(昭和五年六月一日発行、第二巻六号)という雑誌が一冊ある。「新進作家号」となっている。発行所は紅玉堂書店で、発行兼印刷人は前田隆一である。紅玉堂書店は、山内房吉の『プロレタリア文学の理論と実際』(昭和五年一月二十日発行)や『国際労働運動史教程』(昭和五年六月二十日発行)など左翼出版を手懸けていたようだ。山内房吉の本の巻末広告によると、紅玉堂書店は、この「新興文藝」のほか、月刊雑誌として「短歌雑誌」と「プロレタリア音楽と詩」を出している。「新興文藝」昭和五年六月一日発行の目次を紹介しておく。

高田次郎　盗み（＊創作）　2〜7頁
本庄陸男　解雪季の下り列車（＊創作）　8〜17頁
松元　実　町医者（＊創作）　18〜26頁
越中谷利一　行軍（＊創作）　27〜30頁
高見　順　闇（＊創作）　31〜39頁
永島　一　おまはりの三公（＊童話）　40〜42頁
羽根田一郎　プロレタリア統計展の経験　43〜45頁
浅野研真　フランスのプロ作家――若きプロフイール　46〜48頁
秦己三雄　戦旗編集者の日記　49〜49頁
岡　一太　首きり（＊童謡）　50〜51頁
岡　一太　大波ドンブリコ（＊童謡）　51〜51頁
小島　浩　商品「プロ映画」　52〜52頁
戸崎虚人　戦ひ（＊詩）　53〜53頁
光河田平　初雛（＊詩）　53〜53頁
越　義敬　釘の詩（＊詩）　53〜54頁
宮元英二　鐘紡争議（＊詩）　54〜54頁
青井　要　病んだ友（＊詩）　54〜54頁
青井　要　労働小唄（＊民謡）　55〜55頁
小池　龍　銅ら（＊民謡）　55〜55頁
袴田寛三　おいらの金だ（＊民謡）　55〜55頁
富川　盛　安物買（＊民謡）　56〜56頁
宮元英二　車夫（＊民謡）　56〜56頁
青井　要　火のない町　木の葉　公会堂（＊小曲）　56〜57頁
石崎虚人　労働者の朝（＊小曲）　57〜57頁
宮元英二　合住居（＊小曲）　57〜57頁
二橋正夫　炭坑（＊小曲）　57〜57頁
読者通信　58〜58頁
渡辺　汲　プロブル斗争現段階（＊漫画）　59〜59頁
星川周太郎　階級文学としての民話と伝説（二）　60〜69頁
吉川昭文　長屋の女（＊小説）　70〜76頁
漆崎春隆　弟はかへらなかつた（＊小説）　77〜81頁

伊東生　創作選評　82〜82頁　槇本生　民謡評　83〜83頁
白須生　詩評　82〜83頁　編輯部　84〜84頁

高見順の短篇「闇」は、『高見順全集』（勁草書房）にも収録されていなく、小野芙紗子編「著作目録」（『高見順全集別巻』昭和五十二年九月三十日発行、勁草書房）にも出ていない。越中谷利一の「行軍」は反戦小説であり、松元実は、いうまでもなく『月のある庭』（昭和十五年三月二十二日発行、改造社）の著者である平林彪吾である。本庄陸男もこの「解雪季の下り列車」以外、「新興文藝」に寄稿していたと推察され、どうしても「新興文藝」のその全貌を知りたい。「国文学〈解釈と鑑賞〉」（昭和四十年十月五日発行、第三十巻十三号）の「近代文学雑誌事典」や『日本近代文学大事典第五巻〈新聞・雑誌〉』（昭和五十二年十一月十八日発行、講談社）に出てこない雑誌について、もっと調べる必要性を痛感する。

『鷗外全集第三十八巻』（昭和四十八年八月二十二日発行、岩波書店）に「観潮楼偶記その二」が収録されている。同全集の「後記」は、「観潮楼偶記その二」のなかの「鬼才」「詩句覇王樹の如し」「小説中人物の模型」「毒を以て毒を制す」の章について、その初出を雑誌「柵草紙」第二十号（明治二十四年五月二十五日発行）に「鷗外文話」の総題の下に掲載されたと記している。しかし、「柵草紙」第二十号に載った「鷗外文話」が初出ではなく、再掲である。初出は新聞「国会」である。「鬼才」「詩句覇王樹の如し」が、「千朶山房詩話」の題の下に、「其一、鬼才」「其二、詩句覇王樹の如し」として、「国会」明治二十四年一月二十九日発行、第五十四号に発表されている。「小説中人物の模型」は、「国会」明治二十四年二月一日発行、第五十六号に、「千朶山房詩話―其三、小説中人物の模型―」として、「毒を以て毒を制す」は、「国会」明治二十四年二月四日発行、第五十八号に、「千朶山房詩話―其四、毒を以て毒を制す―」として掲載された。ともに署名は「社友　鷗外漁史」となっている。「国会」は幸田露伴が編集に携わっていた新聞であり、森鷗外が「国会」の社友となっていたのは、幸田露伴とのつながりとも関係しているのであろう。

森鷗外や坪内逍遙については、瀧田貞治著『修訂鷗外書誌』（昭和五十一年二月二十日発行、国書刊行会）や『修訂逍遙書誌』（昭和五十一年五月二十日発行、国書刊行会）があるけれども、そういうものが復刻される現状は不幸である。逍遙も鷗外も書誌的には瀧田貞治以後ほとんどそのままになっているのである。漱石もふくめ、明治の文豪の書誌を根本的にやりなおす必要があろう。荒正人の「漱石研究年表」（『漱石文学全集別巻』昭和四十九年十月二十日発行、集英社）は、それを避けて通ってしまったのが残念である。

（「ブックエンド通信」昭和五十七年二月十五日発行、第七号）

『徳永直』〈人物書誌大系一〉を上梓して

徳永直への関心

「図書新聞」編集部より、拙篇『徳永直』〈人物書誌大系一〉（昭和五十七年五月十日発行、日外アソシエーツ）に関連して、書誌づくりの困難さと、その喜びについて書くことを求められたので、感じるところを記しておきたい。

徳永直の書誌に着手したのは、この作家は実質的によい仕事を残しながら、未だに選集も全集も発行されていないからである。それと同時に、周知のように、日本のプロレタリア文化運動は革命的知識人を中心として展開されたのであるが、ナップ系の作家たちの中では、徳永直は珍しく労働者出身の作家であって、日本の風土ではどちらかというとこの種の作家の存在をあまり大事に扱わないような一面があるからである。

だが、もともと、徳永直という一作家のみに関心があるのではなく、徳永直をも含めた日本プロレタリア文化運動そのものに書誌的興味を寄せていて、いずれ個人全集が既にある宮本百合子のような作家の書誌にも取り組んでみたいと思っている。

マス・メディアの急速な発達とともに、作家の発表場所も多種多様に拡大され、現代作家の書誌づくりは一般になかなか困難な仕事になっている。

その作家が自分の発表した著作や自分について書かれた批評などを完全に保存していて、その資料の提供を受けて書誌を作成するという、誠に恵まれた条件の場合を除外して、もともと書誌づくりは個人の努力のみでは常に限界が伴う。そういうことを承知の上で、今回の『徳永直』の場合も、また岩波書店の幸田露伴の時においても、著作権継承者である遺族の方に一切の資料を見せていただくという安易な方法を自ら禁じた。

地方に住む不利

書誌づくりの場合、資料のすべてが手元にあることが理想的であるが、個人の収集能力にはおのずと限界があって、どうしても公共図書館などを利用せねばならない。地方に住んでいると、この公共図書館の所蔵文献が実に貧弱であって、どうしようもない。私の住んでいる関西の公共図書館では大正から昭和初期にかけての「文藝春秋」や、戦前の「文藝」といったような雑誌さえが満足に揃っていない。「週刊読売」などの週刊誌は一年保存となっている。地方にいると何でもない雑誌まで上京して調べねばならない。

大学を卒業後、毎年夏休みには上京し、国会図書館などに出かけることが年中行事になっている。しかし、この六月に必要あって国会図書館へ「ひまわり」や「週刊明星」などの雑誌を閲覧にいたったが、歯医者並みに予約せよというのにはあきれてしまった。閲覧請求票を提出すると、雑誌のかわりに「あなたが請求された雑誌は資料管理上別置資料となっておりますので、本日すぐにはご利用になれません。請求票をお持ちになって一階新聞雑誌課運用係の窓口で閲覧の予約申込みをして下さい。あらためて予約日に来館のうえ、ご利用ねがいます」と印刷した紙切れが手渡された。他の人が利用中であればともかくも、その雑誌が図書館にありながら、当日、閲覧させてもらえないのである。これではそれだけを調べる為に地方からやって来た者にとってはたまったものではない。昨今の国会図書館の一般閲覧者へのしわ寄せは甚だしい。一冊の本を借り出すのに三十分、四十分と待たされるのがあたりまえになっていて、もう少しなんとかならぬものかと思う。

仮に公共図書館にその資料が所蔵されているとしても、地理的・時間的に制約されたなかにおいては、一冊の雑誌を確認するだけでも思いのほか難しい。

それだけに、拙篇『徳永直』が出て、曾根博義、平野信一、青山毅、堀部功夫の諸氏が漏れている著作のコピーを送ってくれたのは大変ありがたい。不明なものが一つ一つ明らかになっていくのは大きな喜びであって、いつか増補し、さらに完全な書誌の完成に努めたいと思っている。

(「図書新聞」昭和五十七年八月二十八日発行、第三百十六号)

『徳永直』〈人物書誌大系一〉のこと

これを書く今、明治文学談話会編集の「明治文学研究」という雑誌の端本を手にしている。何か特別に調べる必要があって、この「明治文学研究」を取り出したのではない。未整理のまま部屋の片隅に放置してあった本をすこし整理しようとして、そのなかに紛れ込んでいた雑誌を取り出した時に、この「明治文学研究」が偶然に出てきたのである。それを見ると、昭和九年一月一日発行の創刊号には、神崎清が「北村透谷著作年表―附、研究文献」を載せ、昭和九年二月一日発行の第二号には、坂本義雄・土方定一が「雑誌『帝国文学』文藝評論年表（其一）」を発表している。明治文学談話会は、この「明治文学研究」を機関誌として発行する以外に、例会や研究会などを精力的に開催していたようで、創刊号には「二葉亭四迷研究会プラン」や「自然主義文学研究会プログラム」の案内が出ている。前者の「二葉亭四迷研究会プラン」には、「著作年表・研究文献解題」や「新資料（遺稿・書簡・日記）の発表」の題目をかかげている。また、後者の「自然主義文学研究会プログラム」には、瀬沼茂樹が「フランス自然主義文学年表」を、土方定一・山本正秀が「日本自然主義文学理論年表」を担当することになっている。第二号の余白の埋め草に、神崎清が「年表の作製をすゝめる」を書き、「年表も、研究テーマの立て方によつていろいろちがつてくるが、作品を中心とした著作年表、様式を中心として戯曲年表、短歌年表、評論年表の類、文学現象を中心とした年代記的な作表《ママ》、その他、雑誌年表、新聞年表、忌辰年表……」等の作製の必要性を強調している。そういえば、村上浜吉の『明治文学書目』や瀧田貞治の『逍遙書誌』が発行されたのは、このすこしあとの昭和十二年である。総体的にいえば、昭和十年前後、近代文学研究において、現在よりも比較的に書誌を重要視する風潮があったのではないか、「明治文学研究」の端本をながめながら、ふとそんなことを感じた。

さて、拙篇『徳永直』についてである。いつの場合でも同じであるが、書誌という仕事の性質上、一つの仕事が完成すると、その仕事の不備さが目につき、しばらくは憂鬱になってしまう。『徳永直』作製においては、最初から完璧な書誌などは不可能だ、とにかくここまでは調べることができたが、これ以上はまだである、漏れている著作もまだまだ多くあるであろう、それは次の機会に補うことにする、と開き直ることにした。そうでもしないことにはいつまでたっても纏めることができないからである。その作家が自分の書いた著作を一切がっさいすべて完全に保存している、あるいはその遺族が保管しているといった特殊な場合を除いて、その作家の書誌を完璧に作製するということはなかなか容易なことではないし、今日のように出版物が多様化し、氾濫していては、個人の努力だけでは完全な書誌は不可能ではないかと思う。しかし、困難であればあるだけ、それに挑戦してみたくもなる。容易な方法で書誌作りができるのであれば、書誌作りの面白味などもないであろう。

この「人物書誌大系」の謳い文句に「個人研究の基礎ツール」とある。これは日外アソシエーツがつけた宣伝コピーであるが、しかし、書誌というものの役割や目的を的確に表していると思う。少々の遺漏があっても、実際に、徳永直研究、あるいはプロレタリア文学研究にとって役立つ書誌を作りたいというのが私の願いであった。書誌のための書誌でなく、文字通り「基礎ツール」となるような書誌を、そのためには既成の書誌のスタイルをいかに破るか、それが大きな課題であった。拙篇『徳永直』では、それがどの程度実際に達成することができたか甚だ疑問であるが、とにかくこれまでの書誌とは一寸異なった書誌を試みてみたつもりである。

著書の記載についていえば、叢書名・発行年月日・判型などだけでなく、総頁数、そして一頁における行数や字数、段組までも記した。そこまで記録するのであれば、活字の大きさについても書く必要があるのではないかと思う。恥ずかしい話であるが、ポイント活字と号数活字の区別、その活字の大きさを判定する自信が持てなくて、活字の大きさについては省いた。なぜ、行数や字数までも記したかといえば、徳永直にはまだ個人全集も選集や著作集さえも刊行されていない。徳永直は「太陽のない街」を「戦旗」に発表して、小林多喜二と並んで一躍プロレタリア文学の代表的作家となった。だが、小林多喜二のように革命的英雄として、その生涯を全うすることができなかった。昭和十二年には、自ら進んで自己の代表作である『太陽のない街』等の絶版を出版元に対して申し渡し、更に「出版当時と今日の一般現実は全く時代を異にし、これらの著書の内容が今日の日本の一般現実である如く誤解されることを惧れ」て、国際ペンクラブを通じて、翻訳の発行に対しても絶版の宣言をした。戦後は、私生活面においても、再三にわたる再婚の失敗などもあって評判を落とした。だが、プロレタリア作家のうちで、徳永直ほど根っからの労働者出身作家はいないであろう。大正から昭和にかけての労働者の生活とその感情を如実に描き続けた作家である。組織的な文学運動が解体してしまった昭和十年代において、多くのプロレタリア作家たちが文学的に生き延びることが困難で消えていったなかで、徳永直は「八年制」「最初の記憶」などの佳作を発表し、その真骨頂を示した。中野重治は晩年のエッセイ「緊急順不同」で「徳永直全集、選集、また著作集を急ぐこと」を執拗に訴えている。小林多喜二や宮本百合子をはじめ、葉山嘉樹・黒島伝治・佐多稲子・中野重治・島木健作らの全集が完備しているなかで、徳永直の全集が未だに出ないことは淋しい。しかし、全集が刊行されてもよいだけの仕事を徳永直は残しているので、いずれ近い将来、全集なり著作集が出版されるであろう。記述事項に行数や字数や段組までを記したのは、徳永直の全集や選集が纏められることがあるとすれば、何巻くらいになるか、およその見当がつくのではないかと思うからである。

近頃、徳永直の著書もなかなか古書店にも出なくなった。たまに出ても高価な値段がついている。徳永直に限らず、一般に戦前の著書はなかなか入手が困難になった。編著『徳永直』では、徳永直の全著書のうち、渡辺順三との共著『弁証法読本』（昭和八年十月四日発行、ナウカ社）一冊だけ確認することができなかったが、この本のことについては、「拙篇『徳永直』〈人物書誌大系一〉補遺」（「方位」昭和五十七年十一月十日発行、第三号）ですこし書いたので、ここでは『太陽のない街』と『風』の二冊について述べておきたい。拙篇『徳永直』では、当然、注記すべき箇所でありながら、それを怠ったため、この機会に補っておきたいのである。

『太陽のない街』は、日本近代文学館より、〈特選名著複刻全集近代文学館〉の一冊として、復刻版が昭和四十六年五月十日に発行された。『特選名著複刻全集近代文学館—作品解題』に、小田切進が「なお戦旗社版『太陽のない街』初版本ははじめ一一月二七日印刷、三〇日発行と印刷された奥付に、一二月一日印刷、四日発行の貼紙による訂正がおこなわれており、一二月二日付三版では一一月二九日印刷とあり、さらに一二月五日付一〇版では一二月一日印刷、四日発行（初版）となり、昭和五年一月二〇日発行の〈自一〇、〇〇〇部／至一一、五〇〇部〉版では四年一一月二七日印刷となり、日付に若干の混乱が見られる」と『太陽のない街』初版本以来の奥付異同について記している。貼紙による訂正のない十一月三十日付初版本が存在する可能性もあるのであったが、復刻版『太陽のない街』は国会図書館所蔵本の貼紙訂正奥付の十二月四日を初版発行日として採用したのである。なぜなら、復刻版では、貼紙奥付の初版本一種しか確認できなかったからである。ただこの場合の復刻本のあるべき姿としては、十一月二十七日印刷、三十日発行の奥付に、十二月一日印刷、四日発行の貼紙訂正をつけた形の奥付にすべきではないか。なぜなら復刻版のような貼紙訂正のない、十二月一日印刷、四日発行の奥付初版は存在しないからである。拙篇『徳永直』では、復刻版と同じように、『太陽のない街』初版発行日を貼紙訂正初版日付を採用した。貼紙訂正のない奥付初版本を確認することができなかったからである。その旨を注記すべき必要があったであろう。拙篇『徳永直』刊行後、『太陽のない街』の貼紙訂正の奥付のない初版本を確認することができた。内容は全く異同がなく同一である。たまたまその本だけが貼紙訂正漏れなのか、それとも納本対策で、途中から国会図書館所蔵本のように、貼紙により初版奥付が訂正されたのか、この場合であれば、当然に『太陽のない街』の初版発行年月日が昭和四年十一月三十日に改められねばならない。もういく種類かの『太陽のない街』の初版本を探し出してみなければならなくなった。書誌とは実に厄介な代物である。

『風』（昭和十六年八月二十日発行、桜井書店）については、その収録作品名を「風／見舞／海の上／罪ある子供／自然について／男の中で／出征する人／じゃがいもの記／青風／こんにゃく売り／蜘蛛／宿の一夜／あとがき」と、目次表題順に記した。『風』初版本の本文は、目次と違って、「自然について」のあとに「出征する人」そして「男の中で」という順になっている。本文の表題が誤植であって、表題だけが「男の中で」と「出征する人」とが入れ変わったのである。目次の順序の方が正しいのである。「男の中で」という作品に、誤植で別の「出征する人」という表題がついてしまったのである。再版（昭和十六年九月二十五日発行）では、この表題誤植が訂正されている。一言やはり注記すべきであったと思う。

書誌は記載事項その他いろいろと制約を受ける。そのなかでいかに豊饒な書誌を作成するかが今後の課題であろう。

（「書誌索引展望」昭和五十八年五月一日発行、第七巻二号）

宮嶋資夫と葉山嘉樹

宮嶋資夫は、発禁となった「坑夫」一篇によって、大正期の労働文学の先駆的作家となった。葉山嘉樹は、「海に生くる人々」によって、昭和初期のプロレタリア文学の代表的作家となった。宮嶋資夫も葉山嘉樹も、ともに作家になる以前、実に種々な職業を転々とした。宮嶋資夫の履歴については、いまのところ、森山重雄著の『実行と藝術—大正アナーキズムと文学—』（昭和四十四年六月発行、塙書房）に収録されている「宮嶋資夫年譜」（初出、「日本文学」昭和四十三年二月一日発行）が詳しい。しかし、「『文藝批評』の出生に際して」（「読売新聞」大正十四年十月八日付）などの著作がまだまだ多く漏れていて、本格的な調査はこれからのようだ。この機会に気がついたことを一つ二つ記しておく。例えば、宮嶋資夫にはフランスの昆虫学者アンリ・ファーブルの翻訳書がある。森山重雄作製の年譜には「昭和五年」の項目のところに、「この頃、『田園の悪戯者附、動物学』（『ファーブル科学知識全集』アルス刊）を訳す」とある。「ファーブル科学知識全集」というのは、『ファブル科学知識叢書』が、のちに、叢書名を変更したのであって、宮嶋資夫がファーブルの『田園の悪戯者』を訳したのは昭和五年頃ではない。架蔵している『ファブル科学知識叢書　田園の悪戯者』（アルス）の奥付は「昭和元年十二月二十九日印刷／昭和二年一月一日発行」となっている。宮嶋資夫には、大正十四年に、ファーブル伝記に取材した童話もある。『禅に生くる』についていえば、昭和七年十一月発行の大雄閣版と、昭和十六年の大法輪版の二冊以外に、森山重雄年譜には漏れているが、読書新聞大洋社版がある。「普及版として再び世に送るに当つて、著作当時の心持を回顧して此処に記した次第である」という「序」が読書新聞大洋社版に新たに書かれた。その「序」には「昭和十一年四月」という執筆年月が記され、「嵯峨作路にて／宮島蓬州」と文末に署名されている。さきの森山重雄年譜の「昭和十一年」の項には、「三男秀、三女明と中野区上高田に居住、この時、一時阿部敬二が同居した」とあるが、すくなくとも宮嶋資夫は、昭和十一年四月には、まだ京都の嵯峨に住んでいたようだ。ところでこの読書新聞大洋社版の発行年月がよくわからない。架蔵本の奥付は「昭和十二年三月廿日第卅五版／昭和十二年九月一日第卅六版」とある。

葉山嘉樹は、私立明治専門学校（現在、九州工業大学）に勤め、図書係をしていた大正八年に、「ゴーリキー、ドストエフスキー、トルストイ、アルチバーセフ、上田秋成、何でもかんでも手当り次第に読んだ」と、のち「文学的自伝―山中独語―」で回想している。大正八年といえば、宮嶋資夫は小説を書きはじめていた時期であるが、しかし、宮嶋資夫が総合雑誌や文藝雑誌に本格的に作品を発表するのは大正十年ごろからである。多分、葉山嘉樹は大正八年頃の乱読期に、宮嶋資夫の労働文学を読むということはなかったであろう。それ以後、葉山嘉樹は労働組合運動に専念するようになり、小説を読むというような生活の余裕がなくなる。葉山嘉樹の乱読期がもう二、三年あとにずれておれば、大正期の労働文学から昭和期のプロレタリア文学への移行、うけつがれがどのようなものになっていたか興味深い。葉山嘉樹は、評論を書くことを不得手としたこともあって、宮嶋資夫らをはじめ大正期の労働文学について何一つ発言していない。宮嶋資夫の方は、葉山嘉樹が文壇に登場した直後に、「新潮合評会第三十九回（九月の創作評）」（「新潮」大正十五年十月一日発行、第二十三年十号）で、葉山嘉樹の「浚渫船」を「僕は今月読んだ中で尊敬する」と絶賛している。「僕は『文藝戦線』の浚渫船を読んで感心した。この小説には、新興階級の希望が底に燃えてゐる。僕は曾て『坑夫』なんか書いた時に、荒畑君から要するに一種の個人主義者だといふやうな批評を受けたが、これは全くそれとは違ふ新しさがある」と述べている。宮嶋資夫にとって、葉山嘉樹の「新しさ」を容認することは、同時に彼自身の古さを認めることでもあった。宮嶋資夫の作品を読んでみると、意外にも労働者の労働する場面が描かれていない。葉山嘉樹の作品の魅力は、「海に生くる人々」の波田の便所掃除などの労働者の働く場面が文学的に描かれているところにある。これは大正期と昭和期の時代差違の問題であろうか。それとも作家個性の問題であろうか。

（「宮嶋資夫著作集第二巻　月報二」昭和五十八年五月二十五日発行、慶友社）

蔵原惟人・中野重治編『小林多喜二研究』

小林多喜二とその文学についての研究書を列挙すると、これまでのところ次の十四点がある。

1、江口渙著『作家小林多喜二の死』〈昭和二十一年二月二十五日発行、書房ゴオロス〉

2、蔵原惟人・中野重治編集『小林多喜二研究』〈昭和二十三年八月三十日発行、解放社〉

3、小田切秀雄著『小林多喜二』〈昭和二十五年二月十日発行、新日本文学会。のち、増補改訂版〈要選書五十七〉昭和二十九年八月十五日発行、要書房。〈有信堂叢書〉昭和四十四年十二月二十日発行、有信堂〉

4、蔵原惟人著『小林多喜二と宮本百合子』〈昭和二十八年三月五日発行、河出書房。のち、増補版・昭和四十一年六月発行、東風社。〈国民文庫八一六〉昭和五十年四月二十五日発行、大月書店〉

5、多喜二・百合子研究会編『年刊多喜二・百合子研究第一集』〈昭和二十九年四月二十日発行、河出書房〉

6、手塚英孝編『小林多喜二』〈日本文学アルバム十〉〈昭和三十年四月二十五日発行、筑摩書房〉

7、多喜二・百合子研究会編『年刊多喜二・百合子研究第二集』〈昭和三十年九月二十五日発行、河出書房〉

8、手塚英孝著『小林多喜二』〈昭和三十三年二月十五日発行、筑摩書房。のち、改訂版・昭和三十八年二月二十五日発行、新日本出版社。〈新日本新書〉上・昭和四十五年七月二十五日発行、下・昭和四十六年一月三十日発行、新日本出版社。『手塚英孝著作集第三巻』昭和五十八年四月二十日発行、新日本出版社収録〉

9、多喜二・百合子研究会編『小林多喜二読本』〈三一新書〉〈昭和三十三年九月二十日発行、三一書房〉

10、小林多喜二全集編纂委員会編『定本小林多喜二全集第十五巻〈小林多喜二研究〉』（昭和四十四年十二月三十日発行、新日本出版社）

11、多喜二・百合子研究会編『小林多喜二読本』（昭和四十五年三月発行、啓隆閣。のち、〈新日本選書四十一〉昭和四十九年三月三十日発行、新日本出版社）。＊この啓隆閣版は、さきの三一書房版『小林多喜二読本』〈三一新書〉収録論文二十二編中から五編を選び（他十七編を削除）、新たに十九編を加えて「新しく編集したもの」。

12、土井大助著『小林多喜二』〈民主主義の思想家シリーズ〉（昭和四十九年三月十日発行、汐文社）

13、手塚英孝編『写真集小林多喜二―文学とその生涯―』（昭和五十二年二月二十日発行、新日本出版社）

14、阿部誠文著『小林多喜二―その試行的文学―』（昭和五十二年十一月五日発行、はるひろ社）

一瞥してわかるように、これらはすべて戦後になってから出された。戦前には一冊も小林多喜二研究書が刊行されていない。戦前に小林多喜二研究書が一冊も出されなかった理由については、例えば、手塚英孝の『小林多喜二』（昭和三十三年二月十五日発行、筑摩書房）の冒頭の次の書き出しをあげれば十分であろう。

小林多喜二の生涯と業績は、一九三三年二月二十日、彼の死後も、長い年月にわたって支配権力の抹殺が加えられた。代表作である「一九二八年三月十五日」や「党生活者」は、発表と同時に国禁のあつかいをうけていたが、一九三七年から終戦までの八年間は随筆集にいたるまで出版の自由をうばわれ、物故作家の名簿からも彼の氏名は意識的に除外されたばかりでなく、著作集を所有することさえ逮捕の理由にされたほどの抑圧をうけた。よく知られているように、小林多喜二は昭和八年二月二十日正午すぎ、赤坂福吉町付近で今村恒夫と連絡中、スパイ三船留吉の手びきによって、築地警察の特高刑事に逮捕された。残忍をきわめた拷問によって、その日の午後七時四十五分に絶命する。検察当局は死因を心臓マヒと発表し、大学病院は当局の手配があって小林多喜二の死体解剖を拒んだ。小林多喜二は国家権力によって虐殺されただけでなく、その死後も、手塚英孝が書いているように、彼の作品は「抑圧」され、長尾桃郎編『小林多喜二随筆集』（昭和十二年六月十六日発行、書物展望社）の出版も発禁となり、それ以後、敗戦に至るまで、一冊の著書も出されなかった。あの戦時下の未曾有の苦難の時期においては、小林多喜二についての研究書が出されることは絶望的であった。当時の重苦しい空気のなかにあっては、小林多喜二について語り、その作品を存分に論ずることが許されなかったのである。現在のところ、小林多喜二研究参考文献一覧としては、小林茂夫の「主要参考文献目録」（『小林多喜二読本』昭和四十九年三月三十日発行、新日本出版社）が最も詳しい。だが、小林茂夫はこの目録の作製に際し、一つ一つ実物を直接確認するという、文献目録作製の基本を怠っているようで、いくつかの明らかな誤りが散見している。小林茂夫の参考文献目録は昭和四十九年二月までで終わっており、それ以後の分も含めて、なによりも信頼出来る正確な目録の作製がこれからの小林多喜二研究において必要であろう。それはそれとして、この小林茂夫の参考文献目録によると、中野重治、徳永直、立野信之の三人による〝小林多喜二・作品の再吟味〟小特集（「文学案内」昭和十一年二月一日発行）、そして、川並秀雄の「多喜二と啄木」（「啄木研究」昭和十三年一月一日発行）を最後に、敗戦までの七年間は完全にブランクとなっている。

小林多喜二研究は敗戦とともに始動した。先ず、江口渙が『作家小林多喜二の死』（昭和二十一年二月二十五日発行、書房ゴオロス）で、小林多喜二の眼を覆いたくなる無慙な死にざまを描写した。小林多喜二の葬儀では、弔問に集まった人々までもが片っぱしから検束された。葬儀に立ち会ったのは、近親者以外、交渉の結果許された江口渙と佐々木孝丸の二人だけである。平野謙は、この江口渙の『作家小林多喜二の死』によって、「私どもはここにはじめて小林多喜二の死の実相を知った」、「おそらく江口渙ほど小林多喜二の死の実相を語るにふさわしい人はあるまい。その無慙な最期を描破する筆つきは文字どおり独壇場だ」（「政治と文学㈠」）と評している。

そして、昭和二十二年二月二十二日には、「小林多喜二祭」が新日本文学会、日本民主主義文化連盟の主催で早稲田大学大隈小講堂で開催され、徳永直、宮本百合子、中野重治、小田切秀雄が講演し、春には、新日本文学会の仕事として、蔵原惟人、壺井繁治、手塚英孝、中野重治らが中心となって、小林多喜二全集編集委員会を設け、全集刊行の準備をはじめた。散逸した資料収集の協力を一般の人々に訴えたりして、昭和二十三年九月、『小林多喜二全集』の第一回配本が日本評論社より出された。しかし、この日本評論社版全集は第九巻で中断となり、青木書店版で新たに三巻を加え、『小林多喜二全集』は昭和二十九年六月に完結する。

こうした新日本文学会の動きのなかで、蔵原惟人・中野重治編集『小林多喜二研究』（昭和二十三年八月三十日発行、解放社）が出版された。本書の特色の一つは作品研究に大部分の頁を費やしていることである。「一九二八年三月十五日」「東倶知安行」「蟹工船」「安子」「不在地主」「沼尻村」「工場細胞」「オルグ」「転形期の人々」「党生活者」「地区の人々」「防雪林」といった小林多喜二の主要作品について、瀬沼茂樹、岩上順一、佐多稲子ら新日本文学会所属の八名がそれぞれに論じている。小林多喜二の小説だけを取りあげ、評論について論じられなかったのは興味深い。作品論のほかに、手塚英孝が「小林多喜二の生涯」を、壺井繁治が「プロレタリア文学運動における小林多喜二の意義」について書き、小樽の旧友武田暹、島田正策の二人が回想を載せ、巻末に小田切進の年譜、作品年表、著作集目録、主要参考資料目録を収録している。この『小林多喜二研究』に収められている伝記、作品研究、回想、年譜のすべては書きおろしであって、一度どこかに発表されたものの再収録ではない。さきの江口渙の『作家小林多喜二の死』は、単行本といっても、わずか三十二頁のパンフレットであって、蔵原惟人・中野重治編『小林多喜二研究』が最初のまとまった小林多喜二文学の綜合的な研究書であるといえよう。

中野重治は、「前がき」で「多くの、いうにいわれぬ犠牲の後に太平洋戦争がおわり、こうして再び、自由と平和と人民の民主主義とへの日本文学の運動がおこったとき、天皇制警察権力の手で殺された小林の姿が人々の前に浮かんで来たのは当然であった。けれども、その後この小林と日本プロレタリア文学運動の仕事とにたいして、人間らしさ、文学作品の完成ということを図式的・受動的に見る人々のがわから、幼稚な、しかし悪意にみちた非難が瀧津瀬となってそそぎかけられたこともいわば自然であった。しかもそこから、小林の姿がさらに正確に、さらに高められて浮きぼりにされて来たことは一そう自然であろう。」と書いている。中野重治は「批評の人間性㈠」（「新日本文学」昭和二十一年七月一日発行）で、平野謙の「ひとつの反措定」（「新生活」昭和二十一年四・五月合併号）、「基準の確立」（「新生活」昭和二十一年六月一日発行）、「政治と文学㈠」（「新生活」昭和二十一年七月一日発行）および、荒正人の「第二の青春」（「近代文学」昭和二十一年二月一日発行）、「民衆とはたれか」（「近代文学」昭和二十一年四月一日発行）、「終末の日」（「近代文学」昭和二十一年六月一日発行）を取りあげ、激しく論難した。中野重治が「前がき」で、「小林と日本プロレタリア文学運動の仕事」とに対して、「人間らしさ、文学作品の完成ということを図式的・受動的に見る人々のがわから」という「人々」とは、いわゆる、あの高名な政治と文学論争の「近代文学」派の平野謙、荒正人らを具体的に指しているようだ。

平野謙は、「ひとつの反措定」で、「文学者の戦争責任」に関する一視点として、「小林多喜二と火野葦平とを表裏一体とながめ得るような成熟した文学的肉眼」の必要を語り、「政治と文学㈡」（「新潮」昭和二十一年十月一日発行）において、政治は目的のために手段を選ばない、過去のプロレタリア文学には目的のために手段を選ばぬ「人間蔑視」があった、「疑うものは小林多喜二の遺作『党生活者』に描かれた『笠原』という女性の取扱いかたをみよ。目的のために手段をえらばぬ人間蔑視が『伊藤』という女性とのみよがしな対比のもとに、運動の名において平然と肯定されている。そこには作者のひとかけの苦悶さえうかんでいない。すくなくともその点に関しては、虐殺された小林多喜二といえども、『濹東綺譚』の作者や『縮図』の作者の前に愧死すべきであろう。だが、そのような人間侮蔑の風潮は小林多喜二個人の罪ではない。それは当時のマルクス主義藝術運動全体の責任にかかわるものだ」と主張したのである。

最初に、「党生活者」の女性の取り扱い方を問題にしたのは荒正人である。荒正人は、平野謙よりも先に、「文学時標」（昭和二十一年三月一日発行）〝小林多喜二と今日特輯〟の「『党生活者』」を書き、そして、「自分の蠟燭」（発表誌未詳、昭和二十一年六月二十四日執筆）、「晴れた時間」（発表誌未詳、昭和二十一年八月九日執筆）、「文学的人間像」（「近代文学」昭和二十二年三月一日発行）で、「党生活者」に言及して、「主人公たる党員が、はじめつから利用をする気持ちで、慎重な顧慮を払はずに結婚をして置きながら、すぐその小市民根性が嫌になり、それに応ずるかのごとく、おなじ職場ではたらいてゐる婦人闘士のはうに心を惹かれてゆく場面の描き方――人間性を無視した態度は、前近代的感覚でとらへられた婦人観の域を一歩もでてゐない」「献身の強制はおよそ近代以前である」という。

これらに対して、いま一つ一つその内容を紹介する紙幅がないので省くが、中野重治が「批評の人間性㈢」（「展望」昭和二十二年三月一日発行）、「過去の作家、作品の新しく呼びかけるもの」（「新日本文学」昭和二十三年六月一日発行）を、小田切秀雄が「小林多喜二問題」（「藝術」昭和二十二年四月一日発行）を、宮本顕治が「新しい政治と文学」（『人民の文学』昭和二十二年五月二十五日発行、岩崎書店）で、「党生活者」について具体的に反論した。『小林多喜二研究』収録の、中野重治の「『党生活者』について」も、また、壺井繁治の「プロレタリア文学運動における小林多喜二の意義」も、この政治と文学論争の過程において執筆されたのである。

『小林多喜二研究』の発行は昭和二十三年八月三十日であるが、そこに収録されているほとんどの論文は、昭和二十二年九月から十月の間に執筆された。それは政治と文学論争が「党生活者」の評価に論点が集約されていった時期である。平野謙、荒正人らの小林多喜二批判が、中野重治らに『小林多喜二研究』の発行を思い立たせる作用をしたと思われる。

なお、中野重治は、「党生活者」が「転換時代」の仮題で「中央公論」（昭和八年四・五月一日発行）に掲載された時、獄中にいて読んでいない。中野重治が、「党生活者」を読むのは昭和九年八月である。その時の読後感を、妻まさのへの書簡（『愛しき者へ上』昭和五十八年五月二十五日発行、中央公論社）で、次のように書いている。

小林の「党生活者」をよんだ。剃刀の刃のようなところがある。一方からいえばそれだけもろい。そういう意味で一つの時代の姿だ。あえて言うならば、あの主人公の生活はせますぎる。カフェに勤めに出した女の解剖なども足りない。も一人の女はいかにも伏線らしく取り扱われすぎている。その他いろいろ。

しかし、結局、あれは小林以外には書けなかった作品だろう。今後ああいう作品が二度現れてはいけない。（あの時代を書くということは、あるだろうし、せねばならぬ。しかしあの調子で書くようではいけない。又も剃刀の刃になるのでなしに、今度は機関銃とか何とかいうものにならなくちゃ駄目なんだ。で、あの小説の批判は運動の本当の建て直しということに不可分ということになるのだろう。よっぽど勉強せねばダメだね。（中略））

小林多喜二が虐殺されるという不幸な出来事がなければ、「党生活者」は発表当時、女性の描き方など文藝時評などで論議されていたであろうと思われる。また、「党生活者」に限っていえば、もともと中野重治と平野謙や荒正人とにはそれほど大きな隔たりがなかったのであろう。それが政治と文学論争で対立するのは、敗戦という時代のなせるわざであろうか。

蔵原惟人・中野重治編『小林多喜二研究』は、小林多喜二文学研究の最初の成果であり、佐多稲子の「『安子』について」など、『佐多稲子全集全十八巻』（講談社）にも収録されなく、本書でしか読むことが出来ない状態になっていて、小林多喜二研究の必読文献の一冊となっている。

底本の『小林多喜二研究』（昭和二十三年八月三十日発行、解放社）は、紙型がB６判である。表紙は、黄土色に、下二糎七粍より四糎二粍幅の横線が茶色で、右側二糎七粍より三粍幅の縦線が黒で、交差している。

『小林多喜二研究』の編集名義人は、蔵原惟人・中野重治となっているが、実際に本書を編集したのは小田切秀雄である。そのため、『蔵原惟人評論集第十巻』（昭和五十四年十二月十五日発行、新日本出版社）収録の、榛原憲自編「蔵原惟人著作編年目録」には、この『小林多喜二研究』の記載が削除されている。

(『小林多喜二研究』〈近代作家研究叢書三十五〉昭和五十九年九月二十五日発行、日本図書センター)

青山毅著『総てが蒐書に始まる』

『総てが蒐書に始まる』（昭和六十年十一月十六日発行、青英舎）は、すでに平野謙、高見順、小熊秀雄、島尾敏雄、吉行淳之介らの現代作家の書誌の仕事で堅実精細な業績を残している青山毅の第一エッセイ集である。

本書に収録されている文章の大半は、青山毅の「蒐書と書誌を趣味」とする個人雑誌「ブックエンド通信」と書評新聞「図書新聞」等に発表されたものである。

書誌は近代文学研究において不可欠な基礎的な作業であろう。文学研究は、文字通り、「総てが書誌に始まる」といってもいい。しかし、その書誌作成には、厖大な労力や時間が必要であって、なかなかそれに手を染める人がすくないようだ。青山毅はそうしたなかで、とりわけ現代作家の書誌という最も困難な作業に取り組んでいる第一人者である。

私などは、豪華な限定本などは、どちらかというと、一部の好事家にまかせておけばよいという気もするが、しかし、青山毅は「時に見受ける『限定版に興味がない』の一語。これは、コレクターとして失格である。一人の著者の本を集める以上、例えば限定版にA版とB版の二種類があれば、その両方を持ち、なおかつ異版を含めた総ての本を持ってこそ、コレクターといえるのである」という。そうした青山毅の貪欲なまでの蒐書に対する情熱が本書に一貫して流れている。

本書の圧巻は、『プロレタリア辞典』にはじまり、『文藝銃後運動講演集』、三宅孤軒編著『藝妓読本』、鈴木猛著

『佐野学一味を法廷に送るまで』など二十八冊の雑書を紹介した第四章にあるであろう。これまで文藝史家や研究者が取りあげることのない著書を乾いた筆で発掘していて、青山毅の面目が躍動している。

本書は、これまで書誌を等閑視して来た近代文学研究に対する抗議ともなっている。

（「社会文学通信」昭和六十一年一月三十日発行、第三号）

わたしの古本屋めぐり

開高健に一九六〇年代前半の大都会東京の諸相を描いたルポルタージュ作品『ずばり東京』（上巻・昭和三十九年五月十五日発行、下巻・同年十二月十日発行、朝日新聞社）がある。開高健はその中の「古書商・頑冥堂主人」の章で、古本屋歩きの楽しみを、魚釣りに形容して、次のように述べている。

古本屋歩きは釣りに似たところがある。ヤマメを釣ろうか、フナを釣ろうかと目的をたてることなく歩いていても、たいてい、一歩店のなかへ入っただけで、なんとなくピンとくるものがある。魚のいる、いないが、なんとなくわかるのである。けれど、しばしば、これはいそうだナと思ったところが手に負えぬシケであったり、マサカと思ったところに意外な大物が一匹だけかくれていたり、小物でも珍しいのがひそんでいたりするので、第一印象だけで判断をくだすわけにはいかないのである。やっぱり谷底へ竿と餌を持っておりていってみないことにはわからないのである。

私が古本屋さんをうろつくようになった時期は、大学生時代になってからであり、それは一九六〇年代後半である。その時分にはまだどんな下町の古本屋さんに入っても、開高健が書いているように、意外な大物でなくても、珍しい小物に出会うことがしばしばあった。魚釣りでいうアタリが感じられた。親しくなった下町の古本屋さんが、大学生である私に「これは某大学の何なに先生が探している本ですよ」と差し出してくれたのは、岩波講座日本文学の一冊であった三木清の『現代階級闘争の文学』である。「この本は発禁本である」とも教えてくれた。大学生の小遣いでためらうことなく買える安値でもあって、直ぐに買ったことを、何十年たったいまでもその時の情景を覚えている。古本屋歩きにはどういう本に出会えるか、未知の書物に出会う楽しさがあって、時間があれば古本屋さんを探して大阪の街をさまよい歩いた。まだ『古書店地図帖』や『全国古本屋地図』などの便利なガイドブックが出されていなかったので、自分の足で場末の古本屋さんをむやみやたらに探しまわった。

あの時分に比べると、最近はほとんど古本屋歩きをしなくなってしまった。私の専門的関心が近代文学における書誌的研究というところにあって、人はよく私に週何回ぐらい「古書店めぐり」をやるのかと聞くことがある。最近では皆無に近い状態ですよ、と答えると、人は皆意外な顔をする。いつごろからであろうか、私の古書蒐集は、各古本屋さんが出す目録と、百貨店などで開催される即売会に限定されるようになってしまった。六〇年代に比べると、大阪の古書店は梅田のカッパ横丁の古書店街、南の大阪球場の古書店街が新しくできて、便利になり、店は急激に増大した。しかし、いくら古書店の数が増えても、その店頭に並んでいる商品が、良く売れるコミックやビニール本が幅を利かし、我物顔に書棚を独占し、あるいはどの店でも大差なく同じような商品、いわゆる〝白いもの〟という新刊が古本として店に出廻っていては、古本屋をのぞいてみようという気にはなれないのである。七〇年代以後、新刊書在庫に対する税制のせいで、古本屋さんが既刊書の流動的在庫を引き受ける役割を果たすようになってしまった感じがする。その上、情報網の発達とマイカーの普及がそれに輪をかけ、各古本屋さんが、市場へ出品するものと、古書展向きのものと、店頭向きのものとに、はっきり品物を分類してしまうため、店にはいつも〝白いもの〟だけが陳列される。ヤマメが釣れるか、フナが釣れるかという楽しみがなくなってしまった。一軒一軒の古本屋をあさって、定価の一、二割安い新刊書を購入するのであれば、その費やす時間と疲労を考えると、大学の生協書籍部に注文した方が、楽に入手できるのである。値段的にいっても、生協でも一、二割ほど割り引いてくれるので大差なく、なにも古本屋を歩きまわらなくてもよい。釣師は汚染され魚の棲まなくなった河や海へ竿と餌を持って出かけたりはしない。

今回は全くのシケであっても、次回は、意外な大物の魚が釣れるかも知れない、そういう期待感を持つことができなければ、朝早くから出かけはしないであろう。近ごろの古本屋さんにはなにか大きな獲物が出てくる、そういうロマンを感じさせる店が乏しくなってしまった。自然と足が遠のくというものだ。

書誌を作成する場合、その著者の全著書を手もとに蒐集することからスタートする。著書が揃えば、その人の著作活動の全容がほぼ見当がつく。書誌作成のポイントは僅かな期間で能率的に全著書および関係文献を要領よく蒐め終えることである。急に幸田文の書誌を作成せねばならぬ羽目になって、旧臘に大阪の古本屋さんを久しぶりにあちこち歩いてみた。幸田文の創作活動は父露伴の死後から始まり、その著書はすべて戦後になって刊行されたものばかりである。それほど特殊な本でもないし、こまめに古本屋さんを歩きまわれば、そのうちの何冊かは容易に入手できるのではないかと思っていたが、その見当はみごとに外れた。関西の古書店では、この分野の本、あるいはこの著者の書籍は、あの店にいけばなにかあるとピンとくるところが少ない。古本屋さん一軒一軒にその店独自の顔がなければならないが、その顔を持った店が意外にないのである。結局、関西では埒があかず、東京の平野書店まで出かけねばならなかった。

かつての古本屋めぐりの楽しさの喪失は、私の青春時代の惜別を意味するのであろうか。再び古本屋めぐりに歓喜する日はもう来ないのであろうか。

（「彷書月刊」昭和六十二年三月二十五日発行、第三巻四号）

里村欣三のはがき

最近の古書目録には、肉筆ものの出品が比較的多い。豪華な目録ほど、肉筆ものが幅を利かしている。一体誰が購入するのであろうかと思われるほど、べらぼうな値段がついている。金に糸目をつけぬ一部の好事家たちが骨董品、あるいは投機の対象といった感覚で売買するのであろうか。

肉筆ものについては、最初から高価なものには見向きもしない、無理せずに買える二、三千円程度のプロレタリア作家たちのものが出れば、一応注文をしてみるという方針を堅持している。もっとも近頃では、そのような安値で出ることはめったにないが、しかし、わが書架には、藤森成吉・島木健作・貴司山治・前田河広一郎などの生原稿や書簡がいくつか集まった。その中の一つである、里村欣三のはがきをこの機会に紹介しておきたい。

昭和九年七月二十七日、文戦派の同志中井正晃に宛てたはがきである。

おハガキ有難ふ。鼻ももう大ぶんよくなりましたが、まだ毎日医者へ通つてゐます。女房も先日九州から帰つて来ましたが、全く踏んだり蹴つたりで、生き面《つら》が有りません。

毎日の雨で、貴兄も大変でせう。新聞でみると、自由労働者が市庁へ押しかけたさうですね。しつかりガン張つてよりよい生活権を闘ひ取つて下さい！

田中君からはハガキを頂きました。若いから、大ひに百姓の中でガン張つてくれるでせう。

今少し仕事をしてゐますが、八月一日までには済ますつもりでゐますから、是非遊びに来て下さい。八月一日と言へば、僕のタン生日だし、それに反戦デー。ライスカレーでも食つて心祝ひをしませう。待つてゐるからお出で下さい。

里村欣三は、近代文学者の中ではただ一人、十数年間も徴兵忌避した作家である。そのため、本名を捨て、行方不明となったため、戸籍上「失踪宣告」され、「死亡ト看做」された。

里村欣三の本名は前川二享、生年月日は明治三十五年三月十三日、本籍は岡山県和気郡福河村である。それが、徴兵忌避のため、当時の『文藝年鑑』の名簿には「明治卅六年八月一日。東京本所に生る。学歴なし。」と記されているように、前川二享とは別人として生きたのである。

里村欣三は、自分の略歴や年譜などを一切書かず、写真なども撮らせず、写真が必要な時には、堤寒三の書いた漫画似顔絵を載せていた。

中井正晃宛はがきに「八月一日と言へば、僕のタン生日だ」「ライスカレーでも食つて心祝ひをしませう」と書いているのは大変興味深い。名前だけでなく、生年月日さえも架空のものに変えて作家生活を送ったのである。

その里村欣三がこのはがきの翌年、生活に追いつめられて自首し、一特務兵として中国各地を転戦する。そして、昭和二十年に報道班員としてマレー戦線に従軍して、戦死してしまったのは、実に痛ましい。

（「彷書月刊」昭和六十二年十月二十五日発行、第三巻十一号）

『日本プロレタリア文学書目』について

多種多様な書目の必要性

書目といえば、近代文学関係に限定すると、よく知られているのは、村上浜吉監修の『明治文学書目』（昭和十二年四月二十日発行、村上文庫、のち復刻版・昭和五十一年七月十日発行、飯塚書房）である。村上浜吉は、その「序」で、「明治文学書の蒐集に着手したのは大正十三年二月であつた／爾来玆に早や満十有三星霜　間断なく蒐集に努力し　現在当村上文庫の所蔵書は約三万冊に達し」たと記している。川島五三郎の編纂の甚大なる努力もあったであろうが、しかし、明治文学書を十数年も「間断なく」、それも「三万冊」も蒐集することの出来た村上浜吉の財力があってこそ、『明治文学書目』が完成されたのである。書目作成は、まず蒐集からはじまる。

この『明治文学書目』が刊行されてから五十年近くになる。その五十年の間に『大正文学書目』も、また『昭和文学書目』も編纂されていない。書目の仕事に関してはそれ程たいした成果もあげないできた。明治以後、出版産業の急激な発展と共に、書籍が氾濫している今日においては、一個人がそれらの書物の全貌を把握することが極めて困難となってしまった。個人の能力では大規模な『大正文学書目』や、『昭和文学書目』を編集することは、限度を越えたことで不可能なことであろう。個人の仕事でなく、書目作成のための予算の裏付けや助成金などを伴った国家的規模での共同での仕事のようだ。しかし、そういう理想論をいくら並べてみても、その実現が全く期待できそうもない現状においては無意味であろう。だからといって書目編纂に手を拱き、それを等閑視してよい理由にはならない筈である。『大正文学書目』とか、『昭和文学書目』といった大掛かりなものが実現不可能とすれば、流派・テーマ・分野・年代別といった多種多様な文学書目が作成出来ぬかということである。例えば、夏目漱石を中心に、小宮豊隆・森田草平・鈴木三重吉・内田百閒・赤木桁平・寺田寅彦・阿部次郎ら、その周辺にいた作家たちを網羅した漱石山房文学書目、あるいは、志賀直哉・武者小路実篤らを中心とした白樺派文学書目、早稲田派作家文学書目等々である。また、年代別書目でもよい。十年を一つの区切りにして、一九三〇年代文学書目といった具合にである。文藝評論書目とか、近代文学研究書目といったジャンル別の書目もあってよい。近代文学研究書も昭和三十年代以前とは比べものにならないくらい圧倒的に増大した。近代文学研究書目もこの辺で編纂されてもよい時期に来ているのではないかと思う。『日本プロレタリア文学書目』は、そういう多様な書目作成の可能性を追究した一つの試みであった。

蒐書の困難さ

我が国では、大正末年から昭和初年代にかけて、文学が社会主義思想や政治運動と深いかかわりを持つようになった。いわゆる、プロレタリア文学運動が展開された。葉山嘉樹・小林多喜二らをはじめ、多くの作家や評論家たちが活躍する。このプロレタリア文学運動は、当時の政治権力と激しく対立、批判、拮抗したこともあって、弾圧をもろに受け、挫折してしまった。そのため、これまでの文学運動のなかで、プロレタリア文学ほど、多くの著書が発売禁止に処されたことは他にない。手塚英孝は評伝『小林多喜二』（昭和三十三年二月十五日発行、筑摩書房）の冒頭で、次のように書いている。

小林多喜二の生涯と業績は、一九三三年二月二十日、彼の死後も、長い年月にわたって支配権力の抹殺が加えられた。代表作である「一九二八年三月十五日」や「党生活者」は、発表と同時に国禁のあつかいをうけていたが、一九三七年から終戦までの八年間は随筆集にいたるまで出版の自由をうばわれ、物故作家の名簿からも彼の氏名は意識的に除外されたばかりでなく、著作集を所有することさえ逮捕の理由にされたほどの抑圧をうけた。

小林多喜二が昭和八年二月二十日に、築地署特高に逮捕され、拷問によって殺害されただけでなく、昭和二十年の敗戦まで、その著作集を「所有することさえ逮捕の理由」にされたのである。もともと書籍とか資料は、年月と共に減滅していくものである。だが、プロレタリア文学の場合、自然に散逸してしまっただけでない。それを「所有することさえ逮捕の理由」になったというように、国家権力がプロレタリア文学そのものをおさえつけた。そういう困難な時代を経過してきたということもあって、当時のプロレタリア文学書を完全に蒐集することは、なかなか容易なことではない。

しかし、蒐書の困難さや、書物についての調査研究が立ち遅れているのは、なにもプロレタリア文学だけに限ったことではないようだ。例えば、鶴田知也の現代名作児童版『児童・コシヤマイン記』（昭和十四年二月二十日発行、日本文学社）の巻末広告に出ている〝現代名作児童版〟十一冊についてもよくわかっていない。その巻末広告に出ている〝現代名作児童版〟十一冊は、1児童鶯（伊藤永之介）、2児童コシヤマイン記（鶴田知也）、3児童麦と兵隊（火野葦平原作・永野湜）、4児童暢気眼鏡（尾崎一雄）、5児童泣虫小僧（林芙美子）、6児童その頃の事（宇野浩二）、7児童土と兵隊（火野葦平原作・桜木康雄）、8児童小僧の神様（志賀直哉）、9児童だるま（武者小路実篤）、10児童飛驒高山（瀧井孝作）、11児童吾輩は猫である（夏目漱石原作・平林彪吾）である。このうち、プロレタリア作家関係は、2の鶴田知也のほか、1の伊藤永之介と11の平林彪吾である。伊藤永之介の『児童鶯』は、鶴田知也『児童・コシヤマイン記』同様、架蔵しているので、問題はなかったが、現代名作児童版11の平林彪吾『児童吾輩は猫である』の刊行が確認できない。伊藤永之介の『児童鶯』は昭和十四年一月二十八日発行であって、鶴田知也の『児童・コシヤマイン記』よりも一カ月ほど前に上梓されているので、〝現代名作児童版〟全十一冊がいちどに同時発売されたということはない。この「現代名作児童版」は、日本近代文学館編『日本近代文学大事典第六巻』（昭和五十三年三月十五日発行、講談社）の「叢書・文学全集・合著集総覧」にも取り上げられていない。渡辺貫二編『武者小路実篤』〈人物書誌大系九〉（昭和五十九年四月二十五日発行、日外アソシエーツ）にも、現代名作児童版9の武者小路実篤著『児童だるま』は出てこない。『志賀直哉全集第十四巻』（昭和四十九年八月二十八日発行、岩波書店）の「書誌」にも、現代名作児童版8の志賀直哉著『児童小僧の神様』の記載がない。この「現代名作児童版」は、二・三冊発行されただけで、その途中で企画が立ち消えになって、志賀直哉の本も、武者小路実篤の本も、そして、平林彪吾の『児童吾輩は猫である』も未刊に終わったのではないか、と勝手な推測をして、結局、『日本プロレタリア文学書目』から除外したのであった。しかし、その推測は見事に外れた。先日、東京の某古本屋の「古書目録」に、平林彪吾の『児童吾輩は猫である』が忽然と出現したのである。しかも、それには、八万五千円という値がついていた。ひと桁数字が間違いではないかと思われるような高値であった。平林彪吾の本が存在するとすれば、志賀直哉の『児童小僧の神様』も、武者小路実篤の『児童だるま』も刊行された可能性の方が大きいのではないか。近代文学の代表的作家である志賀直哉や武者小路実篤についてさえ、その著書にまだ解明の余地があるようだ。この世にどういう書籍が存在したか、その滅減していきつつある著書を蒐集することは、一朝一夕にはいかない。時間をかけて探し求めてゆくより方法がないのである。

本書目の構成と記載形式ほか

『日本プロレタリア文学書目』は、第一部個人編、第二部全集・合集編、付録・書名索引、著者名索引から構成されている。取り上げた作家・評論家・翻訳家は百五十五名である。第一部個人編に収録した百五十五名は、日本プロレタリア作家同盟や労農藝術家連盟などのプロレタリア文学運動組織に直接参加した人々を主に、大正期の労働文学者たちや農民文学者、アナーキズム系の文学者たちである。プロレタリア文学運動は演劇・美術・音楽・宗教等の諸団体と共に提携して活動を展開した。大正期の労働文学との根本的な相違がそこにあるといってよい。運動がある面ではそれだけ成熟していたともいえる。プロレタリア文学運動は、なによりも先ず文化運動の一環として把握する必要がある。そのため文学者以外の、山本安英・岡本唐貴・柳瀬正夢・永田一脩ら俳優や美術家たちも含めたのである。また、文学者のうちでも、安瀬利八郎（本書では安瀬利八郎となっているが、校正ミスで安瀬利八郎が正しい）・山岸又一といった、これまでの文学辞典類では取りあげられたことのないような埋もれ、忘れられている人々も採録した。

構成については、最初、著者別にするか、それとも著書刊行年月日順にするか、そのどちらを採用すべきかについていろいろ迷った。書目それ自体によって、プロレタリア文学の歴史的流れ、その盛衰が一目で読み取ることが出来るのが理想的なのである。それには、著者別を柱に分類するよりも、すべての書物を発行年月順に、年月を柱にする方が望ましいと思われた。しかし、実際に発行年月別に配列してみると、その年や月の記載の分量が多いので、年表のように鳥瞰図的に見やすいというわけにはいかないことが判明した。また、書目は何よりも第一に利用のしやすさ、便利さということを考慮に入れねばならない。結局、刊行年月日順に構成することに魅力を感じながらも、第一部個人編と第二部全集・合集編の二つに大別し、第一部個人編は著者別に、第二部全集・合集編は、比較的絶対数のすくないこともあって、発行年順を採用したのである。

『日本プロレタリア文学書目』は、厳密にいえば、プロレタリア文学書だけを収録したのではない。その作家がプロレタリア文学運動に参加し、プロレタリア文学作品を創作した。しかし、運動に加わる以前の著書、あるいは運動から離脱し、転向した後の著書は、文字通りプロレタリア文学と呼べないであろう。だが、その作家のプロレタリア文学書だけに範囲を限定して収録したのではなく、昭和二十年の敗戦までに下限を決め、その著作家のすべての著書を網羅することに努めた。片岡鉄兵を例にしていえば、新感覚派時代の著書も、また、転向後の大衆文学書も採取したのである。著作家の思想遍歴の大略が、この書目を通して概観できればと思う。

『日本プロレタリア文学書目』の記載形式については、その「凡例」にあるように、文献番号／書名〈叢書名〉／著者名／発行年月日／出版社名／頁数／製本／定価／判型／函／カバー／帯／収録作品名（内容細目）／装幀者名／発売禁止処分年月日など注記事項／書評である。文献番号は、索引作成のため整理上やむをえない。しかし、書目の主体はあくまで、文献番号にあるのでなく、書名にあるのであるから、書名がなによりも最優先されねばならない。編者の感覚では、書目の記載は、書名が最初に来るべきであると思う。文献番号を書名の冒頭に付すのは、形式的統一が全体にとれていて、索引からの検索という実用的な面から見れば、最も利用に便利である。そのへんの兼合いをどう調整するか。文献番号の付すべき位置について、創意工夫の余地はないか。今後の検討課題の一つであると思っている。

さきにあげた記載事項以外に、その著書の「序文」なり「あとがき」の全文を引用する予定でいたが、当初のもくろみと違って、紙幅の超過が著しいので断念した。いまにして思えば、最初から二行ないし三行分と字数を固定しておいて、その範囲内で「前書き」や「あとがき」等を部分引用すればよかったと思う。もうすこし書目そのもののなかに読む部分、見て楽しい部分を創り出す工夫が必要であろう。

注記事項はいたって簡略にした。煩雑さを避けて、次の三点だけを記すことに止めた。一つは、発売禁止処分年月日である。一つは、国会図書館所蔵本で発行年月日が訂正されている場合、それに従った事である。一つは、共訳書など、その翻訳の分担が「序」などで明らかにされている時、それを注記した。

書評を列記したのは、書物そのものが、その時代やその社会のなかで作り出された歴史的産物であって、その産み出された時代での批評がどうであったか、その著書を知る一つの参考資料であると判断したからである。書物を蒐集調査することも容易でないが、その著書の一点々々の書評を当時の新聞や雑誌などの中から探し出すことも、かなり手間のかかる仕事であって、もとより完全には調べつくしていない。この分野も今後もうすこし時間をかけて再調査して不備を補いたいと思う。

索引は、図書の書名をすべて対象とした書名索引と、収録作品名（内容細目）の個人名もすべて対象とした著者名索引の二つからなる。編集部がその面倒な作業を担当して下さった。「毎日新聞」（昭和六十一年四月十日付夕刊、東京版、文化欄〝あくせす〟）で、匿名（乙）が、本書目について、この索引にも触れて、紹介して下さったので、長文になるが、次にそれをあげておきたい。

Ａ５判、四百六十五ページ、一万二千円のこの大著は、全巻日本プロレタリア文学運動に関わった作家・思想家・翻訳家の著者目録である。リスト・アップされた書名は二千五百十一点、収録された著者名百五十五名という膨大な書目であって、この本自体で日本プロレタリア文学運動の総決算ということになる。

佐多稲子、中野重治、葉山嘉樹、小林多喜二、徳永直、武田麟太郎、青野季吉などの著者が網羅され、その内容の大体を簡単に知ることができる。しかし、この書目は単なる書名の羅列というわけではない。索引を見てゆくと、荒木貞夫、安倍能成、井伏鱒二、浦松佐美太郎、小山いと子、関鑑子など、どこでプロレタリア文学運動とクロスするのかと思わせる人名も挙がっており、書目の内容説明がそのクロスする理由を語って自ずから歴史の文脈を作り出しているのである。浦西の手法は、文献の内容や形や成り立ちを細大洩らさず書きとり、書誌・書目そのものに語らせている点で、単純な書誌家の手法と異なる。

編者の意図をくみ取って下さった大変ありがたい紹介文であった。

この一文を書いている今、東京の古書店に注文しておいた『マライの戦ひ〈大東亜戦争絵巻〉』（昭和十八年十二月二十日発行、岡本ノート出版部）が届いた。向井潤吉・栗原信・宮本三郎の絵に、里村欣三が全頁「解説」を書いている。その「解説」の全頁の右下に「(陸軍省検閲済)」と印刷されている『マライの戦ひ〈大東亜戦争絵巻〉』はまぎれもなく里村欣三の著書の一冊であった。目録をみた時、千五百円という意外にも安値がついていたので、おそらく注文してもダメであろうと、半ばあきらめて、はがきを出しておいたのであるが、幸いにも競争相手がいなかったので入手できた。里村欣三に、これまで全く知られていない、予想もしていなかった本が出てきたのは新鮮な驚きであった。まだこの種の本が里村欣三にあるのかも知れない。それにしても蒐書の奥ゆきは果てしなく、深く広いようだ。

本書目は、やっとその発端についたばかりで、まだまだ多くの未調査の部分を残している。また、今回、取りあげることのできなかった明治期の社会主義文学者たち、木下尚江をはじめ、幸徳秋水、白柳秀湖、田岡嶺雲、福田英子、山口孤剣らの人々も、いずれ新たに収録せねばならない。一気呵成にはかどらないであろうが、時間をかけて増補訂正してゆきたいと思っている。

（「書誌索引展望」昭和六十二年十一月一日発行、第十巻四号）

江口渙著『わが文学半生記』

江口渙の『わが文学半生記』は文学回想記の傑作である。江口渙は、明治二十年七月に東京市麴町区富士見の小山内薫の持ち家で生まれた。父の江口襄《のぼる》は栃木県烏山町（現在、那須烏山市）出身で、森鷗外と第一大学区医学校（現、東京大学医学部）同期生の陸軍軍医であった。江口渙は中学時代に与謝野晶子らの短歌に心酔し、熊本の第五高等学校時代には俳句に熱中した。そのことは『わが文学半生記』のなかの「少年期の私と文学」及び「青年期の私と文学」にくわしく描かれている。大正五年東京帝国大学英文科を中退したが、学生時代から小説を書きはじめ、「スバル」大正元年十二月号に発表した「かかり船」によって文壇に登場した。そのころから、佐藤春夫、芥川龍之介、菊池寛、久米正雄、宇野浩二、広津和郎、有島武郎、高村光太郎らとの交遊を深め、大正三年四月には、林原耕三につれられて漱石山房の門をくぐった。『わが文学半生記』には、夏目漱石をはじめ、芥川龍之介ら大正期の作家や詩人たちとの直接生身で接触した文学的・人間的な交渉や、小宮豊隆が吉右衛門にもらった浴衣に襟をかけて寒中に得々として着ていて漱石に怒られた挿話など、さまざまなエピソードが生き生きと描きだされている。そして、それが江口渙個人をはなれて、春風駘蕩たりし大正期の文壇の雰囲気を見事に写しだしていて、江口渙の長い文学的生涯のうちで最もすぐれた仕事の一つであるばかりでなく、日本近代文学史の上で代表的な回想文学の一系列に属している。

『わが文学半生記』について、その書誌的事項を簡単に記せば、次の三種類の異本がある。

1、青木文庫、昭和二十八年七月十五日発行、青木書店、二百九十九頁。

2、角川文庫、昭和三十四年九月二十日発行、角川書店、二百九十頁。

3、青木文庫、改装版、昭和四十三年一月二十五日発行、青木書店、三百三頁。

2、の角川文庫版には、壺井繁治の「解説」が、3、の青木文庫改装版には、大内兵衛の書簡「『わが文学半生記』を読んで」と、その書簡についての江口渙の付記が無題で追加されている。なお、3、の青木文庫改装版に追加された江口渙の付記に、「もうひとつ、安倍能成さんからもあの当時手紙をもらった。それはおもに漱石山房についてのわたしの間違いを正してくれたものである。それでこんど版を新たにするにあたって安倍能成さんの指摘にしたがってわたしの間違いを全部改訂したこともここに書いておきたい」とあるが、これは江口渙の勘違い。『わが文学半生記』三種類とも本文の改訂異同はない。「あの当時」というのは雑誌初出発表当時のことではないかと思う。初出雑誌発表では、漱石山房の面会日を木曜日であるのを金曜日と書いていた間違いなどを安倍能成に指摘されたのであろう。それらは単行本にする際に、すなわち、昭和二十八年七月十五日発行の青木文庫版で既に訂正されている。

江口渙は、『わが文学半生記』の執筆動機について、その巻末の「作者の言葉」のなかで、少し引用が長くなるが、次の如く述べている。

私がこういうものを書こうと、最初に思い立ったのは、いまから二十一年前のむかし、一九三二年の春のことである。当時、大宅壮一が出していた綜合雑誌「人物評論」の三月号にすすめられて、「芥川龍之介とおいねさん」というものを書いた。それが好評だったので、つづいて四月号に「漱石山房の思い出」を書いた。そのあとも毎月つづけて書くはずだったのが、たまたま「人物評論」の編集者上野壮夫が原稿の長さを突然ちぢめてきた。そのときの手紙がひどく横柄だったので憤慨して打ちきってしまった。（略）。去年の春だった。「新日本文学」の編集をしていた久保田正文と菊池章一とが、同誌に、毎月、何か文壇の思い出を書かないか、と、極力すすめるので、それじゃ、むかしの「人物評論」のつづきを書こう、と、思い立って書き出したのが、「わが文学半生記」である。

表紙に「大宅壮一編輯」と刷られた「人物評論」創刊号の発行は、昭和八年三月一日であり、江口渙が「一九三二年の春のこと」というのは、記憶違いである。「人物評論」は、大宅壮一が十数人のグループと大宅工房をつくり創刊した雑誌であった。昭和七年春から夏にかけて、プロレタリア文化連盟に対する大弾圧が始まり、昭和八年二月二十日には、小林多喜二が虐殺された。そういうプロレタリア文化運動の退潮期に「人物評論」は出された。大宅壮一は「創刊の辞」で、「人間、人間、凡そ人間に関するものでありさへすれば、僕は何にでも興味をもち、関心を有し、魅力を感ずるものである。僕のこれまでの仕事も、九〇パーセントまでは、直接または間接の人物評論であつたといつても、あへて過言ではない」という。江口渙の「芥川龍之介とおいねさん」(昭和八年四月一日発行)や「漱石山房の人々」(昭和八年七月一日発行)は、そういう雑誌に書かれたのである。

ここで、『わが文学半生記』収録作品順に、その初出雑誌名、発表年月日を記すと、次の如くである。

漱石山房夜話
「人物評論」昭和八年七月一日発行、第一年五号、一二六〜一三二頁。原題「モデル小説　漱石山房の人々」。後半部三分の一を削除し、前半部を加筆。

夏目漱石の死
「新日本文学」昭和二十七年七月一日発行、第七巻七号、五四〜六四頁。原題「漱石の死―思い出㈠―」。一部分削除。

夏目漱石とその弟子たち
書きおろし。昭和二十八年三月三十日脱稿。

漱石死後の漱石山房

「新日本文学」昭和二十七年八月一日発行、第七巻八号、七八～八四頁。原題「わが文学半生記㈡―漱石死後の漱石山房―」。

高村光太郎のアトリエ素描

「新日本文学」昭和二十八年三月一日発行、第八巻三号、一六八～一七一頁。原題「わが文学半生記㈨―その頃の芥川龍之介(3)―」。

「羅生門」の出版記念会と佐藤春夫

「新日本文学」昭和二十七年九月一日発行、第七巻九号、六六～七一頁。原題「わが文学半生記㈢―『羅生門』の出版記念会まで―」。

その頃の菊池寛

一「はじめて菊池寛をたずねる」、二「『忠直卿行状記』その他」、三「『父帰る』の初上演」

「新日本文学」昭和二十七年十月一日発行、第七巻十号、六四～七六頁。原題「わが文学半生記㈣―その頃の菊池寛―」。

四「菊池寛の手紙」

「新日本文学」昭和二十三年六月一日発行、第三巻六号、二四～二七頁。

若き日の宇野浩二

「新日本文学」昭和二十七年十一月一日、十二月一日発行、第七巻十一、十二号、四〇～四六頁、六九～七七頁。

原題「わが文学半生記㈤㈥―宇野浩二と私㈤㈥―」。

その頃の芥川龍之介

一「月夜の鎌倉」、二「米騒動」、三「新詩社の新年短歌会」、四「三人で谷崎潤一郎をたずねる」
「新日本文学」昭和二十八年一月一日～四月一日発行、第八巻一～四号、一五九～一六五頁、一三八～一四六頁、一七二～一七五頁、一六〇～一六九頁。原題「わが文学半生記㈦～㈩―その頃の芥川龍之介⑴～⑷―」。
五「上野清凌亭」
「人物評論」昭和八年四月一日発行、第一巻二号、一五五～一六〇頁。原題「芥川龍之介とおいねさん」。大幅に改稿。
有島武郎は何故心中したか
書きおろし。昭和二十八年三月十日脱稿。「作者の言葉」で「戦争前に書いて発表しなかったものを、多少書きたしたものである」という。
俳句と久米正雄
「とちぎ詩人」昭和二十七年五月発行。未確認。
少年期の私と文学
書きおろし。昭和二十八年四月八日脱稿。
青年期の私と文学
書きおろし。昭和二十八年四月十七日脱稿。
作者の言葉
書きおろし。昭和二十八年四月二十日脱稿。
江口渙は、この『わが文学半生記』を第一部として、このあと第二部『続わが文学半生記』（昭和三十三年三月一日発行、春陽堂書店）、第二部『たたかいの作家同盟・上—わが文学半生記後編—』（昭和四十一年八月三十日発行、新日本出版社）、『たたかいの作家同盟・下—わが文学半生記後編—』（昭和四十三年五月十五日発行、新日本出版社）を出版し、回想記三部作を完成する。

第二部の『続わが文学半生記』は、大正期の文壇人の思い出を書いた『わが文学半生記』とはまるでちがって、そこには文学や文壇の姿はほとんど描かれていない。江口渙は、大正九年十二月に結成された日本社会主義同盟に参加し、その中央執行委員となった。革命運動へと転換し、そのころからアナーキストたちと行動をともにするようになり、中浜鉄、古田大次郎らの極東虚無党（ギロチン社）と資金提供や記録を書く協力関係をもつようになった。『続わが文学半生記』はこの極東虚無党の運動を中心とした自伝的回想である。

第三部の『たたかいの作家同盟』は、プロレタリア作家同盟の創立からその解散までの時期、すなわち、昭和四年二月から昭和九年二月までを中心として、その中央委員長をしていた江口渙自身の回想記である。小林多喜二などをはじめ、正史では語られない興趣あふれるエピソードが数多く描かれている。

（『わが文学半生記』〈近代作家研究叢書六十四〉平成元年十月二十五日発行、日本図書センター）

書誌偶感〈私の書誌作法〉

書誌の「鬼」に取り憑かれて

いま古本屋さんから注文しておいた宇野浩二の著書『楽世家等』（昭和十四年三月二日発行、小山書店）が郵送されてきた。宇野浩二はその巻頭に「『小説の鬼』（序に代へて）」を載せている。そこで、宇野浩二は小説を書くという仕事、小説家の業のようなものについて語っている。「小説を書くといふ仕事は、むつかしくいふと生活することだ。生活するといふことは、生きてゐる間ぢゆう休みがない。毎朝、己が、目を覚ますと忽ちもやもやした不機嫌な気分に襲はれて、一刻の猶予もなく何かにせきたてられるやうな気のするのは、この休みのない仕事（営み）の思ひが己をさうさせるのに違ひない。己はそれを『小説の鬼』と名づけてゐる。己ばかりではない。小説を書くことを仕事にしてゐる人々は大抵この『小説の鬼』に取り憑かれてゐる人々だといつて差支へないだらう。この『小説の鬼』のために、己たちの頭には、夜も、昼も、日曜日も、祭日もない」と書いている。書誌作成も、時としては、この鬼のようなものに取り憑かれることではないかと思う。小説家のように「毎朝、己が、目を覚ますと忽ちもやもやした不機嫌な気分に襲はれ」ることはないにしても、その著者の著作を自己の勘と経験だけをよりどころにして、何十年間もの古新聞や雑誌を、それも何種類も繰り出してさがし求める作業は、ただそれが好きだけでは出来ないであろう。大なり小なりの鬼のようなものに取り憑かれてこそ、それが可能ではないかと思う。

葉山嘉樹との出会いから

私は大学で図書館学や書誌学を学ばなかった。大学を出てからもその方面の書物はなぜか知らないが、食指が動くということがないままにきた。図書館学や書誌学を体系づけて考えたことがなかった。そういう意味では、私は書誌学についてはずぶの素人である。

大学を卒業して、岐阜県と長野県の県境にある岐阜県恵那郡（現在、中津川市）坂下町のある高等学校に勤めた。坂下町は人口約五千人くらいの山間辺地である。名古屋から出ている中央線はまだ単線で、現在のように電化もされていなく、煙の吐く汽車が長閑に走っていた。私はその未知の地ではじめて葉山嘉樹の作品に出会ったのである。それまで学生時代は、プロレタリア文学などはなんとなく非藝術的なものであるという、変に妙な先入観に囚れていて、読みもしないで過ごしたのである。木曾川をはさんでこの坂下町の向かいにある隣村の長野県の山口村（現在、岐阜県中津川市）に葉山嘉樹が晩年を過ごしたことがあるというので関心を持った。どの文学全集にも収録されているところの、葉山嘉樹の初期の代表作である長篇「海に生くる人々」や短篇「淫売婦」「セメント樽の中の手紙」を下宿で読んだときの感動を今も忘れることが出来ない。プロレタリア文学に対する偏見に満ちた私の固定観念を決定的に打ち砕いた。斬新な驚きがそこにあった。

文学全集の付録についている簡単な葉山嘉樹の年譜を見ると、「海に生くる人々」や「淫売婦」などの作品以外にも多くの作品があることがわかった。特に昭和十年代の山口村での作品も含めて、それら他の作品を全部読んでみたい。しかし、県境の坂下のような町では満足な図書館もなく、簡単に読むことは出来ない。まず、『日本古書通信』や各古書店が出している通信販売目録から葉山嘉樹の著書を一冊、一冊と購入することからはじめねばならなかった。まだ筑摩書房版『葉山嘉樹全集』全六巻が刊行されていない時期である。昭和十年代の作品は葉山嘉樹の著書にも収録されていないものも数多くあり、たとえ著書に入っていても、『葉山嘉樹随筆集』（昭和十六年三月二十三日発行、春陽堂書店）のように、その収録作品の執筆年月も、初出掲載誌紙名も、発表年月も、一切合財が明記されていないといった塩梅のものもある。「中央公論」や「改造」といった総合雑誌さえもが閲覧することが全く出来ないといったところで葉山嘉樹の書誌的な調査を開始したのであった。

まだ駒場公園内に日本近代文学館が開館されていなかった。毎年夏休みや春休みを利用して、四、五日間上京して、主に国会図書館で調べるより仕方がない。葉山嘉樹の著作を追いかけて、今日までできた。早いものでもう二十年も経過している。しかし、いまだに初出未詳とせねばならない作品が幾つか残っている。完璧な個人作家の書誌の完成は容易なことではないようだ。

人物書誌づくりのはじまり

日外アソシエーツの人物書誌大系が毎年順調に数冊ずつ確実に刊行されていることは、書誌に関心を持つ者として実に喜ばしいことである。私はこの人物書誌大系で『徳永直』、『谷沢永一』、『葉山嘉樹』、『武田麟太郎』の四冊を出している。『武田麟太郎』は児島千波さんとの共編である。日外アソシエーツ企画編集部であった石井紀子氏からはじめて人物書誌大系のことをお聞きしたのはいつのことであったか。最初の『徳永直』の発行が昭和五十七年五月十日であるから、多分、その前年の四月頃のことであったのであろう。人物書誌大系の「刊行のことば」には、「われわれが、特定の人物についての研究に着手しようとする際の手がかりは、対象人物の詳細な年譜・著作目録であり、次に参考文献であろう。この基礎資料によって、その生涯をたどることにより、はじめてその人物の輪郭を把握することが可能になる」と記されている。まさにその通りである。しかし、文学者の書誌の場合、どちらかというと、文学全集の巻末に、それもページ数を制限した簡単な年譜が付される、さしみのつま程度の軽い取り扱いしか受けることがない。石井紀子氏から人物書誌大系刊行の依頼を受けた時、論文集でなく、書誌の本などの出版など全く考えもしなかっただけに、望外の喜びであった。

文学研究からみた書誌作成

私にとって書誌作成は、文学研究の一環としてのものであり、その作家の研究状況において書誌作成が必要であるか、どうかということである。書誌のための書誌でなく、文学研究の上で実際に役に立つ書誌の作成である。

いま近代作家のうち、誰の書誌に取り組んでみたいか、書誌作成の魅力ある作家をあげよといわれれば、宇野浩二をあげる。しかし、これはなかなかの難物である。芥川龍之介と並んで大正期の代表的な作家の一人でもあるのに、書誌的な研究は立ち遅れている。中央公論社版『宇野浩二全集』全十二巻は、全集というよりも、選集と称すべき態のもので、その上、『宇野浩二全集第十二巻』の書誌も、主要著書とか、主要著作しか、あげられていない。宇野浩二生前の著書が一体何冊あったのか、著作でなく、著書さえがまだまだ完全に把握されていないのである。〝文学の鬼〟と称された宇野浩二の鬼ぶりは、その著作活動の全貌を解明してこそはじめて明らかになるのではないかと思う。いつか時間を作って取り組んでみたいものだと思っている。

文献調査で苦労すること

書誌作成で困ること、苦労されることはなんですか、とよく聞かれることがある。文学者の個人書誌の作成は大学図書館だけでは役に立たぬということである。一般教養のためとして、文学全集は購入するが、無数に書店に並んでいる作家の小説や評論集などいちいち揃えるということは、普通、大学図書館ではしない。現代作家は、昭和三十年代以後、執筆場所が文藝雑誌や総合雑誌だけでなく、企業の雑誌などいろいろなところに、多様に増大した。週刊誌一つとってみても、その種類は増え、調べるのは容易ではない。「週刊朝日」は所蔵しているが、「週刊文春」や「週刊新潮」、あるいは「プレイボーイ」になると、関西の公共図書館で所蔵しているところがない。開高健の著作を調べる場合、「プレイボーイ」などに「風に訊け！」などを連載しているのである。

また、図書館では一般に函やカバーやオビを処分してしまうので困る。カバーやオビに定価が印刷されているときがある。書物があっても、カバーやオビが処分されているためにその定価がわからないということになる。

著書でやっかいなのは文庫本である。大学図書館は岩波文庫本を所蔵していても、他の出版社の文庫本は全く揃えない。純文学作家の文庫本は再版されにくいので、その時買い忘れると大変である。古書店でもあまり高い値段をつけるわけにいかないので、つまり商売にならないので、目録などに出てこない。河野多恵子の文庫本を「日本古書通信」の探求書欄に出したが、その反応は一件もなかった。文庫本などどこにでもありそうなものが、実際に探し求めることになると時間や労力を必要とするのである。

なにか書誌を作成しようとすれば、坂下町にいた時と本質的には同じであって、結局、東京まで出かけて行くより仕方がない。そんなに古い雑誌や特殊な本でもなくて、ごく最近の、しかもどこにでもあるように思われる本や雑誌が、地方にいるとなかなか容易に確認することが出来ないのである。根気よく継続して一つ一つ積み重ねていくより仕方がない。書誌作成とは地味な努力の上にしかなり立たないもののようだ。

（「図書館雑誌」平成元年十二月二十日発行、第八十三巻十二号）

宮本顕治著『百合子追想』

宮本顕治著『百合子追想』は、昭和二十六年九月十五日、第三書房より発行された。B6判、本文二百五十二頁、定価二百二十円。装幀は高橋錦吉が担当している。表紙は緑色、紙装仮綴製本。発行所の第三書房は、雑誌「初級ドイツ語」（一時、「ドイツ語」と改題）を刊行していて、主として、ドイツ語やフランス語の辞書や参考書を出している出版社である。

『百合子追想』は、前半「1」と後半「2」の二つに大きく分類されている。前半「1」は、宮本百合子に関する回想やその文学評価の問題を扱った九篇から成る。後半「2」は、小林多喜二や岩田義道らの僚友についての追想、顕治自身の網走での体験や「敗北の文学」を書いた頃の回想、太宰治「人間失格」論など七篇から成る。分量的には、宮本百合子を扱った前半「1」の部分が全体の約三分の二を占めている。『百合子追想』収録作品十六篇の執筆年月などは、巻末の「所収の文の執筆年月と発表の場」に記されているが、それには初出発表年月が書かれていないので、次に記しておく。

「百合子追想」（「展望」昭和二十六年三月一日発行、第六十三号）
「二十年前のころ」（宮本百合子追想録編纂会『宮本百合子』昭和二十六年五月三十日発行、岩崎書店）
「作品をめぐる追想と解説」（『播州平野・風知草・二つの庭・その他』昭和二十六年二月二十五日発行、改造社）
「百合子の場合」（「新日本文学」昭和二十六年四月一日発行、第六巻四号、宮本百合子追悼特集）

「百合子断想」(「改造」昭和二十六年四月一日発行、第三十二巻五号、原題「打ちひしがれぬ魂―作家百合子の人間像―」)
「現実に立たぬ批評」(「世界」昭和二十六年八月一日発行、第二十六巻八号)
「その正体について」(「人間」昭和二十六年六月一日発行、第六巻六号)
「宮本百合子について」(「婦人公論」昭和二十四年四月一日発行、第三十五巻四号)
「百合子の生涯について」(〝平和のための五月祭〟東京大学、昭和二十六年五月二十五日～二十七日、世界文学研究会が顕治の協力を得て「宮本百合子展」を開催)
「網走の覚書」(「文藝春秋」昭和二十四年十月一日発行、第二十七巻十号)
「解放戦士の追想」(「民主評論」昭和二十一年一月一日発行、第二巻一号)
「小林多喜二の回想」(「前衛」昭和二十二年五月一日発行、第十六号)
「小林多喜二の評論その他」(「小林多喜二全集第九巻月報」昭和二十四年六月三十日発行、日本評論社)
「『敗北の文学』を書いたころ」(「図書」昭和二十四年十二月五日発行、復刊第二号、芥川龍之介特輯号)＊初出文末には執筆年月の明記がない。「所収の文の執筆年月と発表の場」に執筆年月が「一九五〇年十月」とあるのは、誤記か、誤植である。
「わが師わが友」(ラジオ放送、昭和二十三年十一月三十日)
「『人間失格』その他」(「学生評論」昭和二十四年十一月一日発行、第二号)

顕治は『百合子追想』の「あとがき」のなかで、「妻を語る場合は、専ら卑下的に語ることが旧い日本の賢明な処世法とされているが、私はそれに従わなかつた。十三年に及ぶ私の地下・獄中生活全体を通じて私がみたものは、単に妻としての彼女の心をこめた配慮にとどまらず、平和と自由、日本の社会主義的未来を信じて不屈であり得た一人の人間の姿であつたからである」と述べている。そこに顕治の百合子について語る姿勢や、『百合子追想』一冊の特色があるといっていい。

ここで著者の顕治の経歴を簡単に記せば、顕治は明治四十一年の十月十七日に山口県光市上島田に生まれた。松山高等学校時代には、大野盛直らと社会科学研究会を組織し、また、木原通雄らと同人雑誌「白亜紀」を刊行する。昭和三年四月、東京帝国大学経済学部に入学し、読書会や友人の「無産者新聞」配布を手伝ったりした。昭和四年、芥川龍之介について論じた「敗北の文学」を「改造」の懸賞に応募し、文藝評論一等に当選する。『敗北の文学』を書いたころ」で、「私は、この過渡的な苦悩に敗北しないで、理性の示す方向へ歩み抜く決意を根本的にゆるがせることはできなかつた。私にとつて芥川龍之介論は、その決意の文学的自己宣言でもあつた。同時に社会的鈍感さに安住して、芥川の知己をもつて任じているそれまでのいろんな芥川観への批判でもあろうとした」と語っている。「敗北の文学」の執筆は、顕治の人生の進むべき方向を決定したようだ。昭和六年早春、プロレタリア作家同盟に参加し、東京帝国大学卒業後、五月に、手塚英孝・生江健次の紹介で日本共産党に入党、中央委員会のアジプロ（宣伝煽動）部員として活躍した。中條百合子と結婚したのは昭和七年二月であり、わずか二カ月の結婚生活の後、プロレタリア文化連盟の一斉検挙にあい、顕治は小林多喜二らと共に地下活動にはいった。翌年六月頃、中央委員会政治局員、書記局員として野呂栄太郎らと党の最高指導部を構成したが、十月二十六日、東京市委員会に潜入していたスパイ荻野増治の手引きで九段坂上で街頭連絡中に、顕治は治安維持法と赤色スパイ査問事件で警視庁特高課員らによって検挙された。

顕治は非転向を貫き、十二年間もの長い獄中生活を過ごす。顕治にとって、百合子を追想することは、百合子に支えられた顕治自身の頑強な獄中闘争を語ることでもあった。「百合子追想」には、次のように書かれている。

私自身も獄中でチフス、腸結核の疑い、猩紅熱、肺結核という風に重病をくり返した。そして、一九四〇年頃にはとくに盲腸部結核とみられた症状からの衰弱がひどく、死は近い時期の問題とされていた。予審判事は、死ぬ前に予審調書をとろうとして刑務所に通つて、調書だけはとらないと誤解のまま死んでしまうではないかと私を説得しようとした。また、転向をすすめても無駄だろうが、せめて「人並み」に一応調書だけとれば外の病院で死なせること位できるが、ともいつた。私は妻や近親の看護をうけての「人並みの死」を条件にする判事の誘いを拒絶し、予審で組織関係はしやべらず、公判で事件に対する捏造と闘い、党活動の正当性を主張するという党中央委員会の決定した方針——党の規律にもとづく階級裁判との闘争——の立場を守つた。事件は誤解と誹謗のまま、自分の肉体は誰にも親しくみとられることなく、病舎での病死者のほとんどすべてがそうであるように錠のかかつた病監でたつた一人で臨終をむかえる覚悟でいた。百合子自身も、その間一度も私に「人並みに死ねる」ための妥協をすすめることなく、私の死との格闘をやさしい勇気ではげまし、正しく生きるための不可避的な帰結をも卑怯なごまかしでさけさせようとはしなかつた。

顕治は、十二年という長期投獄に耐えぬいた。日本の敗戦により、昭和二十年十月四日、連合国軍最高司令官の覚書「政治的、市民的および宗教的自由にたいする制限の撤廃」が発せられ、治安維持法等の撤廃、政治犯釈放の措置がとられる。顕治は、同月九日に網走刑務所を刑の執行停止により出所し、十四日に帰京するや、ただちに党拡大強化促進委員会の設立に参画し、戦後の活動を開始したのである。

百合子は昭和二十六年一月二十一日に急逝した。解剖の結果、副腎の出血が致命的なものであったと判明した。百合子が死去した時期は、政治的状況が極めてこみいった事情にあった。すなわち、昭和二十五年一月六日、コミンフォルム機関紙「恒久平和と人民民主主義のために」がオブザーバー署名の論評「日本の情勢について」を発表した。それが導火線となって日本共産党の内部にいわゆる「所感派」と「国際派」との分派闘争がおこったのである。また、同年六月六日には、マッカーサーの命令による共産党中央委員二十四名全員が追放されるという、政治的境遇の激変の最中であった。『百合子追想』に収録されている、顕治の福田恆存、三好十郎、荒正人、滝崎安之助などの百合子批判に対する反駁は、百合子文学評価の問題であるばかりでなく、当時の混沌とした革命運動上・文学運動上の問題と深くかかわっていたのである。

なお、顕治には、百合子を論じた著書に、この『百合子追想』の他に、『批判者の批判―文学運動の前進のために・上巻―』（昭和二十九年一月三十日発行、新科学社）、『あげしおに向うために―批判者の批判・下巻―』（昭和二十九年十二月十五日発行、新科学社）、『宮本百合子の世界』（昭和二十九年九月二十日発行、河出書房）がある。

昭和二十五年十一月、当時のいわゆる日本共産党「所感派」の文学雑誌「人民文学」が創刊され、そこで昭和二十六年三月から二十八年三月にかけて、島田政雄、伊豆公夫、徳永直、滝崎安之助、岩上順一、除村吉太郎、杉山映などが百合子批判のキャンペーンを展開した。『批判者の批判』上・下巻は、それらを逐一詳細に反駁したものである。『宮本百合子の世界』は、河出書房刊『宮本百合子全集』全十五巻（昭和二十六年六月三十日～二十八年一月三十一日発行）の「解説」に「少し手を加えてまとめた」ものである。

（『百合子追想』〈近代作家研究叢書八十七〉平成二年一月二十五日発行、日本図書センター）

高崎隆治著『従軍作家　里村欣三の謎』

里村欣三は、満州放浪の体験にもとづく「苦力頭の表情」を「文藝戦線」大正十五年六月一日発行、第三巻六号に発表し、プロレタリア文学の新人として認められて以来、一貫して文戦派の作家としてプロレタリア文学運動に参加した。葉山嘉樹や小林多喜二のように、プロレタリア作家として優れた大きな作品を遺さなかったので、一般には里村欣三という作家を知る者はほとんどいないのではないか。

同じプロレタリア作家であった黒島伝治や立野信之らは「渦巻ける烏の群」や「軍隊病」などの反戦・反軍小説を自己の軍隊体験にもとづいて書いた。里村欣三はそのような反戦・反軍小説を一篇も執筆しなかった。むしろ、戦争が始まると従軍作家となり、『兵の道』（昭和十六年十月三十日発行、六藝社）や『熱風』（昭和十七年十月二十日発行、朝日新聞社）などの戦争小説を多く書いた。だが、里村欣三は、大正十二年以来、昭和十年に自首するまで、十二年間にわたって徴兵忌避者として、わが国の文学者の中で、軍隊を拒否したただ一人の作家だったのである。また、戦時中、多くの作家たちが陸軍や海軍の報道班員として徴用され従事したが、不運にも戦死したのは里村欣三ただ一人だけである。里村欣三は昭和二十年二月二十三日、フィリピン戦線にて、満四十二歳で、戦傷のため死去した。

高崎隆治著『従軍作家　里村欣三の謎』は、〈徴兵忌避者か脱走兵か〉〈「無籍者」として生きる〉〈今日出海と共にフィリピンへ渡る〉〈敗走する日本軍〉〈『河の民』で描きたかったこと〉〈ブシラク村の日々〉〈職場のデマ〉〈里村はなぜフィリピンに行ったか〉〈「ボルネオの灯が見えるか」〉の九章から成る。その「まえがき」で「この本は里村欣三の伝記ではないということである。はじめ私は、伝記を書くつもりで三分の二ほど書き進んだが、不明な点が多すぎて、事実と事実の間をつなぐことができず、やむなく、不明の部分を私なりの解釈と推測で埋めることにした。したがってこれは、セミ・ドキュメントとでも言うべきもので、事実とちがう点もあると思われる」とことわっている。この本の性格を最もよく示しているであろう。里村欣三の謎を実証的に資料を探索して、科学的に解明していく姿勢ではない。不明の部分を不明としないで、「不明の部分を私なりの解釈と推測で埋める」と、いったところに、この本の長所と短所があるといってよい。

「いったい、里村欣三は脱走兵なのか徴兵忌避者なのか、実はそのへんからしていまだによくわからない」と、高崎隆治はいう。平林たい子の「あいまい」な脱走兵説に執着する高崎隆治には、里村欣三が脱走兵であって欲しいという願望が潜在的にあるのであろうか。「脱走兵か徴兵忌避者かは、おそらく永久にはっきりしないだろう」と断定する。

私は、かつて、里村欣三の昭和九年十一月から昭和十六年五月までの葉山嘉樹宛書簡十七通を『葉山嘉樹』（昭和四十八年六月十五日発行、桜楓社）で紹介したことがあった。そのなかには、堺誠一郎が里村欣三著『河の民―北ボルネオ紀行―』〈中公文庫〉（昭和五十三年二月十日発行、中央公論社）の「解説」で「大事な手紙」としてその全文を引用している昭和十年五月一日消印の葉山嘉樹宛書簡がある。そこで、里村欣三は「僕はこゝ一ケ年間の熟慮の結果、徴兵忌避になつてゐる兵籍関係を清算する決心で、僕の故郷へ帰り、自首して出た」云々と書いている。脱走兵とはいっていない。さらに、堺誠一郎が「或る左翼作家の生涯―脱走兵の伝説をもつ里村欣三―」（「思想の科学」昭和五十三年七月一日発行）で、「在郷軍人名簿（和気郡福河村）」に「大正十二年適齢者処不」とある事実を指摘した今日において、平林たい子が、里村欣三は姫路歩兵十連隊に入営したが、三カ月ほど後に脱走し、海辺に軍服を脱ぎ捨てて自殺を装い「満州」へ逃げたというのは、彼女一流の創作だとみなしてよいであろう。里村欣三は、昭和十年七月十日消印の葉山嘉樹宛書簡で「時節が時節だけに、相当心配しましたが、案づる程のこともなく、連隊司令官、県兵事課、憲兵隊の取調べを受けまして再検査で事済みになりました。満二十歳から満四十歳までは兵役の義務があるので、再検査だけは仕方がなかつたのです。だが、以前の時は甲種合格だつたが、こんどは蓄膿があつたので、第二乙種で済みました」と述べている。里村欣三の徴兵忌避は、徴兵検査「甲種合格」後であることがはっきりしているのに、なぜ脱走兵説にこだわるのか納得出来なかった。

高崎隆治は里村欣三の関西中学校退学の原因について全く触れない。岡一太は「垣間見た歴史の一瞬―総社の米騒動と関中ストライキ―」(『岡山の歴史地理教育』昭和四十七年七月発行、第五号)で、里村欣三らがストライキを起こして関西中学校を退学処分されたことを明らかにしている。里村欣三を考察する場合、重要な事件の一つではないかと思う。

高崎隆治は「戦後この国の文学者たちは、作家の戦争責任を里村一人に背負わせ、自身はもともと戦争に反対であったような自己宣伝を行なった」という。本書はそれとは反対に、従軍作家里村欣三には、戦争責任が全くないが如く好意的に解釈がなされていて、正直な読後の印象としては、里村欣三のどろどろとした人間像がいま一つ浮かびあがってこなかった。

(「文化評論」平成二年二月一日発行、第三百四十八号)

臼井吉見編『宮本百合子研究』

臼井吉見編『宮本百合子研究』は、〝現代作家研究叢書〟の一冊として、昭和二十三年十月五日に津人書房より刊行された。装幀は水船六洲。Ｂ６判。二百七十二頁。定価は、架蔵本では、百五十円と訂正の紙が貼付されている。この『宮本百合子研究』には七篇の評論と、宮本百合子の自筆年譜が収録されている。それらの初出発表年月日を記すと、次の如くである。

本多秋五「『冬を越す蕾』の時代」（吉田精一・平野謙編『現代日本文学論―展望と建設―』昭和二十二年九月十日発行、真光社、一七三～二〇二頁）。原題「宮本百合子論」

壺井繁治「宮本百合子の文学的達成」（「新日本文学」昭和二十三年二月十五日発行、第二巻二号、特集・文学の現実と理想、六～一四頁）

岩上順一「人生の豊饒」（「朝日評論」昭和二十二年四月一日発行、第二巻四号、七八～八四頁）。原題「宮本百合子論」。

小田切秀雄「『風知草』をめぐつて」（「社会評論」昭和二十二年五月十日発行（六月号）、第四巻二号、四四～四九頁）。「文化月評」の一つとして執筆された。

福田恆存「善意の文学」（「群像」昭和二十二年七月一日発行、第二巻七号、四八～五五頁）。原題「善意の文学―宮本百合子について―」。のち「宮本百合子」と改題。

中橋一夫「解放文学の藝術」（初出誌名未詳、昭和二十二年四月九日執筆）

臼井吉見「連続のリズム」(「思潮」昭和二十三年六月一日発行、第十号、一一〜二〇頁)。原題「宮本百合子覚え書—平野謙に—」。

宮本百合子「年譜」(書きおろし、昭和二十三年五月執筆)

臼井吉見「あとがき」(書きおろし、昭和二十三年五月執筆)

宮本百合子とその文学について論じた独立の研究書や評伝は、現在、すでに二十冊以上も刊行されている。臼井吉見編『宮本百合子研究』は、こうした数多い宮本百合子研究書のなかで、一番最初に発行された単行本であった。また、宮本百合子が生存中に出版された唯一の研究書でもある。

この『宮本百合子研究』は、昭和二十二、三年に発表された評論、それも近代文学研究者の手によって書かれたものでなく、評論家や詩人などの文壇人によって執筆されたものである。

臼井吉見は、その「あとがき」で、「敗戦とともにさかんな制作力を示してゐる宮本百合子の存在は、こんにちの文学に関心をもつものの否応なしに注目しなければならぬ問題である。」「ともあれ、本書にはじめて発表された彼女自身の手になる詳細な年譜によつても明らかなやうに、敗戦にいたる十数年において彼女の生きぬいた道を知るものは、こんにち彼女の文学について声高に語り合ふことのできるのが単なる感慨などといふものを越えた感情であることを知つてゐる。」と記している。

百合子は昭和二年に湯浅芳子と一緒にソビエトに赴き、第一次五カ年計画下の同国に約三年間滞在した。ソビエト社会と藝術を視察した後、昭和五年末に西欧をまわって帰国すると、日本プロレタリア作家同盟に加入した。翌六年秋には非合法の日本共産党に入党し、昭和七年二月に宮本顕治と結婚したが、まもなく日本プロレタリア文化連盟に対する大弾圧がはじまり、百合子も検挙された。夫の顕治は地下活動に入ったが昭和八年十二月に治安維持法と赤色スパイ査問事件で逮捕され、無期懲役の判決が出たのは昭和二十年一月であった。敗戦に至るまで百合子は獄中の夫を支え、自身も五度の検挙、二回の投獄、昭和十七年七月には、熱射病でたおれ人事不省となり、執行停止で出獄した。しかも、二度にわたって執筆禁止の措置がとられたが、百合子は屈せず非転向の姿勢を貫いた。戦前は国家に反する作家であったため、百合子について「声高に語り合ふこと」、百合子の文学に関して本格的に論じることが不可能だったのである。また、百合子は敗戦と同時に、「歌声よ、おこれ」とみずから呼びかけつつ旺盛な創作活動と多忙な実践運動を展開していった。この『宮本百合子研究』が刊行された昭和二十三年は、大森寿恵子作製の「年譜」(『宮本百合子全集別冊』昭和五十六年十二月二十五日発行、新日本出版社)に、次のように百合子の仕事について記されている。

この年は「道標」執筆を中心の仕事として書きつづけ、一月から十二月まで『展望』に休まず掲載。『展望』八月号で「道標」第一部(六月十日脱稿)が終わり、九月号から第二部がひきつづき掲載される。

百合子は、敗戦後最初に、十二年ぶりに出獄してきた夫を迎えた溢れ出る喜びと歴史的な崩壊を示していく世態を描いた自伝小説「播州平野」に着手し、そして、「風知草」や「伸子」の続編になる「二つの庭」と、戦後民主主義文学の代表作をつぎつぎと完成した。この昭和二十三年には、伸子がモスクワに着いたところからはじまる大作「道標」の執筆に主力を注いでいた。すなわち、百合子は敗戦直後もっとも精力的に仕事をした文学者の一人であって、戦後民主主義文学の担い手として重要な位置を占めていた。まさに「文学に関心をもつものの否応なしに注目しなければならぬ」存在であり、昭和二十三年前後の数年間、百合子は紛れもない日本文壇の巨星であった。それだけに、この昭和二十二、三年には、いろいろな角度からの百合子論が集中的にたくさん書かれたのである。臼井吉見編『宮本百合子研究』は、そういう文壇的雰囲気のなかで刊行されたのである。

草部和子が「国文学〈解釈と鑑賞〉」(昭和三十八年七月一日発行、第二十八巻九号)の〝近代文学研究書目ハンドブック〟で、「この書は、評論の機能が作品のダイジェストや案内に堕さなかった時代の文壇の、一種の生気を伝える良る。書でもあった」と評した如く、力のこもった精密な百合子論が収録されており、この『宮本百合子研究』が刊行されてから、すでに四十年以上経過していても、百合子文学研究史上において、決して古びていなく、生彩を放っている。

臼井吉見の編集も目配りがよく、文壇的政治を配慮し、一方的に偏らなく、百合子擁護論も否定論も並んで収録されている。その上、百合子自身の「年譜」は、百合子の伝記的事実や自己の精神形成などについて多く言及していて、すぐれた作家の記録となっている。

百合子否定論を展開したのは、福田恆存の「善意の文学」と臼井吉見の「連続のリズム」である。福田恆存は、「宮本百合子の限界」について語っている。百合子にあっては、「イデオロギーがけつして自我によつて裏切られる」ことがなく、その自我は「じつに動物的に――といへるほど盲目的に――その尊厳をおびやかすものを恐怖」する。百合子の自我は「本能的に己れを侮辱するものを回避」している。そういう百合子の文学においては「幸福の探求が第一義のものであつて、自我を超え、自我より大いなるもので、自我を、現世を、現実を否定してくるごときモメントがぜんぜん欠けてゐる」と批判し、「実証主義以前のイギリス家庭小説といつたにほひ」のする文学であって、「このひとは生れながらにして近代文学の主題と無縁」であった、と断じたのである。臼井吉見の「連続のリズム」は、「伸子」から二十年の中断を距てて書かれた「二つの庭」が、その「制作のリズムがそのままつながつて」行ったことは「大変なことだ」と、その「おどろき」の感想を「哀歓のプロセス―宮本百合子と伸子―」(「日本読書新聞」昭和二十二年二月二十六日発行)で表明したことを受け継ぎ、百合子の「人間形成の歴史に断層がない」ということ、その「自己形成」は、「過去の自己を否定することによつて新なる自己を獲得するといふ型」のものでなかったことを綿密に論じている。

これ等に対して、壺井繁治の「宮本百合子の文学的達成」は、福田恆存や臼井吉見らの批判である。壺井繁治は、百合子の「オプティミズムには自我が登場しないのではなく、ただ世紀末的な、分裂した自我が登場していない」だけであって、そこには「生活意欲に横溢した健康な、発展的な自我」があると反論する。

岩上順一の「人生の豊饒」は、岩上順一が、のち共産党の分裂抗争の中で、「宮本百合子の生涯と文学」（「人民文学」昭和二十八年二・三月一日発行）で百合子批判を展開する以前の百合子讃である。「伸子」の一節「何故、どっちかに確り自分を据えて、日光をたっぷり、空気をたっぷり、人間らしく活きようとする気にならないのだらう」を鍵として、百合子の足跡をたどり、力強いオプティミズムを高く評価している。

本多秋五の「『冬を越す蕾』の時代」は、この時期の百合子論の出色の評論である。本多秋五は、百合子の昭和九年を中心として、日本プロレタリア作家同盟解体前後の百合子の評論に照明をあて、「一連の非プロレタリア的作品のウルトラ観念的から「一九三四年におけるブルジョア文学の動向」の現実的への進展、この「段梯」において、百合子の以後十余年にわたる「文学的進路」の「根本的」な「決定」がなされたと断じる。また、志賀直哉の「好悪がそのまま善悪に通じる」自我が、百合子の「血色豊かに育った健康な自我」と共通性のあることを、具体的に「一九三二年の春」をあげて指摘する。

『宮本百合子研究』の論者の多くが否定するにも肯定するにも共に百合子の自我の問題をとりあげているところに、敗戦直後の思潮的時代性があったようだ。

（『宮本百合子研究』〈近代作家研究叢書九十八〉平成二年三月二十五日発行、日本図書センター）

『藤森成吉文庫目録』によせて

――思想形成をたどる資料――

神奈川文学振興会より『藤森成吉文庫目録』〈県立神奈川近代文学館収蔵文庫目録六〉が刊行された。建物だけは大変立派であるが、その所蔵文献資料は全くみすぼらしいという公共図書館が多いなかにあって、神奈川近代文学館が年々その収蔵資料を充実させてくれていることは非常にありがたいことである。

藤森成吉が交通事故という不慮の災難で亡くなったのは昭和五十二年五月二十六日であった。当時、日本国民救援会が小冊子『藤森成吉追悼集』（昭和五十二年七月二十五日発行）を出しただけで、どの文藝雑誌も藤森成吉追悼特集を組まなかったのではないかと記憶している。

日本プロレタリア作家のうち、昭和二十年の戦前までに限定すれば、正確に調べたわけではないが、この藤森成吉と前田河広一郎とが最も多くの著書を出しているのではないかと思う。しかし、どういうわけか、この二人についての研究が全くといっていいぐらいになおざりにされている。このことはプロレタリア文藝研究において不幸なことだと思う。

『藤森成吉文庫目録』は、長男の藤森岳夫氏が寄贈された二千四百七十八点の資料を、「自筆資料」（原稿・書簡・書画）、「図書」（著書・作品・一般書）、「その他の資料」（雑誌・切抜・印刷物・文書・写真・その他）の三部に分類し、巻末に書名索引を付している。

これら資料のなかに、明治三十七・八年の高島高等小学校時代の作文、明治四十一年の諏訪中学校時代の回覧文集、明治四十四・五年の第一高等学校時代の作文などがある。藤森成吉は大正九年十二月に神田基督教青年会館で結成された日本社会主義同盟に加わった。人道主義的立場から次第に左傾していった作家である。作家以前の藤森成吉の思想形成などを知る上で、これらは極めて重要な資料であろう。また、藤森成吉の著書のうち、稀覯本《きこうぼん》である『波』（大正三年六月二十五日発行、中興館書店）が収蔵されていのは、なによりもうれしい。藤森成吉が自費出版した第一著書である。『何が彼女をそうさせたか』に、映画研究会発行のトーキ文庫版（昭和五年五月七日発行）があることを、この目録によってはじめて知った。「その他の資料」の部の「切抜」など、興味深い資料が多くある。

（「神奈川近代文学館」平成二年七月十五日発行、第二十九号）

もっと書誌を！

私は、『開高健書誌』や『日本プロレタリア文学書目』などをはじめ、いくつかの近代文学における書誌に関する仕事をした。そこで書誌について語れということである。

近代文学研究において、書誌は、文学全集の付属物としてあつかわれるか、あるいは一部の好事家にまかせたままで、研究者自身が書誌作成を等閑視してきたのではないかと思う。毎年、多くの論文が書かれ、沢山の研究書が出版されている。しかし、その反面、意外にも書誌研究は立ち遅れているようだ。

例えば、島崎藤村である。『藤村全集第九巻』（昭和四十二年七月十日発行、筑摩書房）には、藤村の第三感想集『飯倉だより』（大正十一年九月五日発行、アルス）、第四感想集『春を待ちつゝ』（大正十四年三月八日発行、アルス）、第二童話集『ふるさと』（大正九年十二月一日発行、実業之日本社）、第三童話集『をさなものがたり』（大正十三年一月五日発行、研究社）等が収録されている。

この『飯倉だより』は、「三人の訪問者」をはじめとする五十一篇の作品で構成されている。『藤村全集第九巻』の「解題」は、この五十一篇の「所収作品のうち、初出の明らかなものをあげれば」として、「芭蕉」（「新小説」大正八年一月一日発行、第二十四年一号）以下二十六篇をあげているだけである。『飯倉だより』所収作品のうち、二十四篇が初出発表年月、掲載誌紙名が未詳のままにおかれている。

『春を待ちつゝ』に収録されている五十三篇のうち、「解題」が明らかにしている初出は三十二篇である。残りの二十一篇が初出未詳なのである。

『ふるさと』は、七十篇の童話が収められている。『藤村全集第九巻』の「解題」は、このうち、十篇しか初出を記していない。六十篇もの作品の初出が判明しないのである。

『をさなものがたり』には、八十二篇の童話が収録されている。この八十二篇のうち、「解題」が明らかに記している初出は、たった八篇である。七十四篇もの多くが初出未詳となっている。

藤村のエッセイや童話の大半が初出未詳のままにある。これは『藤村全集第九巻』だけではない。藤村の第五感想集『市井にあり』や第六感想集『桃の雫』を収録した『藤村全集第十三巻』（昭和四十二年九月十日発行、筑摩書房）も、第九巻と同様であって、初出未詳のものが、おおよそ半分位占めている。『藤村全集』は、とうてい書誌的研究を積み重ねた上で編集されたとは思われない。藤村のような作家においても、書誌的事実を正確に調べられていないのである。これは我々研究者の怠慢であろう。もっと積極的に書誌に取り組む必要があるのではないかと思う。

（日本近代文学会「会報」平成三年九月一日発行、第七十五号）

開高健のことなど

私は、平成二年十月十日に和泉書院より『開高健書誌』〈近代文学書誌大系一〉を上梓した。昭和時代が終わり、この辺で開高健の仕事を書誌的にひと区切りつけて纏めておいてもよいと思ったからである。いずれ『輝ける闇』『夏の闇』に続く、闇の三部作の一つ『花終る闇』が書かれるであろうし、平成時代における開高健の円熟した多彩な活動が期待されるので、十年後、あるいは二十年後に、より完全な開高健書誌を出すための土台になればと思っていた。だが、開高健は平成元年十二月九日に他界されてしまった。

私が開高健の書誌に取り組みはじめたのは、新潮社の『開高健全作品』全十二巻が完結した直後からである。それは昭和四十九年十月頃であるから、開高健の著作を十五年以上も追っかけていたことになる。

私の手もとに、開高健の封書が一通だけある。原稿用紙に書かれている。この手紙の全文を写すと、次のようにある。

谷沢永一によると、あなたはオンナにも、酒にも、タバコにも手を出さず、お茶もときどきすする程度にすぎぬ豪傑だそうです。除籍請求を送ったあとで、むらむらと感謝の気持が湧いてきたので何かを御贈りしたくなったのですが八方を封じられたとあってはいたしかたありませぬ。奥様めがけて矢を放つことにしました。よろこんで頂けるとうれしいですが…

開高　健

浦西和彦様

この封書には消印がない。阪神百貨店より届けられた紅茶と一緒に添えられていたのである。昭和五十七年二月のことである。手紙にある「除籍請求を送った」というのは、年譜作成のため、特に開高健の祖母中野カネについて、同じ高椋村一本田出身の中野重治の家系との関係を明らかにしたいため、除籍謄本請求の同意書をお願いしたのであった。この開高健の好意に対して、私は欣喜雀躍したのはいうまでもない。

この機会に、拙編『開高健書誌』における「開高健年譜」で、昭和十九年の「校舎が兵営に代用され、授業が停止された」と記した部分を、小説「青い月曜日」にも関するので、訂正しておきたい。昭和十九年には、三～五年生が学徒動員され、空いた校舎が兵営に代用された。しかし、開高健ら二年生以下の生徒たちの授業は続行されたのである。開高健らが学徒動員されたのは、昭和二十年五月になってからである。和歌山県での陣地構築や森の宮駅での乗客整理、龍華操車場の突放作業に従ったのは昭和二十年五月以後のことであった。

私が開高健とはじめてお目にかかったのは、『COLLECTION開高健』（昭和五十七年九月十五日発行、潮出版社）の刊行をいたく喜んで下さった開高健が、昭和五十七年十月十三日、ホテルオークラの広東料理店〝桃花林〟に、谷沢永一、向井敏、三村淳、細川布久子、背戸逸夫らの諸氏と一緒に招待して下さった時である。小豚の丸焼きをご馳走になりながらの実に楽しい宴であった。中国では春本に面白いものがあるのに、春画の方は全くダメですね、というようなことも話題になった。開高健は「ううん」「たしかに文字にはいいものがあるのに、画は方はもうひとつですね」「おもしろい問題です」「時間を下さい」と考え込みながらいわれた。私は、その時、どういうわけか、名作「玉、砕ける」の張との「白か、黒か」の議論の場面を想い浮かべていた。この時の快活で元気であった開高健の姿が、いまでも私の脳裏に刻まれている。

今度、『開高健全集』全二十二巻が新潮社から刊行される。谷沢永一先生が主にその編集にあたられているが、それを手伝いながら、興味深く感じたことは、「日本三文オペラ」など、初出雑誌本文と単行本とに大きな異同があることである。米軍の爆撃で廃墟となっているもと陸軍の砲兵工廠跡の広大な土地〝杉山鉱山〟を舞台に展開するフクスケらアパッチたちが活写されている「日本三文オペラ」は、特に第一章の部分に大幅な変更がある。初出の雑誌では、この第一章は作者たる「私」が登場する物語となっていたのである。今度の『開高健全集』では、そうした校異が示される。「私」が登場する物語として「日本三文オペラ」が完成しておれば、どんな小説になっていたかと、想像するのもまた楽しい。

（「波」平成三年十一月一日発行、第二十五巻十一号）

平野栄久著『開高健―闇をはせる光芒』

「裸の王様」で芥川賞を受け、「日本三文オペラ」「流亡記」「輝ける闇」「夏の闇」「珠玉」等の燦然《さんぜん》たる傑作を書いた開高健は、現代作家として極めて大きな存在であったようだ。歿後、次から次へと開高健の著書が刊行されるありさまを見ていると、改めてその存在の大きさを思う。

開高健は新聞社の臨時海外特派員としてカメラマンの秋元啓一と一緒にベトナムへ赴いた。その時、南ベトナム政府軍の対ベトコン掃討作戦に従軍し、相手側の猛射に遭遇して、文字通り九死に一生を得た。昭和四十年二月十四日のことである。この時、二百人の第一大隊はたった十七人になってしまったという。本書は、このベトナム体験が「開高健の人生と文学にとって運命の結節点」であったという認識に立って、同人雑誌時代の「あかでみあ　めらんこりあ」から遺作の「珠玉」までに至る開高健の文学的営為を、主に戦後とベトナムとのかかわりで論じた、最初の本格的な書き下ろし開高健論である。

平野栄久は、その「あとがき」で、「研究ともエッセイとも、評論とも評伝ともつかぬものになった」「わたしのこともこれまでになく表に出した、自分史である」と述べている。そこに本書の魅力と特色があるようだ。

開高健は「渦潮・竜巻型の作家」であると、平野栄久は鋭く指摘する。開高健文学の全体像の見取り図を、「ベトナム戦記」を正、「渚から来るもの」を反、そして「輝ける闇」を合として成立し、この合としての「輝ける闇」をあらたな段階での正として、その反として「夏の闇」ができた。そして、未完の「花終る闇」こそ合になるはずのものであった、と見る平野栄久の見解は大変興味深いものがある。

『開高健全集』全二十二巻の刊行が新潮社より十二月に開始されようという時期に、開高健とその文学の理解のよき水先案内として、本書が出版されたことは、喜ばしいことである。

（「神戸新聞」平成三年十一月十七日付）

図書館へのいざない

――小説の中の図書館――

文学作品の中で、図書館がどのように描かれているか。図書館が舞台になっている小説にどのような作品があるのか。調べてみればいろいろな作品が出てくるのではないかと思うが、私がいま直ぐに思い浮かべるのは、菊池寛の「出世」(「新潮」大正九年一月一日発行、第三十二巻一号)や高見順の「図書館」(「時代」昭和五年三月一日発行・未見、『高見順全集第八巻』)、村上春樹の「図書館奇譚」(「トレフル」昭和五十七年六～十一月発行・未見、『村上春樹全作品五』)などである。この三作のうち、私が好きなのは、作者の無飾な真面目さが全体に滲み出ている、菊池寛の「出世」である。

菊池寛の「出世」は、上野の図書館で働く下足番の老爺が出世した話であるが、主人公の謙吉の図書館に対する思いが実によく描かれている。謙吉は、田舎から出てきて、人にも場所にも何のなじみのない都会で、「図書館の有難さだけが一番身にしみて」実感できたという。

菊池寛や高見順の小説を読んでいて意外に思うのは、図書館を利用するのに閲覧券を購入していることである。図書館は、現在の博物館や美術館などのように、有料であって、無料で利用できるようになったのは極く最近のようだ。宮本百合子の「図書館」(「文藝」昭和二十二年三月一日発行、第四巻二号)は、敗戦直後の上野の図書館の風景を記録している。この時、宮本百合子は閲覧料十銭を支払った。戦争の結果としてもたらされた変化の一つとして、婦人閲覧室が廃止されたことを、宮本百合子は「一種のユーモア」があると述べている。

村上春樹の「図書館奇譚」は、おなじみの羊男などが登場する幻想的な作品である。紙の中にもいろいろな図書館があるようだ。

（関西大学図書館「らいぶらｌｅａｆ」平成四年四月発行）

『開高健書誌』について

拙編『開高健書誌』〈近代文学書誌大系二〉は、平成二年十月十日に和泉書院から刊行された。私にとっては、葉山嘉樹・徳永直・谷沢永一・武田麟太郎に次ぐ、五冊目にあたる人物書誌である。『開高健書誌』は、ある意味において、私の人物書誌の集大成といってもよい。私は、長い間、人物書誌のありかたを暗中模索し続けていて、ようやくこの『開高健書誌』に到着したようだ。

先ず、『開高健書誌』の形態について記しておく。

『開高健書誌』は、A5判、厚紙装、函入、オビ付き、五百三十頁、二段組み、定価一五、四五〇円、装幀者・倉本修である。

その構成は、口絵写真一葉（高橋昇撮影）、はしがき、凡例、著書目録㈠著書、㈡全作品、㈢文庫本、㈣文学全集・選集、㈤翻訳書、㈥編著、㈦監修書、㈧演出・振付書）、初出目録㈠小説・創作、㈡評論・エッセイ、㈢対談・鼎談・座談会、㈣翻訳）、参考文献目録㈠単行本、㈡雑誌特集、㈢論文・文藝時評・解説・その他）、開高健年譜、著書索引の項目から成り立っている。

発行所の和泉書院は、大阪市天王寺区上汐五丁目にある、主として国文学関係の専門書を出している地方出版社である。和泉書院が最初に近代作家の書誌の本を手がけたのが、この『開高健書誌』であった。和泉書院は、このあと、近代文学書誌大系二として、二瓶浩明『宮本輝書誌』の出版を予定しているという。開高健といい、宮本輝といい、共に関西出身の作家である。和泉書院がその書誌の本を出版するということは、大阪に存在する書肆であるという縁であろうか。それにしても、書誌という地味な本を出す和泉書院は奇特な出版社である。

『開高健書誌』は発売から僅か二カ月程度で第一刷発行が売り切れた。編者の私としては、全くこれには驚嘆した。大変うれしい誤算である。というのは、書誌という書物の性質上、あまり一般の読者には売れないであろう。まして、一五、〇〇〇円以上もする高い値段になってしまえば、なおさらごくごく少数の専門家にしか購入されないのではないか。当初、私は、定価が一五、四五〇円にもなると聞いて、これは困った、多分、和泉書院は沢山の在庫をかかえることになるのではないか、と内心危惧していたのであった。だが、『開高健書誌』は、発売後直ちに、菊田均「小説から逃げ回っていた作家」（「週刊読書人」平成二年十一月十九日発行）、花開く闇「活字の周辺」（「週刊朝日」平成二年十一月二十三日発行）、栗坪良樹「書誌作製という無償行為〈文学瞥見〉」（「海燕」平成二年十二月一日発行、第九巻十二号）、井尻千男「開高健賞創設の周辺」（「日本経済新聞」平成二年十二月十六日付）等が、親切にも紹介して下さったこともあって、その心配もなく、第一刷発行が完売し、平成三年二月二十日には第二刷が出版され、それも順調に捌けている。『開高健書誌』の上梓は、なんとか発行元の和泉書院に迷惑をかけることなく無事に済んだようだ。

それにしても、一五、四五〇円もするという高い値段の書誌の本が一般の読者に売れるという現象は、これは何よりも開高健の作家的魅力の大きさによるものであろう。改めて開高健の現代作家としての偉大さ、その独自な個性の豊潤さを認識した次第である。

私が開高健の書誌作成を思い立ったのはかなり早い時期であった。たしか『開高健全作品』全十二巻が新潮社から出版され、それの完結した直後からである。『開高健全作品』最終配本の第十二巻が刊行されたのは昭和四十九年十月二十日であるから、早いもので、それはもう十八年も前ということになる。我ながら、十数年の長きにわたって、開高健の著作に注目し、飽きることなくそれを追いかけることがよく出来たものだと思う。

現代作家の書誌作成で一番困ること、難儀することは、その作家の活動が現在進行形で続行されていくので、いつまでたっても完結しないことである。その対象が物故作家であれば、活躍が既に終結して過去のものとなっているので、文献の調べが進捗すればする程、書誌はより完全なものに一歩一歩近づいていく。しかし、現存して精力的に活動している作家については、調査が限りなく未来に向かって継続していかねばならない。その書誌的検索をいかにして持続していくかということが大事になってくる。しかも、現代では発表形態が戦前と比較にならぬほど多様に拡大している。純文学作家だからといって、文藝雑誌や総合雑誌だけを調査の視野に入れておけばよいというわけにはいかない。開高健の場合、「プレイボーイ」といった種類の週刊誌までも関係してくる。この種の週刊誌を調べるのは一苦労である。一般に図書館における週刊誌の所蔵状況は、保管場所をとるので、たいがい一年保存で廃棄処分にしてしまうところが多い。週刊誌のバックナンバーを揃えている図書館は少ない。バックナンバーを揃えていても、「朝日ジャーナル」など特定の極く一部の限られた週刊誌だけである。「プレイボーイ」といった週刊誌は、国立国会図書館の雑誌所蔵目録にも登録されていない。この種の週刊誌を調査しようと思えば、結局、大宅壮一文庫まで出かけねばならないのである。

開高健の書誌作成に従事しはじめたころ、十八年以前は、現在のようにまだワープロやパソコンが一般に広く普及していなかった。私はワープロやパソコンなどの器具類を使用することが好きではない。そうしたものに興味も関心も持てない。未だ使用したことも、使用してみようという気持ちも起きない。書誌作成については、いつもノートよりはカードを使用してきた。カードは既製品でなく、印刷屋に特別注文して作ったものを使用している。カードの大きさはB６で、その特色は、必要な書誌的項目を刷ってあるほかに、いろいろな書き込みが自由に出来るよう余白を十分にとってあることである。なぜノートでなく、カードを使用するようになったかといえば、カードの方がその目的によって分類することが自由にできるからである。『開高健書誌』も、カードに一枚一枚必要な書誌的事項を記載していった。全く手作業である。

私は書誌作成をはじめるとき、先ずその作家の全著書を可能な限り手もとに集めるところからはじめる。図書館だけを頼りにしていては書誌の作成が出来ないであろう。特に大学図書館などは、小説集とか、随筆集など、個人作家の文学書をほとんど購入しない。文学者の絶対数が多いし、新刊本が次から次へと市場に出回り、書物が氾濫しているため、それらを購入していてはかぎりないからである。また、多くの図書館は、カバーとか、函とか、オビなどの附属物を処分して、本体の書物だけを所蔵している。このごろ本の定価が奥付に印刷されていなく、オビとか、カバーとかに記されている場合がある。その本の価格を知りたいと思っても、図書館の蔵書では役に立たないことがある。

開高健が本格的な創作活動を開始したのは、昭和三十三年に「裸の王様」で第三十八回芥川賞を受賞した前後からである。それほど古い時代の書物というわけでもない。開高健の著書を収集するのはそんなに難しいことでないと思われた。明治や大正期の本でないだけに、カバー、オビ、函などの揃った完本で集めたいともくろんだ。なんといっても昭和三十三年以後の極く近い時期に出版された本であるので、それは容易に実現出来るものとタカをくっていた。しかし、実際に集めてみると大変難しい。未だに入手することの出来ない著書が何冊かある。出版文化はなんといっても東京が中心である。東京であれば、近代文学を専門にあつかう古書店も多く存在する。だが、関西ではそうした専門の古書店が少ない。結局、購入出来た著書の多くは、各地の古本屋が出している古書目録によったものが大部分である。『開高健書誌』の「はしがき」に一寸書いた『裸の王様』は、最初架蔵していた本が、オビが欠落していたため、大阪の古書店をあっちこっちと探して廻ったが成果を得ることが出来なく、上京してようやく手にすることが出来たのである。蒐集は、根気よく、注意深く、努力せねばならない。それに費やす時間を思いのほか必要とするものだ。

私は、『開高健書誌』の「はしがき」で、次のように記した。

それはさておき、本書誌で試みたことは、カバーやオビの文章にも目配りするということをも含めて、現代作家の書誌としての新しいスタイルをどう切り開くかということであった。それがどの程度実現したか、全くおぼつかない。

これからの書誌は、文献を単に並べるだけでは通用しなくなる。一歩一歩創意工夫を凝らし、なにか新しい方法を試みることが必要である。図書館の検索のオンラインサービスや情報処理が進めば進むほど、書誌のための書誌でなく、実際に役に立つ書誌の作成を心がけねばならない。

いろいろと試行錯誤しながら、『開高健書誌』で到達したのは、次のようなスタイルである。先ず、著書について具体的に『裸の王様』の記載をあげてみる。

裸の王様

一九五八年（昭和三十三年）三月十日発行（三月一日印刷）

文藝春秋新社（東京都中央区銀座西8ノ4）　発行者・車谷弘　印刷者・田中末吉　印刷・理想社　カバー他・凸版印刷　製本・加藤製本

B6判　厚紙装　カバー　オビ　三〇九頁　二五〇円　口絵著者近影撮影・長野重一　装幀・坂根進

§裸の王様（「文學界」昭32・12）5〜93頁／パニック（「新日本文學」昭32・8）95〜161頁／巨人と玩具（「文學界」昭32・10）163〜228頁／なまけもの（「文學界」昭33・3）229〜309頁

＊オビに「芥川賞作品／お母さん、先生方も必ずハット思いあたるところがあるこどもに関する教育に示唆の多い異色小説」「日本の現代小説に何ものかをプラスする、新風さわやかな独自の才能である。　井上靖氏／スポットを当てられた少年やその周囲の家庭の状態を飽かず読ませるのは手腕である。　佐藤春夫氏」とある。

つまり、この『開高健書誌』における著書の記載形式を、凡例風に書けば、次の如くである。

書名

発行年月日（印刷月日）

発行所（住所）　発行者名　印刷所　製本所

判型　製本　函　カバー　オビ　頁数　定価　装幀・挿画・カット者名　挿み込み

§収録作品名（「初出掲載誌紙名」発行年月）収録頁

＊「まえがき」、「はしがき」、「後記」、オビ・カバー・函等に付してある文章（コピー）等

発行年月日だけでなく、印刷月日を記載したことに対して、書誌に印刷月日を記す必要があるのか、実際にその月日に印刷されたと信じているのか、と非難された方もいた。私が印刷月日にこだわるのは、戦前の左翼出版物に関心を寄せているからであろう。

一般に奥付に印刷年月日が記されるようになるのは、明治二十六年四月十四日に施行された「出版法」（改正昭和九年）によるためであった。同法の第八条に「文書図画ノ印刷者ハ其ノ氏名、住所及印刷ノ年月日ヲ其ノ文書図画ノ末尾ニ記載シ住所ト印刷所ト同シカラサルトキハ印刷所ヲモ記載スヘシ」と、印刷日を記載することが法律によって義務づけられた。ところが、この「出版法」は、昭和二十四年五月二十四日に廃止される。それ以後は法律上の制約がなくなったので、奥付に、印刷日を特別記載しなくてもよい。だが、多くの書物に印刷日が付記されているのは、「出版法」時代のなごりである。現在では、印刷日を省略しても法律違反にはならない。発行年月日だけを奥付に明記し、印刷日を省略している出版社もある。

戦前の左翼出版物には、「出版法」により、「安寧秩序ヲ妨害」するとして、「発売頒布ヲ禁シ」され、差し押さえられた、いわゆる発禁本がある。「出版法」第三条に「文書図画ヲ出版スルトキハ発行ノ日ヨリ到達スヘキ日類ヲ除

キ三日前ニ製本二部ヲ添へ内務省ニ届出ツヘシ」と規定されている。内務省への納本日と印刷日との関係、あるいは発売禁止日と印刷日、発行日とのつながりがどうなっているのか、時によれば、印刷日は発行日と共に無視出来ない意味を持ってくる場合もある。

この『開高健書誌』における印刷日の記載を、山内祥史は「印刷月日の記載はめずらしいが、それによって納本日を知ることができ、作者の加筆可能な日限を確定しえて貴重だ」（「日本近代文学」平成三年五月十五日発行）と評価して下さった。分かる人には分かるのである。印刷日記載が不要な方は、それを無視して見ればそれでよい。しかし、その本の印刷日がいつになっているか、それを必要な方に応えるのが書誌ではないか。

それはそれとして、収録作品名の直ぐあとのパーレンのなかに初出誌紙名およびその発行年月を付記したのは、『裸の王様』であれば、その収録作品がいつどこに発表された作品によって成りたっているか、判然とさせるためである。それと共に、『裸の王様』は、書名となった短篇「裸の王様」を巻頭に、つまり、「裸の王様」だけが発表年月順でなく、「パニック」以下の作品は発表順に構成されていることがわかる。

次に、著書『裸の王様』には、「まえがき」や「後記」がないので、＊印のところにオビの文章だけを記録した。その本が世に出た時の匂いや雰囲気といったようなものを伝えたかったからである。書誌には、読む部分が必要であり、大事ではないかと思う。

オビといえば、この『開高健書誌』では、著書九十一冊のうち、『ずばり東京（下）―昭和著聞集―』（昭和三十九年十二月十日発行、朝日新聞社）、『フィッシュ・オン』（昭和四十六年二月二十日発行、朝日新聞社）、『開口一番―ユーモアエッセイ集』（昭和四十九年十一月二十日発行、番町書房）の三冊だけが、オビを確認することが出来なかった。しかし、『開高健書誌』刊行後、反響があり、三重県名張市の宮本武重、香川県観音寺市の中野光夫から、その三冊のオビのコピーを頂戴した。この機会に、『開高健書誌』で記することの出来なかったオビの文章を紹介しておく。

『ずばり東京（下）―昭和著聞集―』のオビには、次の如くある。

開高健〝ずばり東京（下）〟「週刊朝日」好評連載！1000万人がひしめく巨人都市・東京――その熱っぽい混沌の渦中に踏みこみ、「わらい」と「哀感」あふれる筆で、ずばり、東京の現実を紹介する！

朝日新聞社刊　四五〇円

『フィッシュ・オン』のオビには、「キングサーモンと開高健氏（アラスカで）」と説明された写真一葉と、次の文章が載っている。

眠られぬ夜のために

これは文章とカラー写真が一体となった楽しい世界釣り紀行です。アームチェアにでももたれてゆっくりとごらんください。

また、『開口一番―ユーモアエッセイ集』のオビには、次のようにある。

釣りをいたします。おいしいものなら何でも食べます。もちろん、お酒も呑みます。女性にだって興味をもっているのです……。

ベトナム反戦に健筆を揮った著者のもうひとつの顔がここにあります。

番町書房　六八〇円

お酒を飲むと、天才になったような気がするのです。マサカって？

いやほんとです。お酒を飲んでいる男の顔をごらんなさい。髪ふりみだし、眼はキラキラし、額に青筋たて、手をふりあげたかと思うと、地団太踏み、いま笑ったかと思うとつぎの瞬間にうなだれて、思考は速く、感情はほとばしってつきず、ベートーベンであります。これがベートーベンでなくてなんでしょう。

――「お酒を呑みます」より――

長い間の宿願であった開高健の全著書のオビをこれでようやく確認することが出来た。しかし、オビの問題はこれですべて終わったわけではない。問題が新たに出てくる。例えば、『裸の王様』の第二刷発行以後のオビは、初版第一刷発行と同一であろうか。私はまだ『裸の王様』の再版のオビを見たことがない。書誌とはなかなかやっかいなものである。こだわると実に奥行きの深いものなのだ。

著書についてはこの位にして、『開高健書誌』の「初出目録」について述べる。

「初出目録」は二百九十七頁にもなってしまった。初出著作の記載順序は、作品名（「発表誌紙名」発表月日、巻号、掲載頁）である。この「初出目録」の特色は、その作品がどの著書に収録されているか、一目でわかるように列挙したことである。例えば、「小説（創作）」の部の「一九五三年（昭和二十八年）二十三歳」のところを示すと、次の如くである。

名の無い街で（「近代文學」五月一日、第八巻五号、一～二八頁）

▽『裸の王様〈現代文学秀作シリーズ〉』（昭和46年5月28日、講談社、5～72頁）収録。

▽『裸の王様〈KOSAIDO BLUE BOOKS〉』（昭和48年2月10日、広済堂出版、153～213頁）収録。

▽『開高健全作品〈小説1〉』（昭和49年7月20日、新潮社、295～332頁）収録。

更に、「初出目録」の特徴は、初出にある「梗概」「前号までのあらすじ」「編集だより」や作品末尾の付記、あるいは目次題名横に付されている文章やカット絵者名などを記したことである。「一九五八年（昭和三十三年）二十八歳」のところの一部を抜き出すと、次のようにある。

白日のもとに（「文學界」十月一日、第十二巻十号、八～三三頁）

＊目次題名横に「敗戦を信じようとしない予科練少年の虚脱の日々を描く」とある。

＊＊「編集だより」（260頁）に「今月登場の各氏はいずれも戦後の文學史を彩る数々の力作をものされた気鋭の

方々ばかりですが、中でも半歳の沈黙を破って新しい世界に一歩踏み出した開高健、「亀裂」以来久々に力感溢れる題材と取り組んだ石原慎太郎、また最近のホープとして注目されている山川方夫、この三氏の作品はいずれも十分に皆様の御期待に添い得る、読みごたえのある問題作と自負しております。」とある。

▽『開高健全作品〈小説3〉』（昭和48年12月20日、新潮社、5〜43頁）収録。

「参考文献目録」について述べる余裕がなくなったが、開高健の死亡新聞記事についてだけ触れておく。「朝日新聞」平成元年十二月九日付夕刊東京版三版は「開高健さん死去—ベトナム戦争・釣り・紀行多彩—」とあるが、同日の東版京四版では「紀行・釣り行動派作家開高健さん死去」と見出しを変更している。そして、また、同日の東京版四版では、柳原良平・杉浦明平・江藤淳の談話が掲載されているが、これが同日の大阪版四版では、談話のメンバーが天野礼子・金時鐘・江藤淳・真継伸彦・佐治敬三・田辺聖子に変わっている。同じ「朝日新聞」であっても東京版と大阪版とでは記事に変化があり、また東京版でも三版と四版では見出しや内容まで変わってくる。縮刷版は最終版を使用するようだ。こういうことを追いかけていく近代作家の書誌作成は極めて面倒な作業でもあるようだ。

（「書誌索引展望」平成四年五月一日発行、第十六巻二号）

図書館情調

萩原朔太郎のアフォリズム集『新しき欲情』（大正十一年四月十五日発行、アルス）を読んでいると、そこに収録されている「図書館情調」が目にとまった。日本の官立図書館などが模倣しているところのドイツ式図書館のその特種の情調について、「ある名状しがたき崇厳のもの」があるが、「ただ重鬱で陰気くさい」、つまり「重鬱の実感だけがあって重鬱の美感」がない。これと全く別の情調を持った図書館に、「天才の輝かしい大藝術」や「重みのあるどっしりとした学藝書」の代わりに、「愉快な娯楽」を感じさせる小説本が並べられているアメリカ式図書館がある、という。だが、萩原朔太郎は、「私の書物の新しき情調」についての「一つの別な図書館」を希求していて、あまりにもドイツ的な、あまりにもアメリカ的な図書館の情調に満足しなかったようだ。

現在では、図書館がこれまでと異なって、大きな転換期に入っている。情報媒体が多様化していき、コンピューターの発達とともに、オンライン検索化も進捗して、図書館それ自体の機能が変貌していく。時代の必然であろう。これまでは、公に市販されている書籍、逐次刊行物だけを収集の対象とし、それを整理し、利用者に提供してきた。しかしながら、まだ公表されていないが、研究の進行中の最新の研究成果が書かれている文献、一般的にワーキング・ペイパーとか、ディスカッション・ペイパーと呼ばれているものをどうするか。欧米の自然科学分野の研究者たちの間では、この種の文献が互いに交換されて私的に読まれていると聞く。国際化のなかで、立ち遅れないで図書館がどういう役割を果たすのか。一つの大学図書館がすべてのワーキング・ペイパーを収集することには限界があり、非現実的であって無駄も多い。他大学の図書館や研究所との提携を今後一層深化させねばならない。なにもワーキング・ペイパーだけの問題ではない。年間膨大に増加する書籍の収蔵場所が、総合図書館では数年のうちに限界に来る。各大学が同一文献を所蔵するのではなく、収集役割分担を決め、相互利用を緊密にすることが、これまで以上に重要になってくる。そのためには、カードレスや蔵書データの遡及入力などの条件整備を速やかに進めていかねばならないであろうと思う。萩原朔太郎が大正期に求めた図書館情調とは、別の新時代の図書館の快適な情調が、これから模索されねばならないであろう。

（関西大学図書館報「籍苑」平成四年九月三十日発行、第三十五号）

『織田作之助文藝事典』を作り終えて

『織田作之助文藝事典』の出来栄は、編者の私としては申しぶんなく、大変よいものが完成したと自画自賛し、自己満足している。

多忙な藤本義一が札幌の旅先から織田作之助や川島雄三映画監督に対する熱い想いをこめた序文をわざわざ寄せてくれて、『織田作之助文藝事典』に花を添えて下さったことは、執筆者一同にとって大きな喜びであった。

『織田作之助文藝事典』の刊行をおもいたった直接のきっかけは、私の勤務する関西大学の総合図書館では、大阪郷土資料の蒐集に努めている。それが一つのきっかけであった。同図書館では平成二年に『大阪文藝資料目録』を刊行した。大阪に由縁のある作家五百名が蒐集対象となり、単行本約四千二百冊、大阪案内書約百冊、摺物約三百九十点、雑誌約七百タイトルが『大阪文藝資料目録』に出ている。織田作之助関係では、創元社版『夫婦善哉』の校正本や「大阪の可能性」、「瀬戸内海」等の自筆原稿や高津中学校卒業写真アルバムといったものを所蔵している。そこで何よりも大阪人であり、大阪文学を象徴する織田作之助の文藝事典を編集してみようということになった。

さて、完成した『織田作之助文藝事典』を書誌的にしるせば、和泉事典シリーズ二として、平成四年七月二十日に和泉書院から出版された。四六判、クロス装、二段組み、本文二百九十頁、カバー・オビ付き、口絵写真・林忠彦、装幀・倉本修、定価五千百五十円（本体五〇〇〇円）である。和泉書院の所在地は大阪市天王寺区上汐であり、織田作之助が生まれた土地でもある。附近には、「木の都」に描かれている口縄坂があり、その口縄坂には織田作之助文学碑が建立されている。

『織田作之助文藝事典』は、織田作之助の小説や評論・随筆、さらに対談・座談会・映画シナリオ・日記・書簡などの二百八十点あまりの作品を項目にあげ、それを五十音順に配列し、初出、梗概、収録単行本、本文異同、同時代評、研究史、草稿などについてしるした。また、「夫婦善哉」や「わが町」など、映画化された作品については、監督名や配役名なども明らかにしている。

二百八十点あまりの項目のうち、『定本織田作之助全集』全八巻（昭和五十一年四月二十五日発行、文泉堂書店）に未収録となっている作品は四十点あまりある。

『織田作之助文藝事典』の特色は、初出と単行本・『定本織田作之助全集』との本文異同を逐一しるしたことと、草稿の所蔵先と、その草稿を翻字紹介したことにあるといえようか。例えば、「動物集」（「大阪文学」昭和十六年十二月一日発行）など、『定本織田作之助全集』では、初出雑誌本文が使用されているが、初収単行本『漂流』（昭和十七年十月一日発行、輝文館）において、織田作之助が本文に加筆訂正を施していることが、その本文異同の記述箇所を見ればわかる。

『織田作之助文藝事典』を作り終えて、痛感することは、『定本織田作之助全集』には、逸文が沢山あるだけでなく、底本として採用すべき本文を十分に検討せずに編集されていて、文字通りの定本としての全集のかたちをなしていないことである。『太宰治全集』や『坂口安吾全集』に比べて、『定本織田作之助全集』は立ち遅れているといえよう。どこか学問的にきちんとした織田作之助の全集を出版してくれるところはないであろうか。

私がはじめて織田作之助の作品を読んだのはたしか大学一年生の時だったと思う。百貨店で催される古書即売会で古本を漁ることを覚え、あの表紙にカマキリの絵が描かれている評論集『可能性の文学』（昭和二十二年八月三十日発行、カホリ書房）を偶然入手することが出来たのであった。坂田三吉が一世一代の将棋に、初手を九三の歩を九四と突き、惨敗する。ひたすら自身の創意と工夫を凝らし、「将棋の定跡というオルソドックス」に挑戦し、失敗する坂田三吉を織田作之助は熱烈な賛辞を持って語っていた。負けることを知りぬきながら、九四の歩を突くという無謀を一番大事な試合であえてやってしまう坂田三吉。そこに織田作之助は大阪人の気質を誰よりも強く感じていたのであろう。大学生であった私は、「可能性の文学」をはじめて読んで、おぼろげながら、独創性とか、才覚とか、そういうものの大切さを教えられたような気がしていたのである。『織田作之助文藝事典』がこれまでの個人作家の文学事典のスタイルと違って、いかほどの創意・工夫が実現することが出来たか、大変おぼつかない。しかし、これをきっかけに、今後新しい文藝事典の可能性をさらに追求してみたいと思う。

（「彷書月刊」平成四年十一月二十五日発行、第八巻十二号）

広野八郎氏のこと

この創作集『地むしの唄』には、四十年ぶりに、葉山嘉樹夫人を訪ねての懐旧の紀行文「追慕の旅―葉山嘉樹と私―」が収録されている。広野八郎氏とその作品について語る場合、プロレタリア文学の記念碑的作品「海に生くる人々」や「セメント樽の中の手紙」や「淫売婦」を書いた葉山嘉樹との関係を無視することが出来ないであろう。

私が、葉山嘉樹の研究に志して、一番お目にかかって、当時の葉山嘉樹の様子を聞きたかった人は、この広野八郎氏であった。葉山菊枝夫人に広野八郎氏のアドレスをお訊ねしたが、敗戦後、広野八郎氏の消息は全くわからないとのことであった。「追慕の旅」に書かれているように、『葉山嘉樹全集』が刊行される新聞広告を見て、広野八郎氏の方から出版社へ連絡があり、広野八郎氏の住所がようやく判明したのである。私は、早速、佐賀市本庄町に住む広野八郎氏を訪ね、赤穂時代の葉山嘉樹のことや、当時のプロレタリア文学運動のことをいろいろとお訊ねしたことがあった。もう十八年も前のことになる。

広野八郎氏は、明治四十年二月二十五日に長崎県大村市（当時、東彼杵《そのぎ》郡萱瀬村中岳郷南川内）に生まれた。家は、土地をもたない小作農であった。高等小学校を卒業後、農業を手伝っていたが、十九歳のとき、故郷を離れ、昭和三年八月、大阪の普通海員養成所に入り、二カ月の訓練を受けた。その年の十月末、日本郵船のインド航路秋田丸三八一七総トンに火夫見習いとして乗船する。そして、約六カ月後に石炭夫《コロツパス》に昇進した。以後、昭和五年一月には、遠洋貨客船香取丸九八四九総トンに転船することになる。

広野八郎氏の『華氏140度の船底から―外国航路の下級船員日記―上・下』(上巻昭和五十三年十二月二十七日発行、下巻昭和五十四年三月二十日発行、太平出版社)は、昭和三年十一月八日から昭和六年六月一日までの、このときの海上労働生活時代の日記である。ディーゼル機関や、油焚きのボイラー船にかわる以前の、石炭焚き船である。前近代的ともいえる職階制度の厳しいなかで、機関部の缶前《かままえ》における凄絶きわまる下級船員の労働実態が、徹底的に、克明に記録されている。

広野八郎氏は、秋田丸航海中、米窪満亮の『海のローマンス』や『マドロスの悲哀』を読んだがあきたらなく思っていた。だが、『新選葉山嘉樹集』に収録されていた「海に生くる人々」や「労働者の居ない船」を読み、深い感動と衝撃を受けたのである。そこで著者の葉山嘉樹にぜひ会って見たいと手紙を出した。秋田丸が横浜に入港した昭和四年十二月九日に、広野八郎氏ははじめて杉並町高円寺に住む葉山嘉樹の家を訪ねたのである。以後、葉山嘉樹のすすめで、広野八郎氏は、田中逸雄の筆名で、生活手記「海上より」(昭和五年七月一日発行、第七巻七号)や詩「カラチの鷗」(昭和五年十一月一日発行、第七巻十一号)、「夜月」(同年十二月一日発行、第七巻十二号)、「印度洋の夜」(昭和六年二月一日発行、第八巻二号)「未練の灯」(同年四月一日発行、第八巻四号)を「文藝戦線」「文戦」に発表する。葉山嘉樹は、これらの詩を「稀に見る善良な、素朴ないい詩」といった。

広野八郎氏は、昭和六年五月三十一日に香取丸を下船、十月下旬に上京し、葉山嘉樹宅に寄寓することになる。以後、広野八郎氏は、労農藝術家連盟にも加入し、葉山嘉樹と約六年間生活を共にする。葉山嘉樹は広野八郎氏のなによりも人間的真面目さ、実直さを愛したようだ。

葉山嘉樹は、昭和九年一月に、長野県下伊那郡泰阜《やすおか》村明島の天龍川沿いの三信鉄道(現在、JR飯田線)工事に赴いた。この時、同行したのが広野八郎氏であった。広野八郎氏の『葉山嘉樹・私史』(昭和五十五年六月十日発行、たいまつ社)は、葉山嘉樹との六年間の交流を主に、特にプロレタリア文学運動の後退時に、天龍峡谷の鉄道工事に出かけた葉山嘉樹の苦難時代を浮き彫りに描き出している。

広野八郎氏は、父が病気となったため、昭和十一年十二月末に、天龍川添いの静岡県境の工事場から、佐賀へ帰る途中、赤穂村にいる葉山嘉樹を訪ねたのが、最後の別れとなった。

広野八郎氏は、帰省後、有明海の干拓工事に従事した。この有明町の廻里沖の堤防建設現場で働いていた時の日記が同人誌「城」（平成三年十二月一日〜四年十二月一日発行）に掲載されている。だが、日給一円では家族の生活を支えることが出来なく、昭和十三年春から、出炭量日本一を誇っていた三井三池の宮浦鉱で、採炭夫として働く。そこで、広野八郎氏は敗戦を迎えた。戦後も鉱山労働者として過ごし、結局、二十余年も炭坑生活を送る。日本の産業エネルギーが石炭から石油に転換されていく過程で、広野八郎氏は、炭鉱を退職し、大阪に出て、五年間、土木工事飯場で働く。広野八郎氏は、文字通り、きつい、辛い、厳しい肉体労働に終始身を置き、労働者として生き貫いたのである。

広野八郎氏が、戦後、執筆を開始したのは、昭和五十一年七月に心筋梗塞で倒れ、退院後「愛と苦悩と窮乏と——葉山嘉樹回想——」（のち『葉山嘉樹・私史』と改題）を昭和五十二年二月から翌年七月まで、十八回にわたって「九州人」に連載した後、田中艸太郎らの同人誌「城」に加入してからである。

『地むしの唄』は、昭和六十二年九月に、佐賀県内の文藝同人誌に発表された県内在住者の小説の年間優秀作として、第十七回S氏賞を、昭和六十三年一月には、佐賀市文化連盟の第一回内山文化賞を受けた。

広野八郎氏のこの創作集に収録されているどの作品をとってみても、作者と思わせる勇造をはじめ、日本の今日の繁栄に隠れて、下層にいる労働者たちの姿とその現場作業が徹底的にあざやかに描かれている。『地むしの唄』に描かれる時代は、高度成長期に入っていく、昭和三十八年である。真冬の飯場の生活やコンクリート打ち作業などが克明に表現されているだけでなく、田村組合長が「生活廃水が流れ込む池の水で、ええ米作れいうても無理ですね。いくら肥料やったかって昔のように収穫あらしまへん」といい、大阪万国博の候補地とうわさされている吹田市の田園地帯が、新市街計画によって、ベッドタウン都市と急激に変貌していく様がとらえられている。

葉山嘉樹は、プロレタリア文学理論に背を向け、理論嫌いであった。エッセイ「荒れた手万歳」(「文藝戦線」昭和三年四月一日発行、第五巻四号)で、「俺達は学校出たてのお坊ちゃん社会主義者や、浮世の苦労も知らない天降り的社会主義が嫌ひだ」と、葉山嘉樹はいい、プロレタリア文学運動が、福本イズムの影響のもとに、観念的な理論闘争に支配されていくことに根強い拒絶反応を示した。なによりも額に汗して働く人々、荒れた手の労働者を賛美したのである。ナップ結成後のプロレタリア文学は〝党の観点〟を作品制作上の基礎とし、荒れた手の労働者とその生活に対する素朴な共感や愛情を捨象してしまった。その中にあって、葉山嘉樹は、どこまでも労働者の生活に身を寄せ、プロレタリア文学としか、いいようのない作品を書いた。

葉山嘉樹に師事した広野八郎氏も、また、戦後の日本文学があまりにも観念や体制や主義や技巧に走り、社会の底辺で働く人々のナイーヴな喜怒哀楽を一篇の作品と化することがなかったなかで、まさしく、生粋のプロレタリア文学としかいいようのない作品を書いた。どの作品にも、現実に働く荒れた手の労働者の姿と生活が息づいているのである。

(広野八郎著『地むしの唄』平成五年七月五日発行、青磁社)

関西大学図書館大阪文藝資料

大学図書館の蔵書内容は、その蔵書冊数が多いか、少ないかを別にすれば、どの大学でもほぼ同じ傾向にある。その蔵書内容によって、大学図書館としてのユニークさを鮮明に誇っているところは極めてすくない。どの大学図書館でも似たり寄ったりで、同じ種類の同じような書籍が収集される。例えば、文藝書に関していえば、個人全集や文学全集類を揃えることがあっても、小説やエッセイ集の文藝書を積極的に集めるということはない。大学図書館で収集されるのは、主に研究書であって、今東光や村上浪六といったような作家の著書を所蔵しているところはないように思う。大学図書館がすべての文学者の著書を収集することは実現不可能なことであって、関西大学図書館では、大阪に限定して、昭和五十八年度から「大阪文藝資料」のコレクションを開始した。

この「大阪文藝資料」は、明治以降の大阪関係の文藝資料を収集し、原装保存を目的としたが、狭く文学だけに制限しなかった。その収集対象（作家と作品）は、次の如くである。

(1)大阪出身の作家の文学作品
(2)大阪で活躍した作家の文学作品
(3)大阪を題材とした文学作品
(4)大阪刊行の文藝雑誌
(5)大阪刊行の藝術関係雑誌

(6)大阪の画家の画集、美術関係の文献
(7)大阪の藝能人の自伝、藝能関係書
(8)大阪の劇場公演番組、音楽会番組等
(9)大阪の操觚者の著作

資料の種類は、(1)単行本（大阪文藝資料では個人全集、文学全集は除外する）、(2)雑誌、(3)小型本、(4)パンフレット・プログラム（芝居、新劇、映画、音楽、寄席、歌劇）、(5)軸物、(6)額装、(7)刷物、拓本、錦絵、(8)自筆原稿、(9)書簡類、(10)絵ハガキ、(11)番附である。

この「大阪文藝資料」の整理については、特別コレクションとして準貴重書扱いとし、別置記号「ＬＯ２」を定めた。単行本は、箱、カバー、帯とも原装保存である。そのため請求記号ラベルは、直接に貼らず、箱の上、またはカバー、帯の上から、幅広の中性紙で帯を付し、その帯に貼付した。帙のある場合は直接帙に貼る。雑誌の場合も単行本と同様である。

「大阪文藝資料」は、平成二年三月までに、単行本約四千二百冊、大阪案内書約百冊、摺物約三百九十点、雑誌約七百タイトルを蒐集することができ、『関西大学所蔵大阪文藝資料目録』Ｂ５判、二段組、二百五十頁を上梓した。この目録には、谷崎潤一郎の黒漆塗表紙本『春琴抄』や、薄田泣菫の『暮笛集』初版・再版・三版や、与謝野晶子の『小扇』大阪・金尾文淵堂、東京・金尾文淵堂出版部や、雑誌「龍舫」「大阪パック」や、藤沢桓夫書幅や、織田作之助自筆原稿等々五十三点が口絵写真に出ている。だが、なんといっても「大阪文藝資料」の特徴は、藤田草之助、源氏鶏太、長谷川幸延、菊池幽芳、北村兼子、木崎好尚、長田秀雄、中井浩水、中野実、岡田誠三、田村木国、寺川信、宇田川文海、渡辺霞亭、等々の一般にあまり研究されていない、マイナーな文学者たちを幅広く取りあげたところにある。

「大阪文藝資料」にしか所蔵されていないであろうと思われる資料を紹介しておくと、その一つに、『MANIA』〈小野十三郎詩集二〉がある。小野十三郎の十代の詩「あぶのるまるな十一月」等十篇が収録された『MANIA』は、表紙目次裏表紙の後記及び奥付を入れて十頁である。小野十三郎は「後記」で「同人雑誌黒猫で発表し損ねた詩稿を其儘全部こゝに収めた」「この一冊で殆んどぼくの旧作のけりがついたわけだ」と述べている。『MANIA』はなぜか奥付の発行・印刷年月日が空白のままとなっているが、大正十二年の刊行である。小野十三郎は、このあと「赤と黒」に参加していくのである。

（「日本近代文学館」平成五年七月十五日発行、第百三十四号）

開高健作品の上演

開高健には、二度お目にかかったことがある。だが、なんといっても、残念なことは、拙編『開高健書誌』〈近代文学書誌大系一〉（平成二年十月十日発行、和泉書院）を、見てもらうことが出来なかったことである。

開高健の作品を最初に読んだのは、芥川賞を受賞した「裸の王様」でなく、「日本三文オペラ」であった。「日本三文オペラ」の文庫本が出たのは、昭和三十六年二月であり、当時、城東線の森の宮駅から車窓に、あの廃墟と化した巨大な軍需工場、砲兵工廠跡地の不思議な空間風景をながめながら、通学途中に読んだのを思い出す。この全面積の三十六万坪に、折れ曲がった鉄骨とくずれた瓦礫の山が野ざらしのまま放置され、それをめぐってアパッチ族たちがてんでに掘り起こし、警察との攻防を繰りかえしていたことなど、つゆ知らずに、毎日そこを電車で通学していただけに驚きであった。アパッチたちのエネルギー、闊達さ、饒舌ぶり、そのユーモア、そして、猥雑で、八方破れのこの物語にすっかり魅了されてしまった。なにごとにも奥手であった私は、開高健の「日本三文オペラ」を読むことによって、はじめて文学なるものに出会ったようだ。

この「日本三文オペラ」は、開高健の作品のなかでも珍しく、何回か、脚色され、上演された。その上演年月を記すと、次のようである。

1、昭和三十六年九月二十九日〜十月五日、劇団葦、砂防会館ホール、脚色・演出・藤田伝、出演・真木恭介・林佐知子・水城蘭子・西田昭市・樋口功ら。

2、昭和五十三年九月二日〜九日、劇団葦、紀伊国屋ホール、脚本・演出・藤田伝、出演・中田浩二・兼本新吾・古川登志夫・西村知道ら。

3、昭和五十七年二月二十三日〜二十八日、劇団櫂、紀伊国屋ホール、脚本・演出・藤田伝。

4、平成三年一月十三日〜十五日、劇団コーロ、近鉄小劇場、脚色・かたおかしろう、演出・熊井宏之、出演・坂口勉・恒川勝也・塩田洋祐・佐藤浩・江口誠三ら。

このうち、藤田伝脚色・演出の「日本三文オペラ」は、三回とも鑑賞する機会がなかったが、「朝日新聞」（昭和三十六年十月三日付夕刊）の劇評は「〝大阪のカスバ〟ともいうべき部落の人々の生活を、たくましさとユーモアとペーソスを織りまぜて描いており、演技陣のまとまったアンサンブルで舞台に破たんはないが、喜劇としてのニュアンスを生かすためには、もっとはずむような軽快な流れがほしい」と述べており、おおむね好評のようだった。

私が見た「日本三文オペラ」は、大阪新劇団協議会プロデュース公演として、劇団コーロの企画であった。「ジャジャジャン　ジャンジャン／すべてこの世は響きと怒り／夜でも昼でも／どなって騒いで食うてこませ！／ゲラゲラ笑い／ガツガツくらい／ガブガブ飲みほせ／胃袋の街／ジャンジャン　新世界」の歌声と、ドボルザークの「新世界」の旋律とが流れ、「日本三文オペラ」の幕があがる。軽快なテンポで、喧噪と異臭を放つアパッチ族たちの世界を描いていた。大阪の七新劇団が協力しての公演であって、大阪弁の使い方もおもしろく生かされている。難をいえば、トクヤマやオオカワやマツオカやマツザワたちの親分衆のメークが誇張され過ぎていることである。が、全体的にはかなりよく原作の味を表現していた。

開高健の作品が上演されたのは、この「日本三文オペラ」以外に、小説ではなく、ルポルタージュ「ずばり東京」がある。これも、上演年月を記すと、次のようである。

1、昭和四十年六月三日〜二十六日、前進座創立三十五周年記念、新橋演舞場、脚色・津上忠、演出・高瀬精一

郎、出演・三好美智子・村田吉次郎・いまむらいづみ・戸田千代子ら、語り手・中村梅之助。第一部「見た、泣いた、聞いた」、第二部「お犬さまの天国篇」。

2、昭和四十一年一月九日〜十六日、前進座、毎日ホール、脚色・津上忠。

この「ずばり東京」の第一部は、戦後十八年すぎた昭和三十八年の上野駅、築地明石町の飯場、寒風が吹きまくる労災病院、佃島の渡し場などを舞台に、秋田から出かせぎに来ていた父の行方がわからず、探しに上京してきた娘と、現場で事故に遭い、言語障害を起こして病院にいる父とのめぐりあいを中心に、東京のさまざまな姿を、悲喜劇的に描いている。第二部は、東京のある小劇場の舞台や都心のあるマンションやホテルの結婚式場の控室などを中心に、風刺喜劇的に描かれている。「朝日新聞」（昭和四十年六月十四日付夕刊）は、「劇化には不向きと思われるものの、ここまでまとめあげた脚色者の腕を認めたい。作としては第一部の『見た、泣いた、聞いた』がすぐれている」といい、第二部の方は「脚色にかなりの苦しさがあったようだ」と、「ずばり東京」の上演を批評している。

いま手もとに、開高健作品の台本、前進座上演『ずばり東京〈第一部〉「見た、泣いた、聞いた」篇』『〈第二部〉お犬さまの天国篇』と『日本三文オペラ』の三冊がある。共に、平田渡氏から譲り受けた。

『日本三文オペラ』は、演劇の台本でなく、映画のシナリオである。日活作品で、表紙の右上に、〝未定稿〟と印刷されている。企画は芦田正蔵、脚本は鈴木英夫と大綱路路の連名となっている。このシナリオ「日本三文オペラ」は、いつごろ書かれたのであろうか、企画だけに終わり、映画化は実現しなかったのであろうか。その間の事情を知りたいと思うし、また藤田伝の「日本三文オペラ」の台本を探し出して読んでみたいと思っている。

（「開高健全集第二十巻　月報」平成五年七月発行、新潮社）

青野季吉著『転換期の文学』

青野季吉の『転換期の文学』は昭和二年二月十五日に春秋社より刊行された。四六判、小序二頁、目次四頁、本文四百六十四頁、定価二円二十銭、厚紙背布装、函入りである。

『転換期の文学』は、青野季吉が、「種蒔く人」時代における平林初之輔の文藝評論の仕事を継いで、「文藝戦線」を中心とする日本プロレタリア文学運動の先頭に立って、指導的論客として活躍した時期の成果であり、青野季吉の文学的活動を見極める上においても、また、日本プロレタリア文学運動史全体を考察する上においても、無視出来ぬ歴史的に重要な意味をもつ著書である。

青野季吉は、この『転換期の文学』を上梓する前に、既に二冊の著書を出している。すなわち、「無産階級政治行動と無産政党」「社会運動と政治形勢」「ブルジョアジーの政治」の三篇を主体とした無産政党の政治行動に関する評論集『無産政党と社会運動』(大正十四年十月五日発行、白揚社)と、批評と随筆集『解放の藝術』〈解放群書二〉(大正十五年四月十三日発行、解放社)である。『転換期の文学』は、『解放の藝術』に次ぐ、青野季吉の第二文藝評論集ということになる。さらにつけ加えると、『転換期の文学』を出版する前に、青野季吉は、ロープシン、レーニン、オーエン、バルビュウスの翻訳書を出している。それもかなり早い時期からである。最初の訳書は、ロープシンの『蒼ざめたる馬』〈自由・文化叢書〉(大正八年十月十五日発行、冬夏社)である。青野季吉にこの本の翻訳を勧めたのは、早稲田大学で同窓であった直木三十五であったようだ。青野季吉は『文学五十年』(昭和三十二年十二月二十日発行、筑摩書房)

で、「直木三十五は、またわたしにロープシン（一八七九～一九二五）の『蒼ざめたる馬』の英訳本をつきつけ、これを訳さないかと言った。読んでみると面白く、とくにその銀線を短かくプツプツ切ってならべたような簡潔な文体にひかれた。アナーキスト風のニヒリストの主人公には反撥するものを感じたが、副人物のクリスチャンのテロリストがひどく私をとらえた。半月ばかりで仕上げて持って行くと、直木は大きな財布の中から金十五円を取り出して、黙って私の前に置いた。『蒼ざめたる馬』は千五百部位刷ったように記憶している」と回想している。第二冊目の訳書は、レーニンの『資本主義最後の階段としての帝国主義』（大正十三年六月十日発行、希望閣）である。この本は、翌年十一月十五日に書名を『帝国主義論』と改題し、改訳版が希望閣から出された。第三冊目の翻訳書は、イギリスの空想社会主義者であるロバート・オーエンの『人類に与ふ』〈世界名著叢書三〉（大正十五年一月十八日発行、人文会出版部）であり、第四冊目がレーニンの『何を為すべきか』（大正十五年二月十二日発行、白揚社）である。中野重治は「彼（青野季吉）の著作のうち『何をなす《ママ》べきか』の最初の日本語を読んだときのことを私は覚えている。あの翻訳には詩のようなところがあった」と「人と人との親しみ」（『世界』昭和三十六年八月一日発行、第百八十八号）のなかで述べている。第五冊目の翻訳書は、フランスの小説家でクラルテ運動で活躍したバルビュウスの評論『バルビュウス論抄』〈海外藝術評論叢書四〉（大正十五年六月五日発行、聚芳閣学藝部）である。『転換期の文学』には大正十一年から昭和二年二月までに発表された文藝評論が収められている。すなわち、『無産政党と社会運動』の無産政党に関する政治評論や、レーニンの『帝国主義論』や『何を為すべきか』等の翻訳の仕事と平行して、『転換期の文学』所収の文藝評論は執筆されたのである。

『転換期の文学』には、四十八篇の文藝評論が収録されている。青野季吉は、その「小序」で、「この論文集は一九二六年中にかいた文藝批評のほとんど全部を主体として、私が文藝批評をやり出した最初からのもので、曩に出版した『解放の藝術』に取入れなかつた諸論文を集めて、作つたものである。もつとも連絡を示すために『解放の藝術』

中の論文も四五篇この集に加へておいた」という。

『解放の藝術』には、「最近の感想」等の随筆を除くと、十六篇の評論が収録されている。その十六篇のうち、「根本的の不満」「文藝批評の一発展型」「『調べた』藝術」「解放戦と藝術運動」「藝術の革命と革命の藝術」「コムレードの藝術」の六篇が、この『転換期の文学』にも加えられた。

『転換期の文学』に収録されている作品の初出はなんであるか。作品の末尾にパーレンで年月が記されているだけで、その掲載誌紙名は一切不明である。末尾に記録されている年月も信用出来なく、かなり誤りが多い。例えば、「文藝批評の一発展型」の末尾には「(一九二五年十二月)」と書かれているが、同作品の発表は「文藝戦線」大正十四年十月一日であるから、末尾にある「十二月」は、執筆月でもなく、また発表月でもない。このような誤記が多多ある。そこで、『転換期の文学』収録作品の初出掲載誌紙名を発表年月順に示すと、次の如くである。

「知識人の現実批判」(「読売新聞」大正十一年五月二十七・二十八・三十・三十一日付)
「文藝批評家の準備」(「東京朝日新聞」大正十一年八月二十九～三十一日付)
「コムレードの藝術」(「時事新報」大正十一年九月三十日、十月一・三日付)
「解放戦と知識階級」(「報知新聞」大正十二年六月発行)
「藝術の革命と革命の藝術」(「解放」大正十二年三月一日発行、第五巻三号、二二一～二八頁)
「闘争の創造性」(「文学世界」大正十二年四月一日発行)
「解放戦と藝術運動」(「東京朝日新聞」大正十二年八月二十五～三十一日付)
「震災と思想・藝術」(「報知新聞」大正十二年十一月発行)
「新しい幻影」(「読売新聞」大正十二年十二月十日付、初出表題「新幻影へ」)
「文壇更新上の一考察」(「東京朝日新聞」大正十三年十一月一～五日付)

「無産者文藝の為めに」(「読売新聞」大正十四年六月十二・十三日付)
「『調べた』藝術」(「文藝戦線」大正十四年七月一日発行、第二巻三号、三～四頁)
「文壇の新法則」(「万朝報」大正十四年八月発行)
「文藝批評の一発展型」(「文藝戦線」大正十四年十月一日発行、第二巻六号、二～五頁)
「女性の文学的要求」(「婦人公論」大正十四年九月発行　臨時号、第十年十号、一～一三頁、初出表題「女性の文学的要求と社会的要求」)
「根本的の不満」(「文藝行動」大正十五年三月一日発行、第一巻三号、四～六頁)
「『経済意識』より観たる今日の作家」(「新潮」大正十五年三月一日発行、第二十三巻三号、四五～五一頁)
「プロレタリヤ文学運動小史」(「新小説」大正十五年四月一日発行、第三十一巻四号、一七三～一七九頁、初出表題「プロレタリヤ文学運動概説」)
「社会を描く藝術」(「都新聞」大正十五年四月十六～十八日付)
「無産者文学当面の問題」(「文藝行動」大正十五年五月一日発行、第一巻五号、六～九頁)
「『土の藝術』に就て」(「太陽」大正十五年五月一日発行、第三十二巻五号、一五八～一六〇頁)
「現代文学の十大欠陥」(「女性」大正十五年五月一日発行、第九巻五号、四～一二頁)
「広津氏に問ふ」(「毎夕新聞」大正十五年五月発行)
「広津氏に答ふ」(「国民新聞」大正十五年七月八～十三日付、初出表題「藝術家と社会―広津和郎氏の『答』を読んで―」)
「正宗氏及び諸家の論難を読む」(「読売新聞」大正十五年六月十五～十七日付)
「新批評時代へ」(「東京朝日新聞」大正十五年七月二～五日付)
「批評の段階」(「文藝行動」大正十五年八月一日発行、第一巻八号、七～九頁)

「自然生長と目的意識」（「文藝戦線」大正十五年九月一日発行、第三巻九号、三〜五頁）
「文藝批評の立場に就いての若干の考察」（「新潮」大正十五年九月一日発行、第二十三巻九号、六四〜七一頁）
「文壇と自由主義」（「都新聞」大正十五年九月十一〜十三日付）
「正宗氏の批評に答へ所懐を述ぶ」（「中央公論」大正十五年十一月一日発行、第四十一巻十一号、一一九〜一六二頁）
「論争の文壇」（「読売新聞」大正十五年十二月三〜五日付、初出表題「論争の文壇を観て」）
「我々の文藝運動と政治運動」（「週刊朝日」大正十五年十二月十九日発行、第十巻二十七号、一四〜一四頁、初出表題「無産階級の文藝運動と政治運動」）
「批評のために」（「新潮」昭和二年一月一日発行、第二十四巻一号、一二〇〜一二二頁）
「自然生長と目的意識再論」（「文藝戦線」昭和二年一月一日発行、第四巻一号、一〇二〜一〇五頁）
「文藝時論」（「黒潮」昭和二年一月一日、二月一日発行、第三十二巻一〜二号、二〇一〜二〇九頁、二三三〜二三四頁）
「文藝時観断片」（「時事新報」昭和二年一月十四〜十八日付）

以上のほか、「ルシヤン・ジヤンのこと」「新知識人に就いて」「現代生活と歌舞伎劇」「批評心の問題」「知識階級に就いて」「文藝雑感」「片上氏の『文学評論』」「生活意識と美術」「文学闘争を前にして」「文学闘争の基礎」「我々の運動の新段階」の十一篇は調べがつかなく、初出未詳である。

青野季吉が文壇に登場したのは大正十一年五月に「心霊の滅亡」を「新潮」に発表してである。その年の暮れごろ日本共産党に入党した。翌年六月、第一次共産党事件では逮捕をまぬがれたが、国際通信社を解雇され、「階級戦」の編集にしたがい、時論風の政治論文を大正十四年六月ごろまで書いた。大正十四年一月、党再建の「上海会議一月テーゼ」作成に参加したが、間もなくビューローを脱退し、以後日本共産党との関係を絶った。政治実践から文学運動へ移行した時期に、『転換期の文学』のほとんどの評論が書かれたのである。もはやその内容に立ち入る余裕がなくなったが、「『調べた』藝術」では、印象のつづり合わせの小説に反撥し、現実を意力的に「調べて」行く藝術を求め、「文藝批評の一発展型」では「外在批評」を提唱、「自然生長と目的意識」では、プロレタリア文学とプロレタリア文学運動とを区別して考えなくてはならぬという。この目的意識論発表までの青野季吉は、プロ文学の実情に具体的に即して様々の問題を提起し、プロ文学を指導する代表的批評家の観を呈した。『転換期の文学』は、プロレタリア文学に先駆的役割を果たした評論集である。

（『転換期の文学』〈近代文藝評論叢書一〉平成五年十月二十五日発行、日本図書センター）

『大田洋子』〈作家の自伝〉解説

〈作家の自伝〉シリーズという日本図書センターの叢書の、大田洋子篇には、どの作品を選択すべきであろうか。〈作家の自伝〉ということであれば、やはり、大田洋子の戦前の代表作の一つである自伝的長篇小説『流離の岸』（昭和十四年十二月二十日発行、小山書店）を収めるべきであろうか。最初、編集部が示された収録作品リスト案では、「流離の岸」「屍の街」の二作品があげられていた。この叢書の大田洋子の巻に、「流離の岸」と「屍の街」の二作品を収録するのは、最も妥当な判断ではないかと思う。しかし、現実の問題としては頁数の制約がある。実際に枚数を計算してみると、「流離の岸」一篇だけでも「作家の自伝」叢書の一冊分を超過してしまう。そこで編集部案の「流離の岸」と「屍の街」を合わせて一緒に収録することを諦めねばならなくなった。この大田洋子篇では、「流離の岸」を採るか、それとも「屍の街」を選ぶか、どちらを選択するべきかということが問題になった。

大田洋子は、明治三十六年十一月二十日、広島県山県郡原村に、福田瀧次郎・トミの長女として生まれた。本名は初子で、父の福田瀧次郎は中農地主であった。洋子が七歳の明治四十三年に、両親が離婚し、山県郡都谷村（現在、北広島町）の母トミの実家に帰り、その時、親戚の大田幸助の養女として入籍した。そして、洋子が九歳の年、母トミが広島県佐伯郡玖島村（現在、廿日市市）の地主である稲井穂十と再婚したので、連れ子として稲井家に行く。稲井穂十には、先妻とのあいだの子供、鉄操と鉄鳴がおり、養父穂十とトミとの間に妹の雪枝、礼子、一枝が生まれる。洋子はそうした複雑な家庭環境のもとに育った。養父の穂十は、江刺昭子著『草饐―評伝大田洋子』（昭和四十六年八月三十日発行、濤書房）によると、「学者肌の人で、小学校しか出ていないが、独学で人に教えられるほどの漢字をものにし、読書家で、本箱には、漢学の本をはじめ小説本のたぐいまで揃っていた。文学好きであったというから、洋子を文学の道に向かわせる雰囲気はこの父によって作られたといってよい」という。大田洋子は進徳実科高等女学校を卒業後、切串補習学校（現在、切串小学校）の裁縫教師生活等を経て、大正十四年の二十二歳のとき、歯科医の藤田一士と結婚する。『大田洋子』〈作家の自伝〉収録の「残醜点々」に、次の一節がある。

倉田はある意味で私の生涯の運命を狂わせた相手だった。私は二十歳のうら若さで、田舎に妻と子供のいる家庭のあることをひたかくしにかくし、謀略のように私と二重結婚した彼を赦さなかった。赦さぬまま彼を愛し、子供を生んだ。私は彼の家を出たり、また連れもどされたりした。八年の青春の年月を、そのことに費やした。

ここに出てくる倉田は藤田一士をモデルにしている。藤田一士に妻子のあるのを偽って自分と二重結婚したことが判明して、大田洋子は深い傷手を受ける。単身で東京に出奔し、菊池寛の文藝春秋社に身を寄せたが、半年あまりで広島に帰り、再び藤田一士と同棲生活にもどり、女子を出産した。だが、その子供を藤田一士の元に残して、産後五十日めに、大田洋子は大阪に出奔する。女給をしながら文学修業を続けるのである。江刺昭子は、さきの『草饐―評伝大田洋子』で、「藤田氏との恋愛は、洋子の青春の墓標でもあった。愛し、愛され、憎み、傷つけあい、追い、追われ……なんと騒々しい墓標であったことだろう」と記している。藤田一士との関係はなかなか清算できなく、八年間も続く。『流離の岸』は、そうした大田洋子の生い立ちから最初の不幸な藤田一士との結婚が破れるまでの経緯を描いた自伝的小説である。

大田洋子の文壇的処女作は、江田島を舞台に、光代が医者の不良息子の徹司に騙されて妊娠し、徹司から子供を堕ろすための薬を渡されるが、それを受け取らないで子供を産む、光代の不幸を物語った「聖母のゐる黄昏」（「女人藝術」昭和四年六月一日発行）である。続いて「華やかな危機」（「女人藝術」昭和四年十月一日発行）、「朱い訪問着」（「女人藝術」昭和五年二月一日発行）等を発表し、長谷川時雨のすすめで、大田洋子は昭和五年五月に上京する。長谷川時雨の主宰した「女人藝術」を根城に、創作活動を展開したが、「流離の岸」を発表するまでの作品は、すべて習作の域を越えることが出来なかった。そのため「ろくな作品もかけないくせに、文壇遊泳術だけを心得た女」といった風説や悪質なゴシップが文壇に流布する。「女人藝術」廃刊後の大田洋子は鳴かず飛ばずの低迷の時代が続く。そんなどん底時代の昭和十一年二月に、大田洋子は興中公司社員の黒瀬忠夫と二度目の結婚をした。しかし、この二度目の結婚生活もうまくいかなく、結局、翌年の七月に離婚する。大田洋子が「流離の岸」の執筆にとりかかったのは、黒瀬忠夫との離婚直後であった。それは文字通り、この「流離の岸」の執筆に、離婚後の生活と、文学への再起とをかけたのである。そして「流離の岸」によって、大田洋子は文壇に作家的地位を確立した。「流離の岸」は、女主人公の男に騙されたという被害者意識が濃厚であって、相手の男の文学的形象がいまひとつ不十分であるという欠点があるにしても、作家大田洋子の人間性がもろに表出していて、大田洋子を知る上で無視出来ない作品であろう。当然〈作家の自伝〉シリーズというこの叢書においては、この「流離の岸」を収めるべきであろう。しかし、「屍の街」は、「流離の岸」に比べてはるかにその社会的存在の大きな作品である。「流離の岸」に魅力を感じつつも、「屍の街」を絶対に無視するわけにはいかないのである。大田洋子は、「屍の街」の作者として、日本文学に消すことのできない足跡を残したのである。

「屍の街」は、昭和二十年八月六日、人類が世界で最初に原子爆弾の投下をうけた広島の惨状を、身をもって体験した大田洋子の克明な記録である。大田洋子は、空襲の激化を逃れて、昭和二十年一月、広島市白島九軒町の妹中川一枝宅に疎開する。そして、八月六日午前八時十五分、人口四十万の広島を一瞬にして壊滅させ、十数万の人命をその一撃によって奪った原子爆弾に遭遇する。爆心から約一・四キロ離れた妹宅の二階での被爆である。耳と背中に傷を負った大田洋子は、母、妹、妹の赤ん坊と共に河原に逃れ、そこで三日間野宿し、そして、広島から二十四キロほど離れた玖島の知人宅に避難した。この避難先で「屍の街」を執筆する。

大田洋子は、冬芽書房版『屍の街』に付した「序」で、次のように書いている。

私は一九四五年の八月から十一月にかけて、生と死の紙一重のあいだにおり、いつ死の方に引き摺って行かれるかわからぬ瞬間を生きて、「屍の街」を書いた。

日本の無条件降伏によって戦争が終結した八月十五日以後、二十日すぎから突如として、八月六日の当時生き残った人々の上に原子爆弾症という恐愕にみちた病的現象が現れはじめ、人々は累々と死んで行った。

私は「屍の街」を書くことを急いだ。人々のあとから私も死ななければならないとすれば、書くことも急がなくてはならなかった。

当日、持物の一切を広島の大火災の中に失って私は、田舎へはいってからも、ペンや原稿用紙はおろか、一枚の紙も一本の鉛筆も持っていなかった。当時はそれらのものを売る一軒の店もなかった。寄寓先の家や、村の知人に障子からはがした、茶色に煤けた障子紙や、ちり紙や、二三本の鉛筆などをもらい、背後に死の影を負ったまま、書いておくことの責任を果たしてから死にたいと思った。

敗戦を迎え、そして八月二十日をすぎた頃から、急性原爆症で戦災者が次々と死にはじめた。頭髪が抜け、黒々とした血を吐き、紫紺いろの斑点にまみれて死んでいく。舌のさきや腋の下に赤い斑点をだして、医者に「明日からは来なくていい」と死の宣告をされた男は、「戦争は日本が大敗け喰らって、それで終わったんだろう？　とにかく戦争はこの間すんだんだね。そのくせ俺たちは戦争のために死んで行くんだぜ。戦争がすんでもまだ戦争のために現にこうやって死んで行くんだね。そいつが不思議なんだ」という。大田洋子は、自分にも原爆症が出てくるかもわからない、明日にも死がやってくるかもしれないと、死の恐怖にとらわれながら、いま生きているうちにこの原爆被害の惨状を書きのこしたいと、事態のすさまじさに眼をそむけないで、この「屍の街」を書いたのである。強靭な作家魂である。避難先の河原から日本病院の救護所へ行く途中、眼も口も腫れつぶれ、四肢もむくむだけむくんだ、眼をおおうような死骸の散乱する中を歩いているとき、妹がいう。「〈お姉さんはよくごらんになれるわね。私は立ちどまって死骸を見たりできませんわ。〉／妹は私をとがめる様子であった。私は答えた。／〈人間の眼と作家の眼とふたつの眼で見ているの。〉／〈書けますか、こんなこと。〉／〈いつかは書かなくてはならないわね。これを見た作家の責任だもの。〉」

大田洋子は「背後に死の影を負」いながら、「屍の街」を昭和二十年十一月に脱稿し、中央公論社に送付したが、すぐには出版されなかった。当時占領軍が布いていたプレスコード（検閲）のためである。そして「山上」（「群像」昭和二十八年五月一日発行）に描かれているように、大田洋子は、昭和二十二年に、呉の諜報部から二世の将校がやってきて、訊問を受けるのである。『屍の街』が中央公論社より出版されたのは、昭和二十三年十一月十日であるが、その時は「無欲顔貌」の章など大幅に削除された。「屍の街」が完全な姿で刊行されたのは、昭和二十五年五月三十日の冬芽書房版である。人類から核の恐怖がなくなるまで、大田洋子の「屍の街」は、被爆体験を克明に記録した貴重な文学的証言として読み継がれていかねばならないのであろう。もはや紙幅がなくなったので、『大田洋子』〈作家の自伝〉収録の他の二作品について、その初出発表年月だけを、次に記しておく。

「残醜点々」（「群像」昭和二十九年三月一日発行、第九巻三号、八〇～一三〇頁）

「原子爆弾抄」（「女性改造」昭和二十四年八月一日発行、第四巻八号、六五～七五頁）

（『大田洋子』〈作家の自伝三八〉（平成五年十一月二十五日発行、日本図書センター）

青山毅氏と『本庄陸男全集』

今年（平成六年）の夏は、昨年の冷夏と打って変わり、空梅雨のまま酷暑が続き、西日本を中心とした異常な渇水の盛夏となった。毎年、夏になると一週間ばかり上京して、日本近代文学館や国立国会図書館で、雑誌や新聞を見ることにしている。それが夏の年中行事の一つになって、もう三十余年にもなる。今年は、八月十六日に上京した。今回の目的は、昭和三十年代の女性週刊誌やジュニア雑誌、そして、読み物雑誌を調べることであった。この種の雑誌のバックナンバーを揃えている図書館は関西にはなく、どうしても東京でしか見ることができないのである。

今年閲覧したい雑誌類は、東京でも国立国会図書館しか所蔵していないようだ。多くの雑誌を限られた日数で調べる場合、国立国会図書館ほど能率の悪いところはない。一回に閲覧請求書を二～三枚（時間帯によって規制）しか受け付けてくれなく、それも請求してから三十分近く待ってようやく雑誌が出てくるという始末である。何十分も待ったあげく、請求の雑誌は他の人が利用中であったり、請求した雑誌の年月が間違って出てきたりすると悲惨である。請求した雑誌や図書がなかなか出てこないといらいらして待つよりは、国会図書館では、推理小説でも持ち込んで、それを楽しく読みながら、のんびりぼちぼちと行くのがよい。長年国立国会図書館を利用してきた知恵である。

八月十六日は、最初、国立国会図書館へ直行するつもりで家を出たのであるが、東京駅に到着した途端に気が変わり、この日は日本近代文学館で過ごした。午前十一時三十分ごろ、閲覧室で雑誌を見ていると、青山毅氏が私を偶然に見つけたのであろう。私の座席へやって来た。私は、青山毅氏が五月から六月にかけて大病したと聞いていたので、ここで会うことが出来ると期待していなかっただけにうれしかった。青山毅氏は長年にわたって躁鬱病による不眠症に悩まされており、それを押さえる薬の副作用か、常に顔全体がむくんでいた。久しぶりにお目にかかった青山毅氏は、そのむくみがとれ、白髪がやや増えてはいるが、別人のごとく若返った感じで、彼の全快を喜んだ。

吉行淳之介の全集が『三島由紀夫全集』の規模で出ることになっているので、その仕事もやらねばならないし、なによりも、我々の共同の仕事も完成させたい。我々の共同の仕事の一つに『本庄陸男全集』(影書房)があり、その第三巻の解題原稿は書いたということである。短い時間ではあったが、これまでの青山毅氏とは異なって、珍しく意欲的に仕事について語った。いつまで東京にいるのかと聞くので、今週一杯はいるよと答えると、青山毅氏は、いま近代文学館に着いたところであるが、すこしつかれるので、今日はこれから帰るよといって別れた。

翌日、午後十時過ぎ、宿泊先のホテルへ、自宅から青山さんが亡くなったという電話の知らせには、一瞬呆然とした。前日、仕事をこれからやるよと語った青山毅氏の顔を見ているだけに信じられなかったのである。

青山毅氏には、『総てが蒐書に始まる』という著書がある。その書名となった言葉は、青山毅氏の書誌学者としての姿勢をもっともよく表している。青山毅氏は、初版だけを集めるのでなく、限定版にA版とB版があれば、その両方を持ち、なお、異版を含めて総ての本を集める。高見順、平野謙、小熊秀雄、島尾敏雄、吉行淳之介に関しては、そういうコレクターであった。

地味が上にも地味な作家であり、『石狩川』が角川文庫や新潮文庫に収録された昭和二十八年ごろと異なって、今日では殆ど知られない本庄陸男の全集刊行が実現したのは、青山毅氏の努力である。なんとしてでもこの全集を完成させたいと思う。謹んで青山毅氏の冥福をお祈りしたい。

(「民主文学」平成六年十一月一日発行、第三百四十八号)

葉山嘉樹断片

葉山嘉樹についてもう少し細々としたことが判明すればよいのにと思う。例えば、『葉山嘉樹日記』昭和十八年七月二十九日に「哈爾〔浜〕日日へ原稿執筆。十枚脱稿」と書かれている原稿のことなど、くわしくわかるとよい。葉山嘉樹はその十枚ばかりの原稿で何を書いたのであろうか。この原稿が物議をかもし、北安省副県庁が双龍泉開拓村に詰問にやってきた。二村英巖団長が責任をとって辞表を出したというような騒ぎがあった。『葉山嘉樹日記』昭和十八年八月二十日に「二村君の辞表は撤回」と言葉少なく記されている。葉山嘉樹の転向の問題など、葉山嘉樹の開拓村における言論や行動がもっと克明に明らかにされねばならないであろう。

映画の一つを取ってみても、葉山嘉樹と小林多喜二はおもしろい程、対照的な見方をした。それは大正六年のロシアの十月社会主義革命を取り扱った映画「ヴォルガの船唄」である。この映画がいつ上映され、葉山嘉樹や小林多喜二がいつ観たのか、調べて見たいと思いながら、いま『昭和文学年表』(明治書院)の仕事に追われていて、果たせないでいる。青山毅が急逝し、『昭和文学年表』は、彼の担当の巻、すなわち、昭和四十一年から昭和六十三年までの分が未完成のまま残された。急遽、その仕事の整理に立ち向かわねばならなくなった。青山毅は、小説、評論(エッセイ)、新聞という順に作業を進めていくつもりであったのか、小説に関しては、読物雑誌なども含めて、多くのカードを残したが、評論(エッセイ)や新聞の部のカードは少なく、手付かずといった状態で斃れたようだ。

それはさておき、葉山嘉樹は「ヴォルガの船歌」〈最近観たもの読んだもの〉(「文藝公論」昭和二年十二月一日発行、第一巻十二号）で、映画「ヴォルガの船唄」について言及している。葉山嘉樹は「ヴォルガの船唄」を「今迄に最も感激した映画です」と感嘆したのである。葉山嘉樹は最近観た映画として「ヴォルガの船唄」をあげているので、「ヴォルガの船唄」が東京で上映されたのは昭和二年であると見倣して間違いないであろう。葉山嘉樹は「ヴォルガの船唄」に感激した理由として、「何故――それはプロレタリアとブルジョアの持つ感情の根本的差異が、実に巧に描き出されて居たからである。然しこれを、仮にブルジョアが観たとしても、決してこの映画のよさは解からないでせう。唯、プロレタリアの世界観の把握者のみが、スクリーンの蔭に示された搾取なき労働者の思想、感情を汲み取ることが出来るからです」とコメントしている。

一方、小林多喜二は、「『ヴォルガの船唄』其他」（「シネマ」昭和三年五月一日発行）を書き、映画「ヴォルガの船唄」を「変に分った振りの同情と、女学生式感激で作品を作られ」、「阿片的危険」があり、「反動的な宣伝と暴圧よりはモット危険」な映画であると、弾劾したのである。小林多喜二は、「ヴォルガの舟曳人が金持の処へ押しかけて行く処はどうだ。押しかけてゆく闘士の面々のあの元気を見てくれッて云いたくなる。文字通り、ゾロ〳〵と乞食の群みたいに入って行って、ベタクソ、ベタクソ何かして、女が船唄を引いたりして、終いに葡萄酒で死んだ真似と来やがる。――こゝ迄くれば世話ない。ムキになってしゃべるのが恥かしくなる位だ」と、舟曳人をこきおろしたのである。葉山嘉樹は小林多喜二のように、ヴォルガの舟曳人を「ゾロ〳〵と乞食の群みたい」と切り捨てはしなかった。「スクリーンの蔭に示された搾取なき労働者の思想、感情を汲み取る」ことに共感したのである。葉山嘉樹が感銘したところに小林多喜二は嫌悪を感じたようだ。

小林多喜二が映画「ヴォルガの船唄」を観たのはいつのことであろうか。小林多喜二の文章には、「――ロシア革命よ、レーニンよ、スターリンよ、お前は何んと不幸にも、札幌の丸井の四階にある凸凹鏡に写されて、漫画化されてしまったことだよ、と云いたくなる」という記述があり、小林多喜二が「ヴォルガの船唄」を観た場所は「札幌の丸井の四階」であることは明らかであるが、それがいつであったかは不明である。小林多喜二は「『ヴォルガの船唄』其他」を昭和三年四月二十七日に執筆しているので、札幌では、昭和二年でなく、昭和三年になってから上映されたのかも知れぬ。その事を調べてみる必要がある。なぜなら、葉山嘉樹はさきの文章のなかで、「だが惜しい事に、直き上映禁止を喰つたやうです」と述べているので、昭和三年に札幌で「ヴォルガの船唄」が上映されたとすれば、「上映禁止を喰」うような場面はカットされた可能性もある。小林多喜二は「ヴォルガの船唄」の完全版を観たのではないかも知れぬ。そういう細々としたことをもっと調べてみる必要があるのではないかと思っている。

（「日本近代文学」平成八年五月十五日発行、第五十四集）

浅田隆著『葉山嘉樹―文学的抵抗の軌跡―』

葉山嘉樹は敗戦によって満州の開拓村から帰国の途次、ハルピンの南方、徳恵駅の辺りの車中で死去した。昭和二十年十月十八日である。葉山嘉樹歿後五十年にあたる年に、浅田隆の『葉山嘉樹―文学的抵抗の軌跡―』（平成七年十月十日発行、翰林書房）が上梓されたことは望外の喜びである。葉山嘉樹は明治二十七年三月十二日に福岡県の豊津村で生まれたので、平成六年で生誕百年になる。その時、拙著『葉山嘉樹―考証と資料―』（明治書院）の「あとがき」で、芥川龍之介や島崎藤村については、生誕百年記念とか、歿後五十年記念とか、といったイベントが盛大に企画されることがあっても、今や一般の人々には忘れさられた葉山嘉樹については、そのような催しは期待できないであろうと書いた。しかし、それは全く杞憂であった。平成六年十月十五日には、日本社会文学会関東・甲信越ブロックが「葉山嘉樹生誕百年記念の会」を開催した。また、本年三月十日には、不朽の名作「セメント樽の中の手紙」の舞台となった木曾の落合川ダム発電所を見おろすことの出来る中津川市落合の見晴公園で葉山嘉樹生誕百年歿後五十年文学碑建立三十七年記念の集いが催された。この落合の碑前祭には、米寿をむかえられ今も健在である葉山菊枝夫人をはじめ、福岡からは、原田吉治夫妻、小正路淑泰ら、長野県伊那市からは溝上正男ら、千葉県八千代市からは女性史研究家の島利栄子ら、全国から葉山文学愛読者が参加した。『葉山嘉樹―文学的抵抗の軌跡―』の出版を含む浅田隆の葉山嘉樹研究活動が、それらの催しに拍車をかけたようだ。

葉山嘉樹の作品には、文学作品それ自体が持つ、なにか人々を動かす力といったものが潜んでいるように思われる。ついでに、葉山嘉樹の文学碑について書いておけば、この落合の見晴公園以外に、北海道室蘭市に八木義徳が「海の文学碑」（「海燕」昭和六十二年一月一日発行、第六巻一号）で描いている「海に生くる人々」の文学碑がある。また、葉山嘉樹が昭和九年から十二年まですごした長野県の駒ヶ根市にも文学碑が建立されている。無論、葉山嘉樹の生地の福岡県豊津町（現在、みやこ町）にもある。プロレタリア作家で四つもの文学碑が建立されているのは稀有のことであろう。

さて、『葉山嘉樹—文学的抵抗の軌跡—』についてであるが、この著書は、浅田隆にとって二冊目の葉山嘉樹論である。第一冊目の『葉山嘉樹論—「海に生くる人々」をめぐって—』（昭和五十三年六月十日発行、桜楓社）では、葉山嘉樹の代表作である「海に生くる人々」を中心に、葉山嘉樹の豊津受容の様相など作家前史について論及した。離村出稼ぎ農民としての小倉の形象分析を重視した浅田隆独自の「海に生くる人々」論を展開した。今回の『葉山嘉樹—文学的抵抗の軌跡—』は、その帯に「葉山嘉樹没後50年。／戦後50年の今を機に、問いなおす言論弾圧と闘った文学的抵抗と挫折」と記されているように、戦時下の葉山嘉樹を取り扱った。本書は「Ⅰ葉山嘉樹論」と「Ⅱ戦時下の文学」の二つから構成されている。「Ⅰ葉山嘉樹論」は、十章から成り、そのうち「七章　転向をめぐって—文学の裏を読む」「八章　文学的出発—『悲惨な過去』を背負って—」「九章　文学的抵抗と挫折—『与へられたる部署につけ』」の三章が書き下ろしである。「Ⅱ戦時下の文学」には「石川達三『生きてゐる兵隊』論—評価の妥当性に触れて」と「一国文学者の軌跡—国崎望久太郎『詩歌の環境』とその前後」との二論文が収められている。

戦時下の葉山嘉樹論の最大の問題は、彼の転向をどう評価するかということにあろう。例えば、「慰問文」といったような作品でも「日の丸弁当も、僕のうちでは、麦が半分入つてゐるから、大分戦塵にまみれて、白地が汚れてゐる感じだ」というような記述があり、これは日の丸弁当の描写だけではあるまい。「戦塵にまみれて、白地が汚れてゐる」日の丸日本そのものを暗喩しているとも読み取れる。葉山嘉樹が「無思索時代」（「国語教育」昭和七年五月一日発行）で主張したハンテン文学論と関連してくるのであろう。葉山嘉樹の転向の問題はなかなか一筋縄ではいかないのである。

浅田隆はそういうやっかいな葉山嘉樹の転向に取り組んでいる。蔵原惟人が葉山嘉樹は藝術的天分をもっていたが、政治的、思想的にたかめることなく、帝国主義日本の現実を肯定し、拓士として満州へおもむいたと、弾劾したような視点ではなく、浅田隆は葉山嘉樹が「挫折の様相と抵抗の様相とを常に併せ持っていた」として、後期の作品群をきめこまかく追求する。ただ、惜しむべきは「奴隷の言葉」などの出来合いの言葉を多用していることである。

（「社会文学」平成八年七月三十日発行、第十号）

尾上蒐文洞の「古本屋日記」

平成五年六月二十二日付夕刊の「読売新聞」大阪版に「世相を映す『古本屋日記』—関西大学図書館に保存—」「『我楽多文庫』途方もない落札」の大見出しの記事が文化「手帳」欄に出ている。尾上政太郎さんの「古本屋日記」が関西大学図書館の〝大阪文藝資料〞に所蔵されたことを報じたものである。まずその記事を紹介しておく。無署名記事であるが、編集局次長の山崎健司氏の執筆である。

昨年七月二日に八十一歳で亡くなった大阪の古書業者、尾上政太郎さんが昭和十四年から死の三か月前まで書き残していた「古本屋日記」四百九十九冊が、関西大学図書館で大阪文藝資料として保存されることになった。尾上さんは昭和七年に大阪・天王寺に「蒐文洞」を開店して以来、「天牛書店」の大番頭を務めた晩年まで、古本の目利きとして知られ、本と美人と酒好きのざっくばらんな性格で作家、藝人、業界の人たちと幅広い交友を持った。

どこへ出掛けるにも和綴じの日誌を手離さず、あらゆることを書きつけ、相手にも一筆書かせた。

今残っている「古本屋日記」の第一冊は十四年一月に尾上さんが仲間と共催した「生田家御所蔵書籍入札記録」。大阪ミナミの質店を営むコレクターから入手した貴重本で、尾崎紅葉らの雑誌「我楽多文庫」が二千一円という途方もない値段で落札されたのをはじめ、「海潮音」「邪宗門」など二百三十七冊の落札者と値段を記録している。

日記の面目は、そうした古書業界の消息のほかに、作家、藝人、業者の訃報からはがき、本に関する新聞の切り抜き、即売会のちらし、旅行した時の宿のメニュー、写真などあらゆるものを張っていることで、びっくり箱のよう。

例えば、戦時中の十八年十二月には「大阪古書籍商業報国会国民報国隊長」からの協力要請状を張りつけて、隣には「三流の誓」と称して「一、君の為には血を流す。一、人の為には涙を流す。一、俺が為には汗を流す」とある。かと思うと「西鶴置土産・百八十円」の値札を張ってあるというふうだ。

平成三年四月の巻には、東京古書業者で書誌学者でもあった反町茂雄さんからの手紙のコピーがあり、大阪の古書業界の資料を集めておいてほしい、と依頼されていた。その反町さんも同年九月に死去した。

尾上政太郎さんの「古本屋日記」の全容を最初に明らかにしたのが、この「読売新聞」の記事である。丁寧にその内容まで紹介されているので、尾上政太郎さんの「古本屋日記」がどういう性質のものか、おおよその見当がつくであろう。

尾上政太郎さんの「古本屋日記」で、まず圧倒されるのは、四百九十九冊という、その厖大な量である。昭和十四年から平成四年まで、昭和十五年、昭和十六年、平成三年の三年間だけが欠けているが、五十一年間の記録である。一年に平均すると九冊ないし十冊ということになる。一年に一冊のときもあれば、多いときには十五冊にも及んでいることもある。「古本屋日記」は、既製の日記帳を使用したのではない。一冊一冊が尾上政太郎さんの手作りなのだ。すべて一度使用された紙を裏側に二つ折りし、和綴じして、それを日記帳にしているのである。この「古本屋日記」の表紙には、即売会の目録冊子や古い雑誌や単行本の表紙を切り取って貼付されていて、四百九十九冊全部が異なり、一冊とて同じものがない。なかには、店に来た著名な人たちに「古本屋日記」と題字を書いてもらっているものもあり、この「古本屋日記」の表紙を見ているだけでも、実に楽しいのである。

ここでは、紙幅の都合もあり、「古本屋日記」四百九十九冊全部を紹介することは、とうてい出来ないので、任意に数冊取り出して見ることにする。

まずは、やはり「古本屋日記」の第一冊、昭和十四年である。ここには、肥田晧三氏が「生田文庫売立と尾上蒐文洞」(『紙魚放光』〈尾上蒐文洞古稀記念〉昭和五十六年三月二日発行、詠品会)で書いている、天下一品ものの尾崎紅葉、山田美妙等、各自が自筆で書いた回覧雑誌「我楽多文庫」が出現した「生田家御所蔵書籍入札記録」のことが記されている。尾上政太郎さんは、昭和十四年一月十三日に、大阪南区二ツ井戸の天牛書店楼上の道頓堀倶楽部で、伊藤カズオ書店と共催して、生田文庫売立の札元になった。この時の二百三十七点、「一、我楽多文庫　四十一冊　二千一円十銭　八木氏」から「二百三十七、紅葉山人俳句集　一口　五冊　三百八十六円　東京一誠堂」までの「売立出品総目録」や「下見御来訪御芳名」並びに「同業入札者」が記録されている。問題の「我楽多文庫」の当日入札された札紙の二番札以下全部も貼付されている。二番札はカズオ千七百十円十銭であった。

昭和十八年の「古本屋日記」を開いてみると、「航空機献金大交換会」と刷ったハガキが目にとまった。それには次の如くある。

ブーゲンビル島沖海空戦の大戦果に応へて鬼畜米英を壊滅すべく『一機でも多く』の合言葉を銘肝して今回大交換会を開催致す事になりました。

一口物有り売りに買ひに吾等業者前線の勇士に応へ奮起せん

(当日の中央部交換会収入額全部献金)

一、日時　大阪道頓堀日本橋南詰東入天牛本店階上

一、一口　三十円以上

一、席料　五十銭
一、食事　弁当持参
一、取引　現金

主催　中央部交換会
後援　大阪古書籍商業報国会南支部

また、次のような書類もある。

国民勤労報国隊協力令書

協力スベキ者ノ氏名
氏名　尾上政太郎殿

右者左記了知ノ上本国民勤労報国隊ニ依ル協力ヲセラルベシ

記

一、出頭日時　昭和十八年十二月二十一日午前七時三十分
一、出頭場所　大阪古書籍商業報国会

国民勤労報国隊長
松本　政治　印

昭和十九年の「古本屋日記」の一頁目に、尾上政太郎さんは、「応徴日記」として、「三十四歳といへば男としてまうし分のない歳だ／この決戦の真只中に俺れも飛び込みたい／二年間の徴用の中に俺れといふ人間を作りなほしたい／国と共に死のう／ただ大儀これのみ／昭和十九年一月十二日／寺田寮第三中隊　尾上政太郎」と記している。

戦争から解放され、再び古本屋の本業に復帰出来た喜びを、昭和二十一年の「古本屋日記」に、「序／好きな道／古本屋の道／歌の道／生きて楽しき／落書きの道」と書き、昭和二十三年の「古本屋日記」には、十二月十六日の日付で、大丸古書部尾上蒐文洞と署名し、「初めに」として、「古本屋人として生きかへつたありがたさ／この熱情をもやしきびしく本道へ進まう／本屋の世界の面白さ／本を見る目の深さ／理想と現実の調和をつねに思ひ自分の人生を生かしたい」と、古本屋として生きる決意と情熱を述べているのである。尾上政太郎さんは古書籍を愛し、根からの古本屋人であった。

尾上政太郎さんの「古本屋日記」は、こうした尾上政太郎さん自らの心境や感懐を語っている部分は極めてすくない。尾上政太郎さん自身が毎日の出来事や感想などを主に書いた記録、日誌ではない。古書即売会の案内、目録や書物に関する新聞切り抜き、あるいは人からの手紙やはがき、写真などあらゆるものが貼ってあることが、この「古本屋日記」の特色である。日記というよりも、なんでも帳といった方がいいかも知れない。なにが飛び出してくるか分からないのである。例えば、昭和五十八年の「古本屋日記」には、故駒井五十二氏七回忌追悼会が十月七日夜坂口楼で開かれ、その時の参加者である作家真継伸彦らの写真が貼りつけられてあるのだ。そして、藤沢桓夫が、「昨日あたりからわが家の庭では／君が幾度となく嗅いだ／金犀の花が匂い出した／と思ったら／君の七回忌が来たという／感無量もよいところだ／それにしても駒井君はよき友達に恵まれた／こよなく酒を愛した君を／偲んで／この人たちは／秋の夜の酒を賑やかに／汲もうと／今宵茶臼山に集まって／来られた／僕の欠席はかんべんして／くれ給え／つむじ曲りの浪華の酒徒／われらが駒井五十二よ／昭和五十八年十月七日／藤沢桓夫／合掌」と自筆で書いている。また、昭和六十年の「古本屋日記」を見ると、詠品会の例会が七月二十五日に、林喜代弘さんの肝煎りで、京都の上七軒のお茶屋中里で開かれ、永田新嘗、山田庄一、桂米朝らの諸氏が特別参加した模様を肥田皓三氏が記録したあと、桂米朝が「八朔を上七軒で迎えたり」と詠んでいる。この時、尾上政太郎さんは「藝なしざる（猿）とら〳〵に出て

笑はれる　蒐文生」と書き、梶原正弘氏が「うそとまことの古本屋だまされぬ気で、だまされて…」と記している。

尾上政太郎さんの「古本屋日記」の面白さは、様々な資料の貼付の合間に、そういう著名な方々がなにか書き残しているところにある。いつか時間をつくって、尾上政太郎さんの「古本屋日記」四百九十九冊をゆっくりとみて、それらの宝物を探し出してみたいと思っている。

（梶原正弘編『続紙魚放光—尾上蒐文洞追悼集』平成八年十一月一日発行、尾上静男）

葉山嘉樹・人と文学

葉山嘉樹は、日本のいわゆるプロレタリア文学者のうち、もっとも重要な作家の一人である。一九二〇年代から一九三〇年代へかけて、日本の新しい文学として出現したプロレタリア文学で、その藝術性、その文学性を、文壇に、あるいは一般の読者に広く認められたのは、葉山嘉樹の作品であった。葉山嘉樹の「淫売婦」（「文藝戦線」大正十四年十一月一日発行、第二巻七号）の出現は、文壇に大きな衝撃を与えた、ひとつの文学史的事件であった、といってもいい。青野季吉は、「解題」（『葉山嘉樹全集第三巻』昭和二十三年三月二十日発行、小学館）のなかで、次のように回想している。

無名の葉山嘉樹を一躍文壇の新進作家の地位に押し出したものは、その「淫売婦」で、世に知られた綜合雑誌のいはゆる檜舞台でなく、一「文藝戦線」の誌上で、しかもはじめて活字になつたかやうな一短篇で、それほどの成功をかちえたといふことは、明治大正の文壇にも稀れな現象である。或いは空前といつていいかも知れない。

いま回想してみても、やや不思議な気がする位である。

青野季吉が「しかもはじめて活字になつた」と書いているのは誤りで、葉山嘉樹の作品が「はじめて活字」になったのは、「淫売婦」でなく、「牢獄の半日」（「文藝戦線」大正十三年十月一日発行、第一巻五号）である。

横光利一らの新感覚派の新しい文学に対して、強烈なる拒絶反応を示した広津和郎が、この「淫売婦」について、

「文藝時評――「白霧」その他――」(「新潮」大正十五年三月一日発行、第二十三年三号) で、次のように「推賞」した。

この作者のものは、一二年前、文藝戦線に載つた地震の時の囚人の事を書いたものを読んで、異常な感激を覚えた事がある。その記憶が、「淫売婦」の評判を聞くと、是非それを読みたいといふ慾望を自分に起させたのだ。

題材は相変らず驚嘆すべきものである。我々には想像もつかない世界の――人間生活のどん底の曝露である。

そしてかうした題材を探し出して来た作者の眼のつけどころも、十分推賞に値する。

「淫売婦」が、当時の文壇で、いかに評判となり、推賞されたか、推測できるであろう。これまで「文藝戦線」のような雑誌に登載されたプロレタリア小説など、ほとんど文壇で評価されるようなことがなかった。広津和郎の時評は「淫売婦」発表直後に書かれたものではない。「淫売婦」の評判が深く広く文壇に浸透していったのであろう。だからこそ、広津和郎は、「淫売婦」発表後、四カ月も経過しているにもかかわらず、「文藝時評」で、「淫売婦」について言及したのである。正に、「淫売婦」一篇は、青野季吉がいうように、文壇に大きな衝撃を与えた、文学史的事件でもあったのである。

葉山嘉樹は、この「淫売婦」に次いで発表した「セメント樽の中の手紙」(「文藝戦線」大正十五年一月一日発行、第三巻一号) においても、大きな「成功」をかちえた。宇野浩二は「年頭月評㊦――プロレタリアのお伽噺――」(「報知新聞」大正十五年一月十七日付) で、この「セメント樽の中の手紙」を「藝術としても優れたものであり、私の好みからいつても愛すべき作だと思つた」「一プロレタリアの歎きがたれの胸にも、子守歌のやうにしみじみと流れ込んで来る」「これはプロレタリアのおとぎ話めいてゐて、しかも真実の叫びが感じられる。文章もいゝ。すぐれた、愛すべき作だ」と激賞したのである。

仲間うちのプロレタリア作家たちだけでなく、プロレタリア文学とは門外漢にいた人々までもが、葉山嘉樹の作品をすぐれたものとして、誰しもが認めたのである。「淫売婦」「セメント樽の中の手紙」は、その題材の特異性とともに、自然主義文学の平板なリアリズムの枠を破り、プロレタリア文学そのものに新生面を切り拓いた。なによりもその斬新さに驚嘆したのである。

葉山嘉樹の出現は、当時の文壇に大きな刺激を与えた。特にこれから書いて行こうとする若いプロレタリア作家たちにあたえた影響は極めて大きいものがあった。例えば、それは、小林多喜二の日記や中野重治の小説を一瞥しただけでも明瞭であろう。

小林多喜二は、友人から葉山嘉樹の単行本『淫売婦』を借りて読んだ。その時のことを、大正十五年九月十四日の日記に「記念すべき出来事」であったと、その「感想」を丁寧に記している。「『淫売婦』の一巻はどんな意味に於ても、自分にはグアン！と来た。言葉通りグアンと来た」、「『作品の清新さ』にまず自分は打たれた」と独白している。さらに、小林多喜二は「志賀直哉氏あたりの表現様式と正に対蹠的にある。志賀直哉のばかりが絶対な表現ではない」ともいっている。小林多喜二は、昭和四年一月十五日、葉山嘉樹宛に、「今、不幸にして、お互に、政治上の立場を異にしていますが、―貴方がマキシム・ゴールキーによつて洗礼を受けたと同じように、私は、貴方の優れた作品によつて、『胸』から生き返つたと云つてい丶のです」と、書簡を書き送った。

また、中野重治が、大学生のとき、葉山嘉樹の文学をいかにみていたか、後年になって書いた自伝的小説「むらぎも」で、それを描いている。中野重治は葉山嘉樹の文学を「あれこそが藝術だ」、「理窟なしに魅力」だった、といい、そして、次のように述べている。

悪が悪であることで正義が叫びだしたといったようなものがそこにあった。いったいに田口（葉山）には、生活のやりきれないひどさを、それの特殊な断面、もつれて結節になってきた点で捕える癖があって、火箸なら火箸を切ると、その断面は、平生の火箸という観念、その鉄という観念とは違った感じで人に見えてくる。さわってみて違う。――ちょうどそんな具合に、労役者の生活の悲惨さが、その悲惨さでよりは悲惨の輝やかしさで人を打つというところがあった。

中野重治は、葉山嘉樹文学の類例のない個性的な魅力に感動し、目のさめるような驚きを語っている。小林多喜二も中野重治も、プロレタリア文学運動では、〝文戦派〟に属した葉山嘉樹とは政治的立場を異にして、激しく対立し、組織的には敵対関係にあった。その小林多喜二や中野重治が、葉山嘉樹の作品に深い共感を寄せていたのである。プロレタリア文学における葉山嘉樹の位置は極めて大きいものがあった。

葉山嘉樹は、明治二十七年三月十二日に、福岡県京都《みやこ》郡豊津村大字豊津六百九十五番地に、父、葉山荒太郎（数え四十七歳）、母トミ（数え四十一歳）の長男として生まれた。名前については、青野季吉らが、本名を疑い、「嘉重」（「かじゅう」または「よししげ」）という説をいいはじめたことがあったが、それは根拠がない。本名は「嘉樹」であり、名古屋の労働組合運動時代に「民平」の筆名を使用したことがある。

葉山家は、元禄八年（一六九五年）ごろから、信州の小笠原家に仕えた士族であった。祖父の平右衛門は、小倉小笠原藩の御馬廻役、物頭寄合を務め、慶応四年（一八六八年）二月十九日、小倉藩東征後援出兵の隊長として出立し、同年（明治元年）九月十日、秋田市八橋《やばせ》で戦死した。父の荒太郎は、明治二十六年十一月から明治四十年八月まで、京都仲津郡の郡長を務めた。母のトミは、会津若松の出身である。

葉山嘉樹は、大正二年に福岡県立豊津中学校を卒業し、早稲田大学高等予科文科に入学した。自作「年譜」に「文学志望だつたので、早稲田の文科に入れてくれと、父に頼んだが、学費が無いと答へられた。『ぢや、家を売ればい丶ぢや無いか』と云つた。家は確か四百円かで売れた。『これ丈けつか無いぞ』と云つて、四百円全部一度に渡された。早稲田に籍を置いたが、学校には行かないで、二三カ月の間に全部の金を、浪費してしまつた。」という。そして、郵船会社の讃岐丸に水夫見習いとして乗船し、大正三年正月をカルカッタで迎える。葉山嘉樹の放浪生活がはじまった。その後、鉄道局や明治専門学校の雇い、名古屋セメント会社の工務係、名古屋新聞社の記者など、様々な仕事を転々とし、労働運動に身を投じた。大正十二年、名古屋共産党事件で検挙され、その未決監で「淫売婦」や「海に生くる人々」を執筆したのである。翌年禁錮七カ月で巣鴨刑務所に服役した。そこでは「誰が殺したか」「山抜け」「迷へる親」等を書いた。大正十四年三月、巣鴨刑務所を出獄すると、妻子が行方不明になっていた。木曾地の落合ダム工事に赴いて、飯場生活に入った。自作「年譜」で「そこでは、飲酒の癖を覚えた。ひどくニヒリスチックになつてしまつた。二児の死を知つたのも、確か此年であつたやうに思ふ。雪の降り込む廃屋に近い、土方飯場で『セメント樽の中の手紙』を書いた」という。「淫売婦」が発表され、文壇に一躍認められた。大正十五年に上京し、作家生活に入る。だが、昭和九年には、再び、天龍川畔の三信鉄道（現在、JR飯田線）の工事場に赴き、ついで、木曾の山口村に移住した。そして、昭和二十年十月十八日、敗戦により北安省徳都県双龍泉の開拓村から帰国の途中、ハルピンの南方、徳恵駅の少し手前の車中で病死する。波瀾万丈の生涯であった。悲惨としかいいようのない最期であった。

小林多喜二や中野重治らは、プロレタリア文学運動と共に革命運動に邁進した。文学運動そのものが革命運動ともなっていった。本来、革命運動がなすべきことを、文学運動が代わって担ったというようなところがあった。日本の革命運動の脆弱さがそこにあって、それはそれで仕方のないことでもあった。葉山嘉樹は、プロレタリア作家になる以前に、既に労働組合運動に深く関わり、嘉和（五歳）と民雄（四歳）の二児を死なせたという、取り返しがつかない、大きな犠牲を個人的に払った。そのことは、おのずから、その後のプロレタリア作家としての葉山嘉樹の立場や行動を大きく規制したようだ。葉山嘉樹は、大正十五年十月十九日、海員時代の友人である小椋甚一宛の書簡の中で、「監獄に行くやうな運動も、当分はやらない決心である」と、素直に述べている。葉山嘉樹は、プロレタリア作家として活躍する当初から、革命的前衛の闘士になることを目指さなかった。

葉山嘉樹の作品には、勇ましい革命家は登場しない。しかし、ことばの本来の意味でのプロレタリアの文学、政治性や革命的思想にとらわれない、理窟ぬきに、その時代と社会に生きて働いている人々が描かれている。プロレタリア作家のうちで、葉山嘉樹ほど労働者とその生活を存分に描いた作家がいたであろうか。葉山嘉樹は、みずから海上労働者や土木労働者や開拓農民たちの生活と働く現場に入っていった。今日までの日本文学の歴史にそのような作家がいたであろうか。

昭和という激動と自然の脅威にさらされて、貨物船やダムや鉄道工事場で働くひとびとの実在を、その労働と生活を確かなイメージで描き出したのは葉山嘉樹ただ一人ではないか。葉山嘉樹は読みごたえのある多くの作品を描きだしたのである。もっと多くのひとびとに読まれてもいいのではないかと思う。

（『葉山嘉樹短編小説選集』平成九年四月十五日発行、郷土出版社）

「妻の座」「岸うつ波」のこと

壺井栄は、徳永直の破婚問題を扱った二つの長編小説「妻の座」（「新日本文学」昭和二十二年七月十五日、二十四年二月〜四月、七月一日発行、第一巻八号、第四巻二〜四、六号）と「岸うつ波」（「婦人公論」昭和二十八年四月〜十二月一日発行、第三十七巻四〜十三号）とを書いた。

発表当時、モデル問題で話題となったのは、後者の「岸うつ波」である。天野酌久は「ほおかぶりの限度〈大波小波〉」（「東京新聞」昭和二十八年八月三十日付）で、「ある著名な左翼作家が手きびしく糾弾されているというので、『婦人公論』連載中の壺井栄の『岸うつ波』が評判になっている」「永井がだれをモデルにしているかいうまでもあるまい。『妻の座』『岸うつ波』と二度まで糾弾され、ほおかぶりしては、所属陣営の名誉キソンになると思う」という。「岸うつ波」には、徳永直をモデルとした「進歩的などと自認している作家永井純」が登場する。だが、その永井純という人物を描こうとした作品ではない。永井純、あるいはその家族は、女主人公藤本なぎさの目を通して一面的に弾劾される。それも別れるときのことだけしか書かれていない。永井純は非常に単純な悪者にされている。作品世界において、永井純はほとんど文学的リアリティーを持った生きた人間としては描かれていないし、永井純に対する批判にもなっていない。文学の次元における創作とモデルの問題ではない。「岸うつ波」は、壺井栄の私怨と受け取られかねない一面を持っている。あるいは壺井栄の私怨をモチーフとして「岸うつ波」は書かれたといってもよい。それだけに「岸うつ波」ではモデル問題が大きく話題になったのである。

目には目を歯には歯をというのか、徳永直は、この「岸うつ波」に誘発されて、「草いきれ」(「新潮」昭和三十一年八月〜九月一日発行、第五十三巻八号)を書いた。「草いきれ」は、徳永直がいうように、「さいきんの文学歴史に稀れなほど激しい批判」をうけた。「草いきれ」に出てくる人物の名前が、主人公の野村をはじめ、相手の閑子、大井峯、大井悠吉、川島貞子、高木千恵子、川村夫婦など、壺井栄の「妻の座」に出てくる人物とそっくり同じなのである。

徳永直は、敗戦の年の六月三日に、二十一年間つれそった妻のトシヲに先立たれ、四人の子供を抱えた、男やもめ世帯の不自由さから、壺井栄に後妻のあっせんを手紙でたのんだ。壺井栄は、四十歳の丙午年生まれで独身である、自分の妹シンを世話した。だが、二カ月後には別れる。壺井栄の「妻の座」も、徳永直の「草いきれ」も、この壺井栄の妹と徳永直との結婚と、その破婚にいたった経緯を題材にした作品である。しかし、「妻の座」と「岸うつ波」は、同じ素材ではない。「岸うつ波」は、徳永直の三度めの結婚・破婚をヒントに書かれた。河上徹太郎「文藝時評㊥」(「東京新聞」昭和三十一年八月三十一日付夕刊)などは、「岸うつ波」に描かれた事実を受けて、「草いきれ」は、その反面の男の立場から書いたと、誤解している。モデル問題が起きて、「妻の座」と「岸うつ波」の素材はひとつだと、当時の読者に思われたようでもある。

「妻の座」には、平野謙が「今月の小説ベスト3」(「毎日新聞」昭和三十一年七月二十四日付)で、「ヨメさがしをたのまれていながら、いつしかムコえらびにすりかえられた女主人公の女くさい心理の動きに、まるで無批判な作者があきたりなかった」というような、壺井栄の自己追求の甘さがある。しかし、「妻の座」と「岸うつ波」は、その描かれ方に著しい相違がある。「妻の座」は、壺井栄が、座談会「小説とモデル問題」(「文藝」昭和三十一年七月一日発行、第十三巻十一号)で、「徳永さんのことは思いやりを持って書いてるんです。向うの立場ばかり考えて書いてるんでね。モデル問題が出たからブチまけて言えば、これはわたしの妹のほうに、非常にいけない所があったんじゃないかと思い、向うの立場を一生懸命考えてやってるつもりなんです」という。額面通りに受け取ることが出来なくても、そういう壺井栄の作家的態度・姿勢が、「妻の座」の素材を文学にまで昇華させた。「妻の座」は、出もどり女の醜態をさらけ出す閑子の必死のあがき、裁縫のできるやさしい女が、〝夜叉〟のような女になってしまった、それが姉という骨肉の目で見事に濃密なリアリティーをもって描かれる。

それに対して、徳永直の「草いきれ」や壺井栄の「岸うつ波」は、小説としては批評の余地のない愚作であろう。それらがいかに文学精神の頽廃を示すものであったかは、二人がたたかわせた論争、壺井栄「虚構と虚偽」（「群像」昭和三十一年十一月一日発行、第十一巻十一号）、徳永直「婚約問題を扱う態度について」（「群像」昭和三十一年十二月一日発行、第十一巻十二号）が如実に物語っている。

（「壺井栄全集三　月報」平成九年十二月十五日発行、文泉堂出版）

松本克平のこと

平成四年の年末であったか、平成五年の初め頃であったか、青山毅と、『本庄陸男全集』全六巻（影書房）の推薦文をどなたに依頼したらよいか、二人で相談したことがあった。その時、二人は期せずして松本克平の名前をあげた。本庄陸男は、昭和十四年、時代の重圧のなか、三十五歳という若さで倒れた。日本プロレタリア文化運動のなかで、松本克平と本庄陸男とが、直接個人的な深い繋りがあったか、どうかは知らない。多分、松本克平と本庄陸男とは、それほど深い交わりはなかったであろう、と思われる。私と青山毅が『本庄陸男全集』の推薦文の依頼に、ぜひ松本克平をと、その名前をあげたのは、本庄陸男の代表作である長篇小説『石狩川』に関係している。『石狩川』は、当時、ベストセラーとなった、本格的な歴史小説である。この『石狩川』は、村山知義脚色・演出で、新協劇団創立五周年築地小劇場改装記念公演として、昭和十四年十一月二十五日から十二月二十日まで、築地小劇場で上演された。その時、藩主伊達邦夷の役を演じたのが、松本克平であった。家老の阿賀妻謙は滝沢修である。当時の劇評などをみると、かならずしも新協劇団の「石狩川」は成功したとはいえなかったようだ。遠藤慎吾は「原作にある深い人間性の悩みの代りに類型化された人物の対立が、むせかへるやうに迫る土の香の代りに涙を誘ふ義理人情のしがらみが、入れ替わつてゐるのである」（「朝日新聞」昭和十四年十二月一日付）と評している。『石狩川』は、地味な作品であって、いわゆる劇的な筋の発展というものが、極めて少ないので、それを上演するのには無理があったのかも知れない。

それは、それとして、この時、『本庄陸男全集』にいただいた、松本克平の推薦文は、次の如くであった。

「石狩川」公演に私は戦前と戦後の二回、主役の伊達邦夷の役で出演しました。第一回目は第一次新協劇団で昭和十四年十一月に築地小劇場でした。二回目は戦後の昭和四十八年二月の都民劇場で東京都助成公演で新劇団合同のピックアップでした。どちらも村山知義脚色演出。当時はまだ現在のように演劇賞などというものは殆ど無い時代で第二回新協劇団賞を貰いました。戦後私は第二次新協劇団で藝術方針についてトムさん（村山知義氏）と意見が合わず喧嘩別れをして俳優座に移っていたにも拘らず、トムさんから「石狩川をやるから是非客演してくれ」と云ってきたが「私はもう七十歳の老齢で今更伊達邦夷は老け過ぎている」と云って辞退したところ「脚本には年齢の指定は無い。僕には克平さんしかイメージが浮かばない。是非出てくれ」と口説かれた上、長文の手紙を貰いました。過去に拘《こだ》わらずそうまで云われては役者冥利に尽ると思い、喜んで出演しました。美濃部都知事から舞台で花束を貰ったり握手をしたりしました。トムさんの根性の広さに感心した懐かしい芝居でした。

青山毅に誘われて、松本克平のお宅を一度訪問したことがあった。それがいつのことであったか、はっきりとした記憶がない。しかし、青山毅がやっていた雑誌「ブックエンド」に関係していたことはたしかである。いまその「ブックエンド」を取り出して見てみると、第五号（昭和五十五年四月二十五日発行）が〝プロレタリア演劇資料細目㈠〟として、「左翼劇場パンフレット」「演劇新聞」等を取りあげている。青山毅は、「私の所蔵する《演劇新聞》は号外を含めて十三号にしかすぎない。欠号については松本克平氏所蔵の資料を借覧し、破損の部分については稲垣達郎氏所蔵の資料を借覧した。／《左翼劇場パンフレット》《タワーリシチ》については、欠号分（ほとんどがそうであったが）は松本氏所蔵資料を借覧した」と記しており、「ブックエンド」第五号は、松本克平の絶大なる協力のもとに編集されたといってよい。

私には、「左翼劇場パンフレット」や「タワーリシチ」などを、松本克平宅で閲覧させていただいた記憶がない。

青山毅が拝借していたそれらの資料を返却するのに、たまたま上京していた私が同行したのかも知れない。松本克平に、当時のプロレタリア演劇運動についていろいろとお話を伺うといったようなことが主目的で訪ねたのではなかったことは確かである。ほとんど松本克平にお話を聞くというようなことはしなかったようだ。いま、その時のことで、記憶に残っているのは、私が関西大学に勤めていることを申し上げたところ、「前に清水好子さんから手紙をもらったことがある」とおしゃられたことである。いうまでもなく、清水好子は源氏物語の研究者である。松本克平から意外にも清水好子の名前が出たので、いまでも心に残っている。

「ブックエンド」第五号には、青山毅の「松本克平著作目録稿」が掲載されている。青山毅は、その「はじめに」のところに、「浦西和彦氏の協力もいただいた」と書いているところから考えると、青山毅と私とが松本克平宅を訪問したのは、松本克平の著作目録作成のために、その文献資料の調査が主な目的であったような気がする。

次に松本克平にお目にかかったのは、平成七年四月二十二日に新宿情報サロン・アゴラで開かれた、「松本克平さん卒寿のお祝い」の会においてであった。各方面から沢山の方々が駆けつけ、盛大な、松本克平にふさわしい、楽しい会であった。この時、「石狩川」の一場面を描いた松本克平の色紙を一枚求めて帰宅した。

プロット執行委員長が佐々木孝丸から村山知義に交替しないで、佐々木孝丸がプロットの執行委員長であったならば、蔵原惟人の再組織論に、プロットはどう対応したであろうか。日本プロレタリア文化連盟（コップ）へと収束されていく運動の過程で、日本プロレタリア演劇同盟の運動体としての独自性とは一体なんであったのか。活動の一般報告書などを見ると、日本プロレタリア作家同盟も日本プロレタリア演劇同盟もほとんど変わるところがない。運動そのものが画一的であるといってもいい。しかし、例えば、小林多喜二が非合法の日本共産党に入党し、弾圧をのがれて地下活動にうつり、困難な生活のなかで献身的な党活動と共に、作家としての執筆活動もつづけた。作家の場合の創作活動は作家個人の才能がすべてである。小林多喜二の才能はそれを可能にした。地下活動の困難な状況のなかで「党生活者」を執筆した。しかし、演劇活動は地下活動に移っては、成立しえないであろう。常に舞台に、観客の前に、その身体をさらけださなければならないのである。当然いかにして合法性を確保するか、そのための運動という一面を持っていたであろう。そのへんのところを、当時のプロットはどういうように配慮したのか。コップにおけるプロットの運動の独自性について、当時の運動に携わった松本克平に、お話をゆっくりとお聞きしたいと思いながら、もはやその機会を永遠に失ったようだ。

松本克平のご冥福をお祈り申し上げる。合掌。

（『安曇野―松本克平追悼文集―』平成十年二月二十八日発行、朝日書林）

北條秀司著『信濃の一茶・火の女』後記

北條秀司の遺稿戯曲集『信濃の一茶・火の女』が関西大学出版部より上梓されることを歓びたい。

北條秀司は、平成八年五月十九日、肝不全のため九十三歳で死去された。亡くなる直前まで、書きおろし戯曲「火の女」や「岩野泡鳴」の執筆・構想に取り組み、創作意欲は衰えることがなかった。二百作以上の戯曲を書き続け、その生涯を、文字通り「演劇の鬼」として全うした。

「信濃の一茶」は、平成五年三月四日から二十八日まで、〝北條秀司卒寿記念〟公演として、井上和男・大場正昭演出、金井俊一郎美術、小川昇照明、辻亨二音楽、中山信弥衣裳で、新橋演舞場において上演された。大笹吉雄は「卒寿の新作」（「演劇界」平成五年四月一日発行）で、「九十翁の新作戯曲という例は、世界的にも前例があるかどうか。あってても異例中の異例なのは間違いあるまい。しかも単に書きおろしたのみならず、大勢の観客を相手にする商業劇場で上演される。それ一本の公演である。何から何まで異例づくめだ」という。九十歳の卒寿になってからも書きおろし新作戯曲執筆に挑戦し、「信濃の一茶」を完成させたのには驚嘆させられたのである。

「信濃の一茶」は、緒方拳が小林一茶を、池畑慎之介が妻きく（上演時の役名　お君）を、春本泰男が本陣主人桂国（剣国）を、樹木希林が後妻やを（お直）を演じた。水落潔は劇評（「毎日新聞」平成五年三月二十二日付）で、「作者は、一茶の遅れてきた青春を温かく見て、一茶のおう盛な生へのエネルギーをユーモラスにつづっていく。その姿は、この年齢で劇作に取り組む作者の姿と重なり合っている。最後に一茶が、自分の俳句は世の中におもねっていたと語り、芭蕉の世界へ回帰するところは感動的である」と評した。北條秀司は、この「信濃の一茶」のあと、大杉栄の大正五年十一月の葉山事件を扱った「火の女」を執筆したが、未定稿のまま残された。そして、この「火の女」とは別に、亡くなる直前には、「岩野泡鳴」を構想していて、その創作メモがある。

北條秀司の戯曲は、すべて舞台で上演されることを前提として執筆されている。未定稿となった「火の女」は、多分、上演されることが確定されてから、その出演俳優等を配慮して、上海のコミンテルン会議の第三幕と第四幕第二場のどちらを採用するか、あるいは最終場面のセリフやト書きが推敲されることになっていたのであろう。「火の女」が未定稿として残されたことによって、北條秀司の戯曲創作術がうかがえて興味深い。なお、「火の女」の題名は、最初、「新しき痴女（仮題）」となっていた。

北條秀司は、明治三十五年十一月七日、大阪市西区北堀江西長堀に、父市松、母おひさの次男として生まれた。本名は飯野秀二《いいのひでじ》である。天王寺甲種商業学校在学中の大正八年、室町銀之助のペンネームで宝塚少女歌劇団の第五回脚本募集に応募し、歌劇「コロンブスの遠征」が、金光子作曲で、大正九年七月二十日から八月三十一日まで上演された。大正一三年四月に関西大学専門部文学科（国漢文専攻科）に入学し、昭和二年三月に卒業する。同期生には、「万葉集」研究の吉永登《みのる》博士がいた。北條秀司は箱根登山鉄道に勤めながら、昭和八年、岡本綺堂に師事し「舞台」同人となる。昭和十一年十一月一日発行の「舞台」に発表した「表彰式前後」で、一躍脚光を浴び、劇作家としてデビューする。そして、新国劇、新派、歌舞伎、大衆演劇など各々の分野に旺盛な筆力で、「王将」「文楽」「霧の音」「太夫さん」「明治の雪」「佃の渡し」「司法権」「狐狸狐狸ばなし」「紙屋治兵衛」「浮舟」など多くの秀作を書き続け、昭和十六年には、戯曲集『閣下』（昭和十五年十二月二十六日発行、双雅房）で新潮社文藝賞を受賞した。それ以来、昭和二十七年、三十一年の二度にわたる毎日演劇賞、昭和三十年にＮＨＫ放送文化賞、昭和四十年三月『北條秀司戯曲選集』（青蛙房）により、藝術選奨文部大臣賞、昭和四十一年二月に読売文学賞、昭和四十八年に第二十一回菊池寛賞、昭和五十一年一月に大谷竹次郎賞、平成二年に日本演劇協会特別功労賞と数かずの賞を受賞する。昭和六十二年十月には文化功労者に選ばれた。また、昭和三十九年より平成五年まで日本演劇協会会長を務めた。平成五年九月には、「日本商業演劇史」の研究により、関西大学より博士（文学）が授与された。劇作家として演劇文化に貢献した功績は大きく、正四位勲二等瑞宝章が政府から追贈された。

（北條秀司著『信濃の一茶・火の女』平成十年三月三十日発行、関西大学出版部）

『徳永直』〈作家の自伝〉解説

徳永直が文壇に登場したのは、彼の代表作「太陽のない街」の発表によってである。「太陽のない街」は、「戦旗」昭和四年六月一日〜九月一日、十一月一日発行に掲載された。その反響が極めて大きかったのであろう。「太陽のない街」は、「戦旗」での完結をまたず、その年の十一月三十日に〈日本プロレタリア作家叢書四〉として、戦旗社から刊行された。

「太陽のない街」の連載がはじまると、ただちにとりあげて高く評価したのは、蔵原惟人のようなプロレタリア文学の陣営に属する人達だけではない。例えば、川端康成は「文藝時評」(「文藝春秋」昭和四年八月一日発行、第七年八号)で、この「太陽のない街」を取りあげ、次のように評した。

私は徳永直氏については何も知らず、未完の小説を批評するのもいかがと思はれるが、今月の何十篇かの作品のうち私を最も明るくしてくれたものとして、その題名だけでも誌して置きたい喜びを感じた。

確かな筋からではないが、労働者がこの小説を非常に喜んで読むと聞いたので、目を通してみたのである。しかし、この作品の表現の歯切れのいい平明さと、全体の明るい健康さと極めて自然に出て来る力強さと、材料の配置と筋の展開との新鮮さと、或る程度の感傷と衝激と――それらは労働者ばかりが喜ぶものではない。

小石川区の大印刷工場の争議をいろんな角度から取扱つて見せたものであるが、作者がその争議団を知りつくした感じ、つまりプロレタリア作品としての一つの信頼に、われわれを直ぐに誘ひ込んでくれる。そして、作者は落ちつき払つて、老練と思はれる程の筆致を見せてゐる。それは熱情な活潑な振子のやうに動いて、新鮮な快速を感じさせるのだ。変な云ひやうだが、「文学臭さ」のないそれゆゑに大衆をも安心して近づけるだらう文学の一典型として、推賞さるべきかと思ふ。

川端康成が「労働者がこの小説を非常に喜んで読むと聞いたので、目を通してみた」と述べていることに注目していいであろう。「太陽のない街」は、文壇の人々よりも、先ず一般の労働者たちに読まれたのである。近代あるいはそれ以前の社会においては、文学や藝術を享受する者たちは、常に極く少数の階層の人々だけに限られていた。だが、徳永直の出現は、これまでの小説の読者層を大きく変えたようだ。特定の知識人・趣味人だけのものであった文学・藝術を、労働者が読むようになった。小説を享受する層が大衆化され、働く人々に広がりを持つようになったのである。

「太陽のない街」は、「戦旗」連載中から上演の計画がなされた。そして、昭和五年二月三日から十一日まで、左翼劇場が第十四回公演に、築地小劇場で上演した。脚色は藤田満雄、演出は村山知義、演出助手は杉本良吉で、佐々木孝丸・鶴丸睦彦・伊達信・峯桐太郎・平野郁子・原泉・山本安英らが出演した。「太陽のない街」は演劇でも労働者たちに支持され、入場延人員六千名を記録する。プロレタリア演劇運動に力強い弾みをつけたのである。

徳永直の「太陽のない街」にさきだって、小林多喜二が「一九二八年三月十五日」(「戦旗」昭和三年十一月・十二月一日発行)、「蟹工船」(「戦旗」昭和四年五・六月一日発行)の力作を発表している。徳永直は「太陽のない街」一篇によって、この小林多喜二と共に日本プロレタリア作家同盟の有力なる作家として注目を集めたのである。

「文学的自叙伝」(「新潮」昭和十二年九月一日発行、第三十四年九号)は、徳永直の文学的生い立ちを回想したエッセイである。徳永直は「太陽のない街」をひっさげて忽然と文壇に出現した。しかし徳永直が小説を書きはじめたのは、それよりもかなり以前からであった。「文学的自叙伝」によると、熊本の煙草専売局の工場に通っていた頃に、「ブルジョア子弟の多い土地の文学青年グループには入れてくれないので、べつにグループを作つて、廻覧雑誌を出した。二十歳だつたと思ふが始めて四十枚ばかりの『陽の出前』といふ短篇をそれに書いた。これはたぶんにイプセン的影響のあるものだが、僕としては死の絶望へ対して生の絶対を強調したもので、この一作で土地の文学青年仲間に認められることが出来た」と述べている。のち、東京に出てから徳永直は印刷労働者となり、出版従業員組合の創立に参加した。出版従業員組合には、青野季吉・小川未明・金子洋文・佐々木孝丸らも加入していた。それらの人々との交流が刺激になったのであろうか、徳永直は再び小説を書きはじめる。「文学的自叙伝」で、「作品は二三書いて、青野季吉氏に見て貰つた。丁度震災の前月だつたが、僕の作品が当時の大雑誌の一つであつた『解放』に載るといふしらせを青野氏にきかされたとき、ひどく嬉しかつたが、震災と共に焼け失せてしまつた」と回想している。しかし、当時の労働組合運動のなかには「文学軽蔑」の風潮が根深くあり、小説を書くことに対する無理解が少なからずあったようだ。徳永直は、同じく「文学的自叙伝」で、「金子洋文氏にみてもらつてゐたが『馬』『あまり者』など、その頃のものである。しかしやがて、組合から文筆業者達の脱退となり、労働者ばかりの組合となつてきて、××の十三年争議、評議会加盟などに進んでゆくと、もう小説なぞ書いてゐられなくなつた。あるときこツそりかくれて小説を書いてゐたのがバレて、執行委員会で査問され『以後一切文学などはやりません』といふ詫状をいれたのもこの頃のことであつた」と記している。「金子洋文氏にみてもらつてゐたが『馬』『あまり者』など、その頃のものである。」というのは、明らかに徳永直の記憶にずれがある。「××の十三年争議（僕の太陽のない街は十五年争議）が勝利に解決し、組合が確立して出版部が出来ると、僕はその責任者となつて、月々百五六十頁の機関誌『時代』を編輯し、はじめて組合公許で、組合員の為に連載小説を書いた」と「文学的自叙伝」でいう。この「はじめて組合公許で、組合員の為に連載小説を書いた」作品は、出版労働組合機関誌「時代」に大正十四年一月から八月にかけて掲載された「無産者の恋」である。さきの「馬」、「あまり者」には、それぞれ末尾に脱稿年月日が記されていて、「馬」には「――

一九二五・六・七――」、「あまり者」には「――一九二五・一一・一――」とある。すなわち、「馬」も「あまり者」も「無産者の恋」の連載と同じ年に執筆されたものであって、組合の執行委員会で小説を書くことを「査問」された、その頃の執筆ではない。徳永直は、「馬」、「あまり者」のほかに、この大正十四年には、日露戦争に輜重輪卒として兵隊にとられた父の回想を中心に描いた「戦争雑記」をも書いている。

徳永直は、熊本の煙草専売局で働いていた十八歳のころに、職場でアナキストの米村鉄三という青年と知り合った。自作年譜に「おぼえているのは十八歳（大正六年、一九一七年）煙草職工していたとき、ロシヤに革命がおこったことだ。仲間に米村鉄三という（三歳年長の）文学ずきの先輩がいて、工場の煙草俵のかげで、その話をしたことであるが、そのときもまだ『労働者』という言葉をおぼえ、『労働者』とは自分たちのことだ、と知って、ヘエ、とおどろいたくらいのことである」と述べている。そうした徳永直が、この米村鉄三の影響を受け、社会的意識を開眼させられるとともに、文学的にも、ドストエフスキーの「死人の家」、ゴーリキーの「チェルカッシュ」、ソログープの「毒の園」などの作品を紹介してもらい、読むようになる。徳永直が労働問題へ関心を示すようになるのは、大正八年以後のことであるらしい。阿蘇の山中にある黒川発電所の見習工となっていた時、米村鉄三とその従弟に当たる印刷工の角田時雄らと、「労働問題演説会」を計画して、熊本憲兵隊にかぎつけられ、熊本警察署に検束された。そして発電所を馘首されるという事件がおこる。この時代のことを自伝的小説『黎明期』（昭和十年六月二十日発行、ナウカ社）や『私の人生論』〈青木文庫〉（昭和二十七年三月十五日発行、青木書店）などで描いている。

徳永直が、当時第五高等学校の学生で新人会熊本支部を結成した後藤寿夫（林房雄）や高橋貞樹らを知ったのは大正九年である。そして、島原時事新報社でのストに失敗したため、徳永直は高橋貞樹の山川均にあてた紹介状をもって、熊本から上京した。関東大震災の前年、大正十一年九月のことである。

「一つの時期」（「労働評論」昭和二十一年十・十一月一日発行、初出原題「むかしのおるぐ」）には、徳永直が上京後、山川宅と隣り合った大森の前衛社に一カ月ほど食客のようなかたちで住み込んでいるあいだに、大阪の天王寺公会堂で、労働組合総連合結成大会が大正十一年九月三十日に開かれ、傍聴者の一人として参加し、アナ・ボル両派の対立と恵美寿署に検束されたことが描かれている。この「一つの時期」には、徳永直が芝口の民友社を経て、小石川の博文館印刷所の植字工となり、出版従業員組合の創立総会に参加し、その博文館印刷所の久堅支部の責任者として、「太陽のない街」の素材となった大正十五年十二月の共同印刷の大争議までが、くわしく書かれている。当時の労働組合における労働者気質をスケッチした歴史的文献の一つであろう。

「妻よねむれ」は、「新日本文学」に昭和二十一年三月一日から昭和二十三年十月十五日まで、断続的に七回掲載された。徳永直は、この「妻よねむれ」によって、敗戦後における文学的再出発をなしたのである。

「妻よねむれ」は、「トシヲ、いまおれたち親子はお前の故郷に疎開してきている」と、死んだ妻「トシヲ」に呼びかけるという形式をとっている。徳永直の妻トシヲが死去したのは昭和二十年六月三日である。徳永直は、妻トシヲを小説「妻よねむれ」においても、名前をそのまま「トシヲ」として登場させる。徳永直が死んだ妻トシヲの出身地である宮城県登米郡登米町（現在、登米市）に疎開したのは昭和二十年七月二十四日である。「妻よねむれ」は、その疎開地の状況からはじまり、その地で敗戦をむかえた「おれ」が、民主主義文学運動にはせ参じる決意で終わる。

「妻よねむれ」は、昭和二十年を現在としている。しかし、敗戦前後の昭和二十年だけが描かれるのではない。徳永直が妻トシヲと結婚したのは、大正十三年四月三十日である。「妻よねむれ」には、トシヲと結婚した大正十三年から昭和二十年までの生活が回想される。亡き妻との二十余年の生活と共に「おれ」の作家生活なども私小説風に語られる。そこには小説技法上の新鮮さはない。私小説のもつ赤裸裸な自己追求の厳しさもない。「おれ」は、亡き妻に、次のように呼びかける。

　トシヲ、お前はまぎれもなく戦死だ。この戦争で、アメリカ兵や支那兵とたたかったわけでもないのに、何万、何十万と死んでいった人間の一人だ。亭主を戦場におくり、徴用される子供を工場におくり、家族の飢えをささえるために、まずおのれが飢えて、この戦争の、下敷となって死んでいった、たくさんの女房たちの一人だ。

「妻よねむれ」という作品一篇のトーンは、妻の病気を「まぎれもなく戦死だ」というように、すべてを安易に戦争の犠牲に覆いかぶせているところにある。トシヲという妻の生きた人間像、個性ある実像を文学的リアリティーをもって追求しようというよりも、死んだ妻にたいする「おれ」の感慨を、一種の悲壮な激情を中心にすえて書かれている。そのため通俗的でさえある。例えば、徳永直が日本プロレタリア作家同盟を渡辺順三とともに脱退したことや、昭和十二年十二月二十六日に、自作「太陽のない街」や「失業都市東京」の絶版を声明したことなど、「妻よねむれ」においては「おれ」の自己を仮借なきまでに批判し追求する目が欠落している。なにも戦争中の徳永直を非難しようというのではない。「妻よねむれ」の「おれ」は、「――おりやあ、臆病もんだ。しかし、臆病な鹿だって、岩から岩へ、峰から峰へかける脚という武器はもっている。おれだって、使い道によっちゃ、けっこう役にたつんだ。なあに、おれだって――」とつぶやく。プロレタリア作家としての徳永直が、その文学的真骨頂を発揮したのは、プロレタリア文化運動が壊滅した戦時下であったと思う。徳永直は、「臆病もんだ」という自己認識・自覚の上に、そこにずぶとく踏み止まり、「八年制」(「日本評論」昭和十二年六月一日発行、第十二巻六号)、「最初の記憶」(「新潮」昭和十三年十月一日発行、第三十五年十号)、「他人の中」(「新潮」昭和十四年四月一日発行、第三十四年四号)、『光をかかぐる人々』(昭和十八年十一月二十日発行、河出書房)などの秀作を書いた。それらの作品はもっと読まれていいであろう。その徳永直が戦後の民主主義文学運動への文学的再出発を、戦時下という時代や社会と真正面から向き合うことを避け、妻トシヲの死という感傷的世界に流されたところから文学的活動をはじめたのである。こうした自己批判の甘さが戦後の民主主義文学運動を脆弱なものにしたようだ。

現在、徳永直の作品がまとまって多く収録されているのは、『日本プロレタリア文学集二十四・二十五〈徳永直集一・二〉』（昭和六十二年一月二十五日・三月二十五日発行、新日本出版社）の二冊である。徳永直全集が刊行されてもよいのではないか。

（『徳永直』〈作家の自伝六八〉平成十年四月二十五日発行、日本図書センター）

日本プロレタリア作家同盟にいま想うこと

昭和九年二月二十二日、日本プロレタリア作家同盟（ナルプ）は拡大中央委員会を高円寺の亀井勝一郎宅で開き、みずから解体を決定した。このナルプが解体を決めるよりも前に、徳永直、藤森成吉、立野信之、淀野隆三らの同盟員たちは、日本プロレタリア作家同盟を既に脱退していたのである。なぜ、彼等はナルプが解体するよりも先に脱退したのであろうか。彼等を日和見主義的敗北主義者であったと断罪してしまうことよりも、彼等が何年何月何日にナルプを脱退したのか、その正確な事実を私は知りたいと思う。

周知のように、昭和七年三月に日本プロレタリア文化連盟への弾圧が開始され、同年四月に蔵原惟人や中野重治ら、その主要なメンバーの人々が逮捕され、刑務所に送られた。弾圧をのがれて地下活動にうつった小林多喜二は、八年二月二十日に築地署で警視庁特高の拷問で殺された。そして、佐野・鍋山の転向声明発表が同年六月七日にあり、翌年一月十五日にはスパイ疑惑にからむ赤色リンチ事件が発覚する。ナルプは機関誌「プロレタリア文学」八年十月号を出して以後、その機関誌さえ刊行することが出来なくなっていた。ナルプは九年には実質的に組織としての機能がほとんど崩壊していたといってもよいのではないか。そういう状況下において徳永直や橋本英吉らのナルプ脱退という現象が発生したのである。

徳永直らが脱退したのは、小林多喜二のように殺されたくない、あるいは中野重治らのように逮捕されて刑務所に入りたくないといった保身にあったことはいうまでもない。彼等が臆病者で、小心者であったことはたしかであろう。それにしてもナルプの組織的活動はほとんど有名無実なような状態になっているのであるから、彼等があえて脱退をしなくてもよかったのではないか。それなのになぜ脱退したのか、私にはもうひとつよくわからない。

だが、九年一月三十日付の「東京朝日新聞」を見て、そのことの疑問が氷解した。新聞は、司法省で作成した治安維持法改正案が三十日の院内閣議で正式決定の上、衆議院に提出されると報じ、その「治安維持法改正法律案」全文三十条を掲載したのである。「治安維持法制定以来当局は検挙につぐ検挙をもつて共産党絶滅を期し検挙者総数は三万八千余人に上つたが、次々に党組織の再建を見つゝあるのは貯水池たる外廓団体の取締規定が明示してなくその検挙不徹底を余儀なくされたがためであるから改正法は外廓団体取締規定を明文化した」というのが、改正案の根本目的であった。改正法律案の第二章「罪」の第四条に「前条の（団体を変革する）結社を支援することを目的とし結社を組織したるもの、または結社の役員その他指導者たる任務に従事したるものは無期または五年以上の懲役に処し、情を知りて結社に加入したるものまたは目的遂行のためにする行為をなしたるものは二年以上の有期懲役に処す」と規定されている。非合法の党員だけを対象として検挙するのではなく、法律の上で明文化して、日本プロレタリア文化連盟や日本プロレタリア作家同盟などの外郭団体も取り締まるというのである。党員でもなく、党に活動資金を提供しなくとも外郭団体に属しているだけで検挙するというのである。新聞でこの「治安維持法改正法律案」を読んで、動揺しなかった同盟員は一人もいなかったであろう。国家権力の弾圧というものはすさまじく徹底的である。ナルプがみずから解体するのは当然の成り行きであった。

徳永直らナルプ同盟員らの脱退が、「治安維持法改正法律案」を新聞で見た直後のものであったのか、それともそれ以前の出来事であったのか、調べる手だてはないものかと思う。

（「文学時標」平成十一年七月二十五日発行、第百三十七号）

『伊藤永之介文学選集』解説

先ず、最初に『伊藤永之介文学選集』に収録されている作品の発表年月日等の書誌的な事項を記すと、次の如くである。

梟

〔初出〕

「小説」昭和十一年九月一日発行、第一巻七号、四〜四八頁。

〔再掲〕

「文学界」昭和十二年七月一日発行、第四巻七号、一八九〜二三九頁。この時、加筆改稿。

〔収録〕

『梟』〈版画荘文庫二十〉昭和十二年十一月二十日発行、版画荘、一〜七四頁。この時、再度加筆改稿。

『鶯』昭和十三年十月八日発行、改造社、二〜九九頁。

『梟』〈有光名作選集三〉昭和十六年七月十五日発行、有光社、二三三〜三二六頁。初出「小説」版を収録。

『鶯』昭和二十一年一月二十日発行、飛鳥書店、四九〜一二五頁。

『現代日本小説大系第四十九巻　昭和十年代四』昭和二十五年一月二十日発行、河出書房、二一五〜二八八頁。

『鴉・鶯・梟』〈新潮文庫〉昭和二十八年十月二十五日発行、新潮社、一八五〜二五四頁。

『梟・鶯・馬』〈角川文庫〉昭和三十年二月十五日発行、角川書店、五～七〇頁。

『日本プロレタリア文学大系八』昭和三十年二月二十六日発行、三一書房、三～四二頁。

『日本現代文学全集第八十九巻〈伊藤永之介・本庄陸男・森山啓・橋本英吉集〉』昭和四十三年七月十九日発行、講談社、二四～五二頁。

『日本文学全集四十四〈葉山嘉樹・黒島伝治・伊藤永之介集〉』昭和四十四年十月十一日発行、集英社、二九九～三四四頁。

『日本短篇文学全集三十四』昭和四十四年十一月十五日発行、筑摩書房、一〇九～一七三頁。

『伊藤永之介作品集Ⅰ』昭和四十六年十月二十日発行、ニトリア書房、三六～一〇八頁。

『現代日本文学大系五十九〈前田河広一郎・伊藤永之介・徳永直・壺井栄集〉』昭和四十八年五月二十一日発行、筑摩書房、二〇九～二三六頁。

早場米
〔初出〕
「世界」昭和二十九年八月一日発行、第百四号、二二一～二三九頁。
〔収録〕
『谷間の兄弟』昭和三十年六月二十日発行、東方社、八一～一二五頁。

暴動
〔初版〕
『暴動』〈新作長篇小説選集第二巻〉昭和五年十一月十五日発行、日本評論社、一～二四四頁。

濁酒地獄

〔初出〕
「東京朝日新聞」昭和九年八月十一～十五日付。
〔収録〕
『作家の手帖』〈新選随筆感想叢書〉昭和十四年六月二十五日発行、金星堂、五～一四頁。

文学的自叙伝

〔初出〕
「新潮」昭和十四年二月一日発行、第三十六年二号、一五五～一六一頁。
〔収録〕
『作家の手帖』〈新選随筆感想叢書〉昭和十四年六月二十五日発行、金星堂、一八五～二〇〇頁。

伊藤永之介は、昭和三十四年七月二十二日の夕刻、脳溢血で倒れ、そのまま四日間昏睡を続けて、二十六日の早朝に東京都渋谷区代々木上原町の自宅で亡くなった。享年数え五十七歳である。遺骨は郷里秋田市の八橋《やばせ》にある全良寺墓地に埋葬された。意外なことは、この全良寺墓地には、プロレタリア文学運動で伊藤永之介と同じ労農藝術家連盟に属した葉山嘉樹の祖父平右衛門の墓がある。葉山平右衛門は小倉藩の御馬廻り役、物頭寄合を務め、小倉藩東征後援出兵の隊長として慶長四年二月十九日に九州の小倉を出立し、同年九月十日に秋田市八橋で戦死したのである。享年数え四十九歳、仏名葉山院無敵仏心居士。私は二十年ほど前に全良寺に伊藤永之介のお墓を参り、そこで葉山嘉樹の祖父平右衛門の墓を発見した時は驚きであった。

伊藤永之介が昭和三十四年七月二十六日に亡くなって、今年（平成十一年）で四十年になる。あまりにもその年月の経過の早いのには驚嘆する。それが歴史というものであろうか。伊藤永之介歿後四十周年を記念して、地元の秋田の人々から、伊藤永之介の昭和初年代のプロレタリア文学作品をまとめて一冊に編むことが提案された。そこで『伊藤永之介文学選集』の当初の企画では、鉱山の精錬場の煤煙にやられて「赤くむくれ上がつた眼」になった弟を東京の印刷工場へ奉公に出すが、その弟が完全に失明して帰ってくることを描いた「見えない鉱山」（「文藝戦線」昭和三年六月一日発行、第五巻六号）、細井和喜蔵の「女工哀史」に素材を得て、女工の生活を描いた「木枕」（「文藝戦線」昭和三年九月一日発行、第五巻九号）、「私」という主人公が死んだ弟の遺骸を寺に運ぶ荷車も貸してくれない、地主の伯父への怒り、屈辱感などを描いた「山越え」（「文藝戦線」昭和三年十二月一日発行、第五巻十二号）、鉱山の争議を描いた「山の一頁」（「文藝戦線」昭和四年四月一日発行、第六巻四号）、昭和二年のモラトリアム前後の金融恐慌を描いた「恐慌」（「文藝戦線」昭和四年十二月一日発行、第六巻十三号）、植民地支配下の台湾・朝鮮・満州（現在の中国東北地方）を舞台とした農民を描いた「総督府模範竹林」（「文藝戦線」昭和五年十一月一日発行、第七巻十一号）、「平地蕃人」（「中央公論」昭和五年十二月一日発行、第四十五年十二号）、「万宝山」（「改造」昭和六年十月一日発行、第十三巻十号）、農民争議を描いた「葬式デモ」（「文戦」昭和六年五月一日発行、第八巻五号）などの短篇小説を中心に編集することになっていた。しかし、それらの作品の多くが、すでに『日本プロレタリア文学集十〈「文藝戦線」作家集一〉』（昭和六十年十一月二十五日発行、新日本出版社）に収録されているので、昭和初年代のプロレタリア小説で一冊にまとめる案を変更することにした。そこで、伊藤永之介歿後に刊行された文学全集や文庫本、『伊藤永之介作品集』全三巻（昭和四十六年十月二十日～四十八年四月一日発行、ニトリア書房）に収録されなかった作品、今日においては容易に読むことが出来なくなっている作品のなかから選定することにした。

分銅惇作が「伊藤永之介論」（「社会主義文学」昭和三十四年十一月五日発行、第十一号）で、伊藤永之介の作家活動を次の三期に分けている。

第一期は同郷の先輩金子洋文を頼って上京し、「文藝戦線」の編集を手伝うようになった大正十三年から昭和五年までであり、第二期は昭和六年から終戦まで、第三期は戦後の活動ということになる。

伊藤永之介の作家活動を考える場合、三期に分類するのは極めて妥当なものであろう。しかし、第二期を昭和六年からとするのは疑問が残る。プロレタリア文学運動の組織的活動が終結した昭和九年前後からとする方がよいであろう。『伊藤永之介文学選集』の編集では、ある特定の時期だけの作品を集中して選ぶのでなく、三期それぞれの時期の作品が含まれるようにしたい。また、長篇小説を一つ収録したい、というのが『伊藤永之介文学選集』編集のおおまかな基本方針である。

長篇小説では、『暴動』と『消える湖』の二つのうち、どちらを選ぶか、随分迷った。前者の『暴動』は奥羽線のS駅から四里余り入った没落に瀕している日蔭銅山を舞台に、製錬の煙突が倒れる場面から物語は展開し、鉱夫たちの窮乏し悲惨な生活から自然発生的に起きる暴動の有様が描かれる。伊藤永之介の鉱山ものの集大成であって、結末の迫撃力が多少弱いというところはある。そこにプロレタリア文学運動時代の伊藤永之介の藝術的なプラスとマイナスを示すのであろう。

後者の『消える湖』は、伊藤永之介が死去する五カ月前に刊行された晩年の作品である。秋田県南秋田郡によこたわる八郎潟の干拓問題をモデルに描いている。伊藤永之介は『消える湖』（昭和三十四年二月二十八日発行、光風社）の「後記」で、次のように述べている。

私の故郷秋田県の八郎潟の干拓問題をバックに、湖畔の漁民の生活現実を描いたものである。この作品の中で、湖畔の貧しい漁師たちが、永年の父祖伝来の生業への愛着から、干拓反対を叫んでいる間に、この日本の空前の大干拓事業はいよいよ着工されるに至った。

私は元来、八郎潟の干拓には反対であった。その理由はこの作品のなかにも述べられている。だがそれは、八郎潟を一大養魚池としたいという気持からで、若しそれが望めないならば、干拓して農地を造成することも結構であろう。そういう気持は、この作品のなかの干拓反対の漁農民たちも、等しく抱いているところである。

湖が消え去ったあと一眸真ッ平の美田が拓けたあかつきに、そこを耕やす入植者たちは、曾てここで漁業をしていた自分等の親、兄弟、知己たちは、こういう気持で生きていたのかと回想することだろう。

伊藤永之介は八郎潟の干拓の完成を待たずに死んだが、環境破壊という干拓事業は、ムツゴロウで話題になった長崎県の諫早干拓、あるいは岐阜県の長良川や徳島県の吉野川の河川堰や可動堰工事など今日的な問題でもある。『消える湖』も捨てがたく、未練を残しながら、『伊藤永之介文学選集』に『暴動』を収録することに決定したのは、〈新作長篇小説選集第二巻〉として日本評論社から昭和五年十一月十五日に刊行された『暴動』は、古書店にもほとんど出るところがなく、希覯本になっていて、現在では手軽に読むことが出来ない状態になっているからである。『伊藤永之介文学選集』によって、これまで全く顧みられることなく、埋もれていた、伊藤永之介のプロレタリア文学運動時代の代表作の一つである『暴動』を、実に六十九年ぶりに復刻することが出来たのである。

『暴動』を描いた伊藤永之介には、橋本英吉のように炭鉱労働者としての体験がなかった。「文学的自叙伝」(「新潮」昭和十四年二月一日発行、第三十六年二号)で述べているように、「世帯をもつた年の夏に帰省したときに自分の郷里から十里ばかり離れた荒川鉱山を見に行つた経験」だけで、長篇『暴動』を書きあげたのである。『暴動』には、ナップ作家たちが描くような意識的な革命的労働者や政治的闘争は出てこない。労働者たちの不平不満が爆発して虻川のいる門衛の小舎を破壊し、群衆が事務所の方に押し寄せていく、文字通りの暴動が描かれる。第一次世界大戦前まで全国到るところにあった銅山が、大戦の終結と同時に外国銅に圧迫され、小企業家である無数の銅山がつぶれていく。「僅かに喘ぎながら余命をとりとめてゐる」日蔭銅山は、必至になって生産費の低下に務め、「建物は腐朽」にまかせて置く。風もないのに大煙突が倒壊するという劣悪の労働環境のもとで働かなければならない鉱夫たちの惨めな生活が生き〳〵と描かれる。伊藤永之介のプロレタリア作家としての力量を示す長篇小説であろう。

「梟」は、伊藤永之介の代表作の一つである。伊藤永之介は「梟」を出発点として、その後「鳥類物」と称される「鴉」「鶯」「燕」「鷗」等の、いわゆる地の文中に会話を流しこむという独自な説話体形式を確立し、大きく文学的飛躍を遂げ、作家的地位を完全に不動のものにした。「梟」は、伊藤永之介文学にとって極めて重要な位置を占める作品であるだけに、これまで文学全集や文庫本などにしばしば収録されて来た。それら一般に流布している「梟」の本文は、伊藤永之介が昭和十一年九月に、鶴田知也・五十公野清一らとの同人誌「小説」に発表した初出稿とでは、その書き出し部分からして大きく異なっている。「梟」の初出稿「小説」版を収めた『梟』〈有光名作選集三〉（昭和十六年七月十五日発行、有光社）の「あとがき」で、伊藤永之介は「梟」の推敲について次のように述べている。

十一年七月、盛夏の太陽が、トタン葺きの屋根を透して焦げるやうに暑い安普請の二階の部屋で、毎日素つ裸で、父の遺品の古机にしがみつきながら、十日ほどで書き上げたのが「梟」である。私達の雑誌「小説」に出したのであるが、雑誌の発行日の関係で、碌に推敲の暇もなかつた。そこで翌年の七月号の「文学界」に登載して貰ふときには私は鶴田知也君たちと九州旅行中であつたが、八幡市の電車通りに面した埃つぽい旅籠屋の二階で全体にわたつて手を入れた。さらにその年の暮に版画荘文庫として上梓するときにも手を入れた。その結果、改造社版の「鶯」に収録されてゐるものと、「小説」に発表したときの初稿との間には、書き出しの部分が全く異つてゐるといふだけではなく、全体としても厳密にいへば随分相違があるはずである。

私はまだこの初稿の「梟」を、その後一度も読み返してゐないし、読み返さうとも思はなかつた。ところが最近或る友人から、最初のものの方が面白いぢやないかといふ注意を受けてから、急に読み返してみたい衝動にかられてゐた。同時に、人にも読んでもらつて批評を聞きたい気持がしきりに動きはじめた。

改作は多く改悪であるといふ宇野浩二氏の説には、聴くべきものがあるやうである。この本に初稿の「梟」を収めたのも、一つはその説に心引かれるものがあるからである。

初稿「小説」版と一般に流布している「梟」との一番の大きな異同は、お峰と与吉との人間関係であろう。改稿された「文学界」版からの「梟」は、お峰と与吉との関係がまだ「言葉も交はしたこともない」間柄であるに対して、初稿「小説」版では二人はすでに愛人関係であって、酒役人の襲来で、その愛人関係が世間に露見してしまうところからはじまる。お峰と与吉との関係を軸に見ると、初稿「小説」版の方が構成上無理なく処理されていて、伊藤永之介の「或る友人」が「最初のものの方が面白いぢやないか」というのもうなずけるのである。そこで、戦後一度も復刻されたことのない初稿「小説」版の「梟」を『伊藤永之介文学選集』に収めることにした。

伊藤永之介は、同じ文戦派の葉山嘉樹や前田河広一郎、あるいは文戦派と鋭く対立したナップ派の小林多喜二や中野重治らのように、プロレタリア文学運動時代に、華々しく派手に脚光を浴びたというような作家ではなかった。しかし、文戦派の有力な中堅作家の一人としてプロレタリア文学運動に献身し、比較的地味ではあるが、今日なお読むにたえる密度をもった作品を書いた。そして、プロレタリア文学運動時代の伊藤永之介は、他のどのプロレタリア作家たちよりも、社会的な分野に題材を意欲的に求めた。私小説めいた身辺小説が氾濫したプロレタリア小説のなかで、伊藤永之介の作品はめずらしいのではないか。

伊藤永之介は、昭和三年三月に労農藝術家連盟（のち、左翼藝術家連盟と改称）に加入し、弾圧と経済的に行き詰まりとなったために、機関誌「新文戦」が昭和九年十二月号で廃刊となり、その組織が壊滅するまで、終始一貫して文戦派の作家として活動した。だが、伊藤永之介は、文戦派のなかにあって特異な存在であった。「恐慌」「総督府模範竹林」「平地蕃人」「万宝山」などの作品を見てもわかるように、伊藤永之介は、私小説風の作品を書くよりも、金融恐慌や植民地問題といった社会的な題材に果敢に意欲的に挑戦したのである。文戦派のなかにあってはめずらしく、その作品傾向はインテリ的であった。本来であれば、ナップ派の人々が取り組むべき題材を、文戦派の伊藤永之介がいちはやく描いているのである。これらの作品だけを見れば、ナップ派の作家と見誤るであろう。事実、宇野浩二は「文学の眺望」（「改造」昭和六年十一月一日発行、第十三巻十一号）のなかで、伊藤永之介の「万宝山」を批評した時、「作者（伊藤永之介）は何派に属するか知らないが、（多分、ナップ派かと思ふが、）」と記しているのである。「万宝山」という作品のもつ内容やその表現から、文戦の作家たちが描く傾向と異なったものを感じ、宇野浩二は「多分、ナップ派かと思ふが」と受けとったのであろう。

伊藤永之介がプロレタリア作家として広く文壇に認められたのは「万宝山」である。伊藤永之介は「文学的自叙伝」で「万宝山事件が起こつてわづか二た月か三月の間に書き上げたこの作品が、不思議に新聞記事みたいなものにならずに、宇野浩二氏に褒められたりした」と書いている。「宇野浩二氏に褒められた」という批評は、さきに記した「文学の眺望」のことである。宇野浩二は「文学の眺望」で、伊藤永之介の「万宝山」を絶賛したのである。長文になるが、それを次に引用しておく。

この作に現れるのは朝鮮人の百姓の一家だけではない、彼等と共に生れ故郷にゐられなくなつてさ迷ふ民族の苦痛が現されてゐる。やつと逃れて来た土地から追ひ出されて、「霧に濡れた平原を、白衣の群は長春の方へも何処迄でも揺れ動いて行つた。」といふのが最後の一節である。この白衣の群が荒涼たる満州の自然と戦ひ、狡猾な支那人に迫害され、××な××人に圧迫され、時には砲火や銃声や兵隊の馬蹄の響きやに脅され、真に餓ゑと死の恐怖に襲はれつゝ、生息（生活ではない）してゐる有様——かういふ生温い言葉でいひ尽せない程、この作は近頃の私の読んだ小説の中で心を打たれた作の一つである。この作者は何派に属するか知らないが、（多分、ナツプ派かと思ふが、）さういふ党派に関係なく、よい小説の一つであると思つた。終りに、作者に敬意を表する為に、この作の中で、白福岳《ベクボクアキ》といふ朝鮮人が「道路といふものが」ない道路を、牛車に乗つて、「岩でも根株でも滅茶苦茶に乗り越え〳〵進」みながら「うなつた」（うたつた、ではない。）唄を、節を切らずに紹介しよう。――「青い空にはヨー、星も多いがネ、百姓の借金はヨー、尚更多いんだアー、アーリラン、アーリラン、アーリランヨ、アーリラン、コゲロ、ノムカンダ」――これは絶唱であると思ふ。

この宇野浩二の批評と対照的なのが、ナップ派の宮本顕治の「文藝月評㈠」（「東京日日新聞」昭和六年九月二十五日付）である。宮本顕治は「万宝山」を次のように全面的に否定したのである。

「万宝山」（改造十月号、伊藤永之介）は、例の万宝山事件を取扱つたものだらうが、これは現象的リアリズムの一つの見本であらう。この百枚近い小説をよむより、産業労働時報八月にのつてゐる「万宝山問題」といふ短い記事をよんだ方が、より具象的に、問題の本質をつかむことが出来るといつたとしても、不当ではあるまい。作者の眼は恐ろしく局限され、事件を現象的な原因結果からしか眺めてゐない。万宝山事件の本質的契機をなす帝国主義的矛盾の鋭い対立は本質的な展望においては勿論描かれてゐず、至極曖昧な政論的な説明によつて、莫然とした背後の力とおぼしいものがお義理の程度でふれられてゐるにすぎない。かうした根本の認識が朦朧として、対象が整理されてゐないので、形式も平面的で錯雑した印象の羅列にとどまつてゐる。文章の行をやたらに換へてみたからといつて、認識の根本的欠陥から生まれるこの自然主義的平面性が僅でも救へるわけのものではないのだ。

当時の党派的、政治的偏向というものがいろ濃く反映している批評であろうか。

しかし、なんといっても、伊藤永之介が自己の藝術的本領を真に発揮したのは、満州事変後、小林多喜二が虐殺され、プロレタリア文学運動への弾圧が一層厳しいものとなり、プロレタリア文学運動の組織そのものが解体してしまった昭和十年代においてである。伊藤永之介は、秀作「梟」を皮切りに「鶯」「鴉」「燕」「鴫」その他の農民小説を発表した。それらが一字の鳥の名の題がつけられているところから「鳥類物」、また、それらとほどんど同時に書かれ、矢張り一字名の「馬」「狐」「牛」などの作品を「獣類物」、そして、「鮒」「鮭」「鰊」などという同じく一字名の作品を「魚類物」と、宇野浩二が名づけた。

伊藤永之介は、昭和十年代になって、プロレタリア文学の政治的イデオロギーの枠にとらわれることがなくなり、東北地方の農民たちが当面した現実やどぎつい社会相を「鳥類物」「獣類物」「魚類物」などの作品で次々に描いた。そこには農村の具体物を、具体物として、その悲惨な事件や人間的な哀歓が、伊藤永之介の自在の話術によって、ときには軽妙にユーモアをもって語られるのである。伊藤永之介の昭和十年代の諸作はもっと高く評価されてもよいのではないかと思われる。

戦後に書かれた「早場米」には、零細な日本の農業において、自動耕耘機購入などの機械化が農民にとってどのような負担や犠牲を強いたのか、いつの時代においても、政府の奨励金や補助金でしか成りたたない日本の農業経営の根本的な問題がそこに潜んでいる。辰治郎のように馬車馬のように身を粉にして働いたのは、農民だけではなかった。都会に住む人々も同じであったであろう。敗戦後の食糧難のひもじさから、高度成長へと、ただひたすらに働き続けて来た、日本人のある時代の姿がそこに描かれている。

（『伊藤永之介文学選集』平成十一年七月二十六日発行、和泉書院）

天野敬太郎編『雑誌総目次索引集覧増補版』について

谷沢永一先生は、書誌学界の最高峰のひとりであった天野敬太郎について、「新手一生、を貫いた人」であったと評した。そして、天野敬太郎とその書誌学の特色を三点あげている。第一は「ひたむきに書誌学が好き」であった。書誌が大切であるから没頭するというよりも、「心のそこから書誌学が好き、という姿勢」で、天野敬太郎は全身をあげて書誌に打ち込んだ。第二は、「目録学の主題をつぎつぎと見出すこと、滾々として泉の涸れざる如くであった、その発案の創意性」をあげられている。第三は、「書誌の表記法をめぐっての工夫が、着実に漸進的に進められた」と述べている（『書誌学的思考』平成八年一月十五日発行、和泉書院）。

天野敬太郎の『雑誌総目次索引集覧増補版』（昭和四十四年一月二十五日発行、日本古書通信社）を一瞥すると、天野敬太郎の書誌学好きと、その創意性、表記法の斬新さに、改めて驚嘆させられる。この集覧は、文字通り、書誌学が好きでないと、成し遂げることの出来ない仕事であろう。書誌作りというものは、短期間の日数で出来るものではない。好きでなければ、完成までの長期間にわたって、そのエネルギーを維持し、継続して作業を進展させていくことが出来ないものだ。

これまで、個々の雑誌を対象とし、その創刊から終刊に至るまでの総目次を作製するといった書誌はあった。しかし、集覧のようなものはなかった。天野敬太郎は、常に新手をもって、書誌学の未開拓な分野に、果敢に挑戦してたのである。その書誌作りの発想のユニークさは他の追随を許さない。

集覧は、実に多種多様な雑誌を総目次対象として扱っている。私などに真似をしたくとも到底出来ない。総記、人文科学、社会科学、自然科学の四部に大別して更に細分し、各々雑誌名を五十音順に列べている。例えば、自然科学は、自然科学一般、医学・薬学・工学・工業、産業（農業・林業・水産業・交通）に細分されるのである。特定の総合雑誌やあるいは文学雑誌だけに分野を限定しているのではない。すべての分野のありとあらゆる雑誌を問題にしているのである。集覧は、あらゆる分野の雑誌をすべて平等に書誌の対象として取り扱った。それが可能になったのは、天野敬太郎が図書館員であったからであろう。天野敬太郎の書誌学は、大学図書館という組織に属したなかでの仕事であったといえる。

天野敬太郎は、「この集覧は、日本の雑誌を十分に効果的に利用するための道具として試みた」ものであると「まえがき」で述べている。

私は、書誌を「効果的に利用するための道具」であり、研究の基礎道具であるという、これまでの書誌に対する認識を改めなければ、天野敬太郎の書誌学を乗り越えることが出来ないのではないかと思っている。コンピューターの発達によって、図書館も電子図書館へと大きく変容していく。道具としての役割は、それらが将来担うであろう。私は、文学研究そのものとしての書誌を作りたい。研究そのものの到達点を書誌という枠の中で表現することが出来ないものかと思う。

（「文献継承」平成十一年七月（日付ナシ）発行、第一号）

書誌について

私は、「書誌」とは何か、「書誌」と「文献学」、あるいは「書誌学」とはどうちがうか、外国ではどうであるか、「書誌」の理念とか、その歴史についてどうであったか、といったことについて全く興味も関心もない。書誌についての理屈はどうでもよいと思っている。どういう主題で、どういう書誌を実際に作成するか、それがどういう方法で実現可能か、そのことがすべてである。

文学作品が存在して、文学研究がはじめて可能になる。文学者が作品を書きあげ、それが雑誌、新聞に発表される。あるいは単行本として刊行される。そこで我々読者はその作品を読むことが出来る。作品を生み出すのは、その作家の強烈な個性や才能である。しかし、何人といえども、人間生きているということは、その時代や社会の制約を無意識のうちに受けている。時代や社会には固有のモラルや美意識やもろもろのものが空気のように存在する。文学作品もその時代や社会が生み出した産物であるといってもよい。作品の理解や解釈や評価にとって、その作品がいつどこに発表されたものかということが、いかなる作家によって執筆されたかということと共に大事なことである。文学作品の理解の前提として、先ず作品の書誌的事実をきちんとする必要があろう。書誌的調査が文学研究とは別個のところに位置するのではない。文学的研究というものは書誌的なところからはじめねばならない。私にとって書誌的興味は文学研究そのものについての関心である。

しかし、書誌とはなかなかやっかいで面倒なものである。書誌を作成するのには手間隙を惜しんではいけない。なによりも根気と集中力、そして持続性が大事である。これまで近代文学研究において、誰もが書誌の重要性を暗黙のうちに了解しながら、その地味でしんどい仕事に背を向けてきたところがある。『島崎藤村全集』を見ても、それが顕著に表れている。具体的に『藤村全集第九巻』（昭和四十二年七月十日発行、筑摩書房）についていえば、この第九巻は、藤村の第三感想集『飯倉だより』（大正十一年九月五日発行、アルス）、第四感想集『春を待ちつゝ』（大正十四年三月八日発行、アルス）、第二童話集『ふるさと』（大正九年十二月一日発行、実業之日本社）、第三童話集『をさなものがたり』（大正十三年一月五日発行、研究社）、『藤村いろは歌留多』（昭和二年一月五日発行、実業之日本社）の計五冊の著書と「拾遺」とで構成されている。「拾遺」は「大正六年より昭和三年まで発表されたもののうち、既刊の著書に収録されなかった感想・談話・消息、および新聞に公表された書簡を原則として発表年代順に編集したもの」であるという。島崎藤村は日本近代文学史において極めて重要で大きな作家である。しかし、その書誌的な研究はほとんどなされていない。藤村の作品初出を丁寧に調査した上で、『藤村全集』が編集されたというのではない。単行本を寄せ集め、それに残されていた既刊の著書未収録作品を「拾遺」として加えた安易な編集である。

例えば『飯倉だより』には、五十一篇のエッセイが収録されている。全集「解題」には、「所収作品のうち、初出の明らかなものをあげれば」として、「発表年月」と「発表誌」を五十一篇のうち二十七篇だけを記している。半数に近い二十四篇も初出が記載されていないのである。以下、『春を待ちつゝ』も五十三篇所収中、二十一篇もの作品が初出発表誌紙名などが明らかにされていない。調べる努力を精一杯して、どうしても初出未詳としなければならぬということもある。それは仕方のないことだと思う。しかし、『藤村全集』編集において、そういう書誌的調査が地味に労を惜しまないでなされたか疑問に思う。たくさんの初出未詳作品が『藤村全集』にはある。せめて『藤村全集』は巻末に初出未詳作品の一覧表でも付して、広く一般の読者に教えを請う努力くらいはしてもよかったのではないか。書誌的研究や調査がほとんどなされていない体たらくなところで『藤村全集』が刊行され、その延長線上で、

伊東一夫篇『島崎藤村事典』（昭和四十七年十月二十五日発行、明治書院、改訂版昭和五十一年九月二十五日発行）や伊東一夫編『藤村書誌―普及版―』（昭和四十八年十月十五日発行、国書刊行会）、実方清著『島崎藤村文藝辞典』（昭和五十四年六月三十日発行、清水弘文堂）が出版されるのである。

島崎藤村のような作家においても書誌的な調査や研究はなおざりにされてきたのである。きちんと初出著作を調べていけば、『藤村全集』未収録の逸文がかなり出てくるであろうし、そこから藤村文学研究の新しい発見が生まれてくるのではないかと思っている。

池坊短期大学の堀部功夫氏によると、『漱石全集』の逸文もまだまだ出てくるという。岩波書店から何回か『漱石全集』が刊行されていて、いまだに未収録作品が出てきて、今後も出てくるという話には一寸意外な感じがした。堀部功夫氏の言うところでは、逸文といっても、小説やエッセイなどといった散文の出てくる可能性はほとんどないが、俳句や書簡などが、これからも出てくるとのことである。

俳句などは雑誌の目次に漱石の名前が出てこない。沢山の俳句や短歌が並んでいると、ついその一句一句、一首一首を確かめるということがおろそかになりがちである。見落としてしまう。実物の雑誌を手にしていても気がつかないということがある。雑誌を調べるということは、そういう著作名が目次に出てこない俳句欄などや埋め草部分や広告欄までも含めて、隅から隅まで目配りするということであろう。これがなかなか容易に出来ないのである。短時間で一度に欲深くあれもこれも見ようとすると、見落としてしまう。俳句など『漱石全集』逸文としてまだまだ出てくるという意識で当時の古い雑誌を見る必要がありそうである。

漱石の書簡については、私にはおもしろい一寸した体験がある。十年程前のことになる。美学・美術史を専攻されている同僚の方が、京都の日本画などを主に扱っている有名な骨董店で、漱石の志賀直哉宛の書簡が一通あるのを見つけられた。もし私が必要とし、買うかも知れないと、親切にもその漱石書簡を骨董店から借りてきてくれた。漱石の書簡であり、しかも志賀直哉宛のものだというので、ある種の感動と期待を持って、その書簡を早速広げて見た。手紙の内容を調べてみると、既に『漱石全集』に収録されているものである。全集の本文と一字一句同じである。『漱石全集』の逸文の書簡でなかったことは残念であった。これまで作家の肉筆ものにはほとんど見向きもしなかったし、なんの関心も持たなかったのであるが、漱石の書簡であれば手もとにおいておきたい気がした。差し出し人が夏目金之助であり、受け取り人が志賀直哉であれば、近代作家の書簡で、これ以上の組み合わせはないであろう。そこで値段を訊ねると、百万円だという。しかし、どうして志賀家から漱石の書簡が外部に出たのであろうか。志賀直哉は何度も移転しているが、その書簡は漱石の字体の特徴をよくあらわしている。漱石の筆蹟を図版などで調べると、志賀直哉は几帳面な人だったらしく、自分の著作や宛書簡などきちんと保存しているように思われる。引っ越しの度に処分してしまうというようなことがなかった。『志賀直哉全集』を見ててそう思う。浪速書林の主人である梶原正弘氏にこの漱石書簡を一度見てもらうことにした。梶原正弘氏は一目見て、「これはいけませんね」、「全体の流れが悪いです」とおっしゃる。贋作はどうしても、一字一字を本物に似せて書くために、全体の筆の勢い、筆先の流れが死んでしまうのである。一字一字を見ているとそれがわからない。

それにしても贋作にしては、大変よく出来た書簡であった。どこか蔵の中にでも残っていた古い巻紙や封筒を探し出してきたのか。いかにも大正二、三年頃のものであるという感じを与える。日焼けとか、汚れとか、自然なままにどうやって細工を施したのであろうか。そこで改めてその漱石の志賀直哉宛の書簡を調べなおしてみると、封書のところの消印の文字がはっきりしないのである。『漱石全集』収録の書簡には消印が「午後10—12時」と時間まで明記されている。どう見ても消印日付の数字が読めないのである。決定的に贋作の書簡であると断定してよいであろう。その時、梶原正弘氏の話しでは、西の方、徳島あたりに贋作を作る方が一人いるようである。十年ほどたって忘れたころに贋作が出回る。被害を受けた店が何軒かあるという。詐欺にならないのですかとお聞きすると、「漱石の書簡」を買ってほしいとか、「竹久夢二の掛け軸」を買ってほしいといって店に品物を持ち込むのではない。「この品を買ってくれ」といってやってくるのである。夏目漱石や竹久夢二の肉筆ものと思って引き取る店が不勉強で悪いことになる。肉筆ものなど、近代作家でも古書店や骨董店で高額の値段で売買されるとなると、こういう贋作が出てくることになるのである。つね日ごろから可能な限り多くの本物に接して、贋作を見破る訓練をしておかねばならないであろう。書簡など逸文として新発見されたとき、それが本物か贋作か、見わける眼力が問題となる。

漱石研究には、荒正人の『漱石研究年表』(『漱石文学全集別巻』昭和四十九年十月二十日発行、集英社)のような仕事がある。漱石五十年の生涯をほとんど一日単位で記録した、編年体形式による画期的な年譜である。文字通り労作である。研究者が本来やるべき仕事を、文藝評論家の荒正人が成し遂げた。ただ残念なことには、荒正人には書誌についての関心がなかったことである。『漱石研究年表』に、漱石文学書誌がそこに加味され、組み込まれていたら、個人作家の新しい書誌や年表のスタイルが確立出来たのではないかと思う。

近代文学研究において、個人作家を追跡した書誌も大事である。それと共に、既に村上浜吉監修・川島五三郎編『明治文学書目』(昭和十二年四月二十日発行、村上文庫、のち復刻版・昭和五十一年七月十日発行、飯塚書房)があるのであるから、それを受け継ぐものとして、『大正文学書目』、あるいは『昭和文学書目』といった、ある時代の全体を概観できるようなものが編集されてもよいのではないか。しかし、それは言うは易しで、なかなか困難で容易に誰もが出来るといった仕事ではないようだ。特に時代が下がれば下がるほど、出版物は氾濫し、著しく増加するので、『昭和文学書目』などの実現は、夢のまた夢のようなものであるのかも知れない。六十年余りに出版されたおびただしい書物の現物を一点一点おさえて確認するという作業は個人では限界があり、不可能に近いことであろう。しかし、そのまま放置しておくわけにはいかないであろうと思う。それに代わるアプローチの仕方を考えねばならぬ。

私は『日本プロレタリア文学書目』というのを昭和六十一年三月十日に日外アソシエーツから出した。『大正文学書目』とか、『昭和文学書目』というようなものが無理だとすれば、思潮・流派別の書目が出されてもよいのではないか。例えば『白樺派文学書目』、『奇蹟派文学書目』、『新感覚派文学書目』、『モダニズム文学書目』、『日本浪漫派文学書目』、『戦後派文学書目』等々である。『早稲田文学書目』、『三田文学書目』、『赤門文学書目』、といったような大学関係別でもよい。

最近刊行された、紅野敏郎氏の、『大正期の文藝叢書』（平成十年十一月二十日発行、雄松堂出版）は、新潮社の「新進作家叢書」から解放社の「解放群書」にいたる、実に八十八点もの「大正」という時代に刊行された「文藝」に則した「叢書」についての「総合的な基礎資料、整理」を行っている。「文藝叢書」というところに焦点を置くという目の付け所、その着眼点がよい。紅野敏郎氏ならではの仕事であろう。高く評価したいと思う。こういう仕事が文学研究の書誌の面で次々ともっと沢山生まれてくることが望ましい。

小田切進氏の『現代日本文藝総覧―文学・藝術・思想関係雑誌細目及び解題―』全四巻（昭和四十四年十一月三十日～四十八年八月二十五日発行、明治文献）は、私などは大変重宝してさんざん利用し、役立ててきた。昭和四十年以後、いろいろな雑誌の復刻版が発行されて、文学研究の上においては非常に便利になり、ありがたいことだと思っている。図書館は書庫の保存面積が物理的に制約されているため、雑誌など一年保存で処分してしまうところが多く、バックナンバーを完備しているところが少ない。地方にいると一寸した何でもないような雑誌を見るのに上京して国会図書館や日本近代文学館で調べねばならないということがよくある。雑誌の細目が出来ておれば、どれだけありがたいことか。郵送のコピー依頼で済む場合もあって、いちいち上京しなくてもよいのである。

まだまだ細目の必要な雑誌がある。昭和十年代の総合雑誌「日本評論」「知性」や、あるいは「政界往来」といったような雑誌が調べられて、その細目が作られてもよいであろう。

『現代日本文藝総覧』は、主として大正末年から昭和十年代の雑誌を中心としているのであるから、『近代日本文藝総覧』のような、明治期や大正期の文藝総覧が単行本として纏められることが必要であろう。

内堀弘・沢正宏・竹松良明・藤本寿彦・和田博文らの『現代詩誌総覧』全七巻（平成八年三月二十一日～十年十二月二十一日発行、日外アソシエーツ）は、率直にいえばあまり感心しなかった。「詩と詩論」「文学」「青空」「山繭」など、小田切進編『現代日本文藝総覧』にその細目がある。私たちは既に、伊藤信吉・秋山清編『プロレタリア詩雑誌総覧』〈プロレタリア詩雑誌集成別巻〉（昭和五十七年七月三十日発行、戦旗復刻版刊行会）を持っている。そこにはプロレタリア詩雑誌「赤と黒」「銅鑼」「学校」「弾道」「前衛詩人」「プロレタリア音楽と詩」「詩精神」「詩行動」「太鼓」などが細目として収録されている。それら既成にある多くの細目まで加えて、七巻までの大冊に膨らませ、定価の高い値段にする必要があるのか。一般の読者はよい迷惑である。『現代詩誌総覧』は、雑誌の細目の活字の組み方などにも創意工夫がない。執筆者名や掲載頁など活字を追い込みで組んでいて、大変見にくい。『現代日本文藝総覧』や『プロレタリア詩雑誌総覧』は、一定の間隔をあけ、執筆者名や掲載頁は揃えていて、ひと目で見わたせるように、活字の組み方にも気をつかっている。

書名を『現代詩誌総覧』という限りにおいては、詩雑誌に限定すべきであろう。「セルパン」などは詩雑誌なのか。文化雑誌であろう。あえて文化雑誌を収録するのもよい。しかし、その取りあつかい方であろう。伊藤信吉・秋山清編『プロレタリア詩雑誌総覧』などからもっと学ぶべきであろう。『プロレタリア詩雑誌総覧』では「凡例」で、次のように述べ、詩雑誌と文藝雑誌・総合誌とを分類して扱っている。

一、雑誌は、Ⅰプロレタリア詩雑誌、Ⅱプロレタリア文藝雑誌、Ⅲ総合誌・文藝誌・その他の三部門に分け、原則として各々発行年月順に配列した。

二、各誌の細目は次の範囲で収録した。

Ⅰプロレタリア詩雑誌……………全細目

Ⅱプロレタリア文藝雑誌………詩関係の細目
Ⅲ総合誌・文藝誌・その他………プロレタリア詩及び関連作品の細目
Ⅳアンソロジー……………全細目

つまり、そのプロレタリア詩という主題に則して、プロレタリア詩雑誌以外は全細目でなく、総合雑誌や文藝雑誌などはプロレタリア詩及び関連作品だけの細目を網羅しているのである。『現代詩誌総覧』は、「都市モダニズム」として、「新文化」「セルパン」「日本詩壇」の三つの雑誌の全細目を載せているのであるが、「新文化」なり「セルパン」なりに掲載されたどの詩が、あるいはどの文章が「都市モダニズム」というのか。「新文化」や「セルパン」の全冊がすべて詩に関係し「都市モダニズム」というわけでもあるまい。

そもそも『現代詩誌総覧』の細目には、それが詩作品であるのか、それともエッセイ、評論、その他の文章であるのか、それさえ明記されていない。小田切進の『現代日本文藝総覧』では、評題の下に「(＊小説)」、「(＊評論)」、「(＊短歌)」、「(＊詩)」等の注記が附記されている。書誌はそういう一寸した手間ひまを惜しんではいけないのである。

大正十四年七月一日から東京の新橋演舞場で、日本ではじめてトーキー映画が上映された。大正末年から昭和初年代にかけて、映画が無声からトーキーに移る。映画が時代の文化の先端となった。谷崎潤一郎ら文学者が映画に深く関係していく。また、文藝春秋社が大正十五年七月に「映画時代」を創刊する。この「映画時代」をはじめ、昭和十年代にかけて、「映画世界」「日本映画」「映画評論」「映画と音楽」「映画情報」等々、多くの映画雑誌が発刊された。これら映画雑誌に文学者の寄稿も多い。文藝雑誌や詩雑誌だけでなく、『映画雑誌総覧』や『演劇雑誌総覧』など、文学と隣接した雑誌の細目作りは、今後取り組まねばならない課題であろう。

近年、コンピューターが著しく発達し、図書館のあり方も変容していく。今後、図書館は電子図書館へと進展していくであろう。これまで苦労した学術情報の文献検索が、コンピューターの導入によって、ますます手軽に容易になっていくであろう。図書館の機能が多様になってくるとともに、書誌のあり方も変化していかねばならない。これまでのものを調べるための道具としての書誌は、電子図書館に任せておけばよい。ただ機械的に文献を羅列し並べるだけの書誌は終わったのである。ものを調べる基礎ルーツとしての書誌から、書誌そのものが文学研究そのものの成果の到達点を示すものであらねばならない。書誌作りで大事なことは、常にそこになにか新しい工夫、独創性というものが、きらめいていることである。

（日本近代書誌学協会「会報」平成十一年十一月二十日発行、第六号）

『関西大学図書館影印叢書』第一期完結

──貴重書を一般公開──

平成六年七月から刊行を開始した〈関西大学図書館影印叢書〉全十巻十三冊が、この程無事に完結した。同叢書の立案企画編集に参加したものの一人として、素直に喜びたい。

〈関西大学図書館影印叢書〉の特色は、『古今序聞書』や『元禄曾我物語』などの古典籍だけでなく、内閣情報局の書類や、山田芝廼園が、尾崎紅葉補助と銘うって創刊した明治期の文学雑誌「葦分船」、あるいは、開高健・谷沢永一・向井敏・牧羊子らが同人として活躍した孔版印刷の文藝同人雑誌「えんぴつ」など、近代文学に関する貴重な資料や稀覯誌が収録されていることである。

大学によっては貴重書は銀行の貸金庫に預け、専任の教授にも容易に閲覧させないというところもある。貴重書の閲覧については、誰それの紹介状がないと見せないとか、コピーを禁止するとかの制限を設けているところが多い。心ない利用者に安易に見せると、その取り扱いが雑なために汚損してしまう恐れがあるためである。図書館の使命は、貴重書を文化遺産として保存し、後世の人々に伝えていく義務と共に、広く一般に公開し、利用者の研究に役立てることにあろう。書物は利用すればするほど、どんなに丁寧に取り扱っても破損していくものである。そこで関西大学図書館では原本を大事に保存し、広く専門研究者にたやすく利用していただくために、影印叢書第一期全十巻の刊行を試みたのであった。以下、同影印叢書の内容を紹介しておく。

第一巻『古今序聞書』は、一般に「古今和歌集序聞書三流抄」とか、「三流抄」と呼ばれている中世期に書かれた注釈書である。伝本は極めて多く、そのほとんどが江戸時代も中期頃の写本である。だが、関大本は珍しいことに題簽紙に「古今序聞書　慶長写」と書かれ、慶長年間（一五九六〜一六一五年）頃の書写と見ることができ、かつ他の伝本には見られない、徳治二年（一三〇七年）十月七日の年号の入った奥書を持っているのである。そして、この関大本には、「第一大和哥と云事」から「第卅七すべらきの君のあめの下しめすと云事」までの項目に分けられた目録が付けられている。解題者の片桐洋一は、関大本が目録を持っている関係上、「〜と云事」というような見出しを立てて、本文もそれに合うように整理した再叙本であることを指摘している。

第二巻『能面図』は、能楽の金春大夫家所蔵の能面九十面を淀藩の渡辺某が写し、それを再転写して二部に編集したものを森村某が弘化四年（一八四七年）八月に家蔵したものである。転写本であるが、江戸時代以前の金春家の所蔵になる能面だけに、また、能面裏までも再現描写しているだけに、極めて貴重な資料であろう。西野春雄は「裏面にある、刀で刻みこまれた刻銘・細く線書きになっている針金銘・墨書銘・朱書銘・黒漆朱漆銘・金泥銘・印形が彫られてある刻印・焼き印が押されている烙印・符牒のごとき模様の印鉋・花押など種々の銘は、その吟味によって、面の作者・模作者や伝承・伝来および成立年次・鑑定者・所蔵者などの情報を伝えてくれるので、はなはだ重要で、これらのいくつかを記している点のみをとっても、本書の貴重さがわかる。さらに稀ながら、同書の所蔵者であった鴻山文庫主人江島伊兵衛氏が考証された書き込みもあって、我々後進の者にヒントやメッセージを投げかけてくれている」（関西大学「国文学」平成九年九月二十日発行、第七十六号）という。カラー印刷である。

第三巻『勧進能幷狂言尽番組』は、延宝二年（一六七四年）三月十一日の大蔵弥右衛門の勧進狂言から、文化七年（一八一〇年）三月二十二日の鷺仁右衛門の勧進狂言に至るまで、近世大坂において催された幕府公認の能や狂言の勧進興行の詳細な演目の番組（記録）集成である。鴻山文庫旧蔵本の影印である。

第四巻『近世俳書集』は、野々口立圃自筆の俳文二種「東山紀行」、夏目成美自筆の句日記「はらはら傘」、豊嶋露月編「黴雨の梅」を収める。「東山紀行」は、もともと無題であるが、一般に「東山花見の記」または単に「花見之記」と仮称されている。箱書によって「東山紀行」と仮題された。成立年次は未詳。一は万治（一六五八～六一年）頃成るか。「記」と「紀行文」の関係を考える初期の資料として大事である。「はらはら傘」は、夏目成美の十番目の句日記で、寛政十年（一七九八年）九月から寛政十二年暮秋までの句稿が収められている。「黴雨の梅」は絵と発句とを巧みに配合した絵俳書である。百人一首題の「閏の梅」の続編で、上巻は源氏物語、下巻は四季七十二候を題とする。刊年は享保十三年（一七二八年）。本書は天下の孤本である。

第五巻『浮世草子集』は、都の錦作、元禄十五年（一七〇二年）正月刊「東海道敵討元禄曾我物語」と、鎌倉侍所別当和田氏帖付末孫某作、宝永三年（一七〇六年）刊「新武道伝来記」を収める。前者は、元禄十四年五月九日の伊勢亀山城内における石井兄弟の敵討を逸早く取り上げた際物の浮世草子である。この関大本の特徴は、巻一から巻六の終巻まで満遍なく朱筆（一部墨書）の書き入れ（主に欄上に頭書形式）が存することである。その数、三十箇所、これ程、内容に関わる書き入れが全体に施されている浮世草子は珍しく、近世における浮世草子の享受の実態が生々しく示されている。後者は、西鶴本「武道伝来記」の形式を模し、諸国の敵討を集めた作品である。その特徴は書物奉行鈴木白藤の識語が巻一の見返しに貼られていることである。

第六巻『西川祐信集』上・下巻は、上方の代表的な浮世絵師である西川祐信の絵本のうち、『近世日本風俗絵本集成』などとの重複を極力避け、元文四年（一七三九年）刊「絵本池の心」、寛保二年（一七四二年）刊「絵本和泉川」、寛保二年刊「絵本姫小松」、延享四年（一七四七年）刊「絵本筆津花」、延享五年刊「絵本貝歌仙」、寛延二年（一七四九年）刊「絵本小倉山」、寛延二年刊「絵本福禄寿」、寛延三年刊「絵本忍婦草」の九点を収録する。祐信五十五歳頃から歿年の八十歳までの作品であって、祐信の絵本絵師としての仕事の初期から終わりまでを通観することができる。祐信の絵本は古典に取材した作品も多く、近世における古典の享受という視点からも重要である。また、そこに描かれている当代の市井の風俗が多く、文献だけでは窺えない貴重な画証に満ちている。松平進は「『西川祐信集』上下二巻は、単に九点を影印し解説を付したというものではない。祐信絵本研究の基本的問題点である注釈と典拠の二点についてすでに一歩踏みこみ、一定の成果を見せているのである。当然私の抱く期待は大きい。今後の祐信絵本研究は、本書を出発点とし、また本書を軸として進展することになるであろう」（関西大学「国文学」平成十一年三月十四日発行、第七十八号）という。解題者は山本卓である。

第七巻『青本黒本集』は、関西大学図書館に所蔵されている赤本二点および青本黒本三十七点の初期草双紙の中から稀覯本を中心に八点を選定して収録した。そのうち五点が『国書総目録』にも記載がない、新出の作品である。「釈迦如来御一代記」は、浄瑠璃や歌舞伎の上演に加え、江戸中期における近松作品の享受を知る点で検討すべき作品である。「伊豆御山旭椰葉」は、これまで所在の分からなかったものである。「草木国土歌嚢蛙鶯」は、能因法師を主人公に、「袋草紙」ほかに見える能因法師にまつわるいくつかの説話をそのままに、あるいは他の人物に翻案して描く。「穴野名寄嫁狐和名」は、登場人物に狐を配した草双紙。「初夢福人八景」は、万ふく夫婦の初夢に、七福神に吉祥天を加えた八人の神様が近江八景になぞらえた姿を見せたのを描く。「八重桜倭謌」は、これまで所在の分からなかった作品で、橘家の御家騒動を描く。「入唐朝夷分身娵入巴」は、木曾義仲と巴御前の別れなど、「源平盛衰記」や「平家物語」で知られる世界を描いたもの。「嬌人業平操杜若」は、これまで所在の分からなかった作品である。丸井角一の娘お政を袖岡政之助という若衆に仕立てて話は展開する。これら八点の作品について、神楽岡幼子が簡潔で要領を得た解題を書き、「宝暦頃には青本は新版、黒本は再版であった」ことを確認する。

第八巻『文学雑誌　葦分船』は、明治二十四年七月十五日から明治二十六年七月十五日まで、大阪で刊行された雑誌「葦分船」全二十五冊である。河井酔茗・徳田秋声・丸岡九華らが寄稿しており、また、「葦分船」の中心人物であった山田芝廼園と森鷗外との間で交わされた「文壇の花合戦」論争などで有名な雑誌である。「葦分船」のゴシップ的消息文は、明治文学史の裏面を知る好資料になるであろう。

第九巻『えんぴつ』上・下巻は、谷沢永一・開高健・向井敏・牧羊子・西尾忠久・山本澄子らを主要同人メンバーとして、昭和二十五年一月から昭和二十六年五月まで毎月一日付で刊行された文藝同人雑誌で、全十七冊の孔版印刷によるものである。のちに芥川賞を受賞して華ばなしく活躍する開高健の最初の著書である『あかでみあ　めらんこりあ』も付している。開高健が初期作品「印象採集」を、谷沢永一が評論を掲載し、開高健・向井敏がフランスの詩人、ルイ・アラゴンのレジスタンス詩二十五編を共訳するなど、昭和文学史上貴重な雑誌の一つである。

第十巻『日本文学報国会・大日本言論報国会設立関係書類』上・下巻は、内閣情報局が所蔵していた書類である。内閣総理大臣東条英機の花押もあり、日本文学報国会や大日本言論報国会に理事として参加していた文学者、久米正雄をはじめ、佐藤春夫・山本有三・吉川英治・折口信夫・中村武羅夫らの自筆の履歴書までもが含まれている。戦時体制下において、言論や思想統制のための一元的組織である日本文学報国会や大日本言論報国会がどのようにして結成されていったのか、その経過と活動を浮き彫りにしている。文学研究だけでなく、昭和史研究にとって第一級の資料であろう。

各大学図書館が競って、所蔵している貴重本を影印のような形式で刊行すれば、学問研究に多大な貢献をもたらすであろう。それを期待したいと思う。

（「日本古書通信」平成十二年六月十五日発行、第八百五十一号）

『武田麟太郎』〈作家の自伝〉解説

武田麟太郎は、「暴力」を「文藝春秋」昭和四年六月一日発行、第七年六号に発表した。この「暴力」によって、武田麟太郎はプロレタリア作家として文壇に登場した。彼の文壇的出世作となった「暴力」は、徴兵検査の場面を屠殺場になぞられて描いており、内容的には反軍的なプロレタリア小説であるが、しかし、表現形式には新感覚派的な技法を採用している。「暴力」は反軍的な内容であったために、発売禁止となる。そこで文藝春秋社は「暴力」全文の部分だけを破り取って「文藝春秋」昭和四年六月号を発売した。

「文学的自叙伝」(「新潮」昭和十年一月一日発行、第三十二年一号)によると、武田麟太郎が小説家になろうと思い立ったのは大正九年、彼が今宮中学校三年生の十六歳の時であった。そのことを母親のスミヱに告げると、「母親は、小説家になるほどならば、岩野泡鳴位にならねば意味ない、しかし、それは容易なことではなからうから、よした方がよい、そして、地味に勉強し、文官高等試験をとつて官吏として、平凡確実な生涯に入るように、と訓した」という。その直後に母のスミエが三十六歳という若さで急逝し、武田麟太郎は母親の「死骸」を見て、「やはり小説家になろうと決心した。そして、「文学書雑誌の乱読」をはじめたのである。第三高等学校時代には、学友会文藝部理事になったり、清水真澄、青木義久らと共に同人雑誌「真昼」を大正十四年五月に創刊し、「古風な情景」や「歴史」などの小説を書いた。

武田麟太郎が社会主義運動、あるいはプロレタリア文学運動に近づいたのは、大正十五年に上京し、東京帝国大学文学部仏蘭西文学科に入学して以後である。すなわち、昭和二年一月に大学内の社会主義学生の思想運動団体である新人会に入り、社会主義的学生の一人としてプロレタリアートに近づいていった。それと共に、同じ年の三月に、藤沢桓夫らの同人雑誌「辻馬車」第二十五号より編集同人に加わっている。「辻馬車」は、藤沢桓夫の「冬の花」や「首」などの作品が川端康成に評価され、新感覚派文学の系統をひく最も有力な同人雑誌のひとつだった。武田麟太郎が「辻馬車」編集同人に参加した頃から、次第にプロレタリア文学の雑誌に変身していった。昭和二年九月には、「辻馬車」はすっかり左翼化してしまい、その編輯後記に「本号より、辻馬車は新しい出発の第一歩を踏み出した」と宣言し、「編輯責任者はあくまでもマルクス主義的見解に立つて、この歴史ある『辻馬車』を更に高く発展せしめようとする。そして日本プロレタリア藝術運動に資するため『辻馬車』は『武器の藝術』の職場となり、供給所となろうとする」と、小野勇、神崎清、武田麟太郎、長沖一の四人の連名のもとに記している。だが、「辻馬車」は昭和二年十月で廃刊となってしまった。

当時、プロレタリア藝術運動の組織は、アナ・ボルの対立から福本主義にいたる革命運動内の諸対立の影響を受けて四分五裂に陥っていた。そのため前衛藝術家同盟の蔵原惟人らが昭和二年末頃から全左翼文藝家の統一戦線組織の結成を呼びかける。武田麟太郎はその事務を引き受けた。そして、昭和三年三月十三日に日本左翼文藝家総連合が東京本郷燕楽軒で創立総会を開催し、結成されたのである。この時、武田麟太郎は、その創立総会の議長を務めた。

日本左翼文藝家総連合には、労農藝術家連盟、日本プロレタリア藝術連盟、前衛藝術家同盟、日本無産派文藝連盟等七団体が組織として参加し、小川未明、山内房吉ら個人九名が参加した。しかし、創立の二日後に日本共産党への三・一五弾圧事件が生じ、それへの対抗から、日本共産党支持の日本プロレタリア藝術連盟と前衛藝術家同盟が合同して全日本無産者藝術団体協議会（ナップ）を結成した。ナップは最初から労農藝術家連盟の社会民主主義をはげしく攻撃することになったので、統一戦線体の日本左翼文藝家総連合は反戦作品集『戦争に対する戦争』（昭和三年五月二十五日発行、南宋院）一冊を刊行しただけで事実上消滅してしまう。武田麟太郎はナップのプロレタリア藝術運動よりも、労働組合運動に専心する。日本左翼文藝家総連合の結成まで、武田麟太郎は新人会の活動と共に、「辻馬車」同人に加わったりして、文学に「不即不離」の態度を持していた。そして、次第に社会主義運動に接近していき、昭和三年下旬頃から東京柳島の帝大セツルメントに住み込み、内野壮児らと労働学校の仕事をするようになる。セツルメントで炊事をしていた女の人に、尋常六年生の娘がいた。当時、作文などをみてやっていた。やがて、彼女は昭和七年三月、全協の指導のもとの東京地下鉄争議で警察に捕らわれる。そのことを書いたのが「訪問」である。

武田麟太郎は、労働学校の仕事のあと、東京合同労働組合に属した南葛地区の組合運動に専念した。「文学的自叙伝」で、次のように回想している。

文学に対する懐疑は、私たちが上京し、私もまた『辻馬車』同人になり、該誌が廃刊になつた頃から再び起つた、即ち、労働者運動の波の高まりが直接的な動因になつたのである、これには藤沢は最も深刻に苦しんだやうだ、私は文学に不離のあやふやな態度を持したまま、きまりをつけるのが、怖ろしかつたのであらう、労働者運動の下働きに身を投じた、ある期間は実際的には文学修業者ではなくなり、専心革命家としての自分を仕立てようと努めてゐた、

事実、武田麟太郎は、昭和四年三月十五日に京都三条青年会館で開かれた山本宣治の労農葬に参列するなど、精力的に動きまわっている。そして、四月六日に、亀戸の精工舎工場の前でビラ張りをしているところを現行犯として検挙され、亀戸署に二十九日間拘留されたのである。

「文学的自叙伝」で興味深い記述は、「二十六年七年八年に於ける私の文学的つながりは、横光利一、片岡鉄兵、池谷信三郎氏たちとの交通によつて保たれてゐた、――各々随分と世話になつた、文藝春秋社刊行物の手伝ひで、スパイになつた男、刑務所で縊死したと伝えられてゐる男、捕縛の際の格闘で傷害された果、誰にも知られず死んで了つ

た男、それに私の生計を支えてゐた、――さう云ふ関係から、同社から発行された『創作月刊』にも執筆する縁故があつた」と書いていることである。

武田麟太郎は、昭和二年七月に中野重治らの日本プロレタリア藝術連盟の機関誌「プロレタリア藝術」に「敗戦主義―一九〇四年頃―」を載せている。新人会あるいは「辻馬車」時代から中野重治らとは何らかの接触があった筈である。また、先に記したように、日本左翼文藝家総連合組織の結成では蔵原惟人らと一緒に活動をした。しかし、「一二十六年七年八年に於ける私の文学的つながり」として、中野重治や蔵原惟人らの名前をあげるのでなく、武田麟太郎は新感覚派の横光利一、片岡鉄兵、池谷信三郎らの名前を列記しているのである。ここにプロレタリア作家としての武田麟太郎の特異性があるといってもよいであろう。葉山嘉樹が「淫売婦」を、平林たい子が「施療室にて」を、「文藝戦線」に、また、小林多喜二が「一九二八年三月十五日」を、徳永直が「太陽のない街」を「戦旗」に発表し、一躍プロレタリア作家として脚光を浴びた。武田麟太郎の場合、「文藝戦線」や「戦旗」といったプロレタリア文学組織運動の機関誌に「暴力」を発表したのではない。新感覚派の人々との「文学的つながり」から文藝春秋社の刊行物の手伝いをし、昭和四年一月に「兇器」を「創作月刊」に発表した。続いて菅忠雄のすすめで「暴力」を「文藝春秋」に掲載したのである。「文藝春秋」という商業ジャーナリズム、あるいは新感覚派の人たちによって、武田麟太郎はプロレタリア作家として文壇に押し出されたのである。しかも、「暴力」を文藝時評などで取りあげて批評したのは、蔵原惟人や勝本清一郎や青野季吉らのプロレタリア文学の評論家たちでなく、新感覚派の川端康成であった。左翼系の時評家たちが「暴力」を無視したのは、「暴力」部分が切り取られて「文藝春秋」が発売されたため、実際にその時には「暴力」を読むことができなかったからであろう。しかし、「文藝春秋」と密接なつながり、あるいは武田麟太郎との交流があった川端康成であったからこそ、発売禁止となって一般には市販されなかった「暴力」を何らかの方法で入手して読むことができたのであろう。川端康成は「私は『暴力』に筋書を感じた。聞き慣れた行進曲を。――この作の快感は行進曲であるがゆゑに救はれてゐる。われわれはテエマを熟知して、それが正義の行進であると信ずるがゆゑに」（「文藝春秋」昭和四年七月一日発行、第七年七号）と、武田麟太郎の「暴力」を評したのである。「行進曲」のように場面場面がスピーディーなテンポで展開し、労働者出身の作家たちのようなやぼったさはない。その「行進曲」のようなスピーディーなテンポと左翼的な認識とをないあわせたところに「暴力」は新鮮な作風を産みだしたのである。

武田麟太郎が新感覚派の影響下のもとにプロレタリア作家として文学的出発をとげたことと関係するのであろうか。同じプロレタリア文学者の葉山嘉樹や宮本百合子や中野重治らと違って、武田麟太郎には自伝的小説、あるいは日本の近代文学の伝統的な私小説がほとんどない。作者である武田麟太郎らしい人物が登場しても、それは点描として出てくるに過ぎない。作者と等身大の人物を主人公に設定して、自己のこれまでの生活や思想的形成や内面を深く掘り下げて描くというようなことを、武田麟太郎は意識的にやらなかった。例えば、中野重治の転向小説の秀作「村の家」の主人公勉次は、転向し、釈放されて郷里に帰っており、小説は郷里の村の彼の家の建物内部の描写からはじまる。中野重治は昭和七年春から二年余にわたる二度目の獄中生活から転向して出てきて、翌年「村の家」を書いたのである。そういう中野重治と「村の家」の主人公は、そのままかさなる。小説の主人公勉次は作者である中野重治のことであると見做して理解されるのである。中野重治には「村の家」をはじめ優れた自伝小説が多くある。安吉を主人公にして金沢の旧制高等学校時代から大学卒業までの学生生活を描いた〝自伝的連作〟といわれる「歌のわかれ」「街あるき」「むらぎも」などや、幼少時代の中野重治自身をあざやかなイメージで描いた長篇小説「梨の花」などがあり、小説世界の主人公と作者の中野重治とがそのままかさなって描かれている。

また、葉山嘉樹は長篇「誰が殺したか」で大正期の名古屋労働組合運動にかかわった自己の体験を追求し、後年になると身辺雑記だとか、随筆的手法だともいってよいくらいに自伝的小説を多く書いた。『今日様』や『子を護る』

などに収録されている農民小説においても、農民たちの感情や生活を仔細に描くのでなく、寺田透が指摘するように、彼の描き出すものは、花田や奴毛田京作という名をかりた葉山嘉樹の魂の状態ばかりで、農民の姿は、その明るい画布の中に「淡彩された木炭画の点景のやうに出没してゐるにとどまる」(「展望」昭和二十二年十一月一日発行、第二十三号)のである。

武田麟太郎は、葉山嘉樹や中野重治らのように、登場人物がそのまま作者の感情や魂を色濃く反映し、それが作品自体の大きな魅力となっているというような、自伝的要素のある作品をほとんど書かなかった。

「うどん―初恋について―」(「新潮」昭和八年九月一日発行、第三十年九号)にしても、主人公の若山清吉は、どこまで作者の武田麟太郎と重なるのか、定かでない。大谷晃一は『評伝武田麟太郎』(昭和五十七年十月二十日発行、河出書房新社)で、「若山の従兄弟でパトロンを以て任じている鋳物工の蜂須賀義一は、従兄の安田猪之助に相当する」というが、大阪市の大正橋附近に「つるや」なるうどん屋があったのか、その店の看板娘になっているおとみなる娘が存在したのか、あきらかでない。それはどうでもよいことであろう。中野重治の「歌のわかれ」の主人公片口安吉のように、武田麟太郎の「うどん―初恋について―」の若山清吉は、作者の青春像としてのイメージを文学的具象化しようと試みたのではないのである。

小林多喜二が検挙され、築地署で虐殺されたのが昭和八年二月二十日である。武田麟太郎は、その前年の六月に「日本三文オペラ」を「中央公論」に発表し、そして、十月下旬に、長倉とめ子を連れて大阪へ帰った。大阪に六カ月滞在したが、父の左二郎はとめ子の入籍を許さなかった。「文学的自叙伝」に「六カ月滞在して了つたが、この時私の触知したのは、そこで生れ、そこで育ち、よく知つているはずの故郷大阪ではなく、新しく再認識された大阪であつた、私は心をひそめて見てゐた、ある観念が自分のうちに形成されて行くのを感じ、ふむふむとうなづいて見るのであつた」という。プロレタリア文学運動が後退していく時期に、故郷の大阪を「新しく再認識」したことが、

「釜ケ崎」や「うどん—初恋について—」という作品に結実したのである。そして、「うどん—初恋について—」を「新潮」に発表した翌月、すなわち、昭和八年十月に、林房雄、小林秀雄らと「文学界」を創刊する。平野謙は「文学上の転向をもっとも鮮かに実行してみせた人は武田麟太郎である」(『現代日本文学全集別巻Ⅰ〈現代日本文学史〉』昭和三十四年四月三十日発行、筑摩書房)と昭和文学史で位置づける。

「若い環境」(「中央公論」昭和十一年二月一日発行、第五十一年二号)は、京都の第三高等学校の学生たちを描いている。発表当時、菊池克己、杉山平助、窪川鶴次郎、永井龍男、外村繁、正宗白鳥、林房雄らが時評で取りあげ、問題作として世評の高かった作品である。武田麟太郎が第三高等学校で学んだのは、大正十二年から大正十五年までである。しかし、「若い環境」に描かれている時代は、「暴風のやうな烈しい精神と共に青年たちの大群が雪崩を打つて動いた」という左翼運動が壊滅してしまった昭和八年夏以後に設定している。そうして、「若い環境」に登場する人物たちは、中山や黒木や松尾たちのだれ一人をとってみても、作者である武田麟太郎の分身であるというわけにはいかないであろう。武田麟太郎は自分が過ごした三高時代を回想し、自己の青春像を自伝的に追求する方法として「若い環境」を描いているのではない。武田麟太郎の文学は、自分がどう生きてきたか、自己の生き方を追求する型のものではない。「若い環境」はただ第三高等学校の雰囲気を背景に借りているだけである。昭和六年九月十八日に満鉄線路が爆破されたという名目のもとに、関東軍の鉄道守備隊は中国軍の兵営にむかって総攻撃を開始した。満州事変がはじまり、日本の国家主義、軍国主義の狂暴な嵐のなかで、日本の革命運動の夢が無惨にうち砕かれた。知識階級の前に一切の展望が鎖された。日華事変勃発直前の、そういう暗澹たる社会や時代の環境を背景に、武田麟太郎の「若い環境」はやり切れない嫌悪と悲哀が漂う学生たちのタイプを描くのである。正宗白鳥は「若い環境」を読んだ印象を「私には、作中のどの人物から受ける印象も、『いやあな気持』がした。よくもかういふいやあな気持のする人間ばかり揃へたものだと思はれた」(「中央公論」昭和十一年三月一日発行、第五十一年三号)と述べている。武田麟太郎の作品世界には、青少年のもつロマンチックなほのぼのとした明るさや若者特有の甘さがほとんどない。読者に明るい刺激を与えない。

もはや紙幅がなくなったので、触れることができなくなったが、「訪問」「若もの」「近所合壁」「浄穢の観念」「大凶の籤」「好きな場所」「子惚気」などの作品も、現実の醜悪な、醜穢な様相に直面し、そこには絶望と虚無と頽廃とに沈湎している武田麟太郎を見るであろう。

川端康成は、武田麟太郎が死んだころ遺作を読み直してみて、「大凶の籤」や「好きな場所」の短篇が「心に食ひ入る」のを感じた。「『大凶の籤』や『好きな場所』のやうな小説をなぜ書いたのだらうかと私は暗涙を覚えた。陰惨じみてゐる」(「人間」昭和二十一年七月一日発行、第一巻七号)と書いている。武田麟太郎が「大凶の籤」や「好きな場所」のような作品を書かねばならなかったところに大きな時代の不幸があったと思う。

(『武田麟太郎』〈作家の自伝一〇五〉平成十二年十一月二十五日発行、日本図書センター)

佐藤春夫「のんしやらん記録」のこと

佐藤春夫に架空の近未来社会を描いたSF小説「のんしやらん記録」がある。「のんしやらん記録」は昭和四年一月一日発行の「改造」に発表された。初出の表題は「のん・しやらん記録」である。のち、『明治大正文学全集第四十巻』（昭和四年六月十五日発行、春陽堂）に収録の際に、「のんしやらん記録」と改題された。この「のんしやらん記録」は、佐藤春夫の小説のなかでかなり異質のものを示している。発表当時の世評は、徳田秋声が「新春創作月評㈤」（「時事新報」昭和四年一月七日付）で「佐藤春夫氏の『ノン・シヤラン記録』は書き方が余り事務的で―作品の性質上わざとさう云ふ風に無雑作に書かれたものであらうが、兎に角文章が粗雑で読みづらい」と評し、決して好評を博した作品ではなかった。佐藤春夫自身も、のちに「文壇ではああいうものは邪道扱いにされた」（「群像」昭和三十九年六月一日発行、第十九巻六号）と言っている。だが、戦後になって、伊藤整が「私は『のん・しやらん記録』をもって、佐藤春夫が最も現代社会の機構の批評に近づいたものと考えたい」といい、ヒューマニズムの危機感を描いた小説として、「『のん・しやらん記録』はその意味で最も危険な、しかもかなり大胆な、そして成功した作品であった」（『日本の文学第三十一巻』昭和四十一年八月五日発行、中央公論社）と評した。また、中村真一郎も「文学としての評伝―第四回『佐藤春夫による文学論』を例に―」（「新潮」平成三年四月一日発行、第八十八巻四号）で「逆ユートピア小説『のん・しやらん記録』は、オルダス・ハクスリーの『見事な新世界』への果敢な挑戦であり、それなのに文学史上の常識としてはわずかに、世紀末の病的な神経の産物としての『田園の憂鬱』だけが問題となっていることに、私は長いこと納得が行かなかった」と、「のんしやらん記録」に言及している。
私が「のんしやらん記録」に興味を持つのは、横光利一の「上海」と同じように、プロレタリア文学への批判として執筆されたことである。
「のんしやらん記録」は、「下層社会——どん底の世界。そんな言葉は今や単に抽象的な表現ではない。具象的なものとして文字どほりに実現された。地下三百メートルにある人間社会の最下層の住宅区（?）（これをもし住宅と呼べるならば!）である」という書き出しではじまる。この冒頭の部分だけを見ても分かるように、佐藤春夫はプロレタリア文学を視野において「のんしやらん記録」を構想した。事実、のち、佐藤春夫は平野謙、伊藤整との鼎談「大正作家」（「群像」昭和三十九年六月一日発行）で、次のように発言している。
伊藤　「のん・しやらん記録」をお書きになったときは、あれは非常に単純な思いつきですか、それとも一種の未来社会批評的な……。
佐藤　社会批評的な気持です。
伊藤　あれはプロレタリア文学が一番盛んになりかかるとき、昭和の初めくらい（昭和四年）だったと思いますけれども。
佐藤　やっぱりプロレタリア文学に対する一つの批評でもある。
佐藤春夫が「のんしやらん記録」を執筆していた頃、横光利一は長篇「上海」の断続連載を昭和三年十一月から開始した。横光利一は、昭和三年の春に、「中国の大陸旅行を思い立ち、上海に遊ぶこと三〇日にして帰朝」する。上海で、激動する社会の生き生きとした空気に内面的に触れてきて、その印象と調査とを基礎にして「上海」を構想した。新感覚派の文学が行きづまってきたのに対して、一つの打開の道をつくりだそうとして、横光利一は大正十四年の五・三〇事件当時の植民地都市上海を舞台に、そこにうごめく人々を描くのである。排外運動と紡績工場の罷業を一体化して、ダイナミックに群集の動きをとらえている。横光利一がみずからいう「マルキシズムとの格闘時代」である。新感覚派の闘将であった横光利一が、プロレタリア文学への挑戦として「上海」を執筆したのである。その作家としての強烈なエネルギーが「上海」の藝術的活気を生み出したのである。だが、横光利一は「上海」からただちに「機械」のような心理主義的実験に移行していく。

詩人としても、作家としても、佐藤春夫が最もその文学的面目を発揮したのは大正時代の諸作においてである。日本プロレタリア文学の飛躍的な成長の時期であった昭和初年代になると、佐藤春夫の創作意欲が次第に低迷し、途絶えた。新感覚派の横光利一らと同様に、佐藤春夫も行きづまったのである。牛山百合子作成の年譜によると、佐藤春夫も昭和二年七月、田漢に誘われ、夫人と姪智恵子を同伴して中国に旅行している。十二日、上海に到着。二十四日、郁達夫と共に西湖から帰り、芥川龍之介の訃を聞いたのである。そして、八月上旬、南京より帰国した。田漢や郁達夫らとの交遊の旅行であって、横光利一のように植民地都市に関心を持っての中国行きではなかったようだ。

佐藤春夫の昭和二年で注目したいのは、十月にアナトール・フランスの翻訳「人間悲劇」を「大調和」(昭和三年七月に完結)に断続連載をはじめたことである。佐藤春夫のアナトール・フランスの翻訳の試みは早く、大正三年六月に「「子供」「憐憫」「諷刺」を「処女」に発表している。そして、「人間悲劇」の翻訳もこれがはじめてではない。佐藤春夫は、大正六年一月に「西班牙犬の家」を同人雑誌「星座」に発表すると同時に、アナトール・フランスの「人間悲劇」の翻訳も同誌に連載を開始したのである。佐藤春夫は、のちに「西班牙犬の家」は「人間悲劇」の反故のうらに走り書きしたもの(「新潮」大正十三年四月一日発行、第四十年四号)であるという。

生きることに倦み疲れ田園に引きこもろうとした詩人を主人公にして、事件の発展というものがほとんどなく、神経衰弱的な不安と幻想と自然の美しさを交錯させて描いた「田園の憂鬱」で、佐藤春夫は日本の叙景小説としてのひとつの頂点を実現した。その「田園の憂鬱」を「病める薔薇」として腹案が成ったのが大正五年九月である。そして、翌年六月に「病める薔薇」を「黒潮」に発表した。すなわち、佐藤春夫は「病める薔薇」を構想・執筆することと平行して、アナトール・フランスの「人間悲劇」を翻訳していたのである。文学的に行きづまりを感じていた昭和二年に、佐藤春夫は再度アナトール・フランスの「人間悲劇」の翻訳に取り組んでいるのであった。「のんしやらん記録」の執筆も、このアナトール・フランスへの関心が関係してくる。佐藤春夫におけるアナトール・フランスの受容ということが問題になるであろう。

それはさておき、井伏鱒二は「思ふに『のん・しやらん記録』は全部が空想の所産だが、地下何百メートルもの底における薔薇の朴訥純情味は掬して余りがある」(『自選佐藤春夫全集第四巻』昭和三十二年二月一日発行、河出書房)と述べている。果たして、井伏鱒二がいうように「のんしやらん記録」は、佐藤春夫の「全部が空想の所産」で、書かれたものであったであろうか。さきに「のんしやらん記録」がアナトール・フランスに関係してくると記した。アナトール・フランスに『ペンギンの島』という、架空のペンギン国をその神話時代から未来に至るまで描いた作品がある。『ペンギンの島』は、水野成夫の翻訳で、大正十三年九月十七日に春陽堂から出版されている。

『ペンギンの島』の第八編「未来」は、次のような書き出しではじまっている。

いかなる高層建築も人々を満足さすには足らなかつた。人々は絶えずそれを高くして行つた。かうして遂には三十階、四十階のものも建てられて、その各階は、事務所や、商店や、銀行の支店や、会社の事務所等で占められてゐた。しかも人々は、地下室や隧道を作るために、いよいよ深く地面を掘り下げて行くのだつた。

具体的に指摘する紙幅がなくなったが、「のんしやらん記録」と「ペンギンの島」には、多くの類似点が見られる。「人間悲劇」からの影響もみられる。井伏鱒二がいうように、「のんしやらん記録」は佐藤春夫の「全部が空想の所産だ」とするわけにはいかないのである。「のんしやらん記録」には、「河童」の芥川龍之介の切迫した精神もなく、横光利一の「上海」のような作家的エネルギーでたち向かう熱情もなく、諷刺小説としては底の浅いものになってしまった。そこに佐藤春夫の創作力の減退が表れている。

（「定本佐藤春夫全集第十八巻　月報三十三」平成十二年十二月発行、臨川書店）

伊藤永之介

与えられた課題は、伊藤永之介の文学にどのように「日本海」が反映しているか、伊藤永之介と「日本海」とのつながりである。また、新たに日本の文化、文学のあり方を問い直すべきときに、文学における「日本海」側の位置と意味を考えてみたいということであった。

端的に言えば、伊藤永之介が「日本海」に特別深い関心や興味を示したような形跡はない。伊藤永之介の作品に「日本海」が舞台となって出てくるといったものもないようだ。

一口に「日本海」といっても広く、日本がわを中心にいえば、対馬《つしま》海峡から隠岐の島をとおり、能登半島をかすって佐渡ヶ島へ行く。それから山形、秋田の沖をとおって北海道へ出ていく。伊藤永之介は、この広範囲な「日本海」の海の美しさに憧れ、あるいは抒情を感じ、旅をしたということもなかったようだ。例えば、伊藤永之介とほぼ同世代のプロレタリア作家であり、日本海側の福井県坂井郡高椋《たかぼこ》村（現在、坂井市）で生まれた中野重治には、次のような「しらなみ」という詩がある。

ここにあるのは荒れはてた細ながい磯だ
うねりははるかな沖なかに湧いて
よりあいながら寄せてくる
そしてここの渚に

さびしい声をあげ
秋の姿でたおれかかる
そのひびきは奥ぶかく
せまった山の根にかなしく反響する
がんじょうな汽車さえもためらいがちに
しぶきは窓がらすに霧のようにもまつわってくる
ああ　越後のくに　親しらず市振《いちぶり》の海岸
ひるがえる白浪のひまに
旅の心はひえびえとしめりをおびてくるのだ

中野重治の「日本海」に対する思いは深く、エッセイ「日本海の美しさ」（「旅」昭和三十五年六月発行、原題「私を魅する日本海」）で、日本海を「ほんとに美しい。北陸に生まれた人間として、その美しさはまた格別だぞと言いたくなる」「北陸のへんの日本海は眺めてさびしい。それは荒涼としている」「けれども、日本海として美しいぞ。とてもこの好さは、明るい海だけしか知らぬものにはわかりそうにないぞ」と、「日本海」の美しさを称賛した。伊藤永之介は、中野重治のように、秋田へんの日本海の美しさは「格別だぞ」と、叫んだようなことはなかった。海そのものに美を求め、「日本海」に注目するようなことはなかった。

伊藤永之介と「日本海」を結びつけるものは、伊藤永之介が明治三十六年十一月二十一日に、秋田県秋田市西根小屋野末町十一番地に生まれたということであろう。

伊藤永之介は秋田の海よりも、秋田の山々に心ひかれた作家である。「海に生くる人々」等を書いた葉山嘉樹や「ガトフ・フセグダア」を発表した岩藤雪夫らを海の作家と呼べば、伊藤永之介はどちらかといえば山の作家である。

伊藤永之介は東北の山村に生きる農民たちを主に多く描いた。

秋田市寺内字大畑の高清水公園内に伊藤永之介の「山美しく／人かなし」の文学碑が建立されている。「山美しく／人かなし」は、晩年の伊藤永之介が人に乞われて色紙に好んで書いた言葉だといわれている。秋田県は奥羽山脈、白神山地、丁岳《ひとのだけ》山地と鳥海山などによって三方を囲まれている。三月までが降雪期で、海岸部の秋田市で約三メートル、内陸部の横手市で約七メートルの降雪がある。これは対馬暖流と北西季節風がもたらすものである。多雪により、百日前後も根雪期間がある秋田の自然は厳しい。偏東風（やませ）による冷害の被害もある。「山美しく／人かなし」は、伊藤永之介が、旅人のように現実の生活をはなれて、ただその自然の山々の美しさに陶酔していることはできない、そこにはあまりにも貧しく自然に虐げられて働いている山村の農民たちのきびしいまでの現実の生活に思いをはせているのであろう。

伊藤永之介の文学的スタートは、大正十三年一月、今野賢三の紹介状を持って、同郷の先輩金子洋文を頼って上京した時からはじまる。上京後の伊藤永之介は、まず評論家として活躍する。大正十三年七月一日発行「文藝戦線」第一巻二号に「新作家論㈠」を書いた。そこで前田河広一郎、今野賢三、横光利一の三人の作家を論じた。続けて犬養健、中西伊之助らを対象に論じる予定であったが、横光利一の「御身」について、「情操と感情とが減殺した、理智、直観、感覚」を称揚したことが、「文藝戦線」の同人間で、物議をかもした。そのため、伊藤永之介は川端康成のすすめで、大正十三年十一月一日発行「文藝時代」第一巻二号に「犬養健氏の藝術」を発表する。そして、伊藤永之介は「文藝戦線」に少し距離をおくようになる。のちに、伊藤永之介は「文学的自叙伝」（「新潮」昭和十四年二月一日発行、第三十六年二号）で、「『文藝時代』に書いたのが動機となつて、あちこちに批評を書くやうなことになつた。そればかりではなく、自分の素質に合つてゐるかどうかといふことを反省する余裕もなく、いつの間にか『文藝時代』を本城とする新感覚派運動の旗持といふことになつてゐて、横光、川端、片岡、中河の諸氏が悠々と駒をすすめて来るその先を、二十三歳の私は跣足でせかせかと歩いてゐたものであつた」と回想している。

伊藤永之介が小説家として、あらためて踏み出すのは、昭和三年に労農藝術家連盟に正式に加入してからである。プロレタリア作家として本腰をすえて創作活動に専念しようと決意した時、伊藤永之介は秋田の荒川鉱山を見学した時の経験をもとに、「見えない鉱山」（「文藝戦線」昭和三年六月一日発行、第五巻六号）、「山の一頁」（「文藝戦線」昭和四年四月一日発行）などの鉱山ものに取り組むのである。

秋田県は近世以前から全国一の鉱山地域であった。秋田県仙北郡協和町荒川字嗽沢にある荒川鉱山は、元禄十三年（一七〇〇年）に発見され、二百四十年間余り掘り続けられた。しかし、昭和四、五年頃から衰退のきざしが見えはじめた鉱山であった。

最初、「泥溝」（「文藝戦線」大正十三年九月一日発行、第一巻四号）、「秋景一場」（「文藝戦線」大正十三年十月一日発行、第二巻六号）など、どちらかと言えば新感覚派ばりの小説を書いていた伊藤永之介が、新感覚派の「文藝時代」が廃刊となってから、小説の素材を秋田の山間部にある鉱山に求めたのである。そして、伊藤永之介は、長篇小説『暴動』〈新作長篇小説選集第二巻〉（昭和五年十一月十五日発行、日本評論社）を書き下ろしたのである。『暴動』は奥羽線のS駅から四里余り入った没落に瀕している日蔭銅山に舞台を設定し、製錬の煙突が倒れる場面から物語が展開する。伊藤永之介は、この『暴動』によって、文戦派における中堅作家としての文壇的地位を確立したのである。

しかし、伊藤永之介がその文学的才能を開花させたのは、プロレタリア文学運動の組織が解体した以後の昭和十年代においてである。特に昭和十三年における一年間の創作活動には驚嘆にあたいするものがある。

第二次労農藝術家連盟が消滅してしまってから、伊藤永之介は、五十公野清一、田中忠一郎、鈴木清次郎、永野滉らと同人雑誌「小説」を昭和十一年一月に創刊する。その二号に載った鶴田知也の「コシヤマイン記」が昭和十一年上半期の芥川賞を受賞したことに刺激されて、その夏、一気に「梟」を書きあげ、「小説」昭和十一年九月一日発行、第一巻七号に発表した。「梟」は、昭和六年、九年と続いた東北地方の冷害による凶作でみじめな状態に陥っている農民の生活が、濁酒の密造と密売に視点を絞って描かれる。冷害により、食うに食えない農民が、自家用に濁り酒をつくり、自家用に飲むだけでなく、それを生活の手段として、村から町へと売り歩く。「濁酒地獄」（「東京朝日新聞」昭和九年八月十一〜十五日付）によると、伊藤永之介の祖父の墓がある北秋田郡上小阿仁村の山村では、濁酒密造をやらぬものは殆ど一軒もないと、徴兵検査の序でに祖父の墓に参ってきた末の弟がいうのである。白昼堂々と売り歩くわけにはいかないので、肴売りに化けたり、背負い籠の底に酒瓶を忍ばせ、「夜のあけないうちに村から村へ飛びあるく」のである。そこで濁酒売りはフクロと呼ばれた。濁酒密造の検挙も手厳しく、酒役人の襲撃のことを「鬼こ来たあ」という。「梟」は、酒役人が村に襲撃してきたので、「鬼こ来たあ」「鬼こ来たあ」と、村人たちが男も女も子供までもが、鳥の群のように右往左往するところからはじまる。米一俵が十円にしかならなかった時分に、一度酒役人にあげられると、最低三十円の罰金をとられる。その罰金を払うことが出来ず、労役場に入る陰惨な農民の実態を、伊藤永之介の「梟」は、登場人物が東北弁を使うことをうまく利用して、人々の会話を別行にしたり、括弧で区別するというのではなく、人々のセリフもそのまま地の文に続け、しかも行がえもすくないという独特のスタイルで描き出している。伊藤永之介は自作案内「鳥類物まで」（「文藝」昭和十三年十一月一日発行、第六巻十一号）で、「私はこの作によつてはじめて従来の写生的リアリズムから脱け出すことが出来た」という。

伊藤永之介が最も充実した秀作を遺したのは昭和十三年である。『鴉』（昭和十三年五月二十日発行、版画荘）を刊行し、「鶯」（「文藝春秋」昭和十三年六月一日発行、第十六巻九号）、「燕」（「文藝」昭和十三年七月一日発行、第六巻七号）、「鷗」（「改造」昭和十三年九月一日発行、第二十巻九号）などを、たてつづけに発表している。これらは小説の題に「鴉」「鶯」「燕」「鷗」と、一字の鳥の名がつけられているところから、宇野浩二によって、「鳥類物」と名づけられた。

織機のまわりをバタ〳〵しているから、機織女工を機業地では鴉という。伊藤永之介の「鴉」は、東北地方の貧農の娘が遠州から濃尾にかけて小工場地帯に身売りされていくという大変暗い素材を扱っている。機織女工となった多くが酌婦に、娼妓に転落していくのである。伊藤永之介は「『梟』が扱つてゐる濁酒を密造する農家には、また多く『鴉』に於ける身売り娘があるといふやうなわけで、この二つの作品は同じ農村の楯の両面を為してゐる。『鴉』はすでに『梟』を書いてゐるときに頭にあつたが、次の年の秋まで手がつかなかつたのは、その材料の暗さのためにじめ〳〵と沈んでしまつて、どうしても起き上つて来ないためであつた」(「鳥類物まで」)と述べている。

河盛好蔵は、『鴉・鶯・梟』〈新潮文庫〉(昭和二十八年十月二十五日発行、新潮社)の「解説」で、「鴉」は「手のこんだ力作」であって、「東北地方の貧農の娘の身売りについての詳細な記述であり、歴史的文献とも云うことができる」として、次のように評した。

私はまたこの小説を、戸谷タミを主人公とする「女の一生」として読み、彼女に代表されるわが国の貧農の娘たちの言語に絶する悲惨な生涯にしばしば暗涙を飲んだ。ここにはただ悲惨と絶望があるだけである。こんなことが許されてよいのか。作者は感傷に溺れずに、娘を売らざるをえない貧農たちの苦しさと同時にその愚かさをしっかりと描いている。

「鶯」は、警察という窓から、貧困な生活をしている東北の農民のさまざまな人間を見事に描き分けている。昔の養女ヨシエを探しに出てきたキン婆さん、鶏泥棒の喜助、流しの作太郎に女装の男、もぐりの産婆の上田八重子、鶯売りのミヨ、娘のハルを身売りしようとしつかまった春吉、インチキ祈禱坊主などいろんな人物が姿を見せ、いろんな事件が警察に持ちこまれる。わずか二日間の警察署の出来事を取り扱っている。

伊藤永之介は、「『鶯』のリアリズム」(「月刊文章」昭和十四年二月一日発行、第五巻二号)で、「田舎の警察といふものは最も端的に農村のぎり〳〵の現実を反映し、農村の現実がそこに集約されてゐる」という。「あれは田舎の警察を単なる写生ではないし、警察を描くために百姓たちを登場させたのでもなく、寧ろ逆に農村の現実を描くために警察といふ場面を借りたのである。それも端的な切り込みと、集約化の方法として、もつとも効果的と思はれる警察といふ舞台を借りたのである」と、警察署に舞台を設定した理由を説明している。

本多顕彰は「文藝時評(3)」(「東京朝日新聞」昭和十三年八月三十日付)で、「鴎」「塒」を時評に取りあげた際、「伊藤氏の描く人物にはいつも容れ物がある」と指摘して、次のように伊藤永之介の鳥類物を評した。

警察署、停車場、その他。「塒」の容れ物は、「鶯」と同じ警察署であり、「鴎」の容れ物は、津軽海峡の連絡船の三等室である。様々の不幸を担つた様々のどぜうたちが、この狭苦しい容れ物の中で犇めき、のたうち、もがき、わめくのを、作者は根気よく観察して描いてゐる。その根気は単に好奇心のさせるわざとのみいひきれない。作者の寛大と愛情とが感じられるからである。

伊藤永之介は、鳥類物と同じように一字の題がつけられる「馬」(「文藝春秋」昭和十四年一月一日発行、第十七巻一号)、「牛」(「中央公論」昭和十四年八月発行、第五十四巻八号)などの獣類物や、「鮒」(「新潮」昭和十四年一月一日発行、第三十六年一号)、「鰊」(「改造」昭和十四年三月発行、第二十一巻三号)、「鱒」(「日本評論」昭和十四年八月一日発行、第十四巻八号)などの魚類物で、満州事変後の東北農民たちを、独自の説話体という文体を駆使して、次々に発表した。農民たちの集約され、凝結された場所を設定して、農民たちの現実の悲惨さや人間的な哀歓を、ときには軽妙にユーモアをもって語った。

日本海側の文学者たちのなかで、伊藤永之介ほど、昭和十年代というたいへん困難な時代において、秋田の山村に住む農民たちを具象性をもって鮮かに文学的に定着させた人はいないであろう。伊藤永之介は、戦後も「雪代とその一家」(「群像」昭和二十四年三月一日発行、第四巻三号)、「なつかしい山河」(「改造」昭和二十七年五月一日発行、第三十三巻七号)、「電源工事場」(「新潮」昭和二十八年十一月一日発行、第五十巻十一号)などの佳作を発表し、農民文学者として奮闘した。しかし、なんといっても、伊藤永之介が文学的本領を発揮したのは、昭和十三、四年である。それらの作品がもっと高く評価されてもいいのではないかと思う。

（「国文学〈解釈と鑑賞〉」平成十七年二月一日発行、第七十巻二号、特集近代文学に見る「日本海」）

『大阪近代文学作品事典』のこと

いま、先々月から取りかかっていた『大阪近代文学作品事典』（和泉書院）の初校を終えて、ほっとひと息ついているところである。これで平成十七年の春には刊行されるのではないかと思う。（平成十七年五月二十日発行）

この三、四年、大学院生たちと共に明治から現代までの大阪を舞台として描かれている文学作品、小説やエッセイなどを読んできた。

その作品の数は、実に千点を越えていた。多くの作家たちが大阪を描き続けたのである。読んでいて、そこにはいろいろな発見があって実に楽しかった。また、大阪という都市が時代と共にいつのまにか大きく変貌していったことを改めて認識した。

例えば、岩野泡鳴の「ぼんち」（「中央公論」大正二年三月一日発行、第二十八年四号）という小説がある。大阪の若旦那が玉突きに負けて、悪友らにたかられ、宝塚温泉へ藝者遊びに出かけていくことを描いた作品である。

それには、ぼんちらが十三《じゆうそう》駅近くの淀川で鮎を漁師らがとっているのを電車のなかから眺めている場面が出てくる。

「もう、鮎がとれるのんゃ、なァ」

「そうだッしゃろ」

こんなことを小さな声で語っているうちに、十三駅も過ぎてしまった。

これを読むと、淀川は大正初期までは、鮎が棲むだけの清流であったのである。淀川で漁業を生業とする人々が住んでいたのである。大阪は水の都といわれた。この鮎が棲んでいた淀川をはじめ、道頓堀などの大阪の川は、いまは全く想像も出来ないくらいの清い澄み切った水が流れていたのである。

「煙の都」と大阪が形容されるようになっていくとともに、川も汚染されていったのであろう。小説を読むと意外な発見が多くある。

（「大法輪」平成十七年二月一日発行、第七十二巻二号）

徳永直全集のこと

中野重治にエッセイ「徳永直選集の件」「徳永直全集、選集、また著作集を急ぐこと」がある。前者は「文藝」昭和四十四年一月一日発行、第八巻一号に、後者は「新日本文学」昭和四十九年十一月一日発行、第二十九巻十一号に発表され、単行本『小品十三件』『緊急順不同』に、それぞれ収録された。

中野重治は、徳永直全集の「能うかぎり完全なもの」が出版されることを望んでいた。「小説作品のことは言うまでもない。ほぼ二十年間の日記、手紙類はもちろん、彼の小品、雑文、時評、特に文学論文を洩れなく入れてもらいたいと思う。（略）雑誌や新聞に出たものは、共産党の細胞新聞に発表したものまで、能うかぎり豊富に収録されねばならない。徳永の政治生活、文学生活には、徳永に限らぬ多少の曲折があつた。それは教訓に充ちたものでもある。その全貌が示されるようにありたい。わけても文学論文、あるいは政治的文学論と言つてもよく文学的政論と言つていいものを含めて、すべての派閥的利益をこえて主要なもの全部が収録される必要がある」と述べている。また「徳永が死んで十六年以上になる。しかし全集も選集も個々の作品集も出ていない」と嘆いている。

中野重治のこれらのエッセイが書かれてから、既に、三十年以上になる。徳永直が癌で死んだのは昭和三十三年二月十五日である。徳永直が死んで四十五年以上にもなるが、いまだに徳永直の全集が刊行されていない。プロレタリア作家のうち、私は、この徳永直と前田河広一郎の全集が一日も早く刊行されることを望んでいる。今日の出版界の状況を考えると、すべてのものを網羅した全集の発行は困難であろう。十二、三巻程度の全集であってもいいのではないか。徳永直も前田河広一郎もそれぞれよい仕事を残していると思う。

いま、「徳永直全集、選集、また著作集を急ぐこと」を再読して、それに関連した中野重治のハガキのあることを思い出した。「書いたものに反響のあるのはうれしい。またありがたい。このまえ私は『作家クラブ』第一号に触れて書いた。」「あれを書くと岡山の方のある人から問合わせがきた。あすこに伊藤永之介が出てくる。前田河広一郎が出てくる。自分は二人のことをしらべているものだが、『作家クラブ』第一号の二人の文章の標題を知らせてくれ。そこで私はそれを書いて返事を出した」という、「返事」のハガキである。当時、私は京都府綴喜郡八幡町に住んでいて、京都府を「岡山の方」と脚色されていて、小説家のエッセイはこういうふうに創作するものかと感心したのである。この機会に、そのハガキを紹介しておきたい。

614京都府綴喜郡八幡町八幡荘園内43―50　　浦西和彦様

156東京都世田谷区桜3―25―11　中野重治

消印　千歳6、9、74・18―24

一、『独立作家クラブ会報』でなく、『作家クラブ』です。昭和十二年十一月五日発行。「編輯月番岡邦雄」の編輯後記の日付は一九三六・一二・二九。

二、前田河広一郎は「今年を送り来年を思ふ心」、伊藤永之介は「肉体の進歩」です。（コレガ着イタラ着イタトはがき下サイ。）また何かあったら訊いて下さい。わかることならお知らせします。

七四年九月六日

（「梨の花通信」平成十七年三月二十五日発行、第五十号）

徳永直著『太陽のない街』のこと

昭和四年、ナップ（全日本無産者藝術連盟）の機関誌「戦旗」は、小林多喜二の「蟹工船」を五・六月号に載せた。そして、徳永直の「太陽のない街」を六月号から十一月号（十月号休載）まで五回にわたって連載した。この二つの作品が発表されたことによって、日本のプロレタリア文学運動が躍進的高揚をむかえることになった。

「太陽のない街」の作者である徳永直は、明治三十二年一月二十日（戸籍上三月九日）に熊本県飽託郡花園村に生まれた。小学校六年生のとき、貧困のため通学できなく、熊本市内の中島印刷所の見習工となり、以後九州日日新聞社文撰工、米屋の丁稚奉公、熊本煙草専売局の職工、熊本電気会社の見習工などの職を転々として働いた。大正十一年上京、博文館印刷所（共同印刷の前身）の植字工となり、大正十五年の共同印刷争議に組合の中心人物の一人として参加して闘った。しかし、争議は惨敗し、共同印刷を解雇された。小学校も満足に学ぶことが出来なかった徳永直が、共同印刷の争議の経過を描きだしたのが「太陽のない街」である。文壇では全く無名であった徳永直が、この「太陽のない街」を発表することによって、一躍プロレタリア作家としての地位を確立したのである。

作品では大同印刷となっている。摂政宮の高等師範行啓に密集した市民にめがけて、「大同印刷争議団小石川区民有志」のビラがまかれるところから「太陽のない街」ははじまる。それは「横暴なる大資本家大川社長の奸策に拠つて、鋳造課三十八名の馘首を名とし、吾々の組合出版労働を根本より打ち砕き一万五千の糊口の飢餓に陥れんとする悪辣なる魔手に対抗して、既に五十余日を闘つて来た」ことをうったえたものである。争議団員の窮迫した家庭内の葛藤、争議のスキャップ、強制調停、決裂、大川社長を中心に、市会議員、警察署長、財閥巨頭側の動きなど、これらの場面が次から次へとテンポがはやくくりひろげられる。波瀾も多く、時に映画的手法なども取り入れ、争議の状況や経過を読みやすく描き出している。

「太陽のない街」は、これまでの文壇の読者層とは異なって、労働者たちが支持し読んだようである。川端康成は「文藝時評」（「文藝春秋」昭和四年八月一日発行、第七年八号）で、次のように述べている。

「戦旗」六月号及び七月号の「太陽のない街」を読んだ。徳永直氏といふ人の連載長篇小説である。「といふ人」といふ程に、私は徳永直氏については何も知らず、未完の小説を批評するのもいかがと思はれるが、今月の何十篇かの作品のうち私を最も明るくしてくれたものとして、その題名だけでも誌して置きたい喜びを感じた。

確かな筋からではないが、労働者がこの小説を非常に喜んで読むと聞いたので、目を通してみたのである。しかし、この作品の表現の歯切れのいい平明さと、全体の明るい健康さと極めて自然に出て来る力強さと、材料の配置と筋の展開との新鮮さと、或る程度の感傷と衝激と――それらは労働者ばかりが喜ぶものではない。

小石川区の大印刷工場の争議をいろんな角度から取扱つて見せたものであるが、作者がその争議団を知りつくした感じ、つまりプロレタリア作品としての一つの信頼に、われわれを直ぐに誘ひ込んでくれる。そして、作者は落ちつき払つて、老練と思はれる程の筆致を見せてゐる。それは熱情な活潑な振子のやうに動いて、新鮮な快速を感じさせるのだ。

川端康成は、「確かな筋からではないが」と断りながら、「労働者がこの小説を非常に喜んで読む」という噂を耳にして「太陽のない街」に「目を通して」いるのである。

『太陽のない街』は、戦旗社から〈日本プロレタリア作家叢書四〉として、昭和四年十一月三十日に発行された。この本は、日本近代文学館の〈特選名著複刻全集近代文学館〉で復刻された。その復刻版の奥付は「昭和四年十二月一日印刷／昭和四年十二月四日発行」となっている。これはやはり「昭和四年十一月二十七日印刷／昭和四年十一月三十日発行」に訂正する必要があろう。私も二十年程前に編んだ『徳永直』〈人物書誌大系一〉（昭和五十七年五月十日発行、日外アソシエーツ）で、その誤りを犯している。「昭和四年十二月一日印刷／昭和四年十二月四日発行」とある奥付を見て、それを初版と見做してしまったのである。

　復刻版が「昭和四年十二月四日発行」を採用したのは、国会図書館所蔵本にある貼紙による訂正に従ったようだ。小田切進は『特選名著複刻全集近代文学館―作品解題』で、次のように記している（挿入された編集部の「訂正とお詫び」に従って本文を訂正して引用する）。

　戦旗社版『太陽のない街』初版本ははじめ一一月二七日印刷、三〇日発行と印刷された奥付に、一二月一日印刷、四日発行の貼紙による訂正がおこなわれており、一二月二日付三版では一一月二九日印刷とあり、さらに一二月五日付一〇版では一二月一日印刷、四日発行（初版）となり、昭和五年一月二〇日発行の〈自一〇、〇〇〇部／至一一、五〇〇部〉版では四年一一月二七日印刷となり、日付に若干の混乱が見られる。

この「作品解題」のあと、編集部が記した「複刻について」には、次のようにある。

　初版本刊行年月日の貼紙については当事者の関係者の記憶をたずねた総合的な推測では、貼紙奥付けのものは納本対策で、貼紙下にある日付での本はそれより早く出回ったのではないか、つまり初版本奥付けには二種あるのではないかということである。しかし現在までに、編集部で確認したのは貼紙奥付けの初版本一種（国会図書館蔵）のみである。

　つまり、復刻版では、初版本は国会図書館所蔵の「貼紙奥付けの初版本一種」しか確認出来なかったようだ。私がこれまで管見に入った『太陽のない街』の奥付異同を次に記す。

①昭和四年十一月二十七日印刷／昭和四年十一月三十日発行

②昭和四年十一月二十八日印刷／昭和四年十二月一日再版発行
③昭和四年十一月二十九日印刷／昭和四年十二月二日三版発行
④昭和四年十二月一日印刷／昭和四年十二月四日発行
⑤昭和四年十二月一日印刷／昭和四年十二月五日十版（未確認）
⑥昭和四年十一月二十七日印刷／昭和五年四月五日発行　自七五〇〇～至八五〇〇部
⑦昭和四年十一月二十七日印刷／昭和五年一月二十日発行　自一〇、〇〇〇部～至一一、五〇〇部

①には、国会図書館所蔵本のような貼紙訂正や、貼紙跡はない。④は、奥付に印刷されており、国会図書館所蔵の訂正本とは別である。⑤は未見であるが、これら以外にも異版がまだまだ存在するのであろう。しかし、②や③の再版や三版発行が存在する以上、①が初版本と認定してよいであろう。「十版」とか、「至一一、五〇〇部」などの数字に、どのぐらい信頼がおけるものか、判明しないが、どちらにしても、『太陽のない街』は、〈日本プロレタリア作家叢書〉のうちで、最も読まれたのではないかと思われる。

（「浪速書林古書目録」平成十七年五月八日発行、第三十九号）

『大阪近代文学事典』を刊行して

『大阪近代文学事典』（日本近代文学会関西支部編）を大阪の出版社である和泉書院からようやく刊行することが出来た。日本近代文学会関西支部は創設二十周年を記念して、平成十一年十一月六日、関西大学百周年記念館で、我々の住んでいる地域社会と文学とのかかわりを研究テーマに、京都・大阪・神戸・奈良の〝四都物語〟の研究発表会を催した。その翌年に、『大阪近代文学事典』の作成が具体的に計画された。完成までに五年もの歳月を費やしたことになる。

この事典に収録された文学者は、明治から現代まで九百人以上に上る。大阪出身者は言うまでもなく、大阪に居住した文学者、大阪を舞台に創作を続けた作家も対象にしている。ジャンルも純文学作家、推理作家、ＳＦ作家、翻訳家、児童文学者、俳人、歌人、詩人、川柳作家、評論家まで幅広く網羅した。

例えば、現代作家をアトランダムに挙げてみても、織田作之助、開高健、黒岩重吾、司馬遼太郎、高橋和巳らはもとより、現役で活躍中の河野多恵子、小松左京、田辺聖子、筒井康隆、眉村卓、宮本輝、山崎豊子の各氏。さらには、近年の玄月、黒川博行、東野圭吾、町田康の各氏らまで親しみのある名前が出てくる。

その一方で、この事典で初めて人名項目として採録した文学者も驚くほど多い。それは、日本の近代文学の事典としては質、量ともに最大の、日本近代文学館編『日本近代文学大事典』（講談社）に採録されていない人名項目が、『大阪近代文学事典』では六百項目以上収録されていることにも表れている。

つまり、他では見ることのできないマイナーな文学者たちをも軽視することなく、詳細に挙げている。それがこの事典の最大の特徴である。巻末には、「枝項目（作品名）索引」と「大阪出身文学者名簿」を付けて読者の便宜を図った。

このように、大阪にスポットを当てた文学事典としては、最初の事典であり、これまでになかったユニークな文学事典に仕上がっている。

編集作業にかかわって改めて思うことは、大阪はやはり京都や奈良と違って都会であったということである。地方からいろいろな人々が集結してくるところが都会である。明治の大阪文学の担い手となった人々も、必ずしも生粋の〝浪花びと〟だけではなかった。

続き物作者の宇田川文海《ぶんかい》は江戸・本郷の生まれだし、劇評家でもあった渡辺霞亭《かてい》は尾張の人であり、作家の菊池幽芳《ゆうほう》は水戸の出身者であった。

坪内逍遙や二葉亭四迷らが出現し、日本では明治二十年ごろから近代文学が成立した。近代の文学者たちはほとんど東京に出て仕事をするようになる。近代文学は東京が文壇社会の中枢となってしまう。「毎日新聞」や「朝日新聞」が、大阪で創刊され、それが全国紙として大きく成長していったのに、文学だけはどうして大阪から近代文学を育てることができなかったのか。

それは、大阪が商業都市であって、若い学生たちの街ではなかったことが一つの要因であろう。尾崎紅葉や山田美妙らのように学生たちが文学結社をおこすということが大阪ではなかった。

大阪で文学を愛好した人々は、小林天眠のように船場の毛布問屋に丁稚奉公《でっちぼうこう》したような社会で働く人が大半を占めていた。実益を求める商業都市である大阪では、文学もまたよりおもしろいものを求めたのである。

『大阪近代文学事典』を眺めていると、もう一つの文学史が見えてくるような気がする。

（「毎日新聞」平成十七年六月三日付夕刊、大阪版）

『大阪近代文学事典』に思うこと

日本近代文学会関西支部編『大阪近代文学事典』（平成十七年五月二十日発行、和泉書院）について、坪内祐三は、次のように述べている。

心待ちにしていただけのことはある充実した一冊だ。
要するにこれは、大阪の近代文学に少しでも関わりのある文学者たちの人名事典で、だから例えば芥川龍之介（大阪毎日新聞の専属作家だったことがある）や菊池寛（まだ無名時代に大阪の『不二』新聞に投稿原稿がたくさん採用された）といった人たちの項目もあるが（『まぼろしの大阪』の作者はもちろん載っていない）、私の知らない、あるいはなじみの薄い、大阪の文学者たちの項目を読むのが楽しい。
例えば山本和子（一九〇一～一九八三）というエッセイスト。そのキャリア、というか元の結婚相手がユニークだ。まず、「三高時代の大宅壮一と交際し、大正十年に結婚した。翌年、大宅壮一と共に上京。一女を生んで離婚した」とあって、さらに「戦後、斎藤隆介（隆勝）と結婚したが、後に離婚した」とあるからだ。斎藤隆介といえば、『ベロ出しチョンマ』やあの福田恆存と山本夏彦から絶賛された『職人衆昔ばなし』の著者だ。大宅壮一から斎藤隆介へ（しかも斎藤隆介は彼女より十五～六歳年下のはずだ）。これはなかなかシブい選択だ。

この山本和子をはじめ、大阪・千日前のアルサロ「大劇アルバイトサロン」の支配人をしながら、「文学雑誌」同人として小説を執筆した磯田敏夫や、戦後、大阪で新日本文学会大阪支部創設に奔走し、「宮本百合子ノオト」などの評論を書いた須藤和光、また、大阪で文化運動のオルガナイザーとして活躍し、田木繁の研究会などを主催しながら、一人芝居「お菊」などの戯曲を収録した戯曲集『男と女いのち劇場』（平成十五年九月一日発行、編集工房ノア）を出版した森安二三子など、これまでの文学事典では項目として決して採用されることのなかった人々が、この『大阪近代文学事典』では多く見い出せる。東京中心の固定された文学観を離れて、大阪に根をおろし、大阪での文学活動や、文学を支えた人々を事典項目として、どのように採録することが出来るか。事典づくりは、事典項目を選び出し、探し出す調査から、すべてがはじまる。

『大阪近代文学事典』の場合、関西支部会員らが組織的に協力して項目を探し出したわけではなかった。

私の最初の文学事典づくりは、奈良県に共に住む浅田隆、太田登と一緒に編んだ『奈良近代文学事典』（平成元年六月二十日発行、和泉書院）である。その直後ごろから、大阪に生まれ、大阪にある関西大学に勤務する以上、大阪の文学事典を作らねばならないであろうと、カードに項目を拾いはじめていたのである。私が関西大学の図書館長をしていた時、「おおさか文藝書画展」を平成六年九月二十二日から二十七日まで、大阪・心斎橋の大丸百貨店南館七階会場で開催したことがあった。その時、大阪の文藝書画の豊饒さを改めて再認識したことがある。そういうわけで、関西支部が平成十二年に、支部活動の活性をめざして、『大阪近代文学事典』の作成に取り組むことを決めた段階では、人名項目のほとんどが既に出来上がっていたのである。

大阪という地域を視点において、明治・大正・昭和・平成という百三十余年間に、文学にかかわったすべての人々を拾いあげたかというと、まだまだ多くの人々が漏れているように思う。

『大阪近代文学事典』が刊行された後、高松敏男から、大阪市歌の作詞者で、『漫録窓から』（大正十二年八月二十五日発行）などの著書がある一柳芳風を入れてもよかったのではないか。また、西田勝から、有島武郎が入っているならば、田岡嶺雲や白河鯉洋も入れてもよかったのではないか。田岡嶺雲は大阪中学校の中退者であり、日露戦争後、白河鯉洋が「大坂日報」の主筆をしている時、エッセイを寄せている。そして、白河鯉洋は犬養木堂の懐刀として大阪選挙区で出馬し、最高点で当選しているという。と、両氏からご教示を得た。また、『大阪近代文学事典』が刊行された後、大阪府生まれの朱川湊人が大阪の路地裏を舞台とした『花まんま』で第百三十三回直木賞を受賞した。これからも大阪とかかわりのある多くの文学者たちが登場し、文学的活動をするであろう。私達は大阪文学の研究や調査を今後ますます積み重ねていかねばならない。『大阪近代文学事典』の刊行は、その第一歩であって、近い将来、いつでもすぐに増補改訂版を出せるように用意を怠ってはならないと思う。

日本近代文学会関西支部では、この『大阪近代文学事典』に引き続いて、『滋賀近代文学事典』『京都近代文学事典』『兵庫近代文学事典』の刊行を企画している。そのうち『滋賀近代文学事典』の方は、ほぼ原稿が出揃ったようであるが、京都・兵庫の方は全く白紙の状態で、すべてこれからである。

『大阪近代文学事典』では、京都や兵庫の文学事典が計画されているために、杉山平一や竹中郁は項目から省いた。共に『兵庫近代文学事典』の方で項目として入れればよいと機械的に処理したのである。しかし、杉山平一の場合、それが適切であったかどうか問題は残る。杉山平一は福島県の生まれであり、兵庫県の宝塚市に居住しているが、大阪の北野中学校を卒業している。宝塚市は、兵庫県といっても、大阪の文化圏に属していると見做してもいいようなところがある。杉山平一の文学的活動も神戸よりも大阪の方が多いであろう。杉山平一は『兵庫近代文学事典』で取りあげるのは当然であるとしても、『大阪近代文学事典』でも項目として入れるべきであった。滋賀に住んでいても、実際の文学的活動や職場が京都である人が多くある。機械的に県別の文学事典の作成という発想が正しいかどうか。滋賀などは京都と一緒にしてしまった方がよかったのではないか。私達はその辺の十分な検討を経ないで、動き出してしまったようだ。

坪内祐三がいうように、『大阪近代文学事典』は、「大阪の近代文学に少しでも関わりのある文学者たちの人名事典」であるところに、この事典の特徴があるといってよい。「人名事典」ではなく、「文学事典」にするためには、枝項目の処理の仕方を創意工夫する必要があったのかもしれない。この事典では、枝項目（作品名）は、その文学者の代表作をあげて紹介するのではなく、大阪を題材とした作品、大阪を舞台として描かれた作品をあげることにしている。なにをいくつあげるか、その判断はすべて項目執筆者にまかされた。人名項目の字数に制約があっても、大阪を舞台とした作品であれば、自由にいくつでも枝項目を立てていいことにしたのである。各執筆者によって、枝項目を立てたり、人名項目の中で、その作品名を記述したり、全体として統一されないままになってしまった。編集委員の方で、原稿執筆依頼の時に、枝項目として立てるべき作品名を具体的に列記すべきであったのかもしれない。しかし、編集委員会では、その用意が出来ぬままにスタートしてしまったのである。形式の上で作品を枝項目として扱う以上は、人名が主で、作品が従となってしまうのはやむをえないであろう。人名と同じように作品も独立した項目として編集が出来なかった以上は、「人名事典」としての色彩の濃厚なものになってしまうのは仕方のないものであった。そこで『大阪近代文学事典』では、いいも悪いも別にして、「人名事典」としての方向に徹したつもりである。しかし、それとは別に、私は『大阪近代文学事典』と平行して、作品項目による事典、つまり、『大阪近代文学作品事典』の作成に取り組んだのである。私達の狭い読書範囲内において、大阪を舞台とした作品をすべて残らずとり入れることは不可能に近い、無謀な試みといってよい。しかし、誰かが手をつけないことには、前へは進まないのである。不備は次の人が補えばよいと開き直ることにしている。ある面では、『大阪近代文学事典』よりも『大阪近代文学作品事典』の方がおもしろいのではないかと思っている。原稿は、作品事典の方が一年程前に出来上がっていたのであるが、和泉書院の都合で、『大阪近代文学事典』の方が先に刊行されることになった。しかし、『大阪近代文学作品事典』も、現在、再校が進行中であり、直木賞を受賞した『花まんま』など、追加して、なんとか年内に出版することが出来ればよいと思っている（平成十八年八月三十一日発行、和泉書院）。

『大阪近代文学事典』刊行後、雑誌や新聞を項目として採り入れるべきであるという意見があった。もっともなことである。しかし、私達は大阪の雑誌や新聞について、どのぐらい研究の成果を蓄積してきたのであろう。たしかに、荒井真理亜が「大阪朝日新聞」の明治二十五年一月からの文藝関係記事細目作りをはじめたり、大阪の新聞や雑誌の調査の動きはある。だが、全体から見るとそれらは微々たるものである。大阪の雑誌や新聞の調査研究は、ほとんどが手付かずのままに放置されてきた。一体、大阪からどのような雑誌が発行されたのか、どのような人々がその雑誌にかかわってきたのか、大阪で発行された雑誌の全容がほとんどわからないままにきた。いま手もとに「森の下露」という大阪から出た雑誌がある。「明治三十二年八月五日発行　編集兼発行人　大阪市東京淡路町一丁目一番地沢村虎次郎」となっていて、表紙右には「大阪商事新聞第二十九号」と刷られている。この「森の下露」には、広津柳浪「三重襷」、江見水蔭「荒磯物語」、宇田川文海「みめより」、江見水蔭「片瀬の少年」の四篇の小説が掲載されている。広津柳浪の「三重襷」は、『定本広津柳浪作品集』上・下・別巻（昭和五十七年十二月二十五日発行、冬夏書房）に収録されていない。伊狩章編「年譜」（『明治文学全集十九　広津柳浪集』昭和四十年五月十日発行、筑摩書房）等にも出てこない。おもしろいのは、この「森の下露」には定価がない。市販された雑誌ではないようだ。森下南陽堂本店の懸賞「三等賞品　新作読切小説　二万部」として出されたのである。「大阪商事新聞」第二十九号とあることを思うと、「大阪商事新聞」に掲載された小説を「森の下露」に再録したのか。「第二十九号」というのは、「森の下露」の号数なのか。大阪の雑誌に硯友社の広津柳浪や江見水蔭が小説を載せる。明治三十年を越すと大阪の新聞も雑誌も東京の作家たちの作品を載せ始めるのである。明治期の大阪の新聞や雑誌には、大阪の文学者だけでなく、東京で活躍する文学者の埋もれた作品が出てくる。しかし、大阪というところは、それらの新聞や雑誌を積極的に蒐集し保存するということをしないできた。「大阪商事新聞」や「森の下露」など多くのものが散逸したままになっている。

足立巻一が『夕刊流星号—ある新聞の生涯—』（昭和五十六年十一月十日発行、新潮社）で描いたところの「夕刊新大阪」

新聞は、奇跡的に神戸の図書館で所蔵されていて、不二出版から復刻されることになった（平成十九年五月二十五日発行）。「夕刊新大阪」などは全くの例外である。「夕刊新大阪」は、戦後大阪から発行された夕刊新聞であるが、その文化欄は、大阪というローカルなものではなくて、石川達三、北川冬彦、神近市子、平林たい子、村山知義、小山いと子、青野季吉、平野謙ら、戦後活躍する多くの文学者達が寄稿しているのである。大阪から多くの夕刊新聞が発行されたが、そのほとんどが散佚してしまっていて、「夕刊新大阪」が保存されていたことは全く希有なことであった。織田作之助が勤務していた織物新聞や日本工業新聞社の新聞、織田作之助が野田丈三の筆名で「合駒富士」を連載した「夕刊大阪新聞」などは跡形もない状態である。

大阪の作家である黒岩重吾が亡くなって、大阪にはその遺されたものを収めるところがなく、生原稿や書き込みのある本が神奈川近代文学館に収蔵された。大阪は、昔も現代も文学的資料を文化的遺産として、明治期の小新聞をはじめ雑誌等を収集してこなかった。大阪の出版物を調査するということは容易なことではない。『大阪近代文学事典』で新聞や雑誌を項目として取りあげるべきであるが、私達にはまだその力量がなかったのである。

いま、私の手もとには、大阪から出版された雑誌名のカードが二千枚以上もある。困難であっても、いま残されている雑誌だけでも本格的に調べを進めていかねばならないであろう。いつか『大阪近代文学雑誌事典』を刊行することが出来るとよいと思う。それは次の課題である。

それにしても、日本近代文学館編机上版『日本近代文学大事典』（昭和五十九年十月二十四日発行、講談社）が出て、もう二十余年が経過している。日本近代文学会が総力を結集して、新しい文学事典をつくってもいいのではないかと思う。

（「日本近代文学」平成十七年十月十五日発行、第七十三集）

貴司山治と『ゴー・ストップ』

プロレタリア文学において、貴司山治は特異な存在の作家であった。プロレタリア文学に参加していく、その仕方も他の作家たちとは少し異なっていた。小林多喜二や徳永直らは、全日本無産者藝術連盟の機関誌である「戦旗」に「一九二八年三月十五日」や「太陽のない街」等を発表して運動に参加していった。また、平林たい子や岩藤雪夫らも、労農藝術家連盟の機関誌「文藝戦線」に「夜風」や「鉄」等の作品を発表し、プロレタリア作家として登場したのである。だが、貴司山治は、「戦旗」や「文藝戦線」に作品を発表することでプロレタリア作家として認められたのではなかった。貴司山治は、講談社の「講談倶楽部」などの娯楽雑誌や商業新聞に興味本位の大衆小説を書いていた。その貴司山治が突如「舞踏会事件―『金持と貴族』は何をするか?―」を「無産者新聞」（昭和三年十一月五日〜十二月二十日付）に七回連載したのである。

当時、新居格は「社会時評」（「新潮」昭和四年一月一日発行、第二十六年一号）で、「彼は無産者新聞にかくことによつてマルクス主義者の立場を明白にした。それでその方の立場は決まつた。たゞ問題は彼が講談社と無産者新聞との両刀遣ひをどこまで矛盾なくまた何等の不自然さなしにやつて行けるかどうだらうかの点である」と述べていた。貴司山治は「無産者新聞」に作品を発表することによってプロレタリア文学陣営から注目されるようになったのである。しかし、貴司山治は、「無産者新聞」に発表する前から、「ゴー・ストップ」を昭和三年八月から翌年四月まで、「止まれ、進め―ゴー・ストップ」の原題で「東京毎夕新聞」に連載していた。「東京毎夕新聞」は「特に本所深川京浜法面の労働階級に読者を持つ新聞」であり、藝術とは別に「労働大衆の娯楽読み物」として書かれた「止まれ、進め—ゴー・ストップ」は、それらの地域労働者たちに「むさぼり読まれてゐた」という。貴司山治は、小林多喜二らとは異なって、「労働大衆の娯楽読み物」を書く作家としてプロレタリア文学運動に加わってきたのであった。

「東京毎夕新聞」に連載された「止まれ・進め—ゴー・ストップ」は、その後、『ゴー・ストップ』と改題されて、中央公論社から出版された。戦前に刊行された『ゴー・ストップ』には、次の三つの版がある。

① 『ゴー・ストップ』昭和五年四月一日発行、中央公論社。この版は同月四日に発売禁止処分にあう。

② 『ゴー・ストップ』〈改訂版〉昭和五年四月二十五日発行、中央公論社。

③ 『ゴー・ストップ』〈日本小説文庫〉昭和八年三月二十日発行、春陽堂。

③の春陽堂版には、徳永直の「跋にかへて」が巻末に付されている。それには「本書の著者は、プロレタリア文学運動の関係で、いま獄中にあるので、著者の意向に基づいて、非常に不充分であるが、ぼくがいくらか削つたり、書き加へたりした」とある。初刊当時、作家同盟内から、特に重要人物の一人である鳥羽の英雄主義的な行動をめぐって批判がなされた。そうした批判を考量して徳永直が「いくらか削つたり、書き加へたりした」箇所は第十七章と第十八章の部分である。鳥羽が帝国民衆党の安倍文治と名乗り、上海やフランス租界の紅蘭亭という酒場の踊り子でもあったという高井みどりというダンサーがでてくるダンスホールの場面がすべてけずり取られ、映画女優の品子が警察の手先になって、沢田を探しているスパイに描かれる。そして、鳥羽に「昨夜来、ツクヅク考へたが、俺のいままでのやり方は、大変古い型の極左的な、大衆と浮き離れたものだつた」と自己批判の言葉を吐かせているのである。

だが、当時の労働者たちが『ゴー・ストップ』を「むさぼり」読んだのは、作家同盟が批判したところの鳥羽の英雄主義的な行動に、面白さを共感したからであろう。

（「貴司山治展」平成十八年十二月二十一日発行、徳島県文学書道館）

河野多恵子著『臍の緒は妙薬』
―理屈と対極の独創性―

現代作家のなかで、すぐれた作品を数多く書きながら、論じられることが極めて少ないという作家がいる。河野多恵子もその一人ではないかと思われる。

河野多恵子は昭和三十六年に、主人公晶子の幼い女児への嫌悪感と男児への偏愛や佐々木との性癖を描いた「幼児狩り」で文壇に登場した。「最後の時」「不意の声」「骨の肉」「回転扉」「砂の檻」「鉄の魚」「一年の牧歌」など、河野多恵子の面目が躍如としている作品を書き、『みいら採り猟奇譚』ですぐれた藝術的達成を示した。その後も、「炎々の記」「赤い脣」「後日の話」「秘事」「半所有者」等、長篇小説、あるいは短篇小説に、まことに上質で衝撃的な意外性に溢れた作品を発表してきた。

実際にこれらの作品を批評なり、論じることになると、なかなか厄介であり、難しい。その困難さは、河野多恵子の作品自体に潜んでいるようにも思える。それは一口でいえば、河野多恵子の文学は理屈の文学でないことである。理屈で理解できる作品ほど、論じやすいものはない。お手軽に理屈をこねあげればいいのである。理屈の文学というのは、日本の近代文学の伝統的なリアリズム文学といってもよい。日本の近代文学は如何に生きるべきかを、短篇小説は人生の断面を描くものであり、真実の追究というものを目指してきた。心境小説などは、作品自体よりも、作者の生き方が、高邁な精神に到達しているかどうかが、作品のよしあしとして批評されてきた。

無論、河野多恵子の文学は、そういうものとは無縁のところにどっしりと聳え立っている。河野多恵子は、リアリズム小説からは、人生の狭さ、人間というものの矮小さを感じさせられるだけであるという。河野多恵子の文学は、何よりも河野多恵子でなくてはならぬ強い精神に根ざしたモチーフの把握から生まれている。そして、常に、その着眼の独創性で、鮮明な驚きを与えてくれるのである。そのため、読者は常に、作品を読む前から、考えもしない、想像もしない、人間のどういう意外な秘密が描かれているのか、期待するのである。最新刊『臍の緒は妙薬』も、河野多恵子の想像的なモチーフの働きの強さが感じられ、独自の世界が構築されている。読者の期待を裏切らない。

『臍の緒は妙薬』には、平成十六年一月から十九年一月までの間に発表された短篇小説「月光の曲」「星辰」「魔」「臍の緒は妙薬」の四篇が発表順に収められている。

「月光の曲」に出てくる山村校長は、隣の園児を集め「今度、まんしゅうという新しい国が生まれました。この国は日本の弟のようなものです。日本はまんしゅうこくを可愛がってあげなくてはなりません」と「お話」をする。昭和七年の満州国宣言発表から、「とうとう支那との戦争が現地で始まりました」という、昭和十二年七月の日中戦争にかけての小学校でのさまざまな学校行事や出来事が具体的に描かれる。

昭和八年に小学校一年生になった子供たちの国定の「小学国語読本」が旧来の教科書から大きく変わって、挿絵も色刷りになった。頁上では、「ススメ　ススメ　ヘイタイ　ススメ」と、「軍帽・軍服で身を固め、両膝から下にはゲートルを巻き、腰には剣。鉄砲を肩に、背嚢を背負ったヘイタイ」が元気よく進んでいる。そして、日中戦争下の小学校の在り様が抑制のきいた筆で書かれる。「おしっこに一っ走りしてきたりした子も、うまい具合に列のなかに納まっています」「教頭先生の『気をつけ!』の号令で、列の子供たちがしゃんとする」（傍点、筆者）など、なにげない言葉であるが、その情景が彷彿として思い浮かべることのできる、巧みな表現である。

学藝会では皇太子殿下御誕生の奉祝歌を斉唱する。色刷りの新「小学国語読本」も、二学年用までで中止となる。五年生になると、第一時間目の授業を無しにして、「戦勝と兵隊さんの武運長久を××神社へ祈願しに」行く。西恭子さんは、「わたしのお父さんへ慰問文を出してよ」と友達に強要する。出征した人の子供であることで偉そうにしているのか、威張りだすのである。

受験科目は国史の一科目に変更される。入学試験の主眼は体力試験、身体検査になった。「実際にも可成り型破り」の平林先生の受験指導は、国史の教科書の暗記である。戦争へと大きく傾斜していくなかで、六年生の二学期の国語は、「月光の曲」から始まった。唱歌の松永先生が、五年生以下もいずれ六年生になって習うわけだからと、昼休みの時間に放送で三日間「月光の曲」のレコードをかけてくれたのである。意外にも日中戦争下にベートーヴェンの「月光の曲」が小学校で流れていたのである。喧騒な世相のなかで、「ここから好きなんだ」と「月光の曲」を聴く子供たちが点描される。その六年生は「たった一年」の違いにより、伊勢神宮参拝の修学旅行もバスの融通が利かなくて、遠くの駅まで歩かなければならなくなった。

「たった一年」の違いによって、さまざまなものが大きく変貌していく。小学校においても例外ではなかったのである。あらためて、昭和のこの時代は、「たった一年」の違いを注意深く検証しなおして歴史や社会を見る必要があるのではないかと思う。

「星辰」と「魔」の二篇は、女のひそかにおこなう秘密の物語ともいえる。「星辰」の史子は、既に亡くなっている夫を、占い星術師に、夫が生存しているものとして観てもらう。ホロスコープからいうと、夫は実際よりも二月《ふたつき》前に死んでいた。「魔」のM子は、夫の海外出張の留守の間に、コーンスターチで、自分たちの子供の像を作る。「星辰」と「魔」ともに河野多惠子の独壇場が展開される。

表題作「臍の緒は妙薬」には父母や兄妹の死が語られる。私は河野多惠子の生に対する強さを感じた。短篇集『臍の緒は妙薬』は、上質の文学作品を読む喜びや楽しみを与えてくれる一冊である。

（「文学界」平成十九年七月一日発行、第六十一巻七号）

一つの文学史的事件

織田作之助の秀作『夫婦善哉』の続編が出現した。織田作之助歿後六十年も経過し、それも遺品のなかからではなく、遠く離れた鹿児島県から忽然と発見されたのである。これは一つの文学史的事件である。織田作之助は多くの作品で「流転」あるいは「放浪」する人間を書いた。大阪を舞台とする『夫婦善哉』も、この『続夫婦善哉』では、蝶子・柳吉が別府へ流転していく。その原稿はなんと長い年月を放浪続けたのか、謎に満ちている。

（織田作之助著『夫婦善哉　完全版』平成十九年十月十九日発行、雄松堂出版、オビ）

いつ「続夫婦善哉」を執筆したか

織田作之助の「夫婦善哉」は、昭和十五年四月二十九日発行の同人雑誌「海風」に発表された。そして、六月に改造社の「第一回『文藝推薦』」を受賞し、「文藝」昭和十五年七月一日発行に再掲載される。その時の「『文藝推薦』」審査後記で、武田麟太郎は『夫婦善哉』は出来上がりから云えば、抜群と云えよう。眼と才能は、現在の文学のレベルを超えてゐる。執拗に一組の男女を追ひかけて、見事に抽出した」と評した。「夫婦善哉」は、織田作之助のデビュー作となった作品である。

この「夫婦善哉」が「海風」に発表されてから、六十七年も過ぎて、突然「続夫婦善哉」の生原稿が出現したのである。これには吃驚仰天した。資料というものは、何が残されているのか、全く予期もしないものが出てくるということがあるようだ。「続夫婦善哉」の生原稿は、織田作之助の歿後六十年も経過して、それも遺族に残され遺品の中からではなく、大阪から遠く離れた鹿児島県から忽然と発見されたのである。これは希有な出来事といってよい。改造社の創業者山本実彦の遺族が「改造」関係の直筆原稿約七千枚を、鹿児島県の薩摩川内市に寄贈したのである。その中に織田作之助の未発表原稿「続夫婦善哉」が含まれていたのは誠に僥幸なことであった。

『夫婦善哉完全版』（雄松堂出版）に、「夫婦善哉」「続夫婦善哉」が収録され、ここに織田作之助の「夫婦善哉」が完結したのである。うれしいことには、日高昭二の行き届いた「解説」とともに、今回発見された「続夫婦善哉」の直筆原稿の影印版も一緒に収められていることである。

織田作之助の生前になぜ「続夫婦善哉」が発表されなかったのであろうか。また織田作之助は何年頃に「続夫婦善哉」を執筆したのであろうか。織田作之助は、この「続夫婦善哉」については何ひとつ書き残してはいない。織田作之助は、昭和二十一年九月十日の青山光二宛書簡の中で「夫婦善哉後日は支持者が多いので、続けようとも思うが」と書いている。この「夫婦善哉後日」は、いうまでもなく、「続夫婦善哉」を指すのではない。「世界文学」昭和二十一年四月十五日と六月三十日に二回連載され、中断してしまった「夫婦善哉後日」のことである。この「夫婦善哉後日」は、「私」とその友人民門、野田の三人が上京し、同人雑誌「亀」に関係する話で、舞台を大阪の法善寺横丁へ移す前に中絶してしまった作品である。蝶子と柳吉の物語ではない。織田作之助がいつ「続夫婦善哉」を執筆したか。確固たる資料がない以上は、作品「続夫婦善哉」を読むことから推測していくより仕方ないであろう。

「第一回『文藝推薦』」を受賞した「夫婦善哉」は、その後、短篇集『夫婦善哉』（昭和十五年八月十五日発行、創元社）に収録された。この単行本『夫婦善哉』は、風俗紊乱を理由に編集者が警告を受けたといわれているが、『出版警察報』（第一三二号、昭和十五年九月発行）によると、九月十七日に「風俗削除処分」を受けているのである。『出版警察報』には、「本冊ハ大阪人ノ物慾的ナ生活ヲ題材トシタ小説『夫婦善哉』『放浪』『俗臭』『雨』『探シ人』ノ五篇ガ収メラレテヰルガ、九十五頁（放浪）一六七、一七〇、一八一、一九四頁（雨）ハ露骨ノ性欲描写ノ記事アリ、ヨツテ削除」と記されている。「放浪」「雨」の二作品が「露骨ノ性欲描写」があるとして、五箇所の削除処分を受けたのである。短篇「夫婦善哉」が忌諱に触れるとして、削除処分を受けたのではない。まだ昭和十五年においては、「夫婦善哉」の作品世界は、刊行することが許されていたのである。もし仮りに「続夫婦善哉」が単行本『夫婦善哉』の刊行以前に執筆されていたのであれば、未発表であっても単行本に収録していたであろう。「続夫婦善哉」には、「露骨ノ性欲描写」に該当する部分がなく、編集者側に躊躇するような必要はなかったであろう。

昭和十五年九月号の「文藝」は、林芙美子の小説のあと、一二九頁から一六二頁へ飛んでいる。同誌の「編輯後記」は、「これは手違ひのためで、落丁ではありません」と断っている。この落丁部分には織田作之助の小説「六白金星」（戦後になって発表された）が掲載される予定だったと従来いわれてきた。しかし、「続夫婦善哉」の出現によって、この落丁部分に「六白金星」でなく、「続夫婦善哉」が掲載される予定だった可能性もあるのではないか、ということであるが、その可能性はないと思う。「文藝」は一二九頁から一六二頁まで活字を組んだ上での削除である。「続夫婦善哉」の直筆原稿影印版を見る限り、編集者が活字ポイントを指定した割り付けの印が全くないのである。「続夫婦善哉」に出てくる「金属類の使用制限や禁止」「電球も充分には手廻らなく」なってくるのは、昭和十六年太平洋戦争が開始された以後のことであろう。それらを勘案すると、織田作之助が昭和十五年に「続夫婦善哉」を執筆したと思われないのである。「夫婦善哉」「続夫婦善哉」の特徴の一つは、「三年経つと」「二年経つと」、あるいは「一月経つと」「二十日余り経つと」「三日経つと」といった風に年月の流れと共に蝶子と柳吉の物語が展開することである。

「夫婦善哉」は、関東大震災の大正十二年に、曾根崎新地に出ていた二十歳の蝶子と化粧品問屋の息子の三十一歳の維康柳吉とが駆け落ちをし、柳吉が四十三歳となった昭和十年で終わる。「続夫婦善哉」はその一年後の夏祭りから始まる。柳吉が四十四歳となった昭和十一年から五十一歳の昭和十八年までが描かれた。この作品の時代設定を考慮すれば、「続夫婦善哉」は、昭和十八年頃に執筆されたのではないかと思われるのである。「なあ、あんた、うちとこはわてが午の歳で、おっさんも午でっしゃろ。やっぱり午が合うんでっしゃろな」という最後のセリフの落ちを思いついたことが「続夫婦善哉」を書く動機となったようだ。昭和十七年が壬午の歳である。

戦局が拡大していくと、すべてのものが国家統制下におかれる。文学も例外ではない。「大和民族の発展」ということが検閲の題目となる。昭和十五年に許された「夫婦善哉」は、十八年頃には「浄瑠璃の稽古」に熱中する「続夫婦善哉」のような作品世界は許されないのである。時局が文学そのものの存在を否定した時代に、織田作之助の「続夫婦善哉」は書かれたのである。

（「週刊読書人」平成九年十月二十六日発行）

索引

凡例

人名索引

一、人名項目を掲げ、その収録ページ数を示した。
二、配列は五十音順を原則とした。
三、読み方は『日本近代文学大事典』（講談社）等を参考としたが、それらに記載のない人名に就いては、おおよそ一般的と思われる読み方を採用し、難読のものは音読とした。
四、歴史的仮名遣いは表記に従った。
五、人名の別表記を矢印↓で示した。

書名・作品名・記事名索引

一、書名・作品名・記事名の項目を掲げ、その収録ページ数を示した。
二、排列は五十音順を原則とした。
三、歴史的仮名遣いは表記に従った。
四、その他、「ヴ」は「ウ」に配列した。

Q 244
Y 132

人名索引

あ

相沢↓藍沢重遠 162
藍沢重遠↓相沢 161 162
青井要 357
青木青太郎 134
青木義久 531
青野↓青野季吉 497
青野季吉↓青野 124 131 134 179 187 314 392 454 455 458 459 479 480 482 497 534 567
青山↓青山毅 195～203 466
青山毅↓青山 61 66 83 84 195 362 379 380 465～467 488～490
青山卯一郎 270
青山光二 575
赤尾織之助(赤尾) 326
赤尾敏↓敏 326 327
赤木桁平 387
明石利代 271
赤間杜峯 284
秋田雨雀 57 59 69 80 125
秋元啓一 425
秋山清 523
秋山謙蔵 176
秋山浩 354
秋山茂市 137
芥川↓芥川龍之介 407
芥川龍之介↓芥川 355 394 403 407 470 541 562
朝倉↓島木健作 136
朝倉菊雄↓島木健作 135 137～139 146
朝倉浩 140
朝倉マツ 140
浅田隆 322 324～327 470～472 563
浅野晃 319
浅野研真 357
芦田正蔵 453
阿蘇次郎 183
足立巻一 259 260 263 290 295 308 566
アナトール・フランス 541 542
姉川従義 161
阿部↓阿部舜 105 106 111～117 121 122
阿部舜↓阿部 104
阿部敬二 369
阿部静枝 300
阿部次郎 281 387
阿部真之助 293
阿部誠文 372
阿部正 32
阿部知二 356
安倍能成 281 306 392 395
天野敬太郎 515 516
天野酌久 485
天野礼子 438
新井 100
荒井真理亜 566
荒川義英 284 287
荒木貞夫 392
荒木茂 342
荒太郎↓葉山荒太郎 325 326 482
荒畑 369
荒正人 359 375～377 408 521
有沢 134
有島武郎 394 563
アルチバーセフ 369
安瀬利八郎 12 390
安藤↓安藤現慶 283
安藤現慶↓安藤・安藤枯山・現慶 282～284
安藤枯山↓安藤現慶 283 284
安藤翼賛会副総裁 163
アンリ・ファーブル 368

い

飯島清吉 133
飯島正 34
飯塚盈延↓松村 15
飯野 113
飯野秀二↓北條秀司 493
伊狩章 273 566
郁達夫 541
生田↓生田長江 281 283 285
生田長江↓生田・長田《ママ》弘治 281～285 288
生田花朝 299
生田春月 284
生田花世 288
池田大伍 354
池田寿夫 86
池谷信三郎 533 534
池畑慎之介 492
井沢淳 356
井沢弘 176～178

石井兄弟 528
石井明 32
石井紀子 402 403
石上玄一郎 162
石川 100
石川三四郎 355
石川準十郎 352
石川達三 302 303 567
石坂洋次郎 253
石坂養平 286
石崎虚人 357
石浜九助 146
石原慎太郎 438
井尻千男 430
伊豆公夫 409
五十公野清一 510 547
磯次→三木磯次 149
磯田敏夫 562
磯野於菟介→秋渚 267
伊丹万作 241
市川房枝 155 176
市松 493
市村 105 121 122
一柳芳風 563
一茶→小林一茶 492
伊東 358
伊藤 122 123 140
伊藤→伊藤整 540
伊藤整→伊藤 197 351 539 540
伊藤→伊藤永之介 192 550
伊藤永之介→伊藤 192 388 506〜514 544〜550 555
伊藤海軍少将 156
伊藤カズオ→カズオ 475
伊東一夫 519
伊藤幹 140
伊藤兼太郎 127
伊藤好市→貴司山治 127 131
伊藤晃一 338
伊藤証信 281 283
伊藤信吉 125 523
伊藤（伊藤内閣情報部長） 156
伊藤貞助 126
稲井穂十（稲井） 460
稲垣達郎 489
稲垣浩 241
稲田定雄 133
伊奈信男 160 162
稲原勝治 176
犬養 91
犬養健 546
犬養木堂 564
猪野 91
井上和男 492
井上吉次郎 291 293 294 296 297 299
井上謙 356
井上五部三課長→井上司朗 176
井上司朗→井上五部三課長・井上第四《ママ》課長 160 162 170
井上第四《ママ》課長→井上司朗 174
井上新治 4 7 8
井上靖 298 307 433
猪野省三 4 7 13 80
井原西鶴→西鶴 255
伊吹武彦 306
井伏鱒二 200 392 542
イブセン→イプセン 224
イプセン→イブセン 497
今井信雄 335
今野賢三 546
いまむらいづみ 453
今村恒夫 126 372
入江→宮川寅雄 15 18
入江来布 300
岩上順一 304 374 409 413 417
岩下俊作→八田秀吉 241〜243
岩田専太郎 260
岩田義道 15 125 405
岩藤雪夫 545 568
岩野泡鳴 257 281 531 552
岩松→岩松淳 87 91 95 99 104 105 121 122
岩松淳→岩松 85
岩村武勇 130
尹 122

う

上田秋成 369
上田勇 132
上田課長→上田俊次 162
上田俊次→上田課長 160 162
植竹喜四郎 281 282
上田茂樹 15
上野 122
上野壮夫 395
上野葉 287
上村 153
植村喬三 86
上山第三部第一課長 171
牛山百合子 541
臼井吉見 413〜416
宇田川文海 268 449 561 566
宇多武次 161
内田百閒 387
内野壮児 533
内堀弘 523
宇野浩二 337 388 394 400 403 480 510 512〜514 548
生方敏郎 288
梅木三郎→黒崎貞次郎 296
梅原龍三郎 306
浦島太郎→古谷綱武 235 236
浦西→浦西和彦 195〜203 392
浦西和彦→浦西 195 255 422 490 555
浦松佐美太郎 392
漆崎春隆 357

雲平 273

え

江口渙 3 4 6 ～ 8 70 71 73 75 130 131 371 373 374 394 ～ 396 398 399
江口誠三 452
江口襄 394
江刺昭子 232 460 461
江島伊兵衛 527
越中谷利一 20 357 358
江連沙村 287
江藤淳 438
江戸川乱歩 302
戎居士郎 316
江馬修 57
江見水蔭 566
遠藤慎吾 488

お

オイストラッフ 298
鷗外→森鷗外 272 273 359
鷗外漁史→森鷗外 278 358
大内→大内兵衛 134
大内兵衛→大内 127 395
オーエン→ロバート・オーエン 454
大川 104 113
大川周明＊長谷川万次郎 172
大串兎代夫 176
大熊信行 174 176 177
大倉 106 112
大蔵宏之 299
大蔵弥右衛門 527
大河内信威 82 320
大笹吉雄 492
大島豊 176
大杉栄 493
大隅 123
大田幸助 460
太田典礼 300
大谷晃一 536
太田登 563
大田洋子→初子・洋子 231 ～ 235 237 ～ 239 460 ～ 464
大月→大月源二 85 86 89 ～ 91 94 95 97 ～ 101 103 105 106 110 112 ～ 114 116 118 ～ 121 123
大月源二→大月 73 74 80 84 86
大綱路路 453
大野盛直 407
大場 120
大場正昭 492
大原 120
大平 86 91 95 99 101 103 105 106 111 112 114 116 118 121 ～ 123
大森寿恵子 342 415
大森仙太郎 137
大宅壮一 12 131 319 395 396 431 562
大山 153
大山郁夫 352
大山定一 306
岡一太 357 412
岡邦雄 555
小笠原 322 482
緒方拳 492
岡田耕三 281
岡田三郎→神田鵜平 235
岡田誠三 449
緒方竹虎 171
岡野武平→半牧 267
岡部恭 37
岡本 86 87 89 91 94 ～ 96 98 99 101 103 ～ 106 110 112 ～ 114 116 119 ～ 123
岡本かの子 351
岡本綺堂 493
岡本潤 126
岡本唐貴 390
小川→小川良三 148 ～ 150
小川良三→小川・千石竜一 143 148 149
小川子平 131
小川信一 19 80 85 125 320
小川昇 492
小川未明 497 532
荻野増治 407
奥平鎌助 271
奥平三之助→山田芝廼園 271
小熊秀雄 126 131 379 466
奥村 120
奥村喜和男→奥村情報局次長 169 170 176
奥村情報局次長→奥村喜和男 171 172
小椋甚一 327 348 349 483
小椋広勝 82 125
小倉譲 132
尾崎 87 113 122
尾崎一雄 388
尾崎喜八 163 164
尾崎紅葉→紅葉・紅葉山人・紅葉子・紅葉上人 269 271 473 475 526 561
小山内薫 394
大仏次郎 164 303
織田→織田作之助 245 246 248 249
織田作之助→織田・野田丈三 245 ～ 250 254 256 ～ 258 262 303 304 441 ～ 443 449 560 567 573 ～ 577
小田切進 313 366 374 522 ～ 524 558
小田切秀雄 5 59 62 248 302 371 373 376 377 413
小津市太郎 269 270
小野勇 532
尾上→尾上政太郎 473
尾上蒐文洞→尾上政太郎 473 475 477
尾上政太郎→尾上・尾上蒐文洞 473 ～ 478
尾上静男 478
小野清一郎 176
小野十三郎 126 259 303 304 450

小野春夫 130 131
小野芙紗子 358
小野宮吉 31 32 35 38 48 56 58 65 82 85 125 318
小原俊一 354
おひさ 493
お政 529
折口信夫 155 530
オルダス・ハクスリー 539
遠地輝武 126 130 131 133

か

柯→柯亭邦彦 278
開高健 381 404 422 423 425 426 429〜432 437 438 451〜453 526 530 560
芥屋碌比古 241
加賀耿二 131
賀川豊彦 293
香川蓬洲 268
角田時雄 498
郭沫若 133
神楽岡幼子 529
風間丈吉 72 125
嘉重→葉山嘉樹 482
嘉次郎 190
柏木恵美子 242 243
鹿地亘 8 13 70 73 75 86 124 126 179 318
梶原正弘 478 520
一枝 460
カズオ→伊藤カズオ 475
春日→春日庄次郎 150 152
春日庄次郎→春日・柴川・竹原 136〜138 150
片岡→片岡鉄兵 546
片岡鉄兵→片岡 20 34 59 391 533 534
かたおかしろう 452
片桐千尋 346
片桐洋一 527
加田忠臣 176
片山潜 342
片山哲 293 301
堅山南風 188 194
嘉太郎 190
克平→松本克平 489
勝本清一郎 47 274 342 534
桂米朝 477
霞亭→渡辺霞亭 267
柯亭邦彦→柯 276 277
加藤武雄 165
門屋博 135 141
金井俊一郎 492
かね 271
金子福次郎 268
金子洋文 34 497 507 546
兼本新吾 452
加能作次郎 286
鹿子木→鹿子木員信 172
鹿子木員信→鹿子木 171 176 177
上泉秀信 163
神島二郎 328
神近市子 80 300 301 567
上司小剣 164 257 302
亀井勝一郎 126 318 502
亀田了介(亀田) 326
荷葉 279
河井酔茗→酔茗軒 267 274 529
川合仁 181
川内唯彦→川門《ママ》唯彦 69
川門《ママ》唯彦→川内唯彦 80
河上徹太郎 165 486
河上肇 80
川口虎雄 184
川口浩 13 49 73 81 86 318
川口友市 137
川路歌子 287
川島五三郎 386 521
川島雄三 441
川路柳虹 165
川並秀雄 373
川端→川端康成 252 546
川端康成→川端 251 252 495 496 532 534 538 546 557
川端→川端龍子 109
川端龍子→川端 92 108
川村 113
河村 115
河村昌一 114
川面第五部長→川面隆三 176
川面隆三→川面第五部長 160 161
河盛好蔵 549
啣月楼主人→徳田秋声 273 279
神崎清 363 532
韓雪野 132
神田鵜平→岡田三郎 235 236

き

喜入→喜入隆 103 106 110 112 116 117 122
喜入隆→喜入 104 114
木内愛渓 268
樹木希林 492
木々高太郎 302
きく 492
菊枝→葉山菊枝 346
菊田一夫 302
菊田均 430
菊池克己 537
菊池寛→菊池座長・草田杜太郎 163 164 287 302 303 394 427 461 562
菊池座長→菊池寛 164
菊池章一 395
菊池幽芳 268 449 561
木崎愛吉→木崎好尚 267
木崎好尚→木崎愛吉・好尚・好尚堂 277 449
奇二恵津 127
岸田国士 163 168 169
岸本水府 259

貴司山治→伊藤好市 11 12 19 25 26 56 73 75 124 125 127～134 197 315 317 384 568 569
木曾義仲 529
北川清 38
北川鉄夫 59
北川冬彦 302 567
北島 113～115
北畠親房 173
北村兼子 449
北村喜八 356
北村透谷 274
吉右衛門 394
木塚《ママ》誠一 244
絹笠貞之助 342
木下尚江 393
木原通雄 407
木村毅 131 165 355
木村重夫 131
木村名人→木村義雄 307
木村義雄→木村名人 306
木村幹 287
九華→丸岡久之助 132
姜敬愛 267
仰天子→武田穎 244
清川荘司 189
清 278
漁史→森鷗外 273
桐生悠々 133
金光洲 438
金時鐘 493
金光子 125
金竜済 278

く

久→久津見蕨村 267
草木原触目 241
草田杜太郎→菊池寛 287
草廼家→草廼家のどか 276
草廼家のどか→草廼家・草のやのどか 270
草のやのどか→草廼家のどか 275
草部和子 415
久津見蕨村→久 268 276～278
クノーリン 35
窪川→窪川鶴次郎 15
窪川鶴次郎→窪川 15 16 19 20 69～71 85 125 342 537
窪川いね子→窪川稲子 13
窪川稲子→窪川いね子 131
久保栄 34 55 56 59
久保田正文 180 395
久保田万太郎 337
熊井宏之 452
熊沢復六 68
久米正雄 155 164 168 170 287 394 530
蔵原→蔵原惟人 16 18 19 42 43 46 196
蔵原惟人→蔵原・古川・古川荘一郎 16～20 22 23 25 29 31 38 42～47 49 67～73 83 85 124 125 179 196 197 315 352 371 374 377 472 490 495 502 532 534
倉本修 429 441
栗坪良樹 430
栗原信 393
車谷弘 433
黒岩重吾 560 567
黒河 349
黒川博行 560
黒木 199
黒崎貞次郎→梅木三郎・黒崎本社編集局長 290 293 294 296 298 307
黒崎本社編集局長→黒崎貞《ママ》次郎 305
黒島専治→黒島伝治 188
黒島伝治→黒島専《ママ》治・伝治 126 179 181 182 184 191～194 316 365 410
黒住 163
黒瀬忠夫 233 462
くろたばあ 285

け

圭円→長野一枝 267
渓香→渓香散史 279
渓香散史→渓香 270 275 276
欠伸→本吉乙槌 267
現慶→安藤現慶 283
玄月 560
顕治→宮本顕治 405～409 414
源氏鶏太 449
玄民 132

こ

小池龍 357
小泉 163
小磯良平 302
コウ 241
講淵松太郎 153
高坂正顕 177
好尚→木崎好尚 267
好尚堂→木崎好尚 275
高草也 132
幸田文 383
幸田露伴→露伴 358 361
亘田巌太郎 132
幸徳秋水 393
河野重弘 82
河野多惠子 256 404 560 570～572
河野達一 161
紅野敏郎 285 522
江文也 244
紅葉→尾崎紅葉 199
紅葉山人→尾崎紅葉 275 475
紅葉子→尾崎紅葉 275
紅葉上人→尾崎紅葉

ゴーギャン 276
ゴーリキー→マキシム・ゴールキー 307 369 498
木蔭情史 270
越義敬 357
児島千波 402
小島勗 345
小島浩 357
小正路淑泰 470
枯川→堺利彦 267 278
呉組緗 132
小谷正一 290 294 298 307
児玉静子 16
後藤寿夫→林房雄 498
後藤基治 294 297 298 307
近衛 156
小林→小林多喜二 128 374 375 377
小林多喜二→小林・多喜二 11 56 73 75 81 82 85 124〜126 129 180 196 200 201 315〜317 323 332〜334 365 371〜377 387 388 392 396 399 405 407 410 467〜469 481〜483 490 496 502 511 513 534 536 556 568 569
小林一茶→一茶 492
小林茂夫 373
小林天眠 561
小林秀雄 306 537
小林明伝 136
駒井五十二(駒井) 477
小牧実繁 177
小松 122
小松左京 560
小松勉 137
小松常吉 137
小松東三郎 160 162
小宮豊隆 211 281 387 394
小森静男 243
小山 91 94 95 99 100 102 105 106 111
小山いと子 392 567
今東光 448
紺野与次郎 15 16 68 125
金春大夫(金春) 527
今日出海 410

さ

西鶴→井原西鶴 274〜276 304
斎藤 163
斎藤晌 176〜178
斎藤昌三 272
斎藤忠 176〜178
斎藤茂吉 302
斎藤瀏 177
斎藤隆介→隆勝 562
沙翁 277
堺枯川→堺利彦 281
堺利彦→枯川・堺枯川・橙園 267 281 288 323 324
堺誠一郎 411
坂井徳三 12
坂口安吾 246〜248 352
坂口勉 452
坂田三吉 250 442 443
坂西志保 300
坂根進 433
坂本〔元〕(白仁) 207
坂本繁二郎 306
坂本義雄 363
鷺仁右衛門 527
サク 190
桜木康雄 388
桜本富雄 154
佐々木 33
佐々木基一 252
佐々木孝丸 31 32 38 53 54 56 57 318 373 490 496 497
佐々木中佐 171
佐佐木信綱 163
佐々三雄 236
笹本寅 318 320
笹山徳蔵 137
佐治敬三 438
左二郎 536
佐瀬良幸 138
佐多稲子 365 374 377 392
佐藤 99 100 120 122
佐藤→佐藤春夫 540
佐藤春夫→佐藤 155 164 287 355 394 433 530 539〜543
佐藤乙二 329
佐藤吉之助 39 55
佐藤耕一 57
佐藤武雄 31
佐藤通次 177
佐藤浩 452
佐藤勝 335
佐藤弥七 131
里見弴 164
里村→里村欣三 410 412
里村欣三→里村・前川二享 313 314 318 320 323 345 384 385 393 410〜412
実方清 519
佐野 502
佐野袈裟美 70 77
佐野碩 31 32 318
佐野嶽夫 13
佐野博 125
佐野学 293
沢井一郎 244
沢房吉 132
沢正宏 523
沢村虎次郎 566
三之助→山田芝廼園 271

し

塩田洋祐 452
潮見俊隆 328
志賀→志賀直哉 248 249 251 252 520
志賀直哉→志賀 245 248〜254 352 387〜389 417 481 519 520
志賀勝 306
茂 189
此佗不粋 276
篠田 92
芝阿弥→山田芝廼園 272 275 276 279
柴川→春日庄次郎

149〜152
柴田新太郎 137
芝廼園→山田芝廼園 269 270 272 273 275 277 280
芝の園→山田芝廼園 275
司馬遼太郎 560
島尾敏雄 379 466
島木健作→朝倉・朝倉菊雄 135〜138 165 193 365 384
島公靖 51 54〜56
島崎藤村→藤村 286 420 470 518 519
島田→三村亮一 16
島田敬一 82
島田正策 374
島田政雄 409
島津秀月→島津秋《ママ》月・秀月山人 270
島津秋《ママ》月→島津秀月 270
島利栄子 470
清水将夫 244
清水真澄 531
清水好子 490
下野信恭 160 162
下村宏 175
下山索二 32
雀舌子 279
秀 369
秀月山人→島津秀月 270 275 276
秋渚→磯野於菟介 267 275
蒐文→尾上蒐文洞 478
朱川湊人 564
俊之助 242
松寿軒 275
逍遥→坪内逍遥 359
白井喬二 164
白石 113
白河鯉洋 563 564
素木しづ 286
白須 358
白柳秀湖 393
シン 486
辛二 33
新城信一郎 38 57 61
新明正道 177
親鸞 283

す

酔茗軒→河井酔茗 274
ズーデルマン 224
菅井一郎 244
菅忠雄 534
杉浦明平 438
杉本良吉 31 32 35 57 73 85 125 496
杉森会長→杉森孝次郎 176
杉森議長→杉森孝次郎 171
杉森孝次郎→杉森会長・杉森議長 171 176〜178
杉山映 409
杉山平一 564
杉山平助→高峰二郎 344 537
祐信→西川祐信 528 529
鈴木 91 105
鈴木清 13
鈴木清次郎 547
薄田泣菫 267 449
鈴木猛 379
鈴木白藤 528
鈴木英夫 453
鈴木三重吉 281 387
スターリン 303 347 468
捨鉢外道→山田芝廼園 273
須藤和光 563
直→徳永直 315
スミエ 531
須山→須山計一 86 103 112 122
須山計一→須山 125

せ

逝水庵主人 279
瀬川次郎 177
関鑑子 318 392
関根金次郎 296
摂津茂和 302
背戸逸夫 423
瀬戸保太郎 294 295
瀬沼茂樹 363 374
千石竜一（千石）→小川良三 143
善五郎 190
善三郎 190
善寿 190
千田是也 51 318

そ

匝瑳胤次 177
漱石→夏目漱石 207 216〜222 228 281 283 359 387 394 395 519〜521
草平→森田草平 208 211 214〜219 221〜225 227〜229 281 283
曾根博義 362
園井恵子 241
園田 87 100 113 115 120 123
染谷格 51
反町茂雄（反町） 474
ソログープ 498

た

大導寺浩一 12
田岡嶺雲 393 563
高石真五郎 296
高垣松雄 132
高崎隆治 410〜412
高須梅渓→高須芳次郎 271
高須芳次郎→高須梅渓 267
高瀬精一郎 452
高田鉱造 138
高田次郎 357
高田保 34 57 302

高津正道 69
高野由美 244
高橋和巳 560
高橋錦吉 405
高橋貞樹 498
高橋新太郎 154
高橋辰二 345
高橋豊子 338
高橋昇 429
高畠素之 329
高浜虚子 163
隆松秋彦 338
高松敏男 563
高見→高見順 100
高見順→高見 126 306 357 358 379 427 466
高峰二郎→杉山平助 344
高村光太郎 164 394
高森捷三（高森） 84
高安月郊 267
高山岩男 177
財部百枝 345
田川清 313
瀧井孝作 388
滝崎安之助 408 409
滝沢修 488
多喜二→小林多喜二 315
田木繁 304 563
瀧田貞治 359 363
武井昭夫 196
竹内次郎 133
武田顕→仰天子 267
武田暹 374
武田麟太郎 126 302 303 392 429 531〜538 574
竹中郁 564
竹原→春日庄次郎 149 152
竹久夢二 521
竹松良明 523
太宰→太宰治 252 253
太宰治→太宰 245〜254 405
田島新一 133
田代中佐 171
辰野隆 155
立野信之 73 75 82 179 373 410 502
伊達信 32 496
田中 384
田中逸雄→広野八郎 344 445
田中栄三 356
田中貢太郎 287
田中末吉 433
田中清玄 125
田中艸太郎 446
田中忠一郎 547
田辺→田辺聖子 259 260 264
田辺聖子→田辺 255 258〜264 438 560
田辺若男 356
谷英三 132
谷川徹三 164 306
谷口一長 146
谷健造 145
谷崎→谷崎潤一郎 248
谷崎潤一郎→谷崎 248 255 449 524
谷崎精二 355
谷沢→谷沢永一 195〜203
谷沢永一→谷沢 195 273 282 422 423 429 515 526 530
谷情報局総裁→谷正之 163
谷正之→谷情報局総裁 154
谷一 179
谷間小百合 244
民雄 325 483
民平→葉山嘉樹 482
田村泰次郎 302 303 306
田村俊子 286
田村木国 449
ダンヌンチオ 207
ダンヌンチヨ 224

ち

智恵子 541
チエホフ 304
近松秋江→徳田秋江 281
近松門左衛門 255
茅野蕭々 165
中條精一郎 341
中條百合子→宮本百合子 13 19 73 75 80 342 407
張赫宙 131 132

つ

津上忠 452 453
津久井龍雄 171 174〜177
辻久子 492
辻亨二 306
津田→津田青楓 104 105 109
津田青楓→津田 108 281
土屋隼 160
土屋文明 164
筒井康隆 560
堤寒三 385
恒川勝也 452
円谷英二 244
壺井栄→壺井夫人 304 485〜487
壺井夫人→壺井栄 192
壺井繁治 9 13 29 70 73 75 76 80 85 125 181 182 187 194 304 374 376 395 413 416
壺井節子 194
坪内士行 274
坪内逍遙→逍遥 359 561
坪内祐三 562 564
坪田 192
露の宿→露の宿主人・露の宿松衣 275
露の宿主人→露の宿 275 276
露の宿松衣→露の宿 270
鶴賀喬 356

ツルゲーネフ 225
鶴田知也 388 510 547
鶴丸→鶴丸睦彦 33
鶴丸睦彦→鶴丸 32 496

て

手塚→手塚英孝 15 43 69
手塚英孝→手塚 15 16 19 69～71 84 85 125 315 316 371 372 374 387 407
鉄操 460
鉄鳴 460
寺川信 449
寺島→寺島一夫 110 123
寺島一夫→寺島 80 125
寺田透 536
寺田寅彦 387
田漢 541
伝治→黒島伝治 315
天囚→西村時彦 267

と

戸井小市 137
土井大助 372
橙園→堺利彦 267
東条→東条英機 178 297
東条英機→東条 154 155 168 170 530
藤村→島崎藤村 420 421 518 519
頭山克彦 241
戸川貞雄 164 165
土岐善麿 164
トク 127
徳川 322
徳田一穂 247
徳田秋江→近松秋江 281
徳田秋声→啣月楼主人 131 163 273 274 279 331 337 529 539
徳富蘇峰 171
徳永→徳永直 486 554
徳永直→徳永・直 11 12 25 26 35 73 75 124 126 131 189 191 195 197 302 316 317 351 360 364 365 373 392 409 429 485～487 495～503 534 554～557 568 569
戸崎虚人 357
トシヲ 486 499 500
ドストエーフスキー→ドストエフスキー 224
ドストエフスキー→ドストエーフスキー・ドストエフスキイ 369 498
ドストエフスキイ→ドストエフスキー 233
戸田千代子 453
戸塚正夫 244
特高須田 126
特高中川 126
特高山口 126
訥斎主人 279
外村繁 537
トミ（大田洋子母） 460
トミ（葉山嘉樹母） 482
富岡多惠子 256
富川盛 357
富田潔 85
富田常雄 57
富塚清 177
富安風生 164
トム→村山知義 489
外村史郎 68 132
とめ子→長倉とめ子 536
巴御前 529
豊島与志雄 234 235 287
豊嶋露月 528
豊田兼助 295
トルストイ 369

な

直木→直木三十五 455
直木三十五→直木 454 455
永井荷風 248 249 331
中井浩水 449
永井龍男 537
中井正晃 313 345 384 385
長沖一 532
長尾桃郎 373
中河→中河与一 546
中河与一→中河 178
中川一枝 462
中川百助 346
中川龍 35
仲木貞一 355
長倉とめ子→とめ子 536
中沢幸成 313
仲島淇三 35 59
永島一 51 357
長田 123
永田一脩 390
中田浩二 452
永田新嘗 281
長《ママ》田秀雄 477
長田弘治→生田長江 449
中西伊之助 546
中西八太郎 146
中西政市 54
永野滉 388 547
長野一枝→圭円 267
中野カネ 423
長野重一 433
中野重治 12 14 19 24 25 43～45 70 73 75 76 80 85 124 125 131 179 196～198 200 202 231 232 318～320 365 371 373～377 392 423 455 481～483 502 511 534～536 544 545 554 555
中野登美雄 171 175～177
中野光夫 436
中野実 164 449
中野好夫 217 229 249 251
中橋一夫 413
中浜鉄 399
中村 122
中村梅之助 453
中村栄次《ママ》→中村栄二 31

中村栄二→中村栄次《ママ》 32 55 56 58
中村吉蔵 267
中村古峡 221 281
中村駿二 356
中村真一郎 252 539
中村暢 241
中村武羅夫 155 164 530
中山信弥 492
那須清七 146
夏目金之助→夏目漱石 520
夏目漱石→漱石・夏目金之介 207 211 230 281 283 284 387 388 394 521
夏目成美 528
名取春僊 208
鍋山 502
生井知子 252
生江→生江健次 43
生江健次→生江 15 16 18 19 38 43〜46 68 69 71 72 82 85 125 407
なみの花子 270
浪六→村上浪六 267 279
成田梅吉 32
南天庵 279

に

新居 100
新居格 355 568
西尾正幹 143
西尾忠久 530
西川祐信→祐信 528
西沢隆 20
西沢隆二 342
西島 122
西田昭市 451
西田勝 563
西田義郎 247
西野春雄 527
西村真次 267
西村時彦→天囚 267
西村知道 452
蜷川虎三 293
二橋正夫 357
二瓶浩明 429
忍月 272

ぬ

沼波瓊音 281 285
沼 100
沼崎勲 244

ね

根岸正純 283 285
能因法師 529

の

野口 100 106
野口冨士男 273
野田丈三→織田作之助 567
野田律太 127
野々口立圃 528
野村重臣→林《ママ》重臣 171 176 177
野呂栄太郎 407

は

榛原憲自 44 68 352 377
芳賀 122
袴田寛三 357
巴峡仙 279
萩原朔太郎 352 439 440
硲伊之助 234
橋浦→橋浦泰雄 88 91 95 99 100 105 106 110 111 113 116 120〜122
橋浦泰雄→橋浦 70 72 73
橋田邦彦 154
橋爪明男 177
橋本 123
橋本宇太郎 307
橋本英吉 57 73 125 179 502 509
芭蕉 493
長谷川→長谷川昂 86 87 89 91 94 95 98〜101 103〜106 110 112 114 116 120〜123
長谷川昂→三角・三角泰・長谷川 84
長谷川幸延 262 449
長谷川時雨 232 462
長谷川伸 164
長谷川進 8 12 126
長谷川武夫 4 7
長谷川万次郎＊大川周明 172
秦 163
旗岡景吾 13
秦己三雄 357
波田国雄 346
畑中碧子 355
波多野一郎 82
初子→大田洋子 460
八田初次郎 241
八田秀吉→岩下俊作 241
服部良一 305
花井蘭子 244
花野富蔵 133
花開く闇 430
花村久三郎 152
羽仁新五 300 304
羽根田→羽根田一郎 120
羽根田一郎→羽根田 357
馬場孤蝶 282 284 285
羽原正一 145
浜本浩 164
早川→早川辰治 122 123
早川辰治→早川 31
林喜代弘 477
林謙一 160 161
林佐知子 451
林《ママ》重臣→野村重臣 171
林忠彦 441
林原耕三 394
林房雄→後藤寿夫 35 124 179 318〜320 498 537
林芙美子 388 576

林部俊治 346
林真理子 264
葉山→葉山嘉樹 481
葉山嘉樹→民平・葉山・嘉樹・嘉重 124 180 313 314 318 320 322〜329 331 333 343〜350 365 368〜370 387 392 401 402 410 411 429 444〜447 467〜472 479〜484 506 511 534〜536 545
葉山荒太郎→荒太郎 482
葉山菊枝→菊枝 444 470
葉山平右衛門 506
原泉 496
原節子 242 244
原民喜 232
原田吉治 470
原義根 346
明子→平塚明子 217
バルビュウス 454 455
春本泰男 492
阪東妻三郎 241
半牧→岡野武平 267

ひ

東野圭吾 560
樋口功 451
樋口金信 307
久板栄二郎 31 57 60 318
久住良三 295
土方定一 363
土方与志 56 82
日高昭二 574
肥田晧三 475 477
秀島武 8 12 126
火野葦平 241 375 388
日比野士朗 164
平石 104 114
平為義雄 354
平木 149
平田良衛 82 125
平田渡 453
平塚明子→明子 214 222 223 228 229
平出禾 15 42 44 48
平野→平野謙 163
平野謙→平野 126 162 163 170 202 246 373 375〜377 379 413 466 486 537 540 567
平野郁子 496
平野義太郎 80
平野信一 362
平野栄久 425 426
平林英子 13
平林たい子 179 180 300 301 345 411 534 567 568
平林初之輔 454
平林彪吾 358 388 389
広津→広津和郎 252
広津和郎→広津 131 164 251 337 355 394 479 480
広津柳浪 566
広野八郎→田中逸雄 343〜347 444〜446
広旗 447
敏→赤尾敏 326

ふ

ファーブル 368
深川賢二 132
福岡井吉 5 59 62
福田 113
福田瀧次郎 460
福田恆存 408 413 416 562
福田英子 393
福永豊功 127
福本→福本和夫 143 151 447
福本和夫→福本 143
藤川栄子 300
藤沢→宮井進一 149
藤沢恒夫 533
藤沢桓夫→藤沢 299 302〜304 449 477 532
藤田→藤田一士 461
藤田一士→藤田 234 237 238 461
藤田→藤田満雄 33
藤田満雄→藤田 35 56 496
藤田進 242 244
藤田草之助 449
藤田伝 451〜453
藤田徳太郎 177
藤本義一 441
藤本寿彦 523
藤森成吉 8 13 124 125 131 179 335 337 384 418 419 502
藤森岳夫 418
藤輪欣司 356
不粋堂 270
布施辰治 80 355
二葉亭四迷 561
二村英巌(二村) 467
舟橋聖一 164
布野栄一 12 315
フライデンカー 79
無頼魔→山田芝廼園 273
古川→藤原惟人 44 75
古川荘一郎→藤原惟人 16 17 19 38 41 45 67 72 74 125 197 315
古川武 177
古川登志夫 452
古田大次郎 399
ブルノオ・ヤジエンスキイ 56
古野しく 300
古谷綱武→浦島太郎 235 239 299
フレンシン・プレドリイ 133
不破祐俊 160 161
分銅惇作 507

へ

平右衛門 482 506

ほ

北條秀司→飯野秀二・室町銀之助 492〜494
朴 120
星川周太郎 357

穂十→稲井穂十 460
細井和喜蔵 507
細川布久子 423
細田源吉 125 345
細田民樹 125 131 345
堀田昇一 20
穂積七郎 176 177
堀 100 113 115
堀英之助→山内謙吾 185
堀部功夫 274 362 519
ホロビッツ 298
本庄陸男→陸男 12 13 39 201 315 357 358 466 488
本田→本田正己 341
本田正己→本田 341
本多顕彰 550
本多秋五 413 417

ま

マイクル・ゴールド 313
前川二享→里村欣三 385
前田晁 287
前田河広一郎 34 124 179 313 314 322 323 341 345 384 418 511 546 554 555
前田鉄之助 164
前田隆一 356
前山清治 55
真木恭介 451
牧島五郎 85 125
マキシム・ゴールキー→ゴーリキー 481
槇本 358
牧雄吉 295
牧羊子 526 530
柾不二夫 132
まさの 376
正宗白鳥 537
升田→升田幸三 307
升田幸三→升田 307 306
真渓蒼空明 69
マチス 307
町田康 560
松井恭平 346
松浦茂→三田重信 85
松浦晋 161 162
松岡均平 69
マッカーサー 155 408
真継伸彦 438 477
松崎啓次 243
松下順三 76
松下裕 318 319
松田伊之介 356
松平進 529
松永伍一 328
松永敏 31
松村→飯塚盈延 15 18 19
松本→松本克平 123 489
松本克平→克平・松本 32 488〜491
松本正雄 68
松本政治 476
松本実 12
松元実 357 358
松山→松山文雄 86 87 89 91 95 97〜101 103〜107 111〜116 118〜123
松山文雄→松山 84 85 123 125
間宮茂輔 345
真山青果 286
眉村卓 560
丸井角一 529
丸岡九華→丸岡久之助 269 529
丸岡久之助→九華・丸岡九華 267
マルセル・マルソー 298
丸山義二 130 131
万造寺斉 281

み

三木磯次→磯次 137 149
三木清 175 381
三木武雄《ママ》→三木武夫 31
三木武夫→三木武雄《ママ》 32
三島雅夫 82
実生すぎ 300
水落潔 492
水上勉(研究生) 356
水上勉(小説家) 356
水城蘭子 451
水野成夫 542
水原秋桜子 164
水船六洲 413
水町青磁 243 244
三角→長谷川昂 103
三角泰→長谷川昂 84
溝上正男 470
三田→三田重信 85 90 91 95 98 100 101 105〜107 113〜116 121
三田重信→松浦茂・三田 85
光河田平 357
三ツ木 123
水上瀧太郎 255
峯桐太郎→峯相《ママ》太郎 496
峯相《ママ》太郎→峯桐太郎 32
美濃精一 137
美濃部 134
美濃部都知事→美濃部亮吉 489
美濃部亮吉→美濃部都知事 293
ミハイル・コリツオフ 133
三船留吉 372
三村→三村亮一 43
三村亮一→島田・三村・吉田 16 18 19
三村淳 423
宮井→宮井進一 141 142 148〜152
宮井進一→藤沢・宮井 135〜138 141

宮川→宮川寅雄 145
宮川寅雄→入江・宮川 15 16 18 69 125
三宅孤軒 379
三宅雪嶺 172
宮沢→宮沢縦一 163
宮沢縦一→宮沢 162
宮嶋資夫→宮島蓬州 368 369
宮島蓬州→宮嶋資夫 369
宮田和一郎 300
宮本→宮本顕治 17 43
宮本顕治→顕治 19 29 43 71 76 85 125 126 293 339 376 405 414 513
宮元英二 357
宮本三郎 393
宮本武重 435
宮本輝 429 560
宮本百合子→中條百合子・百合子 125 196 316 339 360 365 373 405 413 414 427 535
三好十郎 55〜57 59 131 408
三好美智子 453

む

向井敏 423 526 530
向井潤吉 393
武者小路実篤 387〜389
無署名 287
陸男→本庄陸男 12 315
村岡たま（村岡たま子《ママ》） 285
村上信→村上浪六 267
村上浪六→浪六・村上信 448
村上浜吉 363 386 521
村上春樹 427 428
村瀬幸子 356
村田→村田憙 91 95 99 101 105
村田憙→村田 86
村田吉次郎 453
村山→村山知義 43 44 46 68
村山知義→トム・村山 17 19 31 32 35 38 43 45〜47 54 61 68 71 72 80 82 84 85 125 131 179 302 488〜490 496 567
室伏高信 175〜177
室町銀之助→北條秀司 493

め

明 369

も

本居宣長 173
本吉乙槌→欠伸 267
ももえ 189
森鷗外→鷗外・鷗外漁史・漁史・森林太郎 272 273 358 359 394 530
森田→森田草平 221 285
森田草平→草平・森田・森田米松 207 208 221 230 281〜283 285 286 387
森田米松→森田草平 207 281
森藤源吉 137
森安二三子 563
森山啓 126 179
森山重雄 368
森林太郎→森鷗外 211

や

矢上武 295
八木 475
八木義徳 471
八木隆一郎 49 51
安井曾太郎 306
安田猪之助 536
保田与重郎 126
八住利雄 34 243
弥富元三郎 160 162
柳沢絹美 260
柳沢敏文 353
柳原良平 438
柳瀬正夢 54 80 84 318 390
八並宣伝部長 171
八幡良夫 294
矢部 91 95 104 105 107 110 113 114 116 120〜122
山内謙吾→堀英之助 179〜185 187〜189 191〜194
山上→山上潔彦 100 113〜115 121〜123
山上潔彦→山上 356
山川→山川均 498
山川均→山川 145 498
山川方夫 438
山岸又一 390
山口金蔵 54
山口孤剣 393
山口久吉 294
山崎金七 137
山崎健司 473
山崎竹次郎 54
山崎富栄 251
山崎豊子 560
山崎弁護士 355
山崎靖純 176 177
山地勇 137 146
山下駒一 137
山下徳治 80
山宣→山本宣治 59
山田→山田芝廼園 271
山田三之助→山田芝廼園 269〜271
山田芝廼園→奥平三之助・三之助・芝阿弥・芝の園・芝廼園・芝廼園主人・捨鉢外道・無頼魔・山田三之助 269〜271 274 279 526 530
山田昭夫 315
山田庄一 477
山田清三郎 8 12〜14 29 126 179 197 202 318 320 345 561
山田美妙 475

山田鋒《ママ》馬 271
山内祥史 246 435
山内房吉 356 357 532
山室静 126
山本和子 562
山本勝治 179～181
山本鼎 108
山本薩夫 244
山本実彦 574
山本澄子 530
山本宣治→山宣 533
山本卓 529
山本夏彦 562
山本正秀 363
山本安英 338 390 496
山本有三 155 530
やを 492

ゆ

湯浅芳子 342 414
雪枝 460
百合子→宮本百合子 339～342 406～409 414～417

よ

楊逵 132
洋子→大田洋子 460 461
除村吉太郎 409
横川キ一郎 92
横光→横光利一 546
横光利一→横光 164 356 479 533 534 540～542 546
与謝野晶子 267 394 449
吉岡 251
嘉和 325 483
吉川昭文 357
吉川英治 155 164 530
嘉樹→葉山嘉樹 327 328 482
嘉重→葉山嘉樹 482
吉田→三村亮一 16
吉武 349
吉田謙吉 338 356
吉田精一 413
吉田好正 72
吉積陸軍少将 156
吉永登 493
吉原 99 100 105 106 113 116 121 123
吉村公三郎 242
吉村六郎 313
吉屋信子 164 302
吉行淳之介 379 466
淀野隆三 13 86 502
米窪満亮 445
米村鉄三 498
寄本 87 91 94 95 99 100 105 106 110 111 114～116 118 121～123

ら

雷石楡 132
頼和 132

り

李孝石 132
李北鳴 132
劉寒吉 241
隆勝→斎藤隆介 562

る

ルイ・アラゴン 530
ルノアール 307

れ

礼子 460
レーニン 454 455 468

ろ

ロープシン 454 455
六白星 286
ロバート・オーエン→オーエン 455
露伴→幸田露伴 383

わ

若林昌男 295
若山和夫 82
和木清三郎 164
和田一平 75
渡辺 89
渡辺一夫 251
渡辺霞亭→霞亭・渡辺勝 449 561
渡辺勝→渡辺霞亭 267
渡辺貫二 389
渡辺汲 357
渡辺順三 126 131 365 500
渡辺信子 356
和田博文 523
和辻哲郎 281

書名 作品名 記事名 索引

××的文化・教育活動的組織 39
COLLECTION開高健 423
MANIA 450
Oh！関西『阪神間』 260
SSを独立せしめよ 320

あ

哀歓のプロセス―宮本百合子と伸子― 416
合駒富士 567
合住居 357
愛と苦悩と窮乏と―葉山嘉樹回想― 343 446
青い月曜日 423
青草 286
蒼ざめたる馬〈自由・文化叢書〉 454
蒼ざめたる馬 455
青本黒本集 529
赤い唇 570
赤い馬車 341
朱い訪問着 461
暁は美しく 232 239
あかでみあ めらんこりあ 425 530
秋草問答 302
芥川龍之介とおいねさん 395 396 398
芥川龍之介特輯号 406
あげしおに向うために―批判者の批判・下巻― 409
伊豆御山旭梛葉 529
足 188
葦分船 272 526 529 530
葦分船第一号 大阪蕙心社発兌 275
葦分船第一号 蕙心社発兌 275
葦分船 第二号（蕙心社発行） 275
『葦分船』とその文壇関係 271
安曇野―松本克平追悼文集― 491
仇討物語 336
新しい大阪の女性に―批判的な精神を持つこと 299
新しい幻影 456
新しい政治と文学 376
新しき痴女（仮題） 493
新しき欲情 439
アド・バルーン 258
あとがき（凮） 367
あとがき（葉山嘉樹論―「海に生くる人々」をめぐって―） 328
あとがき（宮本百合子研究） 414
あとがき（百合子追想） 406
あなたの一票をどう使うか 301
網走の覚書 406
あぶのるまるな十一月 450
海女 232 233 238 239
『海女』のこと 239
あまり者 497
雨 575
アメリカ・プロレタリア文学の現状―プロ文学の擡頭ほか― 132
アメリカ劇壇の近状 132
婦人業平操社若 529
嵐ヶ丘ふたり旅 256
新な部署に着かう！―前田河の提議に答へて― 313
有島武郎は何故心中したか 398
荒磯物語 566
或る左翼作家の生涯―脱走兵の伝説をもつ里村欣三―

411
ある地方人の話 304
ある娘のことから 300
荒れた手万歳 447
アン・ヘェラ 132
アンダーライン(5)四月の雑誌評 344

い

飯倉だより 420 518
言い寄る 259
家 286
如何にして生きんか 227
イギリス劇団近事 35
生田家御所蔵書籍入札記録 473 475
生田文庫売立と尾上蒐文洞 475
生ける屍 236
生ける屍―流離の岸続篇― 234 236
生ける人形 34
「生ける人形」筋書・配役 34
石狩川 201 466 488〜490
石川達三『生きてゐる兵隊』論―評価の妥当性に触れて 471
石ころ 188
異線進入 313
一国文学者の軌跡―国崎望久太郎『詩歌の環境』とその前後 471
苺をつぶしながら―新・私的生活― 259
一世代の敗惨者 131
一年の牧歌 570
I葉山嘉樹論 471
伊藤永之介作品集 507
伊藤永之介作品集I 505
伊藤永之介文学選集 504 506 508 509 511 514
伊藤永之介論 507
伊藤整全集第十四巻 351
愛しき者へ上 376
犬養健氏の藝術 546
井上吉次郎先生略歴 297
井上教授古稀記念新聞学論集 297
井原西鶴翁 275
慰問文 471
岩下俊作選集第五巻 242
岩下俊作年譜 242
岩野泡鳴 492 493
イワンは如何する 341
印象採集 530
員章を打つ 180
印度の靴 348
印度洋の夜 445
淫売婦 318 329〜331 343 401 444 479〜481 483 534
『淫売婦』を書いた時の思ひ出 331
インフレは防止し得るか 293
インフレ防止の基本条件 293

う

上野清凌亭 398
ヴォルガの船唄 467 468
『ヴォルガの船唄』其他 468 469
うかれ鴉 279
浮舟 493
浮世草子集 528
鶯 504 510 513 548〜550
『鶯』のリアリズム 549
雨後 274
牛 514 550
失はれたる生活―(「煤煙」第二巻の序) 230
渦巻ける烏の群 410
歌のわかれ 535 536
草木国土歌嚢蛙鶯 529
打ちひしがれぬ魂―作家百合子の人間像― 406
うどん―初恋について― 536 537
宇野浩二全集 403
宇野浩二全集第十二巻 403
馬 497 514 550
海と山と 348
海に生くる人々 323 327〜329 331 343 343 348〜350 368 370 401 444 445 471 483 545
『海に生くる人々』論 322 327
海の上 367
海の文学碑 471
海のローマンス 445
海ゆかば 164
うらまれ鴉 276
売立出品総目録 475
閏の梅 528
運動史研究三 15 46
運命の開戦スクープ 297

え

影印叢書第一期全十巻 526
映画会の映写旅行―千葉県下へ― 354
映画雑誌総覧 524

絵本池の心 528
絵本和泉川 528
絵本小倉山 528
絵本貝歌仙 528
絵本忍婦草 528
絵本姫小松 528
絵本福禄寿 528
絵本筆津花 528
襟番百十号 313
炎々の記 570
演技に関するノート 356
演劇運動と組織問題―問題の提出として― 60
演劇運動に於ける組織問題―古川荘一郎の論文を中心として― 44
演劇運動のボリシエヴイキ化へ！―当面の諸問題に関する基本テーゼ― 57
演劇運動のボリシエヰキ化 57
演劇グループの問題を中心に 19 45
演劇グループの問題を中心に―再び組織問題に就いて― 45
演劇雑誌総覧 524
演出者として 35
えんぴつ 526 530

お

御暇乞 270
お犬さまの天国篇 453
おいらの金だ 357
鷗外全集第三十八巻 358
鷗外にだけは気をつけよ 273
鷗外文話 358
欧州名作絵画展 306 307
王将 493
応徴日記 476
『欧米文学』はいかに動きつつあるか 306
大阪近代文学作品事典 255 552 565
大阪近代文学事典 255 560～567
大阪の顔 258
大阪の可能性 441
大阪の莫大小工業 261
大阪の憂鬱 303
大阪復興ソング 305
大阪文学者に望むの文を評し幷せて久津見蕨村氏に告ぐ 277
大阪文藝 277
大阪文藝資料 448 449 473
大阪文藝資料目録 441
大阪文藝第一号評言 277
大阪莫大小タオル名鑑 262
大塩平八郎 197
大田洋子〈作家の自伝〉 460 461
大田洋子〈作家の自伝三八〉 464
大田洋子集第四巻 233 239
大波ドンブリコ 357
大橋投手元気 353
お母さん 188
小笠原藩の流転と新時代への対応 323 325
岡山の歴史地理教育 412
お菊 563
おきみ 286
お酒を呑みます 436
織田君の死 245
織田作之助文藝事典 441～443
弟はかへらなかつた 357
男と女いのち劇場 563
男の中で 367
大人 313
踊子 248
小野十三郎詩集一 450
おはま 287
オペラ・ダイジェスト 305
おぼえがき〈流離の岸〉 233
おまはりの三公 357
思い出すまゝ 188 189
思い出 188
オルグ 374
俺達の芝居―ドラマ・リーグ宣伝のための対話劇― 38
女のこころ 300
御身 546

か

会館便り 353
階級文学としての民話と伝説 357
開口一番―ユーモアエッセイ集 435 436
開高健―闇をはせる光芒 425
開高健さん死去―ベトナム戦争・釣り・紀行多彩― 438
開高健賞創設の周辺 430
開高健書誌 420 422 423 429～435 437
開高健書誌〈近代文学書誌大系一〉 422 429 451
開高健全作品 422 430
開高健全作品〈小説1〉 437
開高健全作品〈小説3〉 438

開高健全集 423 426
開高健年譜 423 429
外国の同志へ―プロットの現勢図― 49
骸骨を抱いて 287
海上より 445
解説(鴉・鶯・梟) 549
解説(日本文学報国会会員名簿) 154
解説(花狩) 259 263
解説(マライの戦ひ) 393
カイゼルの兵士 61
解題(現代日本文藝総覧上巻) 313
解題(藤村全集) 518
解題(藤村全集第九巻) 420 421
解題(葉山嘉樹全集第三巻・小学館) 479
海潮音 473
海底に眠るマドロスの群 348
改訂版発行に際して 13
回転扉 570
海浜の女達 185
解放群書 522
解放戦士の追想 406
解放戦と藝術運動 456
解放戦と知識階級 456
解放の藝術 454～456
解放文学の藝術 413
垣間見た歴史の一瞬―総社の米騒動と関中ストライキ― 412
蛙の面に水 273
蛙の面に水引かけて再び進上申す 273
顔 188
鏡 188
輝ける闇 422 425
かかり船 394
学藝消息 354
覚悟―『レフト』同人に与へる― 313
馘首になつた同志へ 344
学生運動の先駆者たらんと両学院弁論部が各地を遊説の計画 353
学生軍事教育は絶対に反対なり―青年教育運動に邁進学生連合総会の決議― 353
学生精神と軍人精神―所謂軍事教育問題の一面― 352
学徒の視野 353
楽屋(一幕) 335
下降志向の萌芽 326
過去の作家、作品の新しく呼びかけるもの 376
歌唱指導の会 306
ガス! 57
春日庄次郎外九十八名治安維持法違反被告事件 135 137
春日庄次郎外九十八名治安維持法違反被告事件予審終結決定書 135
風 366 367
風に訊け! 404
片上氏の『文学評論』 458
片瀬の少年 566
閣下 493
活字の周辺 430
活動方針書(草案) 67
河童 542
勝本清一郎氏 342
ガトフ・フセグダア 545
蟹工船 124 374 496 556
金子洋文小論 34
鐘紡争議 357
可能性の文学 245～248 250 442
彼女 338
かのも此面 275
荷風の新作―終戦後の作品― 248
歌舞伎劇の味 354
歌舞伎劇の世話もの 354
火夫見習の密航者 344
釜ケ崎 537
神 188
紙屋治兵衛 493
鷗 510 513 548 550
鴨猟 348
『我楽多文庫』途方もない落札 473
鴉 510 513 548 549
鴉・鶯・梟〈新潮文庫〉 504 549
カラチの鷗 344 445
雁枕 270
河の民 410
河の民―北ボルネオ紀行―〈中公文庫〉 411
刊行のことば(人物書誌大系) 402
関西拳闘新人王決定戦 305
関西大学所蔵大阪文藝資料目録 449
関西大学図書館影印叢書 526
漢字制限 293
感想 481
元旦 186
観潮楼偶記その一 358

寒夜 344
歓楽極まりて哀情多し 247

き

消える湖 508 509
機械 541
機関誌に関して 53 58
戯曲のつくり方 131
菊池寛の手紙 397
紀行・釣り行動派作家開高健さん死去 438
鬼才 358
岸うつ波 485〜487
貴司山治『日記』一九三四年(昭和九年)(二) 128
貴司山治略年譜 130
基準の確立 375
北村透谷著作年表—附、研究文献 363
狐 514
きのうの記録 305
木の都 441
木枕 507
木村、升田運命の第三局愈よ来月上旬に決行／名人、二連敗に愕然／沸る必勝の闘魂／〃網中の大魚〃に升田勇躍 306
木村・升田五番戦 305 306
木村升田五番戦きょう第一局『香落』の火蓋 306
木村升田歴史の第三局始る！ 306
木村名人 307
「脚色」より「犬」まで 34
教界新著月旦 283
兇器 534
恐慌 507 511
共産党公判傍聴記 315
恐怖 344
今日われ欲情す 303
虚構と虚偽 487
巨人と玩具 433
霧の音 493
霧の中の幻想 186
亀裂 438
記録本位の競技大会を十七、八日の両日早高トラックで 354
近刊諸雑誌 276 277
緊急順不同 365 554
キングサーモンと開高健氏(アラスカで) 436
金講師とT教授 132
禁止本書目 284
近所合壁 538
近世日本風俗絵本集成 528
近世俳書集 528
近代女性の悩み 355
近代日本文藝総覧 522
近代文学雑誌事典 358
近代文学資料七　横光利一 356

く

苦力頭の表情 410
釘の詩 357
草いきれ 486 487
草饐—評伝大田洋子 232 460 461
梔子姫 302
久津見蕨村の駁論に答ふ 277
首 532
首きり 357
蜘蛛 367
蔵原惟人著作編年目録 44 68 352 377
蔵原惟人評論集第十巻 44 68 352 377
クリスマス大音楽会 306
狂ふ人々 287
黒い蝶 298
軍国の亀鑑 287
軍隊病 410
軍備縮少 55 56
軍備縮少—帝国主義××反対の小戯曲— 59

け

経営部から 59
藝妓読本 379
『経済意識』より観たる今日の作家 457
藝術運動に於ける組織問題のより高い発展のために—同志勝本清一郎の所論を駁しつゝ— 49
藝術運動の組織問題再論 19 43 45 73 74 125
藝術家と社会—広津和郎氏の『答』を読んで— 457
藝術新聞の任務 29
藝術大衆化に関する決議 57
藝術の革命と革命の藝術 456
蕙心社々員金蘭簿　第壱 270
京阪神代表女性代議士激励の集い 301
京阪百話 274
競輪 188

毛皮の女 180
劇映画批評 243 244
劇場談話室 38
けだものの尻尾 348
月光の曲 571 572
『結婚』のために働く―アメリカ女性の場合 300
原作者の言葉 356
源氏かるた 272
現実に立たぬ批評 406
原子爆弾抄 464
建設への合同と没落の合理化 313
現代階級闘争の文学 381
現代閨秀作家達―混闘、藝術、女性、其他― 341
現代詩誌総覧 523 524
現代史資料四十一―マス・メディア統制二― 157
現代詩と文化 303
現代小説を語る 247
現代西班牙文壇の全展望―「共和主義」はスペイン精神、国民文学賞の作家センデル、代表的な進歩的作家、作家としての大統領アサニア、新首相カバリエロは評論家、前途あるプロレタリア作家群― 133
現代生活と歌舞伎劇 458
現代朝鮮作家の素描―朝鮮作家の日本紹介ほか― 132
現代日本小説大系第四十九巻 昭和十年代四 504
現代日本文学大系五十九〈前田河広一郎・伊藤永之介・徳永直・壺井栄集〉 505
現代日本文学大事典 335
現代日本文学論―展望と建設― 413
現代日本文藝総覧 522～524
現代日本文藝総覧 上巻 313
現代日本文藝総覧―文学・藝術・思想関係雑誌細目及び解題― 522
現代百科文庫宗教叢書 284
現代文学の十大欠陥 457
現代文士住所録 6
現代名作児童版 389
幻灯 303
源平盛衰記 529
憲法改正と婦人の幸福 301
硯友社時代の徳田秋声 273
元禄曾我物語 526
東海道敵討元禄曾我物語 528
言論および新聞の自由に関する覚書 289

こ

恋の夜嵐 270
恋は誠 276
恋は誠一命君様へさゝげもの 275
公演的活動と移動劇場的活動の新しき発展 58 65
甲乙丙丁 231
後悔 188
梗概(開高健書誌) 437
興行展望 244
航空機献金大交換会 475
行軍 357 358
高師部野球破る―対日歯野球戦に― 354
工場・農村から 17 24 25
工場細胞 374
好色物語 303
校長先生 39
行動 188
坑夫 368 369
神戸労働争議のエピソード 333
紅葉大人に逢ふの記 276
公史 132
ゴー・ストップ 56 127 128 568 569
小扇 449
五月 188
故郷 183
古今序聞書 526 527
古今序聞書 慶長写 527
古今和歌集序聞書三流抄 527
国際演劇オリンピアードへ代表派遣のための特輯号 48
国際興行師の泣き笑い―海外藝能人招聘の黒幕と呼ばれて 298
国際労働運動史教程 356
国際労働者演劇同盟と革命競走の話 51
国書総目録 529
獄中記 329
「国防文学」について 133
「極楽会」結成の動機 326
「極楽会」と背景の時代思潮 326
『極楽世界』とその発行母体 326
小倉市誌 326
小倉の側面から見た作品像と 325

その問題 327
後日の話 570
コシヤマイン記 547
古書店地図帖 382
古典文学に現れた女性 300
今年を送り来年を思ふ心 555
子供 541
子供に本を与えよ 299
子供の家 302
この作のこと 225 230
この旗の下 56 59
この旗の下〈シユプレヒコール〉 55
子惚気 538
小林多喜二〈小田切秀雄〉 371
小林多喜二〈手塚英孝〉 371 372 387
小林多喜二〈土井大助〉 372
小林多喜二〈日本文学アルバム十〉 371
小林多喜二・作品の再吟味 373
小林多喜二—その試行的文学— 372
小林多喜二研究 371 374 376 377
小林多喜二研究〈近代作家研究叢書三十五〉 378
小林多喜二祭 373
小林多喜二作品研究 133
小林多喜二随筆集 373
小林多喜二全集 374
小林多喜二全集第九巻月報 406
小林多喜二追悼号〈演劇新聞〉 316
小林多喜二追悼号〈文学新聞〉 4 6 316
小林多喜二読本〈啓隆閣〉 372
小林多喜二読本〈新日本出版社〉 373
小林多喜二読本〈三一新書〉 371
小林多喜二と今日特輯 376
小林多喜二と宮本百合子 371
小林多喜二の回想 406
小林多喜二の生涯 374
小林多喜二の評論その他 406
小林多喜二問題 376
古風な情景 531
コムレードの藝術 456
米騒動 398
狐狸狐狸ばなし 493
コロンブスの遠征 493
子を護る 535
今月の小説ベスト3 486
金色夜叉 199
今日様 535
こんにやく売り 367
根本的の不満 456 457
婚約問題を扱う態度について 487

さ

西鶴置土産 474
最近出版書 278
最近の感想 456
最近のプロレタリア文学と新作家 179
最近ロシア劇団消息 34
在郷軍人名簿〈和気郡福河村〉 411
最後の時 570
最後の分裂 345
最初の記憶 365 500
歳晩 132
堺利彦伝 324
坂口安吾全集 442
探シ人 575
作者の言葉〈わが文学半生記〉 395 398
作者附記〈楽屋〉 335
作品をめぐる追想と解説 405
桜の国 232 238
鮭 514
佐々木孝丸 53 54 56 57 59
佐々木孝丸のプロフィル 59
佐多稲子全集全十八巻 377
座談会一覧 （志賀直哉全集第十四巻） 251
作家小林多喜二の死 371 373 374
作家と作品—鈴木三重吉・森田草平— 217 230
作家の態度 253
作家の態度—志賀直哉氏をかこんで— 252
作家の手帖〈新選随筆感想叢書〉 506
雑誌『帝国文学』文藝評論年表（其一） 363
雑誌総目次索引集覧増補版 515
佐野学一味を法廷に送るまで 380
左翼劇場 32
サラリーマン 132
沢の談 341
三月の文壇㈥ 287
三巨自撰名作展 306

山谿に生くる人々―生きる為に― 346
参考文献目録（開高健書誌） 438
産児制限是か非か 300
残醜点々 461 464
山上 464
三人で谷崎潤一郎をたずねる 398
散文精神の問題 187
山房荒神の酔狂を嗤ふ 273
三流抄 527

し

ジイドのソヴエート旅行―オストローフスキーとの会見― 133
自戒 313
滋賀近代文学事典 564
四月の雑誌を読みて 285
四月の小説 285
志賀直哉 広津和郎両氏と現代文学を語る 251
志賀直哉全集 352 520
志賀直哉全集第十四巻 251 389
志賀直哉と太宰治〈文藝時評〉 249
志賀直哉と太宰治―「如是我聞」の解釈の為に― 252
屍の街 231 232 460 462～464
時局研究会復活して活躍 353
時機を逸す 187
詩句覇王樹の如し 358
自作「年譜」（葉山嘉樹） 322 348 482 483
獅子王 269
自叙小伝（森田草平） 214 219～222
死屍を喰ふ男 324
市井にあり 421
自選佐藤春夫全集第四巻 542
自然主義文学研究会プログラム 363
自然生長と目的意識 458 459
自然生長と目的意識再論 458
自然について 367
思想学問の稚弱（第五号）世の批評に答ふ 277
思想形成過程 322 326
思想戦に鉄桶の布陣／言論報国会けふ創立総会 171
下画 286
下見御来訪御芳名 475
七月の雑誌から 283
失業登録者の群 313
失業都市東京 500
実行と藝術―大正アナーキズムと文学― 368
執筆計画 191
執筆者自伝（小林多喜二） 316
私的生活 259
児童鶯 388
児童・コシヤマイン記 388
児童コシヤマイン記 388
児童小僧の神様 388 389
児童その頃の事 388
児童だるま 388 389
児童土と兵隊 388
児童泣虫小僧 388
児童暢気眼鏡 388
児童飛驒高山 388
児童麦と兵隊 388
児童吾輩は猫である 388 389
品川駅で 13
信濃の一茶 492
信濃の一茶・火の女 492 494
死人の家 498
死の勝利 207 224
詩のつくり方 131
東雲重三（完） 279
芝居の利用法に就て 37
与芝廼園書 273
寄芝廼園 269
自筆年譜（宮本百合子研究） 413
支部から手をひけ!! 55
自分の蠟燭 376
時文評論（早稲田文学） 276 277
時文漫言―京阪の花時― 279
司法権 493
司法研究 202
司法研究〈第十二輯報告書集二〉 31 33 52
司法研究〈報告書第二十八輯九〉―プロレタリア文化運動に就ての研究― 123 15 42 48
資本家の御用をやめろ 13
資本主義下の小学校 39
資本主義最後の階段としての帝国主義 455
資本主義ノカラクリ 145
資本論 329
島木健作と私 137
島木健作と私―党および農民運動を背景として― 136
島崎藤村事典 519
島崎藤村全集 518

島崎藤村文藝辞典 519
紙魚放光 475
地むしの唄 444 446
社会運動と政治形勢 454
社会運動の基本概念 355
社会運動の状況 66 123
社会運動の状況一〈昭和二～四年〉 31
社会運動の状況二〈昭和五年〉 32 60
社会運動の状況三〈昭和六年〉 46
社会運動の状況四〈昭和七年〉 14 48 49 67 68 84 85
社会運動の状況五〈昭和八年〉 11 48 50 62
社会科学研究会が／独立を期して／二日(火)秋季講演会を開催 320
社会時評(新潮)二十六年一号 568
社会主義政策の滲透を期す 293
じゃがいもの記 367
社会を描く藝術 457
なつメロ社会部長の唄 290 298 307
釈迦如来御一代記 529
社告(葦分船) 270
社告(文学案内) 133
邪宗門 473
写真集小林多喜二―文学とその生涯― 372
社団法人『日本文学報国会』設立之趣意書 170
社団法人大日本言論報国会 171
社団法人日本文学報国会設立経過報告 167
社団法人日本文学報国会定款 165 166 170
車夫 357
斜陽 250 252
上海 540～542
上海会議一月テーゼ 458
拾遺(藤村全集第九巻) 518
終刊の辞(同志) 41
従軍作家 里村欣三の謎 410
秋景一場 547
私有財産否認と／国体変革を区別／外廓団体の撲滅に力瘤／治維法の根本改正案 128
十姉妹 180
囚人のごとく 233
囚人のごとく―『桜の国』入選の折り求められて― 239
集団とイズムの人々(3)ナップ作家は動く 11
修訂鷗外書誌 359
修訂逍遙書誌 359
十二月の雑誌から 287
自由の鐘 353
従妹 185
終末の日 375
珠玉 425
縮図 375
出世 427
出征する人 367
出版警察報 575
出版警察報第百二号 134
出版法 434
主要参考文献目録(小林多喜二読本) 373
春琴抄 449
浚渫船 348 369
春陽堂月報 199
序(『煤煙』第一巻) 216 217 230
序(『煤煙』第二巻) 211
常・中・委一般活動報告及び美術運動の新しい方向とP・P当面の組織的任務(草案) 67 73
浄穢の観念 538
小学国語読本 571
小説から逃げ回っていた作家 430
小説中人物の模型 358
小説とモデル問題 486
小説の鬼(序に代へて) 400
小説の作り方 131
小説の批評 315
小説予告 208 214 227 228
消息(反響) 281 283
正太夫殿へ 279
少年期の私と文学 394 398
少年車掌の日記―市電一九三二年の報告― 132
少年少女におくる新大阪コドモの船 306
商品「プロ映画」 357
小品十三件 554
小福島 272
情報局機構案(昭和十五年十二月) 157
情報局けふ店開き 155
情報局職員配置表(昭和十五年十二月) 157
情報局設置要綱 156

逍遙書誌 363
昭和十七年八月以降社団法人大日本言論報国会関係綴 176 177
昭和十七年八月以降社団法人大日本言論報国会関係綴／第二部文藝課 174
昭和十八年二月―十九年三月社団法人大日本言論報国会関係綴／第二部文藝課 175
自昭和十八年四月―至十九年三月事業経過／社団法人大日本言論報国会 175
昭和十八年度 社団法人大日本言論報国会関係綴／第二部文藝課 175
昭和十九年度 社団法人大日本言論報国会関係綴／第二部第三課 175
昭和二十年度 歳入歳出予算書／社団法人大日本言論報国会 175
昭和四年度文士録 181
昭和七年新文藝日記 5
昭和期文学・思想文献資料集成第八輯 プロレタリア文化連盟 83
昭和書籍雑誌新聞発禁年表上 5 14 59 62
昭和文学年表 467
女学生が擬国会 301
職員録 160 161
食後 286
職人衆昔ばなし 562
職場から 36
職場からの反響 38
食糧運搬車 344
女工哀史 507
書誌学的思考 515
書誌作製という無償行為〈文学瞥見〉 430
叙事詩のつくり方 131
女性解放のために 300
女性解放の集い 301
女性画家として 299
女性と俳句(上)(下) 300
女性の教養と日本文化の後進性(上)(中)(下) 300
女性の文学的要求 457
女性の文学的要求と社会的要求 457
女性はかく目覚める 301
女性は起ち上る 301
しらなみ 544
『調べた』藝術 456 457 459
資料集成 195 197 201 203
白い開墾地 132
新映画評 244
新大阪市民賞 305
新加入のスケートホッケー部―十四日に対戸山の今秋劈頭戦― 354
新刊紹介 283
新刊紹介(『マルクス歴史社会国家学説』ハインリッピクノー著) 353
新刊物批評 279
新幻影へ 456
しんこ細工の猿や雉 260 263
震災と思想・藝術 456
審査後記(文藝推薦) 574
新作家論(一)(文藝戦線)一巻二号 546
新詩社の新年短歌会 398
真実 188
真実を愛する心 188
新春創作合評(五) 539
新資料(遺稿・書簡・日記)の発表(二葉亭四迷研究会プラン) 363
新進作家叢書 522
人生の豊饒 413 417
新選葉山嘉樹集 445
新知識人に就いて 458
新潮合評会第三十九回(九月の創作評) 369
新潮合評会第四十三回 337
新著二種 283
「新築地」劇団に寄す！ 34
新日本文学全集 200
新日本文藝講演会 303
新年小説予告 207
新批評時代へ 457
人物書誌大系 364
新武道伝来記 528
新聞映画通信に対する一切の制限法令を撤廃の件 289
新文藝日記―昭和六年版― 325
新聞言論の自由に関する追加措置 289
新聞目録 340
人民評論 291 293
人類に与ふ〈世界名著叢書二〉 455
心霊の滅亡 458
新恋愛行 127

す

水葬 344
水路 346
好きな場所 538
砂の檻 570
ずばり東京 381 452 453
ずばり東京(下) 436
ずばり東京(下)―昭和著聞集― 435 436
西班牙犬の家 541
すべってころんで 259
総てが蒐書に始まる 379 466

せ

声援の起つた科学部映画会 354
盛夏 188
生活意識と美術 458
生活と服装 300
生活の探求 193
清算主義を清算する(同志達よ手をつながう!) 313
生産増強と映画 243
生産場面を描いたソヴエートの新文学 132
生産場面を描け 132
政治と文学(一) 373 375
政治と文学(二) 375
星辰 571 572
精神主義の止揚 326 327
青年期の私と文学 394 398
青年訓練所 55 56
青風 367
聖母のゐる黄昏 233 238 239 461
製本工場 132
成立事情から見た作品像 327
世界転換の大使命／言論人の責重大／奥村情報局次長挨拶(要旨) 172
世界は見ている 293
世界文学の現状報告 133
碩学を網羅し政経講座公開 353
惜春姿 270 275 276
世相 249
世相を映す『古本屋日記』―関西大学図書館に保存― 473
拙篇『徳永直』(人物書誌大系一)補遺 366
瀬戸内海 441
セメント樽の中の手紙 318 401 444 470 480 483
施療室にて 534
世話役 316
善意の文学 413 416
善意の文学―宮本百合子について― 413
戦旗座と構成劇場で七月上演する志村夏江! 51
戦旗編集者の日記 357
一九二七年度のプロレタリヤ文学 352
一九二八年三月十五日 124 333 372 374 388 496 534 568
一九三〇年度に於ける活動の一般的報告 37 60
一九三一年度に於ける同盟活動の一般的方針 39 41 42 45
一九三一年度に於けるナップの方針書 15 43 70 71
一九三一年に於けるナップの方針書 15 17 22 23 29 315
一九三一年のナップの方針書 24
一九三二年の春 417
一九三二年の文学新聞 23
選挙延期と婦人 301
選挙と婦人のあり方 301
宣言書 34
前号までのあらすじ 437
全国古本屋地図 382
戦陣訓の歌 296
全線 32 33
全線左翼劇場公演 33
戦争雑記 498
戦争体験と戦争責任―戦争協力の体制と国家と個人の関係― 174
戦争に対する戦争 532
千朶山房詩話 358
千朶山房詩話―其一、鬼才― 358
千朶山房詩話―其二、詩句覇王樹の如し― 358
千朶山房詩話―其三、小説中人物の模型― 358
千朶山房詩話―其四、毒を以て毒を制す― 358
禅に生くる 368
専門学校の陸上競技延期―役員変更の疑点から他校との折合ひつかず― 354
戦列への道 316
全連邦××党の演劇政策 35
線路工夫 180 181

そ

ソヴエート同盟××党の演劇政策 57
憎悪 185
創刊の挨拶（文学案内） 131
創刊の言葉（文学新聞） 26 29
創刊の辞（人物評論） 396
象牙の塔から民衆の中へ—第一学院遂に起つ— 353
早高山岳会 354
早工と早実が隅田川で対抗競漕 354
創作月評（文藝）七巻十一号 236
創作時評（新潮）三十六年七号 235
創作時評（新潮）三十六年十号 236
創作の対照—藝術そのものにか、生活にか— 313
葬式デモ 507
掃除夫 180
早春の巣立ち—若き日の宮本百合子— 342
叢書・文学全集・合著集総覧 389
漱石研究年表 359 521
漱石山房の思い出 395
漱石山房の人々 396
漱石山房夜話 396
漱石死後の漱石山房 397
漱石書簡 519
漱石全集 198 519 520
漱石全集第十四巻 230
漱石先生と私 下巻 283
漱石の死—思い出㈠— 396
漱石文学全集別巻 521 359
早大音楽部高崎へ遠征 353
早大今秋の庭球戦に優勝す—インターカレッヂに於ける安部の奮戦— 354
総督府模範竹林 507 511
遭難船の同志 344
相馬御風君に与ふる書 288
創立大会から現在まで吾々は如何に闘つて来たか？ 52
続紙魚放光—尾上蒐文洞追悼集 478
俗臭 575
続夏目漱石 218 219 221 224 230
続夫婦善哉 573〜576
続わが文学半生記 398 399
そゞろあるき 275
即興劇のやり方 39
卒寿の新作 492
外へ出ろ！ 316
その頃の芥川龍之介 397
その頃の菊池寛 397
その正体について 406
蕎麦の花の頃 132
空の神兵 296
空へ 286
ソロバン 188

た

大凶の籤 538
大激戦を予想される三田稲門野球戦前記 353
第五回大会議事録報告並びに議案 22
大根の葉 192
大衆文学全集 199
大正期の文藝叢書 522
大正期の文藝評論 282
大正作家 540
対象との距離—高見順と大田洋子の力作— 235
大地 192
大東亜思想協会設立準備要項 177
台所に科学性を 300
第二回拡大中央委員会報告 50
第二の青春 375
大日本言論報国会関係綴／情報局第四部文藝課 175
大日本言論報国会の異常性格—思想史の方法に関するノート— 177
大日本言論報国会法人設立許可一件書類 155
大日本言論報国会法人設立許可一件書類／第五部第三課 174
大暴風雨時代 341
大望 186
太陽のない街 35 124 316 365〜367 495 496 499 500 534 556〜559 568
『太陽のない街』について 35
『太陽のない街』の脚色について 35
『太陽のない街』の作者 35
台湾の文学運動—台湾文藝作家協会の創立と雑誌『台湾文学』ほか— 132
高見順全集 358
高見順全集別巻 358

高村光太郎のアトリエ素描　397
多喜二と啄木　373
濁流　346
武田麟太郎（人物書誌大系）　402
武田麟太郎〈作家の自伝〉　531
武田麟太郎〈作家の自伝一〇五〉　538
竹のや殿へ　279
蛸入道得意の図　279
太宰治全集　442
太宰治全集別巻　246
太宰治の死　248 249 253
闘いのあと　15
たたかいの作家同盟　399
たたかいの作家同盟・上―わが文学半生記後編―　399
たたかいの作家同盟・下―わが文学半生記後編―　399
戦ひ　357
たたかひの娘　232
『忠直卿行状記』その他　397
田辺聖子を読む　264
谷沢永一　402
谷間の兄弟　505
他人の中　500
愉しい交響楽の夜　306
玉、砕ける　423
太夫さん　493
誰が殺したか　483 535
誰が殺したか？　325
断崖の下の宿屋―山谿に生くる人々―　346
短歌のつくり方　131
炭坑　357
淡粧　232
男性について　239

ち

治安維持法改正法律案　503
小さな花束　130
治維法の発展と作家の立場　130
チェルカッシュ　498
地区の人々　374
知識階級に就いて　458
知識人の現実批判　456
父・葉山嘉樹のこと　345
父荒太郎の精神構造　323 325
『父帰る』の初上演　397
チチハルまで　316
茶屋三代記　191
中央機関紙『プロット』発刊カンパニアに際して檄す　62
中央劇場上演目録史　33
中国文壇現状論―沈衰せる中国文壇ほか―　132
中国文壇の統一戦線―その国防文学について―　133
朝鮮文壇の現状報告―『新建設』事件と『カップ』の潰滅ほか―　132
朝鮮留学生の秋季大運動会　354
鳥類物まで　548 549
著作年表・研究文献解題（二葉亭四迷研究会プラン）　363
著作目録（高見順全集）　358
沈黙　188

つ

追究する意志　188
追想の自然　354
追慕の旅　444
追慕の旅―葉山嘉樹と私―　444
通信員、文学サークル、文学新聞―文学運動の組織問題に関する討議の成果―　19 24
通信員活動のために　30
津軽の虫の巣　340 341
月のある庭　358
月夜の鎌倉　398
佃の渡し　493
『土の藝術』に就て　457
燕　510 513 548
壺井栄全集三　月報　487
壺井繁治全集第五巻　181
壺井繁治全集別巻　181
妻の座　485～487
妻よねむれ　499 500
罪ある子供　367
罪と罰　224

て

帝国主義論　455
訂正とお詫び（特選名著複刻全集近代文学館―作品解題）　558
定本織田作之助全集　442
定本黒島伝治全集第五巻〈メモ・書簡・日記他〉　192
定本小林多喜二全集　315
定本小林多喜二全集第十五巻〈小林多喜二研究〉　372
定本佐藤春夫全集第十八巻月報三十三　543

定本広津柳浪作品集 566
敵の娘 128
鉄 568
手塚英孝著作集第三巻 371
鉄筋二階建で新設される野球部合宿―グラウンドの方は当分現在のまゝ― 353
鉄の魚 570
手と足 297
田園の悪戯者 368
田園の悪戯者附、動物学 368
田園の憂鬱 539 541
天下太平 132
転換期の文学 454～456 458 459
転換期の文学〈近代文藝評論叢書一〉 459
転換時代 332 376
転形期の人々 374
電源工事場 550
転向をめぐって―文学の裏を読む 471
電報 181

と

独逸劇壇近事 34
ドイツ文学の新しき動き―最近の諸事実― 133
統一的文学団体設立要綱(試案) 165 169
東海の煙波 279
闘牛 298 307
東京左翼劇場活動報告 55
慟哭 188
透谷『風流』―執筆年月 274
同志愛 128
党生活者 332～334 372 374～377 388 491
『党生活者』について 376
闘争の創造性 456
藤村いろは歌留多 518
藤村書誌―普及版― 519
藤村全集 421 518 519
藤村全集第九巻 420 421 518
藤村全集第十三巻 421
同大FW後半の猛攻―17・14早大バックの健闘空し 305
道頓堀の雨に別れて以来なり―川柳作家岸本水府とその時代上・下― 259
道標 415
動物集 442
当面の任務に関する決議 20 21
当面の任務に関する決議案（草案）―大衆的自己批判を通して― 67
東洋会のバンカラ旅行 354
童謡界僻見 354
東洋車輛工場 61
討論日本プロレタリア文学運動史 14
読者諸兄へのお願ひ 313
読者通信 357
特選名著復刻全集近代文学館 366 557
特選名著複刻全集近代文学館―作品解題 366 558
徳田秋声伝 273
徳永、岡本氏の作品 351
徳永直〈作家の自伝〉 495
徳永直〈作家の自伝六八〉 501
徳永直〈人物書誌大系一〉 360～366 402 558
徳永直選集の件 554
徳永直全集 554
徳永直全集、選集、また著作集を急ぐこと 365 554 555
毒の園 498
匿名調査 235
毒薬を飲む女 286
毒を以て毒を制す 358
土工の唄 344
図書館 427
図書館奇譚 427 428
図書館情調 439
図書館新著書一斑 353
とちぎ詩人 398
特高月報 202
特高月報〈昭和五年三月分〉 53
特高月報〈昭和五年四月分〉 55
特高月報〈昭和五年九月分〉 32
特高月報〈昭和七年十二月分〉 49
特高月報〈昭和八年五月分〉 49
飛ぶ唄 34
「飛ぶ唄」筋書・配役 34
飛ぶ唄上演について 34
濁酒地獄 505 548
止まれ、進め―ゴー・ストップ 127 568 569
富島松五郎伝 241
土曜婦人 246
豊津受容の様相 323
銅ら 357

ドラマ・リーグの話 36 37
泥溝 547

な

仲木貞一氏の／演劇講演会 355
長崎物語 296
中野重治全集第十九巻 318
長屋の女 357
長山串 132
渚から来るもの 425
梨の花 535
夏の陽炎 285
夏の闇 422 425
『ナップ』藝術家の新しい任務—××主義藝術の確立へ— 57
夏目漱石とその弟子たち 396
夏目漱石の死 396
何が彼女をそうさせたか 419
何が彼女をそうさせたか？ 335〜337
浪花の軽文学 276
何をなす《ママ》べきか 455
何を為すべきか 455
名の無い街で 437
生江健次予審訊問調書 16
生江健次予審訊問調書—第三回—第八回— 15 18 46
なまけもの 433
波 419
奈良近代文学事典 563
成るか名人打倒／木村名人に挑む鬼才升田七段／観戦記近く紙上へ 306
難破 329
南予闘牛大会 305〜307
南路 341

に

二月の雑誌から 287
肉体の進歩 555
肉体の門 302
肉体文学論 306
西川祐信集 528 529
二十年前のころ 405
鰊 514 550
Ⅱ戦時下の文学 471
日記（貴司山治） 130 134
日記 218
日記と詩（昭和19年） 185
二百名の合唱大演奏会 306
日本海の美しさ 545
日本近代文学大事典 338 567
日本近代文学大事典第三巻 335
日本近代文学大事典第四巻 32
日本近代文学大事典第五巻〈新聞・雑誌〉 358
日本近代文学大事典第六巻 389
日本現代文学全集第六十九巻〈プロレタリア文学集〉 180
日本現代文学全集第八十九巻〈伊藤永之介・本庄陸男・森山啓・橋本英吉集〉 505
日本古書通信 404
日本三文オペラ 423 425 451〜453 536
日本自然主義文学理論年表 363
日本商業演劇史 494
日本小説代表作全集四〈昭和十四年・後半期〉 234
日本新聞年鑑昭和22年 294
日本新聞年鑑昭和26年 297
日本短篇文学全集三十四 505
日本に於けるプロレタリア演劇の大勢並にその展望—プロット拡大中央委員会（三月十六・七日）に於ける常・中・委一般報告其の他— 49
日本に於けるプロレタリア文学運動についての同志松山の報告に対する決議 21
日本の平美女とステキズム 355
日本の文学第三十一巻 539
日本プロレタリア作家叢書 559
日本プロレタリア作家叢書四 495 557
日本プロレタリア作家同盟重要日誌 20
日本プロレタリア作家同盟第三回全国大会報告、方針書 20 21
日本プロレタリア文学集十〈「文藝戦線」作家集一〉 507
日本プロレタリア文学集十一〈「文藝戦線」作家集二〉 180
日本プロレタリア文学集十二〈「文藝戦線」作家集三〉 180
日本プロレタリア文学集二十四・二十五〈徳永直集一・二〉 501

日本プロレタリア文学書目 386 387 389～391 420 521
日本プロレタリア文学大系八 505
日本文学者会設立要綱 169
日本文学全集十八〈鈴木三重吉・森田草平集〉 230
日本文学全集四十四〈葉山嘉樹・黒島伝治・伊藤永之介集〉 505
日本文学大辞典 271 272
日本文学報国会・大日本言論報国会設立関係書類 530
日本文学報国会・大日本言論報国会設立関係書類下巻 178
日本文学報国会・大日本言論報国会設立関係書類上・下巻 178
日本文学報国会・大日本言論報国会設立関係書類上・下巻〈関西大学図書館影印叢書第十巻〉 175
日本文学報国会―大東亜戦争下の文学者たち 154
日本文学報国会会員名簿 154
日本文学報国会の成立 162
日本文学報国会法人設立許可一件書類 155 167 170 175
日本野球東西選抜対抗 305
如是我聞 245 251 253
如是我聞（遺稿） 253
人間失格 405
『人間失格』その他 406
人間の値段 346
人間悲劇 541 542
『人間復興』講座 306

ぬ

盗み 357
沼 313
沼尻村 374

ね

塒 550
猫 302
猫橋 224
猫も杓子も 259
熱風 241～244 410
年刊多喜二・百合子研究第一集 371
年刊多喜二・百合子研究第二集 371
年頭月評―プロレタリアのお伽噺―（宇野浩二） 480
年表の作製をすゝめる 363
年譜（太宰治） 246
年譜（壺井繁治） 181
年譜（中野重治） 318
年譜（宮本百合子研究） 414 416
年譜（宮本百合子全集別冊） 415
年譜（明治文学全集十九 広津柳浪集） 566

の

農旗 57
農民小説を 316
能面図 527
野の子・花の子 232
伸子 341 342 415～417
呪はれた血 185
ノン・シヤラン記録 539
のん・しやらん記録 539 540 542
のんしやらん記録 539 540 542

は

黴雨の梅 528
灰色の月 250
煤烟 207 208 211 216 218
煤煙 207～229
煤煙〈岩波文庫〉 225 230
『煤煙』事件の前後 218 219 222 224
『煤烟』の序 230
煤煙第一巻 230
俳句と久米正雄 398
敗戦主義―一九〇四年頃― 534
ハイチ島のプロレタリア作家ジャック・ルメンを救へ 133
敗北の文学 405 407
『敗北の文学』を書いたころ 406 407
萩原朔太郎全集 352
白日のもとに 437
爆発 57
暴露された露文科の内紛―廃科か？存続？捲き起された大渦― 353
暴露読本 128
はしがき（開高健書誌） 432 433
はじめて菊池寛をたずねる 397
はじめに（葉山嘉樹・私史） 345
芭蕉 420
裸の命 346

裸の王様 425 432 433 435 437 451
裸の王様〈現代文学秀作シリーズ〉 437
裸の部落 132
葉煙草 132
八月の雑誌 286
八年制 351 365 500
発見 188
跋にかへて〈ゴー・ストップ〉 569
初雛 357
初夢福人八景 529
鳩の炭山 344
花終る闇 422 425
花形オール登場西宮に決戦の幕開く 305
花狩 259〜264
花狩〈中公文庫〉 259
花は到し 351
花まんま 564 565
花見之記 528
華やかな危機 461
パニック 433 435
母 192
馬場孤蝶氏の立候補に就いて 282
馬場原両氏の背信的態度を憤る学校側 353
鱧の皮 257
早場米 505 514
葉山嘉樹 402 411
葉山嘉樹・回想ノート 345
葉山嘉樹・私史 343 445 446
葉山嘉樹―考証と資料― 470
葉山嘉樹―文学的抵抗の軌跡― 470 471
葉山嘉樹宛書簡 411
葉山嘉樹宛書簡十七通 411
葉山嘉樹『窮鳥』について―『箱舟』のパロディ― 328
葉山嘉樹生誕百年記念の会 470
葉山嘉樹全集 401 444
葉山嘉樹全集第三巻〈小学館〉 479
葉山嘉樹全集第六巻〈筑摩書房〉 348
葉山嘉樹随筆集 402
葉山嘉樹短編小説選集 484
葉山嘉樹日記 329 467
葉山嘉樹の想ひ出―自伝的交友録― 345
葉山嘉樹の戸畑時代 346
葉山嘉樹の晩年 346
葉山嘉樹論 322 328
葉山嘉樹論―「海に生くる人々」をめぐって― 322 471
葉山嘉樹論の前提 322 323
薔薇の下に伏す青蛇 276
はらはら傘 528
磔茂左衛門 335
巴里を焼く 56
春が咲かせた花 303
春はカムチャッカにも 184 191
バルビュウス論抄〈海外藝術評論叢書四〉 455
春を待ちつゝ 420 518
晴れた時間 376
『反響』の位置づけをめぐって 285
藩仔鶏 132
播州平野 415
播州平野・風知草・二つの庭・その他 405
半所有者 570
半纏の詞 279
反動『文戦』の檄に酬ひる 183
反動を追っ払え 293
犯人 252 253
半人間 231 232
反撥する意志 186

ひ

東倶知安行 374
東山紀行 528
東山花見の記 528
光なき村 183
光をかかぐる人々 500
髭と遺言 313
氷雨 346
秘事 570
一つの時期 498
一つの小さい記録 43 45
ひとつの反措定 375
ひとで 302
人と人との親しみ 455
人みしりせず 188
雛鳥の夢 286
火の女 492 493
陽の出前 497
火のない町 木の葉 357
緋の花 260
火の虫 234〜236
批判者の批判 409
批判者の批判―文学運動の前進のために・上巻― 409
批評心の問題 458
批評のために 458

批評の段階 457
批評の人間性(一) 375
批評の人間性(三) 376
病犬論者 277
表彰式前後 493
評伝武田麟太郎 536
漂流 442
昼寝 286
広津氏に答ふ 457
広津氏に問ふ 457
貧血と花と爆弾 298

ふ

ファーブル科学知識全集 368
ファブル科学知識叢書 368
ファブル科学知識叢書田園の悪戯者 368
フィッシュ・オン 435 436
不意の声 570
諷刺 541
風雪新劇志―わが半生の記― 31
風知草 415
『風知草』をめぐつて 413
夫婦 336
風流 274
プールの建設に十一月中着手―負けぬ気で三田でも奔走中― 353
フエビアン／第三回講演／大警戒裡に挙行 355
梟 504 510 511 513 547 549
梟〈有光名作選集三〉 504 510
梟〈版画荘文庫二十〉 504
梟・鶯・馬〈角川文庫〉 505
袋草紙 529
不幸なる幸福 183
不在地主 36 56 57 374
『不在地主』の脚色 35
藤衣(上) 279
藤紫 270
藤森成吉追悼集 418
藤森成吉文庫目録 418
婦人参政権はこう使おう 301
婦人代議士と家庭制度 301
婦人の解放を齎すもの 301
再び童貞の価値について 288
二つの庭 415 416
二葉亭四迷研究会プラン 363
普通の話だが―佐々木孝丸の印象― 59
複刻について 558
舞踏会事件 128
舞踏会事件―『金持と貴族』は何をするか？ 568
武道伝来記 528
鮒 514 550
ふゞき 273 279
冬の花 532
『冬を越す蕾』の時代 413 417
フランス自然主義文学年表 363
仏蘭西の新らしい戯曲 34
フランスのプロ作家―若きプロフイール 357
ふるさと 420 421 518
ブルジヨアジーの政治 454
古本屋日記 473～478
プレス・コードに関する覚書(日本に与える新聞遵則) 289
プロキノの新方針 67
プロット大阪支部総会と労働者並に勤労者 51
プロットの新しい任務と新しい組織方針 46 47
『プロットの新しい任務と新しい組織方針』について 47 67 76
プロットの新しい任務と新しい組織方針草案 47
プロットの現勢と大阪支部 51
プロ床 56
プロ床(一幕)―移動演藝団用喜劇― 55
『プロ床』上演の手引 56
プロブル斗争現段階 357
プロレタリア印刷美術研究所の確立について声明 73
プロレタリア演劇資料細目 489
『プロレタリア演劇の思ひ出』座談会 59
プロレタリア藝術運動における組織問題 22
プロレタリア藝術運動の組織問題 42 43 67 70 71 85
プロレタリア藝術運動の組織問題―工場・農村を基礎としてその再組織の必要― 16 17 41 69 72 125 315
プロレタリア藝術教程第二輯 315
プロレタリア藝術教程第三輯 52
プロレタリア詩雑誌集成別巻 523

プロレタリア詩雑誌総覧 523
プロレタリア辞典 379
プロレタリア統計展の経験 357
プロレタリア文化＝教育組織の役割と任務 67 68
プロレタリア文化・教育組織の役割と任務 15 69
プロレタリア文化運動 62
プロレタリア文化運動年表 15
プロレタリア文化及び教育の諸組織の役割と任務 39 41
プロレタリア文学運動における小林多喜二の意義 374 376
プロレタリア文学研究 345
プロレタリア文学講座組織篇 20
プロレタリア文学史下巻 8 12
プロレタリア文学史上下巻 345
プロレタリア文学の理論と実際 356
プロレタリア文化連盟 66
プロレタリア文化連盟創立懇談会経過 77
プロレタリア文化連盟中央協議会組織について 23
プロレタリヤ藝術の歴史的展開 320
プロレタリヤ文学運動概説 457
プロレタリヤ文学運動小史 457
文界消息 284
文学五十年 454
文学雑誌 葦分船 529
文学者愛国大会 163〜165
『文学新聞』の正しい発展のために—最近の批判の声に寄せて— 12 29
文学新聞一年間の足跡 10
文学新聞に対する批判 9 13 29
文学新聞の創刊 11 316
文学新聞の発展を守るものは誰か? 9
文学新聞は作家を生んだ 26
文学新聞報告 22 23
文学雀 272 279
文学大衆化の実践について 183
文学的回想 319
文学的自叙伝(伊藤永之介) 506 509 546
文学的自叙伝(島木健作) 135 138
文学的自叙伝(武田麟太郎) 531 533 536
文学的自叙伝(徳永直) 496
文学的自伝—山中独語— 369
文学的出発—『悲惨な過去』を背負って— 471
文学的抵抗と挫折—『与へられたる部署につけ』— 471
文学的人間像 376
文学闘争の基礎 458
文学闘争を前にして 458
文学としての評伝—第四回『佐藤春夫による文学論』を例に— 539
文学の眺望(宇野浩二) 512
文化月評(小田切秀雄) 413
文化擁護の一年 133
文化連盟の提唱について 74
文藝月評㈠(宮本顕治) 513
文藝雑感(青野季吉) 458
文藝時観断片(青野季吉) 458
文藝時評(伊藤整) 351
文藝時評㊥(河上徹太郎) 486
文藝時評(川端康成) 495 557
文藝時評(佐々三雄) 236
文藝時評(4)(豊島与志雄) 235
文藝時評—「白霧」その他—(広津和郎) 480
文藝時評㈢(古谷綱武) 239
文藝時評(3)(本多顕彰) 550
文藝銃後運動講演集 379
文藝時論(青野季吉) 458
文藝推薦(夫婦善哉、武田麟太郎) 574
『文藝戦線』の作家たち—『プロレタリア文学発展史講座より』— 179
文藝鼎談(志賀直哉・広津和郎・川端康成) 251 252
文藝に現はれたる娼婦と淑女 355
文藝年鑑 385
文藝年鑑1933版 12
『文藝批評』の出生に際して 368
文藝批評家の準備 456
文藝批評の一発展型 456 457 459
文藝批評の立場に就いての若干の考察 458
文藝放談(志賀直哉・谷崎潤

一郎） 248
文新二十一号は何故後れたか 10
入唐朝夷分身娵入巴 529
文壇郷土誌プロ文学篇 318
文壇更新上の一考察 456
文壇新体制の胎動／日本文学者会設立要綱案成る 169
文壇と自由主義 458
文壇の巨匠に訊く 133
文壇の新法則 457
文壇の偽壮士 277
文壇の花合戦 272 273 530
文壇四十八家 352
糞尿譚 241
文楽 493

へ

平家物語 529
平地蕃人 507 511
兵の道 410
臍の緒は妙薬 570～572
ベトナム戦記 425
ベロ出しチョンマ 562
勉強について 303
ペンギンの島 542
編集局から（文学新聞） 7
編輯後記（中央公論、昭和8・4） 332
編集後記（ナップ）二巻六号 17
編集後記（ナップ）二巻八号 19
編輯後記（文学案内） 131
編輯後記（文藝、昭和15・9） 576
編輯室レポ（文学案内） 131
編集だより 437
編集ノート（プロレタリア演劇）創刊号 58
編集ノート（プロレタリア演劇）一巻二号 58 59
編集ノート（プロレタリア演劇）一巻三号 57
編集ノート（プロレタリア演劇）一巻五号 55 60
編輯ののち（反響） 282～284 285
編輯の後（反響） 284
編集部から（同志）一巻九号 38
弁証法読本 366

ほ

望郷台 323 324
豊作 132
放出食糧科学展 306
北條秀司戯曲選集 493
防雪林 374
暴徒 180
暴動 505 508 509 547
暴動〈新作長篇小説選集第二巻〉 505 547
防備隊 316
訪問 533 538
暴力 531 534 535
暴力団記 32
放浪 575
放浪断片 182
ほおかぶりの限度〈大波小波〉 485
僕と『太陽のない街』―トランク劇場出動の想ひ出― 35
濹東綺譚 375
星はみどりに 232
暮笛集 449
骨の肉 256 570
本庄陸男全集 465 466 488
本庄陸男における『父と子』 12
ぼんち 257 552

ま

魔 571 572
前がき（小林多喜二研究） 374 375
まえがき（従軍作家 里村欣三の謎） 410
魔王の決闘状 273
マキシム・ゴリキー号に捧ぐ 134
正宗氏及び諸家の論難を読む 457
正宗氏の批評に答へ所懐を述ぶ 458
鱒 550
マス・コミュニケーションの諸問題 297
升田・大山の対局 306
升田七段三連勝／名人遂に倒る／鬼気せまる昭和の名譜 306
街あるき 535
町医者 357
松本克平さん卒寿のお祝い 490
松本克平著作目録稿 490
漫録窓から 563

マドロスの悲哀 445
まぼろしの大阪 562
飯事のやうに 285
守れ文新—発行がおくれ半数しか刷れぬ— 30
迷へる親 483
マライの戦ひ〈大東亜戦争絵巻〉 392 393
マルクス国家論に関連して—水島治夫氏に呈す— 352
『満州の利権を擁護して起て』於対支問題講演会—佐藤少将の獅子吼— 353
万宝山 507 511〜513
万葉集 493

み

みいら採り猟奇譚 570
三重襷 566
見えない鉱山 507 547
三日月 279
見事な新世界 539
三島由紀夫全集 466
水無菴漫筆 278
水の説 276
「見た、泣いた、聞いた」篇 453
三つの棺 180
身投大明神様 275
見習工日記 132
見舞 367
みめより 566
宮嶋資夫年譜 368
宮本輝書誌 429
宮本百合子〈宮本百合子追想録編纂会〉 405
宮本百合子〈福田恆存〉 413
宮本百合子覚え書—平野謙に— 414
宮本百合子研究 413〜417
宮本百合子研究〈近代作家研究叢書九十八〉 417
宮本百合子全集〈新日本出版社、河出書房〉 339
宮本百合子全集〈河出書房〉 409
宮本百合子全集〈河出書房版〉逸文について 341
宮本百合子全集別冊〈新日本出版社〉 415
宮本百合子追悼特集 405
宮本百合子展 406
宮本百合子について 406
宮本百合子ノオト 562
宮本百合子の生涯と文学 417
宮本百合子の世界 409
宮本百合子の文学的達成 413 416
宮本百合子論 413
未練の灯 445
民衆とはたれか 375
民主主義と文学 304
民主戦線確立の困難 293
『民主文学のあり方』—きのう・文藝講演会盛会 303

む

むかしのおるぐ 498
無産階級政治行動と無産政党 454
無産階級の文藝運動と政治運動 458
無産者の恋 497
無産者文学当面の問題 457
無産者文藝の為めに 457
無産政党と社会運動 454
無思索時代 471
武者小路実篤〈人物書誌大系九〉 389
無責任な啓蒙家排せ—家族主義の清算について 299
無題〈大日本言論報告会〉 175
無題〈山内謙吾〉 188
無法松の一生 241
むらぎも 319 481 535
紫の袍 127
村の家 535

め

明治作家走馬灯 276
明治三十年代の大阪—この頃の世相と文藝雑誌— 274
明治大正新劇史資料 356
明治大正文学全集第二十九巻 214
明治大正文学全集第四十巻 539
明治年間の大阪文学 267
明治の雪 493
明治文学書目 363 386 521
名人挑戦第二局／劈頭より風雲急／注目の棋譜近く本紙上へ連載 306
夫婦善哉 257 258 441 442 573〜576
夫婦善哉完全版 574
夫婦善哉後日 575
メキシコ進歩的文学の動き 133

も

もうひとつの新劇史―千田是也自伝― 51
毛布の辞 275
悼黙阿弥翁 279
モデル小説 漱石山房の人々 396
桃の雫 421
森 188
森田草平の文学 283 285
紋章 356
『紋章』上演について 356
『紋章』登場人物の性格について 356
『紋章』の脚色者として 356
『紋章』の公演について 356
『紋章』のセット 356

や

八重桜倭謌 529
安子 374
『安子』について 377
安物買 357
宿の一夜 367
山×追悼 59
『山×追悼』の上演 59
山内謙吾資料 182〜185 187 188 191 193 194
山内謙吾年譜 180
山越え 507
山抜け 483
山の一頁 507 547
山本勝治と『十姉妹』 180 181
闇 357 358
病める薔薇 541 542
病んだ友 357

ゆ

「夕刊新大阪」解説・主要記事索引 302
『夕刊新大阪』創刊 291 299
夕刊流星号 308 309
夕刊流星号―ある新聞の生涯― 290 295 566
優秀船『狸』丸 348
友情 232
夕凪の街と人と 231
歪みくねつた道 326
解雪季の下り列車 357 358
雪代とその一家 550
指輪の為めに 341
夢 183
夢日記 183
百合子断想 406
百合子追想 405〜409
百合子追想〈近代作家研究叢書八十七〉 409
百合子の生涯について 406
百合子の場合 405

よ

よい文章の書き方 131
熔鉱炉と共に四十年 242
幼児狩り 570
用紙配給に関する新聞連盟および出版協会の統制の排除に関する覚書 289
用心棒 313
夜風 568
翼賛会文化部の斡旋で／文学新団体の発足へ／名称―『日本文学者会』 165
横須賀海軍のカッター大競漕―第一艦隊のコーチは喜多教授― 354
横光利一研究文献目録 356
横光利一年譜 356
嘉樹の内なる豊津像とその実像 323 325
嘉樹の内面的論理と作品像 327
夜月 445
よみうり抄 284 342
夜店 188
穴野名寄嫁狐和名 529

ら

楽世家等 400
ラジオ放送―新光社主催於第一早高― 354
「羅生門」の出版記念会と佐藤春夫 397

り

離村出稼ぎ農民としての小倉像 327
略歴（大田洋子） 238
『龍ケ鼻』と『原』―我が郷土を語る― 324
流亡記 425
流離の岸 231〜235 237〜239 460〜462
『流離の岸』について―自作を語る― 233
流旅の人々 346
旅中の家兄 279
林檎 319

る

ルシヤン・ジヤンのこと 458
ルンペン社会学 297

れ

霊の審判 127 128
黎明期 498
黎明の死 286
歴史 531
レジスタンス詩 530
烈火―『須磨子の死』― 341
連続のリズム 414 416
憐憫 541

ろ

牢獄の半日 479
労働小唄 357
労働者の朝 357
労働者の居ない船 348 445
労働者農民劇団の問題 58
労働者貧農の文学生る―この成果を見よ― 26
六月の雑誌を読みて 286
六月の宗教雑誌から 283
六月の小説の中より三 286
六月の文藝 286
ロシア演劇史研究序論 57
六白金星 576
論争の文壇 458
論争の文壇を観て 458

わ

わが愛する海・山 352
わが阿呆の一生 191
若い環境 537
若き日の宇野浩二 397
わが師わが友 406
我が同盟の仕事の具体化について 74
我が同盟の当面の基礎的任務 40
わが文学半生記 394〜396 398 399
わが文学半生記〈近代作家研究叢書六十四〉 399
『わが文学半生記』を読んで 395
わが文学半生記(二)―漱石死後の漱石山房― 397
わが文学半生記(三)―『羅生門』の出版記念会まで― 397
わが文学半生記(四)―その頃の菊池寛― 397
わが文学半生記(五)(六)―宇野浩二と私(上)(下)― 397
わが文学半生記(七)〜(十)―その頃の芥川龍之介(1)〜(4)― 398
わが文学半生記(九)―その頃の芥川龍之介(3)― 397
わが文学への道 15
わが町 442
わが街の歳月 260
若もの 538
若人が歓喜の森―学生街は鶴巻町の大通り― 354
早稲田を騒がした嬰児殺に懲役四年 353
私たちの声―働く女性座談会 301
私の大阪八景 259
私の客観的立場 108
私の昭和史 176
私の人生論 498
私の文学史(承前) 127
私を魅する日本海 545
我等の俳優(一) 59
我々の運動の新段階 458
我々の文学と目前の事実 13
我々の文藝運動と政治運動 458

を

をさなものがたり 420 421 518

あとがき

大学時代に、国文学作品研究「近代文学」の講義で、谷澤永一先生の日本近代文学史の構想や明治前期の文藝評論の授業を受講することが出来たのは、私にとって最大の僥倖であった。一週間に一度の授業が待ち遠しく、その博覧強記と鋭利な批評による内容の重厚さに、われわれ学生を魅惑させた。大学の授業でこれほど熱中し、学問的、知的な興奮を覚えたことがなかった。授業が終わるや否やその興奮がさめやらぬうちに、友人の富田栄志君と一緒に、谷澤永一先生が授業で触れた、あの本もこの本も読まねばならぬと、あわてて図書館へ駆け込むのであった。文学研究においてなにが一番大事なことなのか、文学を研究するとか、論じるとか、ということはどういうことであるのか。私はその大事な基礎的なことを、大学時代に谷澤永一先生に教わったのである。

私は、大学時代にデパートで開催される古書籍即売会を知った。現在とはちがって、昭和四十年代の大阪の古書籍即売会には魅力があって、活気があった。各デパートが競って年に何回か古書籍即売会を開催しており、玉手箱をひっくり返したように、どんな書物が出てくるか楽しみであった。大学図書館では見ることのできない様々な珍しい本や雑誌が氾濫していた。購入することができなくても、それらを直接手に取ってながめているだけでも楽しかった。即売会には、学生の身分でも購入できる意外に安い掘り出し物にまだ出会うことができたのである。

思えば、あの時代には多くのベストセラーや文学全集などが次から次へと出版され、日本の文壇にも華やかさがあったように思う。大学を卒業するとともに日本の高度成長がはじまり、よき師とよき時代に巡り会ったことに感謝したい。

「著述と書誌」全四巻の出版を快諾して下さった和泉書院の廣橋研三社長をはじめ、面倒な索引づくりなどでご面倒をおかけし、お世話になった編集スタッフの皆さんに厚くお礼を申し上げます。

平成二十一年一月十一日

浦西和彦

著者紹介

浦西和彦（うらにし・かずひこ）
1941年９月、大阪市生まれ。1964年３月、関西大学卒業。現在、関西大学文学部教授。
編著書…『開高健書誌』（和泉書院）、『織田作之助文藝事典』（和泉書院）、『大阪近代文学作品事典』（和泉書院）、『河野多惠子文藝事典・書誌』（和泉書院）、他多数。

浦西和彦　著述と書誌　第二巻
現代文学研究の基底
二〇〇九年二月二〇日　初版第一刷発行©

著　者　浦　西　和　彦
発行者　廣　橋　研　三
印刷所　亜　細　亜　印　刷
製本所　渋　谷　文　泉　閣

発行所　有限会社　和　泉　書　院
大阪市天王寺区上汐五―三―八（〒五四三―〇〇〇二）
☎〇六―六七七一―一四六七　振替〇〇九七〇―八―一五〇四三

装訂・濱崎実幸

ISBN978-4-7576-0477-3 C3395

浦西和彦　著述と書誌　全四巻

第一巻　新・日本プロレタリア文学の研究
第二巻　現代文学研究の基底
第三巻　年譜　葉山嘉樹伝
第四巻　増補　日本プロレタリア文学書目

和泉書院刊